JOHN GRISHAM

ZEZNANIE

Przekład
RADOSŁAW JANUSZEWSKI

Redaktor prowadzący
Małgorzata Cebo-Foniok

Konsultacja prawnicza
prof. dr hab. Tadeusz Tomaszewski
Katedra Kryminalistyki
Instytut Prawa Karnego
Wydział Prawa i Administracji UW

Redakcja stylistyczna
Dorota Kielczyk
Ewa Turczyńska

Korekta
Elżbieta Steglińska
Hanna Lachowska

Druk
ABEDIK S.A.

Tytuł oryginału
The Confession

ISBN 978-83-241-4122-7

Warszawa 2011. Wydanie II

Wydawnictwo AMBER Sp. z o.o.
02-952 Warszawa, ul. Wiertnicza 63
tel. 620 40 13, 620 81 62

www.wydawnictwoamber.pl

Część I
Zbrodnia

Rozdział 1

Dozorca przy Świętym Marku właśnie zdrapał z dziesięć centymetrów śniegu z chodników, kiedy pojawił się mężczyzna z laską. Słońce wzeszło, ale wiatr wył; temperatura utknęła na punkcie zamarzania. Mężczyzna ubrany był tylko w cienkie drelichowe spodnie, letnią koszulę, mocno znoszone buty turystyczne i lekką wiatrówkę, która nie dawała dużych szans z chłodem. Ale nie wyglądał na zmarzniętego ani się nie spieszył. Był pieszo, utykał, lekko pochylony na lewo – z tej strony pomagała mu laska. Szurając nogami, przeszedł chodnikiem obok kaplicy i zatrzymał się przy bocznych drzwiach z napisem „Kancelaria" namalowanym ciemną czerwienią. Nie pukał, a drzwi nie były zamknięte. Wszedł do środka w chwili, kiedy kolejny podmuch wiatru uderzył go w plecy.

Pomieszczenie było sekretariatem, zagraconym, zakurzonym, jakiego można się spodziewać po starym kościele. Pośrodku stało biurko z tabliczką „Charlotte Junger", która siedziała tuż za swoim nazwiskiem.

– Dzień dobry – powiedziała z uśmiechem.

– Dzień dobry – powiedział mężczyzna. Przerwa. – Na dworze jest bardzo zimno.

– To prawda – stwierdziła i szybko zmierzyła go wzrokiem. Problem był oczywisty: nie miał płaszcza, rękawiczek ani żadnego nakrycia głowy.

– Rozumiem, że panna Junger. – Popatrzył na nazwisko.

– Nie, panna Junger ma dzisiaj wolne. Grypa. Nazywam się Dana Schroeder, jestem żoną pastora, mam zastępstwo. Co możemy dla pana zrobić?

Jedno krzesło było wolne i mężczyzna popatrzył na nie z nadzieją.

– Mogę?

– Oczywiście – powiedziała.

Usiadł ostrożnie, jakby każdy ruch wymagał namysłu.

– Jest pastor? – Zerknął na wielkie, zamknięte drzwi po lewej.

– Tak, ale ma spotkanie. Co możemy dla pana zrobić?

Była drobniutka, miała ładne piersi, obcisły sweterek. Nie widział niczego poniżej talii, pod biurkiem. Zawsze wolał te mniejsze. Słodka twarz, niebieskie oczy, wydatne kości policzkowe – ogólnie, piękna dziewczyna, doskonała żonka pastora.

Tak dawno już nie dotykał kobiety.

– Chciałbym się widzieć z pastorem Schroederem. – Złożył dłonie jak do modlitwy. – Wczoraj byłem w kościele, wysłuchałem jego kazania i cóż, potrzebna mi porada.

– Dzisiaj jest bardzo zajęty – powiedziała z uśmiechem. Piękne zęby.

– Mam bardzo pilną sprawę.

Dana była żoną Keitha Schroedera na tyle długo, by wiedzieć, że nikt nie został odesłany z jego kancelarii, umówiony czy nie. Poza tym był mroźny poniedziałkowy poranek i Keith nie był aż tak bardzo zajęty. Kilka telefonów, teraz rozmowa duszpasterska z młodą parą, która właśnie rezygnowała ze ślubu, potem rutynowe wizyty w szpitalach. Pogrzebała w papierach na biurku i znalazła prosty formularz, którego szukała.

– Dobrze, spiszę podstawowe informacje i zobaczymy, co się da zrobić. – Długopis był w pogotowiu.

– Dziękuję. – Ukłonił się lekko.

– Imię i nazwisko?

– Travis Boyette. – Odruchowo przeliterował dla niej nazwisko. – Data urodzenia: 10 października 1963. Miejsce: Joplin, Missouri. Wiek: czterdzieści cztery. Samotny, rozwiedziony, bez dzieci. Bez adresu. Bez miejsca pracy. Bez perspektyw.

Dana wchłaniała to, a długopis gorączkowo szukał odpowiednich rubryk do wypełnienia. Odpowiedzi wywołały znacznie więcej pytań, niż mały formularzyk był w stanie pomieścić.

– Dobrze, co do adresu – powiedziała, ciągle pisząc. – Gdzie pan obecnie przebywa?

– Obecnie jestem własnością Departamentu Więziennictwa Stanu Kansas. Zostałem przypisany do zakładu półotwartego na Siedemnastej ulicy, kilka przecznic stąd. Jestem w trakcie procesu zwalniania, „ponownego wejścia", jak oni lubią to nazywać. Kilka miesięcy tutaj w Topeka i jestem wolnym człowiekiem bez żadnych perspektyw poza zwolnieniem warunkowym na resztę życia.

Długopis przestał się poruszać, ale Dana i tak na niego patrzyła. Jej zainteresowanie zadawaniem pytań nagle wyparowało. Wahała się, czy zapytać jeszcze o cokolwiek. Ale skoro zaczęła to przesłuchanie, czuła się zmuszona ciągnąć je dalej. Bo też co innego mieliby robić, czekając na pastora?

– Może kawy? – zapytała, pewna, że to bezpieczne pytanie.

Przerwa, o wiele za długa, jakby nie mógł się zdecydować.

– Tak, poproszę. Czarna, z odrobiną cukru.

Dana czmychnęła z recepcji poszukać kawy. Patrzył, jak wychodzi. Przyglądał się jej uważnie, zapisywał w pamięci ładny, okrągły tyłek pod spodniami, smukłe nogi, wyprostowane ramiona, nawet kucyk. Metr pięćdziesiąt pięć, może metr sześćdziesiąt, pięćdziesiąt pięć kilogramów.

Nie spieszyła się, a kiedy wróciła, Travis Boyette był tam, gdzie go zostawiła. Wciąż siedział jak mnich, czubkami palców prawej dłoni delikatnie uderzając o czubki palców lewej, z czarną drewnianą laską w poprzek ud, z oczami zapatrzonymi ze smutkiem w pustkę przeciwległej ściany. Głowę miał dokładnie ogoloną, małą, doskonale okrągłą i lśniącą, i kiedy oddawała mu filiżankę, przez myśl przeleciało jej bzdurne pytanie, czy wyłysiał w młodym wieku, czy po prostu wolał się ogolić. Po lewej stronie karku pełzł mu złowrogi tatuaż.

Wziął kawę i podziękował. Zajęła swoją pozycję za biurkiem stojącym pomiędzy nimi.

– Jest pan luteraninem? – zapytała. Znowu trzymała długopis.

– Wątpię. Właściwie nikim nie jestem. Nigdy nie potrzebowałem Kościoła.

– Ale wczoraj pan tu był. Dlaczego?

Boyette trzymał oburącz filiżankę przy podbródku, jak mysz skubiąca smakowity kąsek. Skoro zwyczajne pytanie o kawę wymagało pełnych dziesięciu sekund namysłu, to pytanie o uczęszczanie do kościoła mogło wymagać godziny. Pociągnął łyk, oblizał wargi.

– Jak pani myśli, kiedy będę mógł się spotkać z pastorem? – zapytał wreszcie.

Nie tak szybko, jak bym chciała, pomyślała Dana. Nie mogła się doczekać, żeby przekazać go mężowi. Zerknęła na zegar na ścianie.

– Lada moment – powiedziała.

– Czy moglibyśmy po prostu posiedzieć w milczeniu i poczekać? – zapytał bardzo uprzejmie.

Dana przyjęła tę sztywną sugestię i szybko uznała, że milczenie to niezły pomysł. Potem ciekawość wróciła.

– Oczywiście, ale jeszcze ostatnie pytanie. – Patrzyła na kwestionariusz, jakby tam było to ostatnie pytanie. – Jak długo siedział pan w więzieniu?

– Pół życia – odparł bez wahania Boyette, jakby pytano go o to pięć razy dziennie.

Dana coś zapisała, a potem jej uwagę przyciągnęła klawiatura na biurku. Zaczęła w nią stukać energicznie, jakby nagle stanął jej przed oczami nieprzekraczalny termin. Jej mejl do Keitha brzmiał: „Tu jest skazany kryminalista. Mówi, że musi się z tobą spotkać. Inaczej nie wyjdzie. Wydaje się dość miły. Pije kawę. Załatwmy sprawę".

Pięć minut później drzwi gabinetu pastora otworzyły się i wymknęła się przez nie młoda kobieta. Wycierała oczy. Za nią szedł jej były narzeczony, któremu udało się jednocześnie marszczyć brwi i uśmiechać. Żadne nie odezwało się do Dany. Żadne nie zauważyło Travisa Boyette'a. Zniknęli.

Kiedy drzwi gabinetu się zatrzasnęły, Dana powiedziała do Boyette'a.

– Chwileczkę. – Wpadła do męża na szybką naradę.

Wielebny Keith Schroeder miał trzydzieści pięć lat. Od dziesięciu lat pozostawał w szczęśliwym związku małżeńskim z Daną, był ojcem trzech chłopców, urodzonych z osobna w przeciągu dwudziestu miesięcy. Od dwóch lat był starszym pastorem w Świętym Marku, a wcześniej w kościele w Kansas City. Jego ojciec był emerytowanym pastorem luterańskim i Keith nigdy nie marzył, żeby zostać kimś innym. Wychowano go w małym miasteczku niedaleko St. Louis, wykształcono w pobliskich szkołach i nie licząc wycieczki klasowej do Nowego Jorku i miesiąca miodowego na Florydzie, nigdy nie wyjeżdżał ze Środkowego Zachodu. Ogólnie był podziwiany przez swoich parafian, chociaż zdarzały się problemy. Największa awantura wybuchła poprzedniej zimy. Otworzył wtedy kościelną piwnicę, żeby dać schronienie paru bezdomnym podczas śnieżycy. Kiedy śnieg stopniał, niektórzy bezdomni nie mieli ochoty sobie pójść. Miasto wystąpiło z pozwem o samowolne użytkowanie i w gazecie pojawiła się lekko kompromitująca opowiastka.

Poprzedniego dnia tematem mszy było przebaczenie – nieskończona i wszechogarniająca moc Boga w przebaczaniu naszych grzechów, bez względu na to jak ohydnych. Grzechy Travisa Boyette'a były potworne, niewiarygodne, przerażające. Jego zbrodnie przeciwko ludzkości z pewnością skazywały go na wieczne cierpienie i śmierć. Na tym etapie swojego żałosnego życia Travis był przekonany, że nigdy nie zostanie mu przebaczone. Ale był ciekaw.

– Odwiedziło nas już kilka osób z zakładu półotwartego – mówił Keith. – Miałem tam nawet nabożeństwa.

Siedzieli w rogu jego gabinetu, z dala od biurka, dwaj nowi przyjaciele, którzy ucinają sobie pogawędkę w podniszczonych płóciennych fotelach. Obok sztuczne kłody płonęły w sztucznym kominku.

– Nieźle tu – stwierdził Boyette. – Na pewno lepiej niż w więzieniu.

Był wycieńczony, blady miał skórę jak ktoś, kogo trzymają w pomieszczeniach bez światła. Jego kościste kolana stykały się, czarna laska leżała w poprzek nich.

– A gdzie było to więzienie? – Keith trzymał kubek z parującą herbatą.

– Tu i tam. Ostatnich sześć lat w Lansing.

– A za co został pan skazany? – Zależało mu, żeby dowiedzieć się o zbrodniach, bo wtedy dowiedziałby się znacznie więcej o człowieku. Przemoc? Narkotyki? Prawdopodobnie. Z drugiej strony, może ten cały Travis to malwersant albo oszust podatkowy. Z pewnością nie wyglądał na kogoś, kto mógłby skrzywdzić człowieka.

– Za mnóstwo złych rzeczy, pastorze. Nie pamiętam wszystkiego. – Wolał unikać kontaktu wzrokowego. Zapatrzył się w dywan.

Keith popijał herbatę i przyglądał mu się uważnie. I wtedy zauważył tik. Co kilka sekund cała głowa przechylała się lekko na lewo. Szybkie kiwnięcie, potem silniejsze, jakby korygujące szarpnięcie i powrót do poprzedniej pozycji.

Chwila całkowitej ciszy.

– Travis, o czym chciałbyś porozmawiać? – zapytał w końcu Keith.

– Pastorze, mam guza mózgu. Złośliwego, śmiertelnego, nie do wyleczenia. Gdybym miał trochę pieniędzy, mógłbym z tym walczyć: Naświetlania, chemia, zwykła rutyna. Co mogłoby mi dać dziesięć miesięcy, może rok. Ale to glejak, czwarte stadium, a to znaczy, że jestem trup. Pół roku, rok, to naprawdę bez znaczenia. Za kilka miesięcy mnie nie będzie.

Guz odezwał się, jak na dany znak. Boyette skrzywił się, pochylił i zaczął masować skronie. Jego oddech był ciężki, wymuszony, jakby bolało całe ciało.

– Bardzo mi przykro. – Keith doskonale zdawał sobie sprawę, jak nieodpowiednio zabrzmiały jego słowa.

– Cholerne bóle głowy – powiedział Boyette. Oczy nadal miał zaciśnięte. Przez kilka minut walczył z bólem. Nie odzywali się. Keith przyglądał się bezradnie i gryzł w język, żeby nie palnąć czegoś głupiego, w rodzaju „może dać panu paracetamol?”. Potem ból zelżał i Boyette się odprężył. – Przepraszam.

– Kiedy został wykryty? – zapytał Keith.

– Bo ja wiem? Miesiąc temu. Bóle głowy zaczęły się w Lansing, ostatniego lata. Może pan sobie wyobrazić, jaki tam poziom opieki medycznej. Nie dostałem żadnej pomocy. Kiedy mnie zwolnili i przesłali tutaj, zabrali mnie do szpitala Świętego Franciszka. Zrobili badania, tomografię i znaleźli śliczne jajeczko pośrodku głowy, dokładnie między uszami, za głęboko na operację. – Mocno zaczerpnął tchu, zrobił wydech i wymusił z siebie pierwszy uśmiech.

U góry, z lewej strony brakowało zęba, szczerba była bardzo widoczna. Keith podejrzewał, że opieka stomatologiczna w więzieniu też pozostawiała cokolwiek do życzenia.

– Myślę, że już widywał pastor ludzi takich jak ja – powiedział Boyette. – Ludzi w obliczu śmierci.

– Od czasu do czasu. To nieuniknione.

– I myślę, że ci ludzie robią się całkiem poważni w sprawach Boga, nieba, piekła i tego wszystkiego.

– Istotnie. Taka ludzka natura. Stając wobec własnej śmiertelności, myślimy o życiu wiecznym. A co z tobą, Travis? Wierzysz w Boga?

– Są dni, kiedy wierzę, są dni, kiedy nie wierzę. Ale nawet kiedy wierzę, i tak jestem bardzo sceptyczny. Pastorze, tobie łatwo wierzyć w Boga, bo masz łatwe życie. Ja to inna historia.

– Chcesz mi opowiedzieć swoją historię?

– Niekoniecznie.

– To po co tu przyszedłeś, Travis?

Tik. Kiedy głowa znów znieruchomiała, oczy zaczęły rozglądać się po pokoju, wreszcie zatrzymały się na oczach pastora. Długo na siebie patrzyli, żaden nie mrugnął.

– Pastorze, mam na koncie kilka złych rzeczy – odezwał się w końcu Boyette. – Skrzywdziłem paru niewinych ludzi. Chyba nie chcę tego wszystkiego zabierać z sobą do grobu.

Wreszcie do czegoś doszliśmy, pomyślał Keith. Brzemię niewyznanego grzechu. Wstyd ukrytej winy.

– Pomogłoby ci, gdybyś opowiedział mi o tych złych rzeczach. Najlepiej zacząć od spowiedzi.

– A to jest poufne?

– Z reguły tak, ale są wyjątki.

– Jakie wyjątki?

– Jeśli mi się zwierzysz, a ja uznam, że stanowisz zagrożenie dla siebie albo dla kogoś innego, wtedy nie ma obowiązku dochowania tajemnicy. Mogę podjąć odpowiednie kroki, żeby ocalić ciebie albo inną osobę. Krótko mówiąc, mogę sprowadzić pomoc.

– Skomplikowane to.

– Wcale nie.

– Słuchaj, pastorze, robiłem straszne rzeczy, ale ta dręczy mnie już od wielu lat. Musiałem z kimś pogadać i tylko tu mogłem przyjść. Gdybym opowiedział ci o strasznej zbrodni, którą popełniłem wiele lat temu, nie powtórzyłbyś nikomu?

Dana weszła od razu na stronę Departamentu Więziennictwa Stanu Kansas i po kilku sekundach zanurzyła się w podłym życiu Travisa Dale'a Boyette'a. W 2001 roku skazany na dziesięć lat za usiłowanie gwałtu. Obecny status: osadzony.

– Obecny status: w gabinecie mojego męża – mruknęła, dalej uderzając w klawisze.

W 1991 skazany na dwanaście lat za zgwałcenie z wyjątkowym okrucieństwem w Oklahomie. Zwolniony warunkowo w 1998.

W 1987 skazany na osiem lat za usiłowanie gwałtu w Missouri. Zwolniony warunkowo w 1990.

W 1979 skazany na dwadzieścia lat za zgwałcenie z wyjątkowym okrucieństwem w Arkansas. Zwolniony warunkowo w 1985.

Boyette był przestępcą seksualnym zarejestrowanym w Kansas, Missouri, Arkansas i Oklahomie.

– Potwór – powiedziała do siebie. Zdjęcie z jego akt przedstawiało znacznie tęższego i znacznie młodszego mężczyznę o ciemnych przerzedzonych włosach. Szybko podsumowała jego dane i wysłała mejl do Keitha. Nie bała się o bezpieczeństwo męża, ale chciała, żeby tamta kreatura wyniosła się stąd.

Po półgodzinnej rozmowie w napięciu i bez wielkich postępów Keitha zaczęło męczyć to spotkanie. Boyette nie wykazywał zainteresowania Bogiem, a ponieważ Bóg należał do zakresu kompetencji Keitha, pastor niewiele miał tu do roboty. Nie był neurochirurgiem. Nie miał też pracy do zaoferowania.

Na komputer dotarła wiadomość – oznajmił to odległy dźwięk staromodnego dzwonka do drzwi. Dwa tony oznaczały, że mógł napisać ktokolwiek. Ale trzy tony sygnalizowały wiadomość z sekretariatu. Udawał, że nie zwraca na to uwagi.

– A ta laska? – zapytał uprzejmie.

– Więzienie to straszne miejsce – odparł Boyette. – Wdałem się w o jedną bójkę za dużo. Uraz głowy. Prawdopodobnie stąd ten guz. – Pomyślał, że to śmieszne, i roześmiał się z własnych słów.

Keith zachichotał z uprzejmości, wstał i podszedł do biurka.

– Hm, proszę, weź moją wizytówkę – powiedział. – Dzwoń, kiedy zechcesz. Zawsze będziesz tu mile widziany, Travis. – Zerknął na monitor. Cztery, policzył, cztery wyroki, wszystkie za przestępstwa na tle seksualnym. Wrócił do fotela, podał Travisowi wizytówkę i usiadł.

– Więzienie to straszne miejsce, szczególnie dla gwałcicieli, prawda, Travis? – zapytał.

Przeprowadzasz się do nowego miasta; musisz pobiec na komisariat albo do sądu i zarejestrować się jako przestępca seksualny. Po dwudziestu takich latach zakładasz po prostu, że wszyscy wiedzą. Wszyscy patrzą. Boyette nie wyglądał na zaskoczonego.

– Bardzo straszne – przyznał. – Nawet pamiętam, ile razy mnie zaatakowano.

– Travis, słuchaj, nie mam ochoty omawiać tego tematu. Czeka mnie kilka spotkań. Gdybyś kiedyś chciał przyjść, świetnie, po prostu wcześniej zadzwoń. I zapraszam cię znowu na niedzielne nabożeństwo. – Keith nie był pewien, czy naprawdę chciałby tego, ale jego słowa brzmiały szczerze.

Boyette wyjął z kieszeni wiatrówki złożoną kartkę.

– Słyszał pastor może o sprawie Dontégo Drumma? – Wręczył papier Keithowi.

– Nie.

– Czarny chłopak, miasteczko we wschodnim Teksasie, skazany za morderstwo w 1999. Podobno zabił cheerleaderkę z liceum, białą, ciała nigdy nie znaleziono.

Keith rozłożył kartkę. Była to kopia krótkiego artykułu z gazety z Topeka, z wczorajszą niedzielną datą. Szybko przeczytał i popatrzył na zdjęcie policyjne Dontégo Drumma. Nic szczególnego, ot, kolejna rutynowa egzekucja w Teksasie, kolejny oskarżony, który twierdzi, że jest niewinny.

– Egzekucję wyznaczono na czwartek. – Keith podniósł wzrok.

– Coś ci powiem, pastorze. Złapali nie tego faceta. Chłopak nie ma nic wspólnego z tym morderstwem.

– Skąd wiesz?

– Nie ma dowodów. Ani jednego dowodu. Gliny uznały, że on to zrobił, wytłukli z niego zeznanie, a teraz go zabiją. To źle, pastorze. Bardzo źle.

– Skąd tyle wiesz?

Boyette nachylił się bliżej, jakby chciał wyszeptać coś, czego nikomu wcześniej nie mówił. Puls Keitha przyspieszał z sekundy na sekundę. Ale żadne słowo nie padło. Kolejna długa przerwa, tylko obaj patrzyli na siebie.

– Tu jest napisane, że ciała nigdy nie znaleziono – powiedział Keith. Zmuś go do mówienia.

– Zgadza się. Wysmażyli tę żałosną historyjkę, że chłopak łapie dziewczynę, gwałci ją, dusi, a potem zrzuca ciało z mostu do Red River. Kompletna bujda.

– Więc wiesz, gdzie jest ciało?

Boyette usiadł prosto i skrzyżował ręce na piersi. Zaczął kiwać głową. Tik. Kolejny tik. Były częste, kiedy się denerwował.

– Travis, ty ją zabiłeś? – zapytał Keith, wstrząśnięty własnym pytaniem. Niecałych pięć minut temu układał w pamięci listę wszystkich członków kościoła, których powinien odwiedzić w szpitalach. Myślał, jak pozbyć się stąd Travisa. Teraz tańczyli wokół morderstwa i ukrytych zwłok.

– Nie wiem, co robić – powiedział Boyette i wtedy napłynęła kolejna fala bólu. Nachylił się, jakby miał zwymiotować, i zaczął przyciskać obie dłonie do głowy. – Umieram, tak? Za parę miesięcy będę martwy. Dlaczego ten dzieciak też miałby umrzeć? On nic nie zrobił. – Oczy miał wilgotne, twarz wykrzywioną.

Keith patrzył, jak Boyette drży. Podał mu chusteczkę.

– Guz rośnie. – Travis otarł twarz. – Z każdym dniem coraz bardziej uciska mózg.

– Masz lekarstwa?

– Jakieś tam mam. Nie działają. Muszę iść.

– Chyba nie skończyliśmy.

– Skończyliśmy.

– Travis, gdzie jest ciało?

– Nie chce pastor wiedzieć.

– Chcę. Może wstrzymamy egzekucję.

Boyette się roześmiał.

– Serio? W Teksasie? Akurat. – Powoli wstał i postukał laską o dywan. – Dziękuję, pastorze.

Keith nie wstał. Przyglądał się tylko, jak Boyette, szurając nogami, szybko wychodzi z gabinetu.

Dana gapiła się na drzwi, nie uśmiechała się. Wykrztusiła słabe „do widzenia", kiedy tamten powiedział „dziękuję". Potem zniknął, wrócił na ulicę bez płaszcza i rękawic. I co z tego?

Jej mąż się nie poruszył. Nadal siedział zgarbiony w fotelu oszołomiony i bezmyślnie wpatrywał się w ścianę, trzymając kopię artykułu.

– Dobrze się czujesz? – zapytała. Podał jej artykuł, przeczytała. – Nie łapię, o co tu chodzi – powiedziała, kiedy skończyła.

– Travis Boyette wie, gdzie są zwłoki. Wie, bo to on ją zabił.

– Przyznał się do zabójstwa?

– Prawie. Mówi, że ma nieoperacyjnego raka mózgu i za parę miesięcy umrze. Mówi, że Donté Drumm nie ma nic wspólnego z tym morderstwem. Wyraźnie dał do zrozumienia, że wie, gdzie jest ciało.

Dana padła na kanapę, zatonęła w poduszkach i narzutach.

– I ty mu wierzysz?

– Dana, to recydywista, oszust. Łatwiej mu kłamać, niż mówić prawdę. Nie wolno wierzyć ani jednemu jego słowu.

– Wierzysz mu?

– Chyba tak.

– Jak możesz? Niby dlaczego?

– Dana, on cierpi. I nie tylko z powodu raka. Wie coś o morderstwie i o zwłokach. Wie mnóstwo i naprawdę dręczy go to, że niewinny czeka na egzekucję.

Jako człowiek, który większość życia wysłuchiwał delikatnych problemów innych ludzi, dawał rady i wskazówki, na których polegali, Keith stał się mądrym i przenikliwym obserwatorem. I rzadko się mylił. Dana znacznie szybciej oceniała, znacznie łatwiej przychodziło jej krytykować, osądzać i mylić się.

– Więc co sądzisz, pastorze? – zapytała.

– Najbliższą godzinę poświęćmy tylko na szukanie. Sprawdźmy parę rzeczy: czy naprawdę jest na zwolnieniu warunkowym? Jeśli tak, kto jest jego kuratorem? Czy leczono go u Świętego Franciszka? Czy ma raka mózgu? Jeśli tak, to czy jest nieuleczalny?

– Nie da się wyciągnąć dokumentacji medycznej bez jego zgody.

– Prawda, ale zobaczmy, ile się nam uda sprawdzić. Zadzwoń do doktora Herzlicha... Był wczoraj w kościele?

– Był.

– Tak myślałem. Zadzwoń i go wybadaj. Dziś rano powinien być na obchodzie u Świętego Franciszka Zadzwoń do komisji zwolnień warunkowych i zobacz, ile możesz tam wykopać.

– A co ty zamierzasz robić, kiedy ja będę grzać słuchawkę?

– Wejdę do Internetu, sprawdzę, co się da znaleźć o morderstwie, rozprawie, oskarżonym, o wszystkim, co się tam stało.

Oboje wstali, teraz zaczęło im się spieszyć.

– Keith, a jeśli to wszystko prawda? A jeśli przekonamy się, że ta kreatura mówi prawdę?
– Wtedy będziemy musieli coś zrobić.
– Na przykład co?
– Nie mam zielonego pojęcia.

Rozdział 2

Ojciec Robbiego Flaka kupił starą stację kolejową w centrum Slone w 1972 roku, kiedy Robbie był jeszcze w liceum, tuż przed tym, jak miasto miało ją zburzyć. Pan Flak senior zarobił parę dolarów, pozywając spółki wiertnicze, i chciał trochę wydać. On i partnerzy wyremontowali stację, wyprowadzili się tam i przez kolejnych dwadzieścia lat nieźle prosperowali. Z pewnością nie byli bogaci, w każdym razie nie według teksańskich standardów, ale jako adwokaci odnosili sukcesy i mała kancelaria cieszyła się w mieście szacunkiem.

Potem zjawił się Robbie. Pracę w firmie zaczął jako nastolatek i wkrótce dla reszty zatrudnionych tu adwokatów stało się oczywiste, że jest inny. Zyski mało go interesowały, pochłaniała go za to niesprawiedliwość społeczna. Nakłaniał ojca, żeby brał sprawy naruszania praw obywatelskich, sprawy dyskryminacji ze względu na wiek i płeć, sprawy niesprawiedliwej gospodarki mieszkaniowej, sprawy o brutalność policji, słowem pracę, która w małym południowym miasteczku mogła skazać człowieka na ostracyzm. Robbie, błyskotliwy i arogancki, w trzy lata ukończył college na Północy i przemknął przez wydział prawa Uniwersytetu Teksańskiego w Austin. Nigdy nie odbywał rozmowy kwalifikacyjnej, nie myślał o jakiejkolwiek innej praktyce niż na stacji kolejowej w centrum Slone. W tym miasteczku było tylu ludzi, których chciał pozwać, tylu zmaltretowanych i sponiewieranych klientów, którzy go potrzebowali.

On i ojciec walczyli od pierwszego dnia. Inni adwokaci albo odeszli na emeryturę, albo się rozjechali. W 1990, w wieku trzydziestu pięciu lat, Robbie pozwał miasto Tyler w Teksasie o dyskryminację w gospodarce mieszkaniowej. Proces w Tyler trwał miesiąc i w pewnym momencie, gdy groźby śmierci stały się zbyt wiarygodne, Robbie musiał wynająć ochronę osobistą. Kiedy przysięgli wydali werdykt na 90 milionów dolarów, Robbie Flak stał się legendą, człowiekiem bogatym, niepowstrzymanym radykalnym adwokatem, teraz z pieniędzmi, żeby rozpętywać większe piekło, niż kiedykolwiek mógł sobie wyobrazić. Ojciec, żeby zejść mu z drogi, usunął się na pole golfowe. Pierwsza żona Robbiego zabrała swoją niewielką dolę i zwiała z powrotem do St. Paul.

Kancelaria adwokacka Flaka stała się mekką dla tych, którzy uważali się za choćby ociupinę upokorzonych przez społeczeństwo. Wykorzystani, oskarżeni, zmaltretowani, skrzywdzeni w końcu znajdowali pana Flaka. Żeby podołać wszystkim sprawom, Robbie najmował na pęczki młodych współpracowników* i kancelistów. Codziennie przetrząsał sieć, wyciągał dobre sztuki, a resztę wyrzucał. Firma rosła, potem padła. Znów rosła, potem załamała się w kolejnej katastrofie. Adwokaci przychodzili i odchodzili. On pozywał ich, oni pozywali jego. Pieniądze ulotniły się, potem Robbie odkuł się na kolejnej sprawie. Najniższy punkt w swojej barwnej karierze osiągnął, kiedy przyłapał swojego księgowego na defraudacji i spuścił mu łomot teczką. Uniknął surowej kary, bo wynegocjował trzydziestodniowy wyrok więzienia za wykroczenie. To była historia na pierwszą stronę i Slone chłonęło każde słowo. Robbie który – co niedziwne – pragnął rozgłosu, bardziej martwił się złą prasą niż więzieniem. Stanowa rada adwokacka ogłosiła publiczną naganę i trzymiesięczne zawieszenie licencji. To była jego trzecia przygoda z komisją etyki zawodowej. Poprzysiągł, że nie ostatnia. Żona numer dwa w końcu odeszła z ładnym czekiem.

---

* W amerykańskiej kancelarii młody prawnik rozpoczynający pracę jest zatrudniony jako *associate*. Po kilku latach może awansować na wspólnika. Wobec braku odpowiednika w polskiej nomenklaturze prawniczej *associate* został przetłumaczony w tekście jako „współpracownik" (przyp. red.).

Jego życie, jak i on sam, było chaotyczne, skandaliczne, w ciągłym konflikcie ze sobą i tymi, kórzy go otaczali, ale nigdy nudne. Za plecami często mówiono o nim Robbie Frant. A kiedy picie przyjęło większe rozmiary, narodził się Robbie Flaszka. Ale bez względu na wrzawę, kace, szalone kobiety, skłóconych wspólników, rozchwiane finanse, przegrane sprawy i pogardę tych u władzy, Robbie Flak codziennie wczesnym rankiem przychodził na stację kolejową z bezwzględną determinacją, że spędzi dzień, walcząc o maluczkich. I nie zawsze czekał, aż go znajdą. Jeśli zwęszył niesprawiedliwość, często wskakiwał do samochodu i jechał, żeby ją odnaleźć. Ten niezłomny zapał doprowadził go do najgłośniejszej sprawy w karierze.

W 1998 Slone zaszokowała najbardziej sensacyjna zbrodnia w jego historii. Siedemnastoletnia uczennica ostatniej klasy Liceum Miejskiego, Nicole Yarber, zniknęła i nigdy już jej nie zobaczono, żywej ani umarłej. Na dwa tygodnie miasto zamarło, gdy tysiące ochotników przeczesywało uliczki, pola, rowy i opuszczone budynki. Poszukiwania nic nie dały. Nicole była popularna, dobrze się uczyła, należała do klubów, chodziła w niedzielę do kościoła, Pierwszego Baptystycznego, gdzie czasem śpiewała w chórze młodzieżowym. Ale najważniejsze co osiągnęła, to to, że była cheerleaderką w Liceum Miejskim. W ostatniej klasie została kapitanem drużyny, czyli objęła chyba najbardziej pożądaną pozycję w szkole, przynajmniej dla dziewczyn. Od czasu do czasu spotykała się z futbolistą o wielkich marzeniach, ale ograniczonym talencie. W wieczór kiedy zniknęła, dopiero co rozmawiała z matką przez komórkę i obiecała, że będzie w domu przed północą. To był piątek, początek grudnia. Dla Wojowników Slone futbol się skończył i życie wróciło do normalności. Jej matka miała później oświadczyć, co potwierdziły billingi, że ona i Nicole rozmawiały przez komórkę co najmniej sześć razy dziennie. I wymieniały też średnio cztery esemesy. Były w kontakcie i założenie, że Nicole po prostu uciekła, nie mówiąc matce ani słowa, nie wchodziło w grę.

Nicole nie miała za sobą problemów emocjonalnych, zaburzeń odżywiania, nieodpowiedzialnego zachowania, leczenia psychiatrycznego czy narkotyków. Po prostu zniknęła. Żadnych świadków. Żadnego wyjaśnienia. Nic. Czuwania modlitewne i w kościołach, i szkołach nie ustawały. Uruchomiono gorącą linię, dzwoniły telefony, ale żaden nie okazał się wiarygodny. Założono stronę internetową, żeby monitorować poszukiwania i filtrować plotki. Eksperci, prawdziwi i fałszywi, zjechali do miasta dawać rady. Pojawiło się medium, nieproszone, ale wyjechało, kiedy nikt nie zaproponował zapłaty. Poszukiwania przedłużały się, przez cały czas aż kipiało od plotek, bo miasto mówiło prawie wyłącznie o tym. Przed jej domem dwadzieścia cztery godziny na dobę stał radiowóz, rzekomo po to, żeby rodzina czuła się lepiej. Jedyna stacja telewizyjna Slone wynajęła kolejnego reportera debiutanta, żeby dotarł do sedna sprawy. Ochotnicy przetrząsali teren i poszukiwania objęły całą okolicę. Drzwi i okna były zamknięte. Ojcowie spali z bronią na nocnych stolikach. Rodzice i opiekunki nie spuszczali z oka małych dzieci. Pastorzy przerabiali kazania, żeby podkreślić swoje zapatrywania na zło. Policja przez pierwszy tydzień ogłaszała codzienne sprawozdania, ale kiedy zrozumiała, że niewiele ma do powiedzenia, sprawozdania pojawiały się coraz rzadziej. Czekali i czekali, z nadzieją na trop, niespodziewany telefon, kapusia łasego na nagrodę. Modlili się o przełom.

W końcu nadszedł, szesnaście dni po zniknięciu Nicole. O czwartej trzydzieści trzy nad ranem domowy telefon Drew Kerbera zadzwonił dwa razy, zanim detektyw złapał słuchawkę. Chociaż był zmęczony, nie spał dobrze. Instynktownie pstryknął guzik, żeby nagrać to, co miało zostać powiedziane. Nagranie, puszczane później tysiąc razy, brzmiało:

Kerber: Halo.
Głos: Czy to detektyw Kerber?
Kerber: Tak. Kto mówi?
Głos: Nieważne. Ważne, że wiem, kto ją zabił.
Kerber: Muszę mieć twoje nazwisko.

Głos: Zapomnij, Kerber. Chcesz porozmawiać o dziewczynie?

Kerber: Mów.

Głos: Widywała się z Dontém Drummem. Wielka tajemnica. Próbowała z tym skończyć, ale on nie chciał odejść.

Kerber: Kto to jest Donté Drumm?

Głos: Daj spokój, detektywie. Wszyscy znają Drumma. To wasz zabójca. Złapał ją przed centrum handlowym, zrzucił z mostu na trasie 244. Dziewczyna leży na dnie Red River.

Koniec połączenia. Ustalono, że ktoś dzwonił z budki w całodobowym sklepie spożywczym w Slone i tam trop się urywał. Detektyw Kerber słyszał szeptane plotki, że Nicole spotykała się z czarnym futbolistą, ale nikt nie mógł ich zweryfikować. Jej chłopak kategorycznie temu zaprzeczał. Twierdził, że od roku umawiali się od czasu do czasu, i był pewien, że Nicole nie rozpoczęła jeszcze współżycia. Ale jak to bywa z plotkami, zbyt nieprzyzwoitymi, żeby z nich zrezygnować, i ta się utrzymywała. Była tak odpychająca i potencjalnie tak wybuchowa, że jak do tej pory Kerber nie zdecydował się porozmawiać o niej z rodzicami Nicole.

Popatrzył na telefon, potem wyjął taśmę. Pojechał do komendy policji miasta Slone, zrobił sobie dzbanek kawy i znów odsłuchał nagranie. Był szczęśliwy, nie mógł się doczekać, żeby podzielić się nowiną ze swoim zespołem śledczym. Teraz wszystko pasowało – romans nastolatków, czarne na białym, nadal wielkie tabu we wschodnim Teksasie, próba zerwania ze strony Nicole, fatalna reakcja ze strony odrzuconego kochanka. Wszystko doskonale do siebie pasowało.

Mieli drania.

Dwa dni później Donté Drumm został zatrzymany i oskarżony o porwanie, zgwałcenie ze szczególnym okrucieństwem i zamordowanie Nicole Yarber. Przyznał się do zbrodni i potwierdził, że wrzucił ciało do Red River.

Robbie Flak i detektyw Kerber mieli za sobą burzliwą historię wzajemnych kontaktów, niemal na granicy użycia przemocy. Przez te lata ścierali się kilka razy w sprawach karnych. Kerber nienawidził adwokata równie mocno, jak nienawidził innych szumowin reprezentujących przestępców. Flak uważał Kerbera za agresywnego zbira, nieuczciwego glinę, niebezpiecznego człowieka z odznaką i bronią, który zrobi wszystko, żeby doprowadzić do skazania. Podczas pewnej pamiętnej wymiany zdań przed ławą przysięgłych Flak przyłapał Kerbera na jawnym kłamstwie i żeby podkreślić tę oczywistość, ryknął na świadka:

– Jesteś zakłamanym sukinsynem, Kerber.

Robbie został upomniany, zganiony, zmuszony do przeproszenia Kerbera i przysięgłych, i ukarany pięćsetdolarową grzywną. Ale jego klienta uznano za niewinnego, a nic innego się nie liczyło.

W historii rady adwokackiej hrabstwa Chester żaden adwokat nie dostawał tylu nagan co Robbie Flak. Był bardzo dumny z tego rekordu.

Ledwie Robbie usłyszał o areszowaniu Dontégo Drumma, wykonał kilka gorączkowych telefonów, potem wyruszył do czarnej dzielnicy Slone – okolicy, którą dobrze znał. Towarzyszył mu Aaron Rey, były członek gangu. Odsiedział swoje za rozprowadzanie narkotyków, a teraz pracował w kancelarii adwokackiej Flaka jako ochroniarz, goniec, kierowca, detektyw i w każdym innych charakterze, w jakim byłby Robbiemu potrzebny. Rey nosił na sobie co najmniej dwa pistolety i kolejne dwa w torbie na ramię, wszystko legalnie, bo pan Flak sprawił, że przywrócono mu prawa i teraz mógł nawet głosować. Robbie Flak miał w Slone wrogów więcej niż trzeba. Ale wszyscy ci wrogowie wiedzieli o panu Aaronie Reyu.

Matka Drumma pracowała w szpitalu, a jego ojciec był kierowcą ciężarówki w tartaku na południowym skraju miasta. Mieszkali z czworgiem dzieci w małym pobielanym domu. Lampki bożonarodzeniowe wokół okien, wieniec na drzwiach. Ich pastor dotarł wkrótce po Robbiem. Rozmawiali wiele godzin. Rodzice byli zdezorientowani, załamani i bardzo wystraszeni. I wdzięczni, że pan Flak zechciał przyjechać i spotkać się z nimi. Nie mieli pojęcia, co robić.

– Mogę podjąć się prowadzenia tej sprawy – powiedział Robbie, a oni się zgodzili.

Dziewięć lat później nadal ją prowadził.

Piątego listopada, w poniedziałkowy poranek, Robbie przybył wcześnie na stację. Pracował w sobotę i w niedzielę i wcale nie czuł się wypoczęty po weekendzie. Był w kiepskim, nawet fatalnym nastroju. Kolejne cztery dni będą jednym wielkim chaosem, gorączką wydarzeń, niektórych przewidywanych, innych zupełnie nieoczekiwanych. A kiedy o szóstej po południu w czwartek kurz opadnie, Robbie wiedział, że według wszelkiego prawdopodobieństwa będzie stał w ciasnym pokoju dla świadków w więzieniu w Huntsville, trzymał za rękę Robertę Drumm i patrzył, jak stan Teksas wstrzykuje jej synowi wystarczającą ilość chemikaliów, żeby zabić konia.

Raz już tam był.

Wyłączył silnik bmw, ale nie mógł odpiąć pasa bezpieczeństwa. Lewa ręka ściskała kierownicę. Gapił się przez przednią szybę i nic nie widział.

Przez dziewięć lat bił się o Dontégo Drumma. Prowadził wojnę jak nigdy przedtem. Walczył jak wariat podczas absurdalnego procesu, w którym Donté został skazany za morderstwo. Obrażał sądy apelacyjne podczas apelacji. Obtańcowywał etykę i omijał prawo. Pisał zadziorne artykuły głoszące niewinność jego klienta. Płacił ekspertom, żeby obmyślali oryginalne teorie, których nikt nie kupował. Zadręczał gubernatora, aż na jego telefony przestali odpowiadać nawet niżsi urzędnicy. Lobbował u polityków, u organizacji broniących niewinnie skazanych, u organizacji religijnych, w radach adwokackich, w Amerykańskiej Unii Wolności Obywatelskich, Amnesty International, u przeciwników kary śmierci, u wszystkich i u każdego, kto mógłby cokolwiek zrobić, żeby uratować jego klienta. Ale zegar nie wstrzymał biegu. Nadal tykał, coraz głośniej.

Przez ten czas Robbie Flak wydał wszystkie pieniądze, spalił wszystkie mosty. Skonfliktował się z prawie wszystkimi przyjaciółmi. Był wyczerpany i roztrzęsiony. Tak długo dął w trąbę, że nikt już jej nie słyszał. Dla większości obserwatorów był po prostu kolejnym pyskatym prawnikiem, który wrzeszczy o niewinnym kliencie – a to znowu nie taki rzadki widok.

Ta sprawa doprowadziła go do granicy. Kiedy się skończy, kiedy stanowi Teksas wreszcie uda się stracić Dontégo, Robbie poważnie wątpił, czy zdoła nadal coś robić. Planował przeprowadzić się, sprzedać dom, przejść na emeryturę, powiedzieć Slone i Teksasowi, żeby pocałowali go w dupę, i zamieszkać gdzieś w górach, może w Vermont, gdzie lata są chłodne, a państwo nie zabija ludzi.

W sali konferencyjnej zapaliło się światło. Ktoś już tam był, otwierał kancelarię, przygotowywał się na piekielny tydzień. Robbie w końcu wysiadł z samochodu i wszedł do środka. Pogadał z Carlosem, jednym z zatrudnionych od dawna kancelistów, spędził z nim parę minut przy kawie. Rozmowa wkrótce zeszła na futbol.

– Oglądałeś Kowbojów? – zapytał Carlos.

– Nie, nie mogłem. Słyszałem, że Preston miał swój wielki dzień.

– Ponad dwieście jardów. Trzy dotknięcia.

– Już nie jestem fanem Kowbojów.

– Ja też.

Miesiąc wcześniej Rahmad Preston siedział właśnie tutaj, w sali konferencyjnej, rozdawał autografy i pozował do zdjęć. Miał dalekiego kuzyna, którego dziesięć lat wcześniej stracono w Georgii, i podjął sprawę Dontégo Drumma. Snuł wielkie plany, żeby zwerbować innych Kowbojów i grube ryby Narodowej Ligi Futbolu, które pomogłyby wymachiwać flagą. Miał się spotkać z gubernatorem, radą do spraw zwolnień warunkowych, chłopakami z wielkiego biznesu, politykami, paroma raperami, których jak twierdził, dobrze zna, może nawet z kimś z Hollywood. Zamierzał narobić takiego hałasu, że stan musiałby ustąpić. Okazało się jednak, że Rahmad tylko gada. Nagle zamilkł, wybrał „odosobnienie", według jego agenta. Ten wyjaśnił także, że sprawa jest zbyt rozpraszająca, żeby dokonać wielkiego powrotu. Robbie – ponieważ wszędzie węszył spiski – podejrzewał, że klub Kowbojów i jego siatka korporacyjnych sponsorów jakoś przycisnęli Rahmada.

Do ósmej trzydzieści cała firma zgromadziła się w sali konferencyjnej i Robbie rozpoczął obrady. Obecnie nie miał wspólników - ostatni odszedł, prowadząc spór, który sfinalizował się w sądzie - ale miał dwóch współpracowników, dwóch kancelistów, trzy sekretarki i Aarona Reya - zawsze pod ręką. Po piętnastu latach z Robbiem Aaron lepiej znał prawo niż większość doświadczonych kancelistów. Był też adwokat z Amnestii Teraz, działającej z londyńskiej bazy organizacji obrońców praw człowieka, która ofiarowała tysiące godzin wykwalifikowanej pracy na rzecz apelacji Drumma. W telekonferencji uczestniczył adwokat z Austin, specjalista od apelacji, dostarczony przez Teksańską Grupę Obrońców przeciwko Karze Głównej.

Robbie przeleciał plany na ten tydzień. Obowiązki zostały określone, zadania rozdzielone, odpowiedzialność objaśniona. Starał się wyglądać na optymistę, pełnego nadziei, pewnego, że cud jest w zasięgu ręki.

Cud powoli materializował się jakieś sześćset kilometrów na północ, w Topeka, w Kansas.

ROZDZIAŁ 3

Kilka szczegółów potwierdzono bez trudu. Dana, dzwoniąc z luterańskiego kościoła Świętego Marka, odrabiała swoją część zadania. Szła śladem tych, którzy byli na tyle uprzejmi, żeby odwiedzać świątynię. Pogadała też z kierownikiem z Domu Kotwicy. Powiedział, że Boyette przebywa tam od trzech tygodni. Jego „pobyt" zaplanowano na trzy miesiące i jeśli wszystko pójdzie dobrze, potem stanie się wolnym człowiekiem, poddanym oczywiście pewnym, dość rygorystycznym, wymogom zwolnienia warunkowego. W zakładzie prowadzonym pod jurysdykcją Departamentu Więziennictwa było aktualnie dwudziestu dwóch rezydentów, mężczyzn, żadnych kobiet. Boyette, jak wszyscy, miał prawo wychodzić co rano o ósmej i musiał wracać wieczorem, o szóstej, na kolację. Zachęcano do podejmowania pracy. Kierownik zazwyczaj zatrudniał ludzi jako dozorców, od czasu do czasu, w niepełnym wymiarze godzin. Boyette pracował cztery godziny dziennie, siedem dolarów za godzinę. Obserwował obraz z monitoringu w piwnicy budynku z rządowymi biurami. Był godny zaufania i staranny, mówił mało i jak dotąd nie sprawiał problemów. Z zasady rezydenci bardzo dobrze się zachowywali, bo złamanie zasad albo jakiś nieprzyjemny incydent mogły posłać ich z powrotem do więzienia. Widzieli, czuli, wąchali wolność i nie chcieli wszystkiego schrzanić.

O lasce kierownik niedużo mógł powiedzieć. Boyette używał jej od dnia, kiedy się pojawił. Ale w grupie znudzonych kryminalistów jest mało prywatności, za to roi się od plotek i wieść niosła, że Boyette został mocno pobity w więzieniu. Tak, wszyscy wiedzieli, że ma paskudną kartotekę, i obchodzili go z daleka. Dziwny, zamknięty w sobie i sypiał samotnie w pokoiku za kuchnią, podczas gdy reszta kładła się w sali głównej.

– Ale mamy tu wszystkich – powiedział kierownik. – Od morderców po kieszonkowców. Nie zadajemy zbyt wielu pytań.

Kłamiąc trochę, a może bardzo, Dana bezczelnie wspomniała o obawach natury medycznej, zapisanych przez Boyette'a w karcie gościa, którą łaskawie wypełnił. Modlitewna prośba. Karty nie było i Dana poprosiła Wszechmogącego w krótkiej petycji o wybaczenie. Usprawiedliwiała nieszkodliwe kłamstewko tym, co było tutaj stawką. Tak, powiedział kierownik, przewieźli go do szpitala, bo bez przerwy gadał o bólu głowy. Ci faceci uwielbiają się leczyć. U Świętego Franciszka przeprowadzili masę badań, ale nie wie niczego więcej. Boyette dostał jakieś recepty, ale to jego rzecz. Sprawa lekarska i poufna.

Dana podziękowała i przypomniała mu, że do Świętego Marka zaprasza się wszystkich, również ludzi z Domu Kotwicy.

Potem zadzwoniła do doktora Herzlicha, chirurga klatki piersiowej u Świętego Franciszka i wieloletniego członka Świętego Marka. Nie miała zamiaru sprawdzać informacji o stanie zdrowia Travisa Boyette'a, bo takie wścibstwo to już przesada i z pewnością do niczego nie prowadziło. Sprawi, że mąż pogada z doktorem za zamkniętymi drzwiami i może znajdą wspólny mianownik dla swoich zawoalowanych, profesjonalnych opinii. Połączenie trafiło na pocztę głosową. Dana zostawiła prośbę, żeby Herzlich oddzwonił do męża.

Kiedy pracowała przy telefonie, Keith siedział przyklejony do komputera, zatopiony w sprawie Dontégo Drumma. Strona była ogromna. Kliknąć tutaj. Podsumowanie faktów – dziesięć stron. Kliknąć tutaj: Pełna transkrypcja procesu – tysiąc osiemset trzydzieści stron. Kliknąć niżej: Akta apelacyjne z dowodami rzeczowymi i pisemnymi oświadczeniami złożonymi pod przysięgą – kolejnych tysiąc sześćset, czy mniej więcej tyle. Historia sprawy na trzysta czterdzieści stron, z orzeczeniami sądów apelacyjnych. Oddzielnie karta: kara śmierci w Teksasie, i jeszcze jedna: galeria zdjęć Dontégo, Donté w celi śmierci, Fundusz Obrony Dontégo Drumma, Jak Możesz Pomóc, relacje prasowe i artykuły wstępne, omyłkowe skazania i fałszywe zeznania, a ostatnia: Robbie Flak, adwokat.

Keith zaczął od podsumowania faktów:

> Miasto Slone, Teksas, populacja czterdzieści tysięcy, kiedyś wiwatowało jak szalone, gdy Donté Drumm przemierzał pole jako nieustraszony wspomagający, a teraz to samo miasto niecierpliwie czeka na jego egzekucję.
>
> Donté Drumm urodził się w Marshall w Teksasie w 1980 roku jako trzecie dziecko Roberty i Rileya Drummów. Czwarte dziecko przyszło na świat cztery lata później, niedługo po tym, jak rodzina przeprowadziła się do Slone, gdzie Riley znalazł pracę u przedsiębiorcy kanalizacyjnego. Rodzina wstąpiła do Afrykańskiego Kościoła Metodystycznego Betel i nadal jest jego aktywnym członkiem. Donté został ochrzczony w tym

kościele w wieku ośmiu lat. Uczęszczał do szkół publicznych w Slone i w wieku dwunastu lat wyróżnił się jako sportowiec. Potężna budowa i niezwykła szybkość sprawiły, że Donté stał się znany na boisku do futbolu. W wieku czternastu lat, w pierwszej klasie, został już wspomagającym Liceum Miejskiego w Slone. Awansowano go do ligi zawodowej, kiedy był uczniem drugiej i przedostatniej klasy. Powiedział, że zamierza grać dla północnego Teksasu, ale poważna kontuzja kostki zakończyła jego karierę podczas pierwszej ćwierci pierwszej gry w jego ostatnim roku nauki. Operacja się powiodła, ale szkody nie dało się naprawić. Ofertę stypendium wycofano. Nie ukończył szkoły średniej, bo został wsadzony do więzienia. Ojciec, Riley, umarł na serce w 2002, kiedy syn siedział w celi śmierci.

W wieku piętnastu lat Donté został aresztowany i oskarżony o napaść. Rzekomo wraz z dwoma czarnymi kolegami pobił innego czarnego chłopaka za salą gimnastyczną liceum. Sprawą zajął się sąd dla nieletnich. Donté został w końcu uznany za winnego i dostał nadzór kuratorski. Kiedy miał szesnaście lat, trafił do aresztu za posiadanie marihuany. Był wtedy zawodowym wspomagającym, dobrze znanym w mieście. Oskarżenie potem wycofano.

Donté miał dziewiętnaście lat, kiedy w 1999 został skazany za uprowadzenie, zgwałcenie i zamordowanie cheerleaderki Nicole Yarber. Drumm i Yarber uczęszczali do ostatniej klasy w Liceum Miejskim w Slone. Przyjaźnili się, razem dorastali w Slone, chociaż Nicole, albo Nikki jak ją często nazywano, mieszkała na przedmieściach, podczas gdy Donté mieszkał w Hazel Park, starszej dzielnicy miasta, należącej głównie do czarnej klasy średniej. Slone jest w jednej trzeciej czarne i chociaż szkoły są zintegrowane, to kościoły, kluby obywatelskie i dzielnice nie.

Nicole Yarber urodziła się w Slone w 1981 jako pierwsze i jedyne dziecko Reevy i Cliffa Yarberów, którzy rozwiedli się, kiedy miała dwa lata. Reeva ponownie wyszła za mąż i Nicole wychowywali matka i ojczym Wallis Pike. Pan i pani Pike'owie mieli jeszcze dwoje dzieci. Nie licząc rozwodu, wychowanie

Nicole było typowe i niczym się nie wyróżniało. Chodziła do publicznej szkoły podstawowej i gimnazjum, a w 1995 roku zapisała się jako pierwszoklasistka do Liceum Miejskiego w Slone (w Slone jest tylko jedno liceum; nie licząc typowych szkółek kościelnych dla maluchów, w mieście nie ma szkół prywatnych). Nicole uczyła się dobrze, ale irytowała nauczycieli wyraźnym brakiem motywacji. Według kilku sprawozdań szkolnych powinna być wzorową uczennicą. Bardzo lubiana, popularna, niezwykle towarzyska nie miała na koncie złego zachowania czy problemów z prawem. Była aktywnym członkiem Pierwszego Baptystycznego Kościoła w Slone. Uwielbiała jogę, narty wodne i muzykę country. Złożyła papiery do dwóch college'ów: Baylor w Waco i Trinity w San Antonio w Teksasie.

Po rozwodzie jej ojciec, Cliff Yarber, przeprowadził się do Dallas, gdzie zrobił fortunę na małych centrach sklepowo-usługowych. Jako rodzic, który opuścił rodzinę, najwyraźniej próbował zrekompensować to za pomocą kosztownych prezentów. Na szesnaste urodziny Nicole dostała jaskrawoczerwony kabriolet bmw roadster, bez wątpienia najładniejszy samochód na parkingu Liceum Miejskiego. Prezenty były źródłem tarć między rozwiedzionymi rodzicami. Ojczym, Wallis Pike, prowadził sklep spożywczy i finansowo stał nieźle, ale nie mógł konkurować z Cliffem Yarberem.

Na jakiś rok przed zniknięciem Nicole umawiała się z kolegą z klasy, Joeyem Gamble'em, jednym z najbardziej lubianych chłopców w szkole. I rzeczywiście, w dziesiątej i jedenastej klasie Nicole i Joey zostali wybrani na najbardziej popularnych uczniów i razem pozowali do księgi pamiątkowej rocznika. Joey był jednym z trzech kapitanów drużyny futbolowej. Później, krótko, grywał na pierwszym roku college'u. Stanie się najważniejszym świadkiem w procesie Dontégo Drumma.

Od jej zniknięcia i następującego po nim procesu pojawiło się mnóstwo spekulacji na temat relacji Nicole Yarber z Dontém Drummem. Niczego konkretnego nie dowiedziano się ani nie potwierdzono. Donté zawsze utrzymywał, że łączyła ich wyłącznie luźna znajomość. Po prostu dwa dzieciaki, które dorastały w tym samym mieście i należały w szkole do tego samego rocznika liczącego ponad pięćset osób. Zaprzeczał w sądzie, pod przysięgą, zaprzeczał i później, żeby z Nicole łączyły go związki seksualne. Jego przyjaciele też zawsze w to wierzyli. Jednak sceptycy przypuszczali, że Donté byłby durniem, gdyby przyznał się do intymnych stosunków z kobietą, o której zamordowanie został oskarżony. Kilku jego przyjaciół podobno mówiło, że ci dwoje dopiero co rozpoczęli romans, kiedy ona zniknęła. Wiele spekulacji dotyczy działań Joeya Gamble'a. Gamble zeznał podczas procesu, że widział, jak furgonetka forda jedzie powoli i „podejrzanie" przez parking, gdzie stało bmw Nicole w czasie, kiedy zniknęła. Donté Drumm często jeździł taką furgonetką. Pożyczał ją od rodziców. Zeznanie Gamble'a zostało zaatakowane podczas procesu i powinno zostać zdyskredytowane. Istnieje teoria, że Gamble wiedział o romansie Nicole z Dontém i odtrącony tak się wściekł, że pomógł policji spreparować wersję przeciwko Dontému Drummowi.

Trzy lata po procesie ekspert od analizy głosu wynajęty przez adwokatów ustalił, że anonimowy mężczyzna, który zadzwonił do detektywa Kerbera z informacją, że zabójcą jest Donté, to w istocie Joey Gamble. Gamble gwałtownie temu zaprzeczał. Jeśli jednak to prawda, że dzwonił, odegrał znaczącą rolę w aresztowaniu, oskarżeniu i skazaniu Dontégo Drumma.

Jakiś głos wyrwał go z innego świata.

– Keith, doktor Herzlich do ciebie – powiedziała Dana przez intercom.

– Dziękuję. – Keith odczekał chwilę, żeby się skupić. Potem podniósł słuchawkę. Zaczął od zwyczajowych uprzejmości, ale wiedział, że lekarz jest człowiekiem zajętym, więc szybko przeszedł do sprawy.

– Posłuchaj, doktorze, potrzebuję małej przysługi, ale jeśli to za duży problem, to proszę, po prostu powiedz. Wczoraj podczas mszy mieliśmy gościa, skazańca na zwolnieniu warunkowym. Ma spędzić kilka miesięcy w zakładzie półotwartym i jest naprawdę nieszczęśliwym biedaczyną. Wpadł do nas dziś rano, właściwie to dopiero co wyszedł, i twierdzi, że ma jakieś poważne problemy zdrowotne. Badano go w Świętym Franciszku.

– O jaką przysługę chodzi, Keith? – zapytał doktor Herzlich, jakby patrzył na zegarek.

– Jeśli jesteś zabiegany, możemy porozmawiać później.

– Nie, dawaj.

– W każdym razie mówi, że wykryto u niego nowotwór mózgu, złośliwy, glejaka. Mówi, że to śmiertelne, że niedługo umrze. Zastanawiam się, czy możesz to sprawdzić. Nie proszę o informacje poufne, rozumiesz? Wiem, że nie jest twoim pacjentem, i nie chcę, żeby ktokolwiek naruszał procedury. Nie o to proszę. Znasz mnie przecież.

– Dlaczego mu nie wierzysz? Dlaczego ktokolwiek twierdziłby, że ma raka mózgu, jeśli naprawdę go nie ma?

– To recydywista, doktorze. Całe życie za kratami i tak dalej, prawdopodobnie sam do końca nie wie, co jest prawdą. I nie powiedziałem, że mu nie wierzę. W moim gabinecie miał dwa ataki ostrych bólów głowy, aż bolało, jak się na to patrzyło. Po prostu chcę potwierdzić to, co do tej pory mi przekazał. I tyle.

Przerwa, jakby lekarz rozglądał się, czy ktoś nie podsłuchuje.

– Keith, nie mogę szperać za głęboko. Wiesz chociaż, kto jest jego lekarzem?

– Nie.

– Dobra. Podaj nazwisko.

– Travis Boyette.

– Zapisałem. Daj mi parę godzin.

– Dziękuję, doktorze.

Keith szybko odłożył słuchawkę i wrócił do Teksasu. Czytał dalej:

> Nicole zniknęła w piątek wieczorem, czwartego grudnia 1998. Wieczór spędziła z koleżankami w kinie, w jedynym

centrum handlowym w Slone. Po filmie dziewczyny – cztery – zjadły pizzę, także w centrum. Wchodząc do restauracji, pogadały krótko z dwoma chłopcami. Jednym z nich był Joe Gamble. Przy pizzy postanowiły spotkać się w domu Ashley Veriki, żeby do późna w nocy oglądać telewizję. Kiedy wyszły z restauracji, Nicole przeprosiła i poszła do damskiej toalety. Trzy przyjaciółki już nigdy jej nie zobaczyły. Zadzwoniła do domu i obiecała, że wróci przed północą, swoją godziną policyjną. Potem zniknęła. Godzinę później przyjaciółki zaniepokoiły się i zaczęły dzwonić. Dwie godziny później jej czerwone bmw znaleziono tam, gdzie je zostawiła, na parkingu przy centrum handlowym. Było zamknięte. Żadnych śladów walki, ani śladu niczego niepokojącego, ani śladu Nicole. Jej rodzina i przyjaciele wpadli w panikę, rozpoczęły się poszukiwania.

Policja natychmiast zaczęła podejrzewać przestępstwo i zorganizowała poszukiwania na ogromną skalę. Tysiące ochotników w kolejnych dniach i tygodniach. Miasto i hrabstwo przeczesane jak nigdy. Niczego nie znaleziono. Kamery monitoringu w centrum handlowym były za daleko, zarejestrowały nieostry obraz, na nic się nie przydały. Nikt nie zgłosił, że widział, jak Nicole wychodzi z centrum i idzie do samochodu. Cliff Yarber zaoferował nagrodę, sto tysięcy dolarów, za informację. A kiedy ta suma okazała się nieskuteczna, podniósł ją do dwustu pięćdziesięciu tysięcy.

Pierwszy przełom w śledztwie nastąpił 16 grudnia, dwanaście dni po zniknięciu Nicole. Dwaj bracia łowili ryby na piaszczystej łasze na Red River, niedaleko pomostu znanego jako Rush Point, i jeden z nich nadepnął na kawałek plastiku. To była karta Nicole na siłownię. Przeszukali muł i piasek i znaleźli kolejną kartę – jej legitymację uczniowską, wydaną przez Liceum Miejskie w Slone. Jeden z braci skojarzył nazwisko. Natychmiast pojechali na komendę w Slone.

Rush Point znajduje się sześćdziesiąt kilometrów na północ od granicy miasta.

Policyjni śledczy, pod wodzą detektywa Drew Kerbera, postanowili nie ujawniać informacji o karcie z siłowni i legitymacji. Uznali, że najlepsza strategia to najpierw znaleźć ciało. Przeprowadzili szeroko zakrojone, chociaż daremne poszukiwania na rzece, wiele kilometrów na wschód i zachód od Rush Point. Pomagała policja stanowa z ekipą nurków. Nic więcej nie znaleziono. Władze aż na sto pięćdziesiąt kilometrów w dół rzeki zostały powiadomione o całej akcji i poproszone o zachowanie czujności.

Kiedy przeszukiwano rzekę, detektyw Kerber otrzymał anonimową informację wiążącą się ze sprawą Dontégo Drumma. Nie tracił czasu. Dwa dni później wraz z partnerem, detektywem Jimem Morrisseyem, podszedł do Dontégo, który wychodził z klubu fitness. Kilka godzin potem dwaj inni detektywi podeszli do młodego człowieka, Torreya Picketta, bliskiego przyjaciela Dontégo. Pickett zgodził się pójść na policję i odpowiedzieć na kilka pytań. Nic nie wiedział o zniknięciu Nicole i nic go to nie obchodziło, chociaż denerwował się, że ma iść na komendę.

– Keith, to księgowy. Druga linia – oznajmiła Dana przez intercom.

Keith spojrzał na zegarek – dziesiąta pięćdziesiąt – i pokręcił głową. Ostatni człowiek, którego głos chciałby w tej chwili usłyszeć, to kościelny księgowy.

– Czy w drukarce jest papier? – zapytał Danę.

– Nie wiem – odparła. – Sprawdzę.

– Jak nie ma, to włóż, dobrze?

– Tak jest.

Keith niechętnie włączył drugą linię i rozpoczął nudną, chociaż niedługą dyskusję o kościelnych finansach od trzydziestego pierwszego października. Przysłuchiwał się liczbom, jednocześnie stukając w klawiaturę. Wydrukował dziesięciostronicowe podsumowanie faktów, trzydzieści stron z artykułami prasowymi i wstępniakami, raport o karze śmierci, jaką stosuje się w Teksasie, sprawozdanie z życia Dontégo w celi śmierci. A kiedy dostał sygnał, że w drukarce nie ma papieru, kliknął na galerię zdjęć Dontégo i spojrzał na twarze. Donté jako dziecko z rodzicami, dwaj starsi bracia, jedna młodsza siostra, Donté jako chłopczyk w todze chórzysty, w kościele, różne pozy Dontégo jako wspomagającego, zdjęcie policyjne, pierwsza strona „Slone Daily News", Donté prowadzony w kajdankach na salę sądową, więcej zdjęć z procesu, coroczne zdjęcia dokumentacyjne z więzienia, poczynając od 1999 roku, z pewnym siebie spojrzeniem w obiektyw, kończąc na 2007 roku, z wychudzoną twarzą postarzałego dwudziestosiedmiolatka.

Kiedy Keith skończył z księgowym, przeszedł do sekretariatu i usiadł naprzeciwko żony. Sortowała kartki, które wydrukował, przeglądając je, kiedy wychodziły.

– Czytałeś to? – Pomachała plikiem papierów.

– Co czytałem? To setki stron.

– Posłuchaj: „Ciało Nicole Yarber nigdy nie zostało odnalezione i mimo że może to wstrzymać proces oskarżycielski w niektórych jurysdykcjach, nie spowalnia sprawy w Teksasie. Teksas jest jednym z kilku stanów z dobrze rozwiniętym prawem precedensowym, które zezwala na oskarżanie w sprawach o morderstwo, kiedy brakuje ostatecznego dowodu, że morderstwo istotnie zostało popełnione. Zwłoki nie zawsze są konieczne".

– Nie, tak daleko nie doszedłem – powiedział.

– Możesz w to uwierzyć?

– Nie wiem, w co wierzyć.

Zadzwonił telefon. Dana chwyciła gwałtownie słuchawkę i poinformowała rozmówcę, że pastor jest nieosiągalny. I się rozłączyła.

– Dobra, pastorze. Jaki jest plan?

– Nie ma planu. Następny krok, jedyny, jaki teraz przychodzi mi do głowy, to znowu porozmawiać z Travisem Boyettem. Jeśli przyzna, że wie, gdzie jest albo było ciało, przycisnę go, żeby przyznał się do morderstwa.

– A jeśli się przyzna? Co wtedy?

– Nie mam pojęcia.

Rozdział 4

Detektyw trzy dni szedł tropem Joeya Gamble'a, zanim go znalazł. Gamble nie ukrywał się ani nie było go trudno znaleźć. Pracował jako zastępca kierownika w ogromnym dyskoncie z częściami samochodowymi na przedmieściu Houston, w Mission Bend. To jego trzecia praca w ciągu ostatnich czterech lat. Miał na koncie jeden rozwód i prawdopodobnie drugi w drodze. Nie mieszkał razem z żoną, wycofali się do neutralnych narożników, gdzie czekali ich adwokaci. Nie bardzo mieli o co walczyć, przynajmniej jeśli chodzi o majątek. Było jedno dziecko, chłopczyk z autyzmem, i żadne z rodziców tak naprawdę nie chciało prawa do opieki. Ale i tak walczyli.

Teczka Gamble'a była równie stara jak sama sprawa i detektyw znał ją na pamięć. Po liceum chłopak grał rok w futbol w dwuletnim college'u, potem zrezygnował. Przez kilka lat pałętał się po Slone. Podejmował różne prace i spędzał większość wolnego czasu w siłowni, gdzie jadł steroidy i przemieniał się w zwalistego osiłka. Pysznił się, że został zawodowym kulturystą, ale w końcu i ta praca go zmęczyła. Ożenił się z miejscową dziewczyną, rozwiódł, przeprowadził do Dallas, a potem wyjechał do Houston. Według księgi szkolnej, rocznik 1999, zamierzał zostać właścicielem rancza z bydłem, gdyby nie wypaliło z Narodową Ligą Futbolu.

Nie wypaliło, ranczo też nie i Joey trzymał właśnie podkładkę na dokumenty i marszczył brew nad wystawą z wycieraczkami do szyb, kiedy detektyw wykonał swój ruch. Długi korytarz był pusty. Dochodziło południe, poniedziałek, a w sklepie praktycznie nikogo.

– Ty jesteś Joey? – Detektyw uśmiechnął się z niepokojem spod grubego wąsa.

Joey spojrzał w dół, na plastikową plakietkę z nazwiskiem, nad kieszenią koszuli.

– To ja. – Próbował zrewanżować się uśmiechem. W końcu to handel detaliczny i trzeba dopieszczać klienta. Chociaż ten facet nie wyglądał na klienta.

– Nazywam się Fred Pryor. – Prawa ręka wystrzeliła jak cios bokserski skierowany w brzuch. – Prywatny detektyw. – Joey chwycił ją, jakby w samoobronie. Ściskali sobie dłonie przez krępujących kilka sekund. – Miło cię widzieć.

– Przyjemność po mojej stronie. – Joey nastawił radar na pełną gotowość. Pan Pryor miał około pięćdziesięciu lat, szeroką klatkę, okrągłą, twardą twarz okoloną siwymi włosami, które co rano wymagały pracy. Nosił zwykłą granatową marynarkę, brązowe poliestrowe spodnie – mocno napięte w pasie – i oczywiście parę wypolerowanych spiczastych kowbojskich butów. – Jakim detektywem? – zapytał.

– Nie jestem gliną, Joey. Jestem prywatnym detektywem, słusznie licencjonowanym przez stan Teksas.

– Masz broń?

– Tak. – Pryor z rozmachem rozchylił marynarkę, żeby pokazać dziewięciomilimetrowego glocka pod lewą pachą. – Chcesz zobaczyć zezwolenie?

– Nie. Dla kogo pracujesz?

– Zespół obrony Dontégo Drumma.

Ramiona troszeczkę opadły, oczy poszły do góry, powietrze uleciało w jednym szybkim wydechu rozczarowania, jakby się chciało powiedzieć: „Znowu? Tylko nie to". Ale Pryor spodziewał się tego i zareagował szybko.

– Postawię ci lunch, Joey. Nie możemy tutaj rozmawiać. Za rogiem jest meksykańska knajpka. Poczekam tam na ciebie. Poświęć mi pół godziny, okej? Tylko o to proszę. Ty dostaniesz lunch. Ja dostanę trochę czasu, żeby cię poznać. Potem, być może, więcej mnie nie zobaczysz.

Poniedziałkowym daniem dnia były quesadillas, jesz, ile wejdzie, za sześć pięćdziesiąt. Lekarz powiedział mu, żeby zrzucił parę kilo, ale on uwielbiał meksykańskie żarcie, zwłaszcza w tłustej, błyskawicznie smażonej amerykańskiej wersji.

– Czego chcesz? – zapytał.

Pryor rozejrzał się, jakby inni nadstawiali uszu.

– Pół godziny. Słuchaj, Joey, nie jestem gliną. Nie mam władzy, nie mam nakazu, nie mam prawa pytać o cokolwiek. Ale ty znasz tę historię lepiej ode mnie.

Później Pryor zdał relację Flakowi, że w tym momencie dzieciak rozkleił się, przestał się uśmiechać, przymknął oczy w wyrazie uległości i smutku. Jakby wiedział, że ten dzień w końcu nadejdzie. Pryor był pewien, że to jest ta ich szczęśliwa chwila w trudnych czasach.

Joey spojrzał na zegarek:

– Za dwadzieścia minut. Zamów dla mnie firmową margaritę.

– Załatwione. – Pryor pomyślał, że picie do lunchu to problematyczna sprawa, przynajmniej dla Joeya. Ale w końcu alkohol może pomóc.

Firmowa margarita została podana w jakimś jakby przezroczystym, miskowatym dzbanku, który wystarczyłby dla kilku spragnionych chłopów. Wraz z upływem minut na szkle osiadała mgiełka, a lód zaczynał topnieć. Pryor pociągnął mrożonej herbaty z cytryną i wysłał wiadomość do Flaka: „Jestem teraz z JG na lunchu. Później".

Joey przybył na czas, udało mu się wcisnąć pokaźne kształty w boks. Przysunął szkło, wziął słomkę i wchłonął imponującą ilość trunku. Pryor pogadał trochę o niczym, aż kelnerka przyjęła od nich zamówienia i zniknęła. Potem przysunął się bliżej i przeszedł do rzeczy.

– Donté zostanie stracony w czwartek. Wiedziałeś?

Joey powoli pokiwał głową.

– Widziałem w gazecie. I jeszcze rozmawiałem wczoraj wieczorem z matką. Powiedziała, że miasto aż huczy.

Matka nadal mieszkała w Slone. Ojciec pracował w Oklahomie, możliwe, że po separacji. Starszy brat był w Slone. Młodsza siostra przeniosła się do Kalifornii.

– Próbujemy wstrzymać egzekucję, Joey, i potrzebujemy twojej pomocy.

– Jacy my?

– Pracuję dla Robbiego Flaka.

Chłopak mało nie splunął.

– Ten świr wciąż kręci się w pobliżu?

– Oczywiście. On zawsze jest w pobliżu. Reprezentował Dontégo od pierwszego dnia i na pewno będzie w Huntsville w czwartek, do końca. To znaczy jeśli nie zdołamy wstrzymać egzekucji.

– W gazecie było, że apelacje się skończyły. Nie ma już nic do zrobienia.

– Może, ale nigdy się nie rezygnuje. Stawką jest życie człowieka, jak tu zrezygnować?

Kolejny łyk przez słomkę. Pryor miał nadzieję, że facet jest jednym z tych biernych pijaków, którzy absorbują gorzałę i jakby wtapiają się w umeblowanie, w przeciwieństwie do awanturników, co to wychylą dwa drinki i próbują opróżnić bar.

Joey cmoknął:

– Pewnie jesteś przekonany o jego niewinności, co?

– Jestem. Zawsze byłem.

– Na jakiej podstawie?

– Na podstawie całkowitego braku dowodów rzeczowych; na podstawie faktu, że ma alibi, był gdzie indziej; na podstawie faktu, że jego zeznanie to fałszywka, jak trzydolarowy banknot; na podstawie faktu, że przeszedł co najmniej cztery testy na poligrafie; na podstawie faktu, że zawsze zaprzeczał jakiemukolwiek swojemu udziałowi w tym morderstwie. I Joey, na użytek tej rozmowy, na podstawie faktu, że twoje zeznanie podczas procesu było całkowicie niewiarygodne. Nie widziałeś zielonej furgonetki na parkingu w pobliżu samochodu Nicole. To niemożliwe. Wyszedłeś z centrum handlowego wejściem do kina. Ona parkowała po zachodniej stronie, po drugiej stronie centrum. Zmyśliłeś wszystko, żeby pomóc glinom przymknąć ich podejrzanego.

Nie było wybuchu, nie było gniewu. Przyjął to jak dziecko przyłapane na gorącym uczynku ze skradzioną monetą, niezdolne wypowiedzieć słowa.

– Mów dalej – mruknął w końcu.

– Chcesz posłuchać?

– Na pewno słyszałem to już wcześniej.

– Owszem, słyszałeś. Słyszałeś to na procesie osiem lat temu. Pan Flak wyjaśniał to przysięgłym. Oszalałeś na punkcie Nicole, ale ona nie oszalała na twoim punkcie. Typowy dramat z liceum. Spotykałeś się z nią od czasu do czasu, żadnego seksu, raczej burzliwy związek, i pewnego razu zacząłeś podejrzewać, że ona widuje się z kimś innym. Okazało się, że to Donté Drumm, co oczywiście w Slone i w mnóstwie innych miasteczek mogło prowadzić do prawdziwych kłopotów. Nikt nie wiedział na pewno, ale plotka wymknęła się spod kontroli. Może próbowała z nim zerwać. On temu zaprzecza. Zaprzecza wszystkiemu. Potem zniknęła, a ty dostrzegłeś okazję, żeby przygwoździć faceta. I przygwoździłeś go. Posłałeś go do celi śmierci i wiesz, że wkrótce będziesz odpowiadał za to, że go zabiłeś.

– Więc to wszystko moja wina?

– Tak jest. Twoje zeznanie wskazywało go na miejscu zbrodni, a przynajmniej tak sądzili przysięgli. Było prawie śmieszne, tak niekonsekwentne, ale ławie bardzo zależało, żeby ci uwierzyć. Nie widziałeś zielonej furgonetki. Skłamałeś. Zmyśliłeś to. Zadzwoniłeś też do detektywa Kerbera z anonimową informacją. Resztę znamy.

– Nie dzwoniłem do Kerbera.

– Oczywiście, że dzwoniłeś. Mamy ekspertów, żeby to potwierdzić. Nawet nie próbowałeś zmienić głosu. Według naszych analiz piłeś, ale nie byłeś pijany. Kilka twoich słów brzmiało z lekka niewyraźnie. Chcesz zobaczyć raport?

– Nie. Nie dopuszczono go w sądzie.

– Bo o twoim telefonie dowiedzieliśmy się dopiero po procesie, a to dlatego, że gliny i prokuratorzy ukryli to, co powinno doprowadzić do uchylenia wyroku. – Oczywiście to wielka rzadkość tu, w Teksasie.

Przyszła kelnerka z półmiskiem skwierczących quesadillas dla Joeya. Pryor wziął swoją sałatkę taco i poprosił o więcej herbaty.

– Więc kto ją zabił? – spytał Joey po kilku pokaźnych kęsach.

– A wiadomo? Nie ma nawet dowodu, że nie żyje.

– Znaleźli jej kartę na siłownię i legitymację.

– Tak, ale nie znaleźli ciała. Z tego wszystkiego, co wiemy, może żyć.

– Nie wierzysz w to. – Łyk margerity, żeby spłukać jedzenie.

– Nie, nie wierzę. Jestem pewien, że nie żyje. W tej chwili to nie ma znaczenia. Joey, ścigamy się z czasem i potrzebujemy twojej pomocy.

– Co miałbym zrobić?

– Odwołać, odwołać, odwołać. Podpisać pod przysięgą oświadczenie mówiące prawdę. Powiedzieć nam, co rzeczywiście widziałeś tamtego wieczoru, czyli że nic nie widziałeś:

– Widziałem zieloną furgonetkę.

– Twój przyjaciel nie widział zielonej furgonetki, a wyszedł z centrum razem z tobą. O niczym mu nie wspomniałeś. Właściwie nie powiedziałeś nikomu niczego przez ponad dwa tygodnie, potem usłyszałeś pogłoskę, że w rzece znaleziono kartę na siłownię i legitymację. Właśnie wtedy upichciłeś naprędce swoją bajkę, Joey, właśnie wtedy postanowiłeś załatwić Dontégo. Byłeś oburzony, bo wolała czarnego kolesia od ciebie. Zadwoniłeś do Kerbera z anonimową informacją i rozpętało się piekło. Gliny były zdesperowane, głupie i nie mogły się doczekać, żeby pognać za twoim kłamstwem. Zadziałało doskonale. Wytłukli z niego zeznanie, zajęło im to tylko piętnaście godzin, i bingo! Wiadomość na pierwszą stronę – „Donté Drumm zeznaje". Potem twoja pamięć czyni cuda. Nagle przypominasz sobie, że widziałeś zieloną furgonetkę, taką jak Drumma, jak jedzie „podejrzanie" wokół centrum handlowego tamtego wieczoru. Co to było, Joey, że dopiero trzy tygodnie później powiedziałeś wreszcie glinom o furgonetce?

– Widziałem zieloną furgonetkę.

– To był ford, Joey, czy po prostu uznałeś, że to ford, bo takiego miał Drumm? Naprawdę widziałeś, że prowadził go czarny facet, czy po prostu zadziałała twoja wyobraźnia?

Żeby uniknąć odpowiedzi, Joey wepchnął połowę quesadillas do ust i zaczął powoli przeżuwać. Jednocześnie przyglądał się innym gościom. Nie mógł albo nie chciał patrzeć Pryorowi w oczy. Pryor zjadł kęs i zaczął dalej naciskać. Wkrótce kończył się jego czas.

– Słuchaj, Joey – odezwał się znacznie łagodniejszym tonem. – Możemy się spierać o tę sprawę godzinami. Nie po to tu jestem. Jestem tu, żeby porozmawiać o Dontém. Wy, chłopaki, kumplowaliście się, razem dorastaliście, byliście kolegami z jednej drużyny przez ile, pięć lat? Całe godziny spędzaliście razem na boisku. Razem wygrywaliście, razem przegrywaliście. Do diabła, razem byliście kapitanami w ostatniej klasie. Pomyśl o jego rodzinie, o jego matce, braciach i siostrze. Joey, pomyśl o mieście, pomyśl, jak źle się wszystko potoczy, jeśli zostanie stracony. Joey, musisz nam pomóc. Donté nikogo nie zabił. Wrabiano go od samego początku.

– Nie wiedziałem, że mam aż taką władzę.

– Och, to ryzykowny interes. Na sądach apelacyjnych nie robią zbytniego wrażenia świadkowie, którzy nagle zmieniają zdanie, lata po procesie i godziny przed egzekucją. Dasz nam zaprzysiężone zeznanie na piśmie, my pobiegniemy do sądu i będziemy wrzeszczeć tak głośno, jak tylko się da, ale szanse mamy marne. A jednak musimy spróbować. W tej chwili spróbujemy wszystkiego.

Joey zamieszał drinka słomką i pociągnął łyk. Wytarł usta papierową serwetką.

– Wiesz, nie pierwszy raz prowadzę taką rozmowę – powiedział. – Pan Flak zadzwonił do mnie wiele lat temu, poprosił, żebym wpadł do jego biura. To było długo po procesie. Myślałem, że pracuje nad apelacją. Błagał, żebym zmienił zeznanie, przedstawił jego wersję prawdy. Kazałem mu iść do diabła.

– Wiem. Pracuje nad tą sprawą od dawna.

Po spałaszowaniu połowy quesadillas Joey nagle stracił zainteresowanie lunchem. Odepchnął półmisek i przysunął sobie drinka. Powoli go zamieszał i patrzył, jak płyn kręci się w szkle.

– Joey, teraz sprawy mają się zupełnie inaczej – powiedział Pryor cicho, naglącо. – Kończy się ostatnia ćwiartka, dla Dontégo jest już prawie po meczu.

Grube rdzawoczerwone pióro wieczne, wpięte w kieszeń koszuli Pryora, tak naprawdę było mikrofonem. Było doskonale widoczne, obok niego tkwiło prawdziwe pióro, z atramentem, kulkową stalówką, na wypadek gdyby trzeba było coś napisać. Maleńki ukryty drucik biegł od kieszeni koszuli

Pryora do lewej przedniej kieszeni spodni, gdzie detektyw trzymał telefon komórkowy.

Trzysta kilometrów dalej Robbie słuchał. Siedział w swoim biurze, za zamkniętymi drzwiami, sam, przy głośniku, też wszystko nagrywał.

– Widziałeś kiedyś, jak gra w piłkę? – zapytał Joey.

– Nie – odparł Pryor. Głosy brzmiały wyraźnie.

– Był kimś. Biegł po boisku jak Lawrence Taylor. Szybki, odważny, sam potrafił rozbić atak. W pierwszej i drugiej klasie wygraliśmy dziesięć meczów, ale nigdy nie daliśmy rady Marshall.

– Dlaczego nie zwerbowała go jakaś większa szkoła? – zapytał Pryor.

– Gabaryty. Przestał rosnąć w dziesiątej klasie i nie przekroczył wagi stu kilo. Dla Longhornów to za mało.

– Powinieneś go teraz zobaczyć. – Pryor nie tracił czasu. – Najwyżej siedemdziesiąt, chudy i wyniszczony, goli głowę i jest zamknięty w maleńkiej celi dwadzieścia trzy godziny na dobę. Myślę, że brakuje mu paru klepek.

– Napisał mi parę listów, wiedziałeś?

– Nie.

Robbie pochylił się bliżej do głośnika. Nigdy o tym nie słyszał.

– Wkrótce po tym, jak go zabrali, kiedy jeszcze mieszkałem w Slone, napisał do mnie. Dwa, może trzy listy. Długie. Pisał o celi śmierci i jak tam jest koszmarnie: jedzenie, hałas, upał, izolacja i tak dalej. Przysięgał, że nigdy nie dotknął Nikki, nigdy z nią nie chodził. Przysięgał, że w ogóle nie było go w pobliżu centrum, kiedy zniknęła. Błagał mnie, żebym powiedział prawdę, żebym pomógł mu wygrać apelację i wyjść z więzienia. Ani razu mu nie odpisałem.

– Masz te listy? – zapytał Pryor.

Joey pokręcił głową.

– Nie. Za często się przeprowadzałem.

Kelnerka sprzątnęła półmisek.

– Jeszcze jedną margeritę? – zapytała, ale Joey odprawił ją machnięciem ręki.

Pryor pochylił się, oparty na łokciach, aż ich twarze dzieliły centymetry.

– Wiesz, Joey – zaczął – pracowałem nad tą sprawą całe lata. Spędziłem tysiące godzin. Nie tylko pracowałem, ale myślałem, próbowałem wyobrazić sobie, co się stało. Oto moja teoria. Sfiksowałeś na punkcie Nikki, a czemu nie? Śliczna jak diabli, popularna, sexy, taka dziewczyna, co to chciałoby się ją włożyć do kieszeni i zabrać do domu na zawsze. Ale ona złamała ci serce. Nic bardziej bolesnego dla siedemnastolatka. Byłeś załamany, zadurzony. Potem zniknęła. Całe miasto było wstrząśnięte, ale ty i ci, którzy ją kochali,to już szczególnie. Wszyscy chcieli ją znaleźć. Wszyscy chcieli pomóc. Jak mogła tak po prostu zniknąć? Kto ją porwał? Kto mógł skrzywdzić Nikki? Może uważałeś, że Donté maczał w tym palce, a może nie. Ale byłeś emocjonalnym wrakiem i w tym stanie postanowiłeś się włączyć. Zadzwoniłeś do detektywa Kerbera z anonimową informacją i potoczyła się śnieżna kula. Od tej chwili śledztwo skręciło na fałszywy tor i nikt nie mógł go zatrzymać. Kiedy usłyszałeś, że przyznał się, pomyślałeś, że zrobiłeś, co trzeba. Dorwałeś właściwego faceta. Potem pomyślałeś, że potrzeba ci troszeczkę akcji. Zmyślasz historyjkę o zielonej furgonetce i nagle jesteś gwiazdą na sali sądowej. Zostajesz bohaterem wszystkich tych wspaniałych ludzi, którzy kochali i uwielbiali Nicole Yarber. Podczas procesu siedzisz na miejscu dla świadków, podniosłeś prawą rękę, mówisz coś, co nie całkiem jest prawdą, ale to się nie liczy. Byłeś tam, pomagałeś swojej ukochanej Nikki. Dontégo wyprowadzono w kajdankach, zabrano prosto do celi śmierci. Może rozumiałeś, że pewnego dnia zostanie stracony, może nie rozumiałeś. Podejrzewam, że wtedy, dawno temu, jeszcze jako nastolatek, nie mogłeś ogarnąć wagi tego, co dzieje się teraz.

– Przyznał się.

– Tak, a jego przyznanie się jest mniej więcej tak wiarygodne jak twoje zeznanie w sądzie. Z różnych powodów ludzie mówią rzeczy, które nie są prawdą, co Joey?

Długa przerwa, obaj myśleli nad tym, co teraz powiedzieć. W Slone Robbie czekał cierpliwie, chociaż nie słynął z cierpliwości ani z cichych chwil autorefleksji.

Następny odezwał się Joey.

– To zeznanie spisane pod przysięgą, o co w tym chodzi?

– O prawdę. Stwierdzasz, że twoje zeznanie podczas procesu nie było ścisłe i tak dalej. Nasze biuro to przygotuje. Możemy to mieć gotowe w niecałą godzinę.

– Nie tak szybko. Więc właściwie miałbym powiedzieć, że podczas procesu skłamałem?

– Możemy to ubrać w słowa, ale to sedno sprawy. Chcielibyśmy też ustalić sprawę anonimowej informacji.

– I zeznanie na piśmie zostałoby zgłoszone w sądzie, a potem skończyłoby w gazetach?

– Pewnie. Prasa śledzi sprawę. Zamieszczą każdy wniosek z ostatniej chwili i apelacje.

– Więc moja matka przeczyta w gazecie, jak teraz mówię, że skłamałem przed sądem. Przyznam, że jestem kłamcą, tak?

– Tak, ale co tu jest ważniejsze, Joey, twoja reputacja czy życie Dontégo?

– Mówiłeś, że to ryzykowny interes. Więc jest prawdopodobieństwo, że ja przyznam się do kłamstwa, a on i tak dostanie igłę. Kto tu wygrywa?

– On na pewno nie, za cholerę.

– Inaczej to widzę. Słuchaj, muszę wracać do pracy.

– Daj spokój, Joey.

– Dzięki za lunch. Miło było cię spotkać. – Wyślizgnął się z boksu i szybko wyszedł z restauracji.

Pryor głęboko odetchnął, popatrzył z niedowierzaniem na stół. Rozmawiali o pisemnym zeznaniu pod przysięgą, potem rozmowa się urwała. Powoli wyciągnął komórkę i odezwał się do szefa.

– Masz wszystko?

– Tak, każde słowo – potwierdził Robbie.

– Możemy coś wykorzystać?

– Nie. Nic. Nawet w przybliżeniu, naprawdę.

– Hm, przepraszam, Robbie. Wydawało się, że w pewnej chwili pęknie.

– Fred, zrobiłeś wszystko, co mogłeś. Dobra robota. Dałeś mu swoją wizytówkę, co?

– Tak.

– Zadzwoń do niego po pracy, powiedz cześć, po prostu przypomnij mu, że jesteś i chętnie porozmawiasz.

– Spróbuję umówić się z nim na drinka. Coś mi mówi, że wyjątkowo lubi sobie dogadzać. Może go upiję i puści trochę pary.

– Tylko upewnij się, żeby to było nagrane.

– Zrobi się.

Rozdział 5

Na trzecim piętrze szpitala Świętego Franciszka pani Aurelia Lindmar przechodziła pomyślną rekonwalescencję po operacji pęcherzyka żółciowego. Keith spędził z nią dwadzieścia minut, zjadł dwa kawałki taniej wyschniętej czekolady przysłanej przez siostrzenicę i udało mu się z godnością wycofać, kiedy wpadła pielęgniarka ze strzykawką. Na czwartym piętrze objął się w korytarzu z panią Charlesową Cooperową, żoną oddanego członka Świętego Marka, którego serce ostatecznie się wyczerpywało. Keith chciał odwiedzić jeszcze trzech pacjentów, ale ich stan był stabilny, przeżyją do następnego dnia, kiedy będzie miał więcej czasu. Na drugim piętrze wyśledził Herzlicha. Doktor jadł zimną kanapkę z automatu i czytał opasły tekst, siedząc samotnie w kafeterii.

– Jadłeś już lunch? – zapytał uprzejmie Kyle Herzlich. Wskazał krzesło swojemu pastorowi.

Keith usiadł, popatrzył na żałosną kanapkę – biały chleb z cienkim plasterkiem jakiegoś brutalnie przetworzonego mięsa.

– Dziękuję. Jadłem późne śniadanie.

– Świetnie. Słuchaj, Keith. Udało mi się trochę powęszyć, dotarłem najdalej, jak mogłem, ale właściwie to rozumiesz, w czym rzecz?

– Oczywiście, że rozumiem. I nie chciałem, żebyś wtykał nos w prywatne sprawy.

– Za nic. Nie wolno. Ale popytałem tu i tam, i cóż, są sposoby, żeby zebrać parę faktów. Twój człowiek był tutaj co najmniej dwa razy w ubiegłym miesiącu, mnóstwo badań, rak potwierdzony. Niezbyt piękne rokowania.

– Dziękuję, doktorze. – Keitha nie zaskoczyło to, że Travis Boyette mówił prawdę, przynajmniej o guzie mózgu.

– Nie jestem w stanie powiedzieć niczego więcej. – Lekarz usiłował jeść, czytać i mówić jednocześnie.

– Jasne, w porządku.

– Co on zrobił?

Nie chcesz wiedzieć, pomyślał Keith.

– Coś paskudnego. Recydywa, gruba kartoteka.

– Dlaczego pałęta się koło Świętego Marka?

– Jesteśmy otwarci dla wszystkich, doktorze. Oczekuje się od nas, że będziemy służyć całemu Bożemu ludowi, nawet temu z kryminalną przeszłością.

– Tak sądzę. Trzeba się bać?

– Nie. Jest nieszkodliwy. – Tylko porywa kobiety, dziewczyny i pewnie małych chłopców. Keith raz jeszcze podziękował i się pożegnał.

– Do zobaczenia w niedzielę – rzucił lekarz i wlepił wzrok w raport medyczny.

Dom Kotwicy był kwadratowym, pudełkowatym budynkiem z czerwonej cegły i z malowanymi oknami. Mógł służyć czemukolwiek i prawdopodobnie służył, odkąd zbudowano go pospiesznie przed czterdziestu laty. Ktokolwiek go stawiał, musiał się bardzo spieszyć i nie widział potrzeby, żeby zatrudnić architektów. O siódmej w poniedziałkowy wieczór Keith wszedł tam z chodnika Siedemnastej ulicy i zatrzymał się przed prowizorycznym kontuarem, zza którego były kryminalista monitorował, co się dzieje.

– Tak? – zapytał bez śladu ciepła.

– Chcę się widzieć z Travisem Boyette'em – powiedział Keith.

Kamera popatrzyła na lewo, w stronę przestronnej otwartej sali, gdzie kilkunastu ludzi zafascynowanych *Kołem fortuny* siedziało w różnych stadiach relaksacji i gapiło się w bardzo głośny, wielki telewizor. Potem popatrzył na prawo, w stronę drugiej otwartej sali, gdzie kilkunastu facetów albo czytało sponiewierane tanie wydania książek, albo grało w warcaby lub w szachy.

– Tam. – Kiwnął głową. – Podpisz się tutaj.

Keith wpisał się i poszedł do rogu. Kiedy Boyette spostrzegł pastora, chwycił laskę i z trudem wstał.

– Nie spodziewałem się pastora – powiedział, najwyraźniej zaskoczony.

– To niedaleko. Masz parę minut, żeby pogadać?

Inni ledwie zauważali Keitha. Warcaby i szachy szły bez przerwy.

– Jasne. – Boyette się rozejrzał. – Chodźmy do stołówki.

Keith poszedł za nim. Patrzył, jak lewa noga zatrzymuje się na chwilę, szurając przy każdym kroku. Laska dźgała podłogę ze stukotem. Jakie to musi być straszne, zastanawiał się w duchu Keith, żyć z minuty na minutę z guzem w czwartym stadium, który rośnie i rośnie, aż wydaje się, że czaszka za chwilę pęknie. Bez względu jak nędzny byłby ten człowiek, Keith nie mógł powstrzymać się od współczucia. Trup.

Stołówka – mała salka z czterema długimi składanymi stołami i wychodzącym na kuchnię szerokim otworem po przeciwnej stronie od wejścia. Ekipa ze zmywaka hałasowała w tamtym końcu – rzucała garnkami, patelniami i wybuchała śmiechem. Z radia leciał rap. Doskonałe tło dla ściszonej rozmowy.

– Tu możemy porozmawiać. – Boyette wskazał głową stół.

Wokół pełno okruchów jedzenia. W powietrzu ciężki odór oleju do smażenia. Usiedli naprzeciwko siebie. Ponieważ nie łączyło ich nic poza pogodą, Keith postanowił nie marnować czasu.

– Może napije się pastor kawy? – zapytał uprzejmie Boyette.

– Nie, dziękuję.

– Mądra decyzja. Najgorsza kawa w Kansas. Gorsza niż więzienie.

– Travis, rano po twoim wyjściu wszedłem w Internet, znalazłem stronę poświęconą Dontému Drummowi i resztę dnia spędziłem w tym świecie. To fascynujące i bolesne. Są poważne wątpliwości co do jego winy.

– Poważne? – zapytał ze śmiechem Boyette. – Powinny być poważne. Ten chłopak nie ma nic wspólnego z tym, co się stało z Nikki.

– Co się stało z Nikki?

Wystraszone spojrzenie, jak jelenia w światłach reflektorów. Boyette objął rękami głowę i zaczął ją masować. Ramiona mu się trzęsły. Tik pojawił się, zniknął, znów wrócił. Keith patrzył na niego i niemal czuł ten ból. W kuchni bezmyślnie dudnił rap.

Keith powoli sięgnął do kieszeni płaszcza i wyjął kartkę. Rozłożył ją i popchnął po stole.

– Poznajesz tę dziewczynę? – zapytał. Czarno-biała fotografia wydrukowana z sieci. Zdjęcie Nicole Yarber pozującej w stroju cheerleaderki. Trzymała pompony, uśmiechała się z całą niewinnością słodkiej siedemnastolatki.

Z początku Boyette nie zareagował. Patrzył na Nikki, jakby nigdy wcześniej jej nie widział. Przyglądał się długo, łzy napłynęły bez ostrzeżenia. Żadnych westchnień, szlochów, przeprosin, tylko powódź łez, które spływały po policzkach, kapały z podbródka. Nie zrobił nic, żeby wytrzeć twarz. Patrzył na Keitha, obaj patrzyli na siebie, łzy nadal płynęły. Kartka namokła.

Boyette mruknął i odchrząknął.

– Naprawdę chcę umrzeć – powiedział.

Keith wrócił z kuchni z dwiema porcjami kawy w papierowych kubkach i kilkoma papierowymi ręcznikami. Boyette wziął jeden, wytarł twarz i podbródek.

– Dziękuję.

Keith znów usiadł.

– Co się stało z Nikki? – zapytał.

Wydawało się, że Boyette liczy do dziesięciu, zanim odpowie.

– Nadal ją mam.

Keith sądził, że jest przygotowany na każdą odpowiedź, ale nie był. Czyżby żyła? Nie. Boyette ostatnich sześć lat spędził w więzieniu. Jak mógł trzymać ją gdzieś zamkniętą? Zwariował.

– Gdzie ona jest?

– Zakopana.

– Gdzie?

– W Missouri.

– Słuchaj, Travis, te odpowiedzi, słowo po słowie, będą nas tu trzymały przez wieczność. Przyszedłeś do mojej kancelarii dziś rano z jednego powodu: żeby wreszcie to wyznać. Ale nie mogłeś zebrać się na odwagę, więc tu jestem. Posłuchajmy.

– Dlaczego pastor się tym interesuje?

– To całkiem jasne, prawda? Niewinnego człowieka mają wkrótce stracić za to, co ty zrobiłeś. Może jeszcze czas, żeby go uratować.

– Wątpię.

– Zabiłeś Nicole Yarber?

– Czy to poufne?

– Chcesz, żeby było?

– Tak.

– Dlaczego? Dlaczego nie zeznać, potem całkiem się przyznać, potem spróbować pomóc Dontému Drummowi? Travis, właśnie to powinieneś zrobić. Twoje dni są policzone, tak mówiłeś dziś rano.

– Poufne czy nie?

Keith nabrał tchu, potem popełnił błąd i łyknął kawy. Boyette miał rację.

– Travis, skoro chcesz, żeby było poufne, to będzie.

Uśmiech, tik. Rozejrzał się, chociaż jeszcze nikt nie zwrócił na nich uwagi. Zaczął kiwać głową.

– Zrobiłem to, pastorze. Nie wiem dlaczego. Nigdy nie wiedziałem dlaczego.

– Złapałeś ją na parkingu?

Guz nabrzmiewał, bóle uderzyły jak błyskawica. Boyette chwycił się za głowę, żeby przetrwać najgorsze. Zacisnął zęby w stanowczym postanowieniu, żeby z tego wyjść.

– Złapałem ją, zabrałem ją. Miałem broń. Niezbyt walczyła. Wyjechaliśmy z miasta. Trzymałem ją parę dni. Uprawialiśmy seks. My...

– Nie uprawialiście seksu. Zgwałciłeś ją.

– Tak, wielokrotnie. Potem to zrobiłem i zakopałem ciało.

– Zabiłeś Nicole?

– Tak.

– Jak?

– Udusiłem jej paskiem. Nadal tam jest, na jej szyi.

– I zakopałeś ją?

– Tak. – Boyette popatrzył na zdjęcie, Keith niemal zobaczył uśmiech.

– Gdzie?

– Na południe od Joplin, gdzie dorastałem. Mnóstwo wzgórz, dolin, dziur, traktów po wyrębie, dróg donikąd. Nigdy jej nie znajdą. Nawet się nie domyślą, gdzie jest.

Długa przerwa, odrażająca rzeczywistość docierała do świadomości. Oczywiście istniało prawdopodobieństwo, że kłamie, ale Keith nie mógł się zmusić, żeby w to uwierzyć. Co Boyette mógłby zyskać, kłamiąc, zwłaszcza na tym etapie żałosnego życia?

Światło w kuchni zgasło, radio ucichło. Trzech krzepkich czarnych wyszło i przemaszerowało przez stołówkę. Kiwnęli głowami i uprzejmie zagadali do Keitha, ale na Travisa tylko spojrzeli. Zamknęli za sobą drzwi.

Keith wziął fotografię i ją odwrócił. Zdjął nasadkę z pióra i coś napisał.

– Może coś o sobie, Travis?

– Jasne. Nie mam nic innego do roboty.

– Co robiłeś w Slone, w Teksasie?

– Pracowałem dla spółki R.S. McGuire i Synowie, za Fort Smith. Budowlanka. Mieli kontrakt na magazyn dla Monsanto, tuż za Slone, na zachód. Zatrudniłem się jako robotnik, pomocnicza gówniana robota, ale tylko to mogłem znaleźć. Płacili mi mniej niż płaca minimalna, w gotówce, bez księgowania, tak jak Meksykanom. Sześćdziesiąt godzin tygodniowo, stała gaża, bez ubezpieczenia, bez kwalifikacji, bez niczego. Szkoda czasu, żeby sprawdzać w spółce, bo nigdy nie byłem oficjalnie zatrudniony. Wynajmowałem pokój w starym motelu na zachód od miasta, Rebel Motor Inn. Pewnie tam nadal stoi. Niech pastor sprawdzi. Czterdzieści dolców tygodniowo. I tak przez pięć albo sześć miesięcy. Pewnego piątkowego wieczoru zobaczyłem światła, znalazłem boisko za szkołą, kupiłem bilet i usiadłem razem z tłumem. Nie znałem nikogo. Oglądali futbol. Jeśli o mnie chodzi, oglądałem cheerleaderki. Śliczne tyłeczki, krótkie spódniczki, ciemne trykoty pod spodem. Podskakiwały, robiły przewroty, kręciły się po dwie za ręce, mnóstwo było widać. Chciały, żebyś widział. Wtedy zakochałem się w Nicole. Była tam dla mnie, pokazywała to wszystkim. Od pierwszej chwili wiedziałem, że to właśnie ta.

– Ta kolejna.

– Zgadza się, ta kolejna. W każdy kolejny piątek szedłem na mecz. Nigdy nie siadałem dwa razy w tym samym miejscu, nigdy nie nosiłem tego samego ubrania. Wkładałem różne czapki. Człowiek uczy się tego, kiedy kogoś śledzi. Stała się całym moim światem, czułem, że pragnę coraz mocniej. Wiedziałem, co zaraz się stanie, ale nie mogłem tego powstrzymać. Nigdy nie mogę tego powstrzymać. Nigdy. – Wypił łyk kawy i się skrzywił.

– Widziałeś, jak gra Donté Drumm? – zapytał Keith.

– Może, nie pamiętam. Nigdy nie przyglądałem się grze, nie widziałem nikogo poza Nicole. Potem, nagle, nie ma Nicole. Sezon się skończył. Byłem zdesperowany. Jeździła czerwonym, seksownym małym bmw, jedynym w mieście, więc nietrudno było ją znaleźć, kiedy się wiedziało, gdzie szukać. Lubiła te miejsca co wszyscy. Tamtego wieczoru zobaczyłem jej samochód zaparkowany przy centrum handlowym. Pomyślałem, że poszła do kina. Czekałem i czekałem. Jestem bardzo cierpliwy, kiedy muszę. Kiedy miejsce na parkingu obok jej samochodu zwolniło się, wjechałem tyłem.

– Czym jeździłeś?

– Starym chevroletem pikapem ukradzionym w Arkansas. Tablice zwinąłem w Teksasie. Wjechałem tyłem na miejsce parkingowe, moje drzwi były naprzeciwko jej drzwi. Kiedy weszła w pułapkę, skoczyłem na nią. Miałem broń i rolkę taśmy izolacyjnej, wszystko, czego zawsze potrzebowałem. Ani jednego dźwięku.

Wyrzucał z siebie szczegóły z nieudawaną obojętnością, jakby opisywał scenę z filmu. To się stało. Tak to zrobiłem. Nie spodziewaj się, że to wytłumaczę.

Łez dawno już nie było.

– To był zły weekend dla Nikki. Prawie mi jej żal.

– Naprawdę, niepotrzebne mi są te szczegóły – przerwał mu Keith. – Jak długo przebywałeś w Slone po tym, jak ją zabiłeś?

– Chyba kilka tygodni. Całe Boże Narodzenie, aż do stycznia. Czytałem lokalną gazetę, oglądałem wieczorne wiadomości. Miasto oszalało w związku z tą dziewczyną. Widziałem, jak jej matka płacze w telewizji. Naprawdę smutne. Codziennie inna grupa poszukiwawcza, a za nią biega ekipa telewizyjna. Durnie. Nikki była trzysta kilometrów dalej, spała z aniołami. – Aż się roześmiał na to wspomnienie.

– Chyba jednak nie sądzisz, że to zabawne.

– Przepraszam, pastorze.

– Gdzie usłyszałeś o aresztowaniu Dontégo Drumma?

– Przy motelu był mały obskurny bar, lubiłem chodzić tam na kawę wcześnie rano. Usłyszałem, jak mówią, powiedzieli, że futbolista złożył zeznanie, czarny chłopak. Kupiłem gazetę, usiadłem w pikapie, przeczytałem artykuł i pomyślałem, co za banda idiotów! Byłem oszołomiony. Nie mogłem w to uwierzyć. Zobaczyłem zdjęcie policyjne Drumma. Przystojny dzieciak. Pamiętam, jak patrzyłem na jego twarz i myślałem, że musi mieć nie po kolei. Bo dlaczego miałby się przyznać do mojego przestępstwa? Jakby trochę mnie wkurzył. Ten koleś zwariował. Potem, następnego dnia, jego adwokat ostro wystąpił w gazecie, wrzeszczał, że zeznanie jest fałszywe, że gliniarze nabrali chłopaka, zgnębili go, złamali, nie wypuszczali z pokoju przez piętnaście godzin. To miało dla mnie sens. Nigdy nie spotkałem gliny, któremu mógłbym zaufać. Miasto mało nie wyleciało w powietrze. Biali chcieli go powiesić na Main Street. Czarni byli mocno przekonani, że chłopaka niesprawiedliwie wpakowano do więzienia. Ogólnie napięta sytuacja. Mnóstwo awantur w liceum. Potem mnie wylali i się przeniosłem.

– Za co cię wylali?

– Za głupotę. Pewnego wieczoru za długo zasiedziałem się w barze. Gliny zwinęły mnie za jazdę po pijanemu, potem odkryli, że pikap i tablice są kradzione. Spędziłem tydzień w więzieniu.

– W Slone?

– Tak. Proszę sprawdzić. Styczeń 1999. Oskarżony o kradzież mienia dużej wartości, jazdę pod wpływem alkoholu, co tam tylko mogli na mnie zrzucić.

– Drumm siedział w tym samym więzieniu?

– Nigdy go nie spotkałem, ale dużo o tym mówiono. Krążyła plotka, że przenieśli go do innego hrabstwa ze względów bezpieczeństwa. Nie mogłem się powstrzymać od śmiechu. Gliny miały prawdziwego zabójcę, tylko o tym nie wiedziały.

Keith robił notatki, ale z trudem wierzył w to, co właśnie zapisywał.

– Jak wyszedłeś? – zapytał.

– Dali mi adwokata. Załatwił, że obniżono zabezpieczenie majątkowe. Wyszedłem za kaucją. Wałęsałem się tu i tam, a potem aresztowano mnie w Wichita.

– Pamiętasz nazwisko adwokata?

– Nadal sprawdzasz fakty, pastorze?

– Tak.

– Myślisz, że kłamię?

– Nie, ale sprawdzanie faktów nie boli.

– Nie, nie pamiętam jego nazwiska. Miałem w życiu mnóstwo adwokatów. Nie zapłaciłem im ani centa.

– Aresztowanie w Wichita było za usiłowanie gwałtu, zgadza się?

– Coś jakby. Usiłowanie zgwałcenia plus porwanie. Nie było seksu, tak daleko nie zaszedłem. Dziewczyna znała karate. Nie poszło tak, jak planowałem. Kopnęła mnie w jaja, dwa dni rzygałem.

– O ile się orientuję, dostałeś wyrok dziesięciu lat więzienia. Odsiedziałeś sześć, teraz jesteś tutaj.

– Dobra robota, pastorze. Przygotowałeś się.

– Śledziłeś sprawę Drumma?

– Och, przez kilka lat myślałem o tym od czasu do czasu. Sądziłem, że prawnicy i sądy w końcu zrozumieją, że wsadzili nie tego chłopaka. Chodzi o to, cholera, że nawet w Teksasie mają sądy wyższej instancji, żeby rozpatrywać sprawy i w ogóle. Na pewno po drodze ktoś się obudzi i zobaczy to, co oczywiste. Potem chyba o tym zapomniałem. Miałem własne problemy. Kiedy człowiek siedzi w maksymalnym zabezpieczeniu, nie poświęca wiele czasu, żeby martwić się o innych.

– A co z Nikki? Poświęcałeś czas, żeby o niej pomyśleć?

Boyette nie reagował, sekundy się wlokły, stało się jasne, że nie odpowie. Keith nie przestawał gryzmolić, robił notatki dla siebie, jak postąpić dalej. Nic nie było pewne.

– Czujesz jakieś współczucie dla jej rodziny?

– Zostałem zgwałcony, kiedy miałem osiem lat. Nie przypominam sobie choćby jednego słowa współczucia od kogokolwiek. Prawdę mówiąc, nikt nie kiwnął palcem, żeby temu przeszkodzić. To się działo dalej. Widziałeś moje akta, pastorze, mam na koncie parę ofiar. Nie byłem w stanie się powstrzymać. Nie wiem, czy teraz się powstrzymam. Najwyraźniej współczucie to nie jest coś, na co traciłbym czas.

Keith pokręcił głową z obrzydzeniem.

– Nie zrozum mnie źle, pastorze. Żałuję wielu spraw. Żałuję wszystkich tych złych rzeczy. Milion razy żałowałem, że nie jestem normalny. Przez całe życie chciałem przestać krzywdzić ludzi, jakoś się wyprostować, trzymać z dala od więzienia, znaleźć pracę i w ogóle. Nie wybierałem, że taki jestem.

Keith wolno złożył kartkę i wsunął ją do kieszeni płaszcza. Zamknął pióro. Założył ramiona na piersi i spojrzał na Boyette'a.

– Domyślam się, że chcesz stać z boku i pozwolić, żeby w Teksasie sprawy szły własnym torem.

– Nie, martwi mnie to. Po prostu nie wiem, co robić.

– A jeśli znajdą ciało? Ty mi powiesz, gdzie ona jest zakopana, a ja spróbuję skontaktować się z właściwymi ludźmi.

– Na pewno chcesz się w to wplątać, pastorze?

– Nie, ale nie mogę też tego tak zostawić.

Boyette pochylił się i znowu zaczął drapać się po głowie.

– Niemożliwe, żeby ktokolwiek inny znalazł jej ciało – powiedział łamiącym się głosem. Minęła chwila, ból zelżał. – Nie wiem, czy ja bym je teraz znalazł. To było tak dawno.

– Dziewięć lat temu.

– Nie tak dawno. Po jej śmierci parę razy wracałem, żeby się z nią spotkać.

Keith wystawił w jego stronę obie dłonie.

– Nie chcę tego słuchać. Powiedzmy, że zadzwonię do adwokata Drumma i powiem mu o zwłokach. Nie podam twojego nazwiska, ale przynajmniej ktoś tam pozna prawdę.

– Co wtedy?

– Nie wiem. Nie jestem prawnikiem. Może kogoś przekonam. Chcę spróbować.

– Jedyną osobą, która może ją znajdzie, jestem ja, a mnie nie wolno opuszczać stanu Kansas. Do diabła, nie wolno mi opuszczać tego hrabstwa. Jeśli to zrobię, zapuszkują mnie za pogwałcenie zasad zwolnienia warunkowego i odeślą do więzienia. Pastorze, ja nie wrócę do więzienia.

– Jaka to różnica, Travis? Według twoich własnych słów za kilka miesięcy będziesz martwy.

Boyette zrobił się bardzo spokojny i opanowany, zaczął stukać koniuszkami palców o koniuszki palców. Patrzył na Keitha twardymi, suchymi oczami. Nie mrugał. Mówił cicho, ale stanowczo.

– Pastorze, nie mogę przyznać się do morderstwa.

– Dlaczego? Masz co najmniej cztery wyroki za ciężkie przestępstwa, wszystkie związane ze zgwałceniami. Większość dorosłego życia spędziłeś w więzieniu. Masz nieoperacyjnego guza mózgu. Naprawdę zamordowałeś. Dlaczego nie okazać odwagi, przyznać się i uratować życie niewinnego?

– Moja matka wciąż żyje.

– Gdzie mieszka?

– W Joplin, w Missouri.
– Jak się nazywa?
– Chcesz do niej zadzwonić, pastorze?
– Nie. Nie będę jej niepokoił. Jak się nazywa?
– Susan Boyette.
– I mieszkała przy Trotter Street, prawda?
– Skąd...?
– Travis, twoja matka umarła trzy lata temu.
– Skąd...?
– Google. To zajęło jakieś dziesięć minut.
– Co to jest Google?
– Wyszukiwarka internetowa. W czym jeszcze skłamałeś? Ile kłamstw powiedziałeś mi dzisiaj, Travis?
– Skoro kłamię, to po co tu pastor jest?
– Nie wiem. Doskonałe pytanie. Opowiedziałeś dobrą historię i masz złe akta, ale nie możesz wszystkiego udowodnić.

Boyette wzruszył ramionami, jakby go to nie obchodziło, ale policzki mu poczerwieniały, oczy się zmrużyły.

– Niczego nie muszę udowadniać. Dla odmiany nie jestem oskarżony.
– Jej kartę do siłowni i legitymację szkolną znaleziono na piaszczystej łasze nad Red River. Jak to pasuje do twojej historii?
– W torebce miała telefon. Jak tylko ją dorwałem, to cholerstwo zaczęło dzwonić i nie chciało przestać. W końcu wściekłem się, złapałem torebkę i wyrzuciłem z mostu. Ale dziewczynę zatrzymałem. Potrzebowałem jej. Twoja żona mi ją przypomina, bardzo słodka.
– Zamknij się, Travis – powiedział odruchowo Keith, zanim zdołał się powstrzymać. Głęboko odetchnął i dodał cierpliwie: – Trzymajmy moją żonę z dala od tego.
– Przepraszam, pastorze. – Boyette zdjął z szyi cienki łańcuszek. – Chcesz dowodu? Popatrz na to.

Do łańcuszka przymocowany był złoty pierścionek szkolny z niebieskim kamykiem. Boyette rozpiął łańcuszek i wręczył pierścionek Keithowi. Był wąski i mały, najwyraźniej noszony przez kobietę.

– Po jednej stronie jest ANY. – Boyette się uśmiechnął. – Alicia Nicole Yarber. Po drugiej stronie LMS 1999. Poczciwe liceum w Slone.

Keith ścisnął pierścionek między kciukiem a palcem wskazującym, patrzył na niego z niedowierzaniem.

– Pokaż go jej matce i patrz, jak płacze – powiedział Boyette. – Jedynym innym dowodem, jaki mam, jest sama Nicole, pastorze, a im więcej o niej myślę, tym bardziej utwierdzam się w przekonaniu, że powinniśmy po prostu zostawić ją w spokoju.

Keith położył pierścionek na stole, a Boyette go zabrał. Nagle gwałtownie odsunął krzesło obok, chwycił laskę i wstał.

– Nie lubię, jak mnie nazywają kłamcą, pastorze. Idź do domu i zabaw się ze swoją żoną.

– Kłamca, gwałciciel, morderca i na dodatek tchórz. Tym jesteś, Travis. Dlaczego nie zrobisz czegoś dobrego, chociaż raz w życiu? I to szybko, zanim będzie za późno.

– Daj mi spokój. – Boyette otworzył drzwi, potem zatrzasnął je za sobą.

Rozdział 6

Teoria winy w oczach prokuratury po części oparta była na rozpaczliwej nadziei, że pewnego dnia ktoś gdzieś znajdzie ciało Nicole. Nie mogło przecież wiecznie pozostawać pod wodą. Red River w końcu je wyrzuci i jakiś wędkarz albo kapitan łodzi, a może dziecko brodzące w starorzeczu odkryje je i wezwie pomoc. Kiedy szczątki zostaną zidentyfikowane, ostatni kawałek układanki będzie pasował doskonale. Wszystko zostanie zapięte na ostatni guzik. Żadnych więcej pytań, żadnych wątpliwości. Policja i prokuratorzy bedą mogli po cichu, z zadowoleniem zamknąć księgę.

Skazania bez zwłok nie było tak trudno osiągnąć. Oskarżenie zaatakowało Dontégo Drumma ze wszystkich stron i dążąc niestrudzenie do procesu, jednocześnie bardzo liczyło na pojawienie się trupa. Ale minęło dziewięć lat, a rzeka nie współpracowała. Nadzieje i modlitwy, a w paru przypadkach marzenia, skończyły się dawno temu. I chociaż zasiało to wątpliwości w umysłach niektórych obserwatorów, nie ostudziło przekonań osób odpowiedzialnych za wyrok śmierci na Dontégo. Po latach wytrwałego trzymania klapek na oczach byli pewni ponad wszelką wątpliwość, że przyskrzynili zabójcę. Zainwestowali zbyt wiele, żeby kwestionować własne teorie i działania.

Prokuratorem okręgowym był Paul Koffee, twardy zawodnik, którego wybierano i znów wybierano bez poważnej opozycji przez ponad dwadzieścia lat. Służył kiedyś w marines, uwielbiał walkę i zwykle wygrywał. Wysoka liczba skazań wzbudzała sensację na jego stronie w sieci, a podczas wyborów trąbiono o niej w jarmarcznych ogłoszeniach rozsyłanych bezpośrednio do domów. Współczucie dla oskarżonego rzadko się objawiało. I rutynowo, jak to bywa z małomiasteczkowymi prokuratorami okręgowymi, kierat ścigania uzależnionych od metadonu i złodziei samochodów przerywany bywał tylko sensacyjnym morderstwem i (albo) gwałtem. Ku swemu wielkiemu rozczarowaniu Koffee w swojej karierze skarżył tylko w dwóch sprawach o morderstwo, mizerny wynik jak na Teksas. Zabójstwo Nicole Yarber było pierwsze i najgłośniejsze. Trzy lata później, w 2002 roku, Koffee wygrał łatwiejszy wyrok śmierci w sprawie dotyczącej nieudanej transakcji narkotykowej, po której zwłoki rozsiane były wzdłuż wiejskiej drogi.

I na dwóch sprawach się skończyło. W związku ze skandalem Koffee opuszczał urząd. Obiecał, że nie będzie się starał o reelekcję za dwa lata. Jego żona od dwudziestu dwóch lat odeszła od niego z dużym hukiem dość szybko. Egzekucja Drumma miała być ostatnim momentem chwały.

Jego pomagierem był Drew Kerber. Po przykładnej pracy nad sprawą Drumma został awansowany na głównego detektywa w Wydziale Policji miasta Slone. Z dumą nosił swoją godność. Kerber zbliżał się do czterdziestego szóstego roku życia, był dziesięć lat młodszy od prokuratora i chociaż często ściśle współpracowali, obracał się w innych kręgach. Kerber był gliną. Koffee prawnikiem. Podziały w Slone były jasne, jak w większości miasteczek na Południu.

W różnych momentach każdy z nich obiecywał Dontému Drummowi, że będzie tam, kiedy mu „wbiją igłę". Kerber zrobił to pierwszy, podczas brutalnego przesłuchania, które zaowocowało zeznaniem. Kiedy nie dźgał dzieciaka w klatkę i nie wyzywał od najgorszych, obiecywał mu raz za razem, że wbiją mu igłę i że on, detektyw Kerber, będzie tam jako świadek.

W przypadku Koffee'go rozmowa trwała znacznie krócej. Podczas przerwy w procesie, kiedy Robbie Flak nie kręcił się w pobliżu, Koffee zaaranżował szybkie, potajemne spotkanie z Dontém Drummem, pod schodami, tuż przed salą rozpraw. Proponował układ – przyznanie się do winy w zamian za dożywocie bez prawa do zwolnienia warunkowego. Donté odmówił i znów powiedział, że jest niewinny, na co Koffee sklął go i zapewnił, że będzie patrzył, jak umiera. Kilka chwil później, kiedy Flak zaatakował go słownie, Koffee zaprzeczył, że spotkanie się odbyło.

Ci dwaj faceci żyli ze sprawą Yarber przez dziewięć lat i z różnych powodów często widzieli potrzebę, żeby „pójść spotkać się z Reevą". Nie zawsze była to przyjemna wizyta, nie zawsze coś, czego z niecierpliwością oczekiwali, ale Reeva stanowiła tak ważną część sprawy, że nie można było jej pominąć.

Reeva Pike, matka Nicole. Korpulentna, hałaśliwa kobieta, która przyjęła rolę ofiary z entuzjazmem często graniczącym ze śmiesznością. Jej zaangażowanie w sprawę było długie, barwne i często agresywne. Teraz, kiedy zbliżał się ostatni akt, wielu w Slone zastanawiało się, co ona ze sobą pocznie po sprawie.

Reeva wierciła dziurę w brzuchu Kerberowi i policji przez dwa tygodnie gorączkowych poszukiwań Nicole. Lamentowała przed kamerami i publicznie gromiła wszystkich obieralnych prominentów, od radnego miasta po gubernatora, że nie znaleźli jej córki. Po aresztowaniu i domniemanym zeznaniu Dontégo Drumma stała się łatwo dostępna dla mediów. W wywiadach okazywała brak zrozumienia dla domniemania niewinności i domagała się kary śmierci, a im szybciej, tym lepiej. Przez wiele lat uczyła w szkółce niedzielnej dla pań w Pierwszym Kościele Baptystycznym i uzbrojona w Pismo Święte potrafiła roztropnie wykładać Boską aprobatę dla sponsorowanej przez państwo kary. Nieustannie mówiła o Dontém jako o „tym chłopcu", co wściekało czarnych w Slone. Dysponowała też innymi nazwami dla niego. „Potwór" i „zimnokrwisty morderca" były jej ulubionymi. Podczas procesu siedziała z mężem Wallisem i dwojgiem dzieci w pierwszym rzędzie, tuż za oskarżycielami, z innymi krewnymi i przyjaciółmi ściśniętymi wokół. Dwóch uzbrojonych ludzi szeryfa było zawsze w pobliżu – oddzielali Reevę i jej klan od rodziny i zwolenników Dontégo Drumma. Nerwowe słowa wymieniano podczas przerw w rozprawie. Awantura mogła wybuchnąć w każdej chwili. Kiedy ława przysięgłych ogłosiła wyrok śmierci, Reeva skoczyła na równe nogi i powiedziała: „Chwała Bogu!". Sędzia natychmiast przywołała ją do porządku i zagroziła, że ją usunie. Kiedy Dontégo wyprowadzano w kajdankach, nie mogła się powstrzymać.

– Zamordowałeś moje dziecko! – wrzasnęła. – Będę tam, kiedy wyzioniesz ducha!

W pierwszą rocznicę zniknięcia Nicole i prawdopodobnie jej śmierci Reeva zorganizowała wymyślne czuwanie w Rush Point, nad Red River, w pobliżu piaszczystej łachy, gdzie znaleziono kartę na siłownię i legitymację. Ktoś zbił biały krzyż i wetknął go w ziemię. Wokół niego było pełno kwiatów i wielkich zdjęć Nikki. Ich pastor poprowadził nabożeństwo żałobne i podziękował Bogu za „sprawiedliwy i słuszny werdykt", dopiero co orzeczony przez ławę. Palono świece, śpiewano hymny, odmawiano modlitwy. Czuwanie w tym dniu stało się dorocznym wydarzeniem, Reeva zawsze przy tym była, często w towarzystwie ekipy telewizyjnej.

Wstąpiła do stowarzyszenia ofiar i wkrótce zaczęła brać udział w konferencjach i wygłaszać mowy. Zrobiła długą listę skarg na system prawny, głównie podkreślała „niekończące się, bolesne odroczenia", i została mistrzynią w dogadzaniu tłumowi swoimi nowymi teoriami. Pisała wściekłe listy do Robbiego Flaka i próbowała nawet napisać do Dontégo Drumma.

Założyła stronę w sieci, TesknimyNikki.com, i zapełniła ją tysiącami zdjęć dziewczyny. Blogowała nieustannie o córce i sprawie, często stukając całą noc. Robbie Flak dwukrotnie groził, że ją pozwie za oszczerstwa, które publikowała, ale wiedział, że mądrzej dać jej spokój. Zmuszała przyjaciół Nikki, żeby przesyłali swoje ulubione wspomnienia i opowieści i miała za złe tym, którym się znudziło.

Zachowywała się dziwacznie. Od czasu do czasu urządzała długie przejażdżki w dół rzeki w poszukiwaniu córki. Widywano ją, jak stoi na mostach, wpatruje się w wodę, zagubiona w innym świecie. Red River dzieli na pół Shreveport w Luizjanie, sto osiemdziesiąt kilometrów na południowy wschód od Slone. Reeva sfiksowała na punkcie Shreveport. Znalazła hotel w śródmieściu z widokiem na rzekę. Stał się jej schronieniem. Spędzała tam wiele nocy i dni. Przemierzała miasto, włóczyła się wokół centrów handlowych i innych miejsc, w których lubią gromadzić się nastolatki. Wiedziała, że to irracjonalne. Wiedziała, że jest nie do pomyślenia, żeby Nikki żyła i ukrywała się przed nią. Mimo wszystko ciągle jeździła do Shreveport i przyglądała się twarzom. Nie potrafiła odpuścić. Musiała coś robić.

Parę razy Reeva wybrała się do innych stanów, gdzie zaginęły nastoletnie dziewczyny. Była ekspertem, który chciał się podzielić wiedzą. „Przetrwasz to", brzmiało jej motto. Taki miała sposób, żeby ukoić i pocieszyć rodziny, chociaż wielu w jej stronach dziwiło się, że jej samej tak dobrze udało się przetrwać.

Teraz, kiedy trwało ostateczne odliczanie, szalała z powodu szczegółów egzekucji. Wrócili reporterzy, miała mnóstwo do powiedzenia. Po dziewięciu długich i smutnych latach sprawiedliwości wreszcie miało się stać zadość.

Wcześnie rano w poniedziałek Paul Koffee i Drew Kerber uznali, że czas się spotkać z Reevą.

Przywitała ich uśmiechem, a nawet krótkimi objęciami, przy drzwiach wejściowych. Nigdy nie wiedzieli, którą Reevę zastaną. Potrafiła być czarująca, potrafiła być przerażająca. Ale gdy śmierć Dontégo była tak bliska, stała się łaskawa i ożywiona. Przeszli przez wygodne podmiejskie dwupoziomowe mieszkanie do wielkiego pokoju za garażem, przybudówki, która z latami stała się jej kwaterą główną. Połowa była biurem z szafkami na akta, połowa świątynią poświęconą jej córce. Były tam wielkie kolorowe powiększenia w ramkach, portrety namalowane pośmiertnie przez wielbicieli, trofea, wstążki, plakietki i nagroda z targów nauki w ósmej klasie. Dzięki tej wystawie dało się prześledzić większą część życia Nikki.

Wallisa, drugiego męża Reevy i ojczyma Nicole, nie było w domu. Z latami coraz rzadziej go widywano i wieść niosła, że po prostu nie mógł już wytrzymać ciągłej żałoby i biadolenia żony. Usiedli wokół stolika, a ona podała im mrożoną herbatę. Po wymianie uprzejmości rozmowa zeszła na egzekucję.

– Macie pięć miejsc w pokoju dla świadków – powiedział Koffee. – Kto je zajmuje?

– Oczywiście Wallis i ja. Chad i Marie jeszcze się nie zdecydowali, ale prawdopodobnie będą. – Wyrzuciła z siebie imiona brata przyrodniego i siostry przyrodniej Nicole. Jakby nie mogli się zdecydować, czy pójść na mecz. – Na ostatnim miejscu będzie pewnie brat Ronnie. Nie chce oglądać egzekucji, ale rozumie, że powinien tam być ze względu na nas.

Brat Ronnie, obecny pastor Pierwszego Kościoła Baptystycznego, mieszkał w Slone od jakichś trzech lat. Oczywiście nigdy nie spotkał Nicole, ale był przekonany o winie Dontégo i bał się rozgniewać Reevę.

Kilka minut rozmawiali o procedurach w celi śmierci, zasadach dotyczących świadków, grafiku i tak dalej.

– Reeva, moglibyśmy porozmawiać o tym, co stanie się jutro? – zapytał Koffee.

– Oczywiście.

– Nadal bierzesz udział w tym programie Fordyce'a?

– Tak. Teraz jest w mieście, będziemy nagrywać o dziesiątej rano, właśnie w tym miejscu. Dlaczego pytasz?

– Nie wydaje mi się, żeby to był dobry pomysł – powiedział Koffee, a Kerber pokiwał głową.

– No proszę. A dlaczego?

– Reeva, to podżegacz. Bardzo się martwimy reperkusjami czwartkowego wieczoru. Wiesz, jak poruszeni są czarni.

– Spodziewamy się kłopotów – dodał Kerber.

– Jeśli czarni zaczną robić kłopoty, to ich aresztujcie – odparła.

– Właśnie z takich sytuacji uwielbia korzystać Fordyce. To awanturnik. Chce wywołać zadymę, żeby znaleźć się w środku niej. To podnosi mu oglądalność.

– Tu chodzi wyłącznie o oglądalność – dodał Kerber.

– No, no. Ale się zdenerwowaliśmy – zakpiła.

Sean Fordyce był nowojorską gwiazdą talk-show, która znalazła sobie niszę w relacjach sensacyjnych spraw o morderstwa. Reprezentował ultraprawicową część widowni. Zawsze wspierał ostatnie egzekucje albo prawo do posiadania broni, albo obławy na nielegalnych imigrantów – tę grupę uwielbiał atakować, bo stanowiła łatwiejszy cel niż inni ciemnoskórzy. Trudno było to nazwać oryginalnym programem, ale Fordyce trafił na żyłę złota, kiedy zaczął filmować rodziny ofiar przygotowujące się do oglądania egzekucji. Stał się sławny, kiedy jego ekipie technicznej udało się schować maleńką kamerę w oprawce okularów ojca chłopczyka zamordowanego w Alabamie. Świat po raz pierwszy zobaczył egzekucję, a właścicielem nagrania był Sean Fordyce. Pokazywał je wielokrotnie, za każdym razem komentując, jakie to proste, spokojne i bezbolesne, i o wiele za łatwe dla takiego brutalnego mordercy.

Został oskarżony w Alabamie, pozwany przez rodzinę zmarłego, grożono mu śmiercią i cenzurą, ale przetrwał. Zarzutów nie dało się udowodnić – nie mogli określić, co to za przestępstwo. Powództwo zostało oddalone. Trzy lata po tym wyczynie kaskaderskim nie tylko nie poległ, ale stanął na szczycie góry śmieci telewizji kablowej. Teraz w Slone przygotowywał się do kolejnego epizodu. Podobno zapłacił Reevie pięćdziesiąt tysięcy dolarów za wywiad na wyłączność.

– Reeva, przemyśl to jeszcze raz – prosił Koffee.

– Nie, Paul. Odpowiedź brzmi: nie. Robię to dla Nicole, mojej rodziny i dla innych ofiar z różnych stron. Niech świat widzi, jak cierpimy przez tego potwora.

– Co to da? – zapytał Koffee. Zarówno on, jak i Kerber nie odbierali telefonów od ekipy Fordyce'a.

– Może prawo zostanie zmienione.

– Reeva, ale prawo tutaj zadziałało. Jasne, trwało to dłużej, niż chcieliśmy, ale biorąc pod uwagę ogólną sytuację, dziewięć lat to nieźle.

– O mój Boże, Paul, nie wierzę własnym uszom. Nie przeżywałeś naszego koszmaru przez tych ostatnich dziewięć lat.

– Nie przeżywałem i nie udaję, że czuję, co przeszłaś. Ale koszmar nie skończy się w czwartkowy wieczór. – Z pewnością się nie skończy, na pewno nie, skoro Reeva miała z tym cokolwiek wspólnego.

– Nie wyobrażasz sobie, Paul. Nie mogę w to uwierzyć. Odpowiedź brzmi: nie. Nie, nie, nie. Udzielę wywiadu i zostanie wyemitowany. Świat zobaczy, jak to jest.

Nie spodziewali się, że im się uda, nie zdziwili się. Kiedy Reeva Pike na coś się zdecydowała, to po rozmowie. Zmienili temat.

– Niech tak będzie – mruknął Koffee. – Czy ty i Wallis czujecie się bezpieczni?

Uśmiechnęła się, mało nie zachichotała.

– Oczywiście, Paul. Trzymamy w domu mnóstwo broni, a sąsiedzi mają się na baczności. Każdy samochód, który przejeżdża tą ulicą, jest obserwowany przez szczerbinki karabinów. Nie spodziewamy się kłopotów.

– Na komendzie mieliśmy dzisiaj telefony – powiedział Kerber. – Zwyczajne anonimowe gadanie, niejasne pogróżki co do tego czy owego, jeśli chłopiec zostanie stracony.

– Jestem pewna, że sobie z tym poradzicie, chłopaki – stwierdziła beztrosko. Prowadząc własną nieubłaganą wojnę, Reeva zapomniała, co to znaczy się bać.

– Chyba postawimy przed domem radiowóz na resztę tygodnia – powiedział Kerber.

– Róbcie, co chcecie. To dla mnie bez znaczenia. Jeśli czarni zaczną rozrabiać, to nie tutaj. Przecież normalnie zaczynają od podpalania własnych domów.

Obaj wzruszyli ramionami. Nie mieli doświadczenia z rozruchami. Historia stosunków rasowych w Slone niczym się nie wyróżniała. Wiedzieli niewiele, a i to pochodziło z wiadomości telewizyjnych. Tak, zdaje się, że zamieszki ograniczały się do getta.

Rozmawiali o tym przez parę minut, wreszcie przyszedł czas, żeby sobie pójść. Znowu się objęli przy drzwiach wejściowych i obiecali sobie, że zobaczą się po egzekucji. Jakaż to będzie wielka chwila. Koniec ciężkiej próby. Nareszcie sprawiedliwość.

Robbie Flak zaparkował przy krawężniku przed domem Drummów i zebrał siły przed kolejnym spotkaniem.

– Ile razy tutaj byłeś? – zapytała pasażerka.

– Nie wiem. Setki. – Otworzył drzwi, wysiadł, ona też.

Nazywała się Martha Handler. Dziennikarka śledcza, wolny strzelec. Nie pracowała dla nikogo, ale od czasu do czasu opłacały ją wielkie czasopisma. Po raz pierwszy odwiedziła Slone dwa lata wcześniej, kiedy wybuchł skandal z Paulem Koffee, a potem zafascynowała ją sprawa Drumma. Spędziła z Robbiem wiele godzin, zawodowo, ale mogło się to przerodzić w coś innego, gdyby Robbie nie był oddany swojej aktualnej współlokatorce, dwadzieścia lat od niego młodszej. Martha nie wierzyła już w to oddanie i dawała mieszane sygnały, że drzwi są otwarte albo nie. Między tymi dwojgiem było napięcie seksualne, jakby oboje zwalczali chęć, żeby powiedzieć tak. Jak do tej pory im się udawało.

Z początku twierdziła, że pisze książkę o sprawie Drumma. Potem zrobił się z tego długi artykuł do „Vanity Fair". Potem artykuł do „New Yorkera". Potem scenariusz do filmu, który miał wyprodukować jeden z jej byłych mężów z Los Angeles. Zdaniem Robbiego była znośną pisarką z genialną pamięcią do faktów, ale katastrofą, jeśli chodzi o organizację i planowanie. Niezależnie od produktu finalnego, dysponował całkowitą władzą weta i gdyby na swoim projekcie kiedykolwiek zarobiła dychę, on i rodzina Drummów dostaliby swój udział. Po spędzonych z nią dwóch latach nie liczył na zapłatę. Mimo to lubił Marthę. Była złośliwie zabawna, zuchwała, totalnie fanatyczna wobec sprawy i wyhodowała w sobie żarliwą nienawiść do prawie każdego, kogo spotkała w Teksasie. Do tego potrafiła żłopać burbona i grać w pokera długo po północy.

Mały salonik był zatłoczony. Roberta Drumm siedziała na stołku do pianina, swoim stałym miejscu. Jej dwaj bracia stali przy drzwiach do kuchni. Syn Cedric, starszy brat Dontégo, siedział na sofie, trzymając śpiące niemowlę. Córka Andrea, młodsza siostra Dontégo, zajmowała jedno krzesło. Pastor, wielebny Canty, drugie. Robbie i Martha usiedli blisko siebie na lichych, rozklekotanych zydlach przyniesionych z kuchni. Martha była tu wiele razy i nawet gotowała dla Roberty, kiedy ta chorowała na grypę.

Po zwyczajowych powitaniach i kawie rozpuszczalnej Robbie zaczął mówić.

– Dzisiaj nic się nie stało, co jest dobrą wiadomością. Pierwsza rzecz jutro, rada do spraw ułaskawień wyda decyzję. Nie spotykają się, po prostu przesyłają sprawę i wszyscy głosują. Nie spodziewamy się rekomendacji do ułaskawienia. To zdarza się rzadko. Spodziewamy się odmowy, z którą będziemy potem apelować do urzędu gubernatora i prosić o wstrzymanie egzekucji. Gubernator ma prawo wyrazić zgodę na trzydziestodniową zwłokę. Niemożliwe, żebyśmy ją uzyskali, ale musimy modlić się o cud. – Robert Flak nie był skory do modlitw, ale w żarliwie wierzącym Pasie Biblii Wschodniego Teksasu z pewnością był mocny w gębie. I znajdował się w pokoju pełnym ludzi, którzy modlili się na okrągło. Z wyjątkiem Marthy Handler. – Plus jest taki, że dziś skontaktowalismy się z Joeyem Gamble'em, znaleźliśmy go pod Houston w miejscowości Mission Bend. Nasz detektyw zjadł z nim lunch, przedstawił mu fakty, uświadomił, jak nagląca jest sytuacja i tak dalej. Gamble śledzi sprawę i wie, co jest stawką. Poprosiliśmy go o podpisanie zaprzysiężonego zeznania odwołującego kłamstwa, które powiedział podczas rozprawy. Odmówił. Ale nie damy za wygraną. Wahał się. Chyba martwi go to, co dzieje się z Dontém.

– A jeśli podpisze zeznanie i powie prawdę, to co? – zapytał Cedric.

– Hm, nagle dostaniemy trochę amunicji, jedną, dwie kule. Coś, żeby zanieść do sądu i narobić trochę hałasu. Problem w tym, że kiedy kłamcy odwołują zeznania, wszyscy robią się podejrzliwi, szczególnie sędziowie badający apelację. Kiedy kończą się kłamstwa? Kłamie teraz czy kłamał wtedy? Są marne szanse, szczerze mówiąc, ale w tej chwili wszystko się liczy. – Robbie zawsze był szczery, zwłaszcza kiedy miał do czynienia z rodzinami klientów w sprawach kryminalnych. A na tym etapie sprawy Dontégo wzbudzanie nadziei nie miało większego sensu.

Roberta siedziała spokojnie z rękami wetkniętymi pod uda. Miała pięćdziesiąt sześć lat, ale wyglądała znacznie starzej. Od śmierci męża Rileya, pięć lat wcześniej, przestała farbować włosy i przestała jeść. Była siwa, wychudzona, mówiła niewiele, ale też nigdy nie mówiła dużo. Riley był gadułą, chwalipiętą, osiłkiem, a Roberta magikiem, który łagodził sprawy po mężu i uspokajał wywoływane przez niego konflikty. W ciągu kilku ostatnich dni powoli zaakceptowała rzeczywistość, zdawała się nią przytłoczona. Ani ona, ani Riley, ani żaden z członków rodziny nigdy nie kwestionowali niewinności Dontégo. Kiedyś próbował uszkodzić ballcarrierów i quarterbacków, w razie potrzeby równie dobrze potrafił obronić się na boisku, jak i na ulicy. Ale był w sumie naiwniakiem, wrażliwym dzieckiem, które nigdy nie skrzywdziłoby kogoś niewinnego.

– Razem z Marthą jedziemy jutro do Polunsky, na widzenie z Dontém – ciągnął Robbie. – Mogę zabrać pocztę, jeśli coś dla niego macie.

– Jutro o dziesiątej rano mam spotkanie z burmistrzem – oznajmił Canty. – Dołączy do mnie kilku innych pastorów. Zamierzam wyrazić nasz niepokój w kwestii tego, co może wydarzyć się w Slone, jeśli Donté zostanie stracony.

– Będzie niewesoło – przyznał wuj.

– Dobrze powiedziałeś – dodał Cedric. – Ludziska po tej stronie aż się gotują.

– Egzekucja nadal jest wyznaczona na szóstą po południu, w czwartek, zgadza się? – zapytała Andrea.

– Tak. – Robbie kiwnął głową.

– Hm, kiedy będziesz wiedział na pewno, że zostanie wykonana? – zapytała.

– Te sprawy przekazuje się zazwyczaj telefonicznie, głównie dlatego, że adwokaci walczą do ostatniej minuty.

Andrea popatrzyła z niepokojem na Cedrica.

– Hm, po prostu mówię ci, Robbie, mnóstwo ludzi po tej stronie miasta wyjdzie na ulice, kiedy to się stanie – powiedziała. – Będą kłopoty, a ja rozumiem dlaczego. Ale jak się już zacznie, sprawy mogą się wymknąć spod kontroli.

– Lepiej niech się całe miasto pilnuje – ostrzegł Cedric.

– Właśnie to powiemy burmistrzowi – wtrącił się Canty. – Niech coś zrobi.

– Może tylko zareagować na zamieszki – stwierdził Robbie. – Nie ma nic wspólnego z egzekucją.

– Nie może zadzwonić do gubernatora?

– Jasne, że może, ale nie zakładajcie, że jest przeciwko egzekucji. Gdyby dotarł do gubernatora, prawdopodobnie przemawiałby przeciwko odroczeniu. Burmistrz to stary, dobry Teksańczyk. Uwielbia karę śmierci.

Nikt w pokoju nie popierał burmistrza ani gubernatora. Robbie zakończył rozmowę na temat ewentualnych rozruchów. Były ważne szczegóły do omówienia.

– Według przepisów Departamentu Więziennictwa ostatnia wizyta rodziny odbędzie się o ósmej rano w czwartek, w Oddziale Polunsky, zanim Donté zostanie przeniesiony do Huntsville – mówił. – Wiem, że z niepokojem czekacie, żeby się z nim spotkać, a on rozpaczliwie chce się spotkać z wami. Ale nie bądźcie zaskoczeni, kiedy tam się znajdziecie. To będzie po prostu zwyczajne widzenie. On po jednej stronie szyby z pleksiglasu, wy po drugiej. Rozmawiacie przez telefon. Śmiechu warte, ale to przecież Teksas.

– Żadnych uścisków, żadnych pocałunków? – zapytała Andrea.

– Żadnych. Takie przepisy.

Roberta zaczęła płakać, ciche pociaganie nosem, wielkie łzy.

– Nie mogę objąć swojego dziecka – wymamrotała. Jeden z braci podał jej chusteczkę i poklepał po ramieniu. Po jakiejś minucie wzięła się w garść. – Przepraszam.

– Nie przepraszaj, Roberto – powiedział Robbie. – Jesteś matką i twojego syna mają stracić za coś, czego nie zrobił. Masz prawo płakać. Jeśli chodzi o mnie, ryczałbym, wrzeszczał i strzelał do ludzi. Pewnie to zrobię.

– A jak jest z samą egzekucją? – zapytała Andrea. – Kto tam będzie?

– Pokój dla świadków przedzielony jest ścianą, żeby odseparować rodzinę ofiary od rodziny więźnia. Wszyscy świadkowie stoją. Nie ma krzeseł. Oni dostają pięć miejsc, wy dostajecie pięć miejsc. Reszta jest dla adwokatów, funkcjonariuszy więziennych, dziennikarzy i paru innych. Będę tam. Roberto, wiem, że chcesz być świadkiem, ale Donté jest nieugięty, nie chce, żebyś tam była. Twoje nazwisko jest na liście, ale on nie chce, żebyś patrzyła.

– Przepraszam, Robbie. – Wytarła nos. – Już o tym mówiliśmy. Byłam, kiedy się rodził, i będę, kiedy umrze. Może tego nie wie, ale będzie mnie potrzebował. Przyjdę.

Robbie nie miał zamiaru się sprzeczać. Obiecał, że wróci następnego wieczoru.

Rozdział 7

Chłopcy już dawno zasnęli, a Keith i Dana Schroederowie siedzieli w kuchni skromnej plebanii w centrum Topeka. Siedzieli dokładnie naprzeciwko siebie, każde z laptopem, notatnikami i kawą bezkofeinową. Na stole pełno materiałów znalezionych w Internecie i wydrukowanych w kościelnej kancelarii. Kolacja była szybka, makaron i ser, bo chłopcy mieli lekcje do odrobienia, a rodzice byli bardzo zajęci.

Sprawdzając informacje online, Dana potwierdziła słowa Boyette'a, że został aresztowany i osadzony w areszcie w Slone w styczniu 1999. Stare archiwalia sądu miejskiego były niedostępne. Książka telefoniczna adwokatury w Slone liczyła sto trzydzieści jeden nazwisk. Na chybił trafił wybrała dziesięć, zadzwoniła, powiedziała, że jest z urzędu do spraw zwolnień warunkowych w Kansas i sprawdza życiorys pana Travisa Boyette'a. Czy kiedykolwiek reprezentował pan człowieka o tym nazwisku? Nie. To przepraszam, że przeszkadzam. Nie miała czasu, żeby zadzwonić do każdego adwokata, a i tak wydawało się to daremne. Postanowiła, że zadzwoni do biura sądu miejskiego. Z samego rana.

Keith, po tym jak trzymał w ręku pierścionek szkolny Nicole, miał niewiele wątpliwości, że Boyette mówi prawdę. A jeśli pierścionek został skradziony, zanim zniknęła? – zapytała Dana. I zastawiony w lombardzie? Co, jeśli tak? To raczej nieprawdopodobne, żeby Boyette kupował taki pierścionek w lombardzie, prawda? Rozmawiali godzinami, nawzajem kwestionując każdy swój pomysł.

Wiele z materiałów rozłożonych na stole pochodziło z dwóch stron sieci, TesknimyNikki.com i UwolnicDontégo Drumma.com. Strona Dontégo prowadzona przez kancelarię adwokacką pana Robbiego Flaka była znacznie bardziej rozbudowana, aktywna i profesjonalna. Stronę Nikki prowadziła jej matka. Żadne w najmniejszym stopniu nie próbowało udawać neutralności. Na stronie Dontégo, pod nagłówkiem: Historia sprawy, Keith zjechał w dół, do sedna oskarżenia: Zeznania. Narracja zaczynała się od wyjaśnienia, że tekst oparty jest na dwóch zupełnie różnych sprawozdaniach z tego, co się wydarzyło. W przesłuchaniu, które ciągnęło się piętnaście godzin i dwanaście minut, było kilka przerw. Dontému pozwolono trzy razy skorzystać z toalety i dwa razy zaprowadzono go korytarzem do innego pokoju na badanie poligrafem. Poza tym nie opuszczał pokoju, który nosił wewnętrzną nazwę „sala chóru". Wcześniej czy później, zwykli mówić gliniarze, podejrzany zaczyna śpiewać.

Pierwsza wersja oparta była na oficjalnym raporcie policyjnym. Zawierał on notatki robione podczas przesłuchania przez detektywa Jima Morrisseya. Przez trzy godziny, kiedy Morissey drzemał na pryczy w szatni, notatki robił detektyw Nick Needham. Notatki zostały wydrukowane jako schludny czternastostronicowy raport, w którym, jak przysięgali detektywi Kerber, Morrissey i Needham, była prawda i tylko prawda. Ani jedno ze słów raportu nie sugerowało użycia gróźb, kłamstw, obietnic, sztuczek, zastraszania, fizycznego maltretowania czy pogwałcenia praw konstytucyjnych. Istotnie, temu wszystkiemu detektywi raz za razem zaprzeczali w sądzie.

Druga wersja ostro kontrastowała z pierwszą. Dzień po zatrzymaniu, kiedy Donté przebywał w celi, oskarżony o porwanie, gwałt ze szczególnym okrucieństwem i morderstwo pierwszego stopnia i kiedy powoli dochodził do siebie po traumie przesłuchania, odwołał zeznania. Swojemu adwokatowi Robbiemu Flakowi opowiedział, co się stało. Pod okiem Flaka zaczął spisywać własną relację z przesłuchania. Kiedy dwa dni później skończył, została przepisana na maszynie przez jedną z sekretarek pana Flaka. Wersja Dontégo liczyła czterdzieści trzy strony.

Oto streszczenie obu relacji uzupełnione o niewielką analizę:

Zeznanie

Dwudziestego drugiego grudnia 1998, osiemnaście dni po zniknięciu Nicole Yarber, detektywi Drew Kerber i Jim Morrissey z Wydziału Policji miasta Slone pojechali do Klubu Sportowego South Side, szukali Dontégo. Do klubu uczęszczają najlepsi sportowcy z okolicy. Donté ćwiczył tam prawie w każde popołudnie po szkole. Podnosił ciężary i rehabilitował kostkę. Był w świetnej kondycji fizycznej i planował następnego lata zapisać się na Stanowy Uniwersytet Sama Houstona, a potem postarać się o tymczasowe przyjęcie do drużyny futbolowej.

Około piątej po południu, kiedy Donté sam wychodził z klubu, podeszli do niego Kerber i Morrissey. Przyjaźnie się przedstawili i zapytali, czy zechciałby porozmawiać z nimi o Nicole Yarber. Donté zgodził się, a Kerber zaproponował, żeby spotkali się w komendzie. Tam będą mieli wygodniej. Dontégo zaniepokoiło to, ale chciał w pełni współpracować. Znał Nicole – pomagał jej szukać – ale nic nie wiedział o okolicznościach jej zniknięcia i myślał, że spotkanie na policji zajmie jakieś parę minut. Na komendę pojechał sam, rodzinnym, mocno zużytym zielonym fordem furgonetką. Zatrzymał się na parkingu dla gości. Kiedy wchodził do komendy, nawet nie przypuszczał, że to jego ostatnie kroki jako wolnego człowieka. Miał osiemnaście lat, nigdy nie wpadł w prawdziwe kłopoty i nigdy nie był długo przesłuchiwany przez policję.

Wylegitymowano go w recepcji. Zabrano mu telefon komórkowy, portfel i kluczyki i włożono do zamykanej szuflady – „ze względów bezpieczeństwa".

Detektywi zaprowadzili go do pokoju przesłuchań w piwnicy budynku. Wokół stali inni funkcjonariusze. Jeden z nich, czarny policjant w mundurze, rozpoznał Dontégo i powiedział coś o futbolu. Kiedy Donté już znalazł się w pokoju przesłuchań, Morrisson zaproponował mu coś do picia. Donté odmówił. Pośrodku stał mały prostokątny stolik. Donté usiadł po jednej stronie, obaj detektywi po drugiej. Pokój, bez okien, był dobrze oświetlony. W kącie na trójnogu stała kamera wideo, ale o ile mógł stwierdzić, nie była skierowana na Dontégo i nie wyglądała na włączoną.

Morrissey wyjął kartkę i wyjaśnił, że Donté powinien znać podstawowe prawa przesłuchiwanego podejrzanego. Chłopak zapytał, czy jest świadkiem, czy podejrzanym. Detektyw wyjaśnił, że wszystkie przesłuchiwane osoby są informowane o ich prawach. Nic wielkiego, po prostu formalność.

Donté zaczął się czuć nieswojo. Wszystko dokładnie przeczytał, a ponieważ nie miał nic do ukrycia, podpisał się – w ten sposób zrezygnował z prawa do milczenia i prawa do pomocy adwokata. Była to brzemienna w skutki, tragiczna decyzja.

Niewinni znacznie częściej rezygnują ze swoich praw podczas przesłuchania. Wiedzą, że nic złego nie zrobili, i chcą współpracować z policją, żeby dowieść niewinności. Winni podejrzani są bardziej skłonni do odmowy współpracy. Wytrawni kryminaliści śmieją się z policji i nabierają wody w usta.

Morrisson robił notatki. Zaczął od momentu, kiedy podejrzany wszedł do pokoju – od piątej dwadzieścia pięć po południu.

Mówił głównie Kerber. Rozmowa zaczęła się od długiego podsumowania sezonu piłkarskiego, wygranych, przegranych, co poszło źle w spotkaniach barażowych, od zmiany trenera – najnowszej plotki. Kerber wydawał się naprawdę zainteresowany przyszłością Drumma i miał nadzieję, że kostka wydobrzeje i chłopak będzie mógł grać w college'u. Donté wyraził przekonanie, że tak się stanie.

Kerbera szczególnie interesował bieżący program treningu atletycznego Dontégo i zadawał szczegółowe pytania: ile jest w stanie wycisnąć na ławce, ze stania, z przysiadu i w martwym ciągu.

Wiele pytań dotyczyło jego i rodziny, postępów na uczelni, doświadczenia zawodowego, krótkiej kolizji z prawem, przygody z marihuaną, kiedy miał szesnaście lat. W końcu po jakiejś godzinie zabrali się do Nicole. Ton się zmienił. Uśmiechy zniknęły. Pytania stały się bardziej podchwytliwe. Od jak dawna ją zna? Ile klas razem? Wspólni znajomi? Kiedy umawiają się na randki? Jakie ma dziewczyny? Czy kiedykolwiek umawiał się na randki z Nicole? Nie. Czy kiedykolwiek próbował umówić się z nią na randkę? Nie. Czy chciał się z nią umówić na randkę? Chciał się umawiać na randki z mnóstwem dziewczyn. Z białymi dziewczynami? Jasne, chciał, ale tego nie robił. Nigdy nie miał randki z białą dziewczyną? Nie. Plotkują, że ty i Nicole widywaliście się, próbowaliście utrzymać to w tajemnicy. Nie. Nigdy nie spotykałem się z nią prywatnie. Nigdy jej nie dotknąłem. Ale przyznałeś, że chciałeś się z nią umówić na randkę? Powiedziałem, że chciałem się umawiać z mnóstwem dziewczyn, białych, czarnych, nawet z paroma Latynoskami. Więc kochasz wszystkie dziewczyny? Tak, mnóstwo, ale nie wszystkie.

Kerber zapytał, czy Donté uczestniczył w którymś z poszukiwań Nicole. Tak, Donté i cała najstarsza klasa szukali jej godzinami.

Mówili o Joeyu Gamble'u i paru innych chłopakach, z którymi Nicole umawiała się w liceum. Kerber co raz pytał, czy Donté umawiał się z nią na randki albo czy spotykał się z nią ukradkiem. Jego pytania przypominały raczej oskarżenia i Donté zaczął się niepokoić.

Roberta Drumm podawała kolację co wieczór o siódmej i jeśli z jakichś powodów Dontégo nie było, oczekiwano, że zadzwoni. O siódmej Donté zapytał detektywów, czy może iść. Jeszcze tylko kilka pytań, powiedział Kerber. Donté zapytał, czy może zadzwonić do matki. Nie, nie zezwala się na telefony komórkowe w komendzie.

Po dwóch godzinach w pokoju Kerber wreszcie rzucił bombę. Poinformował Dontégo, że pewien świadek chce zeznać, że Nicole zwierzyła się bliskim przyjaciołom ze spotkań z Dontém. Było i mnóstwo seksu, ale musiała trzymać to w tajemnicy. Rodzice nigdy by się na taki związek nie zgodzili. Bogaty ojciec w Dallas zatrzasnąłby portfel i wydziedziczyłby córkę. Kościół wzgardziłby nią. I tak dalej.

Nie było takiego świadka, ale policja podczas przesłuchania może kłamać do woli.

Donté ostro zaprzeczył jakimkolwiek związkom z Nicole.

Kerber dalej rozwijał swoją wersję. Ten świadek powiedział, że Nicole coraz bardziej niepokoiła się romansem. Chciała z tym skończyć, ale on, Donté, nie zgodził się zostawić jej w spokoju. Myślała, że ktoś za nią chodzi. Myślała, że Donté dostał obsesji na jej punkcie.

Donté gwałtownie temu zaprzeczył. Zażądał, żeby ujawniono tożsamość świadka, ale Kerber oświadczył, że to sprawa całkowicie poufna. Wasz świadek kłamie, powtarzał Donté.

Jak przy wszystkich przesłuchaniach detektywi wiedzieli, dokąd prowadzą ich pytania. Donté nie wiedział. Nagle Kerber zmienił temat i zaczął maglować chłopaka na temat zielonego forda, jak często nim jeździ, gdzie i tak dalej. Furgonetka należała do rodziny od lat, korzystały z niej wszystkie dzieci Drummów.

Kerber pytał, jak często Donté jeździ nią do szkoły, na siłownię, do centrum handlowego i w kilka innych miejsc, gdzie przychodzą licealiści. Czy Donté pojechał nią do centrum handlowego wieczorem czwartego grudnia, w piątek, kiedy Nicole zniknęła?

Nie. W wieczór, kiedy Nicole zniknęła, był w domu z młodszą siostrą. Rodzice wyjechali do Dallas na weekendowe spotkanie kościelne. Donté robił za niańkę. Jedli mrożoną pizzę i oglądali telewizję w pokoju, na co matka nie zawsze pozwalała. Tak, zielona furgonetka była zaparkowana na podjeździe. Rodzice zabrali rodzinnego buicka do Dallas. Sąsiedzi zeznali, że zielona furgonetka była tam, gdzie mówił. Nikt nie widział, żeby odjeżdżała tego wieczoru. Siostra zeznała, że siedział z nią cały czas, że nie wychodził.

Kerber poinformował podejrzanego, że mają świadka, który widział zielonego forda furgonetkę na parkingu centrum handlowego mniej więcej wtedy, kiedy Nicole zniknęła. Donté powiedział, że prawdopodobnie jest więcej niż jedna taka furgonetka w Slone. Zaczął pytać detektywów, czy jest podejrzany. Myślicie, że porwałem Nicole? – dopytywał się co chwila. Kiedy stało się jasne, że tak myślą, doznał wstrząsu. To go przerażało.

O dziewiątej wieczór Roberta Drumm się zaniepokoiła. Syn rzadko nie przychodził na kolację i zazwyczaj trzymał komórkę w kieszeni. Jej połączenia trafiały od razu na pocztę głosową. Zaczęła wydzwaniać do jego przyjaciół, ale żaden nie wiedział, gdzie jest Donté.

Kerber zapytał Dontégo wprost, czy zabił Nicole i pozbył się jej ciała. Chłopak ze złością zaprzeczył. Zaprzeczył jakimkolwiek związkom z tą sprawą. Wymiana zdań między nimi dwoma stała się nerwowa, język zrobił się wulgarny. Oskarżenia, zaprzeczenia, oskarżenia, zaprzeczenia. O dziewiątej czterdzieści pięć wieczorem Kerber odepchnął swoje krzesło i wypadł jak burza z pokoju. Morrissey odłożył pióro i przeprosił za zachowanie kolegi. Powiedział, że facet działa w ogromnym stresie, bo jest głównym detektywem, a wszyscy chcą wiedzieć, co się stało z Nicole. Istniała szansa, że dziewczyna wciąż żyje. Poza tym Kerber był w gorącej wodzie kąpany i mógł zachowywać się apodyktycznie.

Klasyczna gra: dobry glina, zły glina, i Donté wiedział doskonale, o co chodzi. Ale skoro Morrissey był uprzejmy, Donté z nim pogawędził. Nie mówili o sprawie. Donté poprosił o coś do picia i jedzenia, Morrissey wyszedł, żeby to przynieść.

Donté miał dobrego kolegę, Torreya Picketta. Od siódmej klasy razem grali w piłkę, ale Torrey miał jakieś problemy z prawem, latem, przed rozpoczęciem ostatniej klasy liceum.

Złapano go podczas policyjnej prowokacji przeciwko handlarzom crackiem i zamknięto. Nie skończył szkoły i teraz pracował w sklepie spożywczym w Slone. Policja wiedziała, że Torrey podbijał kartę zegarową co wieczór o dziesiątej, kiedy zamykano sklep. Dwóch policjantów w mundurach czekało. Zapytali, czy dobrowolnie pójdzie na komendę i odpowie na kilka pytań dotyczących sprawy Nicole Yarber. Zawahał się i to sprawiło, że policja zaczęła być podejrzliwa. Powiedzieli, że jego koleś, Donté, już tam jest i potrzebuje jego pomocy. Torrey postanowił pójść i sprawdzić samemu. Pojechał na tylnym siedzeniu radiowozu. Na komendzie zaprowadzono go do pokoju, dwoje drzwi dalej obok Dontégo. Pokój miał wielkie okno z wenecką szybą: przepuszczała światło tak, że funkcjonariusze widzieli wnętrze, ale podejrzany ich nie widział. Pokój był też na podsłuchu, przesłuchanie było słychać z głośnika na korytarzu. Detektyw Needham pracował sam, zadawał zwyczajne, ogólne, niewinne pytania. Torrey niemal od razu zrzekł się swoich praw wynikających z precedensu „Miranda". Needham szybko przeszedł do pytań o dziewczyny, kto z kim się umawiał i kto z kim kręcił, chociaż nie powinien. Torrey twierdził, że prawie nie znał Nicole, nie widywał jej przez całe lata. Wyśmiał pomysł, żeby jego kumpel Donté spotykał się z tą dziewczyną. Po półgodzinnym wypytywaniu Needham wyszedł z pokoju. Torrey siedział przy stole i czekał.

Tymczasem w „sali chóru" Donté przeżył kolejny wstrząs. Kerber poinformował go, że mają świadka, który chce zeznać, jak Donté i Torrey Pickett złapali dziewczynę, zgwałcili ją na tyle zielonej furgonetki, a potem zrzucili ciało z mostu nad Red River. Donté po prostu roześmiał się na ten obłędny pomysł. Jego śmiech dotknął detektywa Kerbera. Donté wyjaśnił, że śmieje się nie z powodu martwej dziewczyny, ale z urojeń Kerbera. Jeśli Kerber naprawdę ma świadka, to jest durniem, że wierzy takiemu kłamliwemu idiocie. Obaj zaczęli się wyzywać od kłamców i tak dalej. Zła sytuacja stała się jeszcze gorsza.

Nagle Needham otworzył drzwi i poinformował Kerbera i Morrisseya, że mają „pod nadzorem" Torreya Picketta. Ta wiadomość była tak ekscytująca, że Kerber skoczył na równe nogi i znowu wyszedł z pokoju.

Chwilę później był z powrotem. Podjął tę samą linię przesłuchania i oskarżył Dontégo o morderstwo. Kiedy Donté wszystkiemu zaprzeczył, Kerber oskarżył go o kłamstwo. Twierdził, że wie na pewno, jak Donté i Torrey Pickett zgwałcili i zabili dziewczynę, i jeśli Donté chce dowieść swojej niewinności, to powinni zacząć badanie na poligrafie. Test na wykrywaczu kłamstw. To niezawodny, oczywisty dowód, dopuszczalny w sądzie i tak dalej. Donté natychmiast zrobił się podejrzliwy co do testu, ale jednocześnie pomyślał, że to może być dobry pomysł, szybki sposób, żeby zakończyć to szaleństwo. Wiedział, że jest niewinny. Wiedział, że może przejść test, a wtedy strząśnie sobie Kerbera z pleców, zanim będzie jeszcze gorzej. Zgodził się na badanie.

Pod naciskiem przesłuchania policyjnego niewinni ludzie znacznie chętniej godzą się na poligraf. Nie mają nic do ukrycia i rozpaczliwie chcą to udowodnić. Winni podejrzani rzadko się godzą na badanie, z oczywistych powodów.

Dontégo zaprowadzono do innego pokoju i przedstawiono detektywowi Fergusonowi, który godzinę wcześniej spał w domu, kiedy zadzwonił detektyw Needham. Ferguson był specjalistą wydziału od badań poligraficznych, nalegał, żeby Kerber, Morrissey i Needham wyszli z pokoju. Ferguson był niezwykle uprzejmy, mówił cicho, nawet przepraszał, że musi poddać Dontégo badaniom. Wszystko wyjaśnił, załatwił papierkową robotę, przygotował urządzenie i zaczął pytać Dontégo o jego udział w sprawie Nicole Yarber. Trwało to około godziny.

Kiedy Ferguson skończył, wyjaśnił, że minie parę minut, zanim będzie w stanie podsumować wyniki. Dontégo zabrano z powrotem do „sali chóru". Wyniki jasno wskazywały, że Donté mówił prawdę. Niemniej prawo, jak orzekł Sąd Najwyższy Stanów Zjednoczonych, pozwala policji używać szerokiego zakresu podstępnych praktyk podczas przesłuchania. Mogą kłamać do woli.

Kiedy Kerber wrócił do „sali chóru", trzymał wykresy z testu. Cisnął je Dontému w twarz i nazwał go zakłamanym sukinsynem. Teraz mają dowód, że kłamał! Mają jasne potwierdzenie, że porwał swoją byłą kochankę, zgwałcił ją, zabił w napadzie wściekłości i zrzucił z mostu. Kerber podniósł wykresy, pomachał nimi przed twarzą Dontégo i obiecał mu, że kiedy ława zobaczy wyniki badania, uzna go za winnego i skaże na śmierć. Patrzysz na igłę, powtarzał w kółko Kerber.

Kolejne kłamstwo. Poligrafy są tak niewiarygodne, że ich wyniki nigdy nie są dopuszczane przed sąd.

Donté był zaszokowany. Poczuł się słabo. Był zdezorientowany, z ledwością znajdował słowa. Kerber odprężył się, zajął miejsce po drugiej stronie stołu. Powiedział, że w wielu sprawach, w których chodzi o straszne zbrodnie, zwłaszcza te popełnione przez dobrych, przyzwoitych ludzi – niekryminalistów – zabójca podświadomie wymazuje ten akt z pamięci. Po prostu „blokuje go". To bardzo powszechne, a on, detektyw Kerber, ze względu na rozległe szkolenie i długie doświadczenie widział to wiele razy. Podejrzewa, że Donté bardzo lubił Nicole, może nawet był zakochany i nie miał zamiaru jej skrzywdzić. Sprawy wymknęły się spod kontroli. Nie żyła, zanim zdał sobie z tego sprawę. Po tym, co zrobił, doznał szoku, poczucie winy było przytłaczające. Więc próbował je zablokować.

Donté nadal wszystkiemu zaprzeczał. Był wyczerpany, położył głowę na stole. Kerber gwałtownie walnął w stół. Podejrzany się przestraszył. Kerber znowu oskarżył Dontégo o zbrodnię, powiedział, że mają świadków i dowód i że Donté będzie martwy w ciągu pięciu lat. Teksańscy prokuratorzy wiedzą, jak usprawniać system tak, żeby nie odkładano egzekucji.

Kerber poprosił Dontégo, żeby wyobraził sobie matkę, jak siedzi w pokoju dla świadków, jak po raz ostatni macha do niego ręką, jak wypłakuje oczy, kiedy go przywiązują i aplikują mu chemikalia. Jesteś martwy, powiedział więcej niż jeden raz. Ale jest inna możliwość. Jeśli Donté chce się oczyścić, powie im, co się stało, wszystko zezna, to on, Kerber, gwarantuje, że stan nie będzie domagał się kary śmierci. Donté dostanie dożywocie bez możliwości ubiegania się o zwolnienie warunkowe. No, to nie bułka z masłem, ale przynajmniej będzie mógł pisać listy do mamy i widywać się z nią dwa razy w miesiącu.

Takie grożenie śmiercią i obietnice pobłażliwości są niezgodne z konstytucją i policja o tym wie. Zarówno Kerber, jak i Morrissey zaprzeczyli, że wykorzystywali tę taktykę. Nic dziwnego, że w notatkach Morrisseya nie było wzmianki o groźbach i obietnicach. Nie było też dokładnych zapisów co do czasu i kolejności wydarzeń. Donté nie miał dostępu do długopisu i papieru, a po pięciu godzinach przesłuchania stracił poczucie czasu.

Około północy detektyw Needham otworzył drzwi i oznajmił: „Pickett mówi". Kerber uśmiechnął się do Morrisseya i ostentacyjnie wyszedł.

Pickett siedział sam w zamkniętym pokoju wściekły, że o nim zapomniano. Nikogo nie widział i z nikim nie rozmawiał od przeszło godziny.

Riley Drumm znalazł zieloną furgonetkę zaparkowaną przy miejskim areszcie. Jeździł po ulicach, ulżyło mu, kiedy ją odszukał. Niepokoił się też o swojego syna i o to, że mógł wpakować się w jakieś kłopoty. Miejski areszt w Slone sąsiaduje z Wydziałem Policji. Riley poszedł najpierw do aresztu i po pewnym zamieszaniu dowiedział się, że jego syn nie siedzi za kratkami. Nie zapisano go. Było tam sześćdziesięciu dwóch więźniów, ale żadnego Drumma. Strażnik, młody biały funkcjonariusz, rozpoznał nazwisko Dontégo i pomagał, jak tylko mógł. Zasugerował, żeby pan Drumm sprawdził u sąsiadów, w Wydziale Policji. Drumm tak zrobił. Tu też było pełno zamieszania i nerwów. O dwunastej czterdzieści w nocy drzwi wejściowe były zamknięte. Riley zadzwonił do żony, żeby poinformować ją na bieżąco, potem zaczął się zastanawiać, jak wejść do budynku. Po kilku minutach w pobliżu zaparkował radiowóz i wysiadło z niego dwóch funkcjonariuszy w mundurach. Porozmawiali z Rileyem Drummem, który wyjaśnił, czego tu szuka. Wszedł za nimi do środka i usiadł w korytarzu. Funkcjonariusze poszli szukać jego syna. Minęło pół godziny, zanim znów się pojawili i powiedzieli, że Donté jest przesłuchiwany. W jakiej sprawie? Dlaczego? Funkcjonariusze nie wiedzieli. Riley zaczął czekać. Przynajmniej chłopak jest bezpieczny.

Pierwsza rysa pojawiła się, kiedy Kerber wyjął kolorowe zdjęcie Nicole, osiem na dziesięć. Zmęczony, samotny, wystraszony, niepewny siebie i przytłoczony Donté spojrzał na śliczną twarz i zaczął płakać. Kerber i Morrissey wymienili znaczące uśmiechy.

Donté szlochał przez kilka minut, potem poprosił, żeby pozwolili mu skorzystać z toalety. Odprowadzili go korytarzem. Po drodze zatrzymali się przy oknie, żeby mógł zobaczyć Picketta Torreya. Siedział przy stole i wypełniał jakiś policyjny formularz. Donté patrzył z niedowierzaniem, pokręcił nawet głową i wymamrotał coś do siebie.

Torrey pisał jednostronicowe oświadczenie, w którym zaprzeczał, że cokolwiek wie. Oświadczenie zostało jakoś zagubione przez Wydział Policji miasta Slone i nikt już go nie zobaczył.

Gdy wrócili do „sali chóru", Kerber poinformował Dontégo, że jego kumpel Torrey podpisał zaprzysiężone oświadczenie, że Donté spotykał się z Nicole, że szalał za nią, że ona martwiła się konsekwencjami i próbowała zerwać. Donté był zdesperowany i prześladował dziewczynę. Torrey obawiał się, że kumpel może jej zrobić krzywdę.

Po wygłoszeniu ostatniej serii kłamstw Kerber zaczął czytać z kartki, niby zeznanie Torreya. Donté zamknął oczy, pokręcił głową i próbował zrozumieć, co się dzieje. Ale myślał teraz znacznie wolniej, czas reakcji spowalniały zmęczenie i strach.

Zapytał, czy może sobie iść. Kerber ryknął na niego. Sklął chłopaka i powiedział nie, nie może iść, bo jest ich najważniejszym podejrzanym. Należy do nich. Mają dowód. Donté zapytał, czy będzie mu potrzebny adwokat, a Kerber powiedział, że oczywiście nie. Adwokat nie może zmienić faktów. Adwokat nie przywróci życia Nicole. Adwokat nie ocali ci życia, Donté, ale my możemy.

W notatkach Morrisseya nie ma wzmianki o rozmowie na temat adwokatów.

O drugiej dwadzieścia w nocy Torreyowi Pickettowi pozwolono wyjść. Detektyw Needham wyprowadził go bocznymi drzwiami, żeby w korytarzu nie wpadł na pana Drumma. Detektywów w piwnicy ostrzeżono, że ojciec podejrzanego jest w budynku i chce się spotkać z synem. Zaprzeczono temu pod przysięgą podczas kilku przesłuchań.

Morrissey zaczął tracić siły, zastąpił go Needham. Przez kolejne trzy godziny, kiedy Morrissey drzemał, Needham robił notatki. Kerber nie wykazywał śladów zmęczenia. Atakując podejrzanego, jakby ładował się energią. Już prawie złamał podejrzanego, rozwiązał sprawę i został bohaterem. Zaproponował Dontému jeszcze jedną próbę na poligrafie, tym razem ograniczoną do okoliczności zdarzenia z piątku, czwartego grudnia, około dziesiątej wieczór. Pierwszą reakcją Dontégo było powiedzieć nie, nie zaufać maszynie, ale nad rozsądkiem przeważyła chęć wydostania się z tego pokoju. Po prostu być jak najdalej od Kerbera. Wszystko, żeby już nie widzieć tego psychola.

Detektyw Ferguson znów podłączył go do poligrafu i zadał kilka pytań. Poligraf popiskiwał, powoli wypluwając papier. Donté patrzył na to bezmyślnie, ale coś mu mówiło, że wynik nie będzie dobry.

Wynik znowu wykazał, że Donté mówi prawdę. W tamten piątek był w domu, opiekował się siostrą i w ogóle nie wychodził.

Ale prawda się nie liczyła. Pod jego nieobecność Kerber przesunął swoje krzesło w kąt, jak najdalej od drzwi. Kiedy Donté wrócił i usiadł, Kerber przyciągnął krzesło tak blisko, że ich kolana prawie się stykały. Znowu zaczął kląć chłopaka, mówić mu, że nie tylko oblał próbę poligrafu, ale że ją „poważnie oblał". Po raz pierwszy dotknął Dontégo, dźgnął go palcem wskazującym w klatkę. Donté odepchnął jego rękę. Był gotów podjąć walkę, kiedy podszedł Needham z taserem. Detektyw wyglądał, jakby nie mógł się doczekać, żeby go wypróbować, ale nie zrobił tego. Obaj gliniarze klęli Dontégo i mu grozili.

Szturchanie nie ustawało, a wraz z nim ciągnęły się oskarżenia i groźby. Donté zrozumiał, że nie pozwolą mu wyjść, dopóki nie da glinom tego, czego chcą. I w końcu może mają rację. Wydawali się tacy pewni wobec tego, co się stało. Byli przekonani ponad wszelką wątpliwość, że jest winny. Jego przyjaciel mówił, że on i Nicole mieli romans. A badania poligrafem – co pomyśli ława przysięgłych, kiedy dowie się, że kłamał? Donté zwątpił w siebie i we własną pamięć. A jeśli zemdlał i wymazał straszliwy uczynek? I naprawdę nie chciał umierać, ani za pięć, ani za dziesięć lat.

O czwartej nad ranem Riley Drumm opuścił komendę i poszedł do domu. Roberta zaparzyła kawę. Martwili się i czekali na wschód słońca, jakby wszystko miało się wtedy ułożyć.

Kerber i Needham zrobili sobie przerwę o czwartej trzydzieści nad ranem. Kiedy byli sami w korytarzu, Kerber powiedział, „jest gotowy".

Kilka minut później Needham otworzył po cichu drzwi i zajrzał do środka. Donté leżał na podłodze i szlochał.

Przynieśli mu pączka, picie i wznowili przesłuchanie. Donté powoli doznawał olśnienia. Skoro nie może wyjść, dopóki nie da im ich historii, i skoro w tej chwili był w stanie przyznać się do zabicia własnej matki, to dlaczego nie pójść im na rękę? Nicole wkrótce się znajdzie, żywa albo martwa, i zagadka rozwiązana. Policja wyjdzie na durniów za wydębienie z niego zeznania. Jakiś farmer albo myśliwy potknie się o jej szczątki i te błazny zostaną zdemaskowane. Donté zostanie oczyszczony z zarzutów, uwolniony i wszystkim będzie go żal.

Dwanaście godzin po rozpoczęciu przesłuchania popatrzył na Kerbera i powiedział, „Dajcie mi kilka minut, a wszystko wam powiem".

Po przerwie Kerber pomógł mu wypełnić formularze. Donté wymknął się z domu, kiedy siostra zasnęła. Rozpaczliwie chciał się spotkać z Nicole, bo go odtrąciła, próbowała zerwać. Wiedział, że dziewczyna jest w kinie z przyjaciółkami. Pojechał tam, sam, zielonym fordem furgonetką. Spotkał ją na parkingu niedaleko jej samochodu. Zgodziła się wsiąść. Krążyli po Slone, potem wyjechali za miasto. Chciał seksu, powiedziała nie. Między nimi koniec. Próbował siłą, opierała się. Zmusił ją do uprawiania seksu, ale to nie dawało zadowolenia. Podrapała go, krwawił. Sytuacja się pogorszyła. Wpadł we wściekłość, zaczął dusić Nicole, nie mógł się powstrzymać, nie przestawał, aż było za późno. Potem wpadł w panikę. Musiał coś z nią zrobić. Zawołał do niej, kiedy leżała z tyłu furgonetki, nie odpowiedziała. Jechał na północ, w stronę Oklahomy. Stracił poczucie czasu, potem zdał sobie sprawę, że zbliża się świt. Musiał wracać do domu. Musiał pozbyć się ciała. Zatrzymał furgonetkę na moście na drodze 244, nad Red River, około szóstej rano, piątego grudnia. Nadal było ciemno, nadal była martwa. Zrzucił ją i poczekał, aż usłyszy z dołu obrzydliwe pluśnięcie. Całą drogę powrotną do Slone płakał.

Przez trzy godziny Kerber pouczał go, szturchał, poprawiał, przeklinał, napominał, żeby mówił prawdę. Szczegóły muszą być perfekcyjne, powtarzał. O ósmej dwadzieścia jeden rano wreszcie włączono kamerę wideo. Donté Drumm wypompowany, z kamienną twarzą siedział przy stole, świeży napój i pączka miał przed sobą, żeby było widać ich gościnność.

Nagranie trwało siedemnaście minut i miało go posłać do celi śmierci.

Donté został oskarżony o uprowadzenie, zgwałcenie z ciężkim uszkodzeniem ciała i morderstwo pierwszego stopnia. Zabrano go do celi, gdzie szybko zasnął.

O dziewiątej rano szef policji wraz z prokuratorem okręgowym, panem Paulem Koffee, zwołał konferencję prasową. Oznajmił, że sprawa Nicole Yarber została rozwiązana. Niestety, jeden z byłych bohaterów futbolu Slone, Donté Drumm, przyznał się do morderstwa. Inni świadkowie potwierdzili jego wersję. Wyrazy współczucia dla rodziny.

Zeznanie natychmiast zaatakowano. Donté odwołał je, a jego adwokat Robbie Flak publicznie i jadowicie potępił policję i jej taktykę. Wiele miesięcy później obrona zgłosiła wnioski o wycofanie zeznania. Przesłuchania w tej sprawie trwały miesiąc. Kerber, Morrissey i Needham złożyli obszerne zeznania, które obrona gwałtownie zaatakowała. Stanowczo zaprzeczali użyciu gróźb, obietnic albo zastraszaniu. Zaprzeczali zwłaszcza, że grozili śmiercią, chcąc zastraszyć Dontégo, żeby współpracował. Zaprzeczali werbalnemu obrażaniu podejrzanego i doprowadzeniu go do wyczerpania i załamania.

Zaprzeczali, jakoby Donté kiedykolwiek napomknął o adwokacie albo żeby chciał zakończyć przesłuchanie i iść do domu. Zaprzeczali, że wiedzieli cokolwiek o obecności jego ojca w komendzie i jego pragnieniu spotkania się z synem. Zaprzeczali faktowi, że ich własne testy na poligrafie stanowiły jasny dowód niewinności, zeznali natomiast, że wyniki były ich zdaniem „nieprzekonujące". Zaprzeczali jakimkolwiek oszustwom z domniemanym oświadczeniem Torreya Picketta. Torrey zeznawał jako świadek obrony i zaprzeczył, że mówił policji cokolwiek o romansie Dontégo z Nicole.

Sędzia wyraziła głęboki niepokój co do zeznania, ale nie na tyle istotny, żeby wyłączyć je z procesu. Nie zgodziła się odrzucić oświadczenia podejrzanego i później zostało pokazane ławie przysięgłych. Donté przyglądał się temu, jakby obserwował kogoś innego. Nikt na serio nie zakwestionował faktu, że zeznanie jest gwarancją jego skazania.

Zeznanie zaatakowano znów podczas apelacji, ale Teksański Sąd Karny Apelacyjny jednogłośnie zatwierdził skazanie i karę śmierci.

Kiedy Keith skończył, wstał od stołu i poszedł do łazienki. Miał uczucie, jakby to jego przesłuchiwano. Dawno minęła północ. O śnie nie było mowy.

Rozdział 8

O siódmej we wtorek rano kancelaria adwokacka Flaka kipiała od szalonej, nerwowej energii, której można było się spodziewać po grupie zmagającej się zarówno z zegarem, jak i bardzo małymi szansami na uratowanie ludzkiego życia. Wyczuwało się napięcie. Żadnych uśmiechów, żadnych zwykłych przemądrzałych uwag ze strony osób, które na co dzień pracowały z sobą i miały pełną swobodę, żeby mówić cokolwiek, komukolwiek, kiedykolwiek. Większość była tu sześć lat wcześniej, kiedy Lamar Billups dostał igłę w Huntsville. Nieodwracalność jego śmierci wywołała szok. A Billups był paskudnym typem. Bił ludzi w barowych awanturach, najchętniej kijami do bilardu i potłuczonymi butelkami – to jego ulubiona forma spędzania wolnego czasu. Wreszcie stan miał go dosyć. Jego ostatnie słowa na łożu śmierci brzmiały: „Do zobaczenia w piekle", potem zszedł. Był winny i nigdy poważnie nie twierdził inaczej. Morderstwa dokonał w małym miasteczku, sto kilometrów stąd. Obywatele Slone ledwie je zauważyli. Nie miał rodziny, nikogo znajomego, o kim by wiedziano. Robbie serdecznie go nie lubił, ale twardo trzymał się przekonania, że stan nie ma prawa go zabić.

Stan Teksas przeciwko Dontému Drummowi to zupełnie inna sprawa. Teraz walczyli o niewinnego, a jego rodzina była ich rodziną.

Okiem cyklonu był długi stół w głównej sali konferencyjnej. Fred Pryor, nadal w Houston, słyszany przez głośnik, zdawał szybkie sprawozdanie z prób przekabacenia Joeya Gamble'a. Rozmawiali przez telefon w poniedziałek późnym wieczorem i Gamble okazał jeszcze mniejszą chęć do współpracy.

– Ciągle pytał o krzywoprzysięstwo i czy to poważne przestępstwo – powiedział Pryor z urządzenia nastawionego na pełną głośność.

– Koffee mu groził – powiedział Robbie, jakby wiedział, że tak było. – Pytałeś, czy rozmawiał z prokuratorem okręgowym?

– Nie, ale pomyślałem o tym – odparł Pryor. – Nie zapytałem, bo doszedłem do wniosku, że nie zdradziłby się z tym.

– Koffee wie, że on kłamał podczas procesu i powiedział chłopakowi, że w ostatniej chwili weźmiemy się do niego – stwierdził Robbie. – Zagroził mu oskarżeniem o krzywoprzysięstwo, gdyby teraz zmienił swoją historyjkę. Chcesz się założyć, Fred?

– Nie. Mogło tak być.

– Powiedz Joeyowi, że co do tego krzywoprzysięstwa mają zastosowanie przepisy o przedawnieniu. Koffee nie może go tknąć.

– Zrobione.

Głośnik został wyłączony. Półmisek z ciastkami wylądował na stole i przyciągnął tłum. Dwie współpracowniczki Robbiego przeglądały wniosek o wstrzymanie egzekucji przez gubernatora. Martha Handler siedziała przy końcu stołu, zagubiona w świecie sądowych transkryptów. Aaron Rey, bez marynarki, z oboma pistoletami na wierzchu, w olstrach na koszuli, popijał kawę z papierowego kubka, przeglądając poranną gazetę. Bonnie, kancelistka, pracowała przy laptopie.

– Załóżmy, że Gamble zmięknie – powiedział Robbie do starszej współpracowniczki, wymuskanej damy w nieokreślonym wieku. Dwadzieścia lat temu Robbie pozwał jej pierwszego chirurga plastycznego, kiedy lifting twarzy dał wynik gorszy od pożądanego. Ale ona nie odpuściła sobie zabiegów korekcyjnych; po prostu zmieniała chirurgów. Nazywała się Samantha Thomas, albo Sammie, i kiedy pracowała nad sprawami Robbiego, pozywała lekarzy za błędy w sztuce i pracodawców za dyskryminację wiekową i rasową.

– Na wszelki wypadek przygotuj podanie – rzucił Robbie.

– Prawie je skończyłam – oświadczyła Sammie.

Recepcjonistka Fanta – wysoka, szczupła czarna kobieta, dawna gwiazda koszykówki w Liceum Miejskim, która w innych okolicznościach ukończyłaby szkołę razem z Nicole Yarber i Dontém Drummem – weszła do pokoju z garścią wiadomości telefonicznych.

– Dzwonił reporter z „Washington Post", chce porozmawiać. – Zwróciła się do Robbiego, który natychmiast skoncentrował się na jej nogach.

– Znamy go?

– Nigdy wcześniej nie widziałam tego nazwiska.

– To go olej.

– Reporter z „Houston Chronicle" zostawił wiadomość o dziesiątej trzydzieści zeszłego wieczoru.

– To aby nie Spinney?

– On.

– Każ mu iść do diabła.

– Nie używam takich słów.
– To go olej.
– Trzy razy dzwoniła Greta.
– Nadal jest w Niemczech?
– Tak, nie może sobie pozwolić na bilet na samolot. Chce wiedzieć, czy może wyjść za Dontégo przez Internet.
– I co jej powiedziałaś?
– Że to nie niemożliwe.
– Wyjaśniłaś, że Donté stał się jedną z najlepszych partii na świecie? Że miał co najmniej pięć propozycji małżeństwa w ubiegłym tygodniu, każda z Europy? Wszelkie kobiety, młode, stare, grube, chude, a jedyna wspólna cecha, że są brzydkie? I głupie? Wyjaśniłaś, że Donté jest raczej wymagający co do tego, z kim się ożeni, i że zabiera mu czas?
– Nie rozmawiałam z nią. Zostawiła nagranie na poczcie głosowej.
– Dobrze. Olej.
– Ostatnia jest od pastora kościoła luterańskiego w Topeka, w Kansas. Zadzwonił dziesięć minut temu. Mówi, że może mieć informacje, kto zabił Nicole, ale nie za bardzo wie, co z tym zrobić.
– Doskonale, jeszcze jeden świr. Ilu takich trafiło się nam w ostatnim tygodniu?
– Straciłam rachubę.
– Olej. Zdumiewające, ilu stukniętych gości pojawia się w ostatniej chwili.

Położyła spisane informacje przed Robbiem, pośrodku resztek, i wyszła z sali. Robbie przyglądał się każdemu jej krokowi, ale nie gapił się jak zazwyczaj.

– Nie miałabym nic przeciwko telefonowaniu do świrów – powiedziała Martha Handler.
– Po prostu szukasz materiału – odszczeknął się Robbie. – To strata cennego czasu.
– Poranne wiadomości – oznajmił głośno kancelista Carlos i sięgnął po pilota. Wycelował go w szerokoekranowy telewizor wiszący w kącie.

Gadanina ucichła. Przed sądem hrabstwa Chester stał reporter, jakby w każdej chwili mogło się zdarzyć coś dramatycznego. Wyrzucał z siebie słowa.

– Urzędnicy miejscy nie puszczają pary z ust na temat metod uporania się z potencjalnymi niepokojami w Slone po planowej egzekucji Dontégo Drumma. Drumm, jak państwo wiedzą, został skazany w 1999 roku za gwałt ze szczególnym okrucieństwem i zamordowanie Nicole Yarber. Oczekując na wstrzymanie albo odroczenie w ostatniej chwili, zostanie stracony w więzieniu w Huntsville o szóstej wieczór w czwartek. Drumm utrzymuje, że jest niewinny i wielu tutaj, w Slone, nie wierzy w jego winę. Sprawa od początku miała podtekst rasowy i stwierdzenie, że miasto jest podzielone, byłoby bardzo oględne. Jest ze mną szef policji Joe Radford.

Kamera odsunęła się, żeby pokazać krągławą postać komendanta w mundurze.

– Panie Radford, czego możemy się spodziewać, kiedy egzekucja zostanie wykonana?

– Cóż, myślę, że sprawiedliwości stanie się zadość.

– Przewidujecie kłopoty?

– Żadnych. Ludzie muszą zrozumieć, że system prawny działa i że wyrok ławy przysięgłych musi zostać wykonany.

– Więc nie spodziewa się pan żadnych problemów w czwartek wieczorem?

– Nie, ale będziemy na ulicach, w pełnej gotowości.

– Dziękuję, że poświęcił nam pan chwilę.

Kamera zrobiła zbliżenie, wycinając szefa.

– Organizatorzy planują protest jutro w południe, właśnie tutaj, przed budynkiem sądu. Nasze źródła potwierdziły, że ratusz wydał zezwolenie na wiec. Wkrótce więcej na ten temat.

Reporter skończył i kancelista nacisnął guzik wyciszający. Żadnych komentarzy ze strony Robbiego, wszyscy wrócili do pracy.

W Teksańskiej Izbie Ułaskawień i Zwolnień Warunkowych zasiada siedmiu członków, wszyscy mianowani przez gubernatora. Więzień proszący o łaskę musi wnioskować do Izby o litość. Wniosek może być prosty, prośba na jedną stronę, albo szczegółowy, obszerne akta z dowodami rzeczowymi, pisemnymi zeznaniami złożonymi pod przysięgą i listami z całego świata. Ten złożony przez Robbiego Flaka w imieniu Donté Drumma był jednym z najbardziej wyczerpujących w historii Izby. Łaski rzadko się udziela. Jeśli się jej odmówi, można apelować do gubernatora, który nie może skorzystać z prawa łaski z własnej inicjatywy, ale ma prawo zastosować trzydziestodniowe odroczenie. Przy tych rzadkich okazjach, kiedy Izba ułaskawia, gubernator ma prawo uchylić jej decyzję i stan przystępuje do egzekucji.

Wobec skazanych więźniów stojących w obliczu śmierci Izba zazwyczaj podejmuje decyzję na dwa dni przed egzekucją. Właściwie to Izba nie zbiera się, żeby głosować, zamiast tego rozsyła karty do głosowania faksem. Śmierć z faksu, jak się o tym mówi.

Dla Dontégo Drumma wiadomość o śmierci z faksu nadeszła we wtorek rano, o ósmej piętnaście. Robbie na głos odczytał decyzję swojemu zespołowi. Nikt nie był w najmniejszym stopniu zaskoczony. Do tej pory przegrali zbyt wiele rund, żeby mogli oczekiwać zwycięstwa.

– Więc poprosimy gubernatora o odroczenie – powiedział z uśmiechem Robbie. – Jestem pewien, że się ucieszy, jak znowu o nas usłyszy.

Ze wszystkich stosów wniosków, petycji i próśb, które jego kancelaria zgłosiła w ostatnim miesiącu i miała masowo produkować w dalszym ciągu, dopóki klient nie umrze, prośba do gubernatora Teksasu o odroczenie była bez wątpienia największą stratą papieru. Dwa razy w zeszłym roku gubernator zignorował łaskę zaaprobowaną przez jego Izbę Ułaskawień i zezwolił na egzekucję. Uwielbiał karę śmierci, zwłaszcza kiedy zależało mu na głosach. Podczas jednej ze swoich kampanii użył sloganu „twarda teksańska sprawiedliwość" i dołączył do tego obietnicę „opróżnienia cel śmierci". A nie mówił o ułaskawieniach.

– Dalej, odwiedźmy Dontégo – oznajmił Robbie.

Jazda ze Slone do Oddziału Polunsky w pobliżu Livingston w Teksasie była twardą, trzygodzinną mordęgą na dwupasmówce. Robbie przejeżdżał tędy setki razy. Kilka lat wcześniej, kiedy miał trzech klientów w celi śmierci – Dontégo, Lamara Billupsa i niejakiego Cole'a Taylora – zmęczyły go mandaty za prędkość, wiejscy kierowcy i wymijanie o ułamek sekundy, bo rozmawiał przez telefon. Kupił furgonetkę, długą, ciężką, obszerną i zawiózł ją do warsztatu z urządzeniami technicznymi najwyższej klasy w Fort Worth. Zainstalowano mu tam telefony, telewizję i wszystkie gadżety dostępne na rynku, łącznie z pluszowym dywanem, eleganckimi skórzanymi fotelami, które mogły się i obracać i przechylać, kanapą z tyłu, gdyby Robbie potrzebował drzemki, i barem, na wypadek gdyby poczuł pragnienie. Na kierowcę był wyznaczony Aaron Rey. Bonnie, druga kancelistka, zazwyczaj siedziała z przodu, na miejscu pasażera, gotowa się zerwać na każde warknięcie pana Flaka. Wycieczki stały się znacznie bardziej produktywne, bo Robbie pracował z telefonem, laptopem i czytał akta po drodze do Polunsky i z powrotem, podróżując wygodnie w ruchomym biurze.

Jego fotel znajdował się bezpośrednio za fotelem kierowcy. Obok niego siedziała Martha Handler. Z przodu, obok Aarona – Bonnie. Wyjechali ze Slone o ósmej trzydzieści i wkrótce meandrowali między wzgórzami wschodniego Teksasu.

Piątym członkiem zespołu była nowa. Nazywała się doktor Kristina Hinze, albo Kristi, jak się do niej zwracano w biurze Flaka, gdzie nikt nie był na tyle nadęty, żeby obnosić się z tytułem, a większość imion zdrabniano. Zamykała listę ekspertów, na których Robbie wydał fortunę, usiłując uratować Dontégo. Była psychiatrą, zajmowała się więźniami i studiowała więzienne życie. Napisała książkę, w której dowodziła, że jednoosobowa cela to jedna z najgorszych form tortur. Za dziesięć tysięcy dolarów zgodziła się spotkać z Dontém, ocenić go, potem przygotować (szybko) raport, w którym miała opisać jego nadszarpnięte zdrowie psychiczne i oświadczyć, że (1) doprowadzono go do szaleństwa, trzymając przez osiem lat w pojedynce, i (2) takie uwięzienie jest okrutną i dziwaczną karą.

W 1986 Sąd Najwyższy Stanów wstrzymał egzekucje osób chorych psychicznie. Ostatnią szansą Robbiego miało być przedstawianie Dontégo jako psychotycznego schizoida, który niczego nie rozumie.

Ryzykowny argument. Kristi Hinze miała tylko trzydzieści dwa lata, niedawno skończyła studia, a w życiorysie zawodowym brakowało jej doświadczenia sądowego. Robbiemu to nie przeszkadzało. Miał tylko nadzieję, że Kristi dostanie tę szansę i będzie zeznawać na przesłuchaniu na temat nabytego upośledzenia umysłowego w więzieniu. Do niej należała kanapa z tyłu. Wszędzie leżały rozrzucone papiery, bo jak wszyscy Kristi była ciężko zapracowana.

– Możemy porozmawiać? – Spytała Martha Handler, kiedy Robbie skończył telefonować. Tak brzmiał jej standardowy wstęp, kiedy miała pytania.

– Jasne – odparł.

Włączyła jeden ze swoich licznych magnetofonów i wślizgnęła się przed Robbiego.

– O pieniądzach. Zostałeś wyznaczony przez sędziego, żeby reprezentować Dontégo, którego zakwalifikowano jako ubogiego oskarżonego, ale...

– Tak. Teksas nie ma wartego wzmianki systemu obrońców z urzędu – przerwał. Po spędzonych razem miesiącach Martha nauczyła się, że nie powinna liczyć, że usłyszy całe zdanie. – Więc lokalni sędziowie – mówi dalej Robbie – wyznaczają swoich kolegów albo wciągają w to jakiegoś biednego palanta, kiedy sprawa jest tak beznadziejna, że nikt jej nie chce. Jeśli chodzi o mnie, to poszedłem do sędzi, zgłosiłem się na ochotnika. Była szczęśliwa, że mogła mi to dać. Żaden inny adwokat w mieście nie zbliżyłby się do tego.

– Ale Drummowie właściwie nie są biedni. Oni oboje...?

– Jasne, ale tak to działa. Tylko bogaty człowiek może sobie pozwolić, żeby płacić adwokatowi za obronę w sprawie zagrożonej karą śmierci, a w celach śmierci nie siedzą bogaci. Mógłbym wycisnąć pięć albo dziesięć tysięcy dolców od rodziny, spowodować, żeby jeszcze raz zastawili dom, czy coś takiego. Ale po co się martwić? Wspaniali ludzie z hrabstwa

Chester zapłacą. To chyba największa ironia przy karze śmierci. Ludzie chcą kary śmierci – jakieś siedemdziesiąt procent w tym stanie – a nie mają pojęcia, ile za nią płacą.

– Ile zapłacili? – zapytała, zręcznie wciskając pytanie, zanim znów zaczął mówić.

– Och, nie wiem. Mnóstwo. Bonnie, ile nam do tej pory zapłacono?

– Prawie czterysta tysięcy dolarów – odpowiedziała bez wahania Bonnie, oglądając się przez ramię.

Robbie ledwie mrugnął okiem na tę sumę.

– W tym zawierają się honoraria adwokackie – ciągnął – sto dwadzieścia pięć dolarów za godzinę plus wydatki, głównie na śledczych, a potem niezła dola dla biegłych.

– To mnóstwo pieniędzy – powiedziała Martha.

– Mnóstwo i nie mnóstwo. Kiedy kancelaria adwokacka pracuje za sto dwadzieścia pięć dolarów na godzinę, traci poważne sumy. Więcej tego nie zrobię. Nie mogę sobie na to pozwolić. Płatnicy podatków też, ale ja przynajmniej wiem, że finansowo dostaję po dupie. Oni nie wiedzą. Zapytaj przeciętnego Joego na Main Street, ile on i jego współobywatele zapłacili za oskarżenie Dontégo Drumma, i wiesz, co ci powie?

– Skąd mam wiedzieć…?

– Powie, że nie ma pojęcia. Słyszałaś o Tooleyach, chłopakach z zachodniego Teksasu? To słynna sprawa.

– Przepraszam, musiała mi umknąć.

– Ci dwaj bracia Tooleyowie to para idiotów, gdzieś z zachodniego Teksasu. Jakie to hrabstwo, Bonnie?

– Mingo.

– Hrabstwo Mingo. Wiejska okolica. Wspaniała historia, słuchaj. Tych dwóch opryszków rabuje całodobowe sklepy spożywcze i stacje benzynowe. Bardzo wyrafinowana sprawa. Pewnego wieczoru coś idzie nie tak i młoda sprzedawczyni zostaje zastrzelona. Obrzyn, naprawdę paskudna sprawa. Braci Tooleyów złapano, bo chłopaki zupełnie zapomnieli o kamerach. Miasto jest oburzone. Policja chodzi dostojnym krokiem. Prokurator obiecuje rychłą sprawiedliwość.

Wszyscy chcą szybkiego procesu i szybkiej egzekucji. Mało jest przestępstw w hrabstwie Mingo i żadna ława przysięgłych nie posłała tam jeszcze człowieka do celi śmierci. No, wiele jest powodów, żeby w Teksasie czuć się zaniedbanym, ale żyć w społeczności, która została wykluczona z biznesu egzekucyjnego, to jawna żenada. Co sobie pomyślą krewni z Houston? Ludzie z Mingo zobaczyli swoją szansę. Chcieli krwi. Chłopcy odmówili zawarcia ugody z oskarżeniem, bo prokurator nalegał na śmierć. Po co układać się o śmierć? Więc sądzą ich, razem. Szybkie skazanie i w końcu śmierć. Przy apelacji sąd znajduje wszelkiego rodzaju błędy. Prokurator naprawdę zmasakrował sprawę. Wyroki skazujące zostają uchylone. Sprawę odesłano do odrębnych procesów. Dwie rozprawy, nie jedna. Robisz notatki?

– Nie. Szukam tu jakiegoś związku.

– To wspaniała historia.

– I tylko to się liczy.

– Mija jakiś rok. Chłopcy są sądzeni z osobna. Dwa nowe werdykty o winie, dwie kolejne wycieczki do celi śmierci. Sąd apelacyjny widzi więcej problemów. Mówię o jaskrawych problemach. Prokurator był głupkiem. Uchylenia, sprawy odesłane na dwa nowe procesy. Za trzecim razem jedna ława skazuje bandytę za morderstwo, chłopak dostaje dożywocie. Druga ława skazuje tego, który nie strzelał, za morderstwo, chłopak dostaje wyrok śmierci. Wyobraź sobie. To Teksas. Więc jeden z braci odsiaduje dożywocie. Drugi poszedł do celi śmierci, gdzie kilka miesięcy później popełnił samobójstwo. Skądś zdobył brzytwę i się pociął.

– A twój wniosek?

– Oto wniosek. Od początku do końca sprawa kosztowała hrabstwo Mingo trzy miliony dolarów. Musieli kilka razy podnosić podatki od nieruchomości, a to doprowadziło do buntu. Drastyczne cięcia budżetowe w szkołach, inwestycjach drogowych, opiece medycznej. Zamknęli swoją jedyną bibliotekę. Hrabstwo przez lata stało na skraju bankructwa. Wszystkiemu temu można było zapobiec, gdyby prokurator pozwolił chłopcom zawrzeć ugodę i zgodzić się na dożywocie bez prawa do ułaskawienia. Słyszałem, że teraz kara śmierci nie jest już tak popularna w hrabstwie Mingo.

– Bardziej mnie interesowało…

– Reasumując: żeby w Teksasie legalnie zabić człowieka, potrzebne są dwa miliony dolarów. Porównaj to z trzydziestoma tysiącami dolarów rocznych kosztów, żeby utrzymać skazanego w celi śmierci.

– Już to słyszałam – powiedziała Martha. Rzeczywiście słyszała. Robbie zawsze chętnie wchodził na mównicę, zwłaszcza kiedy tematem była kara śmierci, jeden z jego koników.

– Ale co tam, do diabła. W Teksasie mamy mnóstwo pieniędzy.

– Moglibyśmy porozmawiać o sprawie Dontégo Drumma?

– Och, czemu nie?

– Fundusz obrony. Ty…

– Założony kilka lat temu, certyfikowany fundusz niedochodowy, zgodny ze wszystkimi odnośnymi rozdziałami kodeksu, przedstawionymi przez Urząd Skarbowy. Zarządzany przez moje biuro i Andreę Bolton, młodszą siostrę Dontégo Drumma. Ile jak do tej pory w kwitach, Bonnie?

– Dziewięćdziesiąt pięć tysięcy dolarów.

– Dziewięćdziesiąt pięć tysięcy dolarów. A ile na ręku?

– Zero.

– Tak myślałem. Potrzebne ci zestawienie, na co poszły pieniądze?

– Może. Na co poszły?

– Koszty sądowe, koszty kancelarii adwokackiej, eksperci, parę dolców dla rodziny, żeby jeździła tam i z powrotem na widzenia z Dontém. Niezbyt przydatny fundusz. Wszystkie pieniądze zebrane przez Internet. Szczerze, to nie mieliśmy czasu ani ludzi, żeby latać za pieniędzmi.

– Kim są darczyńcy?

– Głównie Brytole i Europejczycy. Przeciętna darowizna to jakieś dwadzieścia dolców.

– Osiemnaście pięćdziesiąt – uściśliła Bonnie.

– Bardzo trudno zbierać pieniądze na skazanego mordercę bez względu na to, co naprawdę zrobił.

– Ile poszło z twojej kieszeni? – zapytała Martha.

Błyskawicznej odpowiedzi nie było. Bonnie, wreszcie zbita z tropu, lekko wzruszyła ramionami na przednim fotelu.

– Nie wiem – powiedział Robbie. – Gdybym miał zgadywać, co najmniej pięćdziesiąt tysięcy dolarów, może sto. Może powinienem wydać więcej.

Telefony brzęczały w całej furgonetce. Sammie, w biurze, miała pytanie do szefa. Kristi Hinze rozmawiała z innym psychiatrą. Aaron, prowadząc, słuchał kogoś.

Przyjęcie zaczęło się wcześnie, od biszkoptów ze słodkich ziemniaków prosto z pieca Reevy. Uwielbiała je piec i jeść i kiedy Sam Fordyce przyznał, że nigdy tego nie próbował, udała niedowierzanie. Przyszedł z fryzjerem, dziewczyną od makijażu, sekretarką od terminów i specjalistą od reklamy. Wszyscy krzątali się wokół niego. Zanim się pojawił, dom Reevy i Wallisa Pike'ów już był zapchany sąsiadami i przyjaciółmi. Ciężki zapach pieczonej wiejskiej szynki rozchodził się od drzwi frontowych. Dwie długie ciężarówki zaparkowały tyłem na podjeździe i nawet ci z ekipy chrupali biszkopty.

Fordyce'a, irlandzkiego osła z Long Island, lekko irytował ten tłum, ale przybrał wyraz twarzy profesjonalisty i rozdawał autografy. On był gwiazdą, tamci jego fanami. Kupowali jego książki, oglądali jego program i dawali mu oglądalność. Pozował do paru fotografii, jadł biszkopt z szynką i sprawiał wrażenie, jakby to lubił. Był pulchny, miał ziemistą twarz, niezupełnie odpowiadał tradycyjnemu wizerunkowi gwiazdy, ale to już nie miało znaczenia. Nosił ciemne garnitury i mocne okulary, przez co wyglądał na znacznie bardziej inteligentnego, niż wskazywałoby to, co robił.

Plan znajdował się w pokoju Reevy, wielkiej dobudówce przylepionej do tyłu domu. Jak narośl. Reeva i Wallis zostali umieszczeni na kanapie. Kolorowe powiększenia zdjęć Nicole w tle. Wallis założył krawat i wyglądał, jakby przed chwilą wyciągnięto go z sypialni, jak istotnie było. Reeva miała mocny makijaż, świeżo ufarbowane włosy, nową trwałą i swoją najlepszą czarną sukienkę. Fordyce siedział w fotelu, blisko nich.

Zajmowali się nim jego charakteryzatorzy, wylakierowali mu włosy i przypudrowali czoło. Ekipa montowała oświetlenie. Sprawdzano jakość dźwięku. Nastawiano monitory. Sąsiedzi stali ciasno upakowani za kamerami, surowo pouczeni, że nie wolno im wydać ani jednego dźwięku.

– Cisza! Kręcimy – powiedział producent.

Zbliżenie na Fordyce'a zapraszającego do obejrzenia kolejnego odcinka. Wyjaśnia, gdzie jest, z kim rozmawia, podaje podstawowe fakty na temat przestępstwa, zeznania i skazania.

– Jeśli wszystko pójdzie tak, jak należałoby się spodziewać, pan Drumm zostanie stracony pojutrze – oznajmił poważnym tonem.

Przedstawił matkę i ojczyma i, oczywiście, przekazał im kondolencje z powodu tragedii. Podziękował, że otwarli dom, aby świat za pośrednictwem jego kamer stał się świadkiem cierpienia. Zaczął od Nicole.

– Opowiedz nam o niej – nieomal błagał.

Wallis nawet nie próbował się odezwać, w czym udało mu się wytrwać przez cały czas trwania wywiadu. To było show Reevy. Była podekscytowana i pobudzona, po zaledwie paru słowach zaczęła płakać. Ale płakała publicznie od tak dawna, że potrafiła i gadać, i szlochać. Mówiła i mówiła o córce.

– Tęsknisz za nią? – zapytał Fordyce. Było to jedno z jego patentowanych, niedorzecznych pytań, zadawanych tylko po to, żeby wywołać więcej emocji.

Reeva dała mu, czego chciał. Wręczył jej białą chusteczkę wyjętą z kieszeni marynarki. Ten człowiek emanował współczuciem.

Wreszcie wrócił do egzekucji, gwoździa programu.

– Nadal masz zamiar przy tym być? – zapytał, pewien odpowiedzi.

– O tak – powiedziała, a Wallis zdobył się na kiwnięcie głową.

– Dlaczego? Jakie to ma dla ciebie znaczenie?

– Bardzo wielkie. – Myśl o zemście osuszyła łzy. – To zwierzę odebrało życie mojej córce. Zasługuje na śmierć, a ja chcę tam być, patrzeć mu w oczy, kiedy wyda ostatni oddech.

– Myślisz, że będzie patrzył na ciebie?

– Wątpię. To tchórz. Jak każdy człowiek, który mógłby zrobić to, co on zrobił mojej córeczce. Wątpię, czy będzie na tyle mężczyzną, żeby na mnie patrzeć.

– A jego ostatnie słowa? Pragniesz przeprosin?

– Tak, ale ich nie oczekuję. Nigdy nie przyjął na siebie odpowiedzialności za to, co zrobił.

– Przyznał się.

– Tak, ale potem zmienił zdanie i zaprzeczał temu przez cały czas. Spodziewam się, że będzie zaprzeczał, nawet kiedy go przywiążą i powie do widzenia.

– Uprzedź dla nas fakty, Reevo. Powiedz, jak myślisz, co będziesz czuć, kiedy oznajmią, że nie żyje.

Na samą myśl o tym uśmiechnęła się, ale szybko się opanowała.

– Ulgę, smutek, nie wiem. To zamknięcie kolejnego rozdziału długiej, smutnej opowieści. Ale to nie będzie koniec.

Wallis lekko zmarszczył brew.

– A gdzie jest ostatni rozdział, Reevo?

– Kiedy traci się dziecko, Sean, szczególnie w tak gwałtowny sposób, nie ma końca.

– Nie ma końca – powtórzył posępnie, potem odwrócił się do kamery i podkreślając dramatyzm chwili, powtórzył: – Nie ma końca.

Zrobili szybką przerwę, przesunęli parę kamer i dodali więcej spreju na włosy Fordyce'a. Kiedy znowu kręcili, udało mu się wydobyć kilka chrząknięć z Wallisa, co w edycji mogło potrwać dziesięć sekund.

Filmowanie skończyło się w niecałą godzinę. Fordyce zniknął na chwilę – pracował też nad egzekucją na Florydzie. Upewnił się, że każdy wie, że czeka na niego odrzutowiec, żeby go tam zawieźć. Jedna z jego ekip, z kamerą, będzie się włóczyć po Slone przez kolejne dwa dni z nadzieją na wybuch zamieszek.

Fordyce będzie w Huntsville w czwartkowy wieczór, szukając dramatu, modląc się, żeby nie odłożono egzekucji. Jego ulubioną częścią programu był wywiad po egzekucji, kiedy miał przed sobą rodzinę ofiary, świeżo po wyjściu z więzienia.

Zazwyczaj były to wraki emocjonalne, wiedział, że Reeva rozjaśni mu ekran.

Rozdział 9

Prawie dwie godziny Dana wytrwale telefonowała i przymilała się. W końcu znalazła właściwego zastępcę sekretarza, który zgodził się przekopać przez rejestry archiwalne, żeby ustalić, że owszem, w istocie, niejaki Travis Boyette został zatrzymany za jazdę po pijanemu w Slone, w Teksasie, szóstego stycznia 1999. Po uwięzieniu dodano poważniejsze oskarżenia. Wpłacił kaucję, potem opuścił miasto. Zarzuty oddalono, a sprawę zamknięto, kiedy pan Boyette został aresztowany i skazany na dziesięć lat więzienia w Kansas. Urzędnik wyjaśnił, że zgodnie z procedurą w Slone pozbywa się spraw, które nie będą albo nie mogą być prowadzone. Nie było nadzwyczajnych nakazów na jego osobę, przynajmniej w Slone, w hrabstwie Chester.

Keith, który nie mógł zasnąć i zaparzył sobie pierwszy dzbanek kawy o trzeciej trzydzieści nad ranem, po raz pierwszy zadzwonił do biura pana Flaka o siódmej trzydzieści. Był niezbyt pewien, co powie adwokatowi, jeśli go złapie przez telefon, ale razem z Daną stwierdzili, że nie mogą bezczynnie siedzieć. Kiedy recepcjonistka Flaka go zbyła, zadzwonił do innego prawnika.

Matthew Burns był zastępcą prokuratora i aktywnym członkiem Świętego Marka. On i Keith byli w tym samym wieku i razem trenowali dziecięce drużyny bejsbolowe swoich synów. Szczęśliwie się złożyło, że Burns nie uczestniczył we wtorek rano w rozprawie, ale i tak był bardzo zajęty w sądzie pierwszymi stawiennictwami i innymi rutynowymi sprawami. Keith znalazł właściwą salę, jedną z kilku w budynku sądu, i z tylnego rzędu przyglądał się przepływowi sprawiedliwości. Po godzinie zaczął się wiercić i miał ochotę wyjść, ale nie wiedział, dokąd ma pójść. Burns zakończył kolejne stawiennictwo przed sędzią, wepchnął papiery do teczki i ruszył do drzwi. Skinął głową na Keitha, który poszedł za nim. Znaleźli cichy kąt na pełnych krzątaniny korytarzach i mocno zużytą drewnianą ławkę niedaleko klatki schodowej.

– Fatalnie wyglądasz – zaczął Burns.

– Dziękuję. Nie jestem pewien, czy to uprzejmie tak pozdrawiać swojego pastora. Matthew, w nocy nie mogłem zasnąć. Ani na minutę. Przeglądałeś stronę w sieci?

– Tak, przez jakieś dziesięć minut, w biurze. Nigdy nie słyszałem o Drummie, ale te sprawy są teraz takie podobne. Tam, na Południu, to rutyna.

– Matthew, Drumm jest niewinny – powiedział Keith z pewnością, która zaskoczyła przyjaciela.

– Cóż, o tym jest na stronie. Ale to nie pierwszy zabójca, który twierdzi, że jest niewinny.

Rzadko rozmawiali o prawie albo na jakiekolwiek tematy związane z karą śmierci. Keith zakładał, że Matthew jako prokurator ją popiera.

– Matthew, zabójca jest tutaj, w Topeka. W niedzielę rano był w kościele, prawdopodobnie siedział w ławce niedaleko ciebie i twojej rodziny.

– Zamieniam się w słuch.

– Właśnie został zwolniony warunkowo, spędził trzy miesiące w zakładzie półotwartym, umiera na raka mózgu. Wczoraj wpadł do kościoła po poradę. Ma na koncie wiele przestępstw na tle seksualnym. Dwa razy z nim rozmawiałem, przyznał, poufnie rzecz jasna, że zgwałcił i zabił tę dziewczynę. Wie, gdzie jest pochowane ciało. Nie chce, żeby stracono Drumma, ale i nie chce się wychylać. Jest w opłakanym stanie, Matthew, prawdziwy chory psychol, który sam będzie martwy za kilka miesięcy.

Matthew zrobił wydech i pokręcił głową, jakby dostał w twarz.

– Mógłbym zapytać, po co się w to wtrącasz?

– Nie wiem, po prostu tak. Znam prawdę. Pytanie, co zrobić, żeby wstrzymać egzekucję.

– Dobry Boże, Keith.

– Tak, z Nim też rozmawiałem i nadal czekam na Jego pomoc. Ale zanim ona nadejdzie, potrzebuję trochę twojej pomocy. Zadzwoniłem do kancelarii jego obrońcy w Teksasie, ale to do niczego nie doprowadziło.

– Nie musisz zachowywać tych spraw w tajemnicy?

– Tak. I będę to robił. Ale jeśli morderca zechce się oczyścić, powiedzieć prawdę, spróbować uratować tamtego przed egzekucją? Co wtedy? Co z tym zrobimy?

– My? Nie tak szybko, kolego.

– Pomóż mi, Matthew. Nie znam się na prawie. Czytałem stronę, aż dostałem zeza, a im więcej czytałem, tym większy miałem zamęt w głowie. Jak można skazać człowieka za morderstwo, skoro nie ma zwłok? Jak można uwierzyć zeznaniu, w tak oczywisty sposób wymuszonemu przez policję? Dlaczego kapusiom więziennym pozwala się zeznawać w zamian za lżejsze wyroki? Jak czarny oskarżony może dostać ławę składającą się z samych białych? Jak przysięgli mogą być tak ślepi? Gdzie są sądy apelacyjne? Mam długą listę pytań.

– A ja nie mogę na wszystkie odpowiedzieć, Keith. Ale zdaje się, że jedynym istotnym pytaniem jest to pierwsze: jak wstrzymać egzekucję.

– To ja cię o to pytam kolego, to ty jesteś prawnikiem.

– Dobra, dobra. Niech pomyślę. Powinieneś napić się kawy, prawda?

– Tak, choć dopiero co wypiłem z litr.

Zeszli po schodach do małej stołówki, gdzie znaleźli stół w kącie. Keith kupił kawę, a kiedy usiadł, Matthew powiedział:

– Musisz mieć zwłoki. Jeśli twój człowiek może pokazać zwłoki, wtedy adwokaci Drumma pewnie dostaliby odroczenie. Jeśli nie, gubernator mógłby wstrzymać egzekucję. Nie jestem pewien, jak tam to u nich działa. W każdym stanie jest inaczej. Ale bez zwłok twój człowiek wyjdzie na kolejnego szarlatana, który chce się znaleźć w centrum uwagi. Pamiętaj, Keith, że będą jak zwykle wnioski z ostatniej chwili. Ci adwokaci od kary śmierci wiedzą, jak to rozgrywać, mnóstwo egzekucji jest odraczanych. Możesz mieć więcej czasu, niż ci się wydaje.

– Teksas jest bardzo wydajny.

– Dobra uwaga.

– Dwa lata temu Drumm miał tydzień do egzekucji. Coś tam zacięło się w papierach sądu federalnego, nie pytaj mnie co. Czytałem to w nocy i nadal mam mętlik w głowie. Tak czy inaczej, według strony na cud w ostatniej chwili nie ma teraz szans. Drumm miał już swój cud. Szczęście mu się skończyło.

– Najważniejsze to znaleźć zwłoki. To jedyny jasny dowód, że ten twój gość mówi prawdę. Wiesz, gdzie są? Jeśli tak, nie mów mi. Po prostu powiedz, czy wiesz.

– Nie. Słyszałem tylko w jakim stanie, w pobliżu miasteczka, w jakiej okolicy, ale z drugiej strony podobno tak dobrze je ukrył, że sam może mieć problem, żeby je odnaleźć

– To jest w Teksasie?

– W Missouri.

Matthew pokręcił głową. Pociągnął długi łyk.

– Keith, a jeśli ten facet to kolejny zakłamany kryminalista? Widuję dziesiątki takich dziennie. Kłamią w każdej sprawie. Kłamią z przyzwyczajenia. Kłamią, kiedy prawda znacznie bardziej by im pomogła, i okłamują własnych adwokatów. A im dłużej siedzą w więzieniu, tym więcej kłamią.

– Matthew, on ma jej pierścionek szkolny. Nosi go na tanim łańcuszku, na szyi. Śledził dziewczynę, miał obsesję na jej punkcie. Pokazał mi ten pierścionek. Trzymałem go w ręku i oglądałem.

– Na pewno prawdziwy?

– Gdybyś go zobaczył, uznałbyś, że tak.

Kolejny długi łyk. Matthew spojrzał na zegarek.

– Musisz iść?

– Za pięć minut. Czy facet chce pojechać do Teksasu i poświadczyć prawdę?

– Nie wiem. Powiedział, że jeśli opuści tę jurysdykcję, złamie zasady zwolnienia warunkowego.

– Co do tego nie kłamie. Ale on umiera, co mu zależy?

– Pytałem go o to. Właściwie nie odpowiedział. Poza tym facet nie ma pieniędzy, nie da rady tam pojechać. Wiarygodność zerowa. Nikt nie poświęci mu czasu.

– Dlaczego zadzwoniłeś do adwokata?

– Bo już nie wiem, co robić, Matthew. Wierzę temu facetowi i wierzę, że Drumm jest niewinny. Może adwokat Drumma znajdzie jakieś rozwiązanie. Nie wiem.

W rozmowie nastąpiła przerwa. Matthew skinął głową i przywitał się z dwoma adwokatami przy stole obok. Znowu spojrzał na zegarek.

– Ostatnie pytanie – powiedział Keith. – To tylko hipoteza. A jeśli przekonam gościa, żeby jak najszybciej ruszył się do Teksasu i zaczął opowiadać?

– Dopiero co powiedziałeś, że nie może tam pojechać.

– Tak, ale jeśli go zabiorę?

– Nie, do cholery, Keith, nie. Pomożesz złamać zasady zwolnienia warunkowego. Absolutnie nie.

– To bardzo poważne?

– Nie jestem pewien, ale możesz narobić sobie kłopotów, może cię nawet zawieszą. Wątpię, żebyś poszedł siedzieć, ale to i tak będzie wystarczająco nieprzyjemne.

– To jak ma się tam dostać?

– Chyba mówiłeś, że nie zdecydował się jechać?

– Ale jeśli pojedzie?

– Po kolei, Keith. – Trzecie spojrzenie na zegarek. – Słuchaj, muszę lecieć. Spotkajmy się gdzieś na szybki lunch, dokończymy rozmowę.

– Dobry pomysł.

– Tu obok jest bar, na rogu Siódmej. U Eppiego. Możemy usiąść w boksie, gdzieś z tyłu i po cichu pogadać.

– Znam to miejsce.

– Do zobaczenia w południe.

Ten sam były skazany, tak samo nabzdyczony, pracował w recepcji Domu Kotwicy. Był bardzo zajęty rozwiązywaniem krzyżówki i nie spodobało mu się, że mu przerywają.

Boyette'a nie ma – warknął.

– Jest w pracy? – wypytywał delikatnie Keith.

– W szpitalu. Zabrali go wczoraj wieczorem.

– Co się stało?

– Jakiś atak, tyle wiem. Koleś jest naprawdę porąbany, i to pod każdym względem.

– Który to szpital?

– Nie prowadzę karetki. – Wrócił do krzyżówki i rozmowa się skończyła.

Keith znalazł swojego pacjenta na drugim piętrze szpitala Świętego Franciszka, w półizolatce, pod oknem. Cienka zasłona rozdzielała dwa łóżka. Jako pastor, i do tego znany w szpitalu, Keith powiedział pielęgniarce, że pan Boyette odwiedził jego kościół i chciał się z nim spotkać.

Boyette był przytomny i miał kroplówkę przyklejoną do lewej ręki. Uśmiechnął się, kiedy zobaczył Keitha, i podał mu wiotką prawą rękę. Szybki uścisk dłoni.

– Dziękuję za przyjście, pastorze – powiedział słabym, chrapliwym głosem.

– Jak się czujesz, Travis?

Minęło pięć sekund. Boyette uniósł trochę lewą rękę i powiedział:

– Jakieś niezłe lekarstwa. Czuję się lepiej.

– Co się stało? – zapytał Keith, chociaż wiedział.

Boyette spojrzał przez okno, chociaż nie mógł niczego zobaczyć poza szarym niebem. Minęło dziesięć sekund.

– Kiedy wyszedłeś, pastorze, byłem naprawdę walnięty. Złapał mnie cholerny ból i nie chciał przejść. Potem zemdlałem i przywieźli mnie tutaj. Powiedzieli, że trząsłem się i szarpałem.

– Przepraszam, Travis.

– Najwięcej w tym twojej winy, pastorze. Ty to zrobiłeś. Zestresowałeś mnie.

– Bardzo przepraszam, ale pamiętaj, proszę, że to ty przyszedłeś do mnie, Travis. Chciałeś mojej pomocy. Powiedziałeś mi o Dontém Drummie i Nicole Yarber, dwojgu ludziach, o których nigdy nie słyszałem. Powiedziałeś, co powiedziałeś. Nie ja rozpocząłem naszą znajomość.

– To prawda. – Zamknął oczy. Oddychał ciężko i z wysiłkiem.

Nastąpiła długa przerwa. Keith się nachylił.

– Jesteś, Travis? – spytał niemal szeptem.

– Tak.

– To posłuchaj. Mam plan. Chcesz go poznać?

– Jasne.

– Po pierwsze, nakręcimy wideo, opowiesz o sobie. Przyznasz się do tego, co zrobiłeś Nicole. Powiesz, że Donté nie ma nic wspólnego z jej uprowadzeniem i śmiercią. Opowiesz wszystko, Travis. I powiesz, gdzie jest pogrzebana. Podasz tyle szczegółów, ile tylko się da, żeby przy pewnej dozie szczęścia mogli ją znaleźć. Nakręcimy to teraz. Tutaj, w szpitalu. A kiedy już będę miał nagranie, prześlę je natychmiast do Teksasu, do adwokata Dontégo, do prokuratora, do sędziego, do policji, do sądu apelacyjnego, do gubernatora, do wszystkich gazet i stacji telewizyjnych tam, na Południu, żeby wiedzieli. Wszyscy się dowiedzą. Prześlę je mejlem, więc dostaną to w parę minut. Potem, do drugiej części mojego planu, dasz mi pierścionek. Sfotografuję go i roześlę zdjęcia wszystkim ludziom, o których mówiłem, też przez Internet. Prześlę pierścionek nocnym kurierem do prawników Dontégo i będą mieli dowód rzeczowy. Co ty na to, Travis? Możesz opowiedzieć swoją historię, nie opuszczając szpitalnego łóżka.

Oczy pozostały zamknięte.

– Jesteś, Travis?

Stęknięcie.

– Aha.

– Travis, to zadziała. Nie możemy już tracić czasu.

– To jest strata czasu.

– Co tu jest do stracenia? Tylko życie niewinnego.

– Ostatniego wieczoru nazwałeś mnie kłamcą.

– Bo kłamałeś.

– Znalazłeś zapis z mojego aresztowania w Slone?

– Znaleźliśmy.

– Więc nie kłamałem.

– W tej sprawie nie. I nie kłamiesz o Dontém Drummie.

– Dziękuję. Idę spać.

– Daj spokój, Travis. Nagranie nie zajmie nawet kwadransa. Mogę to zrobić nawet teraz, telefonem komórkowym, jeśli chcesz.

– Znowu szkodzisz mi na głowę, pastorze. Zaraz będę miał atak. Lepiej już idź i proszę, nie wracaj.

Keith stanął prosto i głęboko zaczerpnął tchu. Żeby upewnić się, że wyraził się jasno, Boyette powtórzył raz jeszcze, ale znacznie głośniej.

– Idź już i proszę, nie wracaj.

U Eppiego obaj usadowili się w końcu sali nad wielkimi talerzami duszonej wołowiny. Matthew wyciągnął z kieszeni jakieś notatki i zaczął mówić z pełnymi ustami.

– W kodeksie nie ma artykułu bezpośrednio odnoszącego się do sprawy, ale prawdopodobnie oskarżą cię o utrudnianie pracy wymiarowi sprawiedliwości. Nawet nie myśl o zabraniu tego faceta do Teksasu.

– Dopiero co rozmawiałem z naszym człowiekiem. On...

– Naszym? Nie wiedziałem, że zostałem w to wciągnięty.

– Jest w szpitalu. Wczoraj wieczorem miał atak. Guz szybko go zabija. Facet już nie ma ochoty pomóc w tej sprawie. To podła kreatura, psychopata, pewnie był już szalony, zanim rak uszkodził mu mózg.

– Dlaczego przyszedł do kościoła?

– Pewnie dlatego, żeby wyrwać się na parę godzin z zakładu półotwartego. Nie, nie powinienem tak mówić. Widziałem w tym gościu prawdziwe uczucia, prawdziwe poczucie winy i przelotne pragnienie, żeby zrobić, co trzeba. Dana odnalazła jednego z jego poprzednich kuratorów w Arkansas. Coś tam powiedział, że nasz człowiek w więzieniu był członkiem jakiegoś gangu białych suprematystów. Donté Drumm, oczywiście, jest czarny, więc zastanawiam się, ile naprawdę w tym współczucia.

– Nie jesz – zauważył Matthew, przełykając kęs.

– Nie jestem głodny. Mam inny pomysł.

– Nie jedziesz do Teksasu. Tam cię pewnie zastrzelą.

– Dobrze, dobrze. Pomysł jest taki. A gdybyś zadzwonił do adwokata Dontégo Drumma? Nie mogę się przebić przez recepcjonistkę, jestem tylko skromnym sługą Bożym, ale ty jesteś prawnikiem, prokuratorem i mówisz ich językiem.

– I co miałbym powiedzieć?

– Na przykład, że masz powód, aby przypuszczać, że prawdziwy zabójca jest w Topeka.

Matthew przeżuwał i czekał.

– To wszystko? – odezwał się wreszcie. – Ot tak, po prostu. Ten adwokat dostaje ode mnie dziwny telefon. Mówię, co mówię, a to niedużo, i to ma dostarczyć mu nowej amunicji, żeby złożyć wniosek w sądzie i wstrzymać egzekucję? Dobrze zrozumiałem, Keith?

– Wiem, że potrafisz być bardziej przekonujący.

– Przyjrzyj się takiemu scenariuszowi. Ten facet jest patologicznym kłamcą, który niedługo umrze… biedaczysko. I postanawia odejść z hukiem, postanawia zemścić się na koniec na systemie, który dał mu w kość. Dowiaduje się o Teksasie, zdobywa trochę materiałów, uświadamia sobie, że ciała nigdy nie znaleziono i, proszę, ma swoją opowieść. Wyszukuje stronę w sieci i zaczyna się dobrze orientować w faktach, a teraz bawi się z tobą. Wyobrażasz sobie, jakie wzbudzi zainteresowanie? Ale jego zdrowie nie będzie współpracować. Zostaw to, Keith. To pewnie oszust.

– Skąd miałby usłyszeć o tej sprawie?

– Było o tym w gazetach.

– Jak miałby znaleźć stronę?

– Słyszałeś kiedy o Google?

– On nie ma dostępu do komputera. Był w Lansing przez ostatnich sześć lat. Więźniowie nie mają dostępu do Internetu. Powinieneś o tym wiedzieć. Wyobrażasz sobie, co by to było, gdyby mieli? Dostęp plus cały ten wolny czas. Żadne oprogramowanie na świecie nie byłoby bezpieczne. Nie ma dostępu do komputera w zakładzie półotwartym. Matthew, ten facet ma czterdzieści cztery lata i większość dorosłego życia spędził w więzieniach. Prawdopodobnie komputery go przerażają.

– A co z zeznaniem Drumma? To cię nie niepokoi?

– Oczywiście, że tak, ale według jego strony...

– Keith, daj spokój. Tę stronę prowadzą adwokaci tego chłopaka. Jest tendencyjna. Tak jednostronna, że traci wiarygodność.

– A pierścionek?

– To pierścionek ze szkoły średniej, jeden z miliarda. Nietrudno go wykonać albo podrobić.

Keithowi opadły ramiona, przygarbił się, nagle poczuł się bardzo zmęczony. Zabrakło mu energii, żeby ciągnąć tę rozmowę.

– Potrzebujesz snu, przyjacielu – powiedział Matthew. – I musisz zapomnieć o tej sprawie.

– Może masz rację.

– Myślę, że mam. I kiedy w czwartek odbędzie się egzekucja, nie wiń siebie. Jest bardzo duże prawdopodobieństwo, że mają właściwego faceta.

– To powiedział prawdziwy prokurator.

– Który przypadkiem jest przyjacielem.

Rozdział 10

Dwudziestego dziewiątego października 1999 roku, dwa tygodnie po skazaniu, Donté Drumm przybył do celi śmierci w Oddziale Ellis w więzieniu w Huntsville, mieście trzydziestopięciotysięcznym, jakieś sto pięćdziesiąt kilometrów na północ od centrum Houston. Został zapisany, wydano mu standardowe ubranie, dwa zestawy białych koszul i spodni, dwa białe kombinezony jednoczęściowe, cztery pary bokserek, dwa białe T-shirty, jedną parę gumowych klapek pod prysznic, jeden cienki koc i jedną małą poduszkę. Dano mu też szczoteczkę do zębów, plastikowy grzebień i jedną rolkę papieru toaletowego. Został skierowany do małej celi z jedną betonową pryczą, nierdzewną stalową toaletą i umywalką.

Stał się jednym z czterystu pięćdziesięciu dwóch mężczyzn osadzonych w bloku śmierci. Dwadzieścia dwie skazane kobiety zakwaterowane były w innym więzieniu, niedaleko Gatesville w Teksasie.

Donté, ponieważ w więzieniu zachowywał się poprawnie, został zaklasyfikowany na poziom pierwszy. W związku z tym dano mu kilka dodatkowych przywilejów. Mógł pracować do czterech godzin dziennie w szwalni przy bloku śmierci. Mógł spędzać swój czas na ćwiczeniach na podwórku z paroma innymi więźniami. Mógł brać prysznic raz na dzień, sam, bez nadzoru. Mógł uczestniczyć w posłudze religijnej, warsztatach rzemieślniczych i programach edukacyjnych. Mógł otrzymywać z zewnątrz do siedemdzisięciu pięciu dolarów miesięcznie. Mógł kupić od intendenta telewizor, radio, przybory do pisania i jakieś jedzenie. I miał prawo do dwóch wizyt tygodniowo. Ci, którzy łamali przepisy, byli degradowani do poziomu drugiego, gdzie przywileje były ograniczone. Niegrzeczni chłopcy schodzili do poziomu trzeciego, gdzie odbierano wszystkie smakołyki.

Chociaż przesiedział rok w więzieniu hrabstwa, wstrząs, jakim była cela śmierci, był druzgocący. Nieustanny hałas – głośne radioodbiorniki i telewizory, ciągły rechot innych osadzonych, krzyki strażników, gwizdanie i bulgotanie w starych rurach kanalizacyjnych, trzaskanie otwieranych i zamykanych drzwi do celi. W jednym z listów do matki napisał: „Jazgot nigdy nie ustaje. Nigdy. Próbuję go zignorować i udaje mi się przez jakąś godzinę, ale wtedy ktoś krzyknie albo zacznie koszmarnie śpiewać, strażnik wrzaśnie, wszyscy się roześmieją. To się ciągnie godzinami. Radia i telewizory włącza się o dziesiątej wieczorem, ale właśnie wtedy krzykacze zaczynają swoje wygłupy. Już samo życie jak zwierzę w klatce wystarczy, ale ten hałas doprowadza mnie do szału".

Już wkrótce przekonał się, że może wytrzymać uwięzienie i tutejsze zwyczaje. Nie był jednak pewien, czy przeżyje bez rodziny i przyjaciół. Tęsknił do braci, sióstr i ojca, a myśl o rozdzieleniu z matką wystarczała, żeby zaczynał płakać.

Płakał godzinami, zawsze z pochyloną twarzą, w ciemności, bardzo cicho.

Cela śmierci to koszmar dla seryjnych zabójców i brutalnych morderców. Dla niewinnego to psychiczne tortury, na jakie nie została przygotowana ludzka dusza.

Jego wyrok śmierci nabrał nowego znaczenia szesnastego listopada, kiedy za zabójstwo dwóch ludzi podczas nieudanej transakcji narkotykowej stracono Desmonda Jeningsa. Następnego dnia stracono Johna za zabójstwo domokrążcy, które popełnił dzień po warunkowym zwolnieniu Lamba z więzienia. Następnego dnia, osiemnastego listopada, Jose Gutierrez został stracony za rabunek z bronią w ręku i morderstwo, które popełnił razem z bratem. Brata stracono pięć lat wcześniej. Jenings siedział w celi śmierci cztery lata, Lamb szesnaście, Gutierrez dziesięć. Pewien strażnik powiedział Dontému, że przeciętny pobyt w celi śmierci przed egzekucją to dziesięć lat, najkrótsza średnia krajowa, podkreślił z dumą. I znów Teksas był numerem jeden.

– Ale nie martw się – ciągnął strażnik. – To najdłuższe dziesięć lat twojego życia i, oczywiście, ostatnie. – Ha, ha.

Trzy tygodnie później, ósmego grudnia, stracono Davida Longa – zarąbał siekierą trzy kobiety na przedmieściu Dallas. Podczas procesu powiedział ławie, że będzie dalej zabijał, jeśli nie dostanie kary śmierci. Ława wyświadczyła mu tę przysługę. Dziewiątego grudnia został stracony James Beathard za inne potrójne zabójstwo. Pięć dni później Robert Atworth został stracony po zaledwie trzech latach w celi śmierci. Następnego dnia Sammie Felder został stracony po dwudziestu pięciu latach oczekiwania.

Po śmierci Feldera Donté wysłał list do Robbiego Flaka, w którym pisał: „Człowieku, ci faceci tutaj nie żartują. Siedem śmierci w cztery tygodnie. Sammie był numerem sto dziewięćdziesiątym dziewiątym, odkąd dostali zielone światło parę lat temu. Na ten rok jest numerem trzydziestym piątym, a mają wyznaczonych pięćdziesięciu na następny rok. Człowieku musisz coś zrobić".

Warunki ze złych stały się jeszcze gorsze. Administratorzy z Teksańskiego Departamentu Kryminalnego (TDK) przenosili blok śmierci z Huntsville do Oddziału Polunsky, w pobliżu Livingston, kilkadziesiąt kilometrów dalej. Chociaż nie podano oficjalnego powodu, przenosiny zaczęto po nieudanej próbie ucieczki pięciu skazanych. Czterech złapano na terenie więzienia. Piątego znaleziono w rzece, przyczyna śmierci nieznana. Niedługo potem podjęto decyzję o zwiększeniu środków bezpieczeństwa i przeniesieniu ludzi do Polunsky. Po czterech miesiącach w Huntsville Dontégo skuto i wsadzono do autobusu z dwudziestoma innymi.

W nowym miejscu przydzielono mu celę dwa na trzy metry. Bez okien. Drzwi z litego metalu z małym kwadratowym otworem, żeby strażnicy mogli zaglądać do środka. Pod spodem wąska szczelina na tacę z jedzeniem. Cela była obudowana, bez krat, przez które można by wyglądać, bez szansy, by zobaczyć innego człowieka. Ciasny bunkier z betonu i stali.

Ludzie zarządzający więzieniem uznali, że całodobowe zamknięcie jest właściwym sposobem, żeby kontrolować więźniów i zapobiegać ucieczce i przemocy. Wyeliminowano praktycznie wszelkie formy kontaktów pomiędzy więźniami. Żadnego programu pracy, posług religijnych, zbiorowej rekreacji, nic, co pozwoliłoby na kontakt z drugą osobą. Telewizja została zakazana. Raz na dobę, na godzinę Dontégo prowadzono do „pokoju dziennego", małej, zamkniętej, wewnętrznej przestrzeni niewiele większej niż jego cela. Tam, samotny, obserwowany przez strażnika, miał zażywać dowolnej rekreacji, jaką zdołałby wykombinować jego umysł. Dwa razy w tygodniu, jeśli pogoda pozwalała, zabierano go na zewnątrz, na porośnięty nierówną trawą wybieg, zwany schroniskiem dla psów. Przez godzinę mógł patrzeć w niebo.

Ciekawe, że wkrótce zaczął tęsknić za nieustającym hałasem, którego tak nie znosił w Huntsville.

Po miesiącu w Polunsky w liście do Robbiego Flaka pisał: „Przez dwadzieścia trzy godziny na dobę jestem zamknięty w szafie. Z innym człowiekiem rozmawiam tylko wtedy, kiedy strażnik przynosi jedzenie, albo raczej to, co tutaj nazywają jedzeniem. Więc widuję wyłącznie strażników, a nie ludzi, których bym sobie wybrał. Jestem wśród morderców, prawdziwych morderców, ale wolałbym rozmawiać z nimi niż ze strażnikami. Wszystko tutaj jest tak zaplanowane, żeby jak najbardziej utrudnić życie. Na przykład czas posiłków. Dają nam śniadanie o trzeciej nad ranem. Dlaczego? Nikt nie wie i nikt nie pyta. Budzą nas, żeby nakarmić gównem, które odstraszyłoby psa. Lunch jest o trzeciej po południu. Kolacja o dziesiątej wieczór. Zimne jajka i biały chleb na śniadanie, czasem mus jabłkowy i naleśniki. Kanapki z masłem orzechowym na lunch. Czasem kiełbasa bolońska, śmierdząca kiełbasa bolońska. Gumowe kurczaki i piure ziemniaczane instant na kolację. Jakiś sędzia powiedział gdzieś, że mamy prawo do dwóch tysięcy dwustu kalorii dziennie – jestem pewien, że o tym wiesz – i kiedy dojdą do wniosku, że jest tego trochę mniej, po prostu dokładają białego chleba. Zawsze czerstwego. Wczoraj na lunch dostałem pięć kromek białego chleba, zimną wieprzowinę, groszek i kawałek spleśniałego cheddara. Możemy pozwać ich za to jedzenie? Pewnie już to robiono. Ale zniosę jedzenie, zniosę przeszukania o każdej porze. Myślę, że ze wszystkim dam sobie radę, Robbie, ale nie wiem, co będzie z pojedynczą celą. Zrób coś, proszę".

Był jeszcze bardziej przybity i przygnębiony, sypiał dwanaście godzin na dobę. Żeby zabić czas, odtwarzał wszystkie swoje mecze futbolowe ze szkoły średniej. Udawał, że jest sprawozdawcą radiowym, relacjonuje akcję, nakręca emocje, zawsze z wielkim Dontém Drummem jako gwiazdą. Wyrzucał z siebie nazwiska kolegów z drużyny, wszystkich poza Joeyem Gamble'em, i nadawał fikcyjne nazwiska przeciwnikom. Dwanaście meczów w drugiej klasie, trzynaście w trzeciej, a ponieważ Marshall pobił Slone w obu tych latach w dogrywkach, Donté nie wspominał o tym w więzieniu. Wojownicy Slone wygrywali te mecze i awansowali, aż zmasakrowali Permian z Odessy podczas mistrzostw, na stadionie Kowbojów przed siedemdziesięciopięciotysięczną widownią. Donté został Najlepszym Graczem, Teksańskim Futbolistą na oba lata, co wcześniej się nie zdarzało.

Po rozgrywkach, kiedy skończył nadawanie, Donté pisał listy. Założył, że napisze codziennie co najmniej pięć. Godzinami czytał Biblię i uczył się na pamięć wersetów. Kiedy Robbie złożył kolejną grubą porcję akt w kolejnym sądzie, Donté przeczytał każde słowo. I żeby tego dowieść, napisał długi list z podziękowaniem dla swojego adwokata.

Ale po roku izolacji zaczął się bać, że traci pamięć. Umykały mu wyniki jego dawnych meczów. Zapominał nazwisk kolegów z drużyny. Nie był w stanie odklepać dwudziestu siedmiu ksiąg Nowego Testamentu. Stał się ospały, nie potrafił otrząsnąć się z depresji. Umysł mu się rozpadał. Sypiał szesnaście godzin na dobę i zjadał połowę porcji, jaką mu przynoszono.

Czternastego marca 2001 dwa wydarzenia doprowadziły go nieomal do załamania. Pierwszym był list od matki. Liczył trzy strony pisane charakterem, który uwielbiał. Zrezygnował po pierwszej stronie. Nie był w stanie dokończyć czytania listu. Chciał, wiedział, że powinien, ale nie mógł skupić wzroku, a umysł nie trawił słów. Dwie godziny później dostał wiadomość, że Teksański Sąd Apelacji Karnych do spraw Kryminalnych zatwierdził jego wyrok. Długo płakał, potem wyciągnął się na pryczy i gapił się w sufit pogrążony w jakby katatonicznej mgle. Nie poruszył się przez wiele godzin. Odmówił zjedzenia lunchu.

Podczas ostatniego meczu w trzeciej klasie w dogrywkach przeciwko Marshall stupięćdziesięciokilowy napastnik nastąpił podczas szarży na jego lewą rękę. Zmiażdżył mu i połamał palce. Ból był natychmiastowy i tak intensywny, że Donté mało nie zemdlał. Trener skleił palce taśmą i w następnej części Donté wrócił do gry. Przez prawie całą drugą połowę grał jak wściekły. Ból sprawiał, że oszalał. Między połówkami stał spokojnie i patrzył, jak napad się naradza. Ani razu nie podali mu ręki, nie dotknęli go, w żaden sposób nie okazali, że wiedzą, że ból wyciska mu z oczu łzy. Skądś wydobył żelazną wolę i niewiarygodną wytrzymałość, żeby zakończyć mecz.

Ale i ten wynik zapomniał, przysiągł sobie, że jeszcze raz sięgnie głębiej, sięgnie w głąb siebie, do podświadomych warstw umysłu, który go zawodził, i znajdzie wolę, żeby powstrzymać to osuwanie się w szaleństwo. Udało mu się zwlec z łóżka. Upadł na podłogę i zrobił dwadzieścia pompek. Potem robił skłony, aż rozbolały go mięśnie brzucha. Przysiady, unoszenie nóg, więcej pompek i skłony na leżąco. Kiedy oblał go pot, usiadł i ułożył plan. O piątej każdego ranka zacznie precyzyjną serię ćwiczeń i będzie ćwiczyć bez przerwy przez sześćdziesiąt minut. O szóstej trzydzieści napisze dwa listy. O siódmej zacznie uczyć się na pamięć nowego wersu z Pisma. I tak dalej. Jego celem było tysiąc pompek i skłonów dziennie. Będzie pisał dziesięć listów, i to nie tylko do rodziny i bliskich przyjaciół. Znajdzie sobie paru nowych korespondencyjnych kolegów. Będzie czytał co najmniej jedną książkę dziennie. Ograniczy sen do połowy. Zacznie pisać dziennik.

Cele zostały starannie spisane, zatytułowane „Zajęcia" i przymocowane do ściany obok metalowego lustra. Donté znalazł w sobie entuzjazm, żeby trzymać się reżimu. Atakował go co rano. Po miesiącu robił tysiąc dwieście pompek i skłonów dziennie, twarde mięśnie sprawiały, że czuł się lepiej. Ćwiczenia znów wpompowały krew do mózgu. Czytanie i pisanie otworzyło nowe światy. Młoda dziewczyna z Nowej Zelandii napisała do niego list, natychmiast odpowiedział. Na imię miała Millie. Miała piętnaście lat, a jej rodzice zaakceptowali korespondencję, chociaż czytali jego listy. Kiedy przysłała swoją małą fotografię, Donté się zakochał. Wkrótce zaczął robić dwa tysiące pompek i skłonów, podniecany marzeniami, że pewnego dnia spotka się z Millie. Jego dziennik wypełniony był szkicami erotycznych scen przedstawiających parę podróżującą po świecie. Pisała do niego raz na miesiąc i na każdy list, który wysłała, otrzymywała co najmniej trzy odpowiedzi.

Roberta Drumm postanowiła nie mówić Dontému, że ojciec umiera na serce. I kiedy podczas jednej z wielu rutynowych wizyt powiedziała mu, że ojciec nie żyje, jego kruchy świat znów zaczął pękać. Świadomość, że ojciec umarł, zanim Donté zdołał wyjść z więzienia w pełni oczyszczony, okazała się zbyt trudna. Pozwolił sobie na złamanie ściśle ustalonego porządku dnia. Pominął jeden dzień, potem drugi. Nie mógł powstrzymać płaczu i drżenia.

Potem rzuciła go Millie. Jej listy przychodziły około piętnastego, co miesiąc, przez ponad dwa lata, a do tego kartki na urodziny i Boże Narodzenie. Z przyczyn, których Donté nigdy nie poznał, przestały. Wysyłał jej list za listem i nie dostawał nic w odpowiedzi. Oskarżył strażników, że grzebią w jego poczcie, i nawet przekonał Robbiego, żeby ich trochę postraszył. Jednak stopniowo pogodził się z tym, że odeszła. Wpadł w długą czarną depresję, stracił zainteresowanie „Zajęciami". Rozpoczął strajk głodowy, nie jadł przez dziesięć dni, ale zrezygnował, bo wyglądało, że nikogo to nie obchodzi. Spędzał tygodnie bez ćwiczeń, bez lektury, bez zaglądania do czasopism, listy tylko do matki i Robbiego. Wkrótce znów zapomniał starych wyników meczów i był w stanie przypomnieć sobie tylko kilka bardziej znanych wersetów z Pisma. Potrafił godzinami gapić się w sufit, mamrocząc w kółko: „Jezu, tracę rozum".

Pokój widzeń w Oddziale Polunsky to wielka otwarta przestrzeń z mnóstwem stołów, krzeseł i dystrybutorów napojów i przekąsek wzdłuż ścian. Pośrodku znajduje się długi rząd budek przedzielonych szkłem. Więźniowie siedzą po jednej stronie, goście po drugiej, a wszystkie rozmowy prowadzi się przez telefon. Nad więźniami zawsze wiszą strażnicy, nadzorują. Z jednej strony są trzy budki używane przy wizytach adwokatów. One też są przedzielone szkłem, a wszystkie konsultacje odbywają się przez telefon.

W pierwszych latach Dontégo cieszył widok Robbiego Flaka siedzącego za wąską półką, po drugiej stronie szkła. Robbie był jego przyjacielem, jego adwokatem, jego zaciekłym obrońcą, Robbie był człowiekiem, który naprawi tę niewiarygodną pomyłkę. Robbie walczył zażarcie, głośno, groził ogniem piekielnym tym, którzy znęcali się nad jego klientem. Tak wielu skazańców miało kiepskich adwokatów z zewnątrz albo nie miało adwokatów w ogóle. Ich apelacje się wyczerpały, system z nimi skończył. Nikt z tamtej strony nie był orędownikiem ich sprawy. Ale Donté miał pana Robbiego Flaka i wiedział, że w pewnym momencie każdego dnia jego prawnik myśli o nim i planuje nowy sposób, żeby go wydostać.

Ale po ośmiu latach w celi śmierci Donté stracił nadzieję. Nie stracił wiary w Robbiego, po prostu zrozumiał, że teksański system jest znacznie potężniejszy od jednego adwokata. Jeśli nie będzie cudu, ten koszmar potoczy się swoimi koleinami. Robbie wyjaśnił, że będą składali apelacje do samego końca, ale i on był realistą.

Rozmawiali przez telefon, obaj szczęśliwi, że się widzą. Robbie przynosił pozdrowienia od całej rodziny Drummów. Odwiedził ich poprzedniego wieczoru, przekazał wszystkie szczegóły. Donté słuchał z uśmiechem, ale mówił mało. Miał trudności z prowadzeniem rozmowy jak ze wszystkim innym. Fizycznie – chudy, przygarbiony, podstarzały dwudziestosiedmiolatek. Psychicznie wrak. Stracił poczucie czasu, nie wiedział, czy jest noc, czy dzień, często omijał posiłki, prysznice i codzienne godziny rekreacji. Nie mówił ani słowa do strażników i często nie potrafił wykonać najbardziej podstawowych poleceń. Jakoś tam mu współczuli, bo wiedzieli, że nie stanowi zagrożenia. Czasem spał osiemnaście, dwadzieścia godzin na dobę, a kiedy nie spał, nie był w stanie niczego zrobić. Od lat nie uprawiał ćwiczeń. Nic nie czytał i zdobywał się na napisanie jednego, dwóch listów w tygodniu, ale tylko do rodziny i do Robbiego. Listy były krótkie, często niespójne, pełne błędów ortograficznych i rażących błędów gramatycznych. Tak gryzmolił, że było to wręcz przygnębiające. Otwieranie koperty z listem od Dontégo nie było żadną przyjemnością.

Doktor Kristi Hinze przeczytała i przeanalizowała setki listów, jakie napisał w ciągu ośmiu lat w celi śmierci. Zdążyła już sformułować opinię, że osamotnienie zaburzyło jego kontakt z rzeczywistością. Był załamany, letargiczny, paranoiczny, schizofreniczny i miał myśli samobójcze. Słyszał głosy, zmarłego ojca i trenera futbolu z liceum. Mówiąc potocznie, pomieszało mu się w głowie. Zwariował.

Po kilku minutach podsumowania, na czym stoją z apelacjami w ostatniej chwili, i po zrelacjonowaniu wydarzeń zaplanowanych na najbliższe dwa dni, Robbie przedstawił doktor Hinze. Usiadła, wzięła słuchawkę i powiedziała „cześć". Robbie stał tuż za nią z podkładką na dokumenty i długopisem. Przez ponad godzinę zadawała pytania o rozkład dnia Dontégo, jego zwyczaje, marzenia, myśli, pragnienia i stosunek do śmierci. Zaskoczył ją, mówiąc, że dwustu trzynastu ludzi zostało straconych, kiedy siedział w celi śmierci. Robbie potwierdził, że liczba się zgadza. Ale dalej już nie było niespodzianek, nie było szczegółów. Wypytała go dokładnie, dlaczego tu się znalazł i dlaczego ma zostać stracony. Nie wiedział, nie rozumiał, dlaczego mu to robią. Tak, był pewien, że zostanie stracony. Popatrz tylko na tamtych dwustu trzynastu.

Godzina wystarczyła doktor Hinze. Oddała słuchawkę Robbiemu, który usiadł i zaczął mówić o tym, co będzie w czwartek. Powiedział Dontému, że jego matka postanowiła przyglądać się egzekucji. To nim wstrząsnęło. Zaczął płakać i w końcu odłożył słuchawkę, żeby otrzeć twarz. Nie chciał podnieść jej z powrotem, a kiedy przestał płakać, założył ręce na piersi i wbił wzrok w podłogę. Wreszcie wstał i poszedł do drzwi z tyłu.

Reszta zespołu czekała na zewnątrz, w furgonetce, w pobliżu stał strażnik, który zerkał na nich od niechcenia. Kiedy Robbie i doktor Hinze wrócili do furgonetki, Aaron machnął strażnikowi i odjechał. Zatrzymali się w pizzerii na skraju miasta i zjedli szybki lunch. Właśnie rozsiedli się w furgonetce i opuszczali Livingstone, kiedy odezwał się telefon. To był Fred Pryor. Dzwonił Joe Gamble, chciał się umówić na drinka po pracy.

Rozdział 11

W typowym tygodniu pastor Schroeder spędzał większą część wtorku zamknięty w gabinecie, z wyłączonymi telefonami, zastanawiając się nad kolejnym tematem kazania. Przyglądał się bieżącym wydarzeniom, myślał o potrzebach swojej trzódki, dużo się modlił i, jeśli nic się nie działo, podchodził do segregatora i wertował stare kazania. Kiedy wreszcie wpadał na pomysł, robił pobieżny szkic, a potem zaczynał pisać właściwy tekst. Wtedy napięcie znikało i mógł wprawiać się i ćwiczyć aż do niedzieli. Mało jest gorszych rzeczy, niż obudzić się we środę rano i nie mieć pojęcia, o czym będzie się mówić w niedzielę.

Ale z Travisem Boyette'em w głowie nie mógł się skupić na niczym innym. We wtorek po lunchu zdrzemnął się dłużej i kiedy się obudził, czuł się otępiały, prawie półprzytomny. Dana wyszła z kancelarii, żeby zająć się dziećmi, i Keith obijał się po kościele, nie potrafiąc się do niczego zabrać. Wreszcie wyszedł. Pomyślał, żeby pojechać do szpitala i sprawdzić, co z Boyette'em, z nadzieją, że może guz się przemieścił i Travis zmienił zdanie. Ale to było nieprawdopodobne.

Dana gotowała kolację, chłopcy odrabiali lekcje, a Keith szukał samotności w garażu. Ostatnio zbierał się, żeby go uporządkować, pomalować, a potem utrzymywać w idealnym porządku. Zazwyczaj lubił sprzątanie, bo nie wymagało myślenia. Ale Boyette'owi udało się zniszczyć nawet to. Po półgodzinie Keith dał za wygraną, zabrał laptop do sypialni i zamknął drzwi. Strona poświęcona Drummowi była jak magnes, jak gruba, soczysta powieść, jakiej jeszcze nie czytał.

Skandal Koffee–Grale

Dontégo Drumma oskarżał Paul Koffee, prokurator okręgowy Slone i hrabstwa Chester. Sędzią przewodniczącą podczas procesu Dontégo była Vivian Grale. Zarówno Koffee, jak i Grale byli obieralnymi urzędnikami. W czasie kiedy trwał proces, Koffee sprawował urząd od trzynastu lat, Grale od pięciu. Koffee miał żonę Sarę. Mieli i nadal mają troje dzieci. Grale miała męża Franka. Mieli i nadal mają dwoje dzieci.

Małżeństwo Koffee rozpadło się, tak jak małżeństwo Grale'ów.

Jedynym istotnym wnioskiem zgłoszonym przez obronę, który został przyjęty przez sędzię Grale, było żądanie zmiany miejsca rozprawy. Biorąc pod uwagę atmosferę sensacji i nagłośnienie przez media, sprawiedliwy proces nie był możliwy w Slone. Adwokaci Dontégo chcieli, żeby przeniesiono rozprawę jak najdalej, i proponowali albo Amarillo albo Lubbock, oddalone jakieś osiemset kilometrów od Slone. Sędzia Grale przyjęła wniosek – eksperci byli zgodni co do tego, że właściwie nie miała wyboru: proces w Slone byłby równoznaczny z pomyłką prowadzącą do ewentualnego obalenia wyroku – i przeniosła rozprawę do Paris w Teksasie. Budynek sądu w Paris znajduje się dokładnie sto pięćdziesiąt kilometrów od budynku sądu w Slone. Po wyroku skazującym adwokaci Dontégo zaciekle dowodzili podczas apelacji, że proces w Paris nie różnił się od procesu w Slone. Istotnie, podczas doboru ławy ponad połowa potencjalnych przysięgłych przyznawała, że słyszała coś o sprawie.

Poza zmianą miejsca sędzia Grale nie wykazała zrozumienia dla obrony. Jej najważniejszym orzeczeniem było dopuszczenie wymuszonych zeznań Dontégo. Bez tego prokuratura nie miała aktu oskarżenia, dowodów, niczego. Zeznanie robiło mu sprawę.

Ale inne orzeczenia były prawie tak samo szkodliwe. Policja i prokuratura posłużyły się swoją ulubioną taktyką, przedstawiając więziennego kapusia Ricky'a Stone'ego. Stone siedział za narkotyki i zgodził się współpracować z detektywem Kerberem i policją ze Slone. Posadzono go w celi z Dontém Drummem na cztery dni, potem przeniesiono. Donté zobaczył go dopiero podczas rozprawy. Stone zeznał, że Donté otwarcie mówił o gwałcie i morderstwie dokonanych na Nicole i powiedział, że wpadł w szał, kiedy z nim zerwała. Umawiali się w tajemnicy od kilku miesięcy, byli zakochani, ale ona zaczęła się bać i martwić, że jej bogaty ojciec odetnie kasę, kiedy się dowie, że córka spotyka się z czarnym facetem. Stone zeznał, że prokurator niczego mu nie obiecywał w zamian za zeznanie. Dwa miesiące po skazaniu Dontégo Stone przyznał się do popełnienia występku i wyszedł z więzienia.

Stone miał bogatą przeszłość kryminalną i zerową wiarygodność. Był klasycznym szpiclem więziennym, składającym fałszywe zeznania w zamian za lżejszy wyrok. Sędzia Grale pozwoliła mu zeznawać.

Później Stone odwołał zeznania i powiedział, że detektyw Kerber i Paul Koffee zmusili go, żeby kłamał.

Sędzia Grale dopuściła także zeznanie, które było podawane w wątpliwość przez wiele lat, w wielu jurysdykcjach. Podczas poszukiwań Nicole policja użyła psów. Psy szły za zapachem z samochodu Nicole i paru przedmiotów, które były w środku. Ślady prowadziły donikąd, to znaczy dopóki nie zatrzymano Dontégo. Wtedy policja przyprowadziła psy do zielonego forda furgonetki, należącego do rodziny Drummów. Według opiekuna psów zwierzęta stały się nerwowe, pobudzone, widać, że poczuły zapach Nicole w furgonetce. To niepewne zeznanie zostało rozegrane jako pierwsze w przesłuchaniach przedprocesowych. Adwokaci Dontégo nie mogli wprost uwierzyć i pytali, jak mają przesłuchać przed sądem psa. Adwokat Robbie Flak był tak oburzony, że nazwał jednego psa, wabiącego się Yogi, „głupim sukinsynem". Sędzia Grale ukarała go naganą i grzywną w wysokości stu dolarów. Charakterystyczne, że główny opiekun psów został jednak dopuszczony do zeznawania przed sądem i stwierdził wobec ławy, że jest „całkowicie pewien", że Yogi w zielonej furgonetce podjął zapach Nicole. Podczas przesłuchania jego zeznanie podważył Robbie Flak, który w pewnej chwili zażądał sprowadzenia psa do sali sądowej, zaprzysiężenia go i posadzenia na miejscu dla świadków.

Sędzia Grale okazywała niechęć prawnikom obrony, zwłaszcza Robbiemu Flakowi. Znacznie milsza była dla Paula Koffeego.

I miała powód. Sześć lat po procesie okazało się, że sędzia i prokurator byli zaangażowani w długi, potajemny romans. Wyszło to na jaw, kiedy niezadowolona była sekretarka z biura pana Koffeego złożyła skargę o molestowanie seksualne i pokazała mejle, billingi, a nawet przedstawiła nagrania telefoniczne, które ujawniały związek jej ówczesnego szefa z sędzią Grale. Nastąpiły pozwy i rozwody.

Sędzia Grale podała się do dymisji i wyjechała ze Slone w trakcie rozwodu. Paula Koffeego wybrano ponownie, bez kontrkandydatów, w 2006, ale dopiero kiedy obiecał, że zrezygnuje po upływie swojej kadencji.

Adwokaci Dontégo ubiegali się o umorzenie sprawy ze względu na oczywisty konflikt interesów między nimi, sędzią a prokuratorem. Teksański Sąd Apelacji Karnych orzekł, że chociaż romans był „godny pożałowania" i „może sprawiać wrażenie nieprawidłowości", to nie naruszył prawa oskarżonego do uczciwego procesu. Apelacja do sądów federalnych skończyła się równie niekonkretnie.

W 2005 Paul Koffee złożył pozew o zniesławienie przeciwko Robbiemu Flakowi za słowa, których Flak użył w wywiadzie na temat jego intymnych związków z sędzią przewodniczącą procesowi. Flak złożył kontrpozwy wobec Koffeego o całe mnóstwo obraz. Sprawa jest nadal w toku.

Wiele godzin później, kiedy światła były zgaszone, a w domu panowała cisza, Keith i Dana patrzyli w sufit i zastanawiali się, czy powinni poszukać tabletek na sen. Oboje byli wykończeni, ale wydawało się, że nie zasną. Zmęczyło ich czytanie o sprawie, roztrząsanie jej, martwienie się o młodego czarnego chłopaka w celi śmierci, o którym do przedwczoraj nawet nie słyszeli. A szczególnie irytowała ich najnowsza postać w ich życiu, niejaki Travis Boyette. Keith był pewien, że Boyette mówił prawdę. Dana brała to pod uwagę, ale pozostawała sceptyczna ze względu na jego szokującą przeszłość kryminalną. Zmęczyło ich spieranie się o to.

Jeśli jednak Boyette mówił prawdę – czy byli jedynymi ludźmi na świecie, którzy wiedzieli z całą pewnością, że Teksas straci wkrótce niewinnego człowieka? Jeśli tak, to co mogliby zrobić? Czy mogliby coś zrobić, gdyby Boyette nie zgodził się wyznać prawdy? A jeśli zmieni zdanie i postanowi powiedzieć prawdę, to co z tym mieliby zrobić? Slone oddalone było o sześćset kilometrów, a oni nikogo tam nie znali. Bo i skąd? Do wczoraj nawet nie słyszeli o tym miasteczku.

Pytania padały przez całą noc i znikąd nie nadchodziły odpowiedzi. Postanowili poczekać do północy, a jeśli nadal nie zasną, pójść po tabletki.

O jedenastej zero cztery zadzwonił telefon. Aż podskoczyli. Dana szybko włączyła światło. Identyfikator dzwoniącego: „Szpital Św. Franc".

– To on – powiedziała.

Keith podniósł słuchawkę.

– Halo.

– Przepraszam, że dzwonię tak późno, pastorze – odezwał się Boyette niskim, zmęczonym głosem.

– W porządku, Travis. Nie śpimy.

– Jak się miewa twoja śliczna żonka?

– Doskonale. Słuchaj, Travis, jestem pewien, że dzwonisz z czymś ważnym.

– Tak, przepraszam, pastorze. Naprawdę chcę znowu zobaczyć tę dziewczynę. Wiesz, o co mi chodzi?

Keith tak trzymał słuchawkę, żeby Dana mogła się wepchnąć z lewym uchem. Nie chciał wszystkiego potem powtarzać.

– Nie jestem pewien, czy cię rozumiem, Travis.

– Dziewczynę, Nicole, moją małą Nikki. Niedługo mi zostało na tym świecie, pastorze. Wciąż jestem w szpitalu, z kroplówką w ręce, z całą kupą leków we krwi, a lekarze mówią, że to długo nie potrwa. Pastorze, jestem teraz na wpół martwy i nie podoba mi się myśl, że kopnę w kalendarz bez ostatniej wizyty u Nikki.

– Ona nie żyje od dziewięciu lat.

– Nie przynudzaj. Byłem tam, pamiętam. To było straszne, to co jej zrobiłem… po prostu straszne. Przepraszałem już wcześniej, kilka razy, twarzą w twarz. Ale muszę znowu pojechać, powiedzieć jej jeszcze tylko ten jeden raz, jak mi przykro z powodu tego, co się stało. Wiesz, o co mi chodzi, pastorze?

– Nie, Travis. Nie mam pojęcia, o co ci chodzi.

– Więc ona nadal tam jest, prawda? Jest tam, gdzie ją zostawiłem.

– Powiedziałeś, że pewnie teraz nie nie dasz rady jej znaleźć.

Długa przerwa, jakby Travis musiał to sobie przypomnieć.

– Wiem, gdzie jest – powiedział.

– Świetnie, Travis. Więc jedź ją odszukać. Jedź, wykop ją, popatrz na jej kości i powiedz, że ci przykro. A potem co? Lepiej się poczujesz? Tymczasem niewinnemu człowiekowi wbiją igłę za twoją zbrodnię. Mam pomysł, Travis. Kiedy już po raz ostatni powiesz Nicole, że ci przykro, dlaczego nie miałbyś pojechać do Slone, wpaść na cmentarz, znaleźć grób Dontégo i jemu też powiedzieć, że ci przykro?

Dana odwróciła się i zmarszczyła brwi, patrząc na męża. Travis znów milczał, a potem się odezwał:

– Pastorze, nie chcę, żeby ten chłopak umierał.

– Travis, naprawdę trudno w to uwierzyć. Siedziałeś cicho przez dziewięć lat, kiedy jego oskarżano i sądzono. Zmarnowałeś dzisiejszy i wczorajszy dzień, i jeśli nadal będziesz robił wolty, czas się skończy, a on umrze.

– Nie mogę tego powstrzymać.

– Możesz spróbować. Możesz pojechać do Slone i powiedzieć policji, gdzie zakopałeś ciało. Możesz wyznać prawdę, pokazać im pierścionek, narobić szumu. Jestem pewien, że reporterzy i kamery cię pokochają. Kto wie, może sędzia albo gubernator zauważą. Travis, nie mam doświadczenia w takich sprawach, ale wydaje mi się, że trudno im będzie stracić Dontégo, kiedy znajdziesz się w telewizji i oświadczysz, że zabiłeś Nicole i działałeś sam.

– Nie mam samochodu.

– Wynajmij.

– Od dziesięciu lat nie mam prawa jazdy.

– Jedź autobusem.

– Nie mam pieniędzy na bilet, pastorze.

– Pożyczę ci. Nie, dam ci pieniądze na bilet w jedną stronę do Slone.

– A jeśli będę miał atak w autobusie albo zemdleję? Cholera, mogą mnie wykopać w Podunk, w Oklahomie.

– Pogrywasz ze mną, Travis.

– Musisz mnie podwieźć, pastorze. Tylko ja i ty. Jeśli mnie zawieziesz tam, na Południe, powiem prawdę o tym, co się stało. Zaprowadzę ich do zwłok. Możemy wstrzymać egzekucję, ale musisz ze mną pojechać.

– Dlaczego ja?

– A kto, jak nie ma nikogo innego pod ręką?

– Mam lepszy pomysł. Jutro rano chodźmy do biura prokuratora. Tam pracuje mój przyjaciel. Opowiesz mu to wszystko. Może uda się nam go przekonać, żeby zadzwonił do prokuratora w Slone, do szefa policji i do adwokata i, nie wiem, może do jakiegoś sędziego. Znacznie prędzej wysłuchają jego niż jakiegoś luterańskiego pastora, który nic nie wie o sądownictwie kryminalnym. Możemy nagrać na wideo twoje zeznanie, wysłać je natychmiast do władz w Teksasie i rozesłać do gazet. Co o tym sądzisz, Travis? Ty nie złamiesz zasad zwolnienia warunkowego. Ja nie będę miał kłopotów, że ci pomagam.

Dana kiwała głową na znak aprobaty. Pięć sekund. Dziesięć sekund. Wreszcie Travis się odezwał:

– Może to zadziała, pastorze. Może będziemy w stanie wstrzymać egzekucję, ale na pewno jej nie znajdą. Do tego muszę być tam ja.

– Skupmy się na wstrzymaniu egzekucji.

– Zwalniają mnie jutro rano, o dziewiątej.

– Będę tam, Travis. Biuro prokuratora jest niedaleko.

Pięć sekund, dziesięć sekund.

– Podoba mi się to, pastorze. Zróbmy to.

O pierwszej nad ranem Dana znalazła buteleczkę środka nasennego, ale godzinę później nadal nie spali. Wyprawa do Teksasu nie dawała im spokoju. Już wcześniej pobieżnie ją omawiali, ale tak się tego bali, że nie ciągnęli rozmowy. Pomysł był śmieszny – Keith w Slone z seryjnym gwałcicielem o wątpliwej wiarygodności próbuje znaleźć kogoś, kto wysłuchałby dziwacznej opowieści, podczas gdy miasto odlicza ostatnie godziny Dontégo Drumma. Taką dziwaczną parę wyśmiano by, może nawet zastrzelono. A po powrocie do

Kansas wielebny Keith Schroeder mógłby zostać oskarżony o przestępstwo i nie znalazłby nic na swoją obronę. Jego praca i kariera zawisłyby na włosku. Wszystko przez taką szumowinę jak Travis Boyette.

Rozdział 12

Środa rano. Sześć godzin po wyjściu z biura, tuż po północy, Robbie był z powrotem w sali konferencyjnej i przygotowywał się do kolejnego szalonego dnia. Wieczór nie poszedł dobrze. Sesja pijacka Freda Pryora i Joeya Gamble'a nie dała niczego, poza przyznaniem się Gamble'a, że pan Koffee istotnie dzwonił i przypomniał mu o karach za krzywoprzysięstwo. Robbie wysłuchał wszystkiego. Pryor, który przez lata po mistrzowsku opanował urządzenia do nagrywania, użył tego samego mikrofonu w wiecznym piórze i przekazywał rozmowę przez komórkę. Jakość dźwięku była nadzwyczajna. Robbie wypił razem z nimi kilka drinków, tyle że w swoim gabinecie. Martha Handler popijała burbona; Carlos, kancelista, pił piwo i nadzorował głośnik. Wszyscy dawali w gaz przez prawie dwie godziny, Joey i Fred w nibysalonie gdzieś pod Houston, a kancelaria adwokacka Flaka przy ciężkiej pracy, w biurze, w starej stacji kolejowej. Jednak po dwóch godzinach Joey miał dosyć – nawet piwa – i powiedział, że męczą go te naciski. Nie może się zgodzić na to, że podpisując w ostatniej chwili pisemne zeznanie pod przysięgą, przekreśli zeznanie złożone podczas procesu. Nie chciał nazwać sam siebie kłamcą, chociaż niewiele brakowało, żeby przyznał, że skłamał.

– Donté nie powinien zeznawać – powiedział kilka razy, jakby złożenie fałszywego zeznania było wystarczającą podstawą do kary śmierci.

Ale Pryor będzie chodził za nim w środę i czwartek, jeśli to okaże się konieczne. Uważał, że wciąż istnieje niewielka szansa, która rośnie wraz z upływem godzin.

O siódmej rano kancelaria zebrała się w sali konferencyjnej na codzienną odprawę. Byli wszyscy – wszyscy z zapuchniętymi oczami, zmęczeni i gotowi do ostatniego starcia. Doktor Kristi Hinze pracowała całą noc i skończyła raport. Podsumowała go pobieżnie, kiedy zebrani jedli ciastka i przełykali kawę. Raport liczył czterdzieści pięć stron, więcej niż sądowi będzie się chciało przeczytać, ale może w sam raz, żeby zwrócić czyjąś uwagę. Jej wnioski nikogo nie zaskoczyły, przynajmniej nikogo w kancelarii Flaka. Opisała, jak badała Dontégo Drumma. Przejrzała jego akta medyczne i psychologiczne z pobytu w więzieniu. Przeczytała dwieście sześćdziesiąt listów, które napisał przez osiem lat spędzonych w celi śmierci. Był schizofreniczny, psychotyczny, urojeniowy, depresyjny i nie rozumiał, co się z nim dzieje. Potem przeszła do potępienia sposobu uwięzienia – pojedynczej celi, i raz jeszcze nazwała to okrutną formą tortur.

Robbie kazał Sammie Thomas przesłać wniosek o łaskę, z załączonym w całości raportem doktor Hinze, współobrońcom z Austin. Przez cały proces apelacyjny, przez wszystkich tych osiem lat, kancelarię Robbiego wspomagała Teksańska Grupa Obrońców przeciw Karze Śmierci, powszechnie nazywana Grupą Obrońców, organizacja non profit, która reprezentowała jakieś dwadzieścia pięć procent więźniów z cel śmierci. Obrońcy nie zajmowali się niczym poza apelacjami w sprawach kary śmierci i robili to bardzo kompetentnie i z zaangażowaniem. Sammie miała przesłać wniosek i raport pocztą elektroniczną, a o dziewiątej rano Obrońcy mieli złożyć wydruki w Sądzie Apelacyjnym do spraw Kryminalnych.

Ponieważ egzekucja zbliżała się wielkimi krokami, sąd był przygotowany, żeby szybko zająć się wnioskami z ostatniej chwili. Gdyby odmówili, co zwykle robili, Robbie i Obrońcy mogliby pobiec do sądu federalnego i przebijać się na szczyt z nadzieją, że w pewnej chwili zdarzy się cud.

Robbie omówił strategię i sprawdził, czy każdy wie, co robić. Carlos zajmie się następnego dnia rodziną Drummów, chociaż zostanie w Slone. Miał się upewnić, że na czas dotrą z ostatnią wizytą do Oddziału Polunsky. Będzie tam Robbie, żeby przejść ostatnie kroki ze swoim klientem i być świadkiem egzekucji. Sammie Thomas i inni współpracownicy zostaną w biurze i będą koordynować wnioski z Grupą Obrońców. Bonnie, kancelistka, pozostanie w kontakcie z urzędami gubernatora i prokuratora generalnego.

Wniosek o wstrzymanie egzekucji został złożony w urzędzie gubernatora, czekano na jego odrzucenie. Petycja Kristi Hinze była gotowa do wysłania. O ile i dopóki Joey Gamble nie zmieni zdania, nie było nowych dowodów wartych, żeby podnosić szum. W miarę upływu zebrania stawało się oczywiste, że pozostało mało poważnych spraw do załatwienia. Rozmowy ucichły. Podniecenie opadło. Wszyscy nagle poczuli się zmęczeni. Zaczęło się oczekiwanie.

Kiedy Vivian Grale brała udział w wyborach na urząd sędziego w 1994, w swojej kampanii mówiła o: wysokich standardach moralnych, stawianiu praw boskich na pierwszym miejscu, wsadzaniu przestępców do więzienia na jeszcze dłuższy czas i, oczywiście, bardziej wydajnym wykorzystaniu komory śmierci w Huntsville. Wygrała trzydziestoma głosami. Pokonała mądrego i doświadczonego sędziego Eliasa Henry'ego. Po prostu obrała kilka spraw kryminalnych, podczas których sędzia Henry ośmielił się okazać oskarżonemu współczucie. Rozchlapała to w ogłoszeniach wyborczych, które zrobiły z niego pieszczoszka pedofilów.

Kiedy jej romans z Paulem Koffeem wyszedł na jaw, kiedy się rozwiodła, zrezygnowała i w atmosferze skandalu wyjechała ze Slone, wyborcy się nawrócili i wrócili do sędziego Henry'ego. Wybrano go ponownie, przy braku kontrkandydata. Miał już osiemdziesiąt jeden lat i podupadał na zdrowiu. Plotkowano, że może nie doczekać końca swojej kadencji.

Sędzia Henry przyjaźnił się z ojcem Robbiego, który zmarł w 2001. Ze względu na tę przyjaźń był jednym z nielicznych sędziów we wschodnim Teksasie, któremu nie skakało ciśnienie, kiedy Robbie Flak wkraczał na salę. Zaproszony przez sędziego Robbie zgodził się na spotkanie w jego gabinecie, w środę, o dziewiątej rano. Celu wizyty nie omawiano przez telefon.

– Ta sprawa bardzo mnie niepokoi – powiedział sędzia Henry, kiedy już wymienili wstępne uprzejmości. Byli sami w starym biurze, które niewiele się zmieniło przez czterdzieści lat, odkąd Robbie tu przychodził. Pusta sala sądowa znajdowała się obok.

– I powinna. – Przed nimi na biurku stały nieotwarte butelki z wodą. Sędzia jak zwykle ubrany był w ciemny garnitur i pomarańczowy krawat. Miał dobry dzień, spojrzenie wściekłe i przenikliwe. Uśmiechów nie było.

– Robbie, czytałem transkrypt – powiedział. – Zacząłem w zeszłym tygodniu, przeczytałem cały i większość akt apelacyjnych. Patrząc na to z sędziowskiego fotela, nie mogę uwierzyć, że Grale dopuściła to zeznanie jako dowód. Było wymuszone i rażąco niekonstytucyjne.

– Było, sędzio. I jest. Nie zamierzam jej bronić, ale miała mały wybór. Nie przedstawiono żadnych innych wiarygodnych dowodów. Gdyby odrzuciła zeznanie, Koffee nie miałby dokąd pójść. Nie ma skazania, nie ma oskarżonego, nie ma podejrzanego, nie ma trupa. Donté wyszedłby z aresztu, a to byłaby informacja na pierwszą stronę. Jak dobrze wiesz, sędzia Grale musiała liczyć się z wyborcami, a sędziowie we wschodnim Teksasie nie są ponownie wybierani, jeśli wyżej cenią prawo niż sprawiedliwość.

– Opowiedz mi o tym.

– Kiedy Koffee dowiedział się, że zeznanie będzie przedstawione ławie przysięgłych, zdołał poskładać inne dowody. Tupał, nadymał się, aż przekonał ławę, że zabójcą jest Donté. Pokazywał go palcem, a potem płakał na każde wspomnienie imienia Nicole. Niezłe przedstawienie. Jak brzmi to stare powiedzonko, sędzio? „Brakuje ci faktów, wrzeszcz”... a on wrzeszczał w niebogłosy. Ława bardzo chętnie mu uwierzyła. Wygrał.

– Robbie, walczyłeś jak wszyscy diabli.

– Powinienem mocniej walczyć.

– I jesteś przekonany, że on jest niewinny? Nie masz w głębi ducha wątpliwości?

– Po co to roztrząsamy, sędzio? W tej chwili to czysta teoria.

– Bo mam zamiar zadzwonić do gubernatora i prosić o odroczenie. Może wysłucha, nie wiem. Nie ja przewodniczyłem rozprawie. Jak wiadomo, byłem wtedy w odstawce. Ale mam kuzyna w Texarkana, który dał gubernatorowi tonę pieniędzy. To ryzykowne, ale co mamy do stracenia? Co złego w odłożeniu sprawy o kolejnych trzydzieści dni?

– Nic. Masz wątpliwości co do jego winy, sędzio?

– Mam poważne wątpliwości. Nie dopuściłbym zeznania. Wsadziłbym szpicla do więzienia za kłamstwo. Wyłączyłbym tego błazna z jego psami. A ten chłopak, jak on się nazywa…

– Joey Gamble.

– Zgadza się, jej biały chłopak. Jego zeznanie zostałoby prawdopodobnie przedstawione ławie, ale jest zbyt niespójne, żeby miało jakąś wagę. Najlepiej to ująłeś w jednej ze swoich apelacji, Robbie. Skazanie opiera się na wymuszonym, fałszywym zeznaniu, węchu psa o imieniu Yogi, doniesieniach zakłamanego szpicla, który potem odwołał swoje słowa, i zeznaniu porzuconego kochanka marzącego o zemście. Nie możemy skazywać ludzi na podstawie takiego śmiecia. Sędzia Grale była stronnicza – chyba wiemy dlaczego. Paul Koffee był zaślepiony – klapkami na oczach i strachem, że może się myli. To straszna sprawa, Robbie.

– Dziękuję, sędzio. Żyłem nią przez dziewięć lat.

– I niebezpieczna. Wczoraj spotkałem się z dwoma czarnymi adwokatami, porządne chłopy, znasz ich. Są źli, że tak to działa, ale i obawiają się gwałtownej reakcji. Spodziewają się kłopotów, jeśli Drumm zostanie stracony.

– Też to słyszałem.

– Co można zrobić, Robbie? Jest sposób, żeby to powstrzymać? Nie jestem prawnikiem od spraw zagrożonych karą śmierci i nie wiem, dokąd zdążyły dotrzeć twoje apelacje.

– Sędzio, zbiornik jest prawie pusty. Wnosimy teraz petycję opartą na stanie zdrowia psychicznego.

– Wasze szanse?

– Marne. Donté do tej pory nie cierpiał na żadne choroby psychiczne. Utrzymujemy, że osiem lat w celi śmierci doprowadziło go do obłędu. Jak wiesz, sądy apelacyjne zazwyczaj krzywią się na teorie wysmażone w ostatniej chwili.

– Chłopak zwariował?

– Ma poważne problemy, ale sądzę, że wie, co się dzieje.

– Więc nie jesteś optymistą.

– Sędzio, jestem obrońcą w sprawach karnych. Nie mam w genach optymizmu.

Sędzia Henry odkręcił wreszcie kapsel z plastikowej butelki z wodą i się napił. Nie spuszczał oczu z Robbiego.

– Doskonale. Zadzwonię do gubernatora – powiedział, jakby jego telefon mógł uratować sytuację. Nie uratuje. Gubernator odbierał teraz mnóstwo telefonów. Wiele z powodu Robbiego i jego zespołu.

– Dziękuję, sędzio, ale nie spodziewaj się za dużo. Ten gubernator nigdy nie wstrzymał egzekucji. Tak naprawdę to chce je przyspieszać. Ma na oku fotel w senacie i liczy głosy, zanim zastanowi się, co zje na śniadanie. To dwulicowiec, bandzior, głupol, cykor, oślizły drań ze wspaniałą przyszłością polityczną.

– Więc nie głosowałeś na niego?

– Nie głosowałem. Ale zadzwoń do niego, proszę.

– Zadzwonię. Za pół godziny spotykam się z Paulem Koffeem, żeby to omówić. Nie chcę, żeby był zaskoczony. Pogadam też z gościem z gazety. Chcę być wymieniony jako przeciwnik tej egzekucji.

– Dziękuję, sędzio, ale dlaczego teraz? Mogliśmy o tym porozmawiać rok temu, pięć lat temu. Strasznie późno, żeby w to wchodzić.

– Rok temu mało kto myślał o Dontém Drummie. Egzekucja wydawała się odległa. Była szansa, że ułaskawią go w sądzie federalnym. Może oddalenie, nowy proces. Nie wiem, Robbie. Może bardziej powinienem się tym zająć, ale to nie ja prowadziłem tę rozprawę. Miałem inne rzeczy na głowie.

– Rozumiem, sędzio.

Podali sobie ręce i się pożegnali. Robbie zszedł tylnymi schodami, żeby nie wpaść na jakiegoś adwokata albo kancelistę, który chciałby pogadać. Szedł śpiesznie pustym korytarzem i usiłował znaleźć w myślach innego, pochodzącego z wyboru urzędnika w Slone albo w hrabstwie Chester, który wyraził poparcie dla Dontégo Drumma. Przyszedł mu na myśl jeden, jedyny czarny radny w Slone.

Przez dziewięć lat prowadził długą i samotną walkę. A teraz miał przegrać. Telefon od kuzyna wielkiego sponsora nie wystarczy, żeby wstrzymać egzekucję w Teksasie. Maszyneria była dobrze naoliwiona i wydajna. Już została uruchomiona i nie było sposobu, żeby ją zatrzymać.

Na trawniku przed gmachem sądu robotnicy ustawiali tymczasową trybunę. Kilku policjantów kręciło się wokół, rozmawiając nerwowo. Przyglądali się, jak ludzie wychodzą z pierwszego kościelnego autobusu. Kilkanaścioro czarnych wysiadło i przeszło po trawniku obok pomników bohaterów wojennych. Znaleźli dla siebie miejsce, rozłożyli krzesła i zaczęli czekać. Wiec albo protest, albo jak to nazwać, wyznaczony był na południe.

Robbiego proszono, żeby zabrał głos, ale odmówił. Nie mógł sobie wyobrazić co powiedzieć, żeby nie wsadzić kija w mrowisko, a nie chciał być oskarżony o podżeganie tłumu. Wichrzyciele i tak się znajdą.

Według Carlosa, który miał monitorować strony sieci, komentarzy i blogów, napięcie gwałtownie wzrastało. Na czwartek planowano protesty w Austin, Huntsville, Slone i na kampusach co najmniej dwóch czarnych uniwersytetów w Teksasie.

Dokopcie im, pomyślał Robbie, i odjechał.

Rozdział 13

Keith przybył do szpitala wcześnie i zrobił swój obchód. Luterański kościół Świętego Marka miał tu obecnie pół tuzina członków na różnych etapach leczenia albo rekonwalescencji. Przywitał się ze wszystkimi sześcioma, szybko wymienił kilka słów pocieszenia, potrzymał ich za ręce podczas modlitwy i odszedł, żeby dostać od pana Boyette'a to, co zapowiadało dzień pełen wydarzeń.

Zaskakujących wydarzeń. Pana Boyette'a już nie było. Pielęgniarka powiedziała, że kiedy zajrzeli do niego o szóstej rano, znaleźli puste, porządnie zasłane łóżko, szlafrok szpitalny złożony obok poduszki, a kroplówkę starannie owiniętą wokół stojaka. Godzinę później ktoś z Domu Kotwicy zadzwonił z informacją, że Travis Boyette wrócił i chce, żeby jego lekarz wiedział, że wszystko w porządku. Keith pojechał do Domu Kotwicy, ale Boyette'a tam nie było. Kierownik powiedział, że w środy nie był przydzielany do pracy. Nikt nie miał pojęcia, gdzie jest ani kiedy może wrócić. Keith, jadąc do Świętego Marka, powtarzał sobie: nie martw się, nie panikuj, Boyette się znajdzie. Potem nazwał siebie durniem, że choćby odrobinę ufał człowiekowi, który przyznał się do morderstwa, seryjnemu gwałcicielowi i kompulsywnemu kłamcy. Ponieważ usilnie próbował zobaczyć dobro w każdym, kogo znał i spotkał, zrozumiał z przerażeniem, że zbyt łagodnie obszedł się z Boyette'em. Za mocno pragnął okazać zrozumienie, nawet współczucie. Do diabła, ten człowiek zabił siedemnastoletnią dziewczynę tylko po to, żeby zaspokoić swoje chucie, a teraz przygląda się, chyba z zadowoleniem, jak inny człowiek umiera za jego zbrodnię. Bóg tylko wie, ile jeszcze kobiet zgwałcił.

Keith był zły, kiedy wszedł do kancelarii parafialnej. Charlotte Junger, która wróciła po grypie, powitała go radośnie.

– Dzień dobry, pastorze.

Keith ledwie zdobył się na uprzejmość.

– Zamykam się w gabinecie, jasne? Żadnych telefonów, chyba że od niejakiego Travisa Boyette'a.

– Tak jest.

Zatrzasnął drzwi, zerwał płaszcz i zadzwonił do Dany z najnowszą wiadomością.

– Grasuje po ulicach?

– Hm, tak, przechodzi procedury zwolnienia warunkowego. Odsiedział swoje i wkrótce będzie wolny. Chyba można tak to określić, że grasuje.

– Dziękuj Bogu za raka.
– Nie wierzę, że to powiedziałaś.
– Przepraszam, ja też nie wierzę. Co robimy?
– Nic nie można zrobić, tylko czekać. Może się pojawi.
– Mów mi na bieżąco, co się dzieje.

Keith zadzwonił do Matthew Burnsa, do biura prokuratora i powiedział mu, że nastąpiła zwłoka. Matthew z początku podszedł chłodno do pomysłu, żeby spotkać się z Boyette'em i nagrać jego oświadczenie, ale zmienił zdanie. Zgodził się wykonać jeden, dwa telefony do Teksasu, kiedy usłyszał opowieść Boyette'a, bo uwierzył w to, co usłyszał. Był rozczarowany, kiedy dowiedział się, że Boyette zaginął.

Keith przejrzał stronę Drumma w sieci, żeby sprawdzić, czy nie ma czegoś nowego, co robił codziennie, prawie co godzinę, od poniedziałku rano. Podszedł do szafki na akta i wyciągnął teczki ze starymi kazaniami. Znowu zadzwonił do Dany, ale piła kawę z dziewczynami.

Dokładnie o dziesiątej trzydzieści zadzwonił do kancelarii Robbiego Flaka. Młoda dama, która odebrała telefon, oznajmiła, że pan Flak jest nieosiągalny. Keith odpowiedział, że rozumie, ale że dzwonił poprzedniego dnia, we wtorek, zostawił numer telefonu, ale nikt nie oddzwonił.

– Mam informację dotyczącą morderstwa Nicole Yarber – powiedział.
– Jaką informację? – zapytała.
– Muszę porozmawiać z panem Flakiem – stwierdził Keith stanowczo.
– Przekażę mu wiadomość – odparła, równie stanowczo.
– Proszę, nie jestem jakimś nawiedzonym. To bardzo ważne.
– Tak jest. Dziękuję.

Postanowił złamać obietnicę zachowania tajemnicy. Były dwie możliwe konsekwencje. Pierwsza, Boyette może go pozwać o straty moralne, ale Keith już się tym nie przejmował. Guz mózgu zajmie się wszelkimi przyszłymi sprawami sądowymi. A gdyby z jakichś przyczyn Boyette przeżył, musiałby dowieść, że złamanie obietnicy przez Keitha naraziło go na szkody. Chociaż Keith niewiele znał się na prawie, trudno było mu uwierzyć, żeby sędzia albo przysięgli w jakimkolwiek miejscu okazali współczucie komuś tak marnemu.

Druga konsekwencja – prawdopodobne postępowanie dyscyplinarne ze strony Kościoła. Ale w świetle faktów, a zwłaszcza w świetle liberalnych skłonności Synodu, nie mógł sobie wyobrazić niczego więcej niż danie po łapie.

Pieprzyć to, mruknął do siebie, będę mówił.

Napisał mejl do Robbiego Flaka. Przedstawił się i zostawił przy okazji wszelkie możliwe numery telefonów i adresy. Opisał spotkanie z bezimiennym zwolnionym warunkowo, który kiedyś mieszkał w Slone i to w czasie, kiedy zniknęła Nicole. Zwolniony warunkowo ma długą przeszłość kryminalną, pełną przemocy, a raz został zatrzymany i uwięziony w Slone. Keith sprawdził to. Ten człowiek wyznał, że zgwałcił i zamordował Nicole Yarber, i podał mnóstwo szczegółów. Jej ciało zostało zakopane daleko, wśród wzgórz, na wschód od Joplin, gdzie zwolniony warunkowo dorastał. Jedyną osobą, która może znaleźć ciało, jest zwolniony warunkowo we własnej osobie. Proszę o telefon. Keith Schroeder.

Godzinę później Keith wyszedł z biura i pojechał z powrotem do Domu Kotwicy. Nikt nie widział Boyette'a. Pojechał do centrum i zjadł kolejny szybki lunch z Matthew Burnsem. Po krótkiej rozmowie i paru pochlebstwach, Matthew wyciągnął komórkę i zadzwonił do biura Flaka. Keith słyszał, jak mówi.

– Tak, halo, nazywam się Matthew Burns i jestem prokuratorem w Topeka, w Kansas. Chciałbym rozmawiać z panem Robbiem Flakiem. – Pan Flak był nieosiągalny.

– Mam pewne informacje na temat sprawy Dontégo Drumma, zwłaszcza o tożsamości prawdziwego zabójcy. – Pan Flak nadal był nieosiągalny. Matthew podał więc swój numer telefonu, komórki i do biura, i zaprosił recepcjonistkę, żeby zajrzała na stronę Miasta Topeka, Biuro Prokuratora Miejskiego, żeby zweryfikować prawdziwość jego słów. Powiedziała, że to zrobi.

– Nie jestem jakimś świrem, jasne? Proszę, niech pan Flak zadzwoni do mnie najszybciej, jak to możliwe. Dziękuję.

Skończyli lunch i uzgodnili, że będą się wzajemnie zawiadamiać, gdyby zadzwonił telefon z Teksasu. Kiedy Keith wracał do biura, czuł ulgę, że ma przyjaciela, do tego prokuratora, chętnego podać mu rękę.

Do południa ulice centrum Slone były zamknięte i zabarykadowane, codzienny ruch został przekierowany gdzie indziej. Dziesiątki autobusów kościelnych i furgonetek parkowało w dwóch rzędach wokół gmachu sądu, ale policja nie wypisywała mandatów. Mieli rozkazy, żeby pokazać swoją obecność, utrzymać porządek i, za wszelką cenę, nie robić nic, co mogłoby kogoś sprowokować. Emocje sięgnęły zenitu. Sytuacja była napięta. Większość właścicieli zamknęła sklepy, większość białych zniknęła.

Tłum, sami czarni, rósł. Setki uczniów Liceum Miejskiego Slone urwało się ze szkoły i przyszło całymi grupami, od początku głośni, spragnieni, żeby ich słyszano. Robotnicy z fabryk przynieśli pudełka z lunchem i jedli, kręcąc się po trawniku przed sądem. Reporterzy robili zdjęcia i notatki. Ekipy telewizyjne ze Slone i Tyler rozbiły się razem w pobliżu podium, na frontowych schodach gmachu sądu. Kwadrans po dwunastej pan Oscar Betts, przewodniczący miejscowego oddziału NAACP, organizacji broniącej praw mniejszości rasowych, podszedł do mikrofonu, podziękował wszystkim za przybycie i szybko przeszedł do rzeczy. Oświadczył, że Donté Drumm jest niewinny, a jego egzekucja to nic więcej jak usankcjonowany prawem lincz. Zgromił policję w zgryźliwej, potępiającej mowie, nazwał ich „rasistami", „gotowyni zabić niewinnego człowieka". Wyszydził system prawny, który pozwala wyłącznie białej ławie przysięgłych wydawać wyrok na niewinnego czarnego. Nie mógł się też powstrzymać i zapytał tłum:

– Jak myślicie, czy można uzyskać sprawiedliwy wyrok, skoro prokurator sypia z sędzią? A sąd apelacyjny mówi, że wszystko jest w porządku? Tylko w Teksasie!

Nazwał karę śmierci hańbą – przestarzałym narzędziem odwetu, które nie zapobiega zbrodni, nie jest używane uczciwie i zostało zlikwidowane przez wszystkie cywilizowane kraje. Po prawie każdym zdaniu następowały oklaski i krzyki, tłum gęstniał. Wezwał system sądownictwa do powstrzymania szaleństwa. Wykpił Teksańską Izbę Ułaskawień i Zwolnień Warunkowych. Gubernatora za niewstrzymanie egzekucji nazwał tchórzem. Ostrzegł przed niepokojami w Slone i wschodnim Teksasie, a może nawet w całym kraju, jeśli stan wykona egzekucję na niewinnym czarnym.

Betts po mistrzowsku rozkręcał emocje i podnosił napięcie. Kiedy zbliżał się do końca, zmienił ton i poprosił tłum o dobre zachowanie, o zejście z ulic tego i następnego wieczoru.

– Przemocą nic nie zyskamy.

Kiedy skończył, przedstawił Johnny'ego Canty'ego, pastora Afrykańskiego Metodystycznego Kościoła Betel, do którego rodzina Drummów należała od przeszło dwudziestu lat. Canty zaczął od przesłania od rodziny. Byli wdzięczni za wsparcie. Pozostawali mocni w wierze i modlili się o cud. Roberta Drumm radziła sobie dobrze, czego można się było spodziewać. Miała zamiar pojechać następnego dnia do celi śmierci i być tam do końca. Wielebny Canty poprosił potem o ciszę i rozpoczął długą, potoczystą modlitwę, która zaczynała się od prośby o współczucie dla rodziny Nicole Yarber, rodziny, która przeżyła koszmar śmierci niewinnego dziecka. Tak jak rodzina Drummów. Podziękował Wszechmogącemu za dar życia i obiecał wieczność wszystkim ludziom. Podziękował Bogu za Jego prawa, z których najbardziej podstawowe i najważniejsze to dziesięcioro przykazań, z zakazem: „Nie zabijaj". Modlił się za tych „innych chrześcijan" gdzieś tam, którzy biorą tę samą Biblię, wypaczają jej słowa i używają jako broni do zabijania innych. „Przebacz im, Ojcze, bo nie wiedzą, co czynią".

Canty długo pracował nad modlitwą, wygłaszał ją powoli, z doskonałym wyczuciem czasu, bez notatek. Tłum mruczał, kołysał się, odpowiadał donośnym „amen", kiedy pastor mozolił się, a końca nie było widać. Było to raczej przemówienie niż modlitwa i Canty rozkoszował się chwilą. Po modlitwie o sprawiedliwość modlił się o pokój. I nie chodziło o unikanie przemocy, ale o znalezienie pokoju w społeczeństwie, w którym więzi się rekordową liczbę młodych czarnych, w którym są traceni znacznie częściej niż ludzie innych ras, w którym przestępstwa popełniane przez czarnych są uznawane za cięższe niż te same przestępstwa popełniane przez białych. Modlił się o litość, o przebaczenie, o siłę. Jak większość pastorów Canty mówił za długo i zaczął tracić słuchaczy, kiedy nagle odnalazł ich znowu. Zaczął się modlić za Dontégo, „naszego prześladowanego brata", młodego człowieka oderwanego dziewięć lat temu od rodziny i rzuconego do „piekła", z którego żaden człowiek nie wyszedł żywy. Dziewięć lat bez rodziny i przyjaciół, dziewięć lat w zamknięciu jak zwierzę w klatce. Dziewięć lat odsiadki za przestępstwo popełnione przez kogoś innego.

Z okna małej biblioteki prawnej na drugim piętrze sędzia Elias Henry przyglądał się i słuchał. Tłum był pod kontrolą, kiedy pastor się modlił, ale to ten niepokój przerażał sędziego.

Przez dziesięciolecia w Slone niewiele było starć rasowych i sędzia sobie przypisywał zasługę za to, ale tylko kiedy rozmawiał ze sobą. Pięćdziesiąt lat wcześniej, kiedy był młodym prawnikiem z trudem płacącym własne rachunki, wziął niepełny etat jako reporter i autor wstępniaków dla „Slone Daily News", wówczas popularnego, poczytnego tygodnika. Teraz to był walczący o przetrwanie dziennik o niskiej sprzedaży. We wczesnych latach sześćdziesiątych ta gazeta, jako jedyna z nielicznych we wschodnim Teksasie, przyjmowała do wiadomości fakt, że pokaźna część populacji jest czarna. Elias Henry pisywał od czasu do czasu artykuły o czarnych drużynach sportowych i o historii czarnych, i chociaż nie były dobrze przyjmowane, również nie potępiano ich otwarcie. Jednak jego wstępniakom udawało się rozwścieczyć białych. Wyjaśniał w słowach zrozumiałych dla laika prawdziwe znaczenie sprawy Brown przeciwko Radzie Szkolnictwa i krytykował segregację w szkołach w Slone i hrabstwie Chester. Gazeta, dzięki rosnącym wpływom Eliasa i pogarszającemu się zdrowiu właściciela, zajęła jasne stanowisko w sprawie głosowania na rzecz praw dla czarnych, sprawiedliwej płacy i warunków mieszkaniowych. Jego argumenty były przekonujące, rozumowanie logiczne i większość tych, którzy czytali jego opinie, rozumiała, że jest od nich znacznie mądrzejszy. Kupił gazetę w 1966 i był jej właścicielem przez dziesięć lat. Został też zdolnym prawnikiem, politykiem i liderem miejscowej społeczności. Mnóstwo białych nie zgadzało się z Eliasem, ale niewielu rzucało mu publicznie wyzwanie. Kiedy szkoły zostały wreszcie poddane desegregacji, na muszce federalnej spluwy, opór białych w Slone był już słabszy, po latach przebiegłej manipulacji ze strony Eliasa Henry'ego.

Kiedy wybrano go na sędziego, sprzedał gazetę i zajął wyższe stanowisko. Stamtąd po cichu, ale stanowczo nadzorował system prawny, twardy dla tych, którzy dopuszczali się przemocy, wymagający dla tych, którym potrzebna była pomoc, by wrócić na uczciwą drogę, i współczujący dla tych, którzy potrzebowali drugiej szansy. Przegrana z Vivian Grale doprowadziła go do załamania nerwowego.

Za jego urzędowania Donté Drumm nie zostałby skazany. Sędzia z miejsca wiedziałby o aresztowaniu. Sprawdziłby zeznanie i okoliczności jego złożenia i wezwałby Paula Koffeego na nieoficjalne spotkanie, tylko oni dwaj za zamkniętymi drzwiami, żeby poinformować prokuratora okręgowego, że to śmierdząca sprawa. Zeznanie nie miało nic wspólnego z konstytucją. Nie trafiłoby do ławy przysięgłych. Rozglądaj się, Koffee, bo jeszcze musisz znaleźć prawdziwego zabójcę.

Sędzia Henry patrzył na tłum upakowany ciasno przed sądem. Nigdzie białej twarzy, nie licząc reporterów. To był wściekły czarny tłum. Biali pochowali się, nie byli życzliwi. Jego miasto podzieliło się, stało się coś, czego miał nadzieję nigdy nie zobaczyć.

– Boże, dopomóż – mruknął do siebie.

Następnym mówcą był Palomar Reed, uczeń ostatniej klasy liceum i wiceprzewodniczący samorządu uczniowskiego.

Zaczął od obowiązkowego potępienia wyroku śmierci i wygłosił napuszoną, oficjalną diatrybę przeciwko karze głównej, z mocnym naciskiem na jej teksańską wersję. Tłum był z nim, chociaż chłopakowi brakowało dramatyzmu bardziej doświadczonych mówców. Ale Palomar wkrótce dowiódł, że ma niesamowity dryg do dramatyzmu. Patrząc na kartkę, zaczął wywoływać nazwiska czarnych zawodników drużyny futbolowej Liceum Miejskiego. Jeden po drugim podbiegali do podium, i formował szereg wzdłuż najwyższego stopnia. Każdy miał na sobie szafirową klubową koszulkę Wojowników Slone. Kiedy wszystkich dwudziestu ośmiu stanęło ramię przy ramieniu, Palomar złożył wstrząsające oświadczenie.

– Ci zawodnicy stoją tutaj zjednoczeni z ich bratem Dontém Drummem. Wojownikiem Slone. Afrykańskim wojownikiem. Jeśli ludziom z tego miasta, hrabstwa i stanu powiedzie się ich niezgodna z prawem, niekonstytucyjna próba zabicia Dontégo Drumma jutro wieczorem, ci wojownicy nie zagrają piątkowego meczu przeciwko Longview.

Tłum wydał gromki okrzyk, który zatrząsł oknami sądu. Palomar popatrzył na zawodników i na dany znak wszystkich dwudziestu ośmiu jednym ruchem zerwało z siebie koszulki. Pod koszulkami sportowymi mieli identyczne białe T-shirty z rozpoznawalnym wizerunkiem twarzy Dontégo. Pod nią tłustym drukiem słowo „Niewinny”. Zawodnicy wypięli piersi, uderzyli się w nie pięściami, a tłum zalał ich uwielbieniem.

– Jutro bojkotujemy szkołę! – ryknął Palomar do mikrofonu. – W piątek też!

– I nie będzie meczu w piątek wieczór!

Wiec był transmitowany na żywo przez lokalny kanał i większość białych w Slone siedziała wpatrzona w ekrany. W bankach, szkołach, domach i biurach słychać było te same przyciszone słowa.

– Nie zrobią tego, prawda?

– Pewnie, że zrobią. Jak ich powstrzymasz?

– Posunęli się za daleko.

– Nie, to my posunęliśmy się za daleko.

– To uważasz, że jest niewinny?
– Nie jestem pewien. Nikt nie jest pewien. W tym problem. Po prostu za dużo wątpliwości.
– Zeznał.
– Nie znaleźli ciała.
– Dlaczego nie odłożą sprawy na kilka dni, wiesz, wstrzymanie, czy coś takiego?
– Po co?
– Żeby poczekać do końca sezonu piłkarskiego.
– Wolałbym nie mieć tu buntu.
– Jeśli się zbuntują, będą oskarżeni.
– Nie założyłbym się o to.
– To miasto zaraz wybuchnie.
– Wywalić ich z drużyny.
– Co oni sobie myślą, odwoływać mecz?
– Mamy czterdziestu białych chłopaków, którzy mogą grać.
– Jasne, cholera, mamy.
– Trener powinien wykopać ich z drużyny.
– I powinni ich aresztować, jeśli nie pójdą do szkoły.
– Genialne. To dolałoby oliwy do ognia.

W liceum trener futbolu oglądał protest w gabinecie dyrektora. Trener był biały, dyrektor czarny. Gapili się w telewizor i nic nie mówili.

W Wydziale Policji, trzy przecznice wzdłuż Main Street od gmachu sądu, szef policji Joe Radford oglądał telewizję ze swoim zastępcą. Wydział miał na liście płac czterdziestu ośmiu umundurowanych funkcjonariuszy, w tej chwili trzydziestu obserwowało nerwowo wiec.

– Egzekucja się odbędzie? – zapytał zastępca.
– O ile wiem – odparł Radford. – Godzinę temu rozmawiałem z Paulem Koffeem, uważa, że jest zielone światło.
– Może nam być potrzebna jakaś pomoc.
– Nie. Porzucają trochę kamieniami, ale to ucichnie.

Paul Koffee oglądał widowisko sam, za biurkiem, z kanapką i chipsami. Jego biuro mieściło się dwie przecznice za gmachem sądu, więc słyszał ryk tłumu. Dla niego taka demonstracja była złem koniecznym w kraju, który szanował konstytucję. Ludzie mogą się gromadzić zgodnie z prawem, oczywiście za zezwoleniem, i wyrażać swoje poglądy. Ta sama konstytucja, która to gwarantowała, zapewniała prawidłowy wymiar sprawiedliwości. Jego praca polegała na oskarżaniu przestępców i zamykaniu winnych. A jeśli przestępstwo było odpowiednio ciężkie, prawa tego stanu kazały mu dokonać odwetu i dążyć do kary śmierci. To uczynił w sprawie Drumma. Nie żywił żalu, wątpliwości ani najmniejszego niepokoju co do swoich decyzji, taktyki podczas procesu albo winy Drumma. Jego praca wiele razy została ratyfikowana przez wytrawnych sędziów apelacyjnych. Dziesiątki tych uczonych prawników przejrzało każde słowo z procesu Drumma i potwierdziło jego skazanie. Koffee był w zgodzie sam ze sobą. Żałował romansu z sędzią Vivian Grale, bólu i wstydu, ale nigdy nie wątpił, że jej orzeczenie było właściwe.

Tęsknił do niej. Ich romans zawalił się pod naciskiem całej tej niepotrzebnej sensacji, jaką wywołał. Uciekła i zerwała wszelkie kontakty. Jego kariera jako prokuratora wkrótce miała się skończyć, niechętnie przyznawał, że opuści urząd w niełasce. Ale egzekucja Drumma będzie dla niego momentem szczytowym, rehabilitacją, jaśniejącą chwilą, którą docenią ludzie ze Slone, przynajmniej biali.

Jutro będzie jego najpiękniejszy dzień.

Kancelaria Flaka oglądała wiec na wielkim ekranie telewizora w głównej sali konferencyjnej i kiedy wreszcie się skończył, Robbie wycofał się do swojego gabinetu z połową kanapki i dietetyczną colą. Recepcjonistka ułożyła starannie na środku biurka kilkanaście fiszek z połączeniami telefonicznymi. Jego uwagę zwróciły te z Topeka. Gdzieś coś dzwoniło. Zapominając o jedzeniu, podniósł słuchawkę i wystukał numer telefonu komórkowego wielebnego Keitha Schroedera.

– Z Keithem Schroederem proszę – powiedział, kiedy ktoś odpowiedział „halo".

– Przy telefonie.

– Tu Robbie Flak, adwokat ze Slone w Teksasie. Otrzymałem pańską wiadomość i chyba kilka godzin temu widziałem mejla.

– Tak, dziękuję, panie Flak.

– Robbie.

– Okej, Robbie. Keith z tej strony.

– Świetnie Keith. Gdzie jest ciało?

– W Missouri.

– Keith, nie mam czasu do stracenia, a coś mi mówi, że ten telefon to kompletne marnowanie czasu.

– Może i tak, ale daj mi pięć minut.

Keith przedstawił fakty – spotkanie z anonimowym więźniem na warunku, grzebanie w jego przeszłości, historię kryminalną tego człowieka, wszystko, co mógł wcisnąć w pięć minut, kiedy mu nie przerywano.

– Najwyraźniej nie martwi cię, że łamiesz poufność – powiedział Robbie.

– Martwi mnie, ale stawka jest za wysoka. I nie podałem ci nazwiska.

– Gdzie on jest teraz?

– Ostatnią noc spędził w szpitalu, sam się wypisał dziś rano, od tej chwili nic o nim nie wiem. Powinien wrócić do zakładu półotwartego równo o szóstej po południu. Będę tam, żeby się z nim spotkać.

– I ma cztery skazania za przestępstwa na tle seksualnym?

– Co najmniej.

– Pastorze, ten człowiek ma zerową wiarygodność. Nic z tym nie mogę zrobić. Tu niczego nie ma. Keith, musisz to zrozumieć, że takie egzekucje zawsze przyciągają świrów. W ostatnim tygodniu objawiło się nam dwóch stukniętych. Jeden twierdził, że wie, gdzie teraz mieszka Nicole, przy okazji, że jest striptizerką, drugi, że ją zabił podczas satanistycznej mszy. Pierwszy chciał forsy, drugi chciał się wydostać z więzienia w Arizonie. Sądy gardzą takimi wymysłami z ostatniej chwili.

– Powiedział, że ciało jest zakopane na wzgórzach, na południe od Joplin, w Missouri. To tam dorastał.
– Kiedy będzie mógł znaleźć ciało?
– Nie potrafię na to odpowiedzieć.
– Daj spokój, Keith. Daj mi coś, co będę mógł wykorzystać.
– Ma jej pierścionek szkolny. Widziałem go i obejrzałem. LS 1999 i jej inicjały ANY. Niebieskie oczko, rozmiar około szóstki.
– To dobre, Keith, podoba mi się to. Ale gdzie jest pierścionek w tej chwili?
– Zakładam, że na jego szyi.
– A ty nie wiesz, gdzie on jest?
– Hm, zgadza się, w tej chwili nie wiem, gdzie on jest.
– Kto to jest Matthew Burns?
– Mój przyjaciel, prokurator.
– Słuchaj, Keith, doceniam twoją troskę. Dzwoniłeś dwa razy, raz przysłałeś mejla, kazałeś zadzwonić jednemu ze swoich przyjaciół. Bardzo ci dziękuję. Teraz jestem bardzo zajęty, więc proszę, zostaw mnie w spokoju. – Robbie podniósł kanapkę i odłożył słuchawkę.

ROZDZIAŁ 14

Gill Newton był gubernatorem Teksasu od pięciu lat i chociaż badania opinii publicznej wykazywały godny pozazdroszczenia poziom aprobaty ze strony wyborców, to przyćmiewała je jego własna ocena popularności. Był z Laredo, głęboko na południu Teksasu, gdzie wychował się na ranczu swojego dziadka, byłego szeryfa. Gill przepchnął się przez college i studia prawnicze i skoro żadna firma nie chciała go zatrudnić, został asystentem prokuratora w El Paso. W wieku dwudziestu dziewięciu lat wybrano go na prokuratora okręgowego w pierwszej z wielu uwieńczonych sukcesem kampanii. Żadnej nie przegrał. Zanim skończył czterdziestkę, posłał pięciu ludzi do celi śmierci. Jako gubernator przyglądał się, jak dwóch z nich umiera, wyjaśniając, że to jego obowiązek, bo ich oskarżał. Chociaż akta są niekompletne, powszechnie uważa się, że Newton to jedyny urzędujący gubernator Teksasu, który był świadkiem egzekucji. Przynajmniej w czasach obenych. W wywiadach utrzymywał, że przyglądanie się, jak człowiek umiera, daje mu poczucie, że sprawa jest zamknięta. „Pamiętam o ofiarach", powiedział. „Ciągle myślę o ofiarach. To były straszliwe zbrodnie".

Newton rzadko rezygnował z szansy udzielenia wywiadu. Arogancki, krzykliwy, wulgarny (prywatnie), był szalenie popularny ze względu na antyrządową retorykę, niezachwiane przekonania, skandaliczne uwagi, za które nigdy nie przepraszał, i za miłość do Teksasu i jego historii i umiłowania niezależności. Ogromna większość wyborców dzieliła z nim także upodobanie do kary śmierci.

Po zapewnieniu sobie drugiej i ostatniej kadencji Newton zerkał już poza granice Teksasu i zastanawiał się nad czymś większym. Był potrzebny.

Późno po południu, w środę, spotkał się ze swoimi najbliższymi doradcami, dwoma starymi przyjaciółmi z wydziału prawa, którzy pomagali mu podejmować każdą ważniejszą decyzję, a także większość mniej ważnych. Wayne Wallcott był prawnikiem albo głównym doradcą, jak głosiła wizytówka, a Barry Ringfield – rzecznikiem albo dyrektorem do spraw kontaktów z mediami. Podczas rutynowego dnia w Austin trójka spotkała się w gabinecie gubernatora dokładnie o piątej piętnaście po południu. Zdjęli płaszcze, oddalili sekretarki, zamknęli drzwi i o piątej trzydzieści naleli sobie burbona. Potem wzięli się do pracy.

– Ta sprawa z Drummem może jutro zrobić się nieprzyjemna – powiedział Barry. – Czarni są wkurzeni, na jutro zaplanowali demonstracje w całym stanie.

– Gdzie? – zapytał gubernator.

– Hm, tutaj, na początek. Na południowym trawniku kapitolu. Podobno najwielebniejszy Jeremiah Mays sfrunie tu swoim eleganckim odrzutowcem, żeby zyskać poparcie miejscowych i podburzyć ich.

– Uwielbiam to – powiedział gubernator.

– Wniosek o wstrzymanie egzekucji został wniesiony i zaprotokołowany – oznajmił Wayne, patrząc na jakieś papiery. Wypił łyk. Burbon, Knob Creek, nalewany był do ciężkich kryształowych szklanek Waterforda z pieczęcią stanu na ściankach.

– Jest zdecydowanie większe zainteresowanie tą sprawą – rzekł Barry. – Mnóstwo telefonów, listów, mejli.

– Kto dzwoni?

– Zwykły chór. Papież. Prezydent Francji. Dwóch członków holenderskiego parlamentu. Premier Kenii, Jimmy Carter, Amnesty International, ten pyskacz z Kalifornii, który przewodniczy Kołu Czarnych w Waszyngtonie. Mnóstwo ludzi.

– Ktoś ważny?

– Gdzie tam. Sędzia okręgowy w hrabstwie Chester, Elias Henry, dzwonił dwa razy i przysłał mejla. Jest za odroczeniem egzekucji, mówi, że ma poważne wątpliwości co do werdyktu przysięgłych. Najwięcej hałasu ze Slone, bojowo nastawieni zwolennicy egzekucji. Uważają, że chłopak jest winny. Dzwonił burmistrz, wyrażał pewne obawy w związku z kłopotami w Slone jutro wieczorem, mówi, że może dzwonić po pomoc.

– Gwardia Narodowa? – zapytał Newton.

– Chyba tak.

– Uwielbiam to.

Wszyscy trzej upili łyk. Gubernator popatrzył na Barry'ego, który nie tylko był jego rzecznikiem, ale też najbardziej zaufanym i najbardziej oddanym doradcą.

– Masz plan?

Barry zawsze miał plan.

– Jasne, ale praca jest w toku. Podobają mi się te jutrzejsze demonstracje, miejmy nadzieję, z wielebnym Jeremiahem dokładającym do ognia. Tłumy. Masa Afrykanów. Naprawdę napięta sytuacja. A ty stajesz na podium, spoglądasz w dół, na tłum, mówisz o płynnym wymiarze sprawiedliwości w tym stanie, zwykła gadka, potem, tam na miejscu, na schodach, przy włączonych kamerach, wyjącym i gwiżdżącym tłumie, może i kamieniach rzucanych w ciebie, tam i wtedy, odrzucasz wniosek o ułaskawienie. Tłum wybucha, ty uciekasz. Trzeba do tego jaj, ale to bezcenne.

– Ha! – powiedział Newton.

Wayne mało się nie roześmiał.

Barry mówił dalej:

– Trzy godziny później ugotują go, ale na pierwszej stronie będzie tłum wściekłych czarnych. Dla pamięci, masz cztery procent głosów czarnych, gubernatorze, cztery procent. – Przerwa, łyk, ale to nie był koniec. – Wejście z Gwardią Narodową też mi się podoba. Późniejszym popołudniem, ale przed egzekucją, zwołujesz szybką konferencję prasową i oświadczasz, że wysyłasz Gwardię, żeby stłumić bunt w Slone.

– Liczby z hrabstwa Chester?

– Gill, masz siedemdziesiąt jeden procent. Kochają cię tam. Chronisz ich, wysyłając Gwardię.

– Ale czy Gwardia jest potrzebna? – zapytał Wayne. – Jeśli zareagujemy przesadnie, może się to obrócić przeciwko nam.

– To jest do ustalenia. Obserwujemy sytuację, zadecydujemy później.

– Tak zróbmy – rzekł gubernator i decyzja została podjęta. – Jest jakaś szansa, że któryś z sądów orzeknie wstrzymanie w ostatniej chwili?

Wayne rzucił kilka papierów na biurko gubernatora.

– Wątpię. Adwokaci Drumma wnieśli apelację dzisiaj rano, twierdząc, że chłopak oszalał i nie rozumie wagi tego, co nadchodzi. To bzdura. Godzinę temu rozmawiałem z Bakerem z Departamentu Sprawiedliwości, oni nie widzą, żeby szykowały się jakieś zmiany. Przez cały czas jest zielone światło.

– Powinno być zabawnie – powiedział gubernator.

Na sugestię czy naleganie Reevy środowe wieczorne spotkanie modlitewne w Pierwszym Kościele Baptystycznym zostało odwołane. Zdarzyło się to tylko trzy razy w historii kościoła, raz z powodu burzy śnieżnej, raz z powodu tornada i raz z powodu awarii prądu. Brat Ronnie nie był w stanie zmusić się do użycia słowa „odwołane”, więc spotkanie modlitewne po prostu przemianowano na „czuwanie modlitewne” i „przeniesiono” gdzie indziej. Pogoda sprzyjała. Niebo było bezchmurne, temperatura prawie siedemnaście stopni.

Spotkali się o zachodzie słońca w wynajętym pawilonie w Rush State Park, na brzegu Red River, tak blisko Nicole, jak tylko mogli. Pawilon stał na małym urwisku, w dole płynęła rzeka, a sto metrów dalej rozciągała się piaszczysta łacha, która pojawiała się i znikała wraz ze zmianą poziomu wody. Tu znaleziono jej kartę na siłownię i legitymację uczniowską. Dla tych, którzy ją kochali, od dawna było to miejsce ostatniego spoczynku Nicole.

Podczas wielu wizyt w Rush Point Reeva zawsze stawiała na nogi wszelkie media w Slone, które mogła poruszyć. Jednak z upływem lat lokalni reporterzy stracili zainteresowanie. Często przychodziła tu samotnie, czasem z Wallisem wlokącym się za nią, zawsze w urodziny córki i zazwyczaj czwartego grudnia, w dzień kiedy zniknęła. Ale to czuwanie było zupełnie inne. Było co uczcić. „Fordyce – Mocne Uderzenie!” reprezentowane było przez dwuosobową ekipę z małą kamerą, tą samą, która chodziła za Reevą i zmęczonym Wallisem już od dwóch dni. Były dwie ekipy wiadomości telewizyjnych i pół tuzina reporterów prasowych. Tak wielkie zainteresowanie zainspirowało wiernych i brat Ronnie był zadowolony z dużej frekwencji. Sześćdziesiąt kilometrów od domu!

Odśpiewali kilka hymnów przy zachodzącym słońcu, potem zapalili i rozdali małe świeczki. Reeva siedziała w pierwszym rzędzie i łkała bez przerwy. Brat Ronnie nie mógł oprzeć się pokusie, żeby wygłosić kazanie, a jego trzódce nie spieszyło się do wyjścia. Rozwodził się o sprawiedliwości i przywoływał mądrość Pisma, boskich przykazań nakazujących nam żyć jak praworządni obywatele.

Były modlitwy diakonów, dowody uznania ze strony przyjaciół Nicole i nawet Wallis, gdy dostał łokciem w bok, zdołał wstać i wypowiedzieć kilka słów. Brat Ronnie dokończył dzieła długim błaganiem o współczucie, litość i siłę. Prosił Boga, by przeszedł tę ostatni kilometr z Reevą, Wallisem i ich rodziną, kiedy będą poddani ciężkiej próbie egzekucji.

Wyszli z pawilonu i ruszyli w uroczystej procesji do zaimprowizowanej świątyni bliżej skraju rzeki. Kładli kwiaty u stóp białego krzyża. Niektórzy klękali i znów się modlili. Wszyscy dobrze się spłakali.

O szóstej po południu, w środę, Keith wszedł przez drzwi Domu Kotwicy, przepełniony chęcią, żeby zagonić Travisa Boyette'a w róg i przeprowadzić poważną konfrontację. Do egzekucji pozostały dokładnie dwadzieścia cztery godziny i Keith był zdecydowany na wszystko, żeby jej przeszkodzić. Zadanie wydawało się niewykonalne, ale przynajmniej będzie próbował. Współpracujący z nim pastor poprowadzi środową wieczerzę u Świętego Marka.

Boyette pogrywał z nim, a może nie żył. Przez cały dzień nie zgłosił się do swojego kuratora i nie widziano go w Domu Kotwicy. Nie wolno mu było robić żadnej z tych rzeczy, a fakt, że zniknął, był kłopotliwy. Wymagano, żeby zgłaszał się wieczorem, o szóstej, i nie mógł wyjść do ósmej rano następnego dnia, chyba że dostał zgodę. O szóstej go nie było. Keith odczekał godzinę, ale nie było śladu po Boyetcie. Były więzień o imieniu Rudy obsadzał portiernię.

– Lepiej poszukaj tego dupka – mruknął do Keitha.

– Nie wiem, gdzie zacząć – powiedział Keith. Zostawił Rudy'emu numer swojej komórki i zaczął od szpitali. Powoli jeździł od jednego do drugiego, zabijał czas, czekając na telefon od Rudy'ego, obserwował ulice, szukając śladu czterdziestoletniego białego odmieńca, kulawego, z laską. Żaden ze śródmiejskich szpitali nie przyjął niejakiego Travisa Boyette'a. Nie włóczył się wokół dworca autobusowego i nie popijał z pijaczkami nad rzeką. O dziewiątej wieczór Keith wrócił do Domu Kotwicy i usiadł na krześle w portierni.

– Nie ma go tu – powiedział Rudy.

– Co będzie potem? – zapytał Keith.

– Jeśli przyjdzie dzisiaj później wieczorem, zeklną go, ale mu to przepuszczą, chyba że będzie pijany albo naćpany, no to sprawa trafi w wentylator. Pozwalają ci tylko raz narozrabiać. Ale jak zostanie gdzieś na całą noc, to pewnie dadzą mu unieważnienie i cofną do pudła. Ci faceci są bardzo serio. Co jest z Boyette'em?

– Trudno powiedzieć. Ma problem z mówieniem prawdy.

– Słyszałem. Mam twój numer. Jak się pokaże, zadzwonię.

– Dzięki. – Keith kręcił się w okolicy pół godziny, potem pojechał do domu. Dana podgrzała lazanie, zjedli na tackach w gabinecie. Mówili mało. Travis Boyette wypełniał ich życie przez większą część ostatnich trzech dni i byli nim już zmęczeni.

Po zmroku okazało się, że nikt nie chce opuścić stacji kolejowej. Było trochę prac prawniczych do zrobienia, ale o tej godzinie nic, co miałoby znaczenie, nie mogło być naprędce sklecone, żeby pomóc Dontému Drummowi. Teksański Sąd Apelacji Karnych nie uwzględnił wniosku o niepoczytalność. Fred Pryor nadal szwendał się po przedmieściach Houston i miał nadzieję na kolejnego drinka albo dwa z Joeyem Gamble'em, chyba bez większych szans. To mogła być z powodzeniem ostatnia noc w życiu Dontégo Drumma. A jego prawnicy potrzebowali wzajemnej pociechy.

Carlosa wysłano po pizzę i piwo, kiedy wrócił, długi stół w sali konferencyjnej został wykorzystany do kolacji. Kiedy później przybył Ollie, doszedł poker. Ollie Tufton był jednym z nielicznych czarnych adwokatów w Slone i bliskim przyjacielem Robbiego. Miał kształty kuli do kręgli i twierdził, że waży dwieście kilo, chociaż nie było jasne, dlaczego chciał, żeby go za to podziwiano. Był krzykliwy i wesoły i miał ogromny apetyt – jedzenie, whisky, poker i niestety, koka. Robbie dwa razy uratował go przed wyrzuceniem z palestry. Zgarniał czasem parę dolców na wypadkach samochodowych, ale pieniądze zawsze znikały. Kiedy Ollie był w pokoju, gadał głównie on. Przejął kontrolę nad pokerem, wyznaczył Carlosa na rozdającego, ustalił zasady i opowiedział najnowsze świńskie dowcipy, a wszystko to popijając piwo i kończąc zimną pizzę. Grali: Martha Handler, która zazwyczaj wygrywała, Bonnie, druga kancelistka, Kristi Hinze, która nadal bała się gry, ale jeszcze bardziej przerażał ją Ollie, i półetatowy detektyw-goniec o nazwisku Ben Shoots.

Shoots miał pistolet w marynarce wiszącej na ścianie. Robbie miał w biurze dwie strzelby, naładowane. Aaron Rey, zawsze uzbrojony, chodził po cichu wokół stacji, przyglądając się oknom i parkingowi. W ciągu dnia kancelaria dostała kilka telefonów z groźbami, mieli się na baczności.

Robbie zabrał piwo do swojego gabinetu, zostawił drzwi szeroko otwarte i zadzwonił do DeDe, partnerki, z którą mieszkał. Była na jodze, błogo niefrasobliwa wobec zbliżającej się egzekucji. Żyli razem od trzech lat i Robbie był niemal przekonany, że mają szansę. Prawie wcale nie interesowała się tym, co robił w kancelarii, i to było zbawienne. Jego podróż w poszukiwaniu prawdziwej miłości usiana była kobietami, które nie potrafiły zaakceptować faktu, że życie z Robbiem jest mocno przechylone na korzyść Robbiego. Obecna dziewczyna szła własną drogą, a spotykali się w łóżku. Była dwadzieścia lat młodsza i Robbie był wciąż zadurzony.

Zadzwonił do reportera w Austin, ale nie powiedział niczego, co można by zacytować. Zadzwonił do sędziego Eliasa Henry'ego i podziękował mu za telefon do gubernatora. Życzyli sobie wzajemnie wszystkiego dobrego, wiedząc, że najbliższa doba zostanie zapamiętana na długo. Zegar na ścianie zdawał się utkwić na dziesięć po dziewiątej. Robbie na zawsze zapamięta, że była dziewiąta dziesięć, kiedy Aaron Rey wszedł do gabinetu i powiedział:

– Pierwszy Kościół Baptystyczny płonie.

Zaczęła się bitwa o Slone.

Rozdział 15

Jeśli Keith zasnął, nie był tego pewien. Przez ostatnie trzy dni sypiał tak mało i o tak dziwnych porach, że jego dobowy rytm zupełnie się rozregulował. Kiedy zadzwonił telefon, mógłby przysiąc, że nie śpi. Ale to Dana pierwsza usłyszała dzwonek i musiała trącić męża łokciem. Wreszcie złapał słuchawkę po czwartym dzwonku.

– Halo – wystękał otępiały, a Dana włączyła lampę. Była jedenasta czterdzieści. Poszli do łóżka przed niecałą godziną.

– Cześć, pastorze, to ja, Travis – powiedział głos.

– Cześć, Travis – odpowiedział Keith, a Dana wygrzebała się z łóżka po szlafrok. – Gdzie jesteś?

– Tutaj, w Topeka, w jadłodajni, niedaleko od Domu Kotwicy. – Mówił powoli, język mu się plątał. Drugą albo trzecią myślą Keitha było, że Boyette wypił.

– Dlaczego nie jesteś w Domu Kotwicy?

– To nie ma znaczenia. Słuchaj, pastorze, jestem bardzo głodny, od rana nic nie jadłem i siedzę tutaj tylko z kubkiem kawy, bo nie mam pieniędzy. Jestem głodny, pastorze. Masz jakiś pomysł?

– Piłeś, Travis?

– Parę piw, nic mi nie jest.

– Wydałeś pieniądze na piwo, a nie na jedzenie?

– Nie zadzwoniłem, żeby się z tobą sprzeczać, pastorze. Mógłbyś pomóc mi zdobyć coś do jedzenia?

– Jasne, Travis, ale musisz wracać do Domu Kotwicy. Czekają na ciebie. Rozmawiałem z Rudym i powiedział, że cię spiszą, ale to nic poważnego. Chodźmy coś zjeść, potem zabiorę cię tam, gdzie powinieneś być.

– Nie wracam tam, pastorze, zapomnij. Chcę jechać do Teksasu, jasne? I to teraz. Naprawdę chcę jechać. Powiem wszystkim prawdę, powiem gdzie jest ciało, wszystko powiem. Musimy uratować tego chłopca.

– My?

– A kto inny, pastorze? My znamy prawdę. Jeśli razem pojedziemy na południe, możemy wstrzymać egzekucję.

– Chcesz, żebym właśnie teraz zabrał cię do Teksasu? – zapytał Keith, patrząc żonie w oczy. Zaczęła kręcić głową.

– Nie ma nikogo innego, pastorze. Mam brata w Illinois, ale nie rozmawiamy. Myślę, że mógłbyś zadzwonić do mojego kuratora, ale wątpię, żeby miał jakiś interes w wożeniu dupska do Teksasu. Znam paru gości z zakładu półotwartego, ale oni nie mają samochodów. Kiedy spędza się życie w więzieniu, pastorze, nie ma się wielu przyjaciół na zewnątrz.

– Gdzie jesteś, Travis?

– Mówiłem. Jestem w jadłodajni. Głodny.

– W której?

– Błękitny Księżyc. Znasz ją?

– Tak. Zamów coś. Będę za kwadrans.

– Dzięki, pastorze.

Keith odłożył słuchawkę i usiadł na skraju łóżka obok żony. Żadne z nich nic nie mówiło przez kilka minut. Żadne nie chciało kłótni.

– Jest pijany? – zapytała w końcu.

– Nie sądzę. Wypił trochę, ale chyba jest trzeźwy. Nie wiem.

– Co zrobisz, Keith?

– Postawię mu kolację albo śniadanie, albo cokolwiek to ma być. Poczekam, aż znowu zmieni zdanie. Jeśli mówi poważnie, to nie mam wyboru, muszę go zawieźć do Teksasu.

– Przecież masz wybór, Keith. Nikt cię nie zmusza, żebyś zabierał tego zboczeńca do Teksasu.

– A co z tym młodym człowiekiem w celi śmierci, Dano? Pomyśl teraz o matce Dontégo Drumma. To będzie jej ostatni dzień, kiedy zobaczy syna.

– Boyette cię nabiera, Keith. To kłamca.

– Może tak, a może nie. Ale popatrz, jaka jest stawka.

– Stawka? Twoja praca może być stawką. Twoja reputacja, kariera, wszystko może być stawką. Mamy trzech synków, o których musimy myśleć.

– Nie mam zamiaru narażać swojej kariery, Dano, ani rodziny. Mogę dostać po łapie i to wszystko. Wiem, co robię.

– Jesteś pewien?

– Nie. – Szybko zdjął piżamę, włożył dżinsy, tenisówki, koszulę i czerwoną bejsbolówkę Cardinalsów. Bez słowa patrzyła, jak się ubiera. Pocałował ją w czoło i wyszedł z domu.

Boyette przyglądał się imponującemu talerzowi z jedzeniem, kiedy Keith zajął krzesło naprzeciwko niego. Jadłodajnia była zapełniona do połowy, przy kilku stolikach siedzieli policjanci w mundurach, wszyscy jedli paszteciki, przeciętna waga sto dwadzieścia kilo. Keith zamówił kawę i zdał sobie sprawę z ironii sytuacji: oto bezkarny morderca, który złamał zasady warunku, podjada sobie zdrowo parę metrów od małego oddziału policji.

– Gdzie byłeś cały dzień? – zapytał.

Tik. Wielki kęs jajecznicy.

– Naprawdę nie pamiętam – odpowiedział Boyette, przeżuwając.

– Zmarnowaliśmy cały dzień, Travis. Mieliśmy plan, żeby nagrać wideo, przesłać je władzom w Teksasie i mieć nadzieję na cud. Znikając, zniweczyłeś ten plan.

– Dzień już minął, pastorze, daj temu spokój. Zabierasz mnie do Teksasu czy nie?

– Więc łamiesz zasady warunku?

Tik, łyk kawy, trzęsąca się ręka. Wszystko – od głosu poprzez palce po oczy – zdawało się nieustannie drgać.

– Pastorze, warunek to teraz ostatnie z moich zmartwień. Umieranie zajmuje mi najwięcej czasu. A ten chłopiec w Teksasie martwi mnie. Próbowałem o nim zapomnieć, ale nie mogłem. I dziewczyna. Chcę ją zobaczyć, zanim umrę.

– Dlaczego?

– Chcę powiedzieć, że mi przykro. Skrzywdziłem mnóstwo ludzi, pastorze, ale zabiłem tylko jedną. – Zerknął na policjantów, potem mówił dalej, trochę ciszej. – I nie wiem dlaczego. Była moją ulubienicą. Chciałem zatrzymać ją na zawsze i kiedy zrozumiałem, że nie mogę, hm, ja…

– Rozumiem, Travis. Porozmawiajmy teraz o logistyce. Slone, w Teksasie, jest sześćset kilometrów w prostej linii stąd, ale samochodem to będzie ponad osiemset i mnóstwo dwupasmówek. Jest północ. Jeśli wyjedziemy za godzinę albo jakoś tak i będziemy jechać jak wariaci, może dotrzemy tam w południe. To sześć godzin przed egzekucją. Masz jakiś pomysł, co zrobimy, jak tam dojedziemy?

Boyette przeżuwał kawałek kiełbasy i zastanawiał się nad pytaniem, zupełnie nieporuszony presją czasu. Keith zauważył, że Boyette odgryza bardzo małe kawałki, długo je przeżuwa, odkłada widelec i popija to kawę, a to wodę. Nie wygladał na zbyt głodnego. Jedzenie nie było ważne.

Boyette napił się jeszcze kawy.

– Myślałem, że pójdziemy do lokalnej stacji telewizyjnej i puszczą mnie na żywo – odezwał się w końcu. Opowiem o sobie, wezmę winę na siebie, powiem tym idiotom tam, na Południu, że mają nie tego faceta za morderstwo, a oni to wstrzymają.

– Tak po prostu?

– Nie wiem, pastorze. Nigdy tego nie robiłem. A ty? Jaki masz plan?

– W tej chwili znalezienie ciała jest ważniejsze niż twoje wyznanie. Szczerze, Travis, z twoją kartoteką i twoimi obrzydliwymi przestępstwami, twoja wiarygodność będzie podważana. Trochę poszperałem, odkąd spotkaliśmy się w poniedziałek rano, i natrafiłem na parę anegdotek o świrach, którzy pojawiają się przy egzekucji i składają przeróżne oświadczenia.

– Nazywasz mnie świrem?

– Nie, nie nazywam. Ale jestem pewien, że w Slone w Teksasie, różnie cię nazwą. Nie uwierzą ci.

– A ty mi wierzysz, pastorze?

– Wierzę.

– Może chcesz trochę jajecznicy na bekonie? Ty płacisz.

– Nie, dziękuję.

Tik. Kolejne zerknięcie na policjantów. Przyłożył palce wskazujące do skroni i masował je maleńkimi kółkami, krzywiąc się, jakby zaraz miał krzyknąć. Ból wreszcie przeszedł. Keith spojrzał na zegarek.

Boyette zaczął lekko trząść głową i powiedział:

– Znalezienie ciała zajmie więcej czasu, pastorze. Nie da się tego zrobić dzisiaj.

Keith nie miał doświadczenia w takich sprawach, więc po prostu wzruszył ramionami i nic nie powiedział.

– Albo jedziemy do Teksasu, albo wracam do zakładu i dam na siebie powrzeszczeć. Wybór jest twój, pastorze.

– Nie bardzo rozumiem, dlaczego ja mam podejmować decyzję.

– To bardzo proste. Ty masz samochód, benzynę, prawo jazdy. Ja nie mam niczego poza prawdą.

Samochód był marki Subaru, z napędem na cztery koła, trzystoma tysiącami kilometrów na liczniku i co najmniej osiemnastoma tysiącami od ostatniej zmiany oleju. Dana woziła nim chłopców po całym Topeka i widać po nim było ślady tego ulicznego życia. Drugim samochodem była honda accord z uszkodzonym wskaźnikiem oleju i podniszczonymi tylnymi oponami.

– Przepraszam, samochód jest brudny – powiedział Keith, niemal zawstydzony, kiedy wepchnęli się do środka i zamknęli drzwi. Boyette z początku nic nie mówił. Postawił laskę między nogami.

– Pasy bezpieczeństwa są teraz obowiązkowe – dodał Keith, zapinając swoje. Boyette się nie poruszył. Na chwilę zapadła cisza i Keith zrozumiał, że podróż się zaczęła. Ten człowiek był w jego samochodzie, będzie z nim jechał przez wiele godzin, może dni, i żaden z nich nie wiedział, dokąd zaprowadzi ich ta wycieczka.

Kiedy samochód ruszył, Boyette powoli zapiął pasy. Ich łokcie były tuż obok siebie. Keith poczuł zapach stęchłego piwa i powiedział:

– No, Travis, jak tam twoje sprawy z alkoholem?

Boyette głęboko oddychał, jakby ukojony bezpieczeństwem samochodu i zamkniętych drzwi. Jak zwykle odczekał pięć sekund, zanim odpowiedział.

– Nigdy tak o tym nie myślałem. Marny ze mnie pijak. Mam czterdzieści cztery lata, pastorze, a ponad dwadzieścia trzy spędziłem zamknięty w różnych więzieniach, ale w żadnym nie było saloonu, baru, knajpy, klubu ze striptizem, całonocnych sklepów dla zmotoryzowanych. W więzieniu nie można strzelić sobie drinka.

– Piłeś dzisiaj.

– Miałem parę dolców, poszedłem do baru w hotelu i wypiłem parę piw. W barze był telewizor. Widziałem reportaż o egzekucji Drumma w Teksasie. Mieli zdjęcie chłopca. Muszę ci powiedzieć, pastorze, że nieźle mnie to walnęło. Poczułem się bardzo miękko, rozumiesz, w każdym razie, jakby sentymentalnie, a kiedy zobaczyłem twarz tego chłopca, mało się nie zakrztusiłem. Wypiłem trochę więcej, patrzyłem, jak na zegarze coraz bardziej zbliża się szósta po południu. Postanowiłem olać warunek, jechać do Teksasu, zrobić, co należy.

Keith trzymał telefon komórkowy.

– Muszę zadzwonić do żony.

– Jak się miewa?

– Świetnie. Dziękuję.

– Jest taka śliczna.

– Musisz o niej zapomnieć. – Keith wymamrotał kilka niezdarnych zdań do telefonu i zamknął go z trzaskiem. Jechał szybko przez opustoszałe ulice śródmieścia Topeka.

– A więc, Travis, planujemy długą drogę na południe, do Teksasu, gdzie staniesz przed władzami, powiesz prawdę i spróbujesz przeszkodzić w egzekucji. Zakładam, że w pewnej chwili, i to bardzo szybko, będą chcieli, żebyś zaprowadził ich do zwłok Nicole. Wszystko to, oczywiście, doprowadzi cię do aresztowania i zamknięcia w więzieniu, w Teksasie. Oskarżą cię o różne przestępstwa i nigdy już nie wyjdziesz. Taki jest plan, Travis? Myślimy tak samo?

Tik. Przerwa.

– Tak, pastorze, myślimy tak samo. Będę martwy, zanim wielka ława przysięgłych zdoła mnie należycie postawić w stan oskarżenia.

– Nie chciałem tego mówić.

– Nie musiałeś. My o tym wiemy, ale wolałbym, żeby nikt w Teksasie nie dowiedział się o moim guzie. To w porządku, że będą mieli satysfakcję z oskarżenia mnie. Zasługuję na to. Mam spokój, pastorze.

– Spokój? Z czym?

– Ze sobą. Jak tylko znowu zobaczę Nicole i powiem jej, że mi przykro, będę gotów na wszystko, włącznie ze śmiercią.

Keith w milczeniu jechał dalej. Czekał go maraton w towarzystwie tego faceta, dosłownie ramię w ramię, przez najbliższych dziesięć, może dwanaście godzin. Miał nadzieję, że nie odbije mu tak jak Boyette'owi, zanim dotrą do Slone.

Zaparkował na podjeździe za accordem i powiedział:

– Travis, zakładam, że nie masz pieniędzy, ubrania, niczego. – To wydawało się boleśnie oczywiste.

Travis zachichotał i uniósł ręce.

– Oto jestem, pastorze, z całym moim doczesnym dobytkiem.

– Tak myślałem. Poczekaj tutaj. Wrócę za pięć minut. – Keith nie wyłączył silnika i pobiegł do domu.

Dana była w kuchni, pakowała kanapki, frytki, owoce i wszystko, co tylko mogła znaleźć.

– Gdzie on jest? – zapytała, jak tylko Keith pojawił się w drzwiach.

– W samochodzie. Nie wejdzie.

– Keith, nie wierzę, żebyś myślał o tym poważnie.

– Jaki mam wybór, Dano? – Podjął decyzję, chociaż wytrącała go z równowagi. Był przygotowany na paskudną sprzeczkę z żoną i był gotów podjąć ryzyko, które mogło się wiązać z tą podróżą. – Nie możemy siedzieć tu i nic nie robić, kiedy znamy prawdziwego zabójcę. Jest na dworze, w samochodzie.

Zapakowała kanapkę i wepchnęła ją do małego pudełka. Keith wziął złożoną torbę na jedzenie ze spiżarki i poszedł do sypialni. Dla nowego kumpla, Travisa, znalazł stare spodnie khaki, dwa T-shirty, skarpetki, bieliznę, bluzę Packersa, jeszcze nienoszoną. Zmienił koszulę, włożył koloratkę i granatową sportową kurtkę, potem spakował trochę własnych rzeczy do torby. Kilka minut później znów był w kuchni. Dana opierała się o zlew, ramiona miała wyzywająco założone na piersiach.

– To wielki błąd – oświadczyła.

– Może. Nie zgłaszałem się na ochotnika. Boyette nas wybrał.

– Nas?

– Dobra, wybrał mnie. Nie ma innego sposobu, żeby dostał się do Teksasu, a przynajmniej tak mówi. Ja mu wierzę.

Podniosła oczy. Keith spojrzał na zegar na mikrofalówce. Niecierpliwił się, żeby już jechać, ale rozumiał, że żona ma prawo do paru wyjaśnień.

– Jak możesz wierzyć w cokolwiek, co on mówi? – zapytała.

– Już o tym rozmawialiśmy, Dano.

– A jeśli cię tam aresztują?

– Za co? Próbuję przeszkodzić w egzekucji. Wątpię, żeby to było przestępstwo, nawet w Teksasie.

– Pomagasz złamać zasady zwolnienia warunkowego, zgadza się?

– Zgadza się, w Kansas. Nie mogą mnie za to aresztować w Teksasie.

– Ale nie jesteś pewien.

– Słuchaj, Dano, nie mam zamiaru dać się aresztować w Teksasie. Obiecuję. Mogę się dać zastrzelić, ale nie aresztować.

– Próbujesz być zabawny?

– Nie, nikogo to nie śmieszy. Daj spokój, Dano, spójrz na to szerzej. Myślę, że Boyette zabił tę dziewczynę w 1998. Myślę, że ukrył jej zwłoki i wie, gdzie są. I myślę, że jest szansa na cud, jeśli dotrzemy tam, na południe.

– Myślę, że zwariowałeś.

– Może, ale chcę zaryzykować.

– Uważaj na to ryzyko, Keith.

Podszedł bliżej i położył jej dłonie na ramionach. Stała sztywno z wciąż splecionymi ramionami.

– Słuchaj, Dano, nigdy w życiu nie ryzykowałem.

– Wiem. To twoja wielka chwila, prawda?

– Nie, nie chodzi o mnie. Jak tylko tam dotrzemy, będę trzymał się w cieniu, nie będę zwracał na siebie uwagi…

– Wymijał kule.

– Coś w tym stylu. Będę w tle. To show Travisa Boyette'a. Ja jestem tylko jego kierowcą.

– Kierowcą? Jesteś pastorem i masz rodzinę.

– I będę z powrotem przed sobotą. Mam kazanie w niedzielę, a po południu urządzimy piknik. Obiecuję.

Opuściła ramiona, wyprostowała ręce wzdłuż boków. Przytulił ją mocno i pocałował.

– Proszę, spróbuj zrozumieć – powiedział.

Kiwnęła dzielnie głową.

– Okej.

– Kocham cię.

– Kocham cię. Proszę, bądź ostrożny.

Telefon, który obudził Robbiego w środku nocy, odezwał się o dwunastej trzydzieści. Robbie był w łóżku z DeDe od niecałej godziny. DeDe, która zasnęła bez pomocy alkoholu, podskoczyła pierwsza i powiedziała:

– Halo. – Potem wręczyła słuchawkę przyjacielowi, który usiłował otworzyć oczy.

– Kto to? – warknął.

– Obudź się, Robbie, to Fred. Ma coś ciekawego.

Robbiemu udało się rozbudzić, przynajmniej trochę.

– O co chodzi, Fred? – DeDe właśnie odwracała się na drugi bok. Robbie uśmiechnął się do jej pięknego tyłka pod satynowym prześcieradłem.

– Wypiłem kolejnego drinka z Joeyem – powiedział Fred. – Zabrałem go do klubu ze striptizem. Drugi wieczór z rzędu, rozumiesz. Nie wiem, czy moja wątroba cokolwiek zrozumie z tego projektu. Jestem pewien, że jego nie. Tak czy inaczej, upiłem chłopaka w trupa i w końcu przyznał się do wszystkiego. Powiedział, że skłamał, że widział zieloną furgonetkę, skłamał o czarnym kierowcy prowadzącym to cholerstwo, skłamał w każdej sprawie. Przyznał, że to on zadzwonił do Kerbera z fałszywą informacją o Dontém i dziewczynie. To było piękne. Płakał i mówił, po prostu wielki rozmazany chłopak, który wali piwo za piwem i opowiada bzdury striptizerkom. Powiedział, że kiedyś byli z Dontém dobrymi kumplami, jeszcze w dziewiątej i dziesiątej klasie, kiedy byli gwiazdami futbolu. Powiedział, że myślał, że prokuratorzy i sędziowie dojdą do tego, jak było. Nie może uwierzyć, że tak się skończyło. Zawsze myślał, że egzekucji nigdy nie będzie, myślał, że pewnego dnia Donté wyjdzie z więzienia. Teraz w końcu zrozumiał, że go zabiją, więc jest załamany. Uważa, że to jego wina. Zapewniłem go, że tak jest. Będzie miał krew na rękach. Naprawdę go dobiłem. To było cudowne.

Robbie był w kuchni, szukał wody.

– To wspaniale, Fred – powiedział.

– I tak, i nie. Odmawia podpisania pisemnego zeznania pod przysięgą.

– Co?

– Nie chce tego zrobić. Wyszliśmy z klubu i przenieśliśmy się do kawiarni. Błagałem, żeby napisał zeznanie, ale to było jak gadanie do ściany.

– Dlaczego nie?

– Jego mamusia, Robbie, jego mamusia, jego rodzina. Nie może przełknąć myśli, żeby się przyznać, że jest kłamcą. Ma mnóstwo przyjaciół w Slone i tak dalej. Zrobiłem wszystko, co tylko było można, ale chłopak nie ma ochoty podpisać.

Robbie wypił szklankę wody z kranu i wytarł usta rękawem.

– Nagrałeś to?

– Oczywiście. Raz przesłuchałem taśmę, mam zamiar zrobić to drugi raz. Tam jest mnóstwo hałasu z tła – byłeś kiedy w klubie ze striptizem?

– Nie pytaj.

– Cholernie głośna muzyka, mnóstwo gównianego rapu i takich tam. Ale jego głos tu jest. Można zrozumieć, co mówi. Będziemy musieli to wzmocnić.

– Nie ma na to czasu.

– Dobra. Jaki jest plan?

– Ile zajmie ci jazda?

– Hm, o tej rozkosznej porze nie ma ruchu. Mogę być w Slone za pięć godzin.

– No to pakuj tyłek i w drogę.

– Się robi, szefie.

Godzinę później Robbie leżał w łóżku, na plecach, a ciemny sufit wyprawiał dziwne rzeczy z jego procesem myślenia. DeDe mruczała jak kotka, martwa dla świata. Przysłuchiwał się uważnie jej oddechowi i dziwił się, jak może tak bezproblemowo traktować jego sprawy. Zazdrościł jej. Kiedy obudzi się parę godzin później, jej priorytetem będzie godzina intensywnej jogi z paroma okropnymi przyjaciółkami. On, w biurze, będzie wrzeszczał do telefonu.

I tak wszystko sprowadzało się do tego: pijany Joey Gamble wyznał grzechy, obnażył duszę w klubie ze striptizem wobec człowieka z ukrytym mikrofonem, a ten zrobił trzeszczące nagranie, którego nie uwzględni żaden sąd w cywilizowanym świecie.

Kruche życie Dontégo Drumma będzie zależało od odwołania zeznania przez niewiarygodnego świadka, zanim minie jedenaście godzin.

Część II
Kara

Rozdział 16

W gorączce wyjazdu umknęła sprawa pieniędzy. Kiedy Keith zapłacił sześć dolców za ucztę Boyette'a w jadłodajni Błękity Księżyc, zdał sobie sprawę, że ma mało gotówki. Potem o tym zapomniał. Przypomniał sobie znowu, kiedy po drodze potrzebowali benzyny. Zatrzymali się na parkingu dla ciężarówek przy Międzystanowej 335 o pierwszej piętnaście w nocy. Był czwartek, dziewiątego listopada.

Keith, nalewając benzynę, wiedział, że Donté Drumm zostanie przywiązany do łóżka w Huntsville za jakieś siedemnaście godzin. A jeszcze lepiej wiedział, że człowiek, który powinien cierpieć w tych ostatnich godzinach Dontégo, siedzi sobie spokojnie tuż obok, w przytulnym wnętrzu samochodu, a jego blada, chora głowa odbija padające z góry światło fluorescencyjne. Byli kawałek na południe od Topeka. Teksas był odległy o milion kilometrów. Keith zapłacił kartą kredytową, a w lewej kieszeni znalazł trzydzieści trzy dolary w gotówce. Przeklinał się za to, że nie zwinął zaskórniaka, który razem z Daną trzymali w szafce kuchennej. W pudełku na cygara leżało zazwyczaj jakieś dwieście dolarów w gotówce.

Godzinę na południe od Topeka ograniczenie szybkości wzrosło do stu kilometrów na godzinę i Keith, i stare subaru powoli doszli do stu dziesięciu. Boyette jak dotąd był spokojny, jakby zadowolony, że siedzi przyczajony z rękami na kolanach i gapi się w nicość przez szybę z prawej strony. Keith wolał go ignorować. Wolał ciszę. Siedzieć obok obcego człowieka przez równych dwanaście godzin to katorga nawet w normalnych okolicznościach. Ocieranie się ramieniem o kogoś tak brutalnego i koszmarnego jak Boyette sprawiało, że podróż była uciążliwa i pełna napięcia.

Ledwie Keith usadowił się w cichym, wygodnym wnętrzu, dopadła go fala senności. Powieki nagle mu opadły i uniosły się, kiedy gwałtownie poderwał głowę. Wzrok miał nieostry, zamglony. Subaru zboczyło w prawo, potem wróciło na lewy pas. Szczypał się w policzki. Mrugał tak szybko, jak tylko mógł. Gdyby był sam, trzepnąłby się w twarz. Travis niczego nie zauważył.

– Włączyć muzykę? – zapytał Keith.

Travis tylko kiwnął głową.

– Coś konkretnego?

– To twój samochód.

Tak, to jego samochód. Najbardziej lubił stację z klasycznym rockiem. Podgłośnił i wkrótce walił w kierownicę, przytupywał prawą nogą i bezgłośnie wyśpiewywał słowa. Hałas rozjaśnił mu w głowie, ale nadal dziwił się, jak mało brakowało, żeby stracił przytomność.

Tylko jedenaście godzin jazdy. Pomyślał o Charlesie Lindberghu i jego samotnym locie do Paryża. Trzydzieści trzy i pół bitych godzin, po bezsennej nocy przed startem z Nowego Jorku. Lindbergh napisał później, że nie spał bitych sześćdziesiąt godzin. Brat Keitha, pilot, uwielbiał opowiadać.

Pomyślał o bracie, siostrze, rodzicach i kiedy zaczął przysypiać, zapytał:

– Travis, ile masz braci i sióstr?

Mów do mnie, Travis. Cokolwiek, żebym nie zasnął. Nie pomożesz prowadzić, bo nie masz prawa jazdy. Nie masz ubezpieczenia. Nie dotkniesz tego kółka, no to dalej, Travis, pomóż mi, zanim się rozbijemy.

– Nie wiem – odparł Travis po obowiązkowym czasie na kontemplację.

Ta odpowiedź bardziej pomogła rozwiać mgłę niż jakikolwiek kawałek Springsteena czy Dylana.

– Jak to nie wiesz?

Lekki tik. Travis przeniósł wzrok z bocznej szyby na przednią.

– Cóż... – Niedługo po tym, jak się urodziłem, ojciec zostawił matkę. Nigdy już go nie zobaczyłem. Matka zaczęła żyć z facetem o imieniu Darrell, a ponieważ był pierwszym mężczyzną, którego pamiętam, myślałem po prostu, że Darrell to mój ojciec. Matka powiedziała mi, że to mój ojciec. Mówiłem do niego tato. Miałem starszego brata i on też mówił do niego tato. Darrell był w porządku, nigdy mnie nie uderzył i w ogóle, ale miał brata, który mnie gwałcił. Kiedy po raz pierwszy zaprowadzili mnie do sądu – miałem chyba dwanaście lat – zrozumiałem, że Darrell nie jest moim prawdziwym ojcem. To naprawdę zabolało. Byłem załamany. Potem Darrell zniknął.

Odpowiedź, jak wiele odpowiedzi Boyette'a, przynosiła więcej tajemnic niż wyjaśnień. Ale dała kopa i wprowadziła umysł Keitha na wysokie obroty. Nagle zupełnie się rozbudził. I postanowił rozgryźć tego świra. Co innego będzie miał do roboty przez najbliższe doby? Siedzieli w jego samochodzie. Mógł pytać, o co chciał.

– Więc masz brata.

– I to niejednego. Mój ojciec, ten prawdziwy, uciekł na Florydę i zaczął od nowa z inną kobietą. Ich dom jest pełen dzieciaków, więc domyślam się, że poza rodziną, znajdują się jeszcze jacyś moi bracia i siostry. I zawsze gadali, że matka urodziła dziecko, zanim wyszła za mojego ojca. Pytasz ilu? Wybierz liczbę, pastorze.

– Z iloma utrzymujesz kontakt?

– Nie nazwałbym tego kontaktem, ale napisałem parę listów do brata. Jest w Illinois. W więzieniu.

Co za niespodzianka.

– Za co siedzi?

– Za to co wszyscy w więzieniu. Narkotyki i wóda. Potrzebował gotówki na swój nałóg, więc włamał się do domu, nie tego, co trzeba. Skończyło się na pobiciu człowieka.

– Odpisuje?

– Czasem. Nigdy nie wyjdzie.

– Był gwałcony?

– Nie, był starszy i wujek zostawił go w spokoju, o ile wiem. Nigdy o tym nie rozmawialiśmy.

– To był brat Darrella?

– Tak.

– Więc naprawdę nie jest twoim wujem?

– Myślałem, że jest. Dlaczego zadajesz tyle pytań, pastorze?

– Próbuję zabić czas, Travis, i próbuję nie zasnąć. Odkąd spotkałem cię w poniedziałek rano, bardzo mało spałem. Dosłownie padam, a przed nami długa droga.

– Nie podobają mi się te pytania.

– Hm, a jak sądzisz, co innego usłyszysz w Teksasie? Zjawimy się, ty stwierdzisz, że jesteś prawdziwym mordercą, a potem oświadczysz, że właściwie to nie lubisz pytań. Daj spokój, Travis.

Parę kilometrów przemknęło bez słowa. Travis gapił się na prawo, w ciemność i postukiwał palcami o laskę. Od co najmniej godziny nie pokazywał po sobie objawów silnego bólu głowy. Keith spojrzał na szybkościomierz i stwierdził, że jedzie sto dwadzieścia, o dwadzieścia za dużo, wystarczająco na mandat w Kansas. Zwolnił i żeby znów nie przysnąć, wyobraził sobie, jak policjant stanowy każe mu zjechać na pobocze, sprawdza jego dowód, sprawdza dowód Boyette'a, a potem dzwoni po wsparcie. Uciekający przestępca. Zbłąkany luterański pastor pomaga uciekającemu przestępcy. Niebieskie światła na całej drodze. Kajdanki. Noc w areszcie, może w jednej celi z przyjacielem, człowiekiem, którego ani trochę nie zmartwi kolejna noc za kratkami. Co Keith powie chłopcom?

Głowa znów zaczęła mu się kiwać. Musiał zadzwonić, a to nie była dobra pora na telefonowanie. Telefon gwarantował taki wysiłek umysłu, że o śnie będzie można natychmiast zapomnieć. Wyjął komórkę z kieszeni i nacisnął guzik szybkiego wybierania do Matthew Burnsa. Dochodziła druga w nocy. Najwyraźniej Matthew spał dobrze, obudził go dopiero ósmy dzwonek.

– Lepiej, żeby to była dobra wiadomość – warknął.

– Dzień dobry, Matthew. Dobrze spałeś?

– Świetnie, pastorze. Po kiego diabła do mnie dzwonisz?

– Uważaj, co mówisz, synu. Słuchaj, jestem w drodze do Teksasu, jadę z człowiekiem o nazwisku Boyette, miłym dżentelmenem, który odwiedził nasz kościół w ostatnią niedzielę. Możliwe, że go widziałeś. Chodzi o lasce. Tak czy inaczej, tego Boyette'a czeka zeznanie przed władzami w Teksasie, w małym miasteczku Slone. Zasuwamy tam, żeby wstrzymać egzekucję.

Głos Matthew szybko wrócił do normy.

– Zwariowałeś, Keith? Masz tego faceta w samochodzie?

– O tak, wyjechaliśmy z Topeka jakoś godzinę temu. Dzwonię, Matt, bo muszę cię prosić o pomoc.

– Udzielę ci pomocy, Keith. Darmowa porada. Zawróć tym przeklętym samochodem i wracaj tutaj.

– Dzięki, Matt, ale słuchaj, chcę, żebyś za kilka godzin wykonał parę telefonów do Slone w Teksasie.

– Co Dana na to?

– W porządku, w porządku. Chcę, żebyś zadzwonił na policję, do prokuratora i może do adwokata. Ja też będę do nich dzwonił, Matt, ale ty jesteś prokuratorem, ciebie chyba wysłuchają.

– Jesteś jeszcze w Kansas?

– Tak, międzystanowa 35.

– Nie przekraczaj granicy stanu, Keith, proszę.

– Hm, to sprawiłoby pewną trudność w dojechaniu do Teksasu, nie sądzisz?

– Nie przekraczaj granicy stanu!

– Prześpij się trochę. Zadzwonię do ciebie koło szóstej i zaczniemy grzać słuchawki, okej?

Keith zamknął telefon, wcisnął pocztę głosową i czekał. Dziesięć sekund później rozległ się dzwonek. Matthew oddzwaniał.

Przejechali przez Emporię, zmierzali do Wichita.

Opowieść nie była sprowokowana. Może Boyette sam zrobił się śpiący, a może po prostu był znudzony. A im więcej mówił, tym bardziej Keith zdawał sobie sprawę, że słucha wypaczonej autobiografii umierającego człowieka, który wie, że z jego życia nie wynika żaden sens, ale mimo wszystko próbuje.

– Brat Darrella, nazywaliśmy go wujek Chett, zabierał mnie na ryby, tak mówił moim rodzicom. Nigdy nie złapałem pierwszej ryby, nigdy nie zamoczyłem pierwszego kija. Jeździliśmy do jego domku na wsi, gdzie z tyłu był staw, a w nim miały być ryby. Ale nigdy nie łowiliśmy. Dał mi papierosa, pozwolił spróbować swojego piwa. Z początku nie wiedziałem, co robi. Nie miałem pojęcia. Byłem tylko dzieciakiem, ośmiolatkiem. Za bardzo się bałem, żeby się ruszyć, żeby walczyć. Pamiętam, jak strasznie bolało. Miał wszelakie dziecięce pornosy, magazyny i filmy, coś chorego, czym łaskawie dzielił się ze mną. Pakujesz takie śmieci w głowę małego chłopca i on niedługo prawie zaczyna to akceptować. Pomyślałem, hm, może to jest to, co robią dzieci. Może to dorośli robią z dziećmi. Wyglądało legalnie i normalnie. Nie był dla mnie niedobry, kupował mi nawet lody i pizzę – co tylko chciałem. Po każdej wyprawie na ryby odwoził mnie i tuż przed wejściem do domu robił się bardzo poważny, surowy, straszył. Mówił, że to ważne, żebym zachował naszą małą tajemnicę. O niektórych rzeczach nie należy mówić. W ciężarówce trzymał broń, lśniący pistolet. Później pokazywał mi, jak się z nim obchodzić. Ale na początku wyjmował go, kładł na swoim fotelu, potem wyjaśniał, że uwielbia swoje tajemnice, a gdyby zostały ujawnione, to będzie zmuszony kogoś skrzywdzić. Nawet mnie. Jeśli komuś powiem, będzie mnie musiał zabić, a potem zabić tego, komu powiedziałem, a w tym Darrella i moją matkę. To okazało się bardzo skuteczne. Nigdy nikomu o tym nie powiedziałem.

Nadal jeździliśmy na ryby. Myślałem, że matka wie, ale ona miała swoje problemy, głównie z butelką. Przeważnie była pijana, wytrzeźwiała dopiero później, za późno dla mnie. Kiedy miałem z dziesięć lat, wujek dał mi trochę trawki i zaczęliśmy razem palić. Potem jakieś pigułki. Nie było takie złe. Myślałem, że to całkiem fajne. Młody punk palący papierosy i trawkę, pijący piwo, oglądający pornosy. Ta druga część nigdy nie była przyjemna, ale to nie trwało długo. Wtedy mieszkaliśmy w Springfield i pewnego dnia matka powiedziała mi, że musimy się przeprowadzić. Mój tato, jej mąż, czy kim on tam do diabła był, znalazł pracę w pobliżu Joplin, w Missouri, gdzie się urodziłem. Spakowaliśmy się raz dwa, załadowaliśmy wszystko na ciężarówkę do przeprowadzek i uciekliśmy w środku nocy. Jestem pewien, że chodziło o jakiś niezapłacony czynsz. Pewnie o wiele więcej – rachunki, sprawy sądowe, nakazy aresztowania, akty oskarżenia, kto tam wie. Tak czy inaczej, następnego dnia rano obudziłem się w ładnej, podwójnej przyczepie. Wujek Chett został za nami. Jestem pewien, że złamało mu to serce. W końcu znalazł nas i pojawił się po jakimś miesiącu czy później. Zapytał, czy chcę iść na ryby. Powiedziałem, że nie. Nie miał mnie dokąd zabrać, więc tylko pałętał się wokół domu, nie mógł oderwać ode mnie oczu. Dorośli pili i wkrótce zaczęli się kłócić o pieniądze. Wujek Chett odjechał, przeklinając. Nigdy go już nie zobaczyłem. Ale szkoda została już wyrządzona. Gdybym go teraz zobaczył, wziąłbym kij do bejsbolu i rozchlapał jego mózg na dwudziestu hektarach. Byłem porąbanym chłopczykiem. Myślę, że nigdy z tego nie wyrosłem. Mogę zapalić?

– Nie.

– To może zatrzymalibyśmy się na minutę, żebym mógł zapalić?

– Jasne.

Parę kilometrów dalej zaparkowali w zatoczce i zrobili sobie przerwę. Telefon Keitha znów zabrzęczał. Kolejne nieodebrane połączenie od Matthew Burnsa. Boyette odszedł, Keith po raz ostatni widział go, jak wchodzi między drzewa za toaletami, chmura dymu się wlokła za nim. Keith chodził po parkingu w tę i z powrotem, w tę i z powrotem, próbował pobudzić krężenie. Jednym okiem śledził pasażera. Kiedy Boyette zniknął z widoku i wtopił się w ciemność, Keith pomyślał, czy facet nie przepadł na dobre. Ta podróż już go zmęczyła i gdyby teraz nadarzyła się jakaś okazja do ucieczki, kogo by to obchodziło? Keith wróciłby do domu, cudownie samotny w samochodzie, u żony wypiłby piwo, którego nawarzył, a Matthew by go objechał. Przy odrobinie szczęścia nikt by się nie dowiedział o nieudanej misji. Boyette zrobiłby to, co robił zawsze – łaziłby tu i tam, aż umarłby albo znowu dał się aresztować.

Ale gdyby kogoś skrzywdził? Czy Keith byłby współwinny?

Mijały minuty, a w lesie nie widać było żadnego ruchu. Kilkanaście osiemnastokołowców stało obok siebie na jednym końcu parkingu, ich generatory buczały, a kierowcy spali.

Keith oparł się o samochód i czekał. Denerwował się, chciał wrócić do domu. Chciał, żeby Boyette został w lesie, wszedł głębiej, skąd już nie miałby powrotu, żeby po prostu zniknął. Wtedy pomyślał o Dontém Drummie.

Kłąb dymu wydobył się spośród drzew. Jego pasażer nie uciekł.

Kilometry mijały bez słowa. Boyette wydawał się zadowolony, że zapomniał o swojej przeszłości, chociaż parę minut wcześniej gadał jak najęty. Przy pierwszej oznace odrętwienia Keith podjął rozmowę.

– Byłeś w Joplin. Wujek Chett przyjechał i odjechał.

Tik, pięć, dziesięć sekund, a potem…

– Tak, mieszkaliśmy w przyczepie pod miastem, w dzielnicy biedoty. Zawsze byliśmy w dzielnicy biedoty, ale pamiętam, że byłem dumny, bo mieliśmy ładną przyczepę. Wynajętą, ale wtedy tego nie wiedziałem. Obok parkingu dla przyczep biegła asfaltowa wąska droga. Prowadziła kilometrami wśród wzgórz na południe od Joplin, w hrabstwie Newton. Tam były strumienie, zadrzewione doliny, wiejskie ścieżki. Dla dziecka raj. Jeździliśmy godzinami na rowerach i nikt nie mógł nas znaleźć. Czasem kradliśmy piwo i coś mocniejszego z przyczepy albo nawet ze sklepu i zwiewaliśmy na wzgórza, żeby zrobić sobie małe przyjątko. Raz jeden dzieciak, Damian, przyniósł torbę trawki, którą ukradł starszemu bratu, i tak się najaraliśmy, że nie mogliśmy się utrzymać na rowerach.

– I tam zakopałeś Nicole?

Keith doliczył do jedenastu, zanim Boyette odpowiedział.

– Chyba. Gdzieś tam. Nie jestem pewien, czy pamiętam, żeby nie skłamać. Byłem bardzo pijany, pastorze. Próbowałem zapamiętać. Pewnego dnia próbowałem nawet narysować mapę, ale to okazało się trudne. Skoro już o tym mowa.

– Dlaczego tam ją pogrzebałeś?

– Nie chciałem, żeby ktoś ją znalazł. Zadziałało.

– Skąd wiesz, że zadziałało? Skąd wiesz, że jej ciała nie znaleziono? Zakopałeś ją dziewięć lat temu. Przez ostatnich sześć siedziałeś w więzieniu, z dala od wiadomości.

– Pastorze, zapewniam cię, że jej nie znaleziono.

Keith poczuł się zapewniony. Wierzył Boyette'owi i fakt, że tak bardzo wierzył zatwardziałemu kryminaliście, bardzo go irytował. Keith był zupełnie wybudzony, kiedy dojeżdżali do Wichita. Boyette znów schował się w swojej smutnej małej skorupce. Od czasu do czasu pocierał sobie skronie.

– Trafiłeś do sądu, kiedy miałeś dwanaście lat? – zapytał Keith.

Tik.

– Coś koło tego. Tak, dwanaście. Pamiętam, jak sędzia coś tam mówił, że jestem za młody, żeby zaczynać karierę kryminalisty. Mało wiedział.

– Co to było za przestępstwo?

– Włamaliśmy się do magazynu i załadowaliśmy cały towar, który zdołaliśmy unieść. Piwo, papierosy, słodycze, konserwy, chipsy. Regularna uczta w lesie, upiliśmy się. Nie było problemu, dopóki ktoś nie obejrzał wideo. To było moje pierwsze przestępstwo, więc dostałem nadzór kuratorski. Drugi oskarżony to Eddie Stuart. Miał czternaście lat i to nie było jego pierwsze przestępstwo. Wysłali go do poprawczaka i już nigdy go nie widziałem. To była trudna okolica i nie brakowało niegrzecznych chłopców. Albo stwarzaliśmy problemy, albo wpadaliśmy w problemy. Darrell wrzeszczał na mnie, ale on przychodził i odchodził. Matka próbowała, jak mogła, ale nie przestawała pić. A ja miałem trzynaście lat. Odwiedzałeś kiedyś poprawczak, pastorze?

– Nie.

– Tak myślałem. To dzieci, których nikt nie chce. W większości nie są złe, kiedy tam trafiają po raz pierwszy. Po prostu nie mają szansy. Mój pierwszy przystanek znajdował się niedaleko St. Louis i jak wszystkie poprawczaki był po prostu więzieniem dla dzieci. Dostałem górną pryczę w długim pokoju zatłoczonym dzieciakami z St. Louis. Prawdziwa walka o życie. Zawsze brakowało strażników czy nadzorców. Chodziliśmy do szkoły, ale nauka to był żart. Trzeba dołączyć do gangu, żeby przetrwać. Ktoś zajrzał do mojej teczki i zobaczył, że byłem wykorzystywany seksualnie, więc stałem się łatwym celem dla strażników. Po dwóch latach piekła zostałem zwolniony. No, pastorze, co ma robić piętnastolatek, kiedy wraca na ulicę po dwóch latach tortur? – Spojrzał na Keitha, jakby naprawdę spodziewał się odpowiedzi.

Keith patrząc prosto przed siebie, wzruszył ramionami.

– System wymiaru sprawiedliwości dla nieletnich nie robi niczego, tylko hoduje zawodowych kryminalistów. Społeczeństwo chce nas zamknąć i wyrzucić klucz, ale społeczeństwo jest za głupie, żeby zrozumieć, że w końcu wychodzimy. A kiedy wychodzimy, nie jest fajnie. Na przykład ja. Lubię myśleć, że nie byłem beznadziejnym przypadkiem, kiedy mnie zamykali, jak miałem trzynaście lat. Ale dajcie mi dwa lata samej przemocy, nienawiści, bicia, wykorzystywania i wtedy społeczeństwo ma problem, kiedy wychodzę w wieku piętnastu lat. Więzienia to fabryki nienawiści, pastorze, a społeczeństwo chce ich coraz więcej. To nie działa.

– Próbujesz zwalić winę na kogoś innego za to, co się stało z Nicole?

Boyette odetchnął i odwrócił wzrok. To było trudne pytanie, zgarbił się pod jego ciężarem. Wreszcie powiedział:

– Niczego nie zrozumiałeś, pastorze. To, co zrobiłem, było złe, ale nie mogłem się powstrzymać. Dlaczego nie mogłem się powstrzymać? Bo taki jestem. Nie urodziłem się taki. Stałem się człowiekiem z mnóstwem problemów nie przez DNA, ale dlatego, że społeczeństwo tego chciało. Zamknąć ich. Dołożyć im karę jak cholera. A jeśli po drodze wychowa się parę potworów, jaka szkoda.

– A co z pozostałymi pięćdziesięcioma procentami?
– A co to za jedni?
– Połowa więźniów zwolnionych warunkowo trzyma się z dala od kłopotów i nigdy więcej nie jest aresztowana.
Boyette'owi nie spodobała się ta statystyka. Poprawił się w fotelu i skupił na bocznym lusterku. Wycofał się do skorupki i zamilkł. Kiedy byli na południe od Wichita, zasnął.

Telefon komórkowy zadzwonił znów o trzeciej czterdzieści nad ranem. To Matthew Burns.
– Gdzie jesteś Keith? – zapytał.
– Prześpij się trochę, Matthew. Przepraszam, że cię niepokoiłem.
– Mam kłopoty ze snem. Gdzie jesteś?
– Jakieś pięćdziesiąt kilometrów od granicy Oklahomy.
– Nadal ze swoim kumplem?
– O tak. Teraz śpi. Jeśli chodzi o mnie, to przysypiam od czasu do czasu.
– Rozmawiałem z Daną. Keith, martwi się. Ja też jestem zaniepokojony. Myślimy, że wariujesz.
– Pewnie tak. Jestem wzruszony. Spokojnie, Matthew. Robię to, co powinienem, i przetrwam wszystko, co się przydarzy. W tej chwili jestem myślami przy Dontém Drummie.
– Nie przekraczaj granicy stanu.
– Słyszałem za pierwszym razem.
– Dobrze. Po prostu chciałem mieć nagranie, że ostrzegałem cię więcej niż jeden raz.
– Zanotuję to sobie.
– W porządku, Keith, posłuchaj mnie. Nie mamy pojęcia, co może się zdarzyć, kiedy dotrzesz do Slone i twój koleś zacznie pyskować. Zakładam, że przyciągnie kamery, jak rozjechane zwierzę przyciąga myszołowy. Trzymaj się z boku. Nie wychylaj się. Nie rozmawiaj z żadnym reporterem. Jedna z dwóch rzeczy na pewno się zdarzy. Numer jeden, egzekucja zostanie wykonana zgodnie z planem. Jeśli tak, to zrobiłeś, co mogłeś i to będzie czas, żeby wiać z powrotem do domu. Boyette ma wybór, albo tam zostanie, albo złapie okazję

na powrót. Dla ciebie to nie ma żadnego znaczenia. Po prostu wracaj do domu. Jest spora szansa, że nikt nie dowie się o twojej małej przygodzie w Teksasie. Drugi scenariusz jest taki, że egzekucja zostanie wstrzymana. Jeśli tak, wygrałeś, ale nie świętuj. Kiedy złapią Boyette'a, ty wymknij się z miasta i wróć do domu. W obu przypadkach musisz trzymać się z boku. Jasno się wyrażam?

– Chyba. A pytanie brzmi: dokąd mamy pójść, kiedy dotrzemy do Slone? Do prokuratora, na policję, do obrońcy?

– Do Robbiego Flaka. Tylko on może go wysłuchać. Policja i prokuratura nie mają powodu, żeby słuchać Boyette'a. Mają swojego człowieka. Po prostu czekają na tę egzekucję. Flak to jedyny człowiek, który może wam uwierzyć i z pewnością wygląda na takiego, który jest w stanie narobić mnóstwo szumu. Jeśli Boyette opowie dobrą historię, wtedy Flak zatroszczy się o prasę.

– Właśnie tak myślałem. Mam zamiar zadzwonić do Flaka o szóstej. Wątpię, żeby dużo sypiał.

– Porozmawiajmy, zanim zaczniemy wydzwaniać.

– Masz to u mnie.

– I Keith, ja nadal myślę, że zwariowałeś.

– Nie wątpię, Matthew.

Włożył telefon do kieszeni, a kilka minut później subaru opuściło Kansas i wjechało do Oklahomy. Keith grzał sto dwadzieścia na godzinę. Ale nosił koloratkę i wmawiał sobie, że żaden przyzwoity glina nie będzie zadawał zbyt wielu pytań kapłanowi, którego jedyną zbrodnią jest przekroczenie szybkości.

Rozdział 17

Rodzina Drummów spędziła noc w tanim motelu na przedmieściach Livingston, sześć kilometrów samochodem od zakładu karnego Allan B. Polunsky, gdzie Donté był zamknięty przez ponad siedem lat. Motel robił skromne interesy na rodzinach więźniów, włączając w to nieco dziwaczny kult zagranicznych żon skazańców z cel śmierci. W różnych momentach około dwudziestu skazańców pobrało się z Europejkami, których tak naprawdę nigdy nie mogli nawet dotknąć. Małżeństwa nie były oficjalnie usankcjonowane przez stan, ale pary mimo to uważały się za poślubione i kontynuowały związek jak mogły. Żony korespondowały ze sobą i często podróżowały razem do Teksasu, żeby spotkać się ze swoimi mężami. Zatrzymywały się w tym samym motelu.

Późnym wieczorem poprzedniego dnia cztery jadły przy stole niedaleko Drummów. Zazwyczaj były nie do przeoczenia, z ich ciężkim akcentem i rzucającymi się w oczy ubraniami. Lubiły być zauważane. U siebie były pomniejszymi celebrytkami.

Donté odrzucił wszystkie oferty małżeńskie. W ostatnich dniach odrzucił umowy wydawnicze, prośby o wywiady, propozycje małżeństwa i szansę wystąpienia w „Fordyce – Mocne Uderzenie!" Odmówił spotkania zarówno z kapelanem więziennym, jak i z własnym pastorem, wielebnym Johnnym Cantym. Zrezygnował z religii. Nie chciał tego samego Boga, którego tak żarliwie czcili nabożni chrześcijanie zdecydowani go zabić.

Roberta Drumm obudziła się w ciemności, w pokoju 109. Tak mało spała w ostatnich miesiącach, że zmęczenie nie pozwalało jej zasnąć. Lekarz dał jej jakieś proszki, ale przynosiły odwrotny skutek i wprawiały ją w rozdrażnienie. W pokoju było ciepło, odrzuciła kołdrę. Jej córka Andrea leżała na drugim pojedynczym łóżku tuż obok i chyba spała. Synowie Cedric i Marvin zajmowali pokój obok. Przepisy więzienne pozwalały im na spotkanie z Dontém między ósmą rano a dwunastą tego dnia, który był dla niego ostatnim. Po ostatnim pożegnaniu zostanie przetransportowany do komory śmierci więzienia w Huntsville.

Do ósmej pozostało wiele godzin.

Rozkład dnia był ustalony, wszystkie ruchy wyznaczone przez system słynący z wydajności. O piątej po południu rodzina zgłosi się do biura więzienia w Huntsville i przejedzie furgonetką krótki kawałek drogi do komory śmierci, gdzie zostanie wtłoczona do ciasnego pokoju dla świadków na kilka sekund przed podaniem leków. Zobaczą go na noszach, z rurkami już umocowanymi na ramionach, wysłuchają jego ostatnich słów, odczekają dziesięć minut do oficjalnego stwierdzenia śmierci, potem szybko wyjdą. Stamtąd pojadą do miejscowego domu pogrzebowego, żeby odebrać ciało i zabrać je do domu.

Może to sen, jakiś koszmar? Czy naprawdę tu była, rozbudzona, w ciemności, myśląca o ostatnich godzinach syna? Oczywiście, że była. Żyła tym koszmarem od dziewięciu lat, od dnia kiedy jej powiedziano, że Donté nie tylko został aresztowany, ale i złożył zeznanie. Koszmar był księgą grubą jak Biblia, a każdy rozdział to nowa tragedia, każda stronica wypełniona smutkiem i niedowierzaniem.

Andrea odwróciła się z boku na bok, tanie łóżko zaskrzypiało i zatrzeszczało. Potem znieruchomiała, oddychając ciężko.

Dla Roberty jedno okropieństwo zastąpiło drugie: odrętwiający szok, kiedy po raz pierwszy zobaczyła swojego chłopca w więzieniu, w pomarańczowym kombinezonie, z dzikim, wystraszonym wzrokiem: ból brzucha, kiedy myślała o nim, siedzącym w więzieniu, zamkniętym z dala od rodziny, wśród przestępców; nadzieja na sprawiedliwy proces, tylko po to, żeby odcierpieć szok na myśl, że czymkolwiek to było, na pewno nie było sprawiedliwe; głośny, niepowstrzymany szloch, kiedy ogłoszono wyrok śmierci, ostatni obraz syna wyprowadzanego z sali rozpraw przez grubych zastępców szeryfa, takich zadowolonych ze swojej pracy; niekończące się apelacje i niknące nadzieje, niezliczone wizyty w celi śmierci, gdzie widziała, jak silny, zdrowy młody człowiek powoli się wykańcza. Po drodze straciła przyjaciół, ale naprawdę to jej nie obchodziło. Niektórzy sceptycznie podchodzili do twierdzenia, że jest niewinny. Niektórzy mieli już dość całej tej gadaniny o jej synu. Ale ją to zżerało i niewiele więcej miała do powiedzenia. Czy ktokolwiek mógł wiedzieć, co przeżywa matka?

A koszmar nigdy się nie skończy. Nie dzisiaj, kiedy Teksas w końcu go straci. Nie w następnym tygodniu, kiedy ona go pochowa. Nie kiedyś, w przyszłości, kiedy prawda wyjdzie wreszcie na jaw, o ile w ogóle wyjdzie.

Okropieństwa piętrzyły się, za Robertą Drumm było wiele dni, kiedy wątpiła, czy znajdzie siły, żeby wstać z łóżka. Tak bardzo ją zmęczyło to udawanie, że jest silna.

– Nie śpisz, mamusiu? – zapytała po cichu Andrea.

– Wiesz, że nie, kochanie.

– Spałaś trochę?

– Nie, chyba nie.

Andrea skopała kołdrę i wyciągnęła nogi. W pokoju było bardzo ciemno, żadne światło nie przesączało się z zewnątrz.

– Mamusiu, jest czwarta trzydzieści.

– Nie widzę.

– Mój zegarek świeci.

Andrea jako jedyne dziecko Drummów ukończyła college. Pracowała w przedszkolu, w mieście niedaleko Slone. Miała męża i chciała być w domu, we własnym łóżku, daleko od Livingstone w Teksasie. Zamknęła oczy i próbowała zasnąć, ale minęło tylko parę sekund i znów gapiła się w sufit.

– Mamusiu, muszę ci coś powiedzieć.

– Co takiego, kochanie?

– Nigdy nikomu o tym nie mówiłam i nigdy nie powiem. To ciężar, który dźwigam od bardzo, bardzo dawna i chcę, żebyś o tym wiedziała, zanim zabiorą Dontégo.

– Słucham.

– Kiedyś, po procesie, kiedy go odesłali, zaczęłam wątpić w to, co mówił. Chyba szukałam racjonalnego powodu, żeby w to zwątpić. To, co mówili, miało trochę sensu. Mogłam zrozumieć, że Donté włóczy się z tą dziewczyną, boi się, że ich przyłapią, i mogłam zrozumieć, że próbowała zerwać, a on nie chciał. Może wymknął się z domu w ten wieczór, kiedy spałam. A kiedy usłyszałam jego zeznanie w sądzie, muszę przyznać, że poczułam się zaniepokojona. Nie znaleźli jej ciała, ale przecież wrzucił ją do rzeki, więc może dlatego jej nie znaleźli. Próbowałam zrozumieć to wszystko, co się stało. Chciałam wierzyć, że ten system nie jest zupełnie do niczego. I tak przekonałam sama siebie, że chyba jest winny, że chyba mają właściwego człowieka. Nadal do niego pisałam, nadal tu przychodziłam, żeby się z nim zobaczyć i w ogóle, ale byłam przekonana, że jest winny. Przez jakiś czas to pozwalało mi czuć się lepiej, w jakiś dziwny sposób. To trwało parę miesięcy, może rok.

– Dlaczego zmieniłaś zdanie?

– Przez Robbiego. Pamiętasz, kiedy pojechaliśmy do Austin, żeby wysłuchać sprawy podczas bezpośredniej apelacji?

– O tak, pamiętam.

– To było jakiś rok po procesie.

– Byłam tam, kochanie.

– Siedzieliśmy w tej wielkiej sali sądowej, patrzyliśmy na tych dziewięciu sędziów, wszyscy biali, wszyscy tacy ważni w tych swoich czarnych togach, z marsem na twarzy, a po drugiej stronie sali siedziała rodzina Nicole i jej gadatliwa matka, a Robbie wstał, żeby uzasadnić naszą sprawę. Był taki dobry. Odtworzył proces i wykazał, jakie słabe były dowody. Wykpił prokuratora i sędzię. Niczego się nie bał. Zaatakował zeznanie. I po raz pierwszy wskazał, że policja nie powiedziała mu o anonimowym telefonie, kiedy dzwoniący powiedział, że to Donté. To mną wstrząsnęło. Jak policja i prokurator mogli ukryć dowód? Ale dla sądu to nie miało znaczenia. Pamiętam, jak patrzyłam, kiedy Robbie przekonywał z taką pasją, i zaświtało mi, że on, adwokat, biały facet z bogatej części miasta, nie ma żadnych wątpliwości, że mój brat jest niewinny. I od razu mu uwierzyłam. Tak się wstydziłam, że zwątpiłam w Dontégo.

– Już dobrze, kochanie.

– Proszę, nie mów nikomu.

– Nie powiem. Możesz zaufać matce, przecież wiesz.

Usiadły i przesunęły się na skraj łóżek, trzymały się za ręce, dotykały czołami.

– Chcesz płakać czy się modlić? – zapytała Andrea.

– Modlić możemy się później, ale płakać później nie możemy.

– Prawda. No to się wypłaczmy.

Ruch przed świtem zgęstniał, kiedy zbliżali się do Oklahoma City. Czoło Boyette'a przyciśnięte było do okna od strony pasażera, z żałośnie otwartych ust ciekła mu ślina. Drzemał już drugą godzinę i Keith cieszył się z samotności. Jakiś czas wcześniej zatrzymał się blisko granicy stanu na kubek kawy na wynos, koszmarnego naparu z maszyny, który kiedy indziej wylałby do rowu. Ale to, czego brakowało w aromacie, z naddatkiem nadrabiała kofeina i Keith gnał przed siebie, zupełnie rozbudzony, na liczniku było dwanaście kilometrów ponad dozwoloną szybkość.

Kiedy ostatnio się zatrzymali, Boyette poprosił o piwo, Keith odmówił i kupił mu butelkę wody. Pod Edmond znalazł stację z bluegrass i słuchał przyciszonego radia. O piątej trzydzieści zadzwoniła Dana, ale niewiele miała do powiedzenia. Na południe od Oklahoma City Boyette ocknął się nagle z drzemki i powiedział:

– Chyba przysnąłem.

– Owszem, przysnąłeś.

– Pastorze, te pigułki, które biorę, mocno działają na pęcherz. Moglibyśmy zrobić krótki postój na siusiu?

– Jasne – powiedział Keith. Bo co innego mógł powiedzieć? Jednym okiem spoglądał na zegar. Zjadą z autostrady na północ od Denton w Teksasie i pojadą na wschód dwupasmówką. Keith nie miał pojęcia, ile to potrwa. Według najbardziej optymistycznych szacunków przyjedzie do Slone między południem a pierwszą. Przystanki na siusiu oczywiście nie pomagały w walce z czasem.

Zatrzymali się w Norman, kupili kolejną kawę i wodę. Boyette'owi udało się wypalić dwa papierosy. Zaciągał się gwałtownie, jakby to były ostatnie. Keith szybko napełnił bak. Piętnaście minut później wrócili na międzystanową 35 i pognali na południe przez płaski krajobraz Oklahomy.

Jako sługa Boży Keith czuł się zobowiązany, żeby przynajmniej zgłębić temat wiary. Zaczął z pewnym wahaniem.

– Mówiłeś o swoim dzieciństwie, Travis, i nie musimy już do tego wracać. Tak z ciekawości, miałeś do czynienia z kościołem albo z pastorem, kiedy byłeś dzieckiem?

Tik wrócił. Jak i kontemplacja.

– Nie – odpowiedział Travis i przez chwilę wydawało się, że to będzie wszystko. Potem. – Nie wiem, czy matka chodziła do kościoła. Nie miała dużej rodziny. Myślę, że się jej wstydzili, więc trzymali się z dala. Darrell na pewno nie miał nic wspólnego z kościołem. Wujkowi Chettowi przydałaby się duża dawka religii, ale jestem pewien, że teraz jest w piekle.

Keith zobaczył wyłom.

– Więc wierzysz w piekło.

– Chyba. Wierzę, że wszyscy dokądś idziemy po śmierci i nie wyobrażam sobie, że ty i ja pójdziemy w to samo miejsce. Wyobrażasz sobie, pastorze? Rozumiesz, o co chodzi, większą część życia spędziłem w więzieniu i wierz mi, są i podludzie. Podli od urodzenia. To brutalni, bezduszni szaleńcy, którym nie można pomóc. Kiedy umierają, muszą iść do jakiegoś złego miejsca.

Komiczna ironia. Morderca, który sam się przyznał, seryjny gwałciciel potępia brutalnych przestępców...

– W domu była Biblia? – zapytał Keith, próbując trzymać się z dala od tematu ohydnych zbrodni.

– Nigdy nie widziałem. W ogóle niewiele książek widziałem. Wychowałem się na pornosach, pastorze, karmił mnie nimi wujek Chett, Darrell trzymał je pod łóżkiem. Do tego sprowadzały się moje dziecięce lektury.

– Wierzysz w Boga?

– Słuchaj, pastorze, ja nie mówię o Bogu, Jezusie, zbawieniu i tym wszystkim. Słyszałem to przez cały czas w więzieniu. Mnóstwo facetów naprawdę się podniecało, kiedy byli zamknięci i zaczynali kuć Biblię. Pewnie niektórzy robili to na poważnie, ale to też nieźle brzmi na przesłuchaniach przed zwolnieniem warunkowym. Ja nigdy tego nie kupiłem.

– Jesteś przygotowany na śmierć, Travis?

Przerwa.

– Słuchaj, pastorze, mam czterdzieści cztery lata i moje życie było jednym wielkim pasmem katastrof. Jestem zmęczony życiem z poczuciem winy za to, co zrobiłem. Jestem zmęczony słuchaniem żałosnych głosów ludzi, których skrzywdziłem. Jestem zmęczony mnóstwem tego gówna, pastorze, jasne? Przepraszam za słowo. Jestem zmęczony byciem degeneratem, który żyje na marginesie społeczeństwa. Chce mi się na to wszystko rzygać. Jestem dumny ze swojego guza, jasne? Trudno uwierzyć, ale kiedy nie rozłupuje mi czaszki, to jakby lubię to cholerstwo. Mówi mi, co mnie czeka. Moje dni są policzone i nie martwi mnie to. Już nikogo nie skrzywdzę. Nikt nie będzie za mną tęsknił, pastorze. Gdybym nie miał guza, wziąłbym butelkę pigułek, butelkę wódki i odpłynął na zawsze. Zawsze mogę to zrobić.

Tyle jeśli chodzi o poruszającą dyskusję na temat wiary. Minęło dziesięć kilometrów, zanim Keith się odezwał.

– O czym chciałbyś porozmawiać, Travis?

– O niczym. Chcę po prostu siedzieć, patrzeć na drogę i myśleć o niczym.

– Jak dla mnie brzmi nieźle. Głodny?

– Nie, dziękuję.

Robbie wyszedł z domu o piątej rano i pojechał okrężną drogą do biura. Okna miał otwarte, żeby czuć dym. Ogień już dawno ugaszono, ale woń świeżo spalonego drewna wisiała nad Slone jak gęsta chmura. Nie było wiatru. W centrum zdenerwowani policjanci blokowali ulice i kierowali ruch z dala od Pierwszego Kościoła Baptystycznego. Robbie rzucił tylko okiem na jego dymiące ruiny, oświetlane błyskającymi lampami wozów strażackich i karetek pogotowia. Pojechał tylnymi uliczkami, a kiedy zaparkował przy starej stacji kolejowej i wysiadł z samochodu, zapach nadal był gryzący i świeży. Całe Slone zostanie przebudzone i powitane złowieszczymi wyziewami podejrzanego pożaru. Oczywiste pytanie brzmiało, czy będzie tego więcej?

Przyszli jego pracownicy, żadne z nich nie spało, wszyscy chcieli wiedzieć, czy dzień potoczy się zupełnie inaczej. Zebrali się w głównej sali konferencyjnej, wokół długiego stołu nadal zawalonego resztkami z poprzedniego wieczoru. Carlos zebrał puste pudełka po pizzy i butelki po piwie, Samantha Thomas podała kawę i obwarzanki. Robbie, który starał się wyglądać optymistycznie, odtworzył im swoją rozmowę z Fredem Pryorem na temat nagrania zrobionego ukradkiem w klubie ze striptizem. Sam Pryor jeszcze nie przybył.

Zaczął dzwonić telefon. Nikt nie chciał odebrać. Recepcjonistki jeszcze nie było.

– Niech ktoś naciśnie „nie przeszkadzać" – warknął Robbie i telefon przestał dzwonić.

Aaron Rey chodził od pokoju do pokoju i wyglądał przez okna. Telewizor był włączony, ale wyciszony.

Do sali konferencyjnej weszła Bonnie i powiedziała:

– Robbie, właśnie sprawdziłem pocztę głosową za ostatnich sześć godzin. Nic ważnego. Tylko kilka gróźb śmierci i kilku wsioków szczęśliwych, że wreszcie nadszedł ten wielki dzień.

– Żadnego telefonu od gubernatora? – zapytał Robbie.

– Jeszcze nie.

– Co za niespodzianka. Jestem pewien, że nie mógł zasnąć, jak my wszyscy.

Keith wreszcie zarobił mandat za przekroczenie szybkości i dzięki temu zawsze będzie wiedział, co robił o piątej pięćdziesiąt rano, w czwartek, ósmego listopada 2007. Nie wiedział dokładnie, gdzie są, bo w polu widzenia żadnego miasta. Tylko długi, pusty odcinek międzystanowej 35, gdzieś na północ od Ardmore w Oklahomie.

Policjant schował się za paroma drzewami na pasie rozdzielczym i Keith, jak tylko go zobaczył i spojrzał na szybkościomierz, wiedział, że będą kłopoty. Nacisnął hamulec, znacznie zwolnił i odczekał kilka sekund. Kiedy pojawiło się niebieskie światło, Boyette powiedział:

– O cholera.

– Licz się ze słowami. – Keith ostro hamował i szybko zjeżdżał na pobocze.

– Moje słowa to najmniejszy z twoich problemów. Co chcesz mu powiedzieć?

– Że mi przykro.

– A jak zapyta, co robimy?

– Jedziemy autostradą, może trochę za szybko, ale jesteśmy w porządku.

– Chyba mu powiem, że złamałem zasady warunku, a ty pomagasz mi w ucieczce.

– Przestań, Travis.

Prawda była taka, że Travis wyglądał dokładnie jak typ łamiący warunek, prosto z castingu. Keith zatrzymał samochód, wyłączył silnik, poprawił koloratkę, upewnił się, że dobrze ją widać.

– Ani słowa, Travis – ostrzegł. – Ja mówię.

Kiedy czekali na bardzo powolnego policjanta, Keitha rozbawiła myśl, że stoi przy drodze, wplątany nie w jedno, ale w dwa przestępstwa i że z jakichś niewyobrażalnych względów na kompana w zbrodni wybrał seryjnego gwałciciela i mordercę. Spojrzał na Travisa i powiedział:

– Możesz zakryć ten tatuaż? – spytał. Po lewej stronie szyi widniał jakiś kłębiący się stwór, którego tylko zboczeniec mógł nosić z dumą.

– A jeśli on lubi tatuaże? – Travis nie zrobił żadnego ruchu przy kołnierzu koszuli.

Policjant zbliżał się ostrożnie, z długą latarką, i kiedy sytuacja wydała się bezpieczna, powiedział szorstko:

– Dzień dobry.

– Dobry. – Keith, spojrzał w górę. Podał prawo jazdy, dowód rejestracyjny i ubezpieczenie.

– Ksiądz? – Brzmiało to jak oskarżenie. Keith wątpił, żeby w południowej Oklahomie było wielu katolików.

– Jestem luterańskim pastorem – powiedział z ciepłym uśmiechem. Doskonały obrazek spokoju i uprzejmości.

– Luterańskim? – warknął policjant, jakby to było gorsze niż katolickim.

– Tak, proszę pana.

Oświetlił latarką prawo jazdy.

– Hm, pastorze Schroeder, jechał pan sto trzydzieści na godzinę.

– Tak, proszę pana. Przykro mi z tego powodu.

– Ograniczenie tutaj wynosi sto. Po co ten pośpiech?

– Żaden pośpiech. Po prostu nie uważałem.

– Dokąd pan jedzie?

Keith miał ochotę odpalić: „A co to pana obchodzi?". Ale szybko powiedział.

– Do Dallas.

– Mam chłopaka w Dallas – powiedział policjant, jakby to miało jakieś znaczenie. Wrócił do swojego samochodu, wsiadł, zatrzasnął drzwi i zabrał się do papierkowej roboty. Niebieskie światła migały w rzednącej ciemności.

Kiedy adrenalina opadła i Keith znudził się czekaniem, postanowił wykorzystać czas. Zadzwonił do Matthew Burnsa, który chyba musiał trzymać komórkę w ręku. Keith wyjaśnił, gdzie jest i co się z nim w tej chwili dzieje. Miał problem z przekonaniem Matthew, że to tylko zwykły mandat za przekroczenie szybkości. Kiedy udało się im przebić przez przesadną reakcję Matthew, uzgodnili, że natychmiast zaczną dzwonić do kancelarii Robbiego Flaka.

Policjant wreszcie wrócił. Keith podpisał mandat, odzyskał dokumenty, raz jeszcze przeprosił i po dwudziestu ośmiu minutach znowu byli na drodze. Obecność Boyette'a nie została odnotowana.

Rozdział 18

Kiedyś, w rozmytej przeszłości, Donté pamiętał dokładną liczbę dni, które spędził w celi numer 22F, w bloku śmierci w Oddziale Polunsky. Większość więźniów prowadziła takie obliczenia. Ale stracił rachubę z tego samego powodu, dla którego stracił zainteresowanie czytaniem, pisaniem, ćwiczeniami, jedzeniem, myciem zębów, goleniem się, braniem prysznica, próbami porozumienia z innymi więźniami i słuchaniem strażników. Mógł spać i śnić, i używać toalety, poza tym nie mógł albo nie chciał spróbować wiele więcej.

– To wielki dzień, Donté. – Strażnik wsunął tacę ze śniadaniem do celi. Znowu naleśniki z sosem jabłkowym. – Jak się miewasz?

– Okej – wymamrotał Donté. Rozmawiali przez wąską szczelinę w metalowych drzwiach.

Strażnikiem był Mysz, maleńki, czarny facet, jeden z milszych. Mysz odszedł i zostawił Dontégo, który tylko gapił się na jedzenie. Nic nie tknął. Godzinę później Mysz wrócił.

– No, Donté, musisz jeść.

– Nie jestem głodny.

– A co z ostatnim posiłkiem? Pomyślałeś o tym? Za kilka godzin powinieneś złożyć zamówienie.

– Co jest dobrego?

– Nie wiem, czy na ostatni posiłek cokolwiek może być dobre, ale słyszałem, że większość facetów objada się jak konie. Stek, ziemniaki, sum, krewetki, pizza, co tylko chcesz.

– A może zimne kluski i gotowana skóra, tak samo jak każdego innego dnia?

– Co tylko chcesz, Donté. – Mysz nachylił się trochę bliżej, ściszył głos. – Donté, będę o tobie myślał.

– Dzięki, Mysz.

– Będzie mi ciebie brakowało. Jesteś dobrym facetem.

Dontégo rozśmieszyła myśl, że komuś w bloku śmierci będzie go brakowało. Nie odpowiedział i Mysz odszedł.

Donté siedział długo na skraju pryczy i patrzył na kartonowe pudło, które dostarczyli poprzedniego dnia. Poukładał w nim porządnie swoją własność – kilkanaście tanich wydań książek, z których żadnej od lat nie czytał, bloczki do pisania, koperty, słownik, Biblia, kalendarz na 2007 rok, zamykana na suwak torebka, w której trzymał pieniądze, osiemnaście czterdzieści, dwie puszki sardynek, paczuszka zeschniętych słonych krakersów z kantyny i radio, które odbierało tylko chrześcijańską stację z Livingstone i country z Huntsville. Wziął bloczek, ołówek i zaczął obliczać. Zajęło to trochę czasu, ale w końcu osiągnął wynik, który jego zdaniem był całkiem dokładny.

Siedem lat, siedem miesięcy i trzy dni w celi numer 22F – dwa tysiące siedemset siedemdziesiąt jeden dni. Przedtem spędził około czterech miesięcy w starym bloku śmierci w Ellis. Aresztowano go dwudziestego drugiego grudnia 1998 roku i od tamtego czasu siedział.

Prawie dziewięć lat za kratkami. Wieczność, ale liczba nie robiła wrażenia. Czworo drzwi dalej Oliver Tyree, sześćdziesiąt cztery lata, siedział trzydziesty pierwszy rok w celi śmierci bez ustalonej daty egzekucji. Było paru dwudziestoletnich weteranów. Ale to się zmieniało. Wobec nowo przybyłych stosowano inne reguły. Ostateczne terminy apelacji były bardziej nieustępliwe. Dla skazanych po 1990 roku przeciętny czas oczekiwania na egzekucję wynosił dziesięć lat. Najkrócej w kraju.

Podczas pierwszych lat w 22F Donté czekał i czekał na wiadomości z sądów. Wydawało się, że poruszają się z szybkością ślimaka. Potem było po wszystkim, żadnych nowych wniosków, które można by złożyć, żadnych więcej sędziów i sądów, które Robbie mógłby zaatakować. Kiedy teraz patrzyło się wstecz, apelacje zdawały się płynąć szybko. Wyciągnął się na łóżku i próbował zasnąć.

Liczysz dni i patrzysz, jak upływają lata. Mówisz sobie i wierzysz w to, że chcesz po prostu umrzeć. Chcesz śmiało spojrzeć śmierci w twarz i mówisz, że jesteś gotów, bo cokolwiek czeka cię po tamtej stronie, musi być lepsze niż starzenie się w klatce dwa na trzy bez nikogo, z kim można by porozmawiać. W najlepszym razie uważasz się za na pół martwego. Proszę, zabierzcie tę drugą część.

Patrzyłeś, jak wielu wychodziło i nie wracało, wiesz, że pewnego dnia przyjdą po ciebie. Jesteś tylko szczurem w ich laboratorium, ciałem do rozporządzenia, żeby go użyć jako dowodu, że ich eksperyment działa. Oko za oko, każde zabójstwo musi być pomszczone. Dość zabijałeś, przekonają cię, że zabijanie jest dobre.

Liczysz dni, a potem już nic nie zostaje. Pytasz siebie w ostatni poranek, czy naprawdę jesteś gotów. Szukasz odwagi, ale męstwo się rozwiewa.

Kiedy jest po wszystkim, nikt naprawdę nie chce umierać.

Dla Reevy to był też wielki dzień i żeby pokazać światu, że cierpi, znowu zaprosiła do domu „Fordyce - Mocne Uderzenie!" na śniadanie. W swoim najbardziej stylowym spodnium usmażyła jajka na bekonie i usiadła za stołem z Wallisem i dwójką dzieci, Chadem i Marie, oboje tuż przed dwudziestką. Żadne z czworga nie potrzebowało tak sycącego śniadania. W ogóle powinni nie jeść. Ale kamery były włączone i rodzina, jedząc, paplała o pożarze, który zniszczył ich ukochany kościół, o ogniu, który wciąż się tlił. Byli zdumieni, źli. Byli pewni, że to podpalenie, ale udawało im się powstrzymywać i nie rzucać podejrzeń na nikogo - przy kamerach. Poza planem po prostu wiedzieli, że pożar wywołały czarne oprychy. Reeva należała do tego kościoła od ponad czterdziestu lat. Poślubiła tu obu mężów. Chad, Marie i Nicole zostali tu ochrzczeni. Wallis był diakonem. To była tragedia. Stopniowo przeszli do ważniejszych spraw. Wszyscy byli zgodni, że to smutny dzień, smutna okazja. Smutna, ale tak niezbędna. Przez prawie dziewięć lat czekali na ten dzień, żeby sprawiedliwość wreszcie przybyła do ich rodziny i owszem, również do całego Slone.

Skomplikowana egzekucja nadal zatrzymywała Seana Fordyce'a na Florydzie, ale ogłosił wszem wobec swoje plany. Na lotnisko w Huntsville przybędzie późniejszym popołudniem, prywatnym odrzutowcem, na szybki wywiad z Reevą, zanim będzie ona świadkiem egzekucji. Oczywiście, Sean będzie tam także po wszystkim.

Bez gospodarza programu nagrywanie przy śniadaniu ciągnęło się bez końca. Poza planem asystent reżysera podpowiadał rodzinie takie złote myśli, jak: „Czy sądzicie, że śmiertelny zastrzyk jest zbyt humanitarny?". Reeva z pewnością tak sądziła. Wallis tylko chrząknął. Chad przeżuwał boczek. Marie, gaduła jak jej matka, powiedziała między kęsami, że Drumm, umierając, powinien cierpieć wielki fizyczny ból, tak jak Nicole.

– Czy sądzicie, że egzekucja powinna być publiczna? – Różne reakcje przy stole.

– Skazaniec ma prawo do ostatniego słowa. Gdybyście mogli do niego przemówić, co byście powiedzieli? – Reeva, przeżuwając, wybuchnęła płaczem i zasłoniła oczy.

– Dlaczego, och, dlaczego? – zawodziła. – Dlaczego zabrałeś moje dziecko?

– Seanowi bardzo się to spodoba – szepnął asystent reżysera do operatora. Obaj tłumili uśmiechy.

Reeva wzięła się w garść i rodzina wróciła do śniadania. W pewnej chwili warknęła do męża, który prawie nic nie mówił:

– Wallis! A co ty myślisz? – Wallis wzruszył ramionami, jakby w ogóle nie myślał.

Brat Ronnie wpadł przypadkiem, kiedy posiłek miał się ku końcowi. Nie spał całą noc, patrząc, jak płonie jego kościół, i potrzebował snu. Ale Reeva i jej rodzina potrzebowali jego. Wypytywali o pożar. Wyglądał na takiego, co dźwiga ciężkie brzemię. Przeszli na tył domu, do pokoju Reevy, usiedli przy stoliku i przysunęli się do siebie. Trzymali się za ręce, a brat Ronnie prowadził modlitwę. Wysilając się na dramatyzm, z kamerą pół metra od głowy, prosił o siłę i odwagę dla rodziny, żeby wytrzymała to, co ją czekało w tym trudnym dniu. Podziękował Panu za sprawiedliwość. Modlił się za kościół i jego wiernych.

Nie wspomniał o Dontém Drummie i jego rodzinie.

Po kilkunastu zgłoszeniach poczty głosowej, wreszcie odpowiedziała żywa osoba.

– Kancelaria adwokacka Flaka – powiedziała szybko.

– Z Robbiem Flakiem proszę – rzekł Keith, ożywiając się. Boyette odwrócił się i spojrzał na niego.

– Pan Flak jest na zebraniu.

– Nie wątpię. Proszę posłuchać, to bardzo ważne. Nazywam się Keith Schroeder, jestem luterańskim pastorem z Topeka w Kansas. Rozmawiałem wczoraj z panem Flakiem. Kiedy teraz rozmawiamy, jadę do Slone, a ze mną, tu, w moim samochodzie, jest człowiek o nazwisku Travis Boyette. Pan Boyette zgwałcił i zamordował Nicole Yarber i wie, gdzie jest pochowane jej ciało. Wiozę go do Slone, żeby mógł opowiedzieć swoją historię. To bardzo ważne, żebym mógł porozmawiać z panem Flakiem. Teraz.

– Hm, jasne. Mogę zawiesić połączenie?

– Nie mogę pani powstrzymać.

– Chwileczkę.

– Proszę się pospieszyć.

Zawiesiła połączenie. Wyszła zza biurka przy drzwiach wejściowych i szybko przeszła przez stację, łapiąc po drodze pracowników. Robbie był w gabinecie z Fredem Pryorem.

– Robbie, musisz tego posłuchać – powiedziała, a jej mina i głos nie pozostawiały miejsca na dyskusję. Spotkali się w sali konferencyjnej, gdzie skupili się wokół głośnika. Robbie nacisnął guzik i powiedział:

– Tu Robbie Flak.

– Panie Flak, tu Keith Schroeder. Rozmawialiśmy wczoraj po południu.

– Tak, wielebny Schroeder, zgadza się?

– Tak, ale teraz po prostu Keith.

– Przełączyłem cię na głośnik. W porządku? Cała moja kancelaria jest tutaj, plus paru innych. Razem dziesięć osób. W porządku?

– Jasne, wszystko jedno.

– I magnetofon jest włączony, w porządku?

– Tak, świetnie, coś jeszcze? Słuchaj, jechaliśmy całą noc i powinniśmy być w Slone koło południa. Mam tu Travisa Boyette'a, jest gotów opowiedzieć swoją historię.

– Powiedz nam o Travisie – rzekł Robbie.

– Ma czterdzieści cztery lata, urodził się w Joplin, w Missouri, recydywista z czterema przestępstwami na tle seksualnym w aktach, popełnionymi co najmniej w czterech stanach. – Keith popatrzył na Boyette'a, który wyglądał przez okno po stronie pasażera, jakby był gdzie indziej. – Jego ostatni przystanek to więzienie w Lansing w Kansas, teraz jest na zwolnieniu warunkowym. Mieszkał w Slone, kiedy zniknęła Nicole Yarber, zatrzymał się w Rebel Motor Inn. Na pewno wiesz, gdzie to jest. Został zatrzymany w Slone za jazdę po pijanemu w styczniu 1999 roku. Jest dokument potwierdzający aresztowanie.

Carlos i Bonnie walili w klawisze laptopów, buszowali po Internecie, szukając czegokolwiek o Keitcie Schroederze, Travisie Boyetcie, aresztowaniu w Slone.

Keith mówił dalej:

– Rzeczywiście, był w więzieniu w Slone, kiedy Donté Drumm został aresztowany. Boyette wpłacił kaucję, wyszedł, potem wyjechał z miasta. Przeniósł się do Kansas, usiłował zgwałcić kolejną kobietę, został złapany i właśnie kończy wyrok.

Wokół stołu wymieniano pełne napięcia spojrzenia. Wszyscy wstrzymali oddechy.

– Dlaczego teraz mówi? – zapytał Robbie, pochylając się bliżej do głośnika.

– Umiera – powiedział otwarcie Keith, nie czas na łagodne słówka w takiej chwili. – Ma guza mózgu, glejaka, czwarte stadium, nieoperacyjne. Mówi, że lekarze mu powiedzieli, że został mu niespełna rok życia. Mówi, że chce zrobić to, co trzeba. Kiedy był w więzieniu, przestał śledzić sprawę Drumma, mówi, że myślał, że w Teksasie w końcu zrozumieją, że mają nie tego człowieka.

– Ten facet jest z tobą w samochodzie?

– Tak.

– Może słyszeć tę rozmowę?

Keith prowadził lewą ręką, a telefon trzymał w prawej.

– Nie – powiedział.

– Kiedy spotkałeś tego faceta, Keith?

– W poniedziałek.

– Wierzysz mu? Jeśli rzeczywiście jest seryjnym gwałcicielem i recydywistą, to prędzej będzie kłamał, niż mówił prawdę. Skąd wiesz, że ma guza mózgu?

– Sprawdzałem. To prawda. – Keith spojrzał na Boyette'a, który nadal gapił się w nicość przez okno od strony pasażera. – Myślę, że to wszystko prawda.

– Czego on chce?

– Jak do tej pory, niczego.

– Gdzie teraz jesteście?

– Międzystanowa 35, niedaleko granicy z Teksasem. Jak to działa, Robbie? Jest szansa na wstrzymanie egzekucji?

– Jest szansa – powiedział Robbie i spojrzał w oczy Samanthy Thomas. Wzruszyła ramionami, skinęła głową i słabym głosem powiedziała:

– Może.

Robbie zatarł ręce.

– W porządku, Keith, oto, co musimy zrobić. Musimy spotkać się z Boyette'em i zadać mu mnóstwo pytań i jeśli pójdzie dobrze, przygotujemy dla niego pisemne zeznanie pod przysięgą, żeby je podpisał i załączymy do wniosku. Mamy czas, ale nie za wiele.

Carlos wręczył Samancie zdjęcie Boyette'a, które właśnie wydrukował ze strony Kansaskiego Departamentu Więziennictwa. Pokazała na jego twarz i wyszeptała:

– Daj go do telefonu.

Robbie skinął głową.

– Keith, chciałbym porozmawiać z Boyette'em. Możesz go dać do telefonu?

Keith opuścił komórkę.

– Travis, to adwokat. Chce z tobą rozmawiać.

– Ja chyba nie chcę – odparł Boyette.

– Dlaczego? Jedziemy do Teksasu, żeby porozmawiać z tym człowiekiem, to on.

– Nie. Będę rozmawiał, jak tam dojedziemy.

Głos Boyette'a było dobrze słychać przez głośnik. Robbiemu i reszcie ulżyło, kiedy się dowiedzieli, że Keith naprawdę ma kogoś w samochodzie. Może nie jest jakimś czubkiem, który się wygłupia za pięć dwunasta.

– Gdybym mógł porozmawiać z nim teraz – naciskał Robbie – moglibyśmy zacząć pisać jego oświadczenie. To zaoszczędziłoby nam trochę czasu, a nie mamy go wiele.

Keith przekazał to Boyette'owi, jego reakcja była zaskakująca. Pochylił się gwałtownie do przodu i chwycił oburącz za głowę. Usiłował stłumić krzyk, ale wyrwało mu się bardzo głośne „Aaaach!", a po nim głębokie, gardłowe dźwięki, jakby umierał w straszliwej męce.

– Co to takiego? – zapytał Robbie.

Keith, prowadził, rozmawiał przez telefon, a teraz rozproszył go ten atak.

– Oddzwonię – powiedział i odłożył telefon.

– Rzygam – powiedział Boyette, sięgając do klamki. Keith nadepnął na hamulec i skierował subaru na pobocze. Osiemnastokołowiec za nim gwałtownie skręcił i zatrąbił. Wreszcie się zatrzymali i Boyette chwycił pas bezpieczeństwa. Kiedy się uwolnił, wychylił się przez uchylone drzwi i zaczął wymiotować. Keith wysiadł, podszedł do tylnego zderzaka, nie chciał patrzeć. Boyette rzygał długo, kiedy wreszcie skończył, Keith wręczył mu butelkę wody.

– Muszę się położyć – powiedział Boyette i przeczołgał się na tylne siedzenie. – Nie jedź jeszcze – zażądał. – Wciąż mi niedobrze.

Keith odszedł parę kroków i zadzwonił do żony.

Po kolejnym hałaśliwym spazmie krztuszenia i wymiotowania Boyette jakby się uspokoił. Wrócił na tylne siedzenie, prawe drzwi były otwarte, nogi zwisały mu na zewnątrz.

– Musimy ruszać, Travis. Slone samo nie przyjdzie.

– Tylko minutkę, okej? Nie jestem gotów do jazdy. – Pocierał skronie, a jego gładka czaszka wyglądała, jakby miała pęknąć. Keith przyglądał mu się przez minutę, ale poczuł się zażenowany, gapiąc się na takie cierpienie. Obszedł wymiociny i nachylił się nad maską samochodu.

Zabrzęczał telefon. To był Robbie.

– Co się stało? – zapytał.

Robbie teraz siedział, nadal przy stole konferencyjnym, większość pracowników była przy nim. Carlos już opracowywał pisemne zeznanie. Bonnie znalazła archiwalny zapis z aresztowania Boyette'a w Slone i próbowała ustalić, który adwokat był jego pełnomocnikiem. Kristi Hinze przyszła około siódmej trzydzieści i szybko zrozumiała, że straciła najważniejsze. Martha Handler stukała jak szalona kolejny rozdział ewoluującej opowieści o egzekucji. Aaron Rey i Fred Pryor włóczyli się po stacji, pili kubek za kubkiem kawy i nerwowo przyglądali się wszystkim drzwiom i oknom. Na szczęście słońce już wzeszło i prawdę mówiąc, nie spodziewali się kłopotów. Przynajmniej nie w kancelarii.

– On ma te ataki – powiedział Keith, kiedy z rykiem przejechał osiemnastokołowiec, rozwiewając mu włosy. – Myślę, że to guz, ale kiedy go dopadają, to jest naprawdę przerażające. Wymiotował przez ostatnich dwadzieścia minut.

– Jedziecie, Keith?

– Nie. Ruszamy za minutę.

– Minuty przelatują obok nas, Keith. Rozumiesz, prawda? Donté zostanie stracony o szóstej dziś po południu.

– Rozumiem. Jeśli sobie przypominasz, próbowałem porozmawiać z tobą wczoraj, a ty mi powiedziałeś, żebym spadał.

Robbie głęboko zaczerpnął tchu, widział, jak wszyscy wokół stołu patrzą na niego.

– Czy on cię teraz słyszy?

– Nie. Leży na tylnym siedzeniu, masuje sobie głowę, boi się poruszyć. Ja siedzę na masce i robię uniki przed osiemnastokołowcami.

– Powiedz, dlaczego wierzysz temu facetowi?

– Hm, popatrzmy, od czego zacząć? Wie mnóstwo na temat zbrodni. Był w Slone, kiedy się to stało. To oczywiste, że jest zdolny do takiej brutalności. Umiera. Nie ma innych dowodów przeciwko Dontému Drummowi poza zeznaniem. I Boyette ma pierścionek z ostatniej klasy szkoły Nicole. Nosi go na szyi, na łańcuszku. To wszystko, co wiem, Robbie. Przyznaję, jest niewielka szansa, że to wszystko wielkie łgarstwo.

– Ale pomagasz mu złamać zasady zwolnienia warunkowego. Popełniasz przestępstwo.

– Nie przypominaj mi, dobrze? Właśnie rozmawiałem z żoną i przypadkiem o tym wspomniała.

– Kiedy możecie tu dojechać?

– Nie wiem. Trzy godziny. Może. Zatrzymywaliśmy się dwa razy na kawę, bo nie przespałem trzech nocy. Kupiłem sobie mandat za przekroczenie szybkości, wypisany przez najpowolniejszego policjanta w Oklahomie. Teraz Boyette wyrzyguje flaki, a ja wolałbym, żeby raczej robił to w rowie, a nie w moim samochodzie. Nie wiem, Robbie. Staramy się.

– Pośpiesz się.

Rozdział 19

Kiedy słońce wstało, a miasto niespokojnie budziło się do życia, policja Slone była w stanie najwyższego pogotowia, z otwartymi kaburami, trzeszczącymi radiami, radiowozami śmigającymi w tę i z powrotem po ulicach, a każdy funkcjonariusz szukał kolejnego zwiastuna kłopotów. Spodziewano się ich w liceum i szef policji wczesnym rankiem w czwartek wysłał tam dodatkowo sześciu ludzi. Kiedy uczniowie przyszli do klas, zobaczyli samochody policyjne zaparkowane w pobliżu głównego wejścia. Złowieszczy znak.

Całe Slone wiedziało, że czarni zawodnicy zbojkotowali trening w środę i poprzysięgli nie zagrać w piątek. Nie mogło być większej obelgi dla społeczności, która tak uwielbiała futbol. Kibice, tak gorliwi i lojalni zaledwie tydzień wcześniej, teraz poczuli się zdradzeni. Uczucia były gwałtowne, emocje nieskrywane, w całym Slone. W białej części miasta gorycz wywołał futbol, a teraz spalenie kościoła. W czarnej części przez cały czas szło o egzekucję.

Jak to bywa z wszystkimi gwałtownymi i nagłymi konfliktami, to, jak bunt się rozpoczął, nigdy nie będzie dokładnie znane. Kiedy w nieskończoność opowiadano, ciągle od nowa, o tych wypadkach, dwie sprawy stały się oczywiste: czarni uczniowie winili białych uczniów, a biali czarnych. Kwestia czasu była trochę jaśniejsza. Kilka sekund po pierwszym dzwonku, o ósmej piętnaście, kilka rzeczy zdarzyło się naraz. Bomby dymne odpalono w szatniach dla chłopców na parterze i pierwszym piętrze. Petardy potoczyły się głównym korytarzem i eksplodowały jak pociski pod metalowymi szafkami. Sznur petard wybuchł w pobliżu centralnej klatki schodowej i szkołę ogarnęła panika. Większość czarnych uczniów wyszła z klas i zmieszała się na korytarzach. W auli trzecioklasistów zaczęła się bijatyka, kiedy w gorącej wodzie kąpany czarny i w gorącej wodzie kąpany biały obrzucili się obelgami i zaczęli się okładać sierpowymi. Inni szybko się opowiedzieli po odpowiednich stronach i dołączyli. Nauczyciel wybiegł z auli, wołając o pomoc. Jedna iskierka rozpaliła kilkanaście innych. Wkrótce uczniowie zaczęli w popłochu wypadać ze szkoły. Niektórzy krzyczeli „Pożar, pożar!", chociaż nie było widać płomieni. Policja wezwała wsparcie i wozy strażackie. Wszędzie na parterze i pierwszym piętrze wybuchały petardy. Dym był coraz gęstszy, chaos coraz gorszy. Koło siłowni kilkoro czarnych dzieciaków właśnie plądrowało gabloty z trofeami, kiedy zobaczyła ich grupa białych. Wybuchła kolejna bójka, przeniosła się na parking. Dyrektor siedział w gabinecie i nie przestawał szczekać do radiowęzła. Jego ostrzeżenia, ignorowane, tylko powiększały zamęt. O ósmej trzydzieści oznajmił, że szkoła zostaje zamknięta na ten i następny dzień. Policja ze wsparciem w końcu spacyfikowała i ewakuowała Liceum Miejskie Slone. Nie było pożaru, tylko dym i gryzący odór tanich materiałów wybuchowych. Było trochę potłuczonego szkła, zapchanych toalet, wywróconych do góry nogami szafek i skradzionych plecaków. Zniszczono automat z napojami. Trzech uczniów – dwóch białych, jeden czarny – zabrano do szpitala, gdzie opatrzono im zadraśnięcia. Mnóstwa zadraśnięć i siniaków nie zgłoszono. Przy takiej bijatyce, z tyloma uczestnikami, jak zwykle nie było można stwierdzić, kto wywoływał awanturę, a kto próbował uciec, więc nie dokonano żadnych zatrzymań.

Wielu starszych chłopców, czarnych i białych, poszło do domu po broń.

Robertę, Andreę, Cedrika i Marvina przepuszczono przez wartownię we frontowym budynku Oddziału Polunsky. Nadzorca poprowadził ich do sali odwiedzin. Te procedury i ten spacer cierpieli wielokrotnie przez ostatnich siedem lat. I chociaż zawsze nienawidzili więzienia i wszystkiego, co z nim związane, mieli świadomość, że wkrótce stanie się ono częścią ich przeszłości. Choćby dlatego, że w Polunsky mieszkał Donté. Zmiana tego stanu rzeczy była kwestią kilku godzin.

Są dwa prywatne pokoje, z których korzystają adwokaci podczas odwiedzin. Są troszeczkę szersze niż inne budki używane przez gości i zupełnie zamknięte, żeby strażnicy, funkcjonariusze więzienni czy inni więźniowie nie mogli podsłuchiwać. W ostatnie dni skazańcowi pozwala się na widzenie z rodziną i przyjaciółmi w jednym z pokojów adwokackich. Pleksiglas jest i tutaj, i wszystkie rozmowy prowadzone są przez czarne słuchawki telefoniczne po jego obu stronach. Żadnego dotykania.

Sala odwiedzin jest w weekendy miejscem pełnym wrzawy i zamieszania, ale w dni powszednie ruch jest tu niewielki. Środy są oznaczone osobno jako „dni medialne" i człowiek „z datą" udziela zazwyczaj wywiadów paru reporterom z miasta, w którym popełniono morderstwo. Donté odmówił wszystkim prośbom o wywiad.

Kiedy rodzina weszła do sali widzeń o ósmej rano, zastała tam tylko strażniczkę Ruth. Znali ją dobrze. Życzliwa dusza, która lubiła Dontégo. Ruth przywitała ich i powiedziała, że jest jej bardzo przykro.

Donté już czekał w pokoju adwokackim, kiedy weszli Roberta i Cedric. Przez drzwi za nim widać było strażnika. Donté jak zawsze położył płasko dłoń na pleksiglasie, a Roberta zrobiła to samo z drugiej strony. Chociaż nie mogli się dotknąć, w ich umysłach był to długi gorący uścisk. Donté nie dotykał matki od ostatniego dnia procesu, w październiku 1999 roku, kiedy strażnik, który wyprowadzał go z sali sądowej, pozwolił im na szybki uścisk.

Trzymając słuchawkę w prawej ręce, powiedział z uśmiechem:

– Cześć, mamusiu. Dziękuję, że przyszłaś. Kocham cię. – Ich ręce nadal były złączone, przyciśnięte do szyby.

– Ja cię też kocham, Donté – powiedziała Roberta. – Jak się dzisiaj czujesz?

– Tak samo. Wziąłem już prysznic i się ogoliłem. Wszyscy są dla mnie naprawdę mili. Dostałem nowe ubranie, parę bokserek. Przyjemnie tu. Oni naprawdę robią się tutaj mili, zanim cię zabiją.

– Świetnie wyglądasz, Donté.

– Ty też, mamusiu. Jesteś piękna jak zawsze.

Podczas pierwszych wizyt Roberta szlochała i nie była w stanie się powstrzymać. Później Donté napisał do niej, jak przygnębiające jest widzieć ją w takiej rozpaczy. W samotności celi płakał godzinami, ale nie mógł znieść widoku płaczącej matki. Chciał, żeby odwiedzała go, kiedy to tylko możliwe, ale łzy robiły więcej szkody niż pożytku. Nie było już więcej łez, nie płakali Roberta, Andrea, Cedric, Marvin ani żaden inny krewny czy przyjaciel. Roberta stawiała tę sprawę bardzo jasno przed każdą wizytą. Jeśli nie potrafisz się kontrolować, wyjdź z budki.

– Rozmawiałam rano z Robbiem – powiedziała. – Ma jeszcze jeden, dwa plany na ostatnie apelacje, no i gubernator nie wydał decyzji w sprawie twojej prośby o odroczenie. Więc jest nadzieja, Donté.

– Nie ma nadziei, mamusiu, nie oszukuj się.

– Nie możemy się poddać, Donté.

– A dlaczego? Już nic nie możemy zrobić. Kiedy Teksas chce kogoś zabić, to go zabije. Zabili jednego w ubiegłym tygodniu. Mają następnego, zaplanowanego na ten miesiąc. Tu jest taśma produkcyjna, nikt jej nie powstrzyma. Można mieć szczęście i co jakiś czas dostać odroczenie, mnie się to zdarzyło dwa lata temu, ale wcześniej czy później czas się kończy. Nie obchodzi ich wina czy niewinność. Mamusiu, ich obchodzi tylko to, żeby pokazać światu, jacy są twardzi. Teksas nie żartuje. Nie zadzieraj z Teksasem. Słyszałaś to kiedy?

– Donté, nie chcę, żebyś się złościł – powiedziała cicho.

– Przepraszam, mamusiu, umrę zły. Nic na to nie poradzę. Niektórzy z tych facetów idą spokojnie, śpiewają hymny, cytują Pismo, błagają o wybaczenie. Koleś w ubiegłym tygodniu powiedział, „Ojcze, w ręce Twoje oddaję ducha mego". Niektórzy nie mówią ani słowa, tylko zamykają oczy i czekają na truciznę. Paru szamotało się, wychodząc. Todd Williams umarł trzy lata temu, zawsze twierdził, że jest niewinny. Mówili, że podpalił dom, w którym spłonęły trzy dziewczynki. Ale on też był w tym domu i został poparzony. Walczył do końca. W ostatnim słowie sklął ich.

– Nie rób tego, Donté.

– Mamusiu, nie wiem, co zrobię. Może nic. Może będę tam tylko leżeć z zamkniętymi oczami, zacznę liczyć, a kiedy dojdę do stu, po prostu odpłynę. Ale mamusiu, ty tam nie możesz być.

– Już o tym rozmawialiśmy, Donté.

– No to porozmawiajmy jeszcze raz. Nie chcę, żebyś była tego świadkiem.

– Ja też nie chcę, wierz mi. Ale tam będę.

– Muszę porozmawiać z Robbiem.

– Już z nim rozmawiałam, Donté. On wie, co czuję.

Donté powoli odsunął lewą dłoń od szkła, Roberta zrobiła to samo. Położyła słuchawkę na blacie i wyjęła z kieszeni kartkę. Za wartownią nie wolno było mieć torebek. Rozłożyła papier, podniosła słuchawkę i powiedziała:

– Donté, to lista ludzi, którzy dzwonili, albo wpadli, żeby o ciebie zapytać. Przyrzekłam im, że przekażę ich myśli.

Skinął głową i próbował się uśmiechnąć. Roberta odczytała nazwiska – sąsiedzi, starzy przyjaciele z ulicy, koledzy z klasy, wierni kościoła i kilku dalekich krewnych. Donté słuchał bez słowa, ale duchem jakby go nie było. Roberta czytała i czytała, a przy każdym nazwisku dodawała krótki komentarz albo anegdotę.

Następna była Andrea. Przerobili rytuał dotykania. Opisała pożar kościoła baptystów, napięcie w Slone, obawy, że dojdzie do rozruchów. Dontému chyba się to spodobało – myśl, że jego bracia oddają ciosy.

Rodzina nauczyła się przed laty, że do sali odwiedzin należy przychodzić z kieszenią pełną monet. Wzdłuż ścian stały automaty, a strażnicy dostarczali więźniom jedzenie i napoje podczas wizyty. Donté w więzieniu poważnie stracił na wadze, ale bardzo chciał zjeść cynamonowego pączka z grubym lukrem. Kiedy Roberta i Andrea odbywały pierwszą rundę wizyty, Marvin kupił dwa pączki, a Ruth zaniosła je Dontému. Tandetne jedzenie poprawiło mu nastrój.

Cedric czytał gazetę obok pokoju dla adwokatów, kiedy wpadł naczelnik więzienia, żeby się przyjaźnie przywitać. Chciał się upewnić, czy wszystko jest jak trzeba, czy wszystko w więzieniu idzie gładko.

– Czy mogę jakoś pomóc? – zapytał, jakby ubiegał się o stanowisko. Bardzo się starał, żeby okazać współczucie.

Cedric wstał, pomyślał chwilę i się rozzłościł.

– Żarty pan sobie stroi? Niedługo zabijecie mojego brata za coś, czego nie zrobił, a pan tu wpada z jakimiś śmiesznymi bzdurami, że chce pomóc.

Podeszła Ruth.

– Proszę pana, wykonujemy tylko naszą pracę.

– Nie, nie wykonujecie, chyba że wasza praca pozwala wam zabijać niewinnych. Jak chcecie pomóc, to wstrzymajcie tę cholerną egzekucję.

Marvin wszedł między nich i powiedział:

– Uspokójmy się. – Naczelnik się wycofał i powiedział coś do Ruth. Po drodze do drzwi o czymś poważnie rozmawiali. Wkrótce naczelnik wyszedł.

Teksański Sąd Apelacji Karnych (TSAK) ma wyłączną jurysdykcję nad sprawami o morderstwa zagrożonymi karą śmierci i jest jedynym sądem ostatniej szansy w Teksasie, zanim więzień dotrze do instancji federalnych. Liczy dziewięcioro członków, wszyscy pochodzą z wyboru, wszyscy muszą kandydować z całego stanu. W 2007 roku sąd nadal trzymał się archaicznej zasady, że wszystkie prośby, petycje, apelacje i dokumenty muszą być wnoszone w formie wydruku. Nic online. Czarny atrament na białym papierze i to całe tony. Każdy wniosek musi się składać z dwunastu kopii, po jednej dla każdego sędziego, jeden dla urzędnika sądowego, jeden dla sekretarza, jeden do sądowej teczki.

Była to dziwaczna i kłopotliwa procedura. Sąd federalny dla Zachodniego Dystryktu Teksasu mieszczący się kilka przecznic od TSAK w połowie lat dziewięćdziesiątych dopuścił wnioski składane elektronicznie. Na przełomie wieków, wraz z postępem technologii, papierowe dokumenty błyskawicznie się zestarzały. W prawie, zarówno w sądach, jak i w biurach, elektroniczny dokument stał się znacznie bardziej popularny niż papierowy.

W czwartek o dziewiątej rano kancelaria Flaka i prawnicy z Grupy Obrońców zostali powiadomieni, że TSAK odrzucił wniosek o uznanie niepoczytalności. Sąd nie uwierzył, że Donté jest chory umysłowo. Spodziewano się tego. Parę minut po przyjściu odmowy identyczna petycja została złożona elektronicznie w sądzie federalnym dla Zachodniego Dystryktu Teksasu w Tyler.

O dziewiątej trzydzieści rano adwokat z Grupy Obrońców o nazwisku Cicely Avis weszła do biura urzędnika sądowego TSAK z ostatnim wnioskiem sporządzonym przez obrońców Dontégo Drumma. Było to roszczenie faktycznej niewinności oparte na nagranych z ukrycia wypowiedziach Joeya Gamble'a. Cicely przychodziła tu rutynowo z podobnymi dokumentami, znali się z urzędnikiem bardzo dobrze.

– Co jeszcze macie? – zapytał urzędnik sądowy, rejestrując petycję.

– Jestem pewna, że coś będzie – powiedziała Cicely.

– Zazwyczaj jest.

Urzędnik zakończył papierkową robotę, wręczył podstemplowaną kopię Cicely i życzył jej dobrego dnia. Ze względu na oczywistą pilność sprawy, dostarczył kopie petycji do biur wszystkich dziewięciu sędziów. Trzej przypadkiem byli w Austin. Pozostała szóstka była rozproszona po stanie. Przewodniczącym sądu był Milton Prudlowe, długoletni sędzia mieszkający prawie cały rok w Lubbock, ale z małym apartamentem w Austin.

Prudlowe i jego urzędnik przeczytali petycję i zwrócili szczególną uwagę na ośmiostronicowy transkrypt nagrania Joeya Gamble'a, który poprzedniego wieczoru wylewnie spowiadał się w houstońskim klubie ze striptizem. Chociaż było to zajmujące, nie miało nic wspólnego z zaprzysiężonym zeznaniem i trudno było wątpić, że odmówiłby zeznawania, gdyby go z nimi skonfrontować. Sąd nie dał zgody na nagranie. Wszystko tonęło w moralnym brudzie. Młody człowiek najwyraźniej nieźle popijał. A gdyby złożył zeznanie, gdyby naprawdę kłamał podczas rozprawy, czego by to dowodziło? Według Prudlowe'a prawie niczego. Donté Drumm zeznał, jasne i proste. Sprawa Drumma nigdy nie niepokoiła Miltona Prudlowe'a.

Siedem lat wcześniej wraz kolegami po raz pierwszy rozpatrywał bezpośrednią apelację Dontégo Drumma. Dobrze ją zapamiętali, nie ze względu na zeznanie, ale na brak trupa. Jednak wyrok został zatwierdzony jednogłośnie. W teksańskim prawie już dawno ustalono postępowanie w sprawach o morderstwo bez jasnego dowodu morderstwa. Niektóre ze zwykłych przesłanek po prostu nie były niezbędne. Prudlowe i jego urzędnik sądowy zgodzili się, że ostatni wniosek jest bezwartościowy.

Boyette od prawie dwóch godzin siedział z tyłu. Łyknął pigułkę, najwyraźniej świetnie podziałała. Nie ruszał się, nie odzywał, ale z pewnością oddychał, przynajmniej za ostatnim razem, kiedy Keith sprawdzał.

Żeby nie usnąć, Keith dwa razy zadzwonił do Dany. Rozmawiali gwałtownie, żadne nie ustępowało, żadne nie przepraszało za to, że powiedziało za dużo. Po każdej rozmowie Keith czuł, że się w nim gotuje. Zadzwonił do Matthew Burnsa, który siedział w biurze, w centrum Topeka, chętny do pomocy. Niewiele mógł zrobić.

Kiedy subaru skręciło na pobocze dwupasmówki, gdzieś blisko Sherman w Teksasie, Keith nagle się poczuł się bardzo rozbudzony. I wściekły. Zatrzymał się przy najbliższym sklepie spożywczym i kupił duży kubek mocnej kawy. Wsypał trzy opakowania cukru i przeszedł się pięć razy wokół sklepu. Kiedy wrócił do samochodu, Boyette się nie ruszał. Keith łyknął gorącej kawy i popędził dalej. Kiedy zadzwonił telefon, podniósł go błyskawicznie z fotela pasażera.

To był Robbie Flak.

– Gdzie jesteś? – zapytał.

– Nie wiem. Autostrada 82, jadę na wschód, za Sherman.

– Co tak długo?

– Robię, co mogę.

– Jest szansa, żebym teraz porozmawiał z Boyette'em?

– Mała. Właśnie zasnął na tylnym siedzeniu, nadal jest bardzo chory. I mówi, że nie porozmawia, póki tam nie przyjedzie.

– Keith, nie mogę nic zrobić, dopóki nie pogadam z tym facetem, rozumiesz? Muszę wiedzieć, ile jest skłonny zeznać. Czy ma zamiar przyznać, że zabił Nicole Yarber? Możesz na to odpowiedzieć?

– Hm, Robbie, to jest tak. Wyjechaliśmy z Topeka w środku nocy, jedziemy jak wariaci do twojej kancelarii, a jedynym celem według Boyette'a, kiedy opuszczaliśmy Topeka, jest to, że chce się oczyścić, przyznać do gwałtu i morderstwa, i spróbować ratować Dontégo Drumma. Tyle powiedział. Ale ten gość jest nieprzewidywalny. Z tego, co wiem, może już być w śpiączce.

– Sprawdź mu tętno.

– Nie. On nie lubi, kiedy się go dotyka.

– No to się pospiesz, do cholery.

– Uważaj, co mówisz. Jestem pastorem i nie toleruję takiego słownictwa.

– Przepraszam. Pospiesz się, proszę.

Rozdział 20

O marszu szeptano gdzieś od poniedziałku, ale szczegóły nie były jeszcze dopracowane. Kiedy zaczął się tydzień, do egzekucji pozostało parę dni, czarna społeczność miała gorącą nadzieję, że gdzieś ocknie się jakiś sędzia i ją wstrzyma. Ale dni mijały, a siły wyższe wciąż spały. Teraz godzina egzekucji była bliska, a czarni ze Slone, zwłaszcza młodsi, nie chcieli siedzieć bezczynnie. Zamknięcie liceum dodało im energii i dało czas, żeby pomyśleć, jak narobić rabanu.

Koło dziesiątej rano tłum zaczął się zbierać w Washington Park, na rogu Dziesiątej i bulwaru Martina Luthera Kinga. Wspomagany przez komórki i Internet gęstniał i wkrótce tysiąc czarnych kłębiło się niespokojnie, pewnych, że zaraz coś się wydarzy, ale niepewnych co dokładnie. Przyjechały dwa radiowozy i zaparkowały w oddali, przy ulicy, w bezpiecznej odległości od tłumu.

Trey Glover był początkującym skrzydłowym Liceum Miejskiego Slone. Jechał terenówką z przyciemnionymi szybami, dużymi kołami, lśniącymi deklami i systemem audio, który miał rozbić szkło. Zaparkował na ulicy, otworzył wszystkie czworo drzwi i zaczął puszczać *Sprawiedliwość białego człowieka*, gniewny rap T.P. Silka. Piosenka zelektryzowała tłum. Doszli inni, głównie uczniowie liceum, ale tłum przyciągnął też bezrobotnych, parę gospodyń domowych i paru emerytów. Kiedy nadeszło czterech Wojowników Slone z dwoma bębnami basowymi i dwoma werblami, zmaterializował się zespół. Zaczęło się skandowanie, „Uwolnić Dontégo Drumma" rozbrzmiewało echem w okolicy. W oddali, z dala od parku, ktoś odpalił salwę petard i przez ułamek sekundy wszyscy myśleli, że to ogień z broni palnej. Rzucano bomby dymne, z minuty na minutę napięcie rosło.

Ta cegła nie poleciała od strony Washington Park. Wypadła zza radiowozów, zza drewnianego płotu obok domu pana Erniego Shylocka, który siedział na werandzie i przyglądał się poruszeniu. Twierdził, że wie, kto ją rzucił. Rozbiła tylną szybę radiowozu, przyprawiła dwóch policjantów niemal o panikę i wywołała głośną falę aprobaty ze strony tłumu. Policja przez kilka sekund biegała w kółko, z bronią w ręku, gotowa strzelać do wszystkiego, co się rusza, z panem Shylockiem jako pierwszym prawdopodobnym celem. Pan Shylock podniósł ręce i ryknął:

– Nie strzelać. To nie ja.

Jeden z policjantów pobiegł pędem za dom, jakby mógł doścignąć napastnika, ale po czterdziestu metrach dostał zadyszki i odpuścił. W ciągu kilku minut przybyły posiłki. Widok większej liczby radiowozów rozwścieczył tłum.

Marsz wreszcie się zaczął, kiedy dobosze weszli na bulwar Martina Luthera Kinga i ruszyli na północ, w stronę centrum. Z tyłu jechał Trey Glover w terenówce, z opuszczonymi szybami i rapem na cały regulator. Za nim szli inni, długa linia demonstrantów, wielu z plakatami żądającymi sprawiedliwości, wstrzymania zabijania i wolności dla Dontégo. Dzieci na rowerach dołączyły do zabawy. Czarni, siedzący bezczynnie na werandach, wstali i poszli z tłumem. Parada rozrastała się w miarę, jak szła naprzód na pozór bez celu.

Nikt nie martwił się o pozwolenie wymagane przez przepisy miasta Slone. Wiec z poprzedniego dnia, przed gmachem sądu, przeprowadzono zgodnie z prawem, ale ten marsz nie. Policja jednak potraktowała go spokojnie. Niech protestują. Niech wrzeszczą. Miejmy nadzieję, że dziś wieczór będzie po wszystkim. Blokowanie trasy marszu, próba rozproszenia tłumu albo nawet zatrzymanie kilku ludzi rozdrażniłoby ich tylko i pogorszyło sytuację. Więc policja się powstrzymywała, paru szło w oddaleniu z tyłu, inni krążyli z przodu, robili drogę, przekierowywali ruch.

Czarny funkcjonariusz na motocyklu podjechał z boku do terenówki i wrzasnął:

– Dokąd jedziesz, Trey?

– Wracamy pod sąd – odparł Trey, najwyraźniej nieformalny lider.

– Przypilnuj, żeby był spokój, to nie będzie kłopotów.

– Spróbuję. – Trey wzruszył ramionami. Zarówno on, jak i policjant wiedzieli, że kłopoty mogą się zacząć w każdej chwili.

Tłum skręcił w Phillips Street i poszedł dalej, luźne zbiorowisko obywateli upojonych swoją swobodą manifestowania przekonań, ale i zadowolonych, że przyciągają uwagę. Dobosze wybijali precyzyjny, sugestywny takt. Rap wstrząsał ulicą z otępiającą melancholią. Uczniowie kiwali się i kręcili w rytm, skandując rozmaite okrzyki. Nastrój był świąteczny i bojowy. Dzieciaki były dumne, że ich liczba wzrasta, ale chciały czegoś więcej. Przed nimi policja zablokowała Main Street i rozpuściła wśród skupionych w centrum informację, że tłum zmierza w ich stronę.

Telefon na 911 nagrano o jedenastej dwadzieścia siedem. Niedaleko Washington Park płonął kościół Góry Synaj Boga w Chrystusie. Według dzwoniącego za kościołem parkowała biała furgonetka z logo i numerem telefonu. Dwóch białych mężczyzn w kombinezonach hydraulików czy elektryków wybiegło z kościoła i odjechało. Parę minut później pokazał się dym. Syreny zawyły, kiedy pierwsi strażacy zareagowali na telefon. Wozy strażackie wytoczyły się z dwóch z trzech remiz w Slone.

Na rogu Phillips i Main marsz się zatrzymał. Bębny umilkły. Rap zamarł. Patrzyli, jak wozy strażackie jadą do ich części miasta. Ten sam czarny policjant na motorze zatrzymał się przy terenówce i poinformował Treya, że właśnie płonie jeden z ich kościołów.

– Rozwiążmy ten mały marsz, Trey – powiedział.

– Raczej nie.

– No to będą kłopoty.

– Już są kłopoty – powiedział Trey.

– Musicie skończyć, zanim to wymknie się spod kontroli.

– Nie, to wy musicie zejść z drogi.

Dziesięć kilometrów na zachód od Slone był wiejski sklep i delikatesy zwane Punktem Handlowym. Ich właścicielem był wielki, krzykliwy, gadatliwy mężczyzna Jesse Hicks, daleki kuzyn Reevy. Ojciec Jessiego otworzył Punkt Handlowy przed pięćdziesięciu laty i Jesse nigdy nie pracował gdzie indziej. Punkt był miejscem, gdzie wpadano na plotki i lunch, odbyło się tu kilka wyborczych grillów dla polityków. W czwartek ruch był większy niż zazwyczaj, więcej ludzi zaglądało, żeby usłyszeć najnowsze nowiny o egzekucji. Jesse zawiesił zdjęcie swojej ulubionej siostrzenicy Nicole Yarber na ścianie za ladą, obok papierosów, i był gotów mówić o niej z każdym, kto chciał słuchać. Właściwie była bardzo daleką kuzynką, ale odkąd stała się czymś w rodzaju celebrytki, nazywał ją siostrzenicą. W czwartek ósmego listopada Jesse nie mógł się doczekać szóstej po południu.

Sklep znajdował się od ulicy, mała jadalnia na tyłach, a wokół pękatego, starego pieca stało pół tuzina bujanych foteli. Wszystkie były zajęte bo zbliżał się lunch. Jesse pracował przy kasie, sprzedawał benzynę i piwo i gadał bez przerwy do swojego małego audytorium. Po buncie w liceum zaledwie kilka godzin wcześniej, kiedy Pierwszy Kościół Baptystyczny jeszcze dymił, i, oczywiście, przed zbliżającą się egzekucją, plotkować było o czym i ludzie rozprawiali z podnieceniem. Facet zwany Shorty wszedł i oznajmił:

– Afrykanie znowu idą do centrum. Jeden rozwalił cegłą szybę w radiowozie.

To, dołożone do innych plotek, niemal przepełniło stertę wieści, które należało przedyskutować, przeanalizować i ocenić, i to szybko. Shorty miał swoich pięć minut, ale szybko przebił go Jesse, który zawsze miał najwięcej do powiedzenia. Padały rozmaite opinie na temat tego, co powinna zrobić policja, i nikt nie twierdził, że policja zrobiła co trzeba.

Jesse przechwalał się od lat, że będzie świadkiem egzekucji Dontégo Drumma, że nie może się jej doczekać, że nacisnąłby przełącznik, gdyby mu pozwolono. Wiele razy mówił, że droga Reeva nalegała, żeby tam był, bo tak uwielbiał Nicole, jego ukochaną siostrzenicę. Wszyscy bujający się w fotelach widzieli, jak Jesse zachłystuje się i wyciera oczy, kiedy mówi o Nicole. Ale teraz, w ostatniej chwili, ten biurokratyczny burdel nie pozwala mu być w Huntsville. Tylu dziennikarzy, więziennych urzędników i innych grubych ryb chciało popatrzeć, że Jesse został wypchnięty. To był najbardziej pożądany bilet w mieście i Jesse, chociaż zatwierdzony, jakoś wyleciał z listy.

Facet zwany Rusty wszedł i oznajmił:

– Kolejny kościół się pali! Jeden z tych od czarnych zielonoświątkowców.

– Gdzie?

– W Slone, niedaleko Washington Park.

Myśl, że spalono kościół w odwecie była z początku nie do przyjęcia. Nawet Jesse był zszokowany. Ale im dłużej o tym gadali, tym bardziej im się to podobało. Dlaczego nie? Wet za wet. Oko za oko. Chcą wojny, będą mieli wojnę. Wiadomo, że Slone to beczka z prochem i że czeka ich długa noc.

Niepokojące, ale i inspirujące. Wszyscy mężczyźni siedzący wokół pieca mieli co najmniej po dwie sztuki broni w swoich półciężarówkach, a jeszcze więcej w domach.

Do Punktu Handlowego weszło dwóch obcych: jeden – duchowny z koloratką, w granatowej marynarce i drugi, łysy kaleka, kulejący, z laską. Pastor podszedł do otwartej lodówki i wziął dwie butelki wody. Drugi poszedł do toalety.

Keith postawił butelki na ladzie.

– Dzień dobry – powiedział do Jessiego. Z tyłu eksperci w bujanych fotelach mówili wszyscy naraz i Keith niczego nie rozumiał.

– Pan stąd? – zapytał Jesse, wbijając cenę.

– Nie, tylko przejazdem. – Keith mówił czysto, bez akcentu. Jankes.

– Jest pan księdzem?

– Luterańskim pastorem. – Keith czuł zapach krążków cebuli wyjmowanych z gorącego tłuszczu. Z głodu aż się zachwiał. Był głodny i wyczerpany, ale nie miał czasu na jedzenie. Przykuśtykał Boyette. Keith dał mu butelkę, powiedział właścicielowi sklepu „dziękuję" i odwrócił się do drzwi.

Boyette skinął głową Jessiemu.

– Dobrego dnia, chłopaki.

I wtedy Jesse pozdrowił człowieka, który zamordował jego siostrzenicę.

Na parkingu obok subaru zaparkowało gwałtownie audi. Wygramolili się z niego dwaj mężczyźni – Aaron Rey i Fred Pryor. Krótkie przywitanie. Aaron i Fred patrzyli uważnie na Boyette'a, mierzyli go wzrokiem, zadawali sobie pytanie, czy ten facet jest prawdziwy. Robbie będzie chciał wiedzieć, jak tylko wrócą do samochodu i do niego zadzwonią.

– Jesteśmy jakiś kwadrans od kancelarii – powiedział Aaron. – Będziemy musieli objechać centrum. Tam jest zadyma. Tylko trzymajcie się blisko, okej?

– Jedźmy – powiedział Keith. Niecierpliwił się, żeby już mieć za sobą tę niekończącą się podróż. Ruszyli subaru tuż za audi. Boyette wyglądał na spokojnego, nawet obojętnego. Laska spoczywała między jego nogami. Stukał w rączkę palcami mniej więcej tak jak przez ostatnich dziesięć godzin. Kiedy przejechali obok tablicy oznaczającej granicę Slone, Boyette powiedział:

– Nigdy nie myślałem, że znowu zobaczę to miasto.

– Poznajesz coś?

Tik, przerwa.

– Zupełnie nic. Widziałem mnóstwo takich miejsc, pastorze, małe miasteczka są wszędzie. Po jakimś czasie zlewają się w jedno.

– W Slone było coś szczególnego?

– Nicole. Zabiłem ją.

– I była jedyną, którą zabiłeś?

– Tego nie powiedziałem, pastorze.

– Więc są i inne?

– Tego też nie powiedziałem. Porozmawiajmy o czymś innym.

– A o czym chciałbyś porozmawiać, Travis?

– Jak spotkałeś swoją żonę?

– Mówiłem ci już, Travis, zostaw ją w spokoju. Za bardzo się interesujesz moją żoną.

– Jest taka śliczna.

Robbie, przy stole konferencyjnym, nacisnął guzik głośnika i powiedział:

– Mów, Fred.

– Spotkaliśmy ich, są teraz za nami i chyba to prawdziwy pastor i jego nieźle porąbany przydupas.

– Opisz Boyette'a.

– Biały mężczyzna, nie nazwałbyś go przystojnym. Niecałe metr osiemdziesiąt, ogolona głowa, wstrętny tatuaż po lewej stronie szyi, kilka innych na ramionach. Wygląda jak chory szczeniak, który spędził życie pod kluczem. Zielone cwane oczka, nie mruga. Miałem ochotę umyć rękę po tym, jak mu ją podałem. Słaby uścisk dłoni, meduza.

Robbie głęboko zaczerpnął tchu.

– Więc są tutaj.

– Owszem, są. Będziemy za jakieś dziesięć minut.

– Pospieszcie się. – Wyłączył głośnik i popatrzył na zespół wokół stołu. Wszyscy patrzyli na niego.

– To może być onieśmielające dla Boyette'a, kiedy tu wejdzie i będzie mu się przyglądało dziesięć osób – powiedział. – Udawajmy, że pracujemy jak zwykle. Zabiorę go do mojego gabinetu i wstępnie przepytam.

Ich teczka na Boyette'a robiła się coraz grubsza. Znaleźli archiwalne zapisy jego wyroków i namierzyli adwokata w Slone, który był jego pełnomocnikiem krótko po tym, jak go tu zatrzymano. Adwokat ledwie go pamiętał, ale przesłał jego akta. Mieli pisemne oświadczenie złożone pod przysięgą przez właścicielkę Rebel Motor Inn, niejaką Inez Gaffney, która nie pamiętała Boyette'a, ale znalazła jego nazwisko w starej księdze za 1998 rok. Mieli dokumentację budowlaną magazynu Monsano, gdzie Boyette rzekomo pracował późną jesienią tamtego roku.

Carlos uprzątnął stół konferencyjny. Czekali.

Kiedy Keith zaparkował przy stacji kolejowej i otworzył drzwi, w oddali usłyszał syreny. Poczuł dym. Wyczuł kłopoty.

– W nocy spłonął Pierwszy Kościół Baptystyczny – powiedział Aaron, kiedy szli po schodach na starą rampę. – Teraz pali się kościół czarnych, tam. – Skinął głową na lewo, jakby Keith znał miasto.

– Podpalają kościoły? – zapytał Keith.

– Tak.

Boyette z trudem wchodził po schodach, opierał się na lasce. Wreszcie weszli na korytarz. Fanta udawała, że jest zajęta przy komputerze, ledwie podniosła wzrok.

– Gdzie jest Robbie? – zapytał Fred Pryor. Skinęła głową za siebie.

Robbie spotkał się z nimi w sali konferencyjnej. Niezręcznie się przedstawili. Boyette nie był chętny do mówienia i ściskania rąk. Nagle odezwał się do Robbiego:

– Pamiętam pana. Widziałem pana w telewizji po aresztowaniu chłopca. Prawie pan nawrzeszczał do kamery.

– To byłem ja. A gdzie pan był?

– Byłem tutaj, panie Flak, przyglądałem się temu wszystkiemu, nie mogłem uwierzyć, że aresztowali nie tego faceta.

– Zgadza się, nie tego faceta. – Komuś tak spiętemu i niecierpliwemu jak Robbie Flak trudno było zachować spokój. Miał ochotę spoliczkować Boyette'a, wyrwać mu laskę, zbić go nią do nieprzytomności i skląć za długą listę grzechów. Miał ochotę zabić go gołymi rękami. Ale udawał chłód i obojętność. Ostre słowa nie pomogą Dontému.

Wyszli z sali konferencyjnej i przeszli do gabinetu Robbiego. Aaron i Fred Pryor zostali za drzwiami, gotowi na wszystko, co mogłoby się zdarzyć. Robbie wskazał Keithowi i Boyette'owi mały stolik w kącie, usiedli we trójkę.

– Chciałby pan kawy albo czegoś do picia? – zapytał prawie uprzejmie Robbie. Utkwił wzrok w Boyetcie, który odpowiedział mu spojrzeniem, z kamienną twarzą, bez mrugania.

Keith odchrząknął i powiedział:

– Słuchaj, Robbie, nie znoszę prosić o przysługi, ale od dawna nie jadłem. Jesteśmy głodni.

Robbie podniósł słuchawkę, zadzwonił do Carlosa i zamówił tacę kanapek z delikatesów i wodę.

– Nie ma sensu owijać w bawełnę, panie Boyette. Posłuchajmy, co ma pan do powiedzenia.

Tik, przerwa. Boyette zmienił pozycję i zaczął się wiercić, nagle nie był w stanie skupić wzroku.

– Hm, pierwsze, co chciałbym wiedzieć, to czy na stole są jakieś pieniądze w nagrodę.

Keith opuścił głowę.

– O mój Boże.

– Pan mówi serio, co? – zapytał Robbie.

– Myślę, że w tej chwili wszystko jest na serio, panie Flak – powiedział Boyette. – Zgodzi się pan chyba?

– To pierwsza wzmianka o pieniądzach w nagrodę – powiedział Keith kompletnie załamany.

– Mam swoje potrzeby – powiedział Boyette. – Nie mam ani centa i żadnych widoków, że go znajdę. Jeśli was to ciekawi, to wszystko.

– To wszystko? – powtórzył Robbie. – Do egzekucji zostało niecałych sześć godzin, a nasze szanse, żeby ją wstrzymać są bardzo nikłe. Teksas wkrótce zgładzi niewinnego człowieka, a ja siedzę z prawdziwym zabójcą, który nagle chce, żeby mu zapłacić za to, co zrobił.

– Kto powiedział, że jestem prawdziwym zabójcą?

– Ty – wyrzucił z siebie Keith. – Powiedziałeś mi, że ją zabiłeś i wiesz, gdzie pochowane jest ciało, bo to ty ją pochowałeś. Przestań pogrywać, Travis.

– O ile dobrze pamiętam, jej ojciec wyłożył mnóstwo kasy, kiedy próbowali ją znaleźć. Coś jakby dwieście tysięcy. Zgadza się, panie Flak?

– To było dziewięć lat temu. Jeśli pan myśli, że czeka w kolejce po pieniądze z nagrody, to bardzo się pan myli. – Robbie mówił spokojnie, ale był bliski wybuchu.

– Po co ci pieniądze? – zapytał Keith. – Sam mówiłeś, że za kilka miesięcy będziesz martwy. Guz, pamiętasz?

– Dziękuję za przypomnienie, pastorze.

Robbie spojrzał na Boyette'a z niepowstrzymywaną wściekłością. Prawda była taka, że w tej chwili wypisałby czek na każdą sumę w zamian za grube pisemne oświadczenie pod przysięgą, które mówiłoby prawdę i mogłoby uratować jego klienta. Zapadła cisza, cała trójka zastanawiała się, co robić dalej. Boyette skrzywił się i zaczął masować sobie głowę. Położył dłonie na skroniach i nacisnął najmocniej, jak potrafił, jakby mógł tym zmniejszyć ucisk wewnętrzny.

– Masz atak? – zapytał Keith, ale odpowiedzi nie było. – Ma te ataki – powiedział do Robbiego, jakby wyjaśnienie mogło w czymkolwiek pomóc. – Kofeina dobrze mu robi.

Robbie zerwał się i wyszedł z pokoju.

– Ten skurwysyn chce pieniędzy – powiedział Aaronowi i Pryorowi. – Poszedł do kuchni, chwycił dzbanek wystygłej kawy, znalazł dwa papierowe kubki i wrócił do gabinetu. Nalał kubek Boyette'owi, który z bólu złożył się wpół. Z łokciami na kolanach trzymał głowę w dłoniach i jęczał. – Kawa.

Cisza.

Wreszcie Boyette powiedział:

– Niedobrze mi. Muszę się położyć.

– Niech pan się położy na kanapie. – Robbie wskazał mebel po drugiej stronie gabinetu. Boyette z trudem wstał i z pomocą Keitha podszedł do kanapy, otoczył głowę ramionami i przyciągnął kolana do klatki piersiowej.

– Moglibyście zgasić światło? – zapytał. – Za minutę mi się poprawi.

– Nie mamy na to czasu! – powiedział Robbie. Chciało mu się krzyczeć.

– Proszę, tylko minuta – jęknął żałośnie Boyette. Drżał, z trudem chwytał oddech. Keith i Robbie wyszli z gabinetu i poszli do sali konferencyjnej. Wkrótce otoczyli ich inni i Robbie przedstawił Keitha reszcie. Przyniesiono jedzenie, więc szybko zjedli.

Rozdział 21

Po Dontégo przyszli o dwunastej. Ani minuty wcześniej, ani minuty później. Wszystko przebiegało sprawnie, dobrze przećwiczone. Rozległo się pukanie do metalowych drzwi z tyłu. Trzy głośne stuknięcia. Rozmawiał z Cedrikiem, Andrea i Marvin siedzieli po obu jego stronach, wszyscy czworo tłoczyli się w małym pomieszczeniu, wszyscy czworo płakali i nic nie mogło powstrzymać tych łez. Od wielu godzin patrzyli na zegar, nic już nie zostało do powiedzenia. Cedric zamienił się miejscami z Robertą, wzięła od niego słuchawkę i położyła dłoń na pleksiglasie. Donté zrobił to samo z drugiej strony. Jego bracia i siostra obejmowali się, stojąc za matką, wszyscy czworo przytuleni z Andreą w środku, bliską omdlenia.

– Kocham cię, mamusiu – powiedział Donté. – Przepraszam za to wszystko.

– Ja ciebie też kocham, dziecko, i nie mów, że przepraszasz. Nie zrobiłeś nic złego.

Donté wytarł policzki rękawem.

– Zawsze żałowałem, że nie wyszedłem stąd, zanim umarł tato. Chciałem, żeby zobaczył mnie jako wolnego człowieka. Chciałem, żeby wiedział, że nie zrobiłem nic złego.

– On to wiedział, Donté. Twój tato nigdy w ciebie nie zwątpił. Kiedy umierał, wiedział, że jesteś niewinny. – Wytarła twarz chusteczką. – Ja też nigdy w ciebie nie wątpiłam, dziecko.

– Wiem. Chyba już niedługo zobaczę się z tatą.

Roberta skinęła głową, ale nie mogła odpowiedzieć. Drzwi za nimi otworzyły się i pojawił się wielki strażnik. Donté odwiesił słuchawkę, wstał i położył obie dłonie płasko na pleksiglasie. Jego rodzina zrobiła to samo. Ostatni uścisk, a potem go nie było.

Dontégo, znów skutego, wyprowadzono przez szereg szczękających metalowych drzwi, ze skrzydła dla odwiedzających, przez trawnik przecięty na krzyż chodnikami, do skrzydła, w którym po raz ostatni zaprowadzono go do celi. Teraz wszystko było po raz ostatni i kiedy Donté siedział na pryczy i gapił się na pudło ze swoim dobytkiem, omal zdołał przekonać sam siebie, że ulgą będzie odejść.

Rodzinie dano kilka minut, żeby się pozbierała. Ruth, która wyprowadzała ich z sali, uściskała wszystkich. Powiedziała, że jest jej smutno, podziękowali za uprzejmość. Kiedy już wychodzili przez metalowe drzwi, spytała:

– Ludzie, jedziecie do Huntsville?

Oczywiście, jechali.

– Mówią, że może być problem na drogach.

Pokiwali głowami, ale nie bardzo wiedzieli, co odpowiedzieć. Przeszli przez wartownię w budynku od frontu, gdzie oddano im prawa jazdy i torebki i po raz ostatni wyszli z Oddziału Polunsky.

„Problem na drogach", o jakim wspomniała Ruth, był to zakonspirowany projekt rozpoczęty na Facebooku przez dwóch czarnych studentów Uniwersytetu Stanowego Sama Houstona w Huntsville. Kryptonim brzmiał „Objazd", a plan był tak prosty i tak genialny, że przyciągnął dziesiątki ochotników.

W roku 2000, wkrótce po tym, jak Donté przybył do celi śmierci, więźniów przeniesiono z Huntsville do Polunsky. Więźniów przeniesiono, komory śmierci nie. Przez siedem lat i dwieście egzekucji trzeba było wozić skazańców z Polunsky do Huntsville. Planowano i wykonywano skomplikowane procedury, ale po kilkudziesięciu transferach, bez zasadzek, bez bohaterskich prób odbicia skazanych, bez najmniejszych problemów władze zrozumiały, że nikt na to nie patrzy. Nikogo to nie obchodziło. Zrezygnowano ze skomplikowanych planów i przy każdym transferze korzystano z tej samej trasy. Wyjeżdżali z więzienia o pierwszej, skręcali w lewo na drogę 350, znowu skręcali w lewo na 190, ruchliwą czteropasmówkę, a godzinę później podróż się kończyła.

Więźniów sadzano z tyłu nieoznakowanej furgonetki pasażerskiej i otaczano taką ilością mięśni i broni, że wystarczyłoby do ochrony prezydenta. Eskortowała ich identyczna furgonetka wyładowana drugim oddziałem znudzonych strażników, którzy mieli nadzieję trochę się rozerwać.

Ostatnia egzekucja odbyła się dwudziestego piątego września, kiedy zastrzyk dano Michaelowi Richardowi. Dziesięciu studentów, uczestników operacji „Objazd", wykorzystało pięć wozów i mnóstwo telefonów komórkowych, żeby prześledzić ruchy dwóch białych furgonetek od Polunsky do Huntsville. Studentów nie namierzono. Nikt ich nie podejrzewał. Nikt ich nie szukał. Do początku listopada ich plan był skończony, a ich agenci aż się rwali, żeby wpaść w kłopoty.

O dwunastej pięćdziesiąt strażnik, czarny, życzliwy Dontému, dał znak uczestnikowi operacji. Dwie białe furgonetki zostały załadowane, rozpoczął się transfer. O pierwszej furgonetki wyjechały z więzienia na drogę techniczną obok oddziału o najwyższym poziomie zabezpieczeń. Skręciły na drogę 350 i pojechały w stronę Livingston. Ruch był niewielki. Trzy kilometry od więzienia wzmógł się, zrobił się korek, wreszcie wszystko stanęło. Przed furgonetkami na prawym pasie stał samochód ze zgaszonym silnikiem. O dziwo, samochód ze zgaszonym silnikiem stał też na lewym pasie, a kolejny na poboczu. Te trzy samochody blokowały przejazd. Kierowcy wysiedli i sprawdzali coś pod maskami. Dalej, za tymi trzema samochodami, stały trzy kolejne, wszystkie z wyłączonymi silnikami, w równym rzędzie, ustawione w poprzek drogi. Furgonetki nie ruszały, jakby im się nie spieszyło. Za nimi, na prawym pasie, zatrzymał się kolejny samochód. Kierowca, młoda czarna kobieta, wysiadła i otworzyła maskę, udając rozpacz, że jej nissan nawalił. Obok niej na lewym pasie zatrzymał się volkswagen garbus i jak na dany znak się zepsuł. Maska poszła do góry. Coraz więcej wozów pojawiało się znikąd i stawało za pierwszym rzędem, kompletnie blokując drogę, pobocza, wszystkie wjazdy i zjazdy. W pięć minut utworzył się korek z co najmniej dwudziestu wozów. Białe furgonetki zostały otoczone przez niesprawne samochody, wszystkie z podniesionymi maskami. Kierowcy kręcili się wokół, gadali, śmieli się, rozmawiali przez komórki. Kilku studentów chodziło od samochodu do samochodu i unieruchamiało je, wyciągając kable rozrządu.

W ciągu paru minut nadjechała policja stanowa i lokalna, dziesiątki oznakowanych samochodów z wyjącymi syrenami. Za nim nadciągnęła brygada holowników zebranych błyskawicznie w Livingston. Operacja „Objazd" dobrze wyszkoliła ochotników. Wszyscy kierowcy stanowczo twierdzili, że ich samochody się zepsuły, a w świetle teksańskiego prawa to nie przestępstwo. Na pewno posypią się pozwy za blokowanie ruchu, ale „Objazd" znalazł adwokata, który pójdzie walczyć w sądzie. Funkcjonariusze nie mieli prawa zabierać kluczyków, żeby sprawdzić silniki. A gdyby spróbowali, silniki nie zareagowałyby. Studenci mieli nie pozwalać na przeszukania samochodów, stawiać bierny opór wszelkim próbom aresztowania, grozić konsekwencjami prawnymi w razie zatrzymania, a gdyby ich aresztowano, uważać to za honor, medal za odwagę w walce z niesprawiedliwością. Operacja „Objazd" dysponowała innymi adwokatami, którzy mieli się zająć ich sprawami. Studenci rozkoszowali się myślą, że zostaną przymknięci, dla nich był to akt protestu. Coś, o czym będą mogli mówić przez lata.

Kiedy radiowozy i holowniki zaparkowały chaotycznie w pobliżu korka, kiedy pierwsi policjanci podeszli do studentów, wpasowała się pięknie druga faza planu. Kolejna fala studentów w samochodach skręciła na drogę 350 z Livingstone i wkrótce podjechała do korka. Zaparkowali za holownikami, po trzech w rzędzie, po trzy samochody jeden za drugim. Wszystkie maski otworzyły się z trzaskiem, na drodze było coraz więcej awarii. Spodziewano się, że kierowcy holowników się wkurzą, że ich zastawiono, druga fala kierowców została więc w samochodach z zamkniętymi drzwiami i szybami. Większość wozów była pełna studentów, zdrowych młodych ludzi, którzy umieliby o siebie zadbać. Nie bali się walki. Byli wściekli.

Kierowca holownika podszedł do pierwszego zaparkowanego za nim samochodu, stwierdził, że pełno w nim czarnych i zaczął wyklinać i wygrażać. Policjant krzyknął na niego i kazał mu się zamknąć. Policjantem był sierżant Inman, a dowodził w niespotykanej doprawdy sytuacji, w której, jak na razie, uczestniczyło osiem radiowozów, siedem holowników, co najmniej trzydzieści „zepsutych" aut i dwie więzienne furgonetki, z których jedna wiozła człowieka na śmierć. Co gorsza, wciąż nadjeżdżali miejscowi, którzy zwykle jeździli drogą 350, nieświadomi, że wybrali zły czas. Droga była beznadziejnie zapchana.

Inman był chłodnym zawodowcem i wiedział o czymś, o czym nie wiedzieli studenci. Idąc przez korek w stronę furgonetek, kłaniał się uprzejmie studentom, uśmiechał się, pytał, jak się mają. Przy furgonetkach wyładowywał się oddział pilnujący Dontégo, potężni faceci z bronią automatyczną, w mundurach à la SWAT. Większość studentów podeszła do furgonetek. Wśród nich był chyba przywódca. Inman podszedł do niego, wciągnął rękę i powiedział uprzejmie:

– Sierżant Inman. Mogę prosić o nazwisko?

– Quincy Mooney. – Chłopak niechętnie podał Inmanowi rękę.

– Panie Mooney, przykro mi, że pański samochód się zepsuł.

– Nie ma o czym mówić.

Inman rozejrzał się i uśmiechnął do reszty studentów.

– To wszystko pańscy przyjaciele?

– Nigdy wcześniej ich nie widziałem.

Inman się uśmiechnął.

– Niech pan posłucha, panie Mooney, musimy ściągnąć te samochody z drogi. Zrobił się korek. Wszystko jest zablokowane.

– Chyba trzeba będzie wezwać paru mechaników.

– Nie, po prostu je odholujemy, Quincy. Chyba że wolelibyście zaoszczędzić sto dolców i odjechać. Jeśli tak postanowicie, wtedy nie będziemy zmuszeni wypisywać sterty mandatów. To kolejne sto dolców od samochodu.

– Więc pańskim zdaniem jeśli samochód się zepsuje, jest to niezgodne z prawem?

– Nie, proszę pana, nie jest. Ale obaj wiemy, dlaczego tu jesteśmy. Sędzia też będzie wiedział.

– Ja wiem, dlaczego tu jestem. A dlaczego pan tu jest?

– Wykonuję moją robotę, Quincy. Kontrola ruchu i utrzymywanie spokoju. – Inman pokiwał głową. – Chodź ze mną.

Quincy poszedł za nim do pierwszej furgonetki. Jej podwójne rozsuwane drzwi były otwarte. Inman zajrzał do środka, potem poprosił Quincy'ego, żeby zrobił to samo. Furgonetka była pusta. Podeszli do drugiej furgonetki. Obaj zajrzeli do środka. Też była pusta. Strażnicy rżeli ze śmiechu. Słychać było dudnienie wirnika helikoptera.

– Gdzie jest Donté Drumm? – zapytał zszokowany Quincy.

– Nie ma go tutaj, prawda? – zapytał Inman z uśmieszkiem. Quincy gapił się na przyciemniane szyby pustej furgonetki. Wrócili przed maskę pierwszej. Inman spojrzał w niebo, w stronę Polunsky. Wszyscy czekali i czekali, parę sekund później z rykiem przemknął nad nimi helikopter.

Inman wskazał na niego i powiedział.

– Tam jest Donté.

Quincy'emu opadła szczęka, przygarbił się. Informacja rozniosła się wśród studentów, widać było zszokowane spojrzenia, pełne niedowierzania. Doskonała operacja została skompromitowana. Donté Drumm dotrze do komory śmierci przed wyznaczonym czasem.

– Za dużo tej gadaniny w Internecie – powiedział Inman. – Oto układ, Quincy. Twoje chłopaki mają kwadrans, żeby opróżnić tę drogę i wynieść się stąd. Za kwadrans będziemy wypisywać mandaty i odholowywać. A dla twojej wiadomości, nie będzie zatrzymań, więc nas nie prowokujcie. Zrozumiano?

Quincy odszedł pokonany.

Po kanapce i trzech kawach Boyette poczuł się lepiej. Siedział przy stole, światło było włączone, story podciągnięte. Robbie i Keith patrzyli na niego, nikt się nie uśmiechał. Najwyraźniej kwestia pieniędzy została przez Boyette'a odłożona, przynajmniej na razie.

– Więc jak wam powiem, co się stało z Nicole, co się stanie ze mną? – zapytał, patrząc na Robbiego.

– Nic, przynajmniej przez dłuższy czas, nic. Policja i prokuratura mają swojego człowieka. Jeśli dziś wieczór zostanie zabity, nigdy nie pomyślą, żeby ścigać kogoś innego. Jeśli Donté dostanie odroczenie, nie jestem pewien, co zrobią, ale minie dużo czasu, zanim przyznają, że ktoś inny niż Donté zabił Nicole. Dużo za dużo zainwestowali w to swoje błędne skazanie.

– Więc nie aresztują mnie dzisiaj ani jutro, ani pojutrze?

– Panie Boyette, nie mogę mówić w imieniu tych błaznów. Nie wiem, co zrobią. Z zasady gliny tu są głupie, a detektyw Kerber to dureń. Ale aresztowanie pana to przyznanie, że mylili się co do Dontégo, a to się nie stanie. Gdyby w tej chwili poszedł pan na komisariat, przysiągł na Biblię i podał im wszystkie szczegóły porwania, gwałtu i morderstwa, z miejsca spławiliby pana jako wariata. Oni nie chcą panu uwierzyć, Boyette. Pańskie przyznanie się ich niszczy.

Tik, przerwa. Robbie nachylił się i popatrzył na niego ze złością.

– Czas upłynął, panie Boyette. Chcę to usłyszeć. Niech mi pan powie prawdę. Czy zabił pan tę dziewczynę?

– Tak, mówiłem już o tym Keithowi. Porwałem ją, gwałciłem przez dwa dni, potem udusiłem i ukryłem ciało.

– Gdzie jest ciało? Znalezienie ciała wstrzyma egzekucję. Gwarantuję. Gdzie ono jest?

– Na wzgórzach, na południe od Joplin, w Missouri. Głęboko wśród wzgórz.

– Joplin, w Missouri, to co najmniej pięć godzin stąd.

– Więcej. Nicole i ja jechaliśmy tam.

– Więc żyła, kiedy pan wyjeżdżał z Teksasu?

Tik, przerwa, wreszcie:

– Tak. Zabiłem ją w Missouri. Gwałciłem po drodze.

– Czy można zadzwonić do Joplin i powiedzieć im, jak znaleźć ciało?

Boyette aż się roześmiał.

– Myśli pan, że jestem durniem? Dlaczego miałbym zakopać ją w takim miejscu, żeby ktoś mógł ją znaleźć? Nie jestem nawet pewien, czy po tych wszystkich latach sam dam radę ją odszukać.

Robbie na to czekał, nie przepuścił okazji.

– Więc musimy dostać pańskie oświadczenie, na wideo i to szybko.

– Okej, jestem gotów.

Przeszli do sali konferencyjnej, gdzie Carlos czekał z kamerą i protokolantką sądową. Boyette'a posadzono na krześle naprzeciwko kamery. Protokolantka usiadła po jego prawej, Robbie po lewej. Carlos obsługiwał kamerę. Niespodziewanie zmaterializowali się pozostali pracownicy kancelarii – Robbie potrzebował ich jako świadków – i stanęli z Keithem kawałek dalej. Boyette popatrzył na nich i nagle się zdenerwował. Poczuł się, jak człowiek patrzący na własną egzekucję, która przyciągnęła mnóstwo świadków. Protokolantka poprosiła, żeby podniósł prawą rękę i przysiągł mówić prawdę. Przysiągł, a wtedy Robbie zaczął zadawać pytania. Nazwisko, miejsce urodzenia, adres, zatrudnienie, obecny status zwolnionego warunkowo, przeszłość kryminalna. Zapytał, czy Boyette zeznaje dobrowolnie. Czy niczego mu nie obiecywano. Czy mieszkał w Slone w grudniu 1998 roku. Dlaczego? Jak długo?

Pytania Robbiego były łagodne, ale skuteczne. Boyette patrzył prosto w kamerę, nie wiercił się, nie mrugał i chyba zapalił się do tego zadania. Dziwne, ale tik zniknął.

– Opowiedz nam o Nicole.

Boyette myślał przez sekundę, a potem zaczął opowiadać. Rozgrywki futbolowe, fascynacja Nicole, obsesja, śledzenie i wreszcie uprowadzenie sprzed centrum handlowego bez jednego świadka w pobliżu. Na podłodze swojej półciężarówki przyłożył jej pistolet do głowy i zagroził, że ją zabije, jeśli piśnie, potem związał jej nadgarstki i kostki taśmą izolacyjną. Zakleił jej usta. Pojechał gdzieś na wieś, nie był pewien, gdzie to było, i kiedy zgwałcił ją po raz pierwszy, mało nie wrzucił jej do rowu, poranionej, ale żywej, ale chciał ją znowu zgwałcić. Wyjechali ze Slone. Telefon komórkowy w jej torebce ciągle dzwonił, więc w końcu zatrzymał się na moście nad Red River. Zabrał jej gotówkę, kartę kredytową i prawo jazdy, potem rzucił torebkę z mostu. Jechali przez południowo-wschodnią Oklahomę. Tuż przed wschodem słońca niedaleko Fort Smith zobaczył tani motel, w którym już kiedyś nocował, sam. Zapłacił gotówką za pokój i, z pistoletem przy głowie, wprowadził ją do środka tak, żeby nikt nie widział. Znowu związał jej taśmą nadgarstki, kostki, zakleił usta i powiedział, żeby poszła spać. Przespał kilka godzin, nie jest pewien, czy ona spała. W motelu spędzili długi dzień. Przekonał ją, że jeśli będzie grzeczna, da mu, czego on chce, to ją wypuści. Ale już wiedział, jak będzie. Po zmroku ruszyli dalej, na północ. O świcie, w niedzielę, znaleźli się na południe od Joplin, w odległej okolicy porośniętej lasem. Błagała go, ale i tak ją zabił. Nie było łatwo, zaciekle walczyła, podrapała go do krwi. Wepchnął jej zwłoki do wielkiej skrzyni na narzędzia i zakopał. Nikt jej nie znajdzie. Wrócił do Slone i się upił.

Robbie robił notatki. Protokolantka naciskała klawisze maszyny do stenotypii. Nikt poza nimi się nie ruszał. Wydawało się, że nikt nie oddycha.

Boyette zamilkł, opowiadanie dobiegło końca. Jego bezosobowa narracja i znajomość szczegółów mroziła krew w żyłach. Martha Handler napisała później: „Kiedy patrzyliśmy w oczy i na twarz Boyette'a mówiącego o swoich zbrodniach, nie mieliśmy wątpliwości, że siedzi przed nami bezlitosny zabójca. Jego opowieść, której nigdy byśmy nie poznali, i może wolelibyśmy nie poznać, mówi o męce, którą ta biedna dziewczyna musiała wycierpieć podczas tej strasznej próby".

Robbie był spokojny, ale niecierpliwił się, żeby zakończyć zeznanie.

– W przybliżeniu, jaka to była pora dnia, w niedzielę, kiedy pan ją zabił?

– Słońce ledwie wzeszło. Czekałem, aż będzie wszystko widać, żeby zobaczyć, gdzie jestem, i znaleźć najlepsze miejsce, żeby ją ukryć.

– I to była niedziela, szósty grudnia 1998 roku?

– Tak. Skoro pan tak mówi.

– Więc wschód słońca musiał być około szóstej trzydzieści?

– Wydaje mi się, że tak.

– Wrócił pan do Slone i dokąd poszedł?

– Poszedłem do mojego pokoju w Rebel Motor Inn, potem kupiłem zgrzewkę piwa za pieniądze, które zabrałem Nicole.

– Upił się pan w Rebel Motor Inn?

– Tak.

– Jak długo mieszkał pan w Slone po morderstwie?

– Nie wiem, chyba półtora miesiąca. Zatrzymano mnie tutaj w styczniu, ma pan dokumenty. Jak tylko wyszedłem z aresztu, wyjechałem.

– Kiedy po jej zamordowaniu usłyszał pan, że aresztowano Dontégo Drumma?

– Dokładnie nie wiem. Widziałem to w telewizji. Widziałem, jak pan krzyczy przed kamerami.

– Co pan myślał, kiedy go aresztowano?

Boyette pokręcił głową.

– Myślałem, co za banda idiotów. Ten dzieciak nie ma z tym nic wspólnego. Mają nie tego faceta.

To było doskonałe zakończenie.

– To wszystko – powiedział Robbie. Carlos sięgnął po kamerę.

– Ile potrwa, zanim dostaniemy transkrypt? – zapytał Robbie protokolantkę.

– Dziesięć minut.

– Dobrze. Pośpiesz się. – Robbie i reszta skupili się przy stole konferencyjnym, wszyscy mówili naraz. Na chwilę zapomniano o Boyetcie, ale Fred Pryor miał go na oku. Boyette poprosił o wodę i Pryor podał mu butelkę. Keith wyszedł na zewnątrz, żeby zadzwonić do Dany i Matthew Burnsa i zaczerpnąć trochę świeżego powietrza. Ale powietrze nie było świeże, było ciężkie od dymu i napięcia.

Rozległ się głośny huk, a po nim krzyk. Boyette spadł z krzesła na podłogę. Chwycił się za głowę, przyciągnął kolana do klatki piersiowej i zaczął się trząść. Dostał napadu. Fred Pryor i Aaron Rey uklękli nad nim, nie bardzo wiedząc, co robić. Robbie i inni stłoczyli się wokół, patrząc w przerażeniu na atak tak gwałtowny, że stara drewniana podłoga zdawała się trząść. Właściwie to zrobiło im się żal tego człowieka. Keith usłyszał zamieszanie i dołączył do nich.

– Potrzebuje lekarza – powiedziała Sammie Thomas.

– Ma lekarstwa, prawda, Keith? – zapytał Robbie przyciszonym tonem.

– Tak.

– Widziałeś to już przedtem?

Boyette nadal się miotał, jęcząc żałośnie. Ten człowiek z pewnością umierał. Fred Pryor delikatnie klepał go po ramieniu.

– Tak – powiedział Keith. – Jakieś cztery godziny temu, gdzieś w Oklahomie. Nie przestawał wymiotować, a potem zemdlał.

– Powinniśmy zabrać go do szpitala? Rozumiesz, Keith, o co mi chodzi, czy on może teraz umrzeć?

– Nie wiem, nie jestem lekarzem. Czego jeszcze od niego potrzebujecie?

– Musimy mieć jego podpis na pisemnym zeznaniu złożonym pod przysięgą.

Robbie odszedł i skinął na Keitha. Rozmawiali po cichu. Robbie kontynuował myśl.

– I jest kwestia odszukania ciała. Nawet z pisemnym zeznaniem nie ma gwarancji, że sąd wstrzyma egzekucję. Gubernator nie wstrzyma. Tak czy inaczej, musimy znaleźć zwłoki i to szybko.

– Połóżmy go na kanapie w twoim gabinecie – powiedział Keith. – Zgasimy światło, ja dam mu pigułkę. Może nie umiera.

– Dobry pomysł.
Była pierwsza dwadzieścia.

Rozdział 22

Pierwszy lot helikopterem z założenia miał być dla Dontégo ostatnim. Dzięki uprzejmości Teksańskiego Departamentu Bezpieczeństwa Publicznego podróżował w powietrzu z szybkością stu czterdziestu kilometrów na godzinę, kilometr nad falistymi wzgórzami, ale nie widział niczego pod sobą. Był wciśnięty między dwóch strażników, potężnych młodych facetów wyglądających przez okna, jakby operacja „Objazd" mogła mieć w swoim arsenale parę rakiet ziemia powietrze. Z przodu siedziało dwóch pilotów, chłopców o ponurych twarzach, rozemocjonowanych misją. Trzęsąca hałaśliwa podróż sprawiła, że Dontému zrobiło się niedobrze, więc zamknął oczy, oparł głowę o twardy plastik i próbował pomyśleć o czymś przyjemnym. Ale nie mógł.

Powtarzał sobie ostatnie słowa, wypowiadał bezdźwięcznie zdania, chociaż w takim hałasie mógł je wywrzeszczeć i nikt by nie zauważył. Myślał o innych więźniach – paru przyjaciołach, paru wrogach, prawie wszystkich winnych, ale i kilku, którzy twierdzili, że są niewinni – jak stawali oko w oko ze śmiercią.

Lot trwał dwadzieścia minut i kiedy helikopter wylądował na starym placu rodeo wewnątrz więzienia w Huntsville, na więźnia czekała mała armia. Donté, obciążony łańcuchami i kajdanami, został właściwie zaniesiony przez strażników do furgonetki. Parę minut później furgonetka wjechała w uliczkę ogrodzoną drucianą siatką, pokrytą grubym wiatrochronem i zwieńczoną lśniącym drutem ostrzowym. Dontégo poprowadzono z furgonetki, przez bramę, krótkim chodnikiem do małego płaskiego budynku z czerwonej cegły, gdzie stan Teksas dokonuje swoich zabójstw.

W środku zmrużył oczy, próbował skupić wzrok na nowym otoczeniu. Po prawej miał osiem cel, z których każda wychodziła na krótki korytarz. Na stole leżało kilka Biblii, w tym jedna po hiszpańsku. Kręciło się kilkunastu strażników, paru rozmawiało o pogodzie, jakby pogoda była istotna w takiej chwili. Dontégo postawiono przed aparatem fotograficznym i zrobiono mu zdjęcie. Zdjęto kajdanki i technik poinformował go, że teraz zdejmą mu odciski palców.

– Po co? – zapytał Donté.

– Rutyna – brzmiała odpowiedź. Technik wziął go za palec i przyłożył go do poduszeczki z tuszem.

– Nie rozumiem, dlaczego pobieracie od człowieka odciski palców, zanim go zabijecie.

Technik nie odpowiedział.

– Łapię – powiedział Donté. – Chcecie się upewnić, że macie właściwego człowieka.

Technik przyłożył kolejny palec.

– No więc, tym razem macie niewłaściwego, zapewniam was.

Kiedy zbieranie odcisków palców się skończyło, poprowadzono go do prowizorycznej celi, jednej z ośmiu. Pozostałe były puste. Donté usiadł na brzegu pryczy. Zauważył, że podłoga aż lśni, prześcieradła są czyste, a temperatura przyjemna. Po drugiej stronie krat, w korytarzu, stało kilku urzędników więziennych. Jeden z nich podszedł do krat i powiedział:

– Donté, jestem Ben Jeter, naczelnik Huntsville.

Donté skinął głową, ale nie wstał. Patrzył w podłogę.

– Naszym kapelanem jest Tommy Powell. Jest tutaj, zostanie przez całe popołudnie.

– Nie potrzebuję kapelana – powiedział Donté, nie podnosząc wzroku.

– Jak chcesz. Teraz słuchaj, bo chcę ci powiedzieć, co tu się będzie działo.

– Chyba wiem, co się będzie działo.

– I tak ci powiem.

Po całej rundzie przemówień, jednym ostrzejszym od drugiego, wiec stracił trochę pary. Wielki tłum czarnych stał gęsto przed gmachem sądu, a nawet wylewał się na zamkniętą Main Street. Kiedy nikt nie wziął już megafonu, dobosze ożyli i tłum poszedł za muzyką wzdłuż Main Street, na zachód. Skandowali, wymachiwali transparentami, śpiewali *Zwyciężymy*. Trey Glover podjął się na nowo roli lidera i wyjechał terenówką przed doboszy. Rap walił w śródmiejskie sklepy i kawiarnie, których właściciele stali w oknach i drzwiach. Dlaczego czarni są tacy wściekli? Chłopak się przyznał. Zabił Nicole, powiedział, że zabił. Oko za oko.

Awantur nie było, ale wydawało się, że miasto zaraz wybuchnie.

Kiedy Trey i dobosze doszli do Sisk Avenue, skręcili w prawo, nie w lewo. Skręt w lewo poprowadziłby demonstrację na południe, mniej więcej tam, gdzie się zaczęła. Skręt w prawo znaczył, że zmierzają do dzielnic białych. Nadal nikt niczym nie rzucił. Nikt nie groził. Kilka radiowozów jechało z tyłu, w sporej odległości, inne monitorowały marsz z równoległych ulic. Dwie przecznice od Main znaleźli się w starszej dzielnicy mieszkalnej. Zgiełk wywabił ludzi na ganki, a to, co zobaczyli, zapędziło ich z powrotem do środka, do szafek z bronią. I do telefonów, żeby zadzwonić do burmistrza i szefa policji. Przecież to zakłócanie spokoju. Dlaczego ci ludzie są tacy wściekli? Chłopak zeznał. Zróbcie coś.

Civitan Park był kompleksem młodzieżowych boisk do bejsbolu i siatkówki dla dzieci w Sisk, pięć przecznic na północ od Main. Trey Glover uznał, że przeszli już swoje. Odłożono bębny, marsz się skończył. Teraz zmienił się w zbiegowisko, wybuchową mieszankę młodości, gniewu i poczucia, że na to popołudnie i wieczór nie ma nic lepszego do roboty. Kapitan policji oszacował tłum na tysiąc dwieście osób, prawie wszyscy przed trzydziestką. Większość starszych czarnych odpadła i wróciła do domu. Rozdzwoniły się komórki i samochody pełne kolejnych młodych czarnych pojechały do Civitan Park.

Po drugiej stronie miasta inny tłum gniewnych czarnych patrzył, jak ekipy strażackie ratują to, co zostało z kościoła Góry Synaj Boga w Chrystusie. Telefon pod 911 wykonano szybko i straż przyjechała błyskawicznie, więc szkody nie były takie wielkie jak w Pierwszym Kościele Baptystycznym, ale świątynia została kompletnie zdemolowana. Ogień ugaszono, ale dym wciąż wydobywał się z okien. Nie było wiatru, wisiał nad miastem, dokładając kolejną dawkę napięcia.

Wyjazd Reevy do Huntsville został sfilmowany jak trzeba. Zaprosiła paru członków rodziny i przyjaciół na kolejne poruszające przedstawienie i każdy popłakał się jak należy przed kamerami. Sean Fordyce był wtedy w odrzutowcu, śmigał z Florydy, mieli się spotkać w Huntsville na wywiad przed egzekucją.

Razem z Wallisem, dwójką pozostałych dzieci i bratem Ronniem było ich pięcioro, trochę niewygodnie jak na trzygodzinną jazdę. Reeva wymogła więc na pastorze, żeby pożyczył jedną z kościelnych furgonetek i nawet sugerowała, żeby to on prowadził. Brat Ronnie był wyczerpany fizycznie i psychicznie, ale nie był w stanie spierać się z Reevą, nie w tej chwili, nie w „najważniejszym dniu w jej życiu". Załadowali się i pojechali, z bratem Ronniem za kierownicą dziesięcioosobowej furgonetki z napisem „Pierwszy Baptystyczny Kościół w Slone" wymalowanym wyraźnie po obu stronach. Wszyscy machali do przyjaciół i sympatyków. Wszyscy machali do kamery.

Reeva zaczęła płakać, zanim jeszcze dotarli do przedmieść.

Po kwadransie w spokojnej ciemności gabinetu Robbiego Boyette zebrał siły. Leżał na kanapie, odrętwiały z bólu, stopy i ręce wciąż mu drżały. Kiedy Keith zajrzał przez drzwi, Boyette powiedział:

– Jestem tutaj, pastorze. Jeszcze żyję.

Keith podszedł bliżej.

– Jak się czujesz, Travis?

– O wiele lepiej, pastorze.

– Przynieść ci coś?

– Trochę kawy. Zdaje się, że łagodzi ból.

Keith wyszedł i zamknął drzwi. Znalazł Robbiego i powiedział, że Boyette jeszcze żyje. Protokolantka właśnie spisywała transkrypcję zeznania Boyette'a. Sammie Thomas i kanceliści, Carlos i Bonnie, gorączkowo kompletowali pismo, które już nazwano „petycją Boyette'a".

Sędzia Elias Henry wszedł do biura, przeszedł obok recepcjonistki prosto do sali konferencyjnej.

– Tutaj – powiedział Robbie i zaprowadził sędziego do małej biblioteki. Zamknął drzwi, podniósł pilota i powiedział: – Musisz coś zobaczyć.

– Co to jest?

– Poczekaj chwilę. – Wycelował pilota w ekran na ścianie i pojawił się Boyette. – To człowiek, który zabił Nicole Yarber. Właśnie go nagraliśmy.

Wideo trwało czternaście minut. Oglądali bez słowa.

– Gdzie on jest? – zapytał sędzia Henry, kiedy ekran zgasł.

– W moim gabinecie, na kanapie. Ma złośliwego guza mózgu, a przynajmniej tak mówi, umiera. Wszedł do biura luterańskiego pastora w Topeka w Kansas w poniedziałek rano i wylał swoje żale. Trochę pogrywał, ale pastor w końcu załadował go do samochodu. Przyjechali do Slone kilka godzin temu.

– Pastor go tu przywiózł?

– Tak. Poczekaj. – Robbie otworzył drzwi i zawołał Keitha. Przedstawił go sędziemu Henry'emu. – To ten facet – powiedział, klepiąc Keitha po plecach. – Usiądź, proszę. Sędzia Henry jest naszym sędzią okręgowym. Gdyby przewodniczył rozprawie Dontégo Drumma, nie byłoby nas tutaj.

– Miło mi pana poznać – powiedział Keith.

– Zdaje się, że miał pan niezłą przygodę.

Keith się roześmiał.

– Nie wiem, gdzie jestem i co robię.

– Więc trafił pan do właściwej kancelarii – powiedział sędzia Henry. Pośmieli się, ale dobry humor szybko zniknął.

– Co myślisz? – zapytał Robbie sędziego.

Sędzia podrapał się po policzku, zamyślił głęboko przez chwilę i powiedział:

– Pytanie, co pomyśli sąd apelacyjny? Nigdy nie wiadomo. Nie znoszą pojawiających się w ostatniej chwili świadków niespodzianek, którzy nagle wyskakują i zmieniają fakty ustalone od dziesięciu lat. Poza tym człowieka, który robi karierę na brutalnych gwałtach, nie bierze się na poważne. Według mnie macie niewielką szansę na wstrzymanie.

– To znacznie więcej niż mieliśmy dwie godziny temu – powiedział Robbie.

– Kiedy zgłaszacie wniosek? Jest prawie druga.

– W ciągu godziny. Ale mam pytanie. Czy powiedzieć prasie o panu Boyetcie? Wysyłam wideo do sądu i do gubernatora. Mogę je dać też lokalnej telewizji albo przesłać do każdej stacji w Teksasie. Albo jeszcze lepiej, mogę zwołać konferencję prasową tutaj albo w budynku sądu i niech świat posłucha, jak Boyette opowiada.

– Jaka z tego korzyść?

– Może to że pokażę światu, jak Teksas chce stracić niewłaściwego człowieka. Oto zabójca, posłuchajcie go.

– Ale świat nie może wstrzymać egzekucji. Sądy albo gubernator mogą. Uważałbym, Robbie. W powietrzu już wisi dym i kiedy ludzie zobaczą Boyette'a w telewizji, jak się przyznaje, miasto eksploduje.

– I tak eksploduje.

– Chcesz wojny rasowej?

– Jeśli zabiją Dontégo, tak. Nie przeszkodziłaby mi wojna rasowa. Mała.

– Daj spokój, Robbie. Bawisz się dynamitem. Myśl strategicznie, nie emocjonalnie. I pamiętaj, że ten facet może kłamać. Nie byłaby to pierwsza egzekucja, kiedy przyznaje się oszust. Prasa nie potrafi się temu oprzeć. Świry występują w telewizji. Wszyscy wychodzą na durniów.

Robbie chodził, cztery kroki w jedną stronę, cztery kroki w drugą. Był niespokojny, rozgorączkowany, ale wciąż jasno myślał. Podziwiał sędziego Henry'ego i był na tyle mądry, żeby wiedzieć, że w tej chwili potrzebuje rady.

W pokoju zapadła cisza. Po drugiej stronie drzwi słychać było nerwowe głosy, dzwonki telefonów.

– Rozumiem, że nie da się odszukać ciała – powiedział sędzia Henry.

Robbie pokręcił głową i spojrzał na Keitha, który powiedział:

– Nie teraz. Dwa dni temu, we wtorek, myślę, że dałoby się, nie jestem pewien – mam wrażenie, jakbym żył z tym facetem od roku – ale tak czy inaczej, we wtorek proponowałbym odnalezienie ciała jako najlepszy sposób, żeby wstrzymać egzekucję. Powiedział, że to będzie trudne. Pogrzebał ją dziewięć lat temu w odludnej, gęsto zalesionej okolicy. Mówił też, że kilka razy wracał, żeby ją odwiedzić – nie jestem pewien, co to znaczy, i naprawdę nie chcę tego ciągnąć. Potem straciłem z nim kontakt. Szukałem i szukałem, postanowiłem jakoś go osaczyć, nalegać, żeby zgłosić sprawę władzom, tam i w Missouri, jeśli rzeczywiście tam Nicole jest pogrzebana, ale się nie zgodził. Potem znowu straciliśmy kontakt. To dziwny facet, bardzo dziwny. Zeszłej nocy zadzwonił do mnie koło północy, byłem już w łóżku, mocno spałem, a on powiedział, że chce tu przyjechać, opowiedzieć o sobie, żeby wstrzymać egzekucję. Pomyślałem, że nie mam wyboru. Nigdy przedtem nie robiłem czegoś takiego, przysięgam. Wiem, że to źle, pomagać skazańcowi łamać warunki zwolnienia, ale niech tam. Tak czy inaczej wyjechaliśmy z Topeka koło pierwszej w nocy i znowu zaproponowałem, żeby zgłosić to władzom, niech przynajmniej rozpocznie się poszukiwanie ciała. Nie chciał o tym słyszeć.

– To by nie zadziałało, Keith – powiedział Robbie. – Tutejsze władze są do niczego. Wyśmieliby cię. Mają swojego człowieka, sprawa jest rozwiązana. Domyślam się, że prawie zakończona. Nikt w Missouri nie ruszyłby palcem, bo nie ma śledztwa w toku. Nie możesz, ot tak, zadzwonić do szeryfa i zaproponować, żeby poszedł ze swoimi chłopcami do lasu i zaczął kopać gdzieś przy strumieniu. I tak by nie zadziałało.

– Więc kto będzie szukał ciała? – zapytał Keith.

– Chyba my.

– Jadę do domu, Robbie. Żona na mnie warczy. Mój przyjaciel prawnik myśli, że zwariowałem. Zrobiłem, co mogłem. Boyette jest do twojej dyspozycji. Mam dość tego faceta.

– Uspokój się, Keith. Potrzebuję cię właśnie teraz.

– Do czego?

– Po prostu bądź pod ręką, zgoda? Boyette ci ufa. A przy okazji, kiedy po raz ostatni siedziałeś w pierwszym rzędzie i oglądałeś zamieszki na tle rasowym?

– Nic w tym śmiesznego.

– Przytrzymaj wideo, Robbie – powiedział sędzia Henry. – Pokaż je sądowi i gubernatorowi, ale nie upubliczniaj go.

– Mogę kontrolować wideo, ale nie mogę kontrolować pana Boyette'a. Jeśli zechce rozmawiać z prasą, nie dam rady go powstrzymać. Bóg wie, że nie jest moim klientem.

Do drugiej trzydzieści w czwartkowe popołudnie wszystkie kościoły w Slone, czarnych i białych, były strzeżone przez pastorów, diakonów i nauczycieli ze szkółek niedzielnych, sami mężczyźni, wszyscy uzbrojeni po zęby i dobrze widoczni. Siedzieli na stopniach od frontu i nerwowo rozmawiali, trzymając strzelby na kolanach. Siedzieli w cieniu drzew przy ulicy, machali do przejeżdżających samochodów, z których wiele trąbiło na znak solidarności. Patrolowali tylne drzwi i podwórza, palili, żuli, wypatrywali każdego ruchu. W Slone nie będzie już palenia kościołów.

Odziarniarnia bawełny została zamknięta przed dwudziestu laty, kiedy zastąpiła ją nowsza, we wschodniej części miasta. Rozpadający się budynek był prawdziwym brzydactwem i w normalnych okolicznościach nawet nieźle by się stało, gdyby porządnie się spalił. Telefon pod numer 911 został nagrany o drugiej czterdzieści cztery. Przejeżdżający obok nastolatek zobaczył gęsty dym i zadzwonił z komórki. Znękani strażacy popędzili do starej odziarniarni, a kiedy przyjechali, płomienie sięgały powyżej dachu. Budynek był pusty, opuszczony i niewiele wart, więc się nie spieszyli.

Czarny dym kłębił się pod niebem. Burmistrz widział go z pierwszego piętra swojego gabinetu niedaleko gmachu sądu i po naradzie z szefem policji zadzwonił do biura gubernatora. Obywatele w niebezpieczeństwie. Potrzebna Gwardia Narodowa.

Rozdział 23

Petycja została ukończona tuż przed trzecią i z załączonym pisemnym zaprzysiężonym zeznaniem Boyette'a liczyła trzydzieści stron. Boyette oświadczył na piśmie, że mówi prawdę i Sammie Thomas przemejlowała petycję do biura Grupy Obrońców w Austin. W Austin już czekali. Petycję wydrukowano, skopiowano dwanaście razy i wręczono Cicely Avis, która wypadła z biura, wskoczyła do samochodu i pognała przez miasto do Teksańskiego Sądu Apelacji Karnych. Petycja została wniesiona o trzeciej trzydzieści pięć.

– Co to jest? – zapytał kancelista, biorąc płytę.

– To wideo z zeznaniem prawdziwego mordercy – odparła Cicely.

– Interesujące. Rozumiem, że chce pani, żeby sędziowie zobaczyli to jak najszybciej.

– Natychmiast, proszę.

– Dopilnuję tego.

Porozmawiali przez sekundę i Cicely wyszła z biura. Kancelista natychmiast dostarczył petycję do biur dziewięciu sędziów. W biurze przewodniczącego sądu porozmawiał z urzędnikiem sądowym.

– Może chciałbyś najpierw zobaczyć wideo. Jakiś facet przyznał się do morderstwa.

– A gdzie jest ten facet? – zapytał urzędnik.

– W Slone, w kancelarii adwokata Dontégo Drumma, według tego co powiedziała prawniczka z Grupy Obrońców.

– To Robbie Flak ma nowego świadka?

– Na to wygląda.

Cicely Avis wyszła z biur TSAK, minęła dwie przecznice i przejechała obok stanowego kapitolu. „Wiec dla Dontégo" przyciągnął spory tłum na południowy trawnik. Policja była wszędzie. Wydano zezwolenie i wyglądało na to, że pierwsza poprawka działa.

Tłum, prawie sami czarni, ciągle rósł. Zezwolenie było ważne przez trzy godziny, od trzeciej do szóstej po południu, do chwili egzekucji, choć było oczywiste, że będzie opóźnienie – w Austin, ale w Huntsville na pewno nie.

Gubernator był na spotkaniu, ważnym, które nie miało nic wspólnego z Dontém Drummem. O trzeciej jedenaście wideo odebrała asystentka zajmująca się prośbami o wstrzymanie egzekucji i obejrzała całe czternaście minut nagrania, zanim zdecydowała, co robić dalej. Boyette wydał się jej nawet wiarygodny i przerażający, ale nie bardzo przekonywał ją jego życiorys i moment, kiedy poczuł nagłe pragnienie, żeby wyznać prawdę. Poszła do Wayne'a Wallcotta, prawnika i bliskiego przyjaciela gubernatora, i opowiedziała wideo.

Wallcott słuchał uważnie, potem zamknął drzwi gabinetu i powiedział, żeby usiadła.

– Kto to widział? – zapytał.

– Tylko ja – odparła asystentka. – Przyszło mejlem z biura pana Flaka razem z hasłem. Natychmiast je obejrzałam i przyszłam tutaj.

– I to jest pełne zeznanie?

– O tak, z mnóstwem szczegółów.

– I ty wierzysz temu facetowi?

– Tego nie powiedziałam. Powiedziałam, że chyba wie, o czym mówi. Jest seryjnym gwałcicielem i był w Slone, kiedy dziewczyna zniknęła. To pełne zeznanie.

– Wspominał o Drummie?

– Dlaczego po prostu nie obejrzysz wideo?

– Nie prosiłem o porady, prawda? – warknął Wallcott. – Po prostu odpowiedz na moje pytanie.

– Przepraszam. – Asystentka zaczerpnęła tchu. Nagle poczuła się niepewnie. Wallcott słuchał, ale i coś notował. – Wspomniał Drumma tylko po to, żeby powiedzieć, że nigdy się z nim nie spotkał i że on nie ma nic wspólnego z tą zbrodnią.

– Najwyraźniej kłamie. Nie będę zawracał tym głowy gubernatorowi i chcę, żebyś zatrzymała to wideo u siebie. Nie mam czasu go oglądać. Gubernator też. Rozumiesz?

Nie rozumiała, ale i tak kiwnęła głową.

Wallcott zmrużył oczy i zmarszczył brwi.

– Prawda, że rozumiesz? – zapytał poważnie. – To wideo zostaje w twoim komputerze.

– Tak jest.

Ledwie wyszła, Wallcott niemal pobiegł do biura Barry'ego Ringfelda, głównego rzecznika i bliskiego przyjaciela gubernatora. W pokojach służbowych roiło się od pracowników i stażystów, więc przeszli się korytarzem.

Po kilku minutach rozważania różnych opcji uzgodnili, że gubernator nie zobaczy wideo. Jeśli Boyette kłamał, to wideo będzie nieistotne i stracony zostanie właściwy człowiek. Ale jeśli Boyette mówił prawdę, w co mocno wątpili, i stracony zostanie niewłaściwy człowiek, skutek mógł być nieprzyjemny. Jedyny sposób, żeby chronić gubernatora Gilla Newtona, to żeby jeden z nich, a może asystentka, wziął na siebie winę i przyznał, że zatrzymał albo nawet zgubił wideo. Gill Newton nigdy nie wstrzymał wykonania kary śmierci, a zamieszanie, jakie wywołała sprawa Drumma, sprawiało, że nie miał zamiaru teraz się wycofać. Nawet gdyby obejrzał wideo, nawet gdyby uwierzył Boyette'owi, nie cofnąłby się.

Wayne i Barry poszli do gabinetu gubernatora. Spodziewano się ich dokładnie o czwartej, na dwie godziny przed egzekucją, i nie mieli zamiaru powiedzieć gubernatorowi o wideo.

O trzeciej trzydzieści kancelaria Flaka jeszcze raz zebrała się wokół głównego stołu konferencyjnego. Wszyscy obecni i policzeni, razem z Keithem, który walcząc z najgorszym w życiu zmęczeniem, nie mógł uwierzyć, że jakoś udało mu się kupić bilet do tego cyrku. Razem z sędzią Henrym usiedli z dala od stołu, pod ścianą. Aaron Rey i Fred Pryor czytali gazety po przeciwnej stronie pokoju. Travis Boyette wciąż żył, wciąż odpoczywał w ciemnościach, na kanapie Robbiego.

Minął już czas, kiedy Robbie powinien wyjechać do Huntsville. Był zdenerwowany, ale nie mógł jeszcze jechać. Petycja Boyette'a poderwała ich do działania i dała mu nadzieję.

Robbie sprawdzał wszystko jeszcze raz. Żółta podkładka biurowa, jak zwykle. Sammie Thomas i Bonnie mieli śledzić petycję Boyette'a w sądach apelacyjnych i dalej naciskać na urząd gubernatora w sprawie odroczenia egzekucji. Gill Newton jeszcze jej nie zatwierdził ani nie odmówił. Zwykle czekał na ostatnią chwilę. Uwielbiał teatralność i skupioną na sobie uwagę. Carlos miał śledzić petycję w sprawie choroby umysłowej, która nadal leżała w Piątym Okręgu w Nowym Orleanie. Jeśli tam spotka się z odmową, będą apelować do Sądu Najwyższego. Fred Pryor ma zostać w kancelarii i doglądać Boyette'a. Aaron Rey ma towarzyszyć Robbiemu do Huntsville. Martha Handler też pojedzie, żeby obserwować i zapisywać. Robbie wywarkiwał rozkazy, odpowiadał na pytania, rozstrzygał spory, a potem nagle spojrzał na wielebnego i zapytał:

– Keith, możesz pojechać z nami do Huntsville?

Wielebny zaniemówił na kilka sekund.

– Jak to, Robbie? – wydusił z siebie.

– Donté może cię potrzebować.

Keith szeroko otworzył usta, ale nie wypowiedział ani słowa. W sali panowała cisza, wszystkie oczy zwrócone były na Keitha. Robbie naciskał.

– Wychował go kościół, Keith, ale teraz zapomniał o religii. W jego ławie zasiadało pięciu baptystów, dwóch zielonoświątkowców, jeden z Kościoła Chrystusa, a reszta była chyba zagubiona. W ciągu ostatnich lat zaczął wierzyć, że to przez białych chrześcijan trafił do celi śmierci. Nie chce mieć nic wspólnego z Bogiem i nie spodziewam się, żeby w najbliższym czasie zmienił zdanie. Ale na sam koniec może doceni, że będzie się miał z kim pomodlić.

Keith myślał tylko o wygodnym łóżku, czystym motelu i dwunastu godzinach snu. Ale jako sługa Boży nie mógł powiedzieć nie. Powoli pokiwał głową.

– Jasne.

– Dobrze. Wyjeżdżamy za pięć minut.

Keith zamknął oczy, potarł skronie i powiedział do siebie „Panie, co ja tutaj robię? Pomóż mi".

Fred Pryor nagle podskoczył na krześle. W wyciągniętej ręce trzymał telefon komórkowy, jakby był rozgrzany do białości.

– O rany! To Joey Gamble. Chce podpisać zaprzysiężone zeznanie i odwołać poprzednie.

– Jest przy telefonie? – zapytał Robbie.

– Nie. To esemes. Mam do niego zadzwonić?

– Jasne! – warknął Robbie. Pryor podszedł do stołu i nacisnął guziki głośnika. Nikt się nie poruszał, telefon długo dzwonił. Wreszcie, nieśmiałe „Halo".

– Joey, tu Fred Pryor ze Slone, właśnie dostałem twoją wiadomość, co się, do diabła, dzieje?

– Ee... chcę pomóc, panie Pryor. Naprawdę zadręczam się tym wszystkim.

– Ty myślisz, że się zadręczasz, a Donté? Ma dwie i pół godziny życia, a ty wreszcie się budzisz i chcesz pomóc.

– Jestem taki skołowany – powiedział Joey.

Robbie pochylił się i przejął inicjatywę.

– Joey, mówi Robbie Flak. Pamiętasz?

– Oczywiście.

– Gdzie jesteś?

– W Mission Bend, w swoim mieszkaniu.

– Czy chcesz podpisać zaprzysiężone oświadczenie, że skłamałeś podczas procesu Dontégo?

– Tak – bez wahania odparł Joey.

Robbie zamknął oczy i opuścił głowę. Wokół stołu milczące wymachy pięści, szybkie „Bogu dzięki" i mnóstwo zmęczonych uśmiechów.

– W porządku, plan jest taki. W Houston jest adwokat, nazywa się Agnes Tanger. Jej kancelaria znajduje się w centrum przy Clay Street. Znasz miasto.

– Trochę.

– Znajdziesz kancelarię w centrum?

– Nie wiem. Nie jestem pewien, czy powinienem prowadzić.

– Jesteś pijany?

– Pijany nie, ale piłem. – Robbie odruchowo spojrzał na zegarek. Jeszcze nie było czwartej, a chłopakowi już plątał się język.

– Joey, wezwij taksówkę. Później ci zwrócę. To bardzo ważne, żebyś jak najszybciej dotarł do kancelarii Tanner.

Wyślemy mejlem pisemne oświadczenie, ty je podpiszesz, a my złożymy je w Austin. Możesz to zrobić, Joey?

– Spróbuję.

– Zrób przynajmniej to, Joey. W tej chwili Donté siedzi w tymczasowej celi w Huntsville, dziewięć metrów od pokoiku, w którym zabijają ludzi, a pomogły go tam doprowadzić twoje kłamstwa.

– Tak mi przykro. – Głos mu się łamał.

– Kancelaria jest przy Clay Street 118, zapamiętasz, Joey?

– Chyba tak.

– Jedź tam, Joey. Papiery będą na ciebie czekały. Każda minuta się liczy, zrozumiałeś, Joey?

– Okej, okej.

– Zadzwoń do nas za dziesięć minut.

– Zadzwonię.

Po rozmowie Robbie wyszczekał rozkazy i wszyscy zaczęli się zwijać. Idąc ku drzwiom powiedział:

– Chodź, Keith. – Wskoczyli do furgonetki z Marthą Handler, która biegła, żeby dotrzymać im kroku, i Aaron Rey szybko ruszył. Robbie zadzwonił do Agnes Tanner w Houston i szybko ustalił szczegóły.

Keith pochylił się i popatrzył na Aarona w lusterku wstecznym.

– Ktoś mówił, że do Huntsville są trzy godziny drogi.

– Są – odparł Aaron. – Ale my nie jedziemy.

Miejski port lotniczy Slone leżał trzy kilometry na wschód od miasta. Miał jeden pas startowy, z zachodu na wschód, cztery hangary, zwykłą kolekcję starych cessn zaparkowanych w rzędzie i kwadratowy metalowy budynek służący za terminal. Zatrzymali się, przebiegli przez maleńki hol, kiwnęli głowami parkingowemu za kontuarem i weszli na tarmak, gdzie czekał lśniący dwusilnikowy king air. Jego właścicielem był bogaty adwokat, przyjaciel Robbiego, zapalony pilot. Wpuścił ich na pokład, kazał zapiąć pasy, potem zapiął swoje i zaczął trzaskać przełącznikami.

Keith nie rozmawiał z żoną od paru godzin, a wszystko działo się tak szybko, że nie wiedział, od czego zacząć. Dana odebrała po pierwszym sygnale, jakby nie spuszczała wzroku ze swojej komórki. Silniki ożyły, kabina nagle zaczęła się trząść, zrobiło się głośno.

– Gdzie jesteś? – zapytała.

– W samolocie, wylatuję ze Slone, lecę do Huntsville, żeby spotkać się z Dontém Drummem.

– Ledwie cię słyszę. W czyim samolocie?

– Przyjaciela Robbiego Flaka, ja ciebie też nie słyszę. Zadzwonię, jak wylądujemy w Huntsville.

– Keith, uważaj, proszę.

– Kocham cię.

Keith siedział przodem do kierunku lotu, kolanami niemal dotykał kolan Marthy Handler. Patrzył, jak pilot odhacza listę kontrolną, kołując na pas startowy. Robbie, Martha i Aaron, wszyscy gadali przez telefon i Keith dziwił się, jak mogą rozmawiać w takim huku. Na końcu pasa king air zrobił zakręt o sto osiemdziesiąt stopni i skierował się na zachód. Pilot zwiększył obroty, samolot trząsł się coraz bardziej, jakby miał wybuchnąć. Wreszcie pilot wrzasnął: „trzymajcie się" i zwolnił hamulce. Gwałtownie skoczyli do przodu, cała czwórka pasażerów zamknęła oczy. Po kilku sekundach byli w powietrzu. Podwozie schowało się z łomotem, ale Keith nie miał pojęcia, co słyszy. W zamęcie zdał sobie sprawę, że nigdy nie leciał małym samolotem.

I nigdy nie był w Teksasie, nie woził seryjnego gwałciciela i mordercy, nie słuchał jego mrożących krew w żyłach zeznań, nie był świadkiem gorączkowego zamieszania w kancelarii adwokackiej próbującej uratować niewinnego, nie funkcjonował przez cztery dni praktycznie bez snu, nie dostał mandatu za przekroczenie szybkości w Oklahomie i nie powiedział „tak" na zaproszenie do modlitwy ze skazanym człowiekiem na kilka minut przed jego śmiercią.

Lecieli nad Slone kilometr nad ziemią i wznosili się coraz wyżej. Stara odziarniarnia bawełny wciąż płonęła, gęsty dym skłębił się w chmurę.

Keith znowu zamknął oczy i próbował przekonać sam siebie, że jest, gdzie jest, i robi, co robi. Nie był przekonany.

Modlił się i prosił Boga, żeby teraz wziął go za rękę i poprowadził, bo nie ma pojęcia, co począć. Dziękował Bogu za tę niezwykłą sytuację i przyjmował do wiadomości, że jej przyczyną mogła być tylko boska interwencja. Na dwóch kilometrach nad ziemią podbródek opadł mu na pierś, zmęczenie wreszcie zwyciężyło.

Burbon był to zazwyczaj knob creek, ale na specjalne okazje z szuflady wyciągano naprawdę coś dobrego. Łyk pappy wan winkle's i wszyscy trzej aż mlasnęli. Zaczęli trochę wcześnie, ale gubernator powiedział, że potrzebuje jednego głębszego. Barry i Wayne nigdy nie odmawiali. Zdjęli marynarki, podwinęli rękawy, rozluźnili krawaty, zapracowani mężczyźni z mnóstwem spraw na głowie. Stali obok kredensu w rogu, popijali, i oglądali wiec w małym telewizorku. Gdyby otworzyli okno, usłyszeliby hałas. Jeden nieznośnie gadatliwy mówca po drugim wygłaszał zjadliwe ataki na karę śmierci, rasizm i teksański system sądowniczy. Termin „sądowy lincz" odmieniany był na wszystkie sposoby. Jak do tej pory wszyscy mówcy żądali, żeby gubernator wstrzymał egzekucję. Ochrona kapitolu oceniła tłum na dziesięć tysięcy.

Za plecami gubernatora Barry i Wayne wymieniali nerwowe spojrzenia. Jeśli tłum zobaczy wideo, wybuchnie bunt. Mają mu powiedzieć? Nie, może później.

– Gill, musimy podjąć decyzję co do Gwardii Narodowej – powiedział Barry.

– Co się dzieje w Slone?

– Pół godziny temu spalili dwa kościoły, jeden białych, jeden czarnych. Teraz pali się opuszczony budynek. Dziś rano, kiedy zaczęły się bójki, odwołali zajęcia w liceum. Czarni maszerują i włóczą się po ulicach, szukają rozróby. Rzucono cegłę w tylną szybę radiowozu, ale jak dotąd nie było więcej aktów przemocy. Burmistrz jest przestraszony i uważa, że miasto eksploduje po egzekucji.

– Kto jest pod ręką?

– Jednostka w Tyler się przygotowuje i może być użyta w ciągu godziny. Sześciuset gwardzistów. To powinno wystarczyć.

– Zrób to i wydaj oświadczenie dla prasy.

Barry wypadł z gabinetu. Wayne wypił kolejny łyk i powiedział z wahaniem:

– Gill, może przynajmniej powinniśmy porozmawiać o trzydziestodniowym odroczeniu? Niech się trochę uspokoi.

– Nie, do diabła. Nie możemy się wycofać, tylko dlatego, że czarni się zdenerwowali. Jeśli teraz okażemy słabość, następnym razem wystąpią głośniej. Jak odczekamy tych trzydzieści dni, zaczną po prostu to gówno od nowa. Nawet nie mrugnę. Znasz mnie przecież.

– Okej, okej. Po prostu chciałem o tym powiedzieć.

– To nie mów więcej.

– Jasne.

– O, jest już – powiedział gubernator i podszedł krok do telewizora.

Tłum ryknął, kiedy na podium wstąpił wielebny Jeremiah Mays. Mays był wtedy najgłośniejszym czarnym radykałem, który objeżdżał kraj i zawsze potrafił się jakoś wcisnąć w każdy konflikt czy wydarzenie, gdzie chodziło o sprawy rasowe. Uniósł ręce, poprosił o ciszę i rozpoczął kwiecistą modlitwę, w której prosił Wszechmogącego, żeby spojrzał z góry na biedne zagubione dusze rządzące stanem Teksas, żeby otworzył im oczy, żeby dał im mądrość, żeby dotknął ich serc i żeby ta rażąca niesprawiedliwość została powstrzymana. Prosił Boga o podanie ręki, o cud, o uratowanie ich brata Dontégo Drumma.

Kiedy Barry wrócił, znów napełnił szklaneczki, a ręka wyraźnie mu się trzęsła.

– Dość tych bzdur – powiedział gubernator i wyłączył fonię. – Panowie. Chcę to zobaczyć jeszcze raz.

Oglądali „to" parę razy i za każdym wszelkie wątpliwości, gdyby je jeszcze mieli, znikały. Przeszli do drugiej części gabinetu, do drugiego telewizora i Barry wziął pilota.

Donté Drumm, dwudziesty trzeci grudnia 1998. Stał twarzą do kamery, na stole przed nim puszka coli i niedojedzony pączek. Nie było widać nikogo innego. Był przybity, zmęczony i wystraszony. Mówił powoli, jednostajnym głosem, ani razu nie spojrzał wprost w kamerę.

Zza kamery detektyw Kerber powiedział:

– Odczytano ci prawa, zgadza się?

– Tak.

– I składasz to zeznanie z własnej nieprzymuszonej woli, bez gróźb, bez żadnych obietnic, zgadza się?

– Zgadza.

– Okej, powiedz nam, co się stało w piątek wieczór, czwartego grudnia, dziewiętnaście dni temu.

Donté pochylił się do przodu, oparł się na łokciach, wyglądał, jakby miał zemdleć. Wybrał plamkę na stole, wpatrywał się w nią i mówił do niej.

– No, chodziliśmy po cichu z Nicole, uprawialiśmy seks, dobrze się bawiliśmy.

– Jak długo to trwało?

– Trzy albo cztery miesiące. Lubiłem ją, ona lubiła mnie, sprawa zrobiła się poważna, a ona się przestraszyła, bo bała się, że ludzie się dowiedzą. Zaczęliśmy się trochę kłócić, chciała zerwać, ja nie chciałem. Chyba byłem w niej zakochany. Potem nie chciała się już ze mną spotykać i to doprowadzało mnie do szału. Mogłem myśleć tylko o niej, była taka piękna. Chciałem jej bardziej niż czegokolwiek na świecie. Opętała mnie. Szalałem, nie mogłem znieść, że może ją mieć ktoś inny. Więc w tamten piątek wieczorem wyszedłem, żeby ją znaleźć. Wiedziałem, gdzie lubi chodzić. Zobaczyłem jej samochód przy centrum handlowym, po wschodniej stronie.

– Przepraszam, Donté, ale wcześniej zdaje się powiedziałeś, że jej samochód był zaparkowany po zachodniej stronie centrum.

– Zgadza się, po zachodniej stronie. Więc czekałem i czekałem.

– Przyjechałeś zieloną furgonetka forda twoich rodziców?

– Zgadza się. Chyba było koło dziesiątej wieczór, w piątek i…

– Przepraszam, Donté – wtrącił się Kerber – ale wcześniej powiedziałeś, że było bliżej jedenastej.

– Zgadza się, jedenastej.

– Mów dalej, przyjechałeś zieloną furgonetką, szukałeś Nicole i zobaczyłeś jej samochód.

– Zgadza się, naprawdę chciałem się z nią spotkać, więc jeździłem w kółko, szukałem jej samochodu i...

– Przepraszam, Donté, ale powiedziałeś, jeździliśmy w kółko, wcześniej powiedziałeś...

– Tak, ja i Torrey Pickett byliśmy...

– Ale wcześniej powiedziałeś, że byłeś sam, że wyrzuciłeś Torreya przy domu jego matki.

– Zgadza się, przepraszam. Przy domu jego matki, zgadza się. Więc byłem sam przy centrum handlowym i zobaczyłem jej samochód, zaparkowałem i czekałem. Wyszła, była sama. Rozmawialiśmy przez minutę, zgodziła się wsiąść do furgonetki. W czasie randek kilka razy korzystaliśmy z furgonetki, kiedy się ukrywaliśmy. No więc prowadziłem i rozmawialiśmy. Oboje byliśmy zdenerwowani. Ona była zdecydowana, żeby zerwać, ja byłem zdecydowany, żebyśmy ze sobą zostali. Rozmawialiśmy o tym, żeby razem uciec, wyjechać z Teksasu, pojechać do Kalifornii, gdzie nikt by się do nas nie wtrącał. Ale ona nie chciała słuchać. Zaczęła płakać, więc i ja zacząłem płakać. Zaparkowaliśmy za kościołem Shiloh, niedaleko Travis Road, w jednym z naszych miejsc, i ja powiedziałem, że chcę się z nią kochać ostatni raz. Z początku wydawało się, że się zgadza i zaczęliśmy się obściskiwać. Potem wyrwała się, powiedziała, żebym przestał, powiedziała nie, powiedziała, że chce wracać, bo jej przyjaciółki będą jej szukać, ale ja nie mogłem przestać. Zaczęła mnie odpychać i ja się wściekłem, naprawdę się wściekłem i nagle zacząłem jej nienawidzić, bo mnie odpychała, bo nie mogłem jej mieć. Gdybym był biały, mógłbym ją mieć, ale ponieważ tak nie jest, to nie jestem dość dobry, wiecie. Zaczęliśmy się szarpać i w pewnej chwili ona zrozumiała, że nie przestanę. Nie opierała się, ale i nie ustępowała. Kiedy się skończyło, wściekła się, naprawdę się wściekła. Uderzyła mnie w twarz i powiedziała, że ją zgwałciłem. I wtedy, po prostu, coś się stało, straciłem panowanie nad sobą czy coś takiego, nie wiem, ale po prostu się wściekłem. Wciąż była pode mną i ja, no... uderzyłem ją, uderzyłem drugi raz, nie mogłem uwierzyć, że biję w tę piękną twarz, ale skoro ja nie mogłem jej mieć, to nikt inny też nie będzie. Po prostu wściekłem się jak jakiś wariat i zanim zrozumiałem, co robię, moje ręce były na jej szyi. Potrząsałem nią i potrząsałem, a potem ona się uspokoiła. Wszystko było bardzo spokojne. Kiedy doszedłem do siebie, popatrzyłem na nią tylko i w pewnej chwili zrozumiałem, że nie oddycha. [Donté upił łyk, pierwszy i ostatni z puszki z colą.] Zacząłem jeździć po okolicy, nie miałem pojęcia, dokąd pojechać, czekałem, aż się ocknie, ale się nie ocknęła. Mówiłem do niej, ale nie odpowiadała. Chyba wpadłem w panikę. Nie wiedziałem, która jest godzina. Pojechałem na północ i kiedy zdałem sobie sprawę, że wschodzi słońce, znowu wpadłem w panikę. Zobaczyłem tablicę z napisem Red River. Byłem na trasie 344 i…

– Przepraszam, Donté, ale wcześniej powiedziałeś, że to była trasa 244.

– Zgadza się: 244. Wjechałem na most, wciąż było ciemno, nigdzie nie było widać świateł innych samochodów, żadnego dźwięku, więc wyciągnąłem ją z tyłu furgonetki i wrzuciłem do rzeki. Kiedy usłyszałem plusk, zrobiło mi się niedobrze. Pamiętam, że w drodze do domu przez cały czas płakałem.

Gubernator podszedł i wcisnął guzik.

– Chłopaki, wystarczy mi to, co zobaczyłem. Chodźmy. Wszyscy trzej poprawili krawaty, zapięli mankiety, włożyli marynarki i wyszli z biura. W korytarzu spotkali wzmocnioną ochronę. Zeszli schodami na parter i szybko poszli do kapitolu. Czekali, niezauważeni przez tłum, aż wielebny Jeremiah Mays zakończy swoją wichrzycielską przemowę. Ledwo skończył, tłum zawył, poprzysiągł zemstę. Kiedy na podium nagle pojawił się ich gubernator, nastrój wyraźnie się zmienił. Przez chwilę byli zdezorientowani, ale gdy usłyszeli słowa „Jestem Gill Newton, gubernator wielkiego stanu Teksas", zalali go falą gwizdów.

– Dziękuję, że tu przyszliście – odkrzyknął – korzystając z pierwszej poprawki, waszego prawa do zgromadzeń. Niech Bóg błogosławi Amerykę. – Jeszcze głośniejsze gwizdy. – Nasz kraj jest wielki, bo kochamy demokrację, najwspanialszy ustrój na świecie. – Głośne gwizdy na demokrację. – Zebraliście się tu, ponieważ uważacie, że Donté Drumm jest niewinny. Cóż, jestem tutaj, żeby wam powiedzieć, że jest inaczej. Został skazany w sprawiedliwym procesie. Miał dobrego adwokata. Przyznał się do przestępstwa. – Gwizdy i gniewne okrzyki zlały się teraz w jedno, Newton był zmuszony krzyczeć do mikrofonu. – Jego sprawę przeglądało kilkudziesięciu sędziów zasiadających w pięciu różnych sądach, stanowych i federalnych, i wszystkie orzeczenia przeciwko niemu były jednogłośne.

Kiedy ryk zrobił się za głośny, żeby mówić dalej, Newton tylko stał i uśmiechał się do tłumu; człowiek mający władzę do tych, którzy władzy nie mają. Kiwał głową, przyjmując do wiadomości, że go nienawidzą. Kiedy hałas trochę osłabł, nachylił się do mikrofonu i z całym teatralnym wyczuciem, na jaki umiał się zdobyć, wiedząc doskonale, że to co ma zamiar powiedzieć, pokażą wszystkie wieczorne i nocne wiadomości w Teksasie, powiedział:

– Odmawiam odroczenia dla Dontégo Drumma. To potwór. Jest winien!

Tłum znów zaryczał i ruszył do przodu. Gubernator pomachał ręką, zasalutował do kamer i się wycofał. Ochrona otoczyła go i wyprowadziła w bezpieczne miejsce. Barry i Wayne poszli za nim, żaden nie był w stanie powstrzymać uśmiechu. Ich człowiek właśnie dokonał kolejnego wyczynu reklamowego, dzięki któremu od tej chwili będzie wygrywał wszystkie wybory.

Rozdział 24

Ostatni posiłek, ostatni spacer, ostatnie słowa. Donté nie rozumiał znaczenia tych ostatnich szczegółów. Skąd ta fascynacja, co człowiek zje, zanim umrze? To nie było tak, że jedzenie dawało pociechę albo wzmacniało ciało, albo odsuwało to, co nieuniknione. Jedzenie, razem z organami, zostanie wkrótce wystawione na widok publiczny i spopielone. I na co to? Karmi się człowieka kleikiem przez długie lata, to dlaczego rozpieszczać go czymś, czym będzie się mógł cieszyć tylko tuż przed śmiercią?

Z trudem przypomniał sobie pierwsze dni w celi śmierci i przerażenie na myśl, co będzie musiał jeść. Wychowała go kobieta, która ceniła i lubiła kuchnię i chociaż używała za dużo tłuszczu i mąki, to uprawiała też własne warzywa i rzadko korzystała z przetworzonych składników. Uwielbiała zioła, korzenie i różne rodzaje pieprzu, jej kurczęta i mięso były mocno przyprawione. Pierwsze mięso, które podano Dontému w celi śmierci, było podobno kawałkiem wieprzowiny, kompletnie bez smaku. W pierwszym tygodniu stracił apetyt i już go nie odzyskał.

Teraz, na koniec, oczekiwano, że zamówi sobie ucztę i będzie wdzięczny za tę ostatnią przysługę. To głupie, ale prawie wszyscy skazańcy myśleli o ostatnim posiłku. Tak niewiele mieli rzeczy do przemyślenia. Donté już wcześniej postanowił, że to, co będzie chciał dostać, w niczym nie może przypominać dań, które kiedyś przygotowywała jego matka. Zamówił więc pizzę pepperoni i piwo korzenne. Jedzenie przyjechało o czwartej, wtoczone na małym wózku przez dwóch strażników do tymczasowej celi. Donté nic nie powiedział, kiedy wychodzili. Po południu trochę drzemał, czekał na pizzę, czekał na adwokata. Czekał na cud, ale o czwartej się poddał.

W korytarzu, tuż za kratą, jego widownia przyglądała się bez słowa. Strażnik, urzędnik więzienny i kapelan, który dwa razy próbował z nim porozmawiać. Dwa razy Donté podziękował za duchową poradę. Nie bardzo wiedział, dlaczego przyglądają mu się tak uważnie, ale przypuszczał, że chcą zapobiec samobójstwu. Jak miałby sam się zabić, nie było jasne, na pewno nie w celi tymczasowej. Gdyby chciał popełnić samobójstwo, zrobiłby to wiele miesięcy wcześniej. Teraz żałował, że tego nie zrobił. Dawno by go nie było, a matka nie patrzyłaby, jak umiera.

Dla podniebienia wyjałowionego białym chlebem bez smaku, mdłym sosem jabłkowym i niekończącym się strumieniem „mięs niespodzianek", pizza była zaskakująco pyszna. Jadł ją powoli.

Ben Jeter podszedł do kraty i zapytał:

– Jak tam pizza, Donté?

Donté nie spojrzał na naczelnika.

– W porządku – powiedział cicho.

– Potrzeba ci czego?

Pokręcił głową, że nie. Potrzebuję wielu rzeczy, koleś, ale nie tych cholerstw, które możesz mi dać. A gdybyś mógł, nie dałbyś. Po prostu zostaw mnie w spokoju.

– Zdaje się, że twój adwokat już tu jedzie.

Donté skinął głową i wziął kolejny kawałek.

O czwartej dwadzieścia jeden Piąty Okręgowy Sąd Apelacyjny w Nowym Orleanie odmówił ułaskawienia Dontégo na podstawie stwierdzenia choroby umysłowej. Kancelaria Flaka natychmiast złożyła w Sądzie Najwyższym Stanów Zjednoczonych petycję o polecenie przesłania akt sprawy i prośbę, żeby sąd wysłuchał apelacji i rozważył zasadność petycji. Gdyby wyrażono zgodę na ich przejrzenie, egzekucja zostałaby wstrzymana i minęłoby trochę czasu, zanim kurz by opadł, a akta zostały przesłane. Gdyby odmówiono przejrzenia akt, wniosek by przepadł, tak jak według wszelkiego prawdopodobieństwa wnioskodawca. W gmachu Sądu Najwyższego w Waszyngtonie „kancelista śmierci" otrzymał petycję o przejrzenie akt drogą elektroniczną i rozdzielił ją do biur dziewięciu sędziów.

Nie było słowa o petycji Boyette'a nierozstrzygniętej jeszcze przez Teksański Sąd Apelacji Karnych.

Kiedy king air wylądował w Huntsville, Robbie zadzwonił do kancelarii i został poinformowany o niekorzystnym orzeczeniu w Piątym Okręgu. Joey Gamble jeszcze nie odnalazł drogi do kancelarii Agnes Tanner w Houston. Gubernator, w widowiskowy sposób, odmówił odroczenia. W tej chwili nie płonął żaden budynek w Slone, ale Gwardia Narodowa była w drodze. Przygnębiająca rozmowa, ale Robbie nie spodziewał się wiele więcej.

Razem z Aaronem, Marthą i Keithem wskoczyli do minivana, prowadzonego przez detektywa, z którego usług Robbie już korzystał. Więzienie było o piętnaście minut drogi. Keith zadzwonił do Dany i próbował wyjaśnić, co się z nim dzieje, ale plątał się, a inni słuchali. Dana była coraz bardziej zdumiona i pewna, że Keith robi coś głupiego. Obiecał, że wkrótce zadzwoni. Aaron skontaktował się z kancelarią i porozmawiał z Fredem Pryorem. Boyette wstał i chodził, chociaż powoli. Narzekał, że nie rozmawiał z reporterami. Spodziewał się, że opowie wszystkim swoją wersję, a wychodziło na to, że nikt go nie chce słuchać. Robbie rozpaczliwie próbował połączyć się z Joeyem Gamble'em. Bez rezultatu. Martha Handler jak zwykle zapisywała kartki.

O czwartej trzydzieści prezes sądu Milton Prudlowe zwołał Teksański Sąd Apelacji Karnych na telekonferencję, żeby rozpatrzyć petycję Boyette'a w sprawie Dontégo Drumma. Boyette nie zrobił wrażenia na sądzie. Ogólna opinia była taka, że to ktoś, kto szuka sławy i jest zdecydowanie niewiarygodny. Po krótkiej dyskusji prezes zebrał głosy. Głosowanie wypadło jednomyślnie, ani jeden sędzia nie był za tym, żeby ułaskawić Dontégo Drumma. Urzędnik sądowy wysłał mejlem decyzję do biura prokuratora generalnego, do adwokatów walczących o apelacje w sprawie Drumma, do Wayne'a Wallcotta, prawnika gubernatora, i do kancelarii Robbiego Flaka.

Furgonetka prawie wjeżdżała do więzienia, kiedy do Robbiego zadzwonił Carlos. Chociaż Robbie przez całe popołudnie mówił sobie, że ułaskawienie jest nieprawdopodobne, i tak zniósł to źle.

– Skurwysyny! – warknął. – Nie uwierzyli Boyette'owi. Odmowa, odmowa, odmowa, wszystkich dziesięciu. Skurwysyny.

– Co będzie dalej? – zapytał Keith.

– Apelujemy do Sądu Najwyższego. Niech zobaczą Boyette'a. Módl się o cud. Kończą się nam możliwości.

– Podali powód? – zapytała Martha.

– Nie, nie muszą. Problem w tym, że my rozpaczliwie chcemy uwierzyć Boyette'owi, a oni, wybrana dziewiątka, nie mają interesu, żeby mu wierzyć. Uwierzyć Boyette'owi to znaczy zatrząść systemem. Muszę zadzwonić do Agnes Tanner. Gamble pewnie jest w klubie ze striptizem, zaprawia, a tancerka robi mu striptiz na kolanach.

Nie było striptizerek, zatrzymań, objazdów, tylko parę skrętów w niewłaściwe uliczki. Joey wszedł do kancelarii Agnes Tanner o czwartej czterdzieści. Pani Tanner czekała przy drzwiach. Była bezwzględną adwokat od rozwodów, a kiedy się nudziła, zgłaszała się na ochotnika do spraw o morderstwa zagrożonych karą śmierci. Robbiego dobrze znała, chociaż nie rozmawiali od lat.

Trzymała pisemne zeznanie i po nerwowym „miło cię poznać", zaprowadziła Joeya do małej salki konferencyjnej. Chciała go zapytać, gdzie był, dlaczego to tak długo trwało, czy jest pijany, czy zdaje sobie sprawę, że czas im się kończy, dlaczego skłamał dziewięć lat temu i dlaczego od tamtej pory siedział na swojej tłustej dupie. Chciała go przypiekać przez godzinę, ale nie było czasu. Na dodatek był kapryśny i nieprzewidywalny, według Robbiego.

– Możesz to przeczytać albo ja ci powiem, co tu jest napisane – powiedziała, wymachując pisemnym zeznaniem.

Joey usiadł na krześle i ukrył twarz w dłoniach.

– Wystarczy, że pani powie.

– Tu jest twoje nazwisko, adres i reszta tych bzdur. Napisane jest, że zeznawałeś na procesie Dontégo Drumma tego a tego dnia, w październiku 1999, że twoje zeznanie było bardzo istotne dla prokuratury i że zeznając, powiedziałeś ławie przysięgłych, że w wieczór, kiedy zniknęła Nicole, mniej więcej w tym czasie, widziałeś zieloną furgonetkę forda jadącą podejrzanie przez parking, gdzie stał jej samochód. I że kierowcą był chyba czarny mężczyzna, i że furgonetka była bardzo podobna do tej, którą miał Donté Drumm. Tu jest znacznie więcej szczegółów, ale nie mamy czasu na szczegóły. Zgadzasz się ze mną Joey?

– Tak. – Oczy miał zasłonięte, wyglądał, jakby płakał.

– Teraz odwołujesz zeznanie i przysięgasz, że to była nieprawda. Mówisz, że przed sądem skłamałeś. Rozumiesz, Joey?

Pokiwał głową, że rozumie.

– I dalej jest mowa, że wykonałeś anonimowy telefon do detektywa Drewa Kerbera i zawiadomiłeś go, że Donté Drumm jest zabójcą. Znów mnóstwo szczegółów, ale ci ich oszczędzę. Chyba rozumiesz to wszystko, Joey, prawda?

Odsłonił twarz, otarł łzy i powiedział:

– Długo z tym żyłem.

– To napraw to, Joey. – Trzasnęła zeznaniem o stół i rzuciła Joeyowi pióro. – Strona piąta, u dołu, z prawej. Szybko.

Podpisał zeznanie i kiedy zostało poświadczone, zeskanowano je i przesłano mejlem do Grupy Obrońców w Austin. Agnes Tanner czekała na potwierdzenie, ale mejl nie doszedł. Zadzwoniła do adwokata z Grupy Obrońców – nie przyszło. Jakieś problemy z serwerem. Agnes znów wysłała zeznanie i znów nie zostało odebrane. Warknęła na kancelistę, zaczął przesyłać pięć stron faksem.

Joey, nagle zostawiony sam sobie, wyszedł niezauważony z kancelarii. Oczekiwał, że przynajmniej ktoś mu podziękuje.

Więzienie w Huntsville nosi nazwę Oddziału Murów. To najstarsze więzienie w Teksasie, tradycyjne, z wysokimi ceglanymi murami, stąd nazwa. W jego historii zachowały się zapisy o uwięzieniu sławnych niegdyś bandytów i rewolwerowców. Jego komora śmierci posłużyła straceniu większej liczby mężczyzn i kobiet niż w którymkolwiek stanie. Oddział Murów jest dumny ze swojej historii. Blok z najstarszymi celami został zachowany, jest krokiem wstecz w czasie. Można oprowadzać wycieczki.

Robbie był tu już dwa razy, zawsze w pośpiechu, zawsze zawalony obowiązkami, nie wykazywał zainteresowania historią Oddziału Murów. Kiedy z Keithem wszedł przez drzwi frontowe, spotkał ich Ben Jeter, który zdobył się na uśmiech.

– Cześć, panie Flak – powiedział.

– Cześć, naczelniku – powiedział ponuro Robbie, chwytając się za portfel. – To doradca duchowy Dontégo, wielebny Keith Schroeder. – Naczelnik ostrożnie podał mu rękę. – Nie miałem pojęcia, że Drumm ma doradcę duchowego.

– Cóż, teraz ma.

– W porządku, pokażcie jakieś dowody tożsamości.

Wręczyli Jeterowi prawa jazdy, podał je strażnikowi stojącemu za kontuarem.

– Chodźcie za mną – powiedział.

Jeter był naczelnikiem Oddziału Murów od jedenastu lat i nadzorował wszystkie egzekucje. Przyjął na siebie ten obowiązek, ale o niego nie prosił, po prostu należało to do jego zawodu. Ceniono go za bezstronność i profesjonalizm. Wszystkie ruchy były precyzyjne, wszystkie szczegóły jednakowe. Teksas był tak wydajny w śmiercionośnej robocie, że inne stany przysyłały tu funkcjonariuszy więziennictwa na szkolenie. Ben Jeter mógł im dokładnie pokazać, jak należy to robić.

Pytał dwustu dziewięćdziesięciu ośmiu mężczyzn i trzy kobiety, czy mają coś do powiedzenia w ostatnim słowie. Kwadrans później oznajmiał ich śmierć.

– Co z apelacjami? – zapytał, idąc krok przed Robbiem, dwa kroki przed wciąż oszołomionym Keithem. Szli szybko korytarzami, których ściany obwieszone były blaknącymi, czarno-białymi fotografiami byłych naczelników i zmarłych gubernatorów.

– Nie wygląda to dobrze – powiedział Robbie. – Parę spraw spieprzonych i niewiele więcej.

– Więc myślisz, że o szóstej zaczynamy?

– Nie wiem. – Robbie nie miał ochoty powiedzieć nic więcej.

– O szóstej zaczynamy – powiedział do siebie Keith. Jakby czekali na lot albo na początek meczu.

Zatrzymali się przy drzwiach i Jeter machnął legitymacją. Drzwi się otworzyły, weszli do środka, przeszli parę metrów i znaleźli się w domu śmierci. Keithowi serce waliło, tak mu się kręciło w głowie, że musiał usiąść. W środku zobaczył kraty, w słabo oświetlonym bloku z celami. Po drodze stali strażnicy, dwaj mężczyźni w kiepskich garniturach i naczelnik. Wszyscy patrzyli na tymczasową celę.

– Donté, jest twój adwokat – oznajmił Jeter, jakby przyniósł mu prezent. Donté wstał i się uśmiechnął. Metal szczęknął, drzwi się odsunęły i Donté zrobił krok naprzód. Robbie złapał go, przycisnął, wyszeptał mu coś do ucha. Donté uścisnął swojego adwokata, był to pierwszy prawdziwy ludzki kontakt od prawie dziesięciu lat. Obaj płakali, kiedy ich rozdzielano.

Obok cel tymczasowych była cela dla gości, taka sama przestrzeń, nie licząc szklanej ściany za kratami, która zapewniała prywatność podczas ostatniego spotkania adwokata z klientem. Przepisy przewidywały godzinną wizytę. Większość skazańców zaoszczędzała kilka minut na ostatnią modlitwę z kapelanem więziennym. Przepisy mówiły, że godzinna wizyta trwa od czwartej do piątej, na koniec więzień zostawał sam. Naczelnik Jeter, chociaż ściśle trzymał się przepisów, wiedział, jak je naginać. Wiedział też, że Donté Drumm był wzorowym więźniem, w odróżnieniu do wielu, a to miało duże znaczenie w jego pracy.

Jeter postukał w zegarek i powiedział:

– Panie Flak, jest czwarta czterdzieści pięć, macie godzinę.

– Dziękuję.

Donté wszedł do celi dla gości i usiadł na skraju łóżka. Robbie wszedł za nim i usiadł na stołku. Strażnik zamknął szklane drzwi i zasunął kratę.

Byli sami, dotykali się kolanami. Robbie położył Dontému dłoń na ramieniu, starał się zachować spokój. Zadręczał się myślą, czy powinien powiedzieć o Boyetcie. Z jednej strony, Donté prawdopodobnie pogodził się z tym, co nieuchronne, i na godzinę przed był gotów na wszystko, co stało po tamtej stronie. Wyglądał na spokojnego. Po co zadręczać go nową, zwariowaną historią? Z drugiej strony, Donté może docenić fakt, że prawda wreszcie wyjdzie na jaw. Jego imię zostanie oczyszczone, choćby i pośmiertnie. Ale prawdzie daleko było do pewności i Robbie postanowił nie wspominać o Boyetcie.

– Robbie, dziękuję, że przyszedłeś – powiedział szeptem Donté.

– Obiecałem, że będę do samego końca. Przykro mi, że nie mogę tego powstrzymać, Donté, naprawdę żałuję.

– Daj spokój, Robbie, robiłeś wszystko, co mogłeś. Dalej walczysz, prawda?

– O tak. Wysyłamy parę apelacji na ostatnią minutę, więc jest szansa.

– Duża szansa, Robbie?

– Jakaś. Joey Gamble przyznał się, że skłamał w sądzie. Poprzedniego wieczoru upił się w klubie ze striptizem i przyznał do wszystkiego. Po cichu to nagraliśmy i dziś rano złożyliśmy petycję. Sąd ją oddalił. Potem, koło wpół do czwartej dziś po południu, Joey skontaktował się z nami i powiedział, że chce się przyznać do wszystkiego.

Donté pokręcił tylko głową z niedowierzaniem.

– Próbujemy złożyć kolejną petycję zawierającą jego zaprzysiężone zeznanie na piśmie i to jest dla nas szansa.

Siedzieli zgarbieni, prawie dotykali się głowami, mówili szeptem. Było tak dużo do powiedzenia i tak mało. Robbie był rozżalony na system, wściekły tak, że mógłby tłuc pięściami, przygnieciony niepowodzeniem w obronie Dontégo, ale w tej chwili przede wszystkim po prostu smutny.

Dla Dontégo krótki pobyt w tymczasowej celi był trudny. Przed nim, niecałe dziesięć metrów dalej były drzwi prowadzące do śmierci, drzwi, których wolałby nie otwierać. Za nim był blok śmierci i nieznośna egzystencja w izolacji celi, której wolałby już więcej nie oglądać. I nie chciałby widzieć więcej Oddziału Polunsky.

– Nie martw się Robbie, wszystko będzie jak trzeba.

Keith po otrzymaniu pozwolenia wyszedł na zewnątrz i próbował zaczerpnąć tchu. W Topeka w poniedziałek rano padał śnieg, teraz w Teksasie miał wrażenie, że jest jakieś dwadzieścia siedem stopni. Oparł się o płot i patrzył na drut nad głową.

Zadzwonił do Dany i powiedział, gdzie jest, co robi, co myśli. Wydawała się równie zaskoczona jak on.

Kiedy sprawa Drumma została załatwiona, prezes Milton Prudlowe wyszedł z biura i pospiesznie pojechał do Rolling Creek Country Club w zachodniej części centrum Austin. O piątej był umówiony na tenisa z głównym darczyńcą jego ostatniej i następnych kampanii wyborczych. Kiedy był w drodze, zadzwoniła komórka. Urzędnik sądowy informował go o telefonie od Grupy Obrońców, że przygotowywana jest kolejna petycja.

– Która u ciebie godzina? – zapytał Prudlowe.

– Czwarta czterdzieści dziewięć.

– Zmęczyły mnie te bzdury – rzekł Prudlowe. – Zamykamy o piątej i wszyscy o tym wiedzą.

– Tak jest – odparł urzędnik. Doskonale wiedział, że sędzia Prudlowe nie znosi zdrowasiek odmawianych w ostatniej chwili przez zrozpaczonych adwokatów. Sprawy ciągną się latami, niewiele się dzieje, a kiedy zostaje parę godzin, adwokaci nagle wrzucają wyższy bieg.

– Wiesz, co to za wniosek? – zapytał Prudlowe.

– Chyba to samo, co złożyli dziś rano. – Naoczny świadek odwołuje zeznanie. Mają problem z komputerami.

– No proszę, jakie to oryginalne. Zamykamy o piątej i chcę, żeby o piątej drzwi były zamknięte, ani minuty później. Zrozumiano?

– Tak jest.

O czwartej czterdzieści pięć Cicely Avis i dwóch kancelistów wyszli z biura Grupy Obrońców z petycją i pisemnym zeznaniem Gamble'a. Wszystkich dwanaście kopii. Kiedy pędzili ulicami, Cicely zadzwoniła do biura urzędnika, uprzedzając go, że jadą. Urzędnik poinformował ją, że biuro zamykane jest o piątej, jak zwykle, pięć dni w tygodniu.

– Ale my mamy petycje z załączonym zaprzysiężonym zeznaniem na piśmie od jedynego naocznego świadka na procesie.

– Chyba już to widzieliśmy – odparł urzędnik.

– Nie widzieliście! To zaprzysiężone zeznanie.

– Właśnie rozmawiałem z prezesem. Zamykamy o piątej.

– Ale my będziemy zaledwie kilka minut później.

– Zamykamy o piątej.

Travis Boyette siedział przy oknie w sali konferencyjnej z laską na kolanach i przyglądał się, jak ludzie wrzeszczą na siebie gorączkowo. Obok stał Fred Pryor i też patrzył.

Boyette nie rozumiał, o co chodzi. Wstał i podszedł do stołu.

– Czy ktoś mógłby mi powiedzieć, co się dzieje? – zapytał.

– Tak, przegrywamy – warknął na niego Carlos.

– A moje zeznanie? Nikt mnie nie wysłuchał?

– Odpowiedź brzmi: nie. Na sądzie nie zrobiło to wrażenia.

– Myślą, że kłamię?

– Tak, Travis, myślą, że kłamiesz. Przykro mi. My ci wierzymy, ale my nie mamy prawa głosu.

– Chcę rozmawiać z reporterami.

– Sądzę, że są zajęci bieganiem za pożarami.

Sammie Thomas spojrzała na swój laptop, coś zapisała i podała to Boyette'owi.

– To numer telefonu komórkowego jednego z naszych telewizyjnych durniów. – Pokazała na stolik obok telewizora. – Tam stoi telefon. Panie Boyette, może pan dzwonić do woli i do kogo pan chce.

Travis pokuśtykał do telefonu, wystukał numer i czekał. Przyglądali mu się Sammie, Carlos, Bonnie i Fred Pryor.

Trzymał słuchawkę i wpatrywał się w podłogę. Potem drgnął i powiedział:

– Ee... pan Garrett? Okej, słuchaj pan, nazywam się Travis Boyette, dzwonię z kancelarii Robbiego Flaka. Jestem zamieszany w morderstwo Nicole Yarber, chciałbym złożyć oświadczenie przed kamerami. – Przerwa. Tik. – Chcę przyznać się do zamordowania tej dziewczyny. Donté Drumm nie ma z tym nic wspólnego. – Przerwa. Tik. – Tak, chcę, żeby to zostało wyemitowane i mam dużo więcej do powiedzenia. – Prawie słyszeli gorączkowe podniecenie w głosie Garretta. Co za materiał!

– W porządku – powiedział Boyette i odłożył słuchawkę. Rozejrzał się po sali konferencyjnej. – Będą tu za dziesięć minut.

– Fred, może zabierzesz go przed stację – powiedziała Sammy. – Gdzieś w okolice rampy i znajdziesz dobre miejsce.

– Mogę wyjść, jak tylko zechcę, prawda? – zapytał Boyette. – Nie muszę tu zostawać?

– O ile o mnie chodzi, jest pan wolnym człowiekiem – powiedziała Sammie. – Niech pan robi, co pan chce. Naprawdę mnie to nie obchodzi.

Boyette i Pryor wyszli z sali konferencyjnej, żeby zaczekać przed stacją.

Carlos odebrał telefon od Cicely Avis. Powiedziała, że przyjechali pod sąd o piątej siedem, drzwi były zamknięte, biura nieczynne. Zadzwoniła na komórkę urzędnika. Urzędnik powiedział, że go tam nie ma, i rzeczywiście, jechał do domu.

Ostatnie odwołanie Dontégo nie zostało przyjęte.

Według rejestru klubu prezes Milton Prudlowe i jego gość grali w tenisa na korcie numer osiem przez godzinę. Zaczęli o piątej.

Rozdział 25

Domek Paula Koffeego stał nad małym jeziorkiem, piętnaście kilometrów na południe od Slone. Należał do niego od lat. Koffee uciekał tu jak do kryjówki, bazy wędkarskiej, a kiedyś do miłosnego gniazdka podczas romansu z sędzią Vivian Grale, tego nieszczęsnego epizodu, który doprowadził do rozwodu i o mały włos nie doprowadził do utraty domku. W zamian była żona dostała ich dom.

Po lunchu w czwartek wyszedł z biura i pojechał do domku. W mieście panował zamęt, zaczęło się wyczuwać niebezpieczeństwo, telefon dzwonił bez przerwy i nikt w biurze nawet nie udawał, że pracuje. Koffee uciekł przed tym wariactwem i wkrótce był już na spokojnej wsi, gdzie przygotowywał się do przyjęcia, które zaczął szykować tydzień wcześniej. Schłodził piwo, zaopatrzył bar, poobijał się po domku i czekał na gości. Zaczęli się schodzić przed piątą – większość wcześnie wyszła z pracy – i każdemu chciało się pić. Zebrali się na pomoście, nad wodą – emerytowani adwokaci, aktywni adwokaci, dwóch zastępców prokuratora z biura Koffeego, śledczy i inni dobrani przyjaciele. Prawie wszyscy mieli coś wspólnego z prawem.

Był Drew Kerber i inni detektywi. Każdy chciał rozmawiać z Kerberem, gliną, który rozwiązał sprawę. Gdyby nie jego umiejętne przesłuchanie Dontégo Drumma, nie doszłoby do skazania. On znalazł psy, które wyczuły zapach Nicole w zielonej furgonetce. On zręcznie manipulował więziennym szpiclem, żeby wydobyć z podejrzanego jeszcze jedno wyznanie. Dobra, solidna policyjna robota. Sprawa Drumma była momentem szczytowym w karierze Kerbera i zamierzał rozkoszować się jej ostatnimi chwilami.

Paul Koffee nie dał się zepchnąć na drugi plan. Pójdzie na emeryturę za kilka lat i na starość będzie miał się czym chwalić. Koffee i jego chłopaki walczyli o sprawiedliwość, walczyli o Nicole, przeciwko zażartej obronie zmontowanej przez Robbiego Flaka i jego zespół. Fakt, że uzyskał ten cenny wyrok śmierci bez trupa, był jeszcze większym powodem do triumfu.

Drinki pomogły się rozluźnić. Ryczeli ze śmiechu, gdy ich uwielbiany gubernator krzyczał na czarną bandę i nazywał Dontégo potworem. Trochę ucichło, kiedy Koffee powiedział o petycji wniesionej zaledwie dwie godziny temu, w której jakiś świr twierdził, że jest zabójcą. Ale nie bójcie się, zapewnił ich, sąd apelacyjny już odmówił ułaskawienia. W grę wchodziła jeszcze tylko jedna apelacja, fałszywa – „do diabła, oni wszyscy to fałszerze" – ale w zasadzie już przepadła w Sądzie Najwyższym. Radośnie zapewnił gości, że sprawiedliwość wkrótce zwycięży.

Wymieniali się opowieściami o pożarach kościołów, o pożarze w odziarniarni bawełny, o gęstniejącym tłumie w Civitan Park i o nadejściu kawalerii. Gwardii Narodowej spodziewano się o szóstej i nie brakowało opinii, że tak naprawdę chyba nie jest potrzebna.

Koffee smażył na grillu kurczaka, pierś i udka w gęstym sosie. Ale daniem wieczoru, oznajmił, będą „udka Drumma". Chóralny śmiech odbił się echem po jeziorze.

W Huntsville mieści się także Uniwersytet Stanowy imienia Sama Houstona. Uczy się tam tysiąc sześciuset studentów – osiemdziesiąt jeden procent białych, dwanaście procent czarnych, sześć procent Latynosów i jeden procent innych.

Późnym czwartkowym popołudniem wielu czarnych studentów szło w stronę więzienia, położonego o jakieś osiem przecznic w centrum Huntsville. Operacja „Objazd" może i nie zatarasowała dróg, ale nie zawiedzie przy rozpętaniu małego piekła. Ulice bliżej więzienia zostały zablokowane przez teksańskich policjantów i policję z Huntsville. Władze spodziewały się kłopotów i zabezpieczenia wokół Oddziału Murów były mocne.

Czarni studenci zgromadzili się trzy przecznice od więzienia i zaczęli wznosić okrzyki. Kiedy Robbie wyszedł z domu śmierci, żeby podzwonić, usłyszał w oddali skandowanie tysiąca głosów. „Donté! Donté!" Widział tylko zewnętrzne ściany domu śmierci i druciany płot, ale mógł się domyślić, że tłum jest blisko.

Co za różnica? Już za późno na marsze i protesty. Słuchał przez chwilę, potem zadzwonił do kancelarii. Sammie Thomas z miejsca wyskoczyła z wiadomością.

– Nie pozwolili nam wnieść petycji Gamble'a. Zamknęli o piątej, Robbie, a my tam byliśmy siedem minut później. I wiedzieli, że jedziemy.

W pierwszym odruchu chciał rzucić telefonem w najbliższą ceglaną ścianę i patrzeć, jak aparat rozlatuje się na tysiąc kawałków, ale był zbyt porażony, żeby się poruszyć.

– Grupa Obrońców zadzwoniła do urzędnika kilka minut przed piątą. Już gnali samochodem, żeby złożyć petycję. Urzędnik powiedział, że szkoda, że rozmawiał z Prudlowe'em i zamykają o piątej. Jesteś tam, Robbie?

– Tak, nie. Mów dalej.

– Nie zostało nic, tylko składać petycje do Sądu Najwyższego. Do tej pory ani słowa.

Robbie stał oparty o druciany płot i próbował się uspokoić. Napad złości w niczym teraz nie pomoże. Może ciskać, przeklinać, może jutro wnieść kilka pozwów, ale musi pomyśleć.

– Nie spodziewam się żadnej pomocy ze strony Sądu Najwyższego, a ty? – zapytał.

– Też nie.

– Cóż, więc prawie po wszystkim.

– Tak, Robbie, tak tu nam się wydaje.

– Samie, wiesz, potrzebna nam jest tylko doba. Gdyby Travis Boyette i Joey Gamble dali nam dobę, moglibyśmy powstrzymać to cholerstwo, a wtedy jest bardzo duża szansa, że pewnego dnia Donté wyszedłby stąd. Doba.

– Zgoda, a skoro mowa o Boyetcie, to jest na zewnątrz, czeka na ekipę telewizyjną. To on do nich zadzwonił, nie my, chociaż to ja dałam mu numer. Chce mówić.

– Niech mówi, cholera. Teraz niech powie światu. Wszystko jedno. Czy Carlos jest gotowy, żeby walnąć tym wideo?

– Chyba tak.

– Więc niech je puści. Chcę, żeby każda wielka gazeta i stacja telewizyjna w stanie dostała to natychmiast. Narobimy tyle hałasu, ile się tylko da. Skoro spadamy, to z hukiem.

– Załatwione, szefie.

Robbie przez dłuższą chwilę przysłuchiwał się skandowaniu w oddali i gapił na telefon. Do kogo można by zadzwonić? Czy jest ktoś na świecie, kto mógłby pomóc?

Keith drgnął, kiedy metalowa krata zamknęła się za nim. Nie była to jego pierwsza wizyta w więzieniu, ale po raz pierwszy został zamknięty w celi. Oddychał ciężko, w żołądku miał supeł, ale modlił się o siłę. To była bardzo krótka modlitwa: „Boże, daj mi odwagę i mądrość. Potem, proszę, zabierz mnie stąd".

Donté nie wstał, kiedy Keith wszedł do celi dla gości, ale uśmiechnął się i podał rękę. Keith ją uścisnął. Miękki, bierny uścisk.

– Nazywam się Keith Schroeder – przedstawił się, kiedy usiadł na stołku, tyłem do ściany, butami kilka centymetrów od butów Dontégo.

– Robbie powiedział, że porządny z ciebie gość. – Donté przypatrywał się koloratce Keitha, jakby chciał się upewnić, że to naprawdę pastor.

Keithowi słowa uwięzły w gardle, kiedy myślał, co mówić. „Jak się miewasz?" brzmiałoby śmiesznie. Co powiedzieć młodemu człowiekowi, który umrze za niecałą godzinę, którego śmierć jest pewna, a można było jej uniknąć?

Mów o śmierci.

– Słyszałem od Robbiego, że nie chciałeś rozmawiać z kapelanem więziennym.

– Pracuje dla systemu. Ten system prześladował mnie przez dziewięć lat i wkrótce dostanie to, czego chce. Więc nie zrobię żadnego ustępstwa wobec systemu.

To bardzo sensowne, pomyślał Keith. Donté wyprostował się, ramiona skrzyżował na piersi, jakby czekał na porządną dyskusję o religii, wierze, Bogu, niebie, piekle czy o czym tam Keith chciałby podyskutować.

– Nie jesteś z Teksasu, prawda? – zapytał Donté.

– Z Kansas.

– Akcent. Uważasz, że stan ma prawo zabijać ludzi?

– Nie.

– Uważasz, że Jezus pochwaliłby zabijanie więźniów w odwecie?

– Oczywiście, że nie.

– Czy „Nie zabijaj" stosuje się do każdego? A może Mojżesz zapomniał zrobić wyjątek dla rządów stanowych?

– Rząd należy do ludu. Przykazanie stosuje się do wszystkich.

Donté uśmiechnął się i trochę odprężył.

– Okej, zdałeś. Możemy rozmawiać. Co ci leży na duszy?

Keith zaczął oddychać trochę lżej, zadowolony, że zdał egzamin wstępny. Spodziewał się raczej, że spotka otępiałego młodego człowieka, ale się mylił. Hałaśliwe zapewnienia Robbiego, że cela śmierci doprowadziła Dontégo do obłędu, trochę wyprowadzały w pole.

Keith ruszył naprzód.

– Robbie mówi, że wychowywałeś się w duchu kościoła, że wcześnie zostałeś ochrzczony, że twoja wiara jest silna, że twoi rodzice są gorliwymi chrześcijanami.

– Wszystko prawda. Byłem blisko Boga, panie Schroeder, dopóki Bóg mnie nie porzucił.

– Mów mi Keith, proszę. Czytałem opowiadanie o człowieku, który kiedyś siedział właśnie tu, w tej celi. Nazywał się Darrell Clark, młody człowiek z zachodniego Teksasu, chyba z Midland. Zabił paru ludzi podczas wojny narkotykowej, został skazany i posłano go do celi śmierci w starym oddziale, w Ellis. Kiedy siedział w celi śmierci, ktoś dał mu Biblię, ktoś inny dzielił z nim świadectwo wiary. Clark został chrześcijaninem i znalazł się bardzo blisko Pana. Jego apelacje wyczerpały się, ustalono datę egzekucji. Pogodził się z końcem. Czekał na śmierć, bo wiedział, że dokładnie w tej chwili wejdzie do królestwa niebieskiego. Nie znam innej historii, która dałaby się porównać z historią Darrella Clarka.

– Jaki wniosek?

– Taki, że masz umrzeć i wiesz, kiedy to nastąpi. Bardzo nieliczni ludzie to wiedzą. Żołnierze podczas bitwy mogą się czuć, jakby umarli, ale zawsze jest szansa, że przeżyją. Myślę, że niektóre ofiary strasznych zbrodni wiedzą, że zbliża się ich koniec, ale im zostaje tak niewiele czasu. Ty jednak znałeś datę od miesięcy. Teraz nadeszła ta godzina, to nie jest zły czas, żeby pojednać się z Bogiem.

– Znam legendę Darrella Clarka. Jego ostatnie słowa brzmiały „Ojcze, w ręce Twoje oddaję ducha mego", Łukasz 23, wers 46, ostatnie słowa Jezusa, zanim umarł na krzyżu, przynajmniej według Łukasza. Ale o czymś tutaj zapomniałeś, Keith. Clark zabił troje ludzi, zakatował, a kiedy go skazano, nie mówił poważnie, że jest niewinny. On był winny, ja nie. Clark zasługiwał na karę, nie na śmierć, ale na dożywotnie więzienie. Ale ja jestem niewinny.

– To prawda, ale śmierć to śmierć, a na koniec nic innego się nie liczy poza twoją relacją z Bogiem.

– Więc próbujesz mnie przekonać, że powinienem wrócić biegiem do Boga tutaj, w ostatniej chwili i jakby trochę zapomnieć o ostatnich dziewięciu latach?

– Obwiniasz Boga za tych ostatnich dziewięć lat?

– Tak, obwiniam. Patrz, co się ze mną stało, Keith. Miałem osiemnaście lat, od dawna byłem chrześcijaninem, aktywnym członkiem kościoła, choć robiłem też rzeczy, które robi większość dzieciaków, nic złego. Ale do diabła, jak człowiek dorasta w tak surowym domu jak mój, to trochę się buntuje. Byłem dobrym uczniem, zaniedbałem futbol, ale nie sprzedawałem narkotyków i nie biłem ludzi. Myślałem o college'u. Potem, z jakichś przyczyn, których nigdy nie zrozumiałem, piorun walnął mnie prosto w czoło. Noszę kajdanki. Jestem w więzieniu. Moje zdjęcie trafia na pierwsze strony. Uznano mnie za winnego na długo przed procesem. Mój los zostaje określony przez dwunastu białych ludzi, a połowa to dobrzy, wierzący baptyści. Prokurator był metodystą, sędzia prezbiterianką, a przynajmniej ich nazwiska widniały gdzieś w kościelnych księgach. Pieprzyli się też, ale chyba wszyscy mamy słabość do takich rzeczy. Przynajmniej większość z nas. Pieprzyli się ze sobą, ale udawali, że mój proces jest sprawiedliwy. Przysięgli byli bandą ćwoków z Południa. Pamiętam, jak siedziałem na sali sądowej, patrzyłem na ich twarze, kiedy skazywali mnie na śmierć – twarde, bezlitosne twarze chrześcijan – i myślałem sobie: Nie czcimy tego samego Boga. Właśnie. Jak Bóg mógł pozwolić swojemu ludowi, by tak często zabijał? Proszę, odpowiedz na to.

– Lud boży często się myli, Donté, ale Bóg nigdy. Nie możesz Go winić.

Chęć, by się spierać, opadła. Wróciła powaga chwili. Donté pochylił się, łokcie oparł na kolanach, zwiesił głowę.

– Byłem wiernym sługą, Keith, i popatrz, co dostałem.

Wrócił Robbie i stanął przy celi dla gości. Czas Keitha upływał.

– Pomodlisz się ze mną, Donté?

– Po co? Modliłem się przez pierwsze trzy lata odsiadki i było coraz gorzej. Mogłem się modlić dziesięć razy dziennie, a i tak siedzę tutaj i rozmawiam z tobą.

– W porządku, pozwolisz, że ja się pomodlę?

– Zaczynaj.

Keith zamknął oczy. Trudno mu było się modlić w takich okolicznościach – Donté wpatrywał się w niego, Robbie niecierpliwie czekał, zegar tykał coraz głośniej. Keith prosił Boga, żeby dał Dontému siłę i odwagę i żeby ulitował się nad jego duszą. Amen.

Kiedy skończył, wstał i poklepał Dontégo po ramieniu. Wciąż nie mógł uwierzyć, że za niecałą godzinę chłopak będzie martwy.

– Dziękuję, że przyszedłeś – powiedział Donté.

– To dla mnie zaszczyt, że mogłem cię odwiedzić.

Znowu podali sobie ręce. Potem szczęknął metal i drzwi się otworzyły. Keith wyszedł, Robbie wszedł. Zegar na ścianie, jedyny zegar, który się liczył, pokazywał piątą trzydzieści cztery.

Zbliżająca się egzekucja człowieka, który twierdził, że jest niewinny, nie wzbudziła zainteresowania mediów ogólnokrajowych. Te historie są tak pospolite. Ale palenie kościołów w odwecie w przeddzień egzekucji obudziło paru producentów. Zamieszki w liceum dolały oliwy. A możliwość buntu na tle rasowym – nie, to już za dobre, żeby to zignorować. Plus spektakularne wejście Gwardii Narodowej i do późnego popołudnia Slone roiło się od jaskrawych furgonetek telewizyjnych z Dallas, Houston i innych miast, z których większość dostarczała bezpośrednich relacji do sieci i kablówek. Kiedy rozeszła się wiadomość, że człowiek, który podaje się za prawdziwego zabójcę, chce zeznawać przed kamerą, stacja kolejowa stała się z miejsca magnesem dla mediów. Fred Pryor doglądał wszystkiego, a przynajmniej starał się wprowadzić jakiś porządek, a Travis Boyette stał na najniższym stopniu rampy i przyglądał się reporterom i kamerom. Mikrofony wymierzono w niego jak bagnety. Fred – po jego prawej stronie – musiał odpychać niektórych reporterów.

– Spokój! – warknął. Potem skinął głową na Travisa i powiedział: – Mów.

Travis stał nieruchomy jak jeleń w reflektorach samochodu. Ciężko przełknął.

– Nazywam się Travis Boyette – zaczął. – To ja zabiłem Nicole Yarber. Donté Drumm nie ma nic wspólnego z tym morderstwem. Działałem sam. Porwałem ją, wielokrotnie zgwałciłem, a potem udusiłem. Pozbyłem się ciała, ale nie wrzuciłem go do Red River.

– A gdzie jest!

– W stanie Missouri, tam, gdzie je zostawiłem.

– Dlaczego to robisz?

– Bo nie mogę się powstrzymać. Zgwałciłem też inne kobiety. Mnóstwo. Czasem dawałem się złapać, czasem nie.

Tak zaskoczył reporterów, że minęło kilka sekund, zanim padło kolejne pytanie.

– Więc jesteś recydywistą skazywanym za gwałty?

– O tak. Mam cztery czy pięć wyroków.

– Pochodzisz ze Slone?

– Nie, ale mieszkałem tutaj, kiedy zabiłem Nicole.

– Znałeś ją?

Dana Schroeder siedziała przed telewizorem w salonie przez ostatnie dwie godziny, przykuta do CNN, i czekała na kolejne wiadomości ze Slone. Były dwa reportaże, krótkie wzmianki o niepokojach i Gwardii Narodowej. Patrzyła, jak gubernator robi z siebie durnia. Sprawa nabierała jednak rozpędu. Zobaczyła twarz Travisa Boyette'a.

– To on – powiedziała na głos.

Jej mąż był w celi śmierci, udzielał duchowej pociechy człowiekowi skazanemu za zabójstwo, a ona patrzyła na tego, który naprawdę popełnił tę zbrodnię.

Joey Gamble siedział w barze, w pierwszym, na jaki trafił po wyjściu z biura Agnes Tanner. Był pijany, ale wciąż kontaktował. Po przeciwnych stronach baru zwisały z sufitu dwa telewizory, jeden nastawiony na SportsCenter, drugi na CNN. Kiedy Joey zobaczył reportaż ze Slone, podszedł bliżej. Słuchał, jak Boyette mówi o zabiciu Nicole Yarber.

– Ty skurwysynu – wybełkotał, a barman spojrzał na niego z lekkim zdziwieniem.

Ale potem poczuł się ze sobą lepiej. W końcu powiedział prawdę, a teraz pojawił się prawdziwy zabójca. Donté zostanie oszczędzony. Zamówił kolejne piwo.

Sędzia Elias Henry siedział z żoną w salonie, w swoim domu, niedaleko Civitan Park. Drzwi były zamknięte, strzelby do polowań nabite. Co dziesięć minut obok przejeżdżał radiowóz. Helikopter pilnował z góry. Powietrze było gęste od zapachu dymu – dymu z fajerwerków z parku, dymu ze zniszczonych budynków. Słychać było tłum. Ciągłe bębnienie, huczący rap, ochrypłe skandowanie tylko nasiliły się przez popołudnie. Sędzia i pani Henry zastanawiali się, czy nie wyjechać na noc. Mieli syna w Tyler, o godzinę drogi. Namawiał ich, żeby uciekli, choćby na parę godzin. Ale postanowili zostać, przede wszystkim dlatego, że sąsiedzi zostali. Byli silni w grupie. Sędzia rozmawiał z szefem policji, który cokolwiek nerwowo zapewnił go, że wszystko jest pod kontrolą.

Kolejna ważna informacja ze Slone. Sędzia chwycił pilota i pogłośnił telewizor. Pokazywano człowieka, którego widział na wideo niecałe trzy godziny wcześniej. Travis Boyette mówił, podawał szczegóły, gapił się na las mikrofonów.

– Znałeś tę dziewczynę? – zapytał reporter.

– Nigdy się z nią nie spotkałem, ale chodziłem za nią. Wiedziałem, kim jest, wiedziałem, że to cheerleaderka. Wybrałem ją.

– Jak ją uprowadziłeś?

– Znalazłem jej samochód, zaparkowałem obok, poczekałem, aż dziewczyna wyjdzie z centrum handlowego. Wyjąłem pistolet, nie stawiała oporu. Już kiedyś to robiłem.

– Czy skazywano cię wcześniej w Teksasie?

– Nie. W Missouri, w Kansas, w Oklahomie, w Arkansas. Możecie sprawdzić akta. Mówię tutaj prawdę, a prawda jest taka, że ja popełniłem to przestępstwo. Nie Donté Drumm.

– Dlaczego ujawniasz się teraz, a nie rok wcześniej?

– Powinienem, ale myślałem, że sądy u was w końcu zrozumieją, że mają nie tego faceta. Dopiero co wyszedłem z więzienia w Kansas, a parę dni temu zobaczyłem w gazecie, że przygotowują się do stracenia Drumma. To mnie zaskoczyło. Więc tu jestem.

– W tej chwili tylko gubernator może wstrzymać egzekucję. Co byś mu powiedział?

– Powiedziałbym: zabijesz niewinnego. Daj mi dobę, a pokażę ci zwłoki Nicole Yarber. Tylko dobę, panie gubernatorze.

Sędzia Henry podrapał się kłykciami po podbródku.

Zły wieczór zrobił się jeszcze gorszy.

Barry i Wayne siedzieli w gabinecie gubernatora, oglądali Boyette'a w CNN. W korytarzu ich gubernator udzielał wywiadu, po raz piąty czy szósty, odkąd tak odważnie poradził sobie z rozjuszonym tłumem.

– Lepiej jak po niego pójdziemy – stwierdził Wayne.

– Tak. Ja pójdę, ty miej na to oko.

Pięć minut później gubernator oglądał powtórkę z Boyette'a.

– To oczywisty świr – odezwał się Newton po paru sekundach. – Gdzie burbon?

Napełniono trzy szklanki. Popijali i słuchali. Boyette mówił o zwłokach.

– Jak zabiłeś Nicole?

Udusił dziewczynę jej paskiem, czarna skóra z okrągłą srebrną sprzączką. Wciąż ma go na szyi. Boyette sięgnął pod koszulę i wyciągnął pierścionek. Wystawił go przed kamery.

– To należało do Nicole. Noszę to od wieczora, kiedy ją porwałem. Tu są jej inicjały i wszystko, co trzeba.

– Jak pozbyłeś się ciała?

– Zostańmy przy tym, że jest pod ziemią.

– Jak daleko stąd?

– Nie wiem, pięć, sześć godzin jazdy. Powtarzam, jeśli gubernator da nam dobę, znajdziemy je. To dowiedzie, że mówię prawdę.

– Co to za facet? – zapytał gubernator.

– Seryjny gwałciciel, lista gwałtów długa na kilometr.

– Zdumiewające, jak im się udaje wyleźć tuż przed egzekucją – powiedział Newton. – Pewnie dostaje pieniądze od Flaka.

Wszyscy trzej zdobyli się na nerwowy śmiech.

Śmiech nad jeziorem urwał się, kiedy goście szli obok telewizora w domku i zobaczyli, co się dzieje. Przyjęcie szybko przeniosło się do środka. Trzydziestu ludzi skupiło się przed małym telewizorkiem. Nikt się nie odzywał, wszyscy jakby zapomnieli oddychać, kiedy Boyette nie przestawał mówić. Bardzo chętnie i bez ogródek odpowiadał na każde pytanie.

– Paul, słyszałeś kiedy o tym facecie? – zapytał jeden z emerytowanych adwokatów.

Paul pokręcił głową.

– Jest przed kancelarią Flaka, przed stacją kolejową.

– Robbie wykorzystuje swoje stare triki.

Żadnego uśmiechu, żadnego wymuszonego chichotu. Kiedy Boyette wyjął jej pierścionek i spokojnie pokazywał przed kamerami, po domku przepłynął strach, a Paul Koffee zaczął szukać krzesła.

Nie wszyscy słuchali ważnych wiadomości. W więzieniu Reeva i jej grupa zebrali się w małym gabinecie, gdzie czekali na przejażdżkę furgonetką do komory śmierci. Niedaleko czekała także rodzina Dontégo. Przez następną godzinę obie grupy świadków będą blisko siebie, ale staranie oddzielone. O piątej czterdzieści rodzina ofiary została załadowana do nieoznakowanej więziennej furgonetki i przewieziona do domu śmierci. Jazda trwała niespełna dziesięć minut. Kiedy już tam byli, zaprowadzono ich przez nieoznakowane drzwi do małego kwadratowego pokoiku, trzy i pół na trzy i pół metra. Nie było krzeseł, nie było ław, gołe ściany. Przed nimi widniała zasunięta kurtyna. Powiedziano im, że po drugiej stronie znajduje się komora śmierci. O piątej czterdzieści pięć rodzina Drummów odbyła tę samą podróż i przez inne drzwi weszła do swojego pokoju dla świadków. Pomieszczenia sąsiadowały ze sobą. Głośne kaszlnięcie w jednym pokoju można było usłyszeć w drugim.

Czekali.

Rozdział 26

O piątej czterdzieści Sąd Najwyższy Stanów Zjednoczonych pięcioma głosami do czterech odmówił wysłuchania petycji Dontégo w sprawie niepoczytalności. Dziesięć minut później znów pięcioma głosami do czterech odmówił polecenia przesłania akt do ponownego przejrzenia, na podstawie petycji Boyette'a. Robbie odebrał telefony na zewnątrz tymczasowej celi. Zatrzasnął telefon, wszedł do naczelnika Jetera.

– Po wszystkim – szepnął. – Żadnych więcej apelacji.

Jeter ponuro skinął głową.

– Masz dwie minuty.

– Dzięki. – Robbie znowu wszedł do tymczasowej celi i przekazał informację Dontému. Nic więcej nie można zrobić, walka skończona. Donté zamknął oczy, oddychał głęboko, przyjmował rzeczywistość do wiadomości. Do tej chwili zawsze istniała jakaś nadzieja, choćby mglista, choćby daleka i nierealna.

Potem ciężko przełknął, zdobył się na uśmiech i podszedł do Robbiego. Dotykali się kolanami, głowy dzieliły centymetry.

– Robbie, jak myślisz, czy w ogóle złapią gościa, który zabił Nicole?

Robbie znów chciał mu powiedzieć o Boyetcie, ale do zakończenia tej historii jeszcze daleko. Prawda była niepewna.

– Nie wiem, Donté, nie potrafię tego przewidzieć. A co?

– Posłuchaj, co masz zrobić, Robbie. Jeśli nigdy nie znajdą drania, to ludzie zawsze będą wierzyć, że to ja. Ale jeśli go znajdą, obiecaj, że oczyścisz moje imię. Obiecujesz, Robbie? Nie obchodzi mnie, ile czasu to zajmie, ale musisz oczyścić moje imię.

– Zrobię to, Donté.

– Widzę to: pewnego dnia mamusia i bracia, i siostra staną obok mojego grobu i będą świętować, bo jestem niewinny. Czy to nie wspaniałe, Robbie?

– Ja też tam będę, Donté.

– Wydaj wielkie przyjęcie, właśnie tam, na cmentarzu. Zaproś wszystkich moich przyjaciół, zróbcie straszne piekło, niech świat wie, że Donté jest niewinny. Zrobisz to, Robbie?

– Masz moje słowo.

– To będzie wspaniale.

Robbie powoli wziął Dontégo za obie ręce i je ścisnął.

– Muszę iść, wielki człowieku. Nie wiem, co powiedzieć. Chyba to, że to był zaszczyt reprezentować ciebie. Wierzyłem ci od samego początku, a dzisiaj wierzę jeszcze bardziej. Zawsze wiedziałem, że jesteś niewinny, i nienawidzę tych skurwysynów, przez których to się stało. Będę walczył dalej, Donté, przyrzekam.

Dotknęli się czołami.

– Dziękuję ci, Robbie, za wszystko. Zachowam się, jak trzeba.

– Nigdy cię nie zapomnę.

– Zaopiekuj się moją mamą, dobrze?

– Wiesz, że tak będzie.

Wstali i objęli się, długim, bolesnym uściskiem, którego żaden z nich nie chciał przerwać. Ben Jeter stał przy drzwiach, czekał. Robbie wreszcie opuścił celę i poszedł w koniec krótkiego korytarza, gdzie na składanym krześle siedział Keith i modlił się żarliwie. Usiadł obok i się rozpłakał.

Ben Jeter po raz ostatni zapytał Dontégo, czy chce się spotkać z kapelanem. Nie chciał. Korytarz zaczął się wypełniać umundurowanymi strażnikami, wielkimi, zdrowymi chłopakami o surowych twarzach i silnych ramionach. Mięśniaki, na wypadek gdyby więzień miał wątpliwości, czy pójść spokojnie do komory śmierci. Nagle korytarz zatętnił ożywieniem i wypełnił się ludźmi.

Jeter podszedł do Dontégo.

– Idziemy.

Robbie powoli wstał, zrobił krok i spojrzał na Keitha.

– Chodź, Keith – powiedział.

Pasttor podniósł obojętny wzrok, niezbyt pewien, gdzie jest, ale pewien, że jego mały koszmar wkrótce się skończy i że się obudzi w łóżku, obok Dany.

– Co?

Robbie chwycił go za ramię i mocno szarpnął.

– Chodź. Czas pójść na egzekucję.

– Ale...

– Naczelnik dał zgodę. – Kolejne silne szarpniecie. – Jesteś doradcą duchowym skazanego, w ten sposób kwalifikujesz się na świadka.

– Chyba nie, Robbie. Nie, słuchaj, ja po prostu poczekam...

Paru strażników rozbawiła ta sprzeczka. Keith widział ich uśmieszki, ale to go nie obchodziło.

– Daj spokój. – Robbie ciągnął pastora. – Zrób to dla Dontégo, do diabła, zrób to dla mnie. Mieszkasz w Kansas, w stanie z karą śmierci. Chodź, zobaczysz trochę demokracji w praktyce.

Keith poszedł, wszystko było jak za mgłą. Minęli kolumny strażników, tymczasową celę, gdzie Dontégo, który patrzył w podłogę, znowu zakuwano w kajdanki. Dotarli do małych nieoznakowanych drzwi. Keith wcześniej ich nie zauważył. Otworzyły się i zamknęły za nimi. Znaleźli się w małym pudełkowatym, słabo oświetlonym pokoiku. Robbie wreszcie go puścił, potem podszedł do Drummów i ich uściskał.

– Żadnych więcej apelacji – powiedział cicho. – Już nic nie zostało do zrobienia.

To miało być najdłuższe dziesięć minut w długiej karierze Gilla Newtona w służbie publicznej. Od piątej pięćdziesiąt do szóstej nie mógł się zdecydować, jak nigdy wcześniej. Wayne coraz mocniej naciskał na trzydziestodniowe odroczenie. Argumentował, że egzekucja może być odłożona na trzydzieści dni, tylko trzydzieści dni, aż kurz opadnie i sprawdzi się twierdzenia tego błazna Boyette'a. Jeśli mówi prawdę i znajdzie się zwłoki, to gubernator zostanie bohaterem. Jeśli okaże się, że to oszust, a tak podejrzewają, to Drumm pożyje jeszcze trzydzieści dni, a potem dostanie igłę. Z politycznego punktu widzenia na dłuższą metę nie będzie większej szkody. Jedyna nieodwracalna szkoda może się zdarzyć, jeśli zignorują Boyette'a, stracą Drumma, a potem znajdą ciało dokładnie w tym miejscu, do którego zaprowadzi ich Boyette. To byłoby fatalne, i to nie tylko dla Drumma.

Byli tak spięci, że zapomnieli o burbonie.

Z drugiej strony, dowodził Barry, jeśli cokolwiek odpuszczą, pokażą słabość, zwłaszcza po wystąpieniu gubernatora przed tłumem, niecałe trzy godziny wcześniej. Egzekucje, szczególnie te głośne, przyciągają rozmaite typy spragnione popularności, a ten facet, Boyette, jest doskonałym przykładem. Najwyraźniej szukał reflektorów, swoich pięciu minut. Pozwolić mu, żeby przeszkodził w egzekucji, to błąd z prawnego punktu widzenia, a jeszcze bardziej z politycznego. Drumm przyznał się do morderstwa, powtarzał Barry. Nie pozwólmy, żeby jakiś zboczeniec przesłonił prawdę. Proces był sprawiedliwy! Sądy apelacyjne, wszystkie, zatwierdziły skazanie!

Rozgrywaj to ostrożnie, odpowiadał Wayne. Tylko trzydzieści dni. Może dowiemy się czegoś nowego.

Ale minęło już dziewięć lat, ripostował Barry. Wystarczy.

– Czy na zewnątrz są jacyś reporterzy? – zapytał Newton.

– Jasne – odparł Barry. – Przez cały dzień się tu kręcą.

– Zbierz ich.

Ostatni spacer był krótki, jakieś dziesięć metrów od tymczasowej celi do komory śmierci, cała droga obstawiona strażnikami. Jedni zerkali z ukosa, żeby zobaczyć twarz nieboszczyka, inni wpatrywali się w podłogę jak jacyś wartownicy, którzy pilnują samotnej bramy. Po skazanym spodziewano się jednego z trzech wyrazów twarzy. Najczęściej: zmarszczone czoło, szeroko otwarte oczy, przerażenie lub niedowierzanie. Na drugim miejscu: bierne poddanie się, półprzymknięte oczy, jakby chemikalia już zaczęły działać. Najrzadsze: gniewne spojrzenie człowieka, który zabiłby każdego strażnika w zasięgu wzroku, gdyby miał broń. Donté Drumm nie stawiał oporu, to się rzadko zdarzało. Szedł ze strażnikami trzymającymi go za łokcie, twarz miał spokojną, oczy utkwione w podłogę. Nie pozwolił, żeby jego oprawcy zobaczyli strach, który czuł. Nie chciał, żeby w ogóle cokolwiek po nim poznali.

Jak na pokój z tak złą sławą teksańska komora śmierci była zdumiewająco mała. Kwadratowe pudełko, trzy i pół metra długości i szerokości, z niskim sufitem i zamocowanym metalowym łóżkiem pośrodku. Łóżko za każdym razem przykrywano białymi prześcieradłami. Wypełniało całą przestrzeń.

Donté nie mógł uwierzyć, jak tu ciasno. Usiadł na brzegu łóżka, czterej strażnicy szybko się nim zajęli. Unieśli mu nogi, położyli na prześcieradle, wyprostowali, potem metodycznie przywiązali go pięcioma grubymi skórzanymi pasami, po jednym przez pierś, brzuch, lędźwie, uda, łydki. Ramiona ułożono na podpórkach, pod kątem czterdziestu pięciu stopni i przywiązano kolejnymi skórzanymi pasami. Kiedy go przygotowywali, zamknął oczy. Słyszał i czuł, jak się spieszą. Parę chrząknięć, parę słów, znali się na swojej robocie. Ostatnie stanowisko na linii produkcyjnej systemu, robotnicy mieli doświadczenie.

Kiedy wszystkie rzemienie były zaciągnięte, strażnicy odstąpili. Nachylił się nad nim technik medyczny. Zalatywał środkiem dezynfekującym.

– Będę się wkłuwał, żeby znaleźć żyłę, najpierw lewe ramię, później prawe. Zrozumiałeś?

– Bardzo proszę – powiedział Donté i otworzył oczy. Technik przecierał jego ramię alkoholem. Żeby zapobiec infekcji? Co za troska. Za nim znajdowało się przyciemnione okno, a pod spodem otwór, z którego biegły w stronę łóżka dwie złowieszcze rurki. Naczelnik stał po prawej stronie, przyglądał się wszystkiemu uważnie, taki urzędowy. Za naczelnikiem dwa identyczne okna – pokój dla świadków – zasłonięte zasłonami. Gdyby chciał i gdyby nie te wszystkie przeklęte skórzane rzemienie, mógłby dotknąć najbliższego okna. Rurki znalazły się na miejscu, po jednej w każdym ramieniu, chociaż użyta miała być tylko jedna. Druga była na wszelki wypadek.

O piątej pięćdziesiąt dziewięć gubernator Newton pospiesznie wyszedł przed trzy kamery przed swoim gabinetem.

– Moja odmowa odłożenia egzekucji nadal jest w mocy – oznajmił. Nie czytał z kartki. – Donté Drumm przyznał się do potwornej zbrodni i musi zapłacić ostateczną cenę. Osiem lat temu odbył się nad nim sprawiedliwy sąd ławy równych, a jego sprawa była rozpatrywana przez pięć różnych sądów, dziesiątki sędziów i wszyscy zatwierdzili wyrok. Utrzymuje, że jest niewinny, ale to tak niewiarygodne jak podjęta w ostatniej chwili przez jego adwokatów sensacyjna próba przedstawienia nowego zabójcy. System sądowniczy stanu Teksas nie może być terroryzowany przez jakiegoś szukającego sławy przestępcę i zdesperowanych adwokatów, którzy powiedzą wszystko. Boże, błogosław Teksas.

Odmówił odpowiedzi na pytania i wrócił do biura.

Kiedy nagle odsłonięto zasłony, Roberta Drumm mało nie zemdlała na widok najmłodszego syna – przywiązanego mocno do łóżka; od obu ramion biegły rurki. Krzyknęła cicho, zakryła obiema rękami usta, a gdyby Cedric i Marvin jej nie podtrzymali, osunęłaby się na podłogę. Szok poraził wszystkich. Przytulili się bardziej do siebie, Robbie dołączył do nich w geście wsparcia.

Keith był zbyt wstrząśnięty, żeby się ruszyć. Stał o kilka kroków dalej. Za nim paru świadków, nieznajomych. Już ich spotkał, nie pamiętał kiedy. Podeszli bliżej, żeby lepiej widzieć. Był czwartek, drugi czwartek listopada, w tej chwili szkółka biblijna dla pań spotykała się w zakrystii kościoła luterańskiego Świętego Marka, żeby kontynuować studia nad Ewangelią według świętego Łukasza, by potem w kuchni spotkać się na kolacji złożonej z ciast. Keith, Dana i dzieci zawsze byli zapraszani i zazwyczaj przychodzili. Naprawdę tęsknił za kościołem i rodziną, i nie wiedział, skąd takie myśli, kiedy patrzył na ciemną głowę Dontégo Drumma. Ostro kontrastowała z białą koszulą, którą chłopak miał na sobie, i śnieżnobiałymi prześcieradłami pod nim. Roberta szlochała na głos, Robbie coś mamrotał, a nieznajomi świadkowie za nim pchali się, żeby nic im nie umknęło. Keithowi chciało się krzyczeć. Zmęczyły go modlitwy, tym bardziej że nie działały.

Pytał sam siebie, czy czułby coś innego, gdyby Donté był winny. Pomyślał, że nie. Wina z pewnością umniejszyłaby współczucie dla tego dzieciaka, ale kiedy patrzył na czynności wstępne, uderzył go chłód, bezlitosna sprawność, sterylna staranność. Jak usypianie starego psa, kulawego konia albo szczura laboratoryjnego. Właściwie to kto daje nam prawo do zabijania? Jeśli zabójstwo jest złem, to dlaczego wolno nam zabijać? Keith patrzył na Dontégo i wiedział, że ten obraz nigdy nie zniknie. I wiedział, że nigdy już nie będzie takim samym człowiekiem.

Robbie też patrzył na Dontégo, na jego prawy profil i myślał o tym, co mógłby zmienić. Podczas każdej rozprawy adwokaci podejmują kilkanaście błyskawicznych decyzji i Robbie przypominał sobie wszystkie. Wynająłby innego biegłego, wezwałby innych świadków, stonowałby swój stosunek do sędzi, byłby milszy dla ławy przysięgłych. Zawsze się obwiniał, chociaż nikt nie obwiniał jego. Nie udało mu się uratować niewinnego człowieka, to za ciężkie brzemię. I kawał życia też poszedł na marne. Wątpił, czy kiedykolwiek będzie takim samym człowiekiem.

Obok Reeva szlochała na widok zabójcy córki – leżał płasko na plecach, bezradny, beznadziejny i czekał, aż wyda ostatnie tchnienie i pójdzie do piekła. Jego śmierć – szybka i raczej przyjemna – była niczym w porównaniu ze śmiercią Nicole. Reeva pragnęła więcej cierpienia i bólu niż to, czego miała być świadkiem. Wallis wspierał ją, obejmując ramieniem. Podtrzymywało ją dwoje dzieci. Biologiczny ojciec Nicole nie przyjechał, Reeva nigdy nie da mu o tym zapomnieć.

Donté z trudem odwrócił się w prawo, wreszcie zobaczył matkę. Uśmiechnął się, podniósł kciuki, potem wrócił do poprzedniej pozycji i zamknął oczy.

O szóstej jeden naczelnik Jeter podszedł do stołu i podniósł słuchawkę – bezpośrednia linia do biura prokuratora generalnego w Austin. Usłyszał, że apelacje zostały odrzucone, nie ma powodu, żeby wstrzymywać egzekucję. Odłożył słuchawkę, potem podniósł drugą, taką samą jak pierwsza. To z kolei bezpośrednia linia do biura gubernatora. Informacja taka sama, zielone światło z każdej strony. O szóstej sześć podszedł do łóżka.

– Panie Drumm, czy chce pan wygłosić ostatnie słowo?

– Tak – odparł Donté.

Naczelnik sięgnął w stronę sufitu, chwycił mały mikrofon i przyciągnął go do twarzy skazanego.

– Mów.

Przewody biegły do małego głośnika w obu pokojach dla świadków.

Donté odchrząknął i popatrzył na mikrofon.

– Kocham matkę i ojca, i jest mi bardzo smutno, że ojciec umarł, zanim zdążyłem się z nim pożegnać – zaczął. – Stan Teksas nie pozwolił mi wziąć udziału w jego pogrzebie. Do Cedrica, Marvina i Andrei: kocham was, spotkamy się tam, w drodze. Przykro mi, że naraziłem was na to wszystko, ale to nie moja wina. Do Robbiego: kocham cię, chłopie. Jesteś największy. Do rodziny Nicole Yarber: przykro mi ze względu na to, co się z nią stało. Była cudowną dziewczyną i mam nadzieję, że pewnego dnia znajdą człowieka, który ją zabił. Wtedy chyba wszyscy będziecie tu musieli wrócić i przejść przez to jeszcze raz. – Przerwał, zamknął oczy i krzyknął: – Jestem niewinny! Stan Teksas dręczył mnie przez dziewięć lat za zbrodnię, której nie popełniłem! – Zaczerpnął tchu, otworzył oczy i mówił dalej: – Do detektywa Drew Kerbera, Paula Koffeego, sędzi Grale, do tych wszystkich bigotów z ławy przysięgłych, do wszystkich tych ślepców z sądów apelacyjnych i do gubernatora Newtona: nadchodzi wasz dzień sądu. Kiedy znajdą prawdziwego zabójcę, przybędę tutaj, żeby was nawiedzać. – Odwrócił się i spojrzał na matkę. – Żegnaj mamusiu. Kocham cię.

Po kilku sekundach ciszy Ben Jeter popchnął mikrofon w stronę sufitu. Zrobił krok do tyłu i skinął głową do anonimowego technika za czarnym oknem po lewej stronie łóżka.

Zaczęło się wstrzykiwanie – trzy różne środki jeden po drugim podawane szybko. Każdy z osobna był tak śmiercionośny, że sam by wystarczył. Pierwszy – tiopental sodu, silny środek uspokajający. Donté zamknął oczy, żeby ich już nie otworzyć. Dwie minuty później doza pankuronium bromu rozluźniła mięśnie i zatrzymała oddech. Trzecia była dawka chlorku potasu, zatrzymała serce.

Przy tych wszystkich skórzanych rzemieniach trudno było stwierdzić, kiedy Donté przestał oddychać. Ale przestał. O szóstej dziewiętnaście pojawił się technik medyczny i dźgnął trupa stetoskopem. Skinął głową do naczelnika, który o szóstej dwadzieścia jeden oznajmił, że Donté Drumm nie żyje.

Rozdział 27

Zasłony zostały zaciągnięte, komora śmierci zniknęła.

Reeva objęła Wallisa, a Wallis objął Reevę, potem objęli dzieci. Drzwi do ich pokoju dla świadków otworzyły się i urzędnik więzienny szybko ich przez nie przeprowadził. Dwie minuty po ogłoszeniu śmierci Reeva i jej rodzina znów siedzieli w furgonetce. Pozbyto się ich zdumiewająco sprawnie. Kiedy wyszli, rodzinę Drummów wyprowadzono innymi drzwiami, ale tą samą drogą.

Robbie i Keith na kilka sekund zostali sami w pokoju dla świadków. Robbie miał mokre oczy i pobladłą twarz. Był załamany, wykończony, ale jednocześnie szukał kogoś, żeby wszcząć walkę.

– Jesteś zadowolony, że to widziałeś? – zapytał.

– Nie, nie jestem.

– Ja też nie.

W stacji kolejowej wiadomość o śmierci Dontégo przyjęto bez słowa. Byli zbyt oszołomieni, żeby mówić. W sali konferencyjnej oglądali telewizję, słyszeli słowa, ale nadal nie mogli uwierzyć, że cud jakoś wymknął im się z ręki. Zaledwie trzy godziny wcześniej gorączkowo pracowali nad petycją Boyette'a i petycją Gamble'a, dwoma darami niebios za pięć dwunasta, które wydawały się nieść tyle nadziei. Ale TSAK odrzucił Boyette'a i dosłownie zatrzasnął drzwi przed Gamble'em.

Teraz Donté był martwy.

Sammie Thomas płakała cicho w kącie. Carlos i Bonnie gapili się w telewizor, jakby coś mogło się zmienić i przybrać szczęśliwsze zakończenie. Travis Boyette siedział zgarbiony, pocierając głowę, Fred Pryor go obserwował. Wszyscy martwili się o Robbiego.

Nagle Boyette wstał.

– Nie rozumiem – powiedział. – Co się stało? Ci ludzie nie wysłuchali mnie. Mówię prawdę.

– Spóźniłeś się, Boyette – warknął Carlos.

– Spóźniłeś się o dziewięć lat – dodała Sammie. – Siedziałeś na dupie przez dziewięć lat, zdecydowany, żeby ktoś inny odpowiedział za ciebie. A potem nagle pojawiłeś się tu, kiedy zostało pięć godzin, i spodziewałeś się, że wszyscy cię wysłuchają.

Carlos ruszył w stronę Boyette'a z wyciągniętym palcem.

– Potrzebna nam była tylko doba, Boyette. Gdybyś przyjechał wczoraj, moglibyśmy poszukać ciała. Znajdujemy ciało, nie ma egzekucji. Nie ma egzekucji, bo mają nie tego faceta. Mają nie tego faceta, bo są głupi, ale i dlatego, że z ciebie za wielki tchórz, żeby się ujawnić. Donté nie żyje przez ciebie, Boyette.

Twarz Boyette'a spurpurowiała, sięgnął po laskę. Ale Fred Pryor był znacznie szybszy. Chwycił go za rękę, spojrzał na Carlosa.

– Spokój. Niech wszyscy się uspokoją – rozkazał.

Zabrzęczała komórka Sammie.

– To Robbie.

Carlos odwrócił się, a Boyette usiadł. Pryor stanął blisko niego. Sammie słuchała przez kilka minut, potem odłożyła telefon. Otarła łzę i powiedziała:

– Dla odmiany media tym razem się nie myliły. On nie żyje. Powiedział, że Donté trzymał się, do samego końca, oświadczył, że jest niewinny, bardzo przekonująco. Robbie wyjeżdża teraz z więzienia. Polecą samolotem, będą tutaj koło ósmej. Chciałby, żebyśmy zaczekali. – Umilkła i znów otarła twarz.

Kiedy dotarła wiadomość, że Donté został stracony, gwardziści zdążyli już otoczyć ulice wokół Civitan Park w białym sektorze i wokół Washington Park w czarnym. Tłum w Civitan Park, który rósł przez całe popołudnie, zaczął napierać na gwardzistów. Żołnierzy przeklinano, wykpiwano, obrażano, poleciało kilka kamieni, ale zamieszki wrzące tuż pod powierzchnią, zostały stłumione. Zrobiło się prawie ciemno i niewiele pozostawało wątpliwości, że nocą sytuacja się pogorszy. W Washington Park w tłumie przeważali starsi, głównie ludzie z okolicy. Młodsi, bardziej zaczepni, szli w stronę miasta, gdzie była większa szansa na zadymę.

Domy zamknięto, wystawiono warty na werandach od ulicy, broń była w pogotowiu. Strażnicy w większej liczbie patrolowali wszystkie kościoły w Slone.

Piętnaście kilometrów na południe, w domku letniskowym, nastroje były znacznie weselsze. Stłoczeni wokół telewizora, z drinkami w dłoniach, uśmiechali się z zadowoleniem, kiedy potwierdzono śmierć. Paul Koffee wzniósł toast za Drew Kerbera, potem Drew Kerber wzniósł toast za Paula Koffeego. Szklanki brzęknęły. Niepokój i wahanie, które odczuli, kiedy pojawił się Boyette, szybko zostały zapomniane. Przynajmniej na razie.

Sprawiedliwość wreszcie zwyciężyła.

Naczelnik Jeter odprowadził Robbiego i Keitha przed więzienie, uścisnął im ręce i pożegnał się. Robbie podziękował mu za troskę. Keith nie był pewien, czy ma ochotę mu podziękować, czy go skląć – wydana przez niego w ostatniej chwili zgoda na wejście Keitha do pokoju dla świadków oznaczała koszmarne przeżycie – ale i tak był uprzejmy, jak zawsze. Kiedy wyszli przez drzwi frontowe, zlokalizowali źródło hałasu.

Po prawej, trzy przecznice dalej, po drugiej stronie łańcucha policjantów miejskich i stanowych, studenci krzyczeli i wymachiwali transparentami i plakatami. Skupili się pośrodku zablokowanej ulicy. Za nimi narastał korek. Fala samochodów próbowała dojechać do więzienia, a skoro nie mogła, kierowcy po prostu wysiedli i dołączyli do demonstrantów. Operacja „Objazd" zakładała zablokowanie więzienia ludźmi i wozami, plan okazał się wykonalny. Nie zapobiegli egzekucji, ale zwolennicy Dontégo przynajmniej zmobilizowali się i było ich słychać.

Aaron Rey czekał na chodniku, machając do Keitha i Robbiego.

– Znaleźliśmy drogę awaryjną – powiedział. – Tu zaraz wszystko wyleci w powietrze.

Poszli szybko do minivana i odjechali. Kierowca śmigał bocznymi ulicami, wymijał zaparkowane samochody i wściekłych studentów. Martha Handler przyglądała się uważnie twarzy Robbiego, ale nie udało jej się spojrzeć mu w oczy.

– Możemy porozmawiać? – zapytała.

Pokręcił głową. Keith też. Obaj zamknęli oczy.

Kontrakt miał dom pogrzebowy z Huntsville. Jeden z jego czarnych karawanów czekał w Oddziale Murów, tak żeby nie było go widać, i kiedy ostatni świadkowie i funkcjonariusze wyszli z domu śmierci, podjechał tyłem do tej samej bramy, którą wjeżdżały i wyjeżdżały furgonetki. Wytoczono składane nosze na kółkach, rozłożono je i wtoczono do komory śmierci, gdzie ustawiono je tuż obok łóżka, na którym bez ruchu, bez zabezpieczeń, spoczywał Donté. Rurki usunięto i zwinięto w ciemnym pokoju, gdzie technik, wciąż niewidzialny, wypełniał papiery. Na trzy strażnicy unieśli ostrożnie trupa i położyli go na noszach, gdzie znów go przywiązano, ale tym razem nie tak mocno. Przykryto go kocem z domu pogrzebowego i kiedy wszystko było na swoim miejscu, odtoczono nosze do karawanu. Dwadzieścia minut po oznajmieniu śmierci ciało wyjeżdżało z Oddziału Murów inną drogą, żeby ominąć demonstrantów i kamery.

W domu pogrzebowym zabrano ciało do przygotowalni. Pan Hubert Lamb i jego syn, właściciele Domu Pogrzebowego Lamb i Syn w Slone w Teksasie, czekali. Zabalsamują ciało na miejscu, w Slone, na tym samym stole, na którym kilka lat wcześniej przygotowywali Rileya Drumma. Ale Riley zmarł jako starszy, pięćdziesięciopięcioletni mężczyzna, był pomarszczony i zniszczony, a jego śmierci można było się spodziewać. Można ją było zrozumieć. Śmierci jego syna nie. Lambowie mieli do czynienia ze śmiercią, ciągle zajmowali się trupami i myśleli, że widzieli już wszystko. Ale widok Dontégo, młodego, dwudziestosiedmioletniego człowieka, leżącego spokojnie na noszach, z pogodną twarzą, nietkniętym ciałem, zaskoczył ich. Znali go od czasów, gdy był chłopcem. Dopingowali go na boisku do futbolu i jak wszyscy w Slone oczekiwali po nim długiej wspaniałej kariery. Szeptali i plotkowali jak reszta miasta, kiedy został aresztowany. Zdumiało ich zeznanie i szybko uwierzyli Dontému, kiedy natychmiast je odwołał. Policji Slone, a zwłaszcza detektywowi Kerberowi, nie ufano po ich stronie miasta. Chłopca wmanewrowano, wydobyto z niego zeznanie, jak za dawnych dni. Z irytacją patrzyli, jak sądzi go i skazuje biała ława przysięgłych, a kiedy go zabrano, z całym miastem niemal się spodziewali, że ciało dziewczyny się znajdzie, a może i ona sama.

Z pomocą dwóch ludzi podnieśli Dontégo z noszy i ostrożnie włożyli go do ładnej dębowej trumny, wybranej przez jego matkę w poniedziałek. Roberta wpłaciła małą zaliczkę – była ubezpieczona na wypadek pogrzebu – a Lambowie szybko się zgodzili na pełen zwrot kosztów, gdyby trumna okazała się niepotrzebna. Chętnie by z niej zrezygnowali. Modlili się, żeby nie znaleźć się tam, gdzie w tej chwili się znajdowali – odbiór ciała, przewóz do domu, potem przygotowania do bolesnego czuwania przy zwłokach, pomnik, pogrzeb.

Czterech ludzi wtaszczyło trumnę do karawanu Lamb i Syn i o siódmej dwie Donté opuścił Huntsville i pojechał do domu.

Ekipa „Fordyce – Mocne Uderzenie!" siedziała w małej „sali balowej" taniego motelu na skraju Huntsville. Reeva i Wallis przycupnęli na obrotowych fotelach, gdzie robiono im makijaż przed nagraniem, a Sean Fordyce swoim zwyczajem uwijał się nerwowo wokół. Właśnie „przyfrunął" z egzekucji na Florydzie, ledwie zdążył do Huntsville, ale był bardzo zadowolony, że mu się udało, bo sprawa Nicole Yarber stała się jedną z jego najlepszych. Podczas wstępnej pogawędki, kiedy technicy pracowali gorączkowo nad dźwiękiem, oświetleniem, makijażem i scenariuszem, Fordyce zdał sobie sprawę, że Reeva jeszcze nie słyszała o pojawieniu się Travisa Boyette'a. Była w więzieniu, w środku, przygotowywała się do wielkiego wydarzenia, kiedy pojawiła się ta sprawa. Instynktownie postanowił nic jej nie mówić. Zostawi to na potem.

Wywiad po egzekucji stanowił najbardziej dramatyczną część jego show. Złap ich parę minut po tym, jak oglądali śmierć drania, a powiedzą wszystko. Warczał na techników, klął operatora kamery, wrzeszczał, że jest gotowy do emisji. Ostatnie przypudrowanie czoła, a potem natychmiastowa zmiana. Spojrzenie w kamerę, uśmiech i staje się wielką współczującą duszą. Taśma już szła, wyjaśnił, gdzie się znajduje, podał czas, godzinę, napomknął o powadze chwili, potem podszedł do Reevy i powiedział:

– Reeva, już po wszystkim. Powiedz nam, co widziałaś.

Reeva z papierowymi chusteczkami w obu rękach – podczas lunchu zużyła pudełko – przetarła oczy i powiedziała:

– Widziałam go po raz pierwszy od ośmiu lat. Widziałam człowieka, który zabił moje dziecko. Patrzyłam mu w oczy, ale on nie chciał spojrzeć na mnie. – Silny głos, załamanie jeszcze nie nadeszło.

– Co powiedział?

– Powiedział, że jest mu przykro, doceniam to.

Fordyce nachylił się bliżej, zmarszczył brew.

– Czy powiedział, że jest mu przykro, bo zabił Nicole?

– Coś w tym stylu – powiedziała, ale Wallis pokręcił głową i spojrzał na żonę.

– Nie zgadza się pan, panie Pike?

– Powiedział, że mu przykro ze względu na to, co się stało, a nie za coś, co on zrobił – mruknął Wallis.

– Jesteś pewien? – odszczeknęła Reeva mężowi.

– Jestem pewien.

– Nie to usłyszałam.

– Opowiedz nam o egzekucji, o umieraniu – poprosił Fordyce.

Reeva, wciąż wkurzona na Wallisa, pokręciła głową i wytarła nos chusteczką.

– To było o wiele za łatwe. Po prostu zasnął. Kiedy rozsunęli zasłony, już leżał tam, na małym łóżku, przywiązany, wyglądał na bardzo spokojnego. Wygłosił ostatnie słowo, potem zamknął oczy. Nic nie wiedzieliśmy, nic, czy wprowadzono truciznę, nic. Po prostu zasnął.

– A wy myśleliście o Nicole, o tym, jak straszna musiała być jej śmierć?

– O Boże, tak, dokładnie, moje biedne dziecko. Bardzo cierpiała. To po prostu straszne... – Zachłysnęła się, a kamera pokazała jeszcze większe zbliżenie.

– Chciałaś, żeby cierpiał? – zapytał Fordyce. Zachęcał, podpowiadał.

Pokiwała energicznie głową, oczy miała zamknięte.

– Co się teraz zmieniło, panie Pike? – zapytał Fordyce Wallisa. Co to znaczy dla pańskiej rodziny?

Wallis myślał przez chwilę, a kiedy myślał, Reeva wybuchnęła:

– To znaczy bardzo wiele, wiedzieć, że nie żyje, że został ukarany. Myślę, że będę lepiej spała w nocy.

– Czy twierdził, że jest niewinny?

– O tak – powiedziała Reeva, na tę chwilę łzy zniknęły. – Ta sama stara śpiewka, którą słyszeliśmy od lat. „Jestem niewinny!" No, teraz jest martwy, to wszystko.

– Czy kiedykolwiek myślałaś, że może być niewinny, że ktoś inny mógł zabić Nicole?

– Nie, nawet przez chwilę. Ten potwór się przyznał.

Fordyce trochę się odsunął.

– Słyszałaś o człowieku, który nazywa się Travis Boyette?

Twarz bez wyrazu.

– Jak?

– Travis Boyette. Dziś po południu, o piątej trzydzieści, wyszedł w Slone przed kamery, twierdząc, że to on jest zabójcą.

– Bzdura.

– Oto taśma – powiedział Fordyce, wskazując na dwunastocalowy ekran po prawej stronie. Na dany znak pojawiło się wideo z Travisem Boyette'em. Głos był podkręcony, na planie panowała kompletna cisza. Boyette mówił, a Reeva przyglądała się uważnie, krzywiła się, prawie uśmiechała, potem pokręciła głową. Nie. Dureń, oszust. Ona wie, kto jest zabójcą. Ale kiedy Boyette wyciągnął pierścionek szkolny, pokazał go przed kamerami i powiedział, że trzymał go przez dziewięć lat, twarz Reevy pobladła, usta się otworzyły, ramiona przygarbiły.

Sean Fordyce może i był hałaśliwym orędownikiem kary śmierci, ale jak większość gwiazd kablówki nigdy nie pozwalał, żeby ideologia wchodziła w drogę sensacyjnemu materiałowi. Możliwość, że właśnie stracono niewłaściwego człowieka, bez wątpienia byłaby ciosem wymierzonym w karę śmierci, ale Fordyce miał to gdzieś. Znalazł się w samym środku najgorętszego materiału – numer dwa na stronie internetowej CNN – i miał zamiar wycisnąć z tego, ile się da.

I nie widział nic złego w zastawianiu pułapek na własnych gości. Robił to już wcześniej i będzie robił dalej, jeśli uda mu się z tego zrobić wielkie show.

Boyette zniknął z ekranu.

– Widziałaś pierścionek, Reeva? – zahuczał Fordyce.

Reeva wyglądała, jakby zobaczyła ducha. Potem wzięła się w garść i przypomniała sobie, że wszystko jest filmowane.

– Tak – wydusiła.

– Należał do Nicole?

– Och, nie ma sposobu, żeby to potwierdzić. Co to za facet, skąd się wziął?

– To seryjny gwałciciel z kartoteką długą na kilometr, oto, kim jest.

– No właśnie. Kto mu uwierzy?

– Więc ty nie wierzysz, Reeva?

– Oczywiście, że nie.

Ale łzy zniknęły, a wraz z nimi cała energia. Reeva wyglądała na zmieszaną, zdezorientowaną i bardzo zmęczoną. Kiedy Fordyce zbliżył się, żeby zadać kolejne pytanie, powiedziała:

– Sean, to był długi dzień. Jedziemy do domu.

– Tak, oczywiście, Reeva, tylko jeszcze jedno pytanie. Teraz, kiedy zobaczyłaś egzekucję, czy myślisz, że powinny być pokazywane w telewizji?

Reeva wyrwała mikrofon z żakietu i rzuciła na ziemię.

– Chodź, Wallis, jestem zmęczona.

Było po wywiadzie. Reeva, Wallis i ich dwoje dzieci wyszli z motelu, brat Ronnie za nimi. Zapakowali się do kościelnej furgonetki i ruszyli do Slone.

Na lotnisku Keith zadzwonił do Dany z ostatnimi wiadomościami ze swojej małej wycieczki. To było jak swobodne opadanie, Keith nie miał pojęcia, dokąd idzie, gdzie jest. Kiedy delikatnie opowiedział, że właśnie był świadkiem egzekucji, zatkało ją. Jego też. Rozmowa była krótka. Zapytała, czy z nim wszystko w porządku, a on odparł, że zdecydowanie nie.

King air odleciał o siódmej pięć i szybko zanurzył się w gęstych chmurach. Samolot przechylał się i szarpał jak stara ciężarówka na wyboistej drodze.

– Umiarkowane turbulencje – powiedział do nich pilot, kiedy wsiedli na pokład. Hałas silników, rzucanie na wszystkie strony, odurzający natłok obrazów z ostatnich dwóch godzin sprawiły, że z przyjemnością zamknął oczy i odciął się od otoczenia.

Robbie też zamknął się w sobie. Siedział pochylony, z łokciami na kolanach, podbródkiem opartym na rękach, zamkniętymi oczami, zatopiony w myślach i bolesnych wspomnieniach. Martha Handler chciała rozmawiać, porobić notatki na gorąco, ale z nikim nie dało się przeprowadzić wywiadu.

Aaron Rey parzył nerwowo przez okno, jakby czekał, aż oderwie się skrzydło.

Wyżej lot trochę się wyrównał, a hałas w kabinie przycichł. Robbie rozparł się w fotelu i uśmiechnął się do Marthy.

– Jakie były jego ostatnie słowa? – zapytała.

– Że kocha mamę i że jest niewinny.

– To wszystko?

– Wystarczy. Jest strona sieci poświęcona teksańskim celom śmierci, oficjalna, wieszają na niej wszystkie ostatnie słowa. Do jutra rana Donté będzie na wysokim miejscu. To piękne. Wymienił ich po nazwisku, czarne charaktery – Kerbera, Koffeego, sędzię Grale, gubernatora. Piękne, po prostu piękne.

– Więc odszedł, walcząc?

– Nie był w stanie walczyć, ale nie ustąpił na krok.

Samochód, stary buick należał do wdowy, pani Nadine Snyderwine. Zaparkowała go przy swoim skromnym domu na betonowym podjeździe pod dębem. Jeździła nim najwyżej trzy razy w tygodniu. Wzrok ją zawodził i wiedziała, że jej dni jako kierowcy są policzone. Pani Snyderwine nigdy nie pracowała poza domem, nie spotykała się z wieloma ludźmi i na pewno nikogo nie sprowokowała. Padło na jej samochód, bo był dostępny, a co ważniejsze, zaparkowany w spokojnej ciemnej uliczce w bardzo białej części miasta. Buick nie był zamknięty, ale zamek nie sprawiłby kłopotu. Otwarto drzwi od strony kierowcy i wrzucono do środka koktajl Mołotowa. Podpalacze rozpłynęli się bez śladu w mroku. Sąsiad zauważył płomienie, telefon pod 911 został zarejestrowany o siódmej dwadzieścia osiem.

Jeśli istniała szansa, że w starym buicku nastąpiło krótkie spięcie, że samochód jakoś sam się zapalił, to taki pomysł upadł, kiedy drugi telefon pod 911 odezwał się o siódmej trzydzieści sześć. Płonął kolejny samochód, volvo kombi, zaparkowany przy ulicy, w połowie drogi między gmachem sądu a Civitan Park. Wozy strażackie jeździły z wyciem po mieście, w tę i z powrotem, a policyjna eskorta torowała im drogę.

Syreny oklaskiwał tłum zebrany w parku, tłum, który robił się tym większy, im było później. Ale poza piciem nieletnich i posiadaniem trawki, nie popełniano żadnych przestępstw. Na razie. Być może tłum zakłócał spokój, ale ze względu na ogólne napięcie policja nie była skłonna wejść do parku i przerwać zabawy. Tłum był w bojowym nastroju, podsycanym informacją o śmierci Dontégo, oświadczeniami Travisa Boyette'a, gniewnym rapem ryczącym z samochodowego stereo, narkotykami i alkoholem.

Policja obserwowała i rozważała opcje. Zbili się w grupę z gwardzistami i omawiali strategię. Błędne posunięcie mogło sprowokować nieprzewidywalną odpowiedź, głównie dlatego, że na tym etapie tłum nie miał przywódcy i pojęcia, dokąd zaprowadzi go ta noc. Co jakieś pół godziny jakiś błazen podpalał sznur petard, a policjanci i gwardziści zamierali na ułamek sekundy, próbując rozpoznać, czy to ogień z broni palnej. Jak dotąd tylko petardy.

Trzeci telefon został zarejestrowany o siódmej czterdzieści i jak dotychczas był najbardziej złowieszczy. Kiedy szef policji usłyszał, co się stało, pomyślał, że powinien sam wyjechać z miasta. Pod knajpą Dużego Louiego, na zachód od miasta, żwirowany parking był zapchany. Jak zwykle w czwartkowy wieczór, nieoficjalny początek weekendu. Żeby rozruszać towarzystwo, Louie zaproponował różności do picia, wszystko po niższej cenie, a ziomale przyjęli to z entuzjazmem. Właściwie wszystkie pojazdy zaparkowane przed tandetnym metalowym barakiem były pikapami, fordami albo chevroletami. Podpalacze wybrali po jednym z każdej marki, wybili szyby, wrzucili koktajle i zniknęli w ciemnościach. Spóźnialskiemu w pikapie wydawało się, że widział, jak ucieka bardzo podejrzanych pochylonych nisko paru „czarnych chłopaków". Ale był daleko i nie widział twarzy. Tak naprawdę nie był nawet pewien, czy to byli czarni.

Kiedy ziomale wybiegli w popłochu na zewnątrz i zobaczyli płomienie buchające z obu pikapów, zaczęli walczyć, każdy o swoje. Przerodziło się to niemal w wyścig, kto więcej zniszczy, kiedy gorączkowo próbowali uciec od pożarów.

Wielu odjechało. Najwyraźniej już nie byli spragnieni, za to bardzo chcieli dotrzeć do domów, zamknąć drzwi, załadować broń. W każdym pikapie zaparkowanym pod Dużym Louiem pod siedzeniem albo w schowku była co najmniej jedna sztuka broni. Wielu miało strzelby myśliwskie zamocowane w uchwytach pod oknami.

Z taką bandą się nie zadziera. Spal człowiekowi pikapa, a będzie gotów na wojnę.

Rozdział 28

Do ósmej udka zostały zjedzone, wypito za dużo alkoholu i większości gości Koffeego zaczęło się spieszyć do domu, żeby zobaczyć, czy w mieście sytuacja bardzo się pogorszyła. Ekipy telewizyjne szamotały się na wszystkie strony, żeby dotrzymać kroku podpalaczom i pożary skutecznie położyły kres świętowaniu nad jeziorem. Drew Kerber kręcił się, zwlekał, czekał, aż wszyscy wyjdą. Otworzył kolejne piwo i powiedział do Paula Koffeego.

– Musimy pogadać.

Przeszli na koniec wąskiego pomostu, najdalej od domku, jak tylko się dało, chociaż nikogo poza nimi już nie było. Koffee też miał butelkę piwa. Oparli się o balustradę i patrzyli w dół, na wodę.

Kerber splunął, napił się piwa i powiedział:

– Ten cały Boyette, niepokoi cię?

Koffee wyglądał na zaskoczonego, a przynajmniej próbował tak wyglądać.

– Nie, ale najwyraźniej ciebie niepokoi.

Długi, powolny łyk piwa.

– Wychowałem się w Denton – odezwał się Kerber. – W sąsiedztwie mieszkali jacyś Boyette'owie. Ted Boyette był dobrym kumplem, razem skończyliśmy szkołę średnią, potem wstąpił do wojska i zniknął. Słyszałem, że miał jakieś kłopoty, ale przeprowadziłem się, wylądowałem tutaj i jakby o nim zapomniałem. Wiesz, jak to jest z przyjaciółmi z dzieciństwa, nigdy się ich nie zapomina, ale też nigdy się z nimi nie spotyka. W każdym razie w styczniu 1999, pamiętam miesiąc, bo zamknęliśmy Drumma, byłem na komendzie i jakieś inne chłopaki śmiały się z oprycha, którego złapały w skradzionym pikapie. Przejrzeli jego akta, facet miał trzy wyroki za przestępstwa seksualne. Przestępca seksualny zarejestrowany w trzech stanach, a miał niewiele ponad trzydziestkę. Policjanci dziwili się, co to za kariera? Jaki zboczeniec zarejestrowany jest w tylu stanach. Ktoś zapytał o jego nazwisko. Ktoś inny powiedział „T. Boyette". Nie odezwałem się ani słowem, ale byłem ciekaw, czy to może być ten dzieciak z sąsiedztwa. Parę dni później zaprowadzili go na salę sądową, na szybkie spotkanie z sędzią. Nie chciałem, żeby mnie zobaczył, bo gdyby to był mój stary kumpel, nie chciałem, żeby się wstydził. W sali był duży ruch, łatwo było nie dać się zobaczyć. Ale to nie był on. To był Travis Boyette, ten sam facet, który teraz jest w mieście. Rozpoznałem go, ledwie go zobaczyłem w telewizji – ten sam łysy łeb, ten sam tatuaż po lewej stronie szyi. Paul, on tu był, w Slone, w areszcie, mniej więcej w tym samym czasie, kiedy dziewczyna zniknęła.

Koffee zamyślił się głęboko na kilka sekund, potem powiedział:

– Okej, załóżmy, że tu był. To nie znaczy, że mówi prawdę, że zabił dziewczynę.

– A jeśli mówi prawdę?

– Chyba żartujesz.

– Pociesz mnie, Paul. A jeśli? A jeśli Boyette mówi prawdę? A jeśli Boyette naprawdę ma pierścionek dziewczyny? A jeśli Boyette zaprowadzi ich do ciała? A jeśli, Paul? Pomóż mi. To ty jesteś prawnikiem.

– Nie wierzę w to.

– Mogą nas postawić w stan oskarżenia?

– Za co?

– Co sądzisz o morderstwie?

– Pijany jesteś, Kerber?

– Za dużo wypiłem.

– Więc się tu prześpij, nie siadaj za kółkiem. Dlaczego nie ma cię w mieście z innymi glinami?

– Jestem detektywem, nie krawężnikiem. I chciałbym zachować pracę, Paul. Hipotetycznie, co będzie, jeśli Boyette mówi prawdę?

Koffee osuszył butelkę i cisnął ją do jeziora. Zapalił papierosa, wydmuchał długie pasmo dymu.

– Nic nie będzie. Kontroluję wielką ławę przysięgłych, tym samym kontroluję, kto i o co jest oskarżany. Nie było jeszcze sprawy detektywa albo prokuratora postawionych w stan oskarżenia za nietrafione skazanie. Jesteśmy systemem, Kerber. Mogą nas pozwać przed sąd cywilny, ale to też ryzykowne. Poza tym miasto nas ubezpieczyło. Więc przestań się martwić. Jesteśmy z teflonu.

– Wywalą mnie?

– Nie, bo to zaszkodziłoby tobie i miastu przy sprawie cywilnej. Ale prawdopodobnie zaproponują ci wczesną emeryturę. Miasto się tobą zaopiekuje.

– Więc z nami będzie okej?

– Tak i proszę przestań z tym, dobrze?

Kerber uśmiechnął się, odetchnął głęboko i upił jeszcze jeden długi łyk.

– To z ciekawości – powiedział. – I tyle. Tak naprawdę, to się nie martwię.

– Mało mnie nie nabrałeś.

Przez dłuższy czas patrzyli na wodę, obaj zatopieni we własnych myślach, obaj myśleli o tym samym. Wreszcie Koffee powiedział:

– Boyette siedział tutaj w areszcie, a warunek ma z innego stanu, zgadza się?

– Zgadza się. Chyba z Oklahomy, może z Arkansas.

– To jak się wydostał?

– Wszystkiego nie pamiętam, ale rano sprawdzę akta. Zdaje się, że wpłacił kaucję, potem zniknął. Nie miałem nic wspólnego z tą sprawą i jak tylko zdałem sobie sprawę, że to nie ten Boyette, zapomniałem o nim. Do dziś.

Kolejna przerwa w rozmowie, potem odezwał się Koffee:

– Po prostu odpręż się, Kerber. Dobrze przygotowałeś sprawę, miał sprawiedliwy proces, a jego wina została potwierdzona przez wszystkie sądy. Czego jeszcze możemy się spodziewać? Zadziałał system. Do diabła, Drew, on złożył zeznanie.

– Oczywiście, że złożył. Ale i tak często się zastanawiałem, co by się stało bez zeznania.

– Nie martwisz się o zeznanie, prawda?

– Och, nie. Wszystko było w zgodzie z zasadami.

– Zapomnij, Drew. Słuchaj, jest po wszystkim, naprawdę po wszystkim. Za późno na domysły. Chłopak jest w drodze do domu, w skrzyni.

Lotnisko w Slone było zamknięte. Pilot włączył światła podejścia sygnałem radiowym z panelu sterowania. Podejście i lądowanie przebiegły gładko. Podkołowali do małego terminalu i kiedy tylko śmigła znieruchomiały, wysiedli szybko z samolotu. Robbie podziękował pilotowi i obiecał, że później do niego zadzwoni. Pilot złożył kondolencje. Zanim znaleźli się w furgonetce, Aaron porozmawiał z Carlosem i dostał pełne sprawozdanie.

– Pożary w całym mieście – powiedział. – Podpalają samochody. Carlos powiedział, że na parkingu przy kancelarii stoją trzy ekipy telewizyjne. Chcą z tobą rozmawiać, Robbie, i chcą jeszcze raz zobaczyć Boyette'a.

– Dlaczego nie podpalają wozów transmisyjnych? – zapytał Robbie.

– Będziesz z nimi rozmawiał?

– Nie wiem. Niech czekają. Co robi Boyette?

– Ogląda telewizję. Carlos mówi, że jest wkurzony, bo nikt go nie wysłuchał i nie chce już rozmawiać z reporterami.

– Gdybym rzucił się na niego z kijem bejsbolowym, byłbyś tak miły, żeby powstrzymać mnie przed zabójstwem?

– Nie – odparł Aaron.

Kiedy wjechali w granice miasta, wszyscy czworo rozglądali się, żeby zobaczyć oznaki niepokojów. Aaron trzymał się bocznych uliczek, parę minut później przyjechali na stację. Zapaliły się wszystkie światła. Parking był zapełniony i rzeczywiście czekały tam trzy wozy transmisyjne. Zanim Robbie wysiadł, reporterzy już byli gotowi. Uprzejmie zapytał, skąd są i czego chcą. Jedna ekipa była ze Slone, jedna ze stacji w Dallas i jedna z Tyler. Robbie zaproponował układ – jeśli zorganizuje małą konferencję prasową na zewnątrz, na peronie, i odpowie na ich pytania, czy zechcą odejść i już nie wracać? Przypomniał, że są na terenie jego własności i można ich w każdej chwili poprosić, żeby sobie poszli. Zgodzili się, wszystko odbyło się uprzejmie.

– A co z Travisem Boyette'em? – zapytał reporter.

– Nie jestem nadzorcą pana Boyette'a – powiedział Robbie. – O ile wiem, nadal przebywa w środku i nie życzy sobie udzielać dalszych odpowiedzi. Porozmawiam z nim, zobaczę, co chce zrobić.

– Dziękuję, panie Flak.

– Wrócę za pół godziny – powiedział Robbie i wszedł po stopniach. Keith, Aaron i Martha za nim. Rozkleił się, kiedy wszedł do sali konferencyjnej i zobaczył Carlosa, Bonnie, Sammie Thomas, Kristi Hinze, Fantę i Freda Pryora. Były uściski, kondolencje i łzy.

– Gdzie jest Boyette? – zapytał Robbie.

Fred Pryor pokazał zamknięte drzwi do małego gabinetu.

– Dobrze, niech tam siedzi. Chodźmy do stołu. Chciałbym przedstawić, jak było, na świeżo. Wielebny Schroeder może zechce pomóc, bo tam był. Spędził z Dontém trochę czasu i patrzył, jak umiera.

Keith siedział już na krześle pod ścianą, wyżęty, zmęczony, wypompowany. Popatrzyli na niego z niedowierzaniem. Pokiwał głową, nie uśmiechnął się.

Robbie zdjął marynarkę, rozluźnił krawat. Bonnie przyniosła tacę z kanapkami i postawiła przed nim. Aaron wziął jedną, Martha też. Keith odmówił machnięciem, stracił apetyt. Kiedy się rozsiedli, Robbie zaczął od słów:

– Był bardzo dzielny, ale spodziewał się cudu w ostatniej chwili. Chyba oni wszyscy się tego spodziewają.

Jak nauczyciel trzeciej klasy podczas pogadanki Robbie przeprowadził ich przez ostatnią godzinę życia Dontégo i kiedy skończył, wszyscy znowu się popłakali.

Kamienie zaczęły latać, niektóre rzucały dzieciaki i chowały się za innymi dzieciakami, inne rzucali ludzie, których nie było widać. Lądowały na Walter Street, gdzie policja i gwardziści utrzymywali tymczasową linię obrony. Pierwszą ranę odniósł funkcjonariusz ze Slone, który dostał kamieniem w zęby i upadł, ku wielkiej radości tłumu. Widok leżącego gliny sprawił, że kamienie poleciały jeszcze gęściej i Civitan Park w końcu eksplodował. Sierżant policji podjął decyzję, żeby rozproszyć tłum i przez megafon kazał się wszystkim rozejść, bo zostaną aresztowani. To sprowokowało gwałtowną reakcję, poleciało więcej kamieni i gruzu. Tłum szydził z policji i żołnierzy, pluł przekleństwami i groźbami, i nie zamierzał podporządkować się poleceniu. Policja i żołnierze, w hełmach, z tarczami, sformowali klin, przeszli ulicę, wkroczyli do parku. Kilku uczniów, w tym Trey Glover, skrzydłowy i pierwszy przywódca protestu, wyszło z wyciągniętymi rękami, na ochotnika do aresztowania. Kiedy Treyowi zakładano kajdanki, kamień odbił się od hełmu policjanta, który go zatrzymywał. Policjant zaklął, zapomniał o Treyu i zaczął gonić dzieciaka, który rzucił kamieniem. Nieliczni demonstranci rozproszyli się i rozbiegli po ulicach, ale większość walczyła dalej, rzucając, co im wpadło w rękę. Trybuny na jednym z boisk do bejsbolu wykonane były z bloków popiołu, doskonale nadającego się do tego, żeby rozbić go na kawałki i ciskać w mężczyzn i kobiety w mundurach. Pewien uczeń owinął sznur petard wokół kijka i wetknął go w ziemię. Wybuch sprawił, że gliny i żołnierze złamali szyk i rozbiegli się. Tłum zawył. Znikąd, spoza parku, z nieba, spadł koktajl Mołotowa i wylądował na dachu nieoznakowanego pustego radiowozu zaparkowanego na skraju Walter Street. Płomienie szybko się rozprzestrzeniły, bo benzyna rozlała się po całym wozie. To wywołało kolejną falę entuzjastycznych wiwatów i wrzasków tłumu. Kiedy akcja się rozwinęła, nadjechał wóz transmisyjny. Reporterka, poważna blondyna, która powinna trzymać się prognoz pogody, wyskoczyła z mikrofonem i natknęła się na nabuzowanego policjanta. Kazał jej wracać do furgonetki i wynosić się do diabła. Furgonetka, pomalowana na biało, z wielkimi czerwonymi i żółtymi napisami, stanowiła łatwy cel i parę sekund po tym, jak zatrzymała się z poślizgiem, została obrzucona kamieniami i gruzem. Potem wyszczerbiony kawał bloku z popiołu uderzył reporterkę w potylicę, rozciął jej głowę i pozbawił przytomności. Więcej wiwatów, więcej wulgarnych gestów. Mnóstwo krwi. Kamerzysta zaciągnął ją w bezpieczne miejsce, a policja wezwała karetkę. Żeby zabawy i zamieszania było więcej, na policję i żołnierzy rzucono bomby dymne. W tym momencie podjęto decyzję, żeby odpowiedzieć gazem łzawiącym. Odpalono pierwszy pojemnik i panika ogarnęła tłum. Zaczął się rozpraszać, ludzie uciekali, rozbiegali się po okolicy. Na ulicach wokół Civitan Park mężczyźni siedzieli na werandach od ulicy, przysłuchiwali się odgłosom rozróby, patrzyli, czy ktoś się nie zbliża. Kobiety i dzieci siedziały bezpiecznie w domu, a oni stali na straży ze śrutówkami i strzelbami, tylko czekali, aż pojawi się czarna twarz. Kiedy Herman Grist z 1485 Benton Street zobaczył trzech młodych czarnych idących środkiem ulicy, strzelił dwa razy z werandy w powietrze i ryknął na dzieciaki, żeby wracały do swojej części miasta. Dzieciaki zaczęły uciekać. Wystrzały przecięły noc. Poważny znak, że samozwańcza straż obywatelska włączyła się do walki. Na szczęście Grist nie strzelił drugi raz.

Tłum nadal się rozpraszał, nieliczni rzucali w odwrocie kamieniami. Do dziewiątej wieczór park został opanowany, policja i żołnierze szli po szczątkach – pustych puszkach i butelkach, pojemnikach z fast foodów, niedopałkach papierosów, papierkach po fajerwerkach. Było tego tyle, że wystarczyłoby na wysypisko. Dwie trybuny zniknęły, zostały tylko metalowe ławki. Włamano się do budki z biletami, ale nie było tam niczego, co można by zabrać. Po użyciu gazu porzucono parę samochodów, w tym terenówkę Treya Glovera. Trey i kilkunastu innych siedzieli już w areszcie. Czterech na ochotnika, resztę złapano. Kilku odwieziono do szpitala po gazie łzawiącym. Kilku policjantów odniosło rany, no i reporterka.

Ostry zapach gazu przenikał park. Szara chmura z bomb dymnych wisiała nisko nad boiskami do gry w piłkę. Pobojowisko bez strat w ludziach.

Rozbicie zabawy oznaczało, że jakiś tysiąc nabuzowanych czarnych rozlał się teraz po Slone i nie zamierzał pójść do domu czy zrobić czegoś konstruktywnego. Gaz łzawiący ich rozwścieczył. Wychowani byli na czarno-białych wideo przedstawiających psy w Selmie, węże strażackie w Birmingham i gaz łzawiący w Watts. Ta heroiczna walka była częścią ich spuścizny, ich DNA, wysławianym rozdziałem w ich historii, i nagle tutaj wyszli w proteście na ulice, żeby walczyć, i użyto wobec nich gazu, tak jak wobec ich przodków. Nie mieli zamiaru przerwać walki. Skoro gliny chcą nieczystej gry, będą ją miały.

Burmistrz Harris Rooney monitorował pogarszającą się sytuację swojego miasteczka z Wydziału Policji, który stał się centrum dowodzenia. Razem z szefem policji, Joem Radfordem, podjęli decyzję o rozproszeniu tłumu w Civitan Park i zakończeniu sprawy, obaj doszli do wniosku, że trzeba użyć gazu łzawiącego. Teraz przez radio i telefon komórkowy, napływały raporty, że demonstranci przemierzają ulice w grupach, wybijają szyby, wykrzykują groźby pod adresem przejeżdżających kierowców, rzucają kamieniami jak klasyczni chuligani.

Kwadrans po dziewiątej burmistrz zadzwonił do wielebnego Johnny'ego Canty'ego, pastora Afrykańskiego Metodystycznego Kościoła Betel. Spotkali się we wtorek, kiedy wielebny Canty prosił burmistrza o interwencję u gubernatora i poparcie wstrzymania egzekucji. Burmistrz odmówił. Nie znał gubernatora, nie miał na niego żadnego wpływu, a poza tym ten, kto błaga Gilla Newtona o odroczenie, marnuje czas. Canty ostrzegł burmistrza Rooneya o możliwości wybuchu niepokojów, jeśli egzekucja Dontégo się odbędzie. Burmistrz był sceptyczny.

Teraz sceptycyzm zastąpił strach.

Pani Canty odebrała telefon i powiedziała, że męża nie ma. Był w domu pogrzebowym, czekał, aż wróci rodzina Drummów. Podała burmistrzowi numer komórki i wreszcie udało się dodzwonić do wielebnego Canty'ego.

– Dobry wieczór, panie burmistrzu – powiedział Canty cicho, głębokim głosem kaznodziei. – Jak przedstawiają się sprawy dziś wieczór?

– Sprawy przedstawiają się teraz bardzo burzliwie, wielebny. Jak się pan miewa?

– Bywało lepiej. Jesteśmy w domu pogrzebowym, czekamy, aż rodzina wróci z ciałem, więc teraz nie najlepiej się czuję. Czym mogę panu służyć?

– Miał pan rację co do zamieszek, wielebny. Nie wierzyłem panu, przepraszam. Powinienem posłuchać, a nie posłuchałem. Ale sytuacja jest coraz gorsza. Mieliśmy osiem pożarów, chyba jakieś dwanaście zatrzymań, z pół tuzina zranień i nie ma powodu, żeby sądzić, że te liczby nie wzrosną. Tłum w Civitan Park rozproszono, ale tłum w Washington Park rośnie z minuty na minutę. Nie byłbym zaskoczony, gdyby wkrótce ktoś został zabity.

– Zabójstwo już było, panie burmistrzu. Czekam na zwłoki.

– Przykro mi.

– W jakim celu pan dzwoni, panie burmistrzu?

– Jest pan powszechnie szanowanym przywódcą swojej społeczności. Jest pan pastorem Drummów. Proszę, żeby pan poszedł do Washington Park i zaapelował o spokój. Pana posłuchają. Ta przemoc i niepokoje niczemu nie służą.

– Panie burmistrzu, mam do pana jedno pytanie. Czy pańska policja użyła gazu łzawiącego wobec tych dzieciaków w Civitan Park? Usłyszałem tę pogłoskę zaledwie parę minut temu.

– Hm, tak. Uznałem to za niezbędne.

– Nie, to nie było niezbędne, to był kolosalny błąd. Gazując nasze dzieci, policja sprawiła, że zła sytuacja jeszcze się pogorszyła. Niech pan nie oczekuje ode mnie, że rzucę się naprawiać szkody, których pan narobił. Dobranoc.

Połączenie się urwało.

Robbie, z Aaronem Reyem po jednej stronie i z Fredem Pryorem po drugiej, stał przed mikrofonami i kamerami i odpowiadał na pytania. Powiedział, że Travis Boyette nadal jest w budynku i nie życzy sobie z nikim rozmawiać. Jakiś reporter zapytał, czy mógłby wejść do środka i przeprowadzić wywiad z Boyette'em. Chyba, że chce pan zostać aresztowany, a może postrzelony, brzmiała ostra odpowiedź Robbiego. Trzymajcie się z dala od budynku. Pytali o ostatni posiłek Dontégo, o wizytę, ostatnie słowo i tak dalej. Kto był wśród świadków? Jakiś kontakt z rodziną ofiary? Bezużyteczne pytania, zdaniem Robbiego, ale przecież w takiej chwili cały świat wydawał się bezużyteczny.

Po dwudziestu minutach podziękował im. Oni podziękowali jemu. Poprosił, żeby odeszli i nie wracali. Gdyby Boyette zmienił zdanie i chciał mówić, Robbie pozwoli mu skorzystać z telefonu i poda numer.

Keith przyglądał się konferencji prasowej z ciemnego miejsca na peronie, przed kancelarią, pod werandą. Telefonował do Dany, relacjonował wydarzenia dnia, starał się nie zasnąć, kiedy ona nagle powiedziała, że Robbie Flak jest w telewizji. Oglądała wiadomości z kablówki i to był on, na żywo ze Slone w Teksasie.

– Jestem kikanaście metrów za nim, w cieniu – powiedział Keith, zniżając głos.

– Wygląda na zmęczonego – stwierdziła. – Zmęczonego i może trochę szalonego.

– I to, i to. Zmęczenie przychodzi i odchodzi, ale podejrzewam, że trochę szalony jest zawsze.

– Wygląda jak wariat.

– Patentowany, ale to kochany człowiek.

– Gdzie jest Boyette?

– W pokoju, wewnątrz, ogląda telewizję i coś je. Woli nie wychodzić. I dobrze. Ci ludzie znali Dontégo i kochali go. Boyette nie ma tutaj przyjaciół.

– Kilka minut temu pokazywali pożary i rozmawiali z burmistrzem. Wyglądał na trochę zdenerwowanego. Jesteś bezpieczny, Keith?

– Jasne. Z daleka słyszę syreny, ale w pobliżu nic.
– Proszę, bądź ostrożny.
– Nie martw się. Ze mną wszystko w porządku.
– Nie wszystko. Jesteś wypalony, domyślam się. Prześpij się trochę. Kiedy wracasz do domu?
– Mam zamiar wyjechać stąd rano.
– A co z Boyette'em? Wraca?
– O tym nie rozmawialiśmy.

Rozdział 29

W Slone były trzy domy pogrzebowe, dwa dla białych (zamożniejszych i uboższych) i jeden dla czarnych. Integrację osiągnięto w niektórych ważnych obszarach życia – w szkołach, polityce, zatrudnieniu i działalności gospodarczej. Ale w innych obszarach integracja nigdy nie nastąpi, bo żadna z ras tak naprawdę jej nie chce. Niedzielne nabożeństwa były segregowane, z wyboru. Nieliczni czarni uczęszczali do większych kościołów białych w centrum i byli dobrze widziani. Jeszcze mniej białych spotykało się w kościołach czarnych, gdzie byli traktowani jak wszyscy inni. Ale ogromna większość trzymała się swoich i bigoteria miała z tym niewiele wspólnego. To raczej sprawa tradycji i wyboru. Biali woleli zdyscyplinowany, bardziej powściągliwy rytuał w niedzielne poranki. Modlitwa rozpoczynająca o jedenastej, potem trochę pięknej muzyki, potem ułożone, rzeczowe kazanie. Do widzenia przed południem i na pewno nie później niż o dwunastej, bo potem byliby głodni. W kościołach czarnych czas nie odgrywał tak dużej roli. Duch wzlatał swobodniej i styl obrządku był bardziej spontaniczny. O granicy na dwunastej nikt nie słyszał. Lunch jadano często na terenie kościoła, obojętnie kiedy, i nikt się nie spieszył z wyjściem.

W umieraniu też były duże różnice. Z pogrzebem kogoś czarnego nigdy się nie spieszyło, podczas gdy biali zazwyczaj chcieli pochować zmarłego najwyżej w ciągu trzech dni. W domu pogrzebowym czarnych panował większy tłok: więcej gości, dłuższe czuwanie, dłuższe pożegnania. Lamb i Syn w tej części miasta od dziesięcioleci godnie świadczyli usługi. Kiedy karawan nadjechał parę minut po dziesiątej, uroczysty tłum czekał na trawniku przed kapliczką. Żałobnicy zachowywali ciszę, głowy mieli spuszczone, twarze poważne. Patrzyli, jak Hubert i Alvin otwierają tylne drzwi karawanu, potem wydają polecenia ludziom niosącym trumnę – ośmiu przyjaciołom Dontégo, z których większość grała kiedyś w futbol u Wojowników Slone. Przenieśli trumnę parę kroków, idąc za Hubertem Lambem, potem zniknęli w bocznych drzwiach. Dom pogrzebowy został zamknięty i miał otworzyć podwoje dopiero następnego ranka, kiedy Donté zostanie odpowiednio przygotowany, żeby go oglądać.

W oddali wyły syreny. Atmosfera była gęsta, napięta, pełna dymu i strachu. Ci, którzy nie wywoływali kłopotów, z pewnością na nie czekali.

Na parking zajechał samochód i zatrzymał się obok karawanu. Roberta Drumm z Marvinem, Cedrikiem i Andreą wysiedli i powoli poszli do głównego wejścia, gdzie przywitali się z przyjaciółmi. Uściski, szepty i łzy. Rodzina weszła wreszcie do środka, ale przyjaciele zostali. Pojawił się kolejny samochód i zaparkował obok karawanu. To Robbie z Aaronem Reyem. Prześlizgnęli się przez tłum i weszli bocznymi drzwiami. W sali od frontu Robbie spotkał się z rodziną. Usiedli razem, obejmowali się, płakali, jakby nie widzieli się od miesięcy. Zaledwie kilka godzin wcześniej patrzyli, jak Donté umiera, ale tamten czas i tamto miejsce wydawaly się teraz tak odległe.

Podczas jazdy z Huntsville Drummowie słuchali radia i rozmawiali przez komórki. Wypytywali Robbiego o tego całego Boyette'a, a Robbie przekazywał im szczegóły, którymi dysponował. W Slone sprawy przedstawiały się ponuro, spodziewano się, że będzie jeszcze gorzej. Roberta powtarzała w kółko, że chce, żeby przemoc ustała. To nie leży w twojej mocy, zapewniał ją Robbie. To wydostało się spod kontroli.

Do sali wszedł Hubert Lamb.
– Roberto, Donté jest gotowy – oświadczył.

Do sali preparacyjnej Roberta weszła sama, zamknęła za sobą drzwi i przekręciła klucz. Jej piękny chłopiec leżał na wąskim stole pokrytym białym prześcieradłem. Ubrany w to samo ubranie, w którym go zabili – tandetną białą koszulę, znoszone spodnie khaki, buty z wyprzedaży – dzięki wsparciu stanu Teksas. Łagodnie położyła dłonie na jego policzkach, całowała go w twarz – w czoło, usta, nos, podbródek – całowała bez przerwy, a łzy kapały jak deszcz. Od ośmiu lat go nie dotykała, ostatni raz był to szybki, ukradziony uścisk, kiedy wyprowadzali go z sali sądowej w dniu, w którym został skazany na śmierć. Ze szlochem przypominała sobie niewypowiedzianą mękę, kiedy patrzyła na syna, jak go prowadzą w łańcuchach grzechoczących na nogach, na czterech tłustych policjantów tłoczących się wokół niego, jakby miał jeszcze kogoś zabić, na twarde twarze zadowolonych z siebie ludzi: prokuratora, przysięgłych, sędzi, dumnych ze swojej pracy.
– Kocham cię, mamusiu – wołał przez ramię. Potem wyprowadzili go przez drzwi i koniec.
Skórę miał ni to zimną, ni to ciepłą. Dotknęła małej blizny na podbródku, małej nagrody pocieszenia, którą dostał podczas rzucania kamieniami z chłopakami z sąsiedztwa, kiedy miał osiem lat. Potem brał udział w innych walkach na kamienie. Był z niego twardy dzieciak, a brat, Cedric, zrobił z niego jeszcze większego twardziela, ciągle się z nim drażniąc. Twardy dzieciak, ale słodki chłopiec. Dotknęła prawego ucha, z maleńką, ledwie widoczną dziurką. Kiedy miał piętnaście lat kupił sobie kolczyk, mały sztuczny diamencik i nosił go, kiedy wychodził z kolegami. Ale przed ojcem to ukrywał. Riley by go objechał.
Jej piękny chłopiec leży taki spokojny, taki zdrowy. Martwy, a nie chory. Martwy, a nie ranny. Martwy, a nie okaleczony. Obejrzała jego ramiona, nie mogła znaleźć śladu po igle użytej do zastrzyku. Żadnego dowodu zabójstwa, niczego z zewnątrz. Wyglądał, jakby odpoczywał i czekał, aż mu

podadzą kolejny środek, który łagodnie go obudzi i pozwoli pójść z matką do domu.

Nogi miał wyprostowane, ramiona leżały wzdłuż boków. Hubert Lamb powiedział, że sztywnienie wkrótce się zacznie, więc musi się spieszyć. Wyjęła z torebki chusteczkę, żeby otrzeć policzki, i nożyczki, żeby przeciąć więzienne ubranie. Mogłaby rozpiąć koszulę, ale rozcięła ją z przodu, potem wzdłuż rękawów, zdejmowała kawałek po kawałku, rzucała ścinki na podłogę. Łzy nadal spływały jej po policzkach, ale teraz nuciła stary gospel. *Weź mnie za rękę, Szlachetny Panie*. Przerwała, żeby przetrzeć jego płaski brzuch, wiotkie ramiona i klatkę piersiową. Dziwiła się, jak bardzo wychudł w więzieniu. Nie było zaciętego sportowca, zastąpił go załamany więzień. W więzieniu umierał powoli.

Rozpięła tandetny płócienny pas, przecięła go jeszcze na pół i rzuciła na stos. Następnego dnia, kiedy będzie sama, spali więzienne łachy na tylnym podwórku, podczas prywatnej ceremonii, w której tylko ona weźmie udział. Rozsznurowała koszmarne buty, zdjęła je i ściągnęła białe bawełniane skarpety. Dotknęła blizn na lewej kostce, trwałego przypomnienia kontuzji, która zakończyła jego karierę futbolisty. Spodnie przecięła ostrożnie wzdłuż szwów, delikatnie nacinała je w kroczu. Z jej trzech chłopców tylko Cedric dobrze się ubierał, był elegantem gotowym pracować na dwóch niepełnych etatach, żeby tylko kupować sobie ciuchy z lepszymi metkami. Donté wolał dżinsy i bluzy, i we wszystkim dobrze wyglądał. We wszystkim, tylko nie w kombinezonach, które nosi się w więzieniu. Cięła, rzucała skrawki spodni na stos. Od czasu do czasu przerywała, żeby otrzeć policzki grzbietem dłoni, ale musiała się spieszyć. Podeszła do zlewu i odkręciła kurek.

Białe bokserki były za duże. Pocięła je na kawałki jak krawcowa i zdjęła. Stos był gotowy. Donté leżał nagi. Opuszczał świat tak, jak na niego przyszedł. Nalała do zlewu mydła w płynie, dolała wody, uregulowała temperaturę i zakręciła kurek. Zamoczyła szmatę i zaczęła myć syna. Wytarła mu nogi, potem szybko osuszyła małym ręcznikiem. Umyła mu genitalia, myśląc, ile wnuków mogłaby mieć. Uwielbiał dziewczyny, a one uwielbiały jego. Ostrożnie umyła mu pierś, ramiona, szyję i twarz. Wytarła je po kolei.

Kiedy już skończyła mycie, przeszła do ostatniej, najtrudniejszej części. Zanim wyjechali z Huntsville, Cedric zaszedł do domu pogrzebowego z nowym garniturem, który Roberta kupiła i przerobiła. Wisiał na ścianie razem z nową białą koszulą i eleganckim, złotym krawatem. Pomyślała, że z koszulą i marynarką pójdzie najtrudniej, a spodnie i buty będą najłatwiejsze. Miała rację. Ramiona już mu się nie zginały, ostrożnie nawlokła koszulę na prawe ramię, potem łagodnie przetoczyła Dontégo na lewy bok. Podsunęła koszulę, znów położyła go na plecach, naciągnęła ją na lewe ramię i szybko zapięła. To samo zrobiła z marynarką, ciemnoszarą wełną z dodatkami. Kiedy ją włożyła, przerwała na chwilę, żeby pocałować go w prawy policzek. Nogi miał sztywne. Metodycznie naciągnęła czarne bawełniane bokserki, duże, za luźne. Powinna kupić średni rozmiar. Spodnie zajęły dłuższą chwilę. Ciągnęła ostrożnie to z jednej, to z drugiej strony, próbując unieść Dontégo w połowie ciała. Kiedy spodnie były na miejscu, wetknęła w nie koszulę, zasunęła suwak, przełożyła pas przez szlufki i zapięła. Stopy miał sztywne, kostki się nie zginały i skarpetki okazały się większym wyzwaniem, niż myślała. Buty – sznurowane, czarne skórzane pantofle – Donté wkładał je do kościoła jako nastolatek.

Zabrała je z szafy, którą dzielił z Marvinem, kiedy byli chłopcami. Donté zawładnął całością, kiedy brat się ożenił i przez dziewięć lat szafa pozostawała właściwie nietknięta. Roberta czyściła ją, odkurzała ubrania, zabijała insekty, porządnie układała rzeczy. Parę godzin wcześniej, kiedy wyjęła buty, stała długo przed drzwiami szafy i zastanawiała się, co teraz?

Przez lata, kiedy siedział w więzieniu, żyła gorączkową wiarą, że któregoś dnia Donté wyjdzie na wolność. Pewnego cudownego dnia ich koszmar się skończy, a syn wróci do domu. Będzie spał w swoim łóżku, jadł, co matka ugotuje, drzemał na kanapie i musi mieć wtedy gotowe rzeczy z szafy.

Pewnego dnia sędzia albo adwokat, albo ktoś przedzierający się przez nieprzeniknony labirynt systemu sądowego odkryje prawdę. Odezwie się telefon z nieba i będą świętować. Ale apelacje biegły swoją koleją, lata mijały i jej nadzieja, tak jak i nadzieje wielu innych ludzi, powoli bladła. Koszule, dżinsy, swetry z jego szafy nigdy już nie będą potrzebne i zastanawiała się, co z nimi zrobić.

Powiedziała sobie, że tym będzie się martwić później.

Zawiązała buty, poprawiła skarpetki, obciągnęła mankiety spodni. Teraz kiedy już go ubrała, mogła odpocząć. Zarzuciła na szyję syna krawat – wcześniej idealnie zawiązny przez Cedrica – i z trudem wcisnęła pod kołnierzyk. Zacisnęła węzeł, pomajstrowała przy krawacie, aż ułożył się jak należy. Poprawiła coś tu i tam, wygładziła parę zgnieceń na spodniach, odeszła o krok i popatrzyła z podziwem na swoją pracę. Jaki przystojny młody człowiek. Szary garnitur, biała koszula, złoty krawat, dobrze wybrała.

Nachyliła się i znów go pocałowała. Wstawaj, Donté, idziemy do kościoła. Tam znajdziesz żonę i będziesz miał dziesięcioro dzieci. Pospiesz się, tyle czasu straciłeś. Proszę. Chodź, pokaż się w nowym pięknym ubraniu. Pospiesz się.

Wiedziała o bardziej makabrycznych aspektach śmierci, balsamowaniu, płynach, takich rzeczach. Wiedziała, że za parę godzin pan Lamb z synem będą ogrzewać ciało, zdejmować ubranie, zajmować się czynnościami, na które brakuje słów. Dlatego chciała spędzić tych parę cennych chwil z synem, kiedy był jeszcze cały, nietknięty.

Następnego dnia zaplanuje pogrzeb i zajmie się innymi szczegółami. Będzie silna i dzielna. Ale teraz chciała być sama ze swoim dzieckiem, rozpaczać, cierpieć, płakać bez zahamowań jak każda matka.

Część III
Oczyszczenie

Rozdział 30

W piątek przed wschodem słońca krótka karawana wyjechała z miasta i skierowała się na wschód. Prowadziła przerobiona furgonetka Robbiego. Aaron Rey siedział za kierownicą, a Carlos trzymał strzelbę. Robbie siedział w swoim ulubionym fotelu, popijał kawę, przeglądał gazety i z założenia ignorował Marthę Handler, która piła łapczywie kawę, bazgrała w notesie i starała się dobudzić. Za nimi jechało subaru, Keith prowadził, a Boyette ściskał laskę i gapił się w ciemność. Za subaru jechał pikap z Fredem Pryorem za kółkiem. Jego pasażerami było dwóch prywatnych ochroniarzy, którzy przez ostatnich parę dni pracowali dorywczo przy zabezpieczeniu kancelarii i domu Robbiego. Pikap należał do Freda, wiózł szpadle, latarki i inny sprzęt. Za pikapem jechała druga furgonetka, biała, nieoznakowana. Była własnością stacji telewizyjnej w Slone, prowadził ją dyrektor wiadomości Bryan Day, z oczywistych powodów przezywany Day Fryzura. Z Dayem jechał operator kamery, Buck.

Cztery wozy o piątej rano spotkały się na długim podjeździe domu Robbiego. Lawirując bocznymi uliczkami i podrzędnymi drogami, udało im się wyjechać po kryjomu. Kancelaria dostawała mnóstwo telefonów, mejli i Robbie uznał, że pewnych ludzi interesuje, dokąd wybiera się w piątek.

Przespał pięć godzin, ale musiał zażyć proszek. Przekroczył już granicę zmęczenia, a roboty zostało mnóstwo. Po wyjściu od Lamba i Syna, gdzie krótko asystował zwłokom, pojechał do domu. DeDe zdołała przygotować tyle jedzenia, że wystarczyło dla wszystkich. Keith i Boyette przespali się na kanapach w piwnicy, a gosposia wyprała i wyprasowała ich ubrania.

Wszyscy byli przemęczeni, ale nikt nie ociągał się ze wstawaniem.

Carlos trzymał komórkę, raczej słuchał, niż mówił i kiedy rozmowa się skończyła, oświadczył:

– To był mój człowiek w rozgłośni radiowej. Jakieś czterdzieści zatrzymań, ponad dwadzieścioro rannych, ale nie ma ofiar śmiertelnych, co graniczy z cudem. Zablokowali większą część centrum i na chwilę się uspokoiło. Mnóstwo pożarów, za dużo, żeby policzyć. Wozy strażackie z Paris, Tyler, z innych miast. Co najmniej trzy radiowozy obrzucone koktajlami Mołotowa, które stały się ulubioną bronią. Podpalili lożę prasową na boisku do futbolu, dalej płonie. Palą się przede wszystkim puste budynki. Domy na razie nie. Podobno gubernator dośle więcej Gwardii Narodowej, ale to niepotwierdzone.

– A co się stanie, jak znajdziemy ciało? – zapytała Martha.

Robbie pokiwał głową i zamyślił się na moment.

– Wtedy ostatnia noc będzie jak przedszkole.

Rozważali rozmaite warianty i założenia tej wyprawy. Żeby Boyette nie zniknął, Robbie postanowił zabrać go do swojej furgonetki, pod czujny nadzór Aarona Reya i Freda Pryora. Nie mógł jednak znieść myśli, że przez parę godzin będzie zamknięty na małej przestrzeni z tym typem. Keith był nieugięty, pojedzie swoim subaru. Przede wszystkim dlatego, że postanowił dojechać do Topeka w piątek, późnym popołudniem, z Boyette'em albo bez niego. Tak jak Robbie nie miał ochoty siedzieć obok Boyette'a, ale skoro już raz to robił, zapewnił Robbiego, że może to zrobić raz jeszcze.

Fred Pryor zaproponował, żeby wrzucić Boyette'a na tył jego pikapa i trzymać go pod lufą. Ekipa Robbiego łaknęła zemsty i gdyby Boyette naprawdę doprowadził ich do zwłok, Freda Pryora i Aarona Reya łatwo byłoby przekonać, żeby zawlekli go gdzieś między drzewa i uwolnili od doczesnych strapień. Keith wyczuł to, uszanowali jego obecność. Linczu nie będzie.

Włączenie do sprawy Bryana Daya było skomplikowane. Robbie nie ufał żadnemu reporterowi i kropka. Jeśli jednak znajdą to, czego szukali, ktoś spoza jego ludzi powinien to umiejętnie sfilmować. Day, oczywiście, bardzo chętnie by się z nimi zabrał, ale zmuszono go, by przyjął listę twardych warunków, które sprowadzały się do tego, że nie wolno mu niczego puszczać na antenie, chyba że tak każe Robbie Flak. Gdyby próbował, i on, i kamerzysta Buck zostaliby najprawdopodobniej albo pobici, albo zastrzeleni, albo jedno i drugie. Day i Buck zrozumieli, że stawka jest wysoka i że zasad trzeba będzie przestrzegać. Ponieważ Day był dyrektorem wiadomości, mógł się wymknąć, nie tłumacząc się w biurze, gdzie jest.

– Możemy porozmawiać? – zapytała Martha. Byli w drodze od pół godziny, przed nimi na niebie pojawiły się pomarańczowe cienie.

– Nie – odparł Robbie.

– Minęło już prawie dwanaście godzin od jego śmierci. Co o tym myślisz?

– Jestem wykończony, Martho. W głowie mam pustkę.

– Co pomyślałeś, kiedy zobaczyłeś jego ciało?

– Świat jest chory, skoro zabija ludzi, bo założyliśmy, że mamy prawo ich zabić. Moim zdaniem wyglądał świetnie, młody, przystojny mężczyzna, leżał we śnie, bez widocznych obrażeń, bez śladów walki. Uśpiony jak stary pies przez bigotów i idiotów zbyt leniwych albo za głupich, żeby rozumieli, co robią. Martha, wiesz, o czym naprawdę myślę?

– Powiedz.

– Powiem. Myślę o Vermont, chłodne lata, bez wilgoci, bez egzekucji. Cywilizowane miejsce. Domek nad jeziorem. Mogę się nauczyć odgarniać śnieg. Gdybym sprzedał wszystko i zamknął firmę, może zgarnąłbym z milion. Wycofam się do Vermont i napiszę książkę.

– O czym?

– Nie mam pojęcia.

– Robbie, nikt w to nie uwierzy. Nigdy stąd nie wyjedziesz. Może weźmiesz sobie trochę wolnego, złapiesz oddech, ale szybko znajdziesz kolejną sprawę, wściekniesz się i złożysz pozew albo dziesięć pozwów. Będziesz to robił do osiemdziesiątki, aż wyniosą cię ze stacji nogami do przodu.

– Nie dożyję osiemdziesiątki. Teraz mam pięćdziesiąt dwa i czuję się jak dziad.

– Będziesz pozywał ludzi, jak ci stuknie osiemdziesiątka.

– Bo ja wiem...

– Ja wiem. Wiem, co ci mówi serce.

– W tej chwili serce mam złamane i chcę się wycofać. Uratować Dontégo mógł adwokat półgłówek.

– A co ten adwokat półgłówek zrobiłby inaczej?

Robbie wyciągnął do niej obie dłonie i powiedział:

– Nie teraz Martho. Proszę.

W samochodzie za nimi pierwsze słowa padły, kiedy Boyette powiedział:

– Naprawdę widziałeś egzekucję?

Keith wypił łyk kawy i odczekał dłuższą chwilę.

– Tak. Widziałem. To nie było zaplanowane, po prostu stało się w ostatniej chwili. Nie było wiele do oglądania.

– Wolałbyś tego nie widzieć?

– Bardzo dobre pytanie, Travis.

– Dziękuję.

– Z jednej strony żałuję, że widziałem, jak umiera człowiek, zwłaszcza człowiek, który twierdził, że jest niewinny.

– Jest niewinny, albo był.

– Próbowałem się z nim pomodlić, ale odmówił. Powiedział, że nie wierzy w Boga, chociaż kiedyś wierzył. Dla pastora to bardzo trudne, być z kimś, kto w obliczu śmierci nie wierzy w Boga ani w Chrystusa, ani w niebo. Stałem przy łóżkach szpitalnych i patrzyłem, jak umierają członkowie mojego kościoła. Zawsze to pociecha, kiedy się wie, że ich dusze idą ku chwalebnemu przyszłemu życiu. Z Dontém było inaczej.

– Ze mną też jest inaczej.

– Z drugiej strony, w komorze śmierci zobaczyłem coś, co wszyscy powinni zobaczyć. Dlaczego ukrywamy to, co robimy?

– Więc chciałbyś zobaczyć jeszcze jedną egzekucję?

– Tego nie powiedziałem, Travis. – Na to pytanie Keith nie był w stanie odpowiedzieć. Zmagał się ze swoją pierwszą egzekucją, nie potrafił sobie wyobrazić kolejnej. Zaledwie parę godzin wcześniej, zanim wreszcie zasnął, wrócił obraz Dontégo przywiązanego do łoża śmierci i Keith przypomniał sobie wszystko w zwolnionym tempie. Pamiętał, jak patrzył na klatkę piersiową Dontégo, jak uniosła się lekko, opadła. Do góry, na dół, ledwie zauważalnie. A potem się zatrzymała. Właśnie patrzył na ostatni oddech człowieka. Wiedział, że ten obraz nigdy go nie opuści.

Niebo na wschodzie pojaśniało. Wjechali do Oklahomy.

– To chyba moja ostatnia wyprawa do Teksasu – powiedział Boyette.

Helikopter gubernatora wylądował o dziewiątej rano. Ponieważ media dostały z wyprzedzeniem mnóstwo informacji i czekały niecierpliwie, między gubernatorem, Barrym i Waynem odbyła się merytoryczna rozmowa o szczegółach lądowania. Po drodze zatrzymali się wreszcie na parkingu obok boiska do futbolu. Powiadomione media przepychały się do Liceum Miejskiego Slone, czekając na wiadomości z ostatniej chwili. Loża prasowa była mocno uszkodzona, spalona, jeszcze dymiła. Strażacy wciąż byli przy robocie, sprzątali. Kiedy Gill Newton wyłonił się z helikoptera, przywitała go policja stanowa, pułkownicy Gwardii Narodowej i kilku starannie dobranych zmęczonych strażaków. Uścisnął gorąco ich ręce, jakby byli marines wracającymi z wojny. Barry i Wayne rozejrzeli się szybko i zorganizowali konferencję prasową tak, żeby tłem było boisko do futbolu, a przede wszystkim wypalona loża prasowa. Gubernator ubrany był w dżinsy, buty kowbojskie i wiatrówkę. Nie nosił krawata. Prawdziwy człowiek pracy.

Z zatroskaną miną, ale z entuzjazmem w duchu, stanął przed kamerami i reporterami. Potępił przemoc i zamieszki.

Obiecał chronić obywateli Slone. Oświadczył, że wzywa więcej gwardzistów i gdyby była potrzeba, zmobilizuje całą Gwardię Narodową Teksasu. Mówił o sprawiedliwości w teksańskim stylu. Nawiązał uszczypliwie do spraw rasowych, wzywając czarnych przywódców, żeby powstrzymali chuliganów. Nic takiego nie powiedział o białych awanturnikach. Rozprawiał i pieklił się, a kiedy skończył, uciekł sprzed mikrofonów, nie czekając na pytania. Ani on, ani Barry i Wayne nie chcieli mieć nic wspólnego ze sprawą Boyette'a.

Przez godzinę jeździł po Slone radiowozem, zatrzymywał się, żeby wypić kawę z żołnierzami i policjantami, pogawędzić z obywatelami i obejrzeć z ponurą, zbolałą miną ruiny Pierwszego Kościoła Baptystycznego, a przez cały czas kamery były włączone, rejestrowały dla chwały chwili, ale i dla przyszłych kampanii.

Po pięciu godzinach karawana wreszcie zatrzymała się przy wiejskim sklepie na północ od Neosho w Missouri, trzydzieści kilometrów na południe od Joplin. Po przerwie na toaletę i kawę pojechali na północ, teraz z subaru na przodzie. Inne wozy trzymały się blisko z tyłu.

Było widać, że Boyette denerwuje się, tik stał się częstszy, palce bębniły o laskę.

– Dojeżdżamy do zjazdu – powiedział. – Na lewo.

Jechali drogą 59, zapchaną dwupasmówką w hrabstwie Newton. Skręcili w lewo u podnóża wzniesienia, przy stacji benzynowej.

– To chyba tędy – powtarzał Travis, najwyraźniej zaniepokojony, czy dobrze ich prowadzi. Znaleźli się na wiejskiej drodze z mostami nad strumykami, ostrymi zakrętami, stromymi wzgórzami. Większość domów stanowiły przyczepy mieszkalne, a od czasu do czasu budynki z czerwonej cegły z lat pięćdziesiątych.

– To chyba tędy – stwierdził Boyette.

– Mieszkałeś tu, w okolicy, Travis?

– Tak, dokładnie tam. – Skinął głową i jednocześnie zaczął masować skronie. Proszę, pomyślał Keith, byle nie kolejny atak. Nie w tej chwili. Zatrzymali się na skrzyżowaniu pośrodku małej osady.

– Jedź przez cały czas prosto – powiedział Boyette. Przejechali obok centrum handlowego ze sklepem spożywczym, fryzjerem, wypożyczalnią wideo. Parking był żwirowany. – To chyba tędy – powtórzył.

Keith miał pytania, ale mówił mało. Czy Nicole nadal żyła, kiedy ją tędy wiozłeś, Travis? Czy już odebrałeś jej życie? Co myślałeś, Travis, kiedy dziewięć lat temu jechałeś tędy z tą biedną dziewczyną, związaną, zakneblowaną, sponiewieraną po długim weekendzie gwałtów?

Skręcili w lewo, w kolejną drogę, brukowaną, ale węższą, przejechali kilometr, zanim minęli jakiś dom.

– Stary Deweese miał tam sklep – powiedział Travis. – Mogę się założyć, że już nie żyje. Kiedy byłem dzieckiem, miał dziewięćdziesiąt lat.

Zatrzymali się przed znakiem stopu obok wiejskiego marketu Deweese'a.

– Kiedyś okradłem ten sklep – ciągnął Travis. – Nie mogłem mieć więcej niż dziesięć lat. Wlazłem przez okno. Nienawidziłem starego drania. Jedź prosto.

Keith zrobił, co mu kazano, i nic nie powiedział.

– Kiedy ostatnio byłem, tu był żwir – stwierdził Boyette, jakby wspominał miłe rzeczy z dzieciństwa.

– Kiedy to było? – zapytał Keith.

– Nie pamiętam, pastorze. Ostatnia wizyta u Nicole.

Ty chory szczeniaku, pomyślał Keith. Droga miała ostre zakręty, tak ostre, aż Keith pomyślał, że zrobią pętlę i wrócą do punktu wyjścia. Dwie furgonetki i pikap jechały tuż za nimi.

– Szukaj strumyka z drewnianym mostem – powiedział Boyette. – To chyba tędy. Teraz zwolnij.

– Travis, jedziemy piętnaście kilometrów na godzinę.

Travis patrzył na lewo, gdzie przy drodze rosły gęste trawy i chwasty.

– Gdzieś tu jest żwirowana droga. Wolniej.

Karawana jechała prawie zderzak w zderzak.

– No, dalej, Travis, ty chora mała gnido – warknął Robbie, siedząc w furgonetce. – Nie zrób z nas kłamców.

Keith skręcił w lewo, na żwirowaną drogę ocienioną dębami i wiązami o splątanych w górze gałęziach. Szlak był wąski i ciemny jak tunel.

– To tu – powiedział Boyette i na chwilę mu ulżyło. – Ta droga przez dłuższy czas idzie jakby wzdłuż strumienia. Tam, z prawej, są tereny kempingowe, a przynajmniej były.

Keith sprawdził licznik. Przejechali dwa kilometry w prawie zupełnej ciemności. Od czasu do czasu pokazywał się strumień. Nie było ruchu, nie było miejsca na ruch, nigdzie nie było śladu ludzkiego życia. Tereny kempingowe, po prostu otwarta przestrzeń na parę namiotów i samochodów, wyglądały na zapomniane. Chwasty sięgały po kolana. Dwa stoły piknikowe były połamane i przewrócone.

– Obozowaliśmy tutaj, kiedy byłem dzieckiem – powiedział Boyette.

Keithowi zrobiło się go prawie żal. Boyette próbował przypomnieć sobie coś miłego i normalnego ze swojego żałosnego dzieciństwa.

– Chyba tu powinniśmy się zatrzymać – stwierdził Boyette. – Wyjaśnię, co dalej.

Cztery wozy się zatrzymały. Wszyscy zebrali się przed subaru. Boyette wskazał laską i powiedział:

– Tam jest droga gruntowa, która prowadzi pod górę. Stąd jej nie widać, ale tam jest albo była. Tylko ciężarówka może tamtędy podjechać. Inne wozy powinny tutaj zostać.

– Ile pod górę? – zapytał Robbie.

– Nie sprawdzałem licznika, ale powiedziałbym, że z pół kilometra.

– Boyette, a co znajdziemy na miejscu? – zapytał Robbie.

Boyette oparł się na lasce i dokładnie przyjrzał się chwastom u swoich stóp.

– Właśnie tam jest grób, panie Flak. Tam znajdziecie Nicole.

– Opowiedz nam o grobie – naciskał Robbie.

– Jest pochowana w metalowej skrzyni, wielkiej skrzyni na narzędzia, którą wziąłem z budowy, gdzie pracowałem. Wieko skrzyni jest pół metra pod ziemią. To było dziewięć lat temu, więc ziemia jest mocno zarośnięta. Trudno będzie znaleźć. Ale chyba potrafię to namierzyć. Teraz, kiedy tu jestem, wszystko do mnie wraca.

Omówili logistykę i postanowili, że Carlos, Martha Handler, Day i Buck, i jeden z ochroniarzy (uzbrojony) zostaną na terenie kempingowym. Reszta wciśnie się do pikapa Freda i zdobędzie wzgórze z kamerą wideo.

– Jeszcze jedno – powiedział Boyette. – Przed laty te tereny nazywano Roop's Mountain, należały do rodziny Roopsów, wielkich twardzieli. Krzywo patrzyli na turystów i myśliwych i byli znani z tego, że przeganiali obozowiczów. Między innymi dlatego wybrałem to miejsce. Wiedziałem, że nie powinno tu być wielkiego ruchu. – Pauza, Boyette skrzywił się i pomasował sobie skronie. – W każdym razie Roopsów było dużo, więc pewnie to nadal należy do rodziny. Gdybyśmy na kogoś wpadli, to lepiej, żebyśmy byli gotowi na kłopoty.

– Gdzie mieszkają? – zapytał trochę nerwowo Robbie.

Boyette machnął laską w przeciwnym kierunku.

– Kawał drogi stąd. Nie sądzę, żeby nas usłyszeli albo zobaczyli.

– Chodźmy – powiedział Robbie.

To, co zaczęło się w poniedziałek od, wydawałoby się, zwykłej rozmowy duszpasterskiej, oznaczało teraz, że Keith jechał na pace ciężarówki podskakującej na zboczu Roop's Mountain, zaledwie średniego pagórka zarośniętego kudzu, trującym bluszczem i gęstym lasem i stała przed nim całkiem realna szansa na zbrojne starcie z gburowatymi właścicielami tej ziemi, na pewno pijanymi, podczas ostatniej próby ustalenia, czy Travis Boyette rzeczywiście mówił prawdę. Jeśli nie znajdą szczątków Nicole, Boyette jest oszustem, Keith durniem, a Teksas według wszelkiego prawdopodobieństwa dopiero co stracił właściwego człowieka.

Jeśli jednak znajdą ciało, wtedy, cóż, Keith nie miał pojęcia, co będzie wtedy. Chociaż pewność stała się pojęciem mętnym, był prawie pewien, że jeszcze tej nocy znajdzie się w domu. Nie potrafił sobie wyobrazić, co będzie się działo w Teksasie, ale był pewien, że jego tu nie będzie. Obejrzy to wszystko w telewizji, z bezpiecznej odległości. Był przekonany, że wydarzenia tutaj, na Południu, będą sensacyjne i prawdopodobnie o historycznym znaczeniu.

Boyette siedział na przednim fotelu, pocierał głowę i szukał czegoś znajomego. Wskazał na prawo – był pewien, że grób jest po prawej stronie szlaku – i powiedział:

– Chyba sobie przypominam.

Polanka była gęsto porośnięta chwastami i młodymi drzewkami. Zatrzymali się, wysiedli i wzięli dwa wykrywacze metalu. Przez kwadrans przeczesywali gęste poszycie, szukali śladów i czekali, aż detektory zaczną brzęczeć. Boyette kuśtykał obok, smagał chwasty laską, za nim szedł Keith. Wszyscy pilnie przypatrywali się Boyette'owi.

– Szukajcie starej opony, opony od traktora – powtarzał Boyette.

Ale opony nie było, a detektory nie brzęczały. Znowu wsiedli do pikapa i pojechali powoli do przodu. Posuwali się po zboczu, traktem po wyrębie. Żaden ślad nie wskazywał, żeby ktoś z niego korzystał przez ostatnich kilkadziesiąt lat. Pierwsza próba.

Szlak zniknął, przez dwadzieścia metrów Fred Pryor prowadził wóz przez zarośla, wzdrygając się, kiedy w tył pikapa uderzały gałęzie i pnącza. Siedzący z tyłu uchylali się przed gałęziami. Fred już się miał zatrzymać, kiedy szlak, ledwie widoczny, znowu się pojawił.

– Jedź dalej – powiedział Boyette.

Potem szlak się rozwidlił. Fred się zatrzymał, Boyette przyjrzał się dokładnie rozwidleniu i pokręcił głową. Nie ma pojęcia, powiedział do siebie Fred. Z tyłu Robbie popatrzył na Keitha i pokiwał głową.

– Tam – powiedział Boyette, wskazując na prawo, i Fred pojechał w tę stronę.

Las zrobił się bardziej zwarty, drzewa były młodsze, rosły gęściej. Boyette, jak pies tropiący, podniósł rękę i coś pokazał. Fred Pryor wyłączył stacyjkę. Ekipa poszukiwawcza rozsypała się, szukali starej opony traktora, szukali czegokolwiek. Puszka po piwie obudziła jeden z wykrywaczy metalu, na kilka sekund napięcie osiągnęło szczyt. Mały samolot przeleciał nisko nad głowami i wszyscy zamarli, jakby ktoś ich obserwował.

– Boyette – zapytał Robbie. – Pamiętasz, czy grób był pod drzewami, czy na otwartej przestrzeni?

Pytanie było sensowne.

– Chyba bardziej na otwartej przestrzeni – odparł Boyette. – Ale drzewa podrosły przez tych dziewięć lat.

– Doskonale – mruknął Robbie. I dalej dreptał w kółko, deptał chwasty, gapił się na ziemię, jakby doskonały ślad był tuż o krok. Po pół godzinie Boyette powiedział:

– To nie tu. Jedźmy dalej.

Druga próba.

Keith przycupnął na pace ciężarówki. Wymienili spojrzenia z Robbiem, jakby obaj chcieli powiedzieć „trzeba było pomyśleć", ale żaden się nie odezwał. Żaden się nie odezwał, bo nie było nic do powiedzenia. Była za to kotłowanina myśli.

Droga skręciła, a kiedy się wyprostowała, Boyette znowu pokazał palcem.

– To tu – powiedział i zanim silnik zgasł, szarpnięciem otworzył drzwi. Wyskoczył na polanę porośniętą po pas chwastami, reszta wygramoliła się za nim. Keith zrobił kilka kroków, potknął się o coś i twardo upadł. Kiedy wstał i otrzepał się z robactwa i gałązek, dotarło do niego, o co się potknął. O resztki opony od traktora, prawie zupełnie porośniętej chwastami.

– Tu jest opona – oznajmił. Wszyscy się zatrzymali. Boyette był tylko kilka kroków od niego. – Dajcie detektor.

Fred Pryor miał go z sobą, nie minęło kilka sekund, jak zaczął trzeszczeć i brzęczeć. Aaron Rey wyjął dwa szpadle.

Polana usiana była kamieniami, ale ziemia była miękka i wilgotna. Po dziesięciu minutach wściekłego kopania szpadel Freda Pryora uderzył o coś, co zadźwięczało jak metal.

– Przerwijmy na chwilę – powiedział Robbie. Fredowi i Aaronowi potrzebny był odpoczynek.

– W porządku, Boyette – powiedział Robbie. – Powiedz nam, co zaraz znajdziemy.

Tik, przerwa, a potem:

– To metalowa skrzynia używana na narzędzia dla hydraulików, ciężka jak cholera, mało nie załatwiłem sobie kręgosłupa, kiedy ciągnąłem tutaj to cholerstwo. Jest pomarańczowa, z nazwą spółki namalowaną z przodu, „R.S. McGuirre i Synowie, Fort Smith, Arkansas". Otwiera się od góry.

– A w środku?

– Nic, teraz już tylko kości – mówił z miną autorytetu, jakby to nie był pierwszy ukryty przez niego grób. – Ubranie jest zwinięte, złożone obok głowy. Wokół szyi jest pasek, powinien być nienaruszony. – Mówił coraz ciszej, jakby go to bolało. Przerwał, pozostali spoglądali po sobie, potem Travis odchrząknął i mówił dalej:

– W ubraniu powinniśmy znaleźć jej prawo jazdy i kartę kredytową. Nie chciałem, żeby mnie z nimi złapali.

– Opisz pasek – powiedział Robbie. Ochroniarz wręczył Robbiemu kamerę.

– Czarny, szeroki na pięć centymetrów, z okrągłą, srebrną sprzączką. To jest narzędzie mordu.

Kopano dalej, a Robbie filmował.

– Długa na jakieś półtora metra – powiedział Boyette, pokazując zarys skrzyni. Kształt był już znany, każdy szpadel ziemi odsłaniał więcej. Rzeczywiście była pomarańczowa. Głębiej zaczęła być widoczna nazwa „R.S. McGuirre i Synowie, Fort Smith, Arkansas".

– Wystarczy – powiedział Robbie i kopanie ustało. Aaron Rey i Fred Pryor pocili się i ciężko oddychali. – Nie będziemy tego wyjmować.

Skrzynia na narzędzia stanowiła oczywiste wyzwanie, co stawało się coraz bardziej jasne. Wieko zabezpieczone było zasuwką, a zasuwka zabezpieczona zamkiem cyfrowym, z tych tanich, które można znaleźć w każdym sklepie z artykułami żelaznymi. Fred nie miał odpowiednich narzędzi, żeby przeciąć zamek, ale raczej nie było wątpliwości, że jakoś go podważą. Skoro zaszli już tak daleko, nie odmówią sobie zajrzenia do środka. Sześciu mężczyzn podeszło bliżej i gapiło na pomarańczową skrzynię i zamek cyfrowy.

– No, Travis, podaj kombinację – powiedział Robbie.

Travis prawie się uśmiechnął, jakby właśnie miał zostać zrehabilitowany. Nachylił się nad brzegiem grobu, dotknął skrzyni, jakby to był ołtarz, potem lekko chwycił za zamek i strząsnął z niego ziemię. Przekręcił kilka razy tarczkę, żeby ustawić kod, potem powoli przekręcił ją w prawo, na siedemnaście, z powrotem w lewo, na pięćdziesiąt pięć. Zawahał się, pochylił głowę, jakby czegoś nasłuchiwał, i mocno szarpnął. Rozległ się cichy trzask i zamek był otwarty.

Robbie filmował z odległości paru kroków. Keith nie był w stanie stłumić uśmiechu, mimo tego gdzie był i co robił.

– Nie otwieraj – powiedział Robbie. Pryor kopnął się do ciężarówki i wrócił z pakunkiem. Rozdał rękawice i maski higieniczne, a kiedy wszyscy je włożyli, Robbie podał mu kamerę i powiedział, żeby zaczął kręcić. Aaronowi kazał zejść i powoli otworzyć wieko. Aaron zrobił, co mu kazano. Nie było trupa, tylko kości, czyjś szkielet, uznali, że szkielet Nicole. Dłonie i palce splecione były pod żebrami, ale stopy leżały w okolicy kolan, jakby Boyette musiał ją złożyć, żeby zmieściła się do skrzyni na narzędzia. Czaszka była nietknięta, ale brakowało trzonowego zęba. Zęby miała w doskonałym stanie, wiedzieli o tym ze zdjęć. Wokół czaszki leżały pasma długich blond włosów. Między czaszką a łopatką znajdował się kawałek czarnej skóry, domyślili się, że pasek. Obok czaszki, w rogu skrzyni leżało coś, co wyglądało na ubranie.

Keith zamknął oczy i zmówił modlitwę.

Robbie zamknął oczy i przeklął świat.

Boyette odsunął się, usiadł na brzegu opony od traktora, wśród chwastów, i zaczął masować sobie głowę.

Kiedy Fred filmował, Robbie kazał Aaronowi ostrożnie wyjąć zwinięte w wałek ubranie. Było nietknięte, chociaż gdzieniegdzie postrzępione na brzegach i miejscami poplamione. Bluzka, niebiesko-żółta, z jakimiś frędzelkami i wielką wstrętną dziurą wygryzioną przez robactwo albo rozkładające się ciało. Krótka biała spódniczka, mocno poplamiona. Brązowe sandały. Stanik i majtki, ciemnoniebieskie, pod kolor. I dwie plastikowe karty, prawo jazdy i MasterCard. Rzeczy Nicole starannie ułożono przy grobie.

Boyette wrócił do ciężarówki, usiadł na przednim siedzeniu i zaczął masować głowę. Robbie przez dziesięć minut wydawał polecenia i obmyślał plany. Zrobiono dziesiątki zdjęć, ale niczego więcej nie dotykano. Teraz to było miejsce zbrodni i zajmą się nim lokalne władze.

Aaron i ochroniarz zostali, a reszta opuściła Roop's Mountain.

Rozdział 31

Do dziesiątej rano parking przy domu pogrzebowym Lamb i Syn był pełny, a obie strony ulicy zastawione samochodami. Odświętnie ubrani żałobnicy, utworzyli szereg, który zaczynał się u drzwi frontowych i ciągnął się w trzech, czterech rzędach przez mały trawnik, wzdłuż ulicy, aż za róg. Byli smutni i gniewni, zmęczeni i niespokojni, niepewni, co się stanie z nimi i z ich spokojnym miasteczkiem. Syreny, petardy, wystrzały, agresywne głosy z ulicy niedługo przed wschodem słońca wreszcie ucichły, pozwalając na kilka godzin odpoczynku. Ale nikt się nie spodziewał, że ulice wrócą do normalności w piątek czy podczas weekendu.

Widzieli niesamowitą twarz Travisa Boyette'a w telewizji, słyszeli jego toksyczne wyznanie. Wierzyli mu, bo zawsze wierzyli Dontému. Mnóstwo zostało jeszcze do opowiedzenia, ale jeśli Boyette naprawdę zabił tę dziewczynę, to ktoś zapłaci wysoką cenę.

W Wydziale Policji Slone było ośmiu czarnych funkcjonariuszy i wszystkich ośmiu zgłosiło się na ochotnika do tego zadania. Chociaż nie spali od wielu godzin, postanowili oddać hołd. Zabezpieczali ulicę przed domem pogrzebowym, kierowali ruchem, a co najważniejsze, trzymali na odległość reporterów. Było ich całe stado, wszyscy fachowo odcięci kordonem, zablokowani przecznicę dalej.

Hubert Lamb otworzył drzwi frontowe, powitał pierwszą falę żałobników i poprosił, żeby wpisali się do księgi kondolencyjnej. Tłum zaczął się przesuwać powoli, bez pośpiechu. Pogrzeb Dontégo zajmie tydzień, będzie mnóstwo czasu, żeby złożyć należne wyrazy szacunku.

Leżał w głównej sali, w otwartej trumnie przybranej kwiatami. Zdjęcie z ostatniej klasy zostało powiększone i ustawione na trójnogu u stóp trumny – osiemnastolatek w płaszczu i krawacie, przystojna twarz. Portret wykonano na miesiąc przed aresztowaniem. Uśmiechał się, ciągle marzył o grze w futbol. Oczy miał pełne oczekiwań i ambicji.

Rodzina stała obok trumny przez ostatnią godzinę, dotykali go, płakali i próbowali pokazać gościom, że są silni.

Na terenie kempingowym Robbie zdał relację Carlosowi i innym. Bryan Day chciał natychmiast dostać się do grobu i sfilmować wszystko, zanim przybędzie policja, ale Robbie nie był do tego przekonany. Kłócili się, chociaż obaj wiedzieli, że decyzję podejmie Robbie. Fred Pryor dzwonił z komórki, próbował namierzyć szeryfa hrabstwa Newton. Martha Handler rozmawiała przez telefon z Aaronem i robiła notatki. Nagle rozległ się wrzask, bolesny krzyk, Boyette upadł na ziemię i zaczął się gwałtownie trząść. Keith ukląkł nad nim, reszta podbiegła i patrzyła bezradnie. Wymieniano pytające spojrzenia. Po jakiejś minucie zdawało się, że atak już przechodzi, drżenie i spazmy ustępują. Boyette chwycił się za głowę i jęknął z bólu. Potem jakby umarł. Ciało zwiotczało, znieruchomiało. Keith czekał, wreszcie dotknął jego ramienia.

– Hej, Travis, słyszysz mnie?

Najwyraźniej Travis nie słyszał. Brak odpowiedzi.

Keith wstał.

– Zwykle traci przytomność na kilka minut – odpowiedział.

– Wybawmy go z jego nieszczęścia – podsunął Robbie. – Jeden szybki strzał w głowę. Niedaleko stąd jest grób, niedługo będzie pusty.

– Daj spokój, Robbie – obruszył się Keith.

Innym pomysł Robbiego chyba się spodobał. Odsunęli się i szybko zajęli się swoimi sprawami. Minęło pięć minut. Boyette się nie ruszał. Keith ukląkł i sprawdził mu puls. Równy, chociaż słaby.

– Robbie, myślę, że to coś poważnego – powiedział Keith kilka minut później. – Jest nieprzytomny.

– A co to ja neurolog, Keith? Co według ciebie mam zrobić?

– Trzeba się nim zająć.

– Trzeba mu przygotować pogrzeb, Keith. Dlaczego nie zabierzesz go z powrotem do Kansas, żeby go pogrzebać?

Keith wstał i przeszedł kilka kroków w stronę Robbiego.

– To trochę niemiłe, nie sądzisz?

– Przepraszam. Teraz mnóstwo się dzieje, na wypadek gdybyś nie zauważył. Zdrowie Boyette'a nie należy do moich priorytetów.

– Nie możemy tak po prostu pozwolić mu tutaj umrzeć.

– A dlaczego? Właściwie i tak jest martwy, prawda?

Boyette chrząknął i zatrząsł się od stóp do głów, jakby przeszył go wstrząs. Potem znów znieruchomiał.

Keith przełknął z trudem.

– Potrzebny mu lekarz.

– Doskonale. Idź, znajdź jakiegoś.

Minuty się wlokły, a Boyette nie reagował. Innych to nie obchodziło, a Keith mało nie wmówił sobie, że powinien wsiąść w samochód i odjechać, sam. Ale nie potrafił się zmusić, żeby tak zostawić umierającego. Ochroniarz pomógł Keithowi załadować Boyette'a na tylne siedzenie subaru. Od strumienia nadszedł Fred Pryor.

– To był szeryf – powiedział. – Nareszcie się do niego dodzwoniłem, z trudem udało mi się go przekonać, że nie żartujemy i że znaleźliśmy trupa na terenie jego jurysdykcji. Już jedzie.

Kiedy Keith otwierał drzwi samochodu, podszedł do niego Robbie.

– Zadzwoń do mnie, kiedy dojedziesz do szpitala, i miej oko na Boyette'a. Jestem pewien, że miejscowe władze będą chciały z nim porozmawiać. Na tym etapie nie ma śledztwa, ale to się może szybko zmienić, zwłaszcza jeśli Boyette przyzna się, że zabił dziewczynę w Missouri.

– Prawie nie czuć tętna – zameldował z tylnego siedzenia ochroniarz.

– Nie mam zamiaru zostać strażnikiem, Robbie – powiedział Keith. – Skończyłem. Odjeżdżam stąd. Podrzucę go do szpitala, Bóg wie, gdzie to jest, a potem zmiatam do Kansas.

– Masz numery naszych komórek. Po prostu informuj nas na bieżąco. Jak tylko szeryf zobaczy grób, na pewno wyśle kogoś na spotkanie z Boyette'em.

Podali sobie ręce. Nie wiedzieli, czy się jeszcze zobaczą. Śmierć łączy ludzi na dziwne sposoby, czuli się tak, jakby się znali od lat.

Kiedy subaru zniknęło w lesie, Robbie spojrzał na zegarek. Jazda ze Slone i znalezienie ciała zajęły około sześciu godzin. Gdyby Travis Boyette nie zwlekał, Donté Drumm żyłby i byłby na prostej drodze do oczyszczenia z zarzutów. Splunął na ziemię, po cichu życzył Boyette'owi powolnej i bolesnej śmierci.

Podczas trwającej czterdzieści pięć minut jazdy z terenów kempingowych, uzupełnionej co najmniej czterema przystankami, żeby zapytać o drogę, Boyette nie poruszył się i nie wydał ani jednego dźwięku. Wciąż wyglądał, jakby był martwy. Przy wejściu na ostry dyżur Keith powiedział lekarzowi o guzie Boyette'a, ale niewiele poza tym. Lekarza zaciekawiło, dlaczego pastor z Kansas przejeżdża przez Joplin z ciężko chorym człowiekiem, który nie jest ani jego krewnym, ani członkiem jego kongregacji. Keith zapewnił, że to bardzo długa historia, którą chętnie opowie, kiedy będą mieli czas. Obaj wiedzieli, że nie będą mieli czasu i historia nigdy nie zostanie opowiedziana. Położyli Boyette'a na noszach, razem z laską i zawieźli korytarzem na badania. Keith patrzył, jak Boyette znika za wahadłowymi drzwiami. Znalazł sobie krzesło w poczekalni i zadzwonił do Dany, żeby się zameldować. Żona przyjmowała od niego nowe wiadomości z rosnącym niedowierzaniem, jeden skandal po drugim, zobojętniała już na nowiny. Świetnie, Keith. Tak, Keith, jasne, Keith. Keith, proszę, wróć do domu.

Zadzwonił do Robbiego i powiedział, gdzie teraz są. Boyette żyje, badają go. Robbie wciąż czekał, aż szeryf przyjedzie na miejsce zbrodni. Niecierpliwił się, żeby przekazać je fachowcom, chociaż wiedział, że to zajmie sporo czasu.

Keith zadzwonił do Matthew Burnsa.

– No, dzień dobry, Matt – zaczął radośnie. – Jestem teraz w Missouri. Godzinę temu otworzyliśmy grób i zobaczyliśmy szczątki Nicole Yarber. Tyle tego na piątek rano.

– Nic więcej? Jak wyglądała?

– Same kości, ale do rozpoznania. Boyette mówi prawdę. Stracili nie tego człowieka. Matt, to niewiarygodne.

– Kiedy wracasz do domu?

– Będę na kolację. Dana jest wkurzona, więc się pospieszę.

– Zaraz rano musimy się spotkać. Bez przerwy oglądałem wiadomości, o tobie ani słowa. Może cię nie namierzyli. Musimy pomówić. Gdzie Boyette?

– W szpitalu, w Joplin, chyba umiera, jestem z nim.

– Zostaw go, Keith. Możliwe, że umrze. Niech kto inny się o niego martwi. Po prostu wsiądź w samochód i dupa w troki.

– To mam zamiar zrobić. Połażę tutaj, aż się czegoś dowiem, potem w drogę. Kansas jest wszystkiego parę minut stąd.

Minęła godzina, Robbie zadzwonił do Keitha z informacją, że przyjechał szeryf i na Roop's Mountain roi się teraz od policji. Dwaj policjanci stanowi są w drodze do szpitala, żeby zająć się panem Boyette'em. Keith zgodził się na nich poczekać, odjedzie później.

– Keith, dziękuję za wszystko – powiedział Robbie.

– Było tego za mało.

– Tak, ale to, co zrobiłeś, wymagało odwagi. Próbowałeś. Nic więcej nie mogłeś zrobić.

– Będziemy w kontakcie.

Policjanci stanowi Weshler i Giles byli sierżantami. Po lakonicznym przywitaniu zapytali Keitha, czy mógłby odpowiedzieć na parę pytań. Jasne, czemu nie, co innego można robić w poczekalni ostrego dyżuru? Dochodziła pierwsza po południu, kupili kanapki w automacie i znaleźli stolik. Giles robił notatki, a Weshler zajął się zadawaniem pytań. Keith zaczął od poniedziałku rano, a potem przeszedł do najważniejszych wydarzeń tego dość niezwykłego tygodnia. Kiedy opowiadał, od czasu do czasu wydawali się wątpić w to, co mówi. Nie śledzili sprawy Drumma, ale kiedy Boyette pokazał się publicznie, twierdząc, że jest winny i wspomniał o zwłokach zakopanych pod Joplin, rozdzwoniły się telefony. Nastawili odbiorniki i zobaczyli kilka razy twarz i występ Boyette'a. Teraz, kiedy znaleziono ciało, wpadli w sam środek tej sprawy.

Przerwał im lekarz. Powiedział, że Boyette jest stabilny, odpoczywa. Jego parametry są bliskie normy. Prześwietlili mu głowę i potwierdzili obecność guza wielkości jajka. Szpital chciał się skontaktować z członkami rodziny i Keith próbował wyjaśnić, jak mało wie o krewnych Boyette'a.

– Ma brata w więzieniu, w Illinois, i tyle – powiedział.

– Hm. – Lekarz podrapał się po brodzie. – Na jak długo, według pana, mamy go zatrzymać?

– A na jak długo trzeba?

– Do jutra, ale nie wiem, co więcej moglibyśmy dla niego zrobić.

– Doktorze, on nie jest moim bliskim. – Ja go po prostu wożę.

– I to jest część tej bardzo długiej historii?

Giles i Weshler pokiwali głowami. Keith zaproponował lekarzowi, żeby skontaktował się z lekarzami ze Świętego Franciszka w Topeka i może razem wymyślą, co dalej z Travisem Boyette'em.

– Gdzie on jest? – zapytał Weshler.

– W sali na drugim piętrze – powiedział lekarz.

– Możemy się z nim zobaczyć?

– Nie teraz. Musi odpocząć.

– A możemy poczekać przed salą? – zapytał Giles. – Spodziewamy się, że ten człowiek zostanie oskarżony o morderstwo, i mamy rozkazy, żeby po przypilnować.

– On się nigdzie nie wybiera.

Weshler najeżył się, a lekarz zrozumiał, że nie ma sensu się spierać.

– Chodźcie za mną – zapytał Keith, kiedy odeszli kawałek.

– Hej, chłopaki, ja mogę sobie pójść, prawda?

Weshler popatrzył na Gilesa, Giles spojrzał na Weshlera, potem obaj zwrócili wzrok na doktora.

– Jasne, czemu nie? – odparł Weshler.

– On jest do waszej dyspozycji – rzekł Keith, odchodząc. Wyszedł z ostrego dyżuru i potruchtał do samochodu stojącego w pobliskim piętrowym garażu. Wyszukał sześć dolarów z kurczącej się rezerwy gotówkowej, zapłacił parkingowemu i szybko wyjechał na ulicę. Wreszcie wolny, powiedział do siebie. To było wspaniałe, zerkał na puste miejsce i wiedział, że przy pewnej dozie szczęścia nigdy nie znajdzie się w pobliżu Travisa Boyette'a.

Weshlerowi i Gilesowi dano składane krzesła. Usiedli w korytarzu, przed drzwiami sali numer 8. Zadzwonili do zwierzchnika i zdali sprawę, co się dzieje z Boyette'em. Znaleźli jakieś czasopisma, żeby zabić czas. Za drzwiami było sześć łóżek rozdzielonych cienkimi zasłonami. Wszystkie zajęte przez ludzi cierpiących na ciężkie schorzenia. Na samym końcu wielkie okno wychodziło na pustą przestrzeń, a obok okna znajdowały się drzwi, z których czasem korzystali dozorcy.

Lekarz wrócił, porozmawiał z policjantami i wszedł, żeby szybko sprawdzić stan Boyette'a. Kiedy odsunął zasłonę przy czwartym łóżku, zamarł z niedowierzania.

Kroplówka dyndała. Łóżko było ładnie zasłane, w poprzek leżała czarna laska. Boyette zniknął.

Rozdział 32

Robbie Flak i jego mała ekipa stali z boku i przez dwie godziny przyglądali się cyrkowi. Niedługo po tym, jak przybył szeryf i zobaczył, że faktycznie jest tu grób, Roop's Mountain przyciągnęła wszystkich gliniarzy w promieniu kilkudziesięciu kilometrów. Miejscowi zastępcy, policjanci stanowi, koroner hrabstwa, śledczy z Patrolu Drogowego Stanu Missouri i na koniec kryminalistycy. Radia popiskiwały, ludzie wrzeszczeli, nad głowami wisiał helikopter. Kiedy nadeszła informacja, że Boyette zniknął, gliny przeklinały go, jakby go znały od zawsze. Robbie zadzwonił na komórkę Keitha i przekazał wiadomości, a Keith opowiedział, co wydarzyło się w szpitalu. Nie wyobrażał sobie, żeby Boyette mógł zajść daleko. Wspólnie doszli do wniosku, że zostanie schwytany i to wkrótce.

Do drugiej Robbiego to zmęczyło. Powiedział, co miał do powiedzenia, odpowiedział na tysiąc pytań śledczych, nic więcej nie było do roboty. Znaleźli Nicole Yarber, byli gotowi, żeby wrócić do Slone i stawić czoła mnóstwu wyzwań. Bryan Day nakręcił tyle, że wystarczyłoby na miniserial, ale zmuszono go, żeby przytrzymał materiał przez kilka godzin. Robbie powiedział szeryfowi, że odjeżdżają. Karawana, bez subaru, przepychała się przez korki, aż wróciła na autostradę i skierowała się na południe. Carlos przesłał mejlem do kancelarii dziesiątki fotografii i wideo. Przygotowywano prezentację.

– Możemy porozmawiać? – zapytała Martha Handler, kiedy od kilku minut byli już w drodze.

– Nie – odparł Robbie.

– Rozmawiałeś z policją, co dalej?

– Nie wyjmą szczątków ze skrzyni na narzędzia, przeniosą całość do filii laboratorium kryminalistycznego w Joplin. Zrobią, co zrobią, a my poczekamy.

– Czego będą szukać?

– Najpierw spróbują zidentyfikować ciało za pomocą kartoteki dentystycznej. To powinno pójść łatwo, zajmie pewnie parę godzin. Dziś wieczorem możemy coś usłyszeć.

– Mają jej kartotekę dentystyczną?

– Dałem im całość. Zanim rozpoczął się proces, prokuratura wpieprzyła nam parę pudeł z dowodami, na tydzień przed doborem ławy przysięgłych. Nic dziwnego, że nie dopilnowali. W jednej z teczek był komplet prześwietleń zębów Nicole. Parę takich zestawów krążyło w pierwszych dniach poszukiwań, Koffee miał jeden z nich. Przez przypadek dał go nam. To nie było nic ważnego, bo zdjęcia zębów nie wypłynęły na procesie. Jak wiadomo, nie było zwłok. Rok później odesłałem teczkę Koffeemu, ale zrobiłem sobie kopię. Kto wie, co kiedyś może się przydać?

– Wiedział, że zrobiłeś kopię?

– Nie pamiętam, ale wątpię. To nie było nic ważnego.

– Czy tu nie ma naruszenia prywatności?

– Oczywiście, że nie. Czyjej prywatności? Nicole?

Martha robiła notatki, magnetofon był włączony. Robbie zamknął oczy, próbował nie marszczyć brwi.

– Czego jeszcze będą szukać? – zapytała.

Robbie zmarszczył brwi, ale nie otworzył oczu.

– Przyczyna śmierci w przypadku uduszenia po dziewięciu latach nie jest możliwa do stwierdzenia. Będą szukali dowodów z DNA, może w krwi zaschniętej na włosach. Nic innego – nasienie, skóra, ślina, woskowina, pot – nic z tych rzeczy nie zachowuje się tak długo w rozkładających się zwłokach.

– Czy DNA ma znaczenie? Przecież wiemy, kto ją zabił.

– Wiemy, ale bardzo chciałbym mieć dowód z DNA. Jak go dostaniemy, to będzie to pierwsza sprawa w historii Stanów Zjednoczonych, kiedy dzięki DNA dowiemy się, że stracono niewłaściwego człowieka. W kilkunastu sprawach są mocne przypuszczenia, że stan stracił nie tego faceta, ale w żadnej nie ma jasnego dowodu biologicznego. Napijesz się? Ja muszę się napić.

– Nie.

– Carlos, napijesz się?

– Jasne. Wezmę piwo.

– Aaron?

– Prowadzę, szefie.

– Tylko żartowałem.

Robbie wyciągnął dwa piwa z lodówki i podał jedno Carlosowi. Upił z butelki długi łyk i znowu zamknął oczy.

– O czym myślisz? – zapytała Martha.

– O Boyetcie, o Travisie Boyetcie. Byliśmy tak blisko. Gdyby dał nam dobę, moglibyśmy ocalić Dontégo. Teraz mamy do czynienia tylko ze skutkami.

– Co się stanie z Boyette'em?

– Postawią mu zarzut morderstwa tutaj, w Missouri. Jeśli wystarczająco długo pożyje, zostanie oskarżony.

– Będzie oskarżany w Teksasie?

– Jasne, że nie. Przenigdy nie przyznają się, że zabili nie tego faceta. Koffee, Kerber, Vivian Grale, przysięgli, sędziowie apelacyjni, gubernator – nikt z odpowiedzialnych za tę farsę nigdy nie przyzna się do winy. Zobaczysz, jak będą uciekali. Zobaczysz, jak będą wytykali się palcami. Może nie zaprzeczą, że popełnili pomyłkę, ale to pewne jak cholera, że się do niej nie przyznają. Podejrzewam, że po prostu będą cicho siedzieć, przykucną, przeczekają burzę.

– Mogą?

Następny łyk piwa. Robbie uśmiechnął się do butelki i oblizał wargi.

– Żaden glina nie został oskarżony za omyłkowe skazanie. Kerber powinien pójść do więzienia. Koffee też. Są bezpośrednio odpowiedzialni za skazanie Dontégo, ale Koffee kontroluje wielką ławę przysięgłych. Kieruje systemem. Więc oskarżenia karne są nieprawdopodobne, chyba że zdołam przekonać Departament Sprawiedliwości do przeprowadzenia śledztwa. Na pewno będę próbował. I mam jeszcze sądy cywilne.

– Pozwy?

– O tak, mnóstwo pozwów. Pozwę wszystkich. To nie może czekać.

– Przecież przeprowadzałeś się do Vermont.

– Pewnie się z tym wstrzymam. Jeszcze tutaj nie skończyłem.

W piątek o drugiej Rada Szkolna Miasta Slone spotkała się na nadzwyczajnej sesji. Jedynym punktem obrad był mecz. Longview mieli przybyć o piątej po południu i zacząć o siódmej trzydzieści. Urzędnicy kuratorium i trenerzy w Longview niepokoili się o bezpieczeństwo swoich zawodników i kibiców i mieli powód. Niepokoje w Slone nazywano teraz rutynowo zamieszkami na tle rasowym. To sensacyjne określenie było równie niedokładne, co chwytliwe.

Do Wydziału Policji i do szkoły nieustannie napływały telefony z pogróżkami. Jeśli spróbują rozegrać mecz, będą kłopoty, całe mnóstwo kłopotów. Szef policji Joe Radford prosił radę, żeby odwołała mecz albo jakoś go przełożyła. Pięciotysięczny tłum, prawie samych białych, stałby się zbyt kuszącym celem dla tych, którzy szukali rozróby. Równie kłopotliwa podczas rozgrywek byłaby konieczność chronienia wszystkich pustych domów kibiców. Trener futbolistów przyznał, że i on nie chce grać. Dzieciaki były zbyt zdenerwowane, nie mówiąc o tym, że jego najlepsi zawodnicy, dwudziestu ośmiu czarnych, bojkotowali mecze. Jego gwiazda, skrzydłowy Trey Glover, nadal siedział w areszcie. Obie drużyny zaliczyły sześć zwycięstw i dwie przegrane, miały prawo ubiegać się o udział w meczach na poziomie stanowym. Trener wiedział, że nie ma szans z drużyną składającą się wyłącznie z białych. Ale rezygnacja była równoznaczna z przegraną i to go wprawiało w zakłopotanie, jak i wszystkich obecnych.

Dyrektor opisał wypaloną lożę prasową, napięcie ostatnich dwóch dni, odwołane zajęcia i groźby przez telefon, które sekretariat szkoły otrzymał w ciągu dnia. Był wyczerpany, rozdrażniony i niemal błagał radę o odwołanie meczu.

Ważniak z Gwardii Narodowej niechętnie wziął udział w naradzie. Uważał, że można zabezpieczyć teren stadionu i rozegrać mecz bez incydentów. Ale podzielał obawy szefa policji co do tego, co przez trzy godziny może się dziać w pozostałej części miasta. Gdy go przyciśnięto, przyznał, że najbezpieczniej jest odwołać mecz.

Członkowie rady wiercili się, denerwowali i wymieniali karteczki. Na co dzień zmagali się z budżetem, programem nauczania, dyscypliną i dziesiątkami ważnych spraw, ale nigdy nie stanęli wobec czegoś tak doniosłego, jak odwołanie licealnych rozgrywek futbolowych. Co cztery lata stawali do wyborów i perspektywa zrażenia sobie wyborców mocno tu zaważyła. Jeśli będą głosować za odwołaniem i Slone przegra, zostanie to uznane za ustępstwo wobec uczestników bojkotu i wichrzycieli. Jeśli będą głosować za meczem i ktoś zostanie poszkodowany w jakimś okropnym wypadku, ich przeciwnicy zrzucą winę na nich.

Zaproponowany kompromis, z którego skwapliwie skorzystano, szybko nabrał rozpędu. Wykonano szereg telefonów i kompromis stał się faktem. Mecz nie odbędzie się tego wieczoru w Slone, zostanie natomiast rozegrany następnego dnia w miejscu objętym tajemnicą, w pobliskim mieście. Longview zgodziło się. Ich trener wiedział o bojkocie i wietrzył krew. Neutralne miejsce spotkania zostanie ujawnione na dwie godziny przed początkiem meczu. Obie drużyny będą w drodze przez około godzinę i zagrają mecz bez widzów. Kompromis zadowolił wszystkich poza głównym trenerem. Dzielnie zacisnął zęby i obiecał zwycięstwo. Bo co miał zrobić?

Przez całe rano aż do popołudnia stacja kolejowa była magnesem dla reporterów. W tym miejscu po raz ostatni widziano Boyette'a, a był na niego popyt. Mrożące krew w żyłach zeznanie puszczano w kablówce na okrągło, prawie przez cały dzień, ale dopadła go przeszłość. W grę wchodziła barwna kartoteka kryminalna, jego wiarygodność była poważnie kwestionowana. Eksperci różnego rodzaju nie schodzili z anteny, wypowiadali się na temat jego przeszłości, profilu, motywów. Jakiś gaduła nazwał go prosto z mostu kłamcą i rozwodził się bez końca, jak „te kreatury" pragną kwadransa sławy i znajdują przyjemność w dręczeniu rodzin ofiar. Były teksański prokurator wyraził zdanie na temat sprawiedliwego procesu i apelacji Drumma, zapewnił tych, którzy chcieli słuchać, że z systemem wszystko jest w porządku. Boyette to najwyraźniej czubek.

Kiedy historia się opatrzyła, straciła urok sensacji. Boyette'a już nie było w pobliżu, nie mógł nic dodać ani się bronić. Robbiego Flaka też nie było. Reporterzy wiedzieli, że samochodu Flaka nie ma pod kancelarią. Gdzie on się podział?

W stacji Sammie Thomas, Bonnie i Fantę ogarnęła psychoza oblężenia. Próbowały pracować. Bez skutku. Telefony dzwoniły bez końca, mniej więcej co godzinę, bardziej niegrzeczni reporterzy dotarli prawie do drzwi wejściowych, zanim zatrzymał ich jeden z ochroniarzy. Z czasem tłum zaczął pojmować, że Boyette'a tu nie ma, tak jak i Robbiego.

Znudzeni reporterzy odeszli i zaczęli jeździć po Slone, szukając pożaru albo bijatyki. Żeby się do czegoś dokopać, przeprowadzali wywiady z gwardzistami chodzącymi po ulicach i filmowali, a potem znowu filmowali wypalone kościoły i budynki. Rozmawiali z gniewnymi młodymi czarnymi przed salami bilardowymi i knajpami, wtykali mikrofony do pikapów po bezcenne komentarze białych członków straży obywatelskiej. Znów znudzeni wrócili pod stację kolejową i czekali na jakieś wieści o Boyetcie. Gdzie on, do diabła, jest?

Do późnego popołudnia w Washington Park zgromadził się tłum. Informacja o tym dotarła do mediów, reporterzy odeszli. Ich obecność przyciągnęła więcej młodych czarnych. Wkrótce zadudnił rap i wystrzeliły petardy. Był piątkowy wieczór – dzień wypłaty, dzień piwa, początek weekendu, czas, żeby upuścić trochę pary.

Napięcie rosło.

Jakieś czterdzieści godzin po wyjeździe z plebanii z niechcianym pasażerem Keith wrócił do domu sam. Wyłączył stacyjkę, ale posiedział przez chwilę w samochodzie, żeby dojść ze sobą do ładu. Dana czekała u drzwi kuchennych z uściskiem, całusem.

– Wyglądasz na zmęczonego – przywitała go miło.

– Wszystko w porządku – powiedział. – Po prostu potrzebna mi dobrze przespana noc. Gdzie chłopcy?

Chłopcy siedzieli przy stole, jedli ravioli. Rzucili się na ojca, jakby nie widzieli go przez miesiąc. Clay, starszy, w stroju piłkarza, gotów był do meczu. Po długich uściskach rodzina usiadła i dokończyła kolację.

W sypialni Keith ubierał się po prysznicu, a Dana siedziała na łóżku i patrzyła na niego.

– Tutaj nikt nic nie mówił – powiedziała. – Kilka razy rozmawiałam z Matthew. Oglądaliśmy wiadomości i godzinami siedzieliśmy w Internecie. Nigdzie nie wspomniano twojego nazwiska. Tysiące zdjęć, ale ciebie ani śladu. Kościół myśli, że pilnie cię gdzieś wezwano, więc nie ma podejrzeń. Może się nam poszczęści.

– Coś nowego ze Slone?

– Niewiele. Dziś wieczór przełożyli mecz, podali to jako pilną wiadomość, jakby to była wielka katastrofa lotnicza.

– Żadnych wieści z Missouri?

– Ani słowa.

– To niedługo wybuchnie. Nie wyobrażam sobie fali uderzeniowej, kiedy oznajmią, że znaleźli ciało Nicole Yarber. Miasto wyleci w powietrze.

– Kiedy to nastąpi?

– Nie wiem. Nie znam dokładnie planów Robbiego.

– Robbiego? Mówisz, jakbyście byli starymi przyjaciółmi.

– Jesteśmy. Spotkałem go wczoraj, ale przejechaliśmy razem długą drogę.

– Keith, jestem z ciebie dumna. To, co zrobiłeś, było szalone, ale odważne.

– Nie czuję się odważny. Nie wiem, co w tej chwili czuję. Może najbardziej szok, chyba nadal jestem odrętwiały. To niespotykana przygoda. Ale nie udało się nam.

– Próbowałeś.

Keith włożył sweter i wetknął koszulę w spodnie.

– Mam tylko nadzieję, że złapią Boyette'a. A jeśli znajdzie sobie kolejną ofiarę?

– Daj spokój, Keith, on umiera.
– Ale zostawił laskę, Dano. Możesz to wytłumaczyć? Przez pięć dni byłem z tym facetem, to jakby rok, i miał kłopoty z chodzeniem bez laski. Dlaczego ją zostawił?
– Może pomyślał, że z laską łatwiej go zauważyć.
Keith mocno zapiął pasek.
– Sfiksował na twoim punkcie. Wspominał cię parę razy, coś jak „ta twoja śliczna żonka".
– Nie martwię się Travisem Boyette'em. Musiałby być idiotą, żeby wracać do Topeka.
– Robił głupsze rzeczy. Przyjrzyj się jego aresztowaniom.
– Chodźmy. Mecz o wpół do siódmej.
– Nie mogę się doczekać. Muszę się rozerwać. Mamy tu gdzieś butelkę wina mszalnego?
– Chyba tak.
– Dobrze. Chyba się napiję. Ruszajmy, popatrzymy na piłkę nożną, a przez resztę wieczoru będziemy opowiadać.
– Chcę usłyszeć wszystko.

Rozdział 33

Spotkanie zorganizował sędzia Elias Henry i chociaż nie dysponował władzą, żeby dyrygować ludźmi w piątkowy wieczór, to jego siła perswazji wystarczała aż nadto. Paul Koffee i Drew Kerber przybyli do sędziowskich komnat punktualnie o ósmej. Za nimi nadszedł Joe Radford i we trzech usiedli z jednej strony sędziowskiego biurka. Robbie był tam od pół godziny razem z Carlosem i atmosfera zrobiła się już toksyczna. Nie było powitań, podawania rąk, uprzejmości. Chwilę później przyszedł burmistrz Rooney i usiadł samotnie, z dala od biurka.

Sędzia Henry, jak zwykle w ciemnym garniturze, białej koszuli i pomarańczowym krawacie, zaczął uroczyście:
– Wszyscy obecni. Pan Flak ma pewne informacje.

Robbie siedział dokładnie na wprost Kerbera, Koffeego i Radforda. Wszyscy trzej byli przygnębieni, jakby czekali na wyrok śmierci. Robbie zaczął od słów:

– Dziś rano, około piątej, wyjechaliśmy ze Slone i wybraliśmy się do hrabstwa Newton w Missouri. Boyette dawał nam wskazówki, a my objeżdżaliśmy odległe zakątki hrabstwa, bocznymi drogami, później terenowymi szlakami, aż dojechaliśmy do miejsca nazywanego tam Roop's Mountain. Ustronne, odległe, zarośnięte. Boyette od czasu do czasu nie mógł sobie nic przypomnieć, ale w końcu zaprowadził nas tam, gdzie, jak twierdził, zakopał Nicole Yarber.

Robbie skinął na Carlosa, który nacisnął klawisz laptopa. W końcu pokoju, na białej tablicy, pojawiło się zdjęcie zarośniętej polany. Robbie mówił dalej.

– Znaleźliśmy stanowisko i zaczęliśmy kopać. – Następne zdjęcie przedstawiało Aarona Reya i Freda Pryora z łopatami. – Kiedy Boyette był tutaj, w Slone, jesienią 1998 roku, pracował w Fort Smith dla spółki o nazwie „R.S. McGuire i Synowie". Na skrzyni swojej ciężarówki woził wielką metalową skrzynię, która kiedyś służyła do przechowywania narzędzi hydraulicznych. Użył jej do pochowania Nicole. – Następne zdjęcie: wierzch pomarańczowej skrzyni na narzędzia. – Ziemia nie była twarda i w dziesięć, może piętnaście minut znaleźliśmy to. – Następne zdjęcie: górna część wieka skrzyni z napisem „R.S. McGuire i Synowie". – Jak widać, skrzynia otwiera się z góry, a z boku ma zasuwkę. Zasuwka była zamknięta na zamek cyfrowy. Boyette twierdzi, że kupił go w sklepie żelaznym w Springdale, w Arkansas. Pamiętał kombinację i otworzył zamek. – Następne zdjęcie: Boyette klęczy przy grobie, manipuluje przy zamku. Krew odpłynęła z twarzy Koffeego, Kerber miał na czole krople potu. – Oto, co znaleźliśmy, kiedy otworzyliśmy skrzynię. – Następne zdjęcie: szkielet. – Zanim ją otworzyliśmy, Boyette powiedział, że przy jej głowie będzie zwinięte ubranie. – Następne zdjęcie: ubranie obok czaszki. – Powiedział też, że znajdziemy zawinięte w ubranie prawo jazdy Nicole i kartę kredytową. Nie mylił się. – Następne zdjęcie: zbliżenie MasterCard. Karta była poplamiona, ale nazwisko łatwo dawało się odczytać. – Boyette powiedział, że udusił Nicole jej czarnym paskiem ze srebrną sprzączką. – Następne zdjęcie: kawałek czarnej skóry, częściowo zbutwiałej, ale ze srebrną sprzączką. – Mam dla was, chłopaki, komplet tych zdjęć, żebyście zabrali je do domu i oglądali całą noc. Wtedy zadzwoniliśmy do szeryfa hrabstwa Newton i przekazaliśmy mu stanowisko. – Następne zdjęcie: szeryf i jego trzej zastępcy gapią się na szczątki szkieletu. – Okolica wkrótce zaroiła się od policji i śledczych. Postanowiono zostawić szczątki w skrzyni i zabrać je do filii laboratorium kryminalistycznego w Joplin. Są tam w tej chwili. Dałem władzom kopię prześwietleń zębów Nicole, kopię tego samego kompletu, który wy, chłopaki, niechcący mi przekazaliście, kiedy zabawialiście się poszukiwaniami przed rozprawą. Rozmawiałem z laboratorium, ta sprawa ma priorytet. Wstępną identyfikację zakończą dziś wieczorem. W każdej chwili oczekujemy telefonu. Sprawdzą wszystko w skrzyni na narzędzia i miejmy nadzieję, że znajdą próbki, żeby przeprowadzić testy DNA. To ryzykowne, ale DNA nie jest najistotniejsze. To zupełnie jasne, kto został pochowany w skrzyni i nie ma wątpliwości, kto dokonał zabójstwa. Boyette ma śmiertelnego guza mózgu – to jeden z powodów, że się ujawnił – i ulega gwałtownym atakom. Zemdlał przy grobie i zabrano go szpitala w Joplin. Jakoś udało mu się po kryjomu wyjść ze szpitala i teraz nikt nie wie, gdzie jest. Uważa się go za podejrzanego, ale nie był zatrzymany, kiedy zniknął.

Podczas relacji Robbie obserwował Koffeego i Kerbera, którzy nie byli w stanie patrzeć mu w oczy. Koffee szczypał się w mostek nosa, a Kerber obskubywał naskórek paznokci. Na środku stołu leżały trzy identyczne czarne segregatory, Robbie delikatnie przesunął je, po jednym dla Koffeego, Kerbera i Radforda.

– Znajdziecie w nich komplety fotografii razem z paroma innymi prezencikami – dokumentacja z zatrzymania Boyette'a w Slone, co dowodzi, że był tutaj, kiedy dokonano morderstwa. Właściwie, chłopaki, to mieliście go w areszcie w tym samym czasie, kiedy zamknęliście Dontégo Drumma. Jest tu też kopia jego długiej kartoteki i historii więziennej. Załączono jego pisemne zeznanie pod przysięgą, ale naprawdę nie musicie tego czytać. To szczegółowy opis porwania, zgwałceń, morderstwa i pochówku, na pewno widzieliście już to kilkanaście razy w telewizji. Jest tu także pisemne zeznanie pod przysięgą podpisane wczoraj przez Joeya Gamble'a, w którym stwierdza, że kłamał podczas procesu. Jakieś pytania?

Milczenie.

– Postanowiłem przeprowadzić to w ten sposób z szacunku dla rodziny Nicole. Wątpię, żeby któryś z was miał tyle odwagi, żeby spotkać się dziś wieczór z Reevą i powiedzieć jej prawdę, ale przynajmniej macie taką możliwość. Byłoby jej przykro, gdyby usłyszała to od kogoś innego. Ktoś musi jej to teraz powiedzieć. Komentarze? Cokolwiek?

Cisza.

Burmistrz odchrząknął.

– Kiedy to zostanie pokazane publicznie? – zapytał cicho.

– Poprosiłem władze w Missouri, żeby wstrzymały się do jutra. Na dziewiątą rano zwołuję konferencję prasową.

– Boże, Robbie, czy to naprawdę potrzebne? – wybuchnął burmistrz.

– Dla pana, panie Flak, burmistrzu. Owszem, bardzo potrzebne. Należy powiedzieć prawdę. Przez dziewięć lat była zagrzebana przez policję i prokuraturę, więc owszem, nadszedł czas, żeby powiedzieć prawdę. Kłamstwa zostaną wreszcie obnażone. Po dziewięciu latach i straceniu niewinnego świat wreszcie się dowie, że zeznanie Dontégo było sfałszowane, a ja pokażę brutalne metody, których użył detektyw Kerber, żeby je wycisnąć. Mam zamiar bardzo szczegółowo opisać kłamstwa użyte podczas procesu – Joeya Gamble'a i więziennego kabla, którego przyprowadzili Kerber i Koffee i z którym ubili interes – i opiszę wszystkie brudne sztuczki wykorzystane przy procesie. Prawdopodobnie będę miał okazję przypomnieć wszystkim, że pan Koffee sypiał z sędzią podczas procesu, na wypadek gdyby ktoś zapomniał. Mam nadzieję, że pies jeszcze żyje… jak się wabił?

– Yogi – powiedział Carlos.

– Jak mogłem zapomnieć? Chciałbym, żeby Yogi jeszcze żył, żebym mógł go pokazać światu i znów nazwać głupim sukinsynem. Wydaje mi się, że to będzie długa konferencja prasowa. Chłopaki, jesteście zaproszeni. Pytania? Komentarze?

Paul Koffee rozchylił lekko usta, jakby układał słowa, ale słowa go zawiodły. Robbiemu daleko było do końca.

– I żebyście chłopaki wiedzieli, co będzie w ciągu kilku następnych dni. W poniedziałek rano złożę co najmniej dwa pozwy, jeden tutaj, w sądzie stanowym, w którym zostaniecie określeni jako pozwani do spółki z miastem, hrabstwem i połową stanu. Drugi zostanie złożony w sądzie federalnym, jako pozew o naruszenie praw obywatelskich, z długą listą zarzutów. Tam też zostaniecie wymienieni z nazwiska. Być może wystąpię z jeszcze jednym, dwoma pozwami, jeśli znajdę podstawę. Mam zamiar skontaktować się z Departamentem Sprawiedliwości i zażądać przeprowadzenia śledztwa. Jeśli chodzi o ciebie, Koffee, mam zamiar złożyć skargę do stanowej palestry o naruszenie etyki, chociaż nie sądzę, żeby wykazali wielkie zainteresowanie, ale po drodze cię przemielą. Może powinieneś zacząć myśleć o rezygnacji. Co do ciebie, Kerber, wczesna emerytura to teraz realne rozwiązanie. Powinni cię wylać, ale sądzę, że burmistrzowi i radzie miasta zabraknie jaj, żeby to zrobić. Szefie, byłeś zastępcą szefa, kiedy to śledztwo zboczyło z torów. Też się znajdziesz na liście pozwanych. Ale proszę nie brać tego do siebie. Pozywam wszystkich.

Szef powoli wstał i poszedł w stronę drzwi.

– Wychodzi pan, panie Radford? – zapytał sędzia tonem, który nie pozostawiał wątpliwości, że takie nagłe wyjście będzie źle widziane.

– Do moich obowiązków nie należy siedzenie i słuchanie takich napuszonych dupków jak Robbie Flak – odparł szef.

– Spotkanie się nie skończyło – powiedział surowo sędzia Henry.

– Na twoim miejscu bym został – powiedział burmistrz i szef postanowił zostać. Stanął przy drzwiach.

Robbie popatrzył na Koffeego i Kerbera, wreszcie powiedział:

– Więc poprzedniego wieczoru urządziliście małe party, żeby poświętować. Chyba już po party.

– Zawsze uważaliśmy, że Drumm miał wspólnika – zdołał wydusić Koffee, ale jego własne słowa zamarły pod ciężarem absurdu. Kerber szybko przytaknął, gotów skwapliwie wyskoczyć z nową teorią, która mogłaby ich uratować.

– Dobry Boże, Paul – krzyknął z niedowierzaniem sędzia Henry. Robbie się śmiał. Burmistrzowi opadła szczęka ze zdumienia.

– Doskonałe! – ryknął Robbie. – Cudowne, genialne. Nagle nowa teoria, o której wcześniej nawet nie wspomniano. Teoria, która absolutnie nie ma nic wspólnego z prawdą. Kłamstwa czas zacząć! Koffee, mamy stronę sieci i mój człowiek, ten tutaj, Carlos, będzie prowadził rachunek kłamstw. Kłamstw was dwóch, gubernatora, sądów, może nawet kochanej sędzi Vivien Grale, gdybyśmy mogli ją znaleźć. Przez dziewięć lat kłamaliście, żeby zabić niewinnego, a teraz kiedy znamy prawdę, teraz kiedy wasze kłamstwa zostaną obnażone, trzymacie się kurczowo tego, co zawsze robiliście. Kłamiecie! Koffee, sprawiasz, że chce mi się rzygać.

– Sędzio, czy możemy już wyjść? – zapytał Koffee.

– Jeszcze chwilę.

Zadzwoniła komórka, złapał ją Carlos.

– Robbie, to laboratorium kryminalistyczne. Flak sięgnął po telefon. Krótka rozmowa, bez niespodzianek.

– Dokonano identyfikacji. To Nicole – oznajmił.

W pokoju zaległa cisza, myśleli o dziewczynie. Wreszcie odezwał się sędzia Henry.

– Panowie, martwię się o jej rodzinę. Jak przekażemy wiadomość?

Drew Kerber pocił się, wyglądał, jakby za chwilę miał dostać ataku. Nie myślał o rodzinie Nicole. Miał żonę, dom pełen dzieci, mnóstwo długów i dobrą opinię. Paul Koffee nie był w stanie nawet zacząć sobie wyobrażać rozmowy z Reevą o małym zwrocie w jej historii. Nie, on tego nie zrobi. Wołałby uciec jak tchórz, niż stawić czoło tej kobiecie. Przyznać się, że oskarżyli i stracili nie tego człowieka, w tej chwili znacznie przekraczało granice ich wyobraźni.

Nikt się nie zgłosił na ochotnika.

– Mnie, panie sędzio, proszę nie brać pod uwagę – powiedział Robbie. Czeka mnie mała wyprawa do domu Drummów, żeby przekazać wiadomość.

– Panie Kerber? – zapytał sędzia.

Kerber pokręcił głową. Nie.

– Panie Koffee?

Koffee pokręcił głową. Nie.

– Doskonale. Sam zadzwonię do jej matki i ją poinformuję.

– Jak długo może pan poczekać, panie sędzio? – zapytał burmistrz. – Jeśli dziś wieczorem to rozejdzie się po mieście, niech Bóg ma nas w swojej opiece.

– Kto o tym wie, Robbie? – zapytał sędzia.

– Moja kancelaria, my siedmiu, w tym pokoju, władze w Missouri. Zabraliśmy też ekipę telewizyjną, ale niczego nie dadzą na antenę, dopóki im nie powiem. Jak na teraz, to mały światek.

– Poczekam dwie godziny – zdecydował sędzia Henry. – Spotkanie zostaje przełożone.

Roberta Drumm była w domu z Andreą i kilkorgiem przyjaciół. Stół kuchenny i lada zastawione były żywnością – rondle, talerze z pieczonym kurczakiem, ciasta i placki, wystarczyłoby, żeby nakarmić pułk wojska. Robbie zapomniał zjeść kolację, więc podjadał, kiedy z Marthą czekali, aż przyjaciele wyjdą. Roberta była skonana. Po dniu przyjmowania gości w domu pogrzebowym, płakaniu z większością z nich, fizycznie i psychicznie była wykończona.

A Robbie jeszcze pogarszał sprawę, przynosząc wiadomość. Nie miał wyboru. Zaczął od podróży do Missouri, skończył na spotkaniu w gabinecie sędziego Henry'ego. Razem z Marthą pomogli Robercie pójść do łóżka. Była ledwie przytomna. Mieć świadomość, że Donté mógł zostać oczyszczony z zarzutów, wiedzieć o tym przed jego pogrzebem, tego po prostu było za wiele.

Syreny milczały do dziesięć po jedenastej wieczór. Uruchomiły je trzy szybkie telefony pod 911. Pierwszy zawiadamiał o pożarze w centrum handlowym na północy miasta. Najwyraźniej ktoś rzucił koktajl Mołotowa przez witrynę sklepu z ubraniami, a przejeżdżający kierowca zobaczył płomienie. Drugi telefon, anonimowy, zawiadamiał o płonącym autobusie szkolnym zaparkowanym za gimnazjum. A trzeci, najbardziej złowieszczy, pochodził z alarmu przeciwpożarowego w sklepie spożywczym. Jego właścicielem był Wallis Pike, mąż Reevy. Policja i gwardia, które już były w stanie najwyższej gotowości, dodatkowo wzmocniły patrole i obserwację, a Slone przez trzecią noc z rzędu cierpiało od syren i dymu.

Długo po tym, jak dzieci zasnęły, Keith i Dana siedzieli w ciemnym gabinecie i popijali wino z kubków do kawy. Keith opowiadał, rzeka informacji, a on po raz pierwszy przypominał sobie fakty, dźwięki, zapachy. Zaskakiwały go drobiazgi – dźwięki wydawane przez Boyette'a kołyszącego się w trawie obok międzystanowej, bierność policjanta wypisującego mandat za przekroczenie szybkości, stos papierów na długim stole w sali konferencyjnej Robbiego, strach na twarzach jego pracowników, zapach celi tymczasowej w domu śmierci, dzwonienie w uszach, kiedy Keith przyglądał się, jak Donté umiera, skoki samolotu, kiedy lecieli nad Teksasem, i tak dalej, i tak dalej. Dana zasypywała go pytaniami, przypadkowymi i przemyślanymi. Równie zaintrygowana jak Keith, od czasu do czasu pełna niedowierzania.

Kiedy butelka była pusta, Keith wyciągnął się na kanapie i zapadł w głęboki sen.

Rozdział 34

Za zgodą sędziego Henry'ego konferencja prasowa odbyła się w głównej sali sądowej Sądu Hrabstwa Chester, przy Main Street, w centrum Slone. Robbie miał zamiar zwołać ją w swojej kancelarii, ale kiedy stało się jasne, że zbierze się tłum, zmienił zdanie. Chciał, żeby zmieścił się każdy możliwy reporter, ale nie chciał, żeby banda ciekawskich nieznajomych węszyła wokół jego stacji kolejowej.

Kwadrans po dziewiątej rano Robbie wszedł na podium przed fotelem sędziego Henry'ego i przyjrzał się zgrai zgromadzonych. Aparaty fotograficzne trzaskały, magnetofony były włączone, żeby łapać każde słowo. Robbie ubrał się w trzyczęściowy ciemny garnitur, swój najlepszy, był skonany, ale i na haju. Nie marnował czasu, zaraz przeszedł do rzeczy.

– Dzień dobry, dziękuję za przybycie – powiedział. – Szczątki kostne Nicole Yarber zostały znalezione wczoraj rano w odległym zakątku hrabstwa Newton, w Missouri, niedaleko na południe od miasta Joplin. Byłem tam razem z moimi pracownikami. Towarzyszyliśmy człowiekowi o nazwisku Travis Boyette. Boyette zaprowadził nas do miejsca, w którym prawie dziewięć lat temu pochował Nicole, dwa dni po tym, jak porwał ją tutaj, w Slone. Ostatniego wieczoru, korzystając z dokumentacji dentystycznej, laboratorium kryminalistyczne w Joplin dokonało identyfikacji. Laboratorium pracuje okrągłą dobę, żeby zbadać jej szczątki, praca powinna zostać ukończona za kilka dni. – Przerwał, wypił łyk wody, zlustrował tłum. Kompletna cisza. – Ludzie, ja się nie spieszę, mam zamiar przejść do szczegółów, potem odpowiem na wszystkie wasze pytania.

Skinął na Carlosa, który siedział obok z laptopem. Na wielkim ekranie obok podium pojawiło się zdjęcie miejsca, gdzie był grób. Robbie zaczął metodyczny opis tego, co znaleźli, ilustrowany jednym zdjęciem po drugim. Zgodnie z ugodą z władzami w Missouri nie pokazał szkieletu. Stanowisko potraktowano jako miejsce przestępstwa. Pokazał jednak zdjęcia prawa jazdy Nicole, jej karty kredytowej i paska, którym Boyette ją udusił. Powiedział o Boyetcie i pokrótce opisał jego zniknięcie. Jeszcze nie wydano nakazu aresztowania, więc Boyette nie był poszukiwany.

Było oczywiste, że Robbie rozkoszuje się chwilą. Jego wystąpienie transmitowano na żywo. Widownia była zahipnotyzowana, zauroczona, żądna wszelkich szczegółów. Nikt mu nie mógł przerwać, zaprzeczyć w żadnym punkcie. To była jego konferencja, wreszcie miał ostatnie słowo. Taka chwila to marzenie prawnika.

Tego ranka Robbie kilka razy miał zamiar zaatakować. Zaczął od płynącej prosto z serca rozwlekłej mowy o Dontém Drummie. Jednak publiczność nie była w stanie się znudzić. Wreszcie doszedł do zbrodni, wtedy ukazało się zdjęcie Nicole, bardzo ładnej, pełnej życia licealistki.

Reeva patrzyła. Obudziły ją telefony. Całą noc byli na nogach, gasząc pożar w sklepie, pożar, który szybko został opanowany, a mogło być znacznie gorzej. To było na pewno podpalenie, przestępstwo dokonane, rzecz jasna, przez czarnych bandziorów, chcących wywrzeć zemstę na rodzinie Nicole Yarber. Wallis wciąż tam był, Reeva została sama.

Rozpłakała się, kiedy zobaczyła twarz córki pokazywaną przez człowieka, którego nienawidziła. Płakała, szalała, cierpiała. Była zdezorientowana, udręczona, kompletnie oszołomiona. Poprzedniego wieczoru telefon od sędziego Henry'ego podniósł jej ciśnienie tak, że wylądowała na ostrym dyżurze. Do tego pożar i Reeva właściwie odpłynęła.

Zadała sędziemu Henry'emu wiele pytań. Grób Nicole? Szczątki kostne? Jej ubranie, prawo jazdy, pasek i karta kredytowa tak daleko, w Missouri? Nie wrzucono jej do Red River koło Rush Point? I najgorsze z wszystkiego: Donté nie był zabójcą?

– To prawda, pani Pike. To wszystko prawda – powtarzał cierpliwie sędzia. – Przykro mi. Wiem, że to wstrząs.

Wstrząs? Reeva nie mogła w to uwierzyć, całymi godzinami nie chciała uwierzyć. Mało spała, nic nie jadła i potrzebowała odpowiedzi. Włączyła telewizor, a tam Flak, ten paw, na żywo w CNN mówił o jej córce.

Na zewnątrz, na podjeździe, stali reporterzy, ale dom był zamknięty, zasłony zaciągnięte, żaluzje opuszczone, a na ganku stał jeden z kuzynów Wallisa ze śrutówką kaliber 12. Reeva miała dosyć mediów. Nie dawała komentarzy. Sean Fordyce zaszył się w motelu na południe od miasta, wściekły, że Reeva nie chce z nim rozmawiać przed kamerą. Już zrobił z niej głupią. Przypomniał jej o umowie, o podpisanym kontrakcie, na co odparła:

– Tylko mnie pozwij, Fordyce.

Oglądając Robbiego Flaka, Reeva po raz pierwszy pozwoliła sobie wyobrazić niewyobrażalne. Czy Drumm był niewinny? Czy ostatnie dziewięć lat nienawidziła niewłaściwą osobę? Patrzyła, jak umiera nie ten człowiek?

A co z pogrzebem? Teraz, kiedy znaleziono jej dziecko, trzeba będzie je należycie pochować. Ale kościoła nie było. Gdzie odbędzie się pogrzeb? Reeva wytarła twarz wilgotną szmatką i zaczęła mamrotać do siebie.

W końcu Robbie przeszedł do zeznania. Tu dodał gazu, rozsadzała go kontrolowana wściekłość. To było bardzo skuteczne. W sali sądowej panowała cisza. Carlos wyświetlił zdjęcie detektywa Kerbera.

– A tu jest główny architekt bezprawnego skazania – oświadczył teatralnie Robbie.

Drew Kerber oglądał to w biurze. W domu spędził straszną noc. Po wyjściu od sędziego Henry'ego wybrał się na długą przejażdżkę, próbował sobie wyobrazić szczęśliwsze zakończenie koszmaru. Nic mu nie przyszło do głowy. Około północy usiadł z żoną przy stole w kuchni i obnażył duszę: grób, kości, identyfikacja, niewyobrażalna myśl, że „najwyraźniej" przygwoździli nie tego faceta, Flak z pozwami, jego groźby w kowbojskim stylu, że pozwy będą ścigać Kerbera aż po grób, wysokie prawdopodobieństwo bezrobocia w przyszłości, rachunki za prawników i za sądy. Kerber zasypał biedną żonę górą żalów, ale całej prawdy nie powiedział. Detektyw

Kerber nie przyznał i nigdy nie przyzna, że wymusił z Dontégo zeznanie.

Jako główny detektyw z szesnastoletnim doświadczeniem zarabiał pięćdziesiąt sześć tysięcy rocznie. Miał troje nastoletnich dzieci i dziewięciolatka, hipotekę, dwa kredyty samochodowe, indywidualne konto emerytalne na około dziesięć kawałków i osiemset dolarów oszczędności. Gdyby go wylali albo przenieśli na emeryturę, mógłby otrzymywać małą sumkę, ale finansowo by nie przetrwał. I jego dni jako funkcjonariusza policji byłyby skończone.

„Drew Kerber to brutalny glina, który ma za sobą wymuszanie wielu fałszywych zeznań", mówił pełnym głosem Robbie, a Kerber się wzdrygał. Siedział za biurkiem w małym zamkniętym gabinecie, zupełnie sam. Polecił żonie, żeby trzymała telewizję z dala od domu, jakby mogli jakoś ukryć tę sprawę przed dziećmi. Przeklął Flaka, potem patrzył z przerażeniem, jak ta gnida dokładnie relacjonuje światu, w jaki sposób on, Kerber, uzyskał zeznanie.

Życie Kerbera dobiegało końca. Sam powinien zająć się jego zakończeniem.

Robbie przeszedł do rozprawy. Przedstawił więcej postaci – Paul Koffee i sędzia Vivian Grale. Proszę o zdjęcia. Carlos wyświetlił je na wielkim ekranie, jedno obok drugiego, jakby nadal mieli romans, Robbie ich za to zaatakował. Wykpił „genialną decyzję o przeniesieniu rozprawy aż do Paris, w Teksasie, siedemdziesiąt kilometrów stąd". Wyjaśnił, że walczył jak lew, żeby nie dopuścić zeznania przed ławę przysięgłych, podczas gdy Koffee równie mocno walczył, żeby zachować ją na liście dowodów. Sędzia Grale uznała pogląd prokuratury i „swojego kochanka, czcigodnego Paula Koffeego".

Paul Koffee patrzył i szalał. Był w domku nad jeziorem, bardzo samotny, właśnie oglądał lokalną stację, „przekaz na żywo, udzielony na wyłączność", show Robbiego Flaka, kiedy zobaczył swoją twarz obok twarzy Vivian. Flak atakował ławę przysięgłych, białą jak Ku-Klux-Klan, bo Paul Koffee systematycznie wykorzystywał swoje uprawnienia w doborze przysięgłych, żeby eliminować czarnych, a jego dziewczyna na fotelu sędziowskim oczywiście godziła się na to. „Sprawiedliwość w teksańskim stylu" biadał Robbie co rusz.

Wreszcie dał spokój z bardziej jarmarcznymi aspektami relacji sędzia prokurator i wszedł w swój rytm, atakując brak dowodów. Twarz Grale zniknęła z ekranu, twarz Koffeego została powiększona. Brak dowodów rzeczowych, brak zwłok, tylko sfingowane zeznanie, więzienny kabel, pies tropiący i kłamliwy świadek Joe Gamble. Tymczasem Travis Boyette był na wolności i z pewnością nie martwił się, że go złapią, na pewno nie te błazny.

Koffee całą noc próbował wyczarować poprawioną teorię, która jakoś łączyłaby Dontégo Drumma z Travisem Boyette'em, ale mu nie wychodziło. Głowa go bolała po zbyt wielu wódkach, serce waliło, kiedy próbował oddychać pod przygniatającym ciężarem zrujnowanej kariery. Był skończony i to martwiło go bardziej niż myśl, że pomógł zabić niewinnego młodego człowieka.

Robbie skończył z więziennym kablem i psem, teraz zaatakował Joeya Gamble'a i jego fałszywe zeznanie. Carlos, z doskonałym wyczuciem czasu, wyświetlił zaprzysiężone pisemne zeznanie Gamble'a, to, które podpisał w Houston w czwartek, na godzinę przed egzekucją. Podkreślono stwierdzenia Joeya, że kłamał przed sądem i że on pierwszy zasugerował, że Donté Drumm jest zabójcą.

Joey Gamble oglądał telewizję. Z matką w Slone. Ojciec był daleko, matka go potrzebowała. Powiedział jej prawdę i ta prawda nie została dobrze przyjęta. Teraz, wstrząśnięty, widział i słyszał, jak jego grzechy transmitowane są w tak niewiarygodny sposób. Założył, że kiedy się oczyścił, znajdzie się w trochę kłopotliwym położeniu, ale nie będzie to nic takiego.

„Joey Gamble kłamał wielokrotnie", oznajmił Flak na pełnych obrotach, a Joey mało nie sięgnął po pilota. „A teraz przyznaje się do tego!" Matka Joeya była na piętrze, w sypialni, zbyt poruszona, żeby siedzieć obok niego. „Pomogłeś zabić tego chłopca", powtarzała, jakby ktoś musiał mu o tym przypominać.

Robbie mówił dalej:

„Odejdę teraz od niekompetentnego śledztwa, karykatury rozprawy i bezprawnego skazania, chcę powiedzieć o Teksańskim Sądzie Apelacji Karnych. Ten sąd wysłuchał pierwszej apelacji Dontégo, w lutym 2001 roku. Ciała Nicole Yarber nadal nie było. Sąd zauważył, że podczas rozprawy zabrakło dowodów rzeczowych. Sąd wydawał się lekko zakłopotany kłamstwami więziennego kapusia. Uszczypnął tylko zeznanie Dontégo, ale odmówił skrytykowania sędzi Grale za to, że dopuściła je przed ławę. Skomentował wykorzystanie dowodu wskazanego dzięki psu tropiącemu: Być może nie był to »najlepszy dowód« w tak poważnej rozprawie. Ale ogólnie sąd nie zobaczył niczego niewłaściwego. W głosowaniu było dziewięć za podtrzymaniem skazania, zero za jego odrzuceniem".

Prezes sądu Milton Prudlowe oglądał telewizję. Nerwowy telefon od urzędnika sądowego powiadomił go o konferencji prasowej. Siedział z żoną w małym mieszkaniu w Austin, przyklejony do wiadomości CNN. Wiedział, że jeśli Teksas istotnie stracił niewinnego, jego sąd naraził się na falę zaciekłej krytyki. Pan Flak najwyraźniej był przygotowany do przeprowadzenia ataku.

„W ostatni czwartek", mówił Robbie, „dokładnie o trzeciej trzydzieści pięć, adwokaci Dontégo Drumma wnieśli petycję o odroczenie. Załączyliśmy dopiero co nakręcone wideo. Przedstawiało Travisa Boyette'a, który przyznaje się do zgwałcenia i morderstwa. To było na dwie i pół godziny przed egzekucją. Zakładam, że sąd rozpatrzył tę kwestię i ani wideo, ani pisemne zeznanie pod przysięgą nie zrobiły na nim wrażenia, bo odmówił wstrzymania egzekucji. Znów głosowanie wypadło dziewięć do zera". Jak na dany znak, Carlos wyświetlił godziny i czynności sądu. Robbie ciągnął dalej: „Sąd kończy działalność każdego dnia o piątej, nawet jeśli zbliża się egzekucja. Naszym finalnym wnioskiem było spisane w ostatniej chwili zaprzysiężone zeznanie odwołujące wcześniejsze zeznania Joeya Gamble'a. W Austin adwokaci Dontégo zadzwonili do urzędnika sądowego, pana Emersona Pugha i powiadomili go, że są w drodze z petycją. Powiedział, że sąd kończy pracę o piątej. I miał rację. Kiedy adwokaci dojechali o piątej zero siedem, drzwi były zamknięte. Petycja nie mogła być wniesiona".

Żona spojrzała wściekle na Prudlowe'a.

– Mam nadzieję, że kłamie – warknęła.

Prudlowe chciał ją zapewnić, że oczywiście, ten pyskaty adwokat kłamie, ale się zawahał. Flak był za bystry, żeby publicznie wygłaszać takie cholerne uwagi, nie dysponując faktami, którymi mógłby je poprzeć.

– Milton, powiedz, że ten facet kłamie.

– Cóż, kochanie, w tej chwili nie jestem całkiem pewien.

– Nie jesteś pewien? Dlaczego miałoby się zamykać sąd, kiedy adwokaci próbują coś złożyć?

– Cóż, hm, my... my...

– Milton, ty się jąkasz, a to znaczy, że chcesz mi powiedzieć coś, co niekoniecznie musi być zgodne z prawdą. Widziałeś wideo Boyette'a dwie godziny przed egzekucją?

– Tak, zostało przekazane...

– Boże mój, Milton! To dlaczego nie wstrzymałeś tego na kilka dni. Milton, jesteś prezesem sądu, możesz robić, co chcesz. Ciągle przekłada się egzekucje. Dlaczego nie dać kolejnych trzydziestu dni albo i roku?

– Myśleliśmy, że to fałszywka. Ten facet to seryjny gwałciciel, jest niewiarygodny.

– Cóż, teraz ma wiarygodności od cholery, więcej niż Teksański Sąd Apelacji Karnych. Morderca przyznaje się, nikt mu nie wierzy, więc pokazuje, gdzie pochowane jest ciało. Dla mnie brzmi to bardzo wiarygodnie.

Robbie przerwał i upił łyk wody.

„Co do gubernatora, jego urząd otrzymał kopię wideo Boyette'a o trzeciej jedenaście w czwartek. Nie wiem z całą pewnością, czy gubernator widział to nagranie. Wiemy natomiast, że o wpół do piątej przemawiał do demonstrantów i publicznie odmówił odroczenia dla Drumma".

Gubernator oglądał telewizję. Stał w gabinecie, w swojej rezydencji, ubrany do gry w golfa, w którego nie zagra, z Waynem z jednej strony i Barrym z drugiej. Kiedy Robbie przerwał, zapytał:

– Czy to prawda? Mieliśmy to wideo o trzeciej jedenaście?

Pierwszy skłamał Wayne.

– Nie wiem. Tyle się naraz działo. Składali fury śmiecia.

Drugie kłamstwo wypowiedział Barry.

– Pierwszy raz o tym słyszę.

– Czy ktoś widział to wideo, kiedy przyszło? – zapytał gubernator, z minuty na minutę coraz bardziej zirytowany.

– Nie wiem, szefie, ale sprawdzimy – powiedział Barry.

Gubernator wlepiał wzrok w telewizor, jego mózg pracował na wysokich obrotach, starał się zrozumieć wagę tego, co słyszy. Robbie mówił. „Nawet po odmowie skorzystania z prawa łaski gubernator mógł ponownie rozważyć sprawę i wstrzymać egzekucję. Odmówił".

– Dupek – wysyczał gubernator, a potem ryknął: – Sprawdzić wszystko, ale już!

Carlos zamknął laptop, obraz z zniknął z ekranu. Robbie przekartkował materiały na podkładce, żeby się upewnić, że niczego nie pominął.

– Podsumowując – zniżył głos. – W końcu to się stało – powiedział poważnym tonem. – To oczywistość. Ci, którzy badają karę śmierci, i ci z nas, którzy z nią walczą, od dawna obawiali się dnia, gdy to się zdarzy. Obudzimy się i staniemy wobec przerażającego faktu, że straciliśmy niewinnego człowieka i że można było to udowodnić na podstawie oczywistych i przekonujących dowodów. Niewinnych ludzi tracono już wcześniej, ale dowody nie były oczywiste. Przy Dontém nie ma wątpliwości. – Przerwa. W sali sądowej panowały cisza i spokój. – W nadchodzących dniach obejrzycie żałosną grę wzajemnego wytykania się palcami, kłamstw, uchylania się od odpowiedzialności. Dopiero co przedstawiłem wam nazwiska i wskazałem parę twarzy spośród odpowiedzialnych. Idźcie do tych ludzi, wysłuchajcie ich kłamstw. To nie musiało się zdarzyć. To nie była pomyłka nie do uniknięcia. To było rozmyślne lekceważenie praw Dontégo Drumma. Niech spoczywa w pokoju. Dziękuję.

Zanim posypała się lawina pytań, Robbie podszedł do barierki i wziął za rękę Robertę Drumm. Wstała i sztywnym krokiem podeszła do podium, z Robbiem u boku. Przyciągnęła mikrofon nieco bliżej.

– Nazywam się Roberta Drumm – zaczęła. – Donté był moim synem. W tej chwili niewiele mam do powiedzenia. Moja rodzina... jesteśmy wstrząśnięci. Ale proszę was, apeluję do ludzi z tego miasta, żeby zaprzestali przemocy. Połóżcie kres pożarom, rzucaniu kamieniami, bójkom, groźbom. Proszę, przestańcie. Z tego nie ma niczego dobrego. Tak, jesteśmy rozgniewani. Tak, jesteśmy zranieni. Ale przemoc niczemu nie służy. Wzywam moich braci, żeby złożyli broń, żeby szanowali wszystkich, żeby zeszli z ulic. Przemoc tylko ubliża czci mojego syna.

Robbie poprowadził ją z powrotem na miejsce i uśmiechnął się do tłumu.

– A teraz, czy ktoś ma pytania?

Rozdział 35

Matthew Burns jadł z rodziną Schroederów późne śniadanie: naleśniki i kiełbaski. Chłopcy szybko zjedli i wrócili do gier wideo. Dana zrobiła jeszcze kawy i zabrała się do sprzątania stołu. Omawiali konferencję prasową, genialną prezentację Robbiego i przejmujące słowa Roberty. Matthew interesowało Slone, pożary, przemoc, ale Keith niewiele widział. Czuł napięcie i dym, słyszał wiszący w górze policyjny helikopter, ale samego miasta prawie nie oglądał.

Siedzieli we trójkę przy stole, nad świeżo zaparzoną kawą, rozmawiali o niesamowitej podróży Keitha i o tym, gdzie może być Travis Boyette. Ale Keitha nużyły już szczegóły. Miał inne sprawy, a Matthew był przygotowany do rozmowy.

– Więc, mecenasie, jak bardzo mogłem wpaść w kłopoty? – zapytał Keith.

– Przepisy nie są takie jasne. Nie ma wyraźnego zakazu udzielania pomocy skazanemu przy próbie złamania warunków zwolnienia. Ale to jest i tak wbrew prawu. Artykuł kodeksu, który mógłby tu być zastosowany, to utrudnianie pracy wymiarowi sprawiedliwości, a to ogromna sieć na mnóstwo zachowań, które inaczej trudno byłoby zakwalifikować. Wyprowadzając Boyette'a poza obręb tutejszej jurysdykcji, wiedząc przy tym, że to pogwałcenie zwolnienia warunkowego, złamałeś prawo.

– To bardzo poważne?

Matthew wzruszył ramionami, zamieszał kawę łyżeczką.

– Przestępstwo, ale niezbyt poważne. I to nie z tych, którymi my się bardzo podniecamy.

– My?

– Prokuratorzy. To leży w kompetencjach prokuratora okręgowego. Ja prowadzę sprawy w mieście.

– Przestępstwo? – zapytał Keith.

– Prawdopodobnie. Wygląda na to, że twoja wyprawa do Teksasu tutaj w Topeka przeszła niezauważona. Udało ci się uniknąć kamer i jeszcze nie widziałem twojego nazwiska w prasie.

– Ale wiesz o tym, Matthew – wtrąciła się Dana.

– Wiem i chyba, teoretycznie, powinienem zawiadomić policję, wydać cię. Ale to tak nie działa. Możemy zająć się tylko określoną liczbą przestępstw. Musimy rozróżniać i wybierać. To nie jest przestępstwo, którym chciałby się zająć prokurator.

– Ale Boyette stał się teraz sławnym gościem – zauważyła Dana. – To tylko kwestia czasu, kiedy jakiś miejscowy reporter złapie temat. Złamał warunek, pojechał do Teksasu, a jego twarz widujemy od trzech dni.

– Tak, ale kto powiąże Keitha z Boyette'em.

– Paru ludzi w Teksasie – odparł Keith.

– Prawda, ale wątpię, żeby ich obchodziło, co się tutaj dzieje. I ci ludzie są po twojej stronie, zgadza się?

– Chyba.

– Więc kto może was powiązać? Czy ktoś widział cię z Boyette'em?

– A ten facet w zakładzie półotwartym? – zapytała Dana.

– Możliwe – odparł Keith. – Poszedłem tam parę razy, szukałem Boyette'a. Wpisałem się do księgi, a za biurkiem siedział facet, chyba Rudy, on zna moje nazwisko.

– Ale nie widział, jak w środę późnym wieczorem wyjeżdżasz z Boyette'em?

– Nikt nie widział, to było po północy.

Matthew, zadowolony, wzruszył ramionami. Wszyscy troje popijali przez chwilę kawę.

– Ja mogę to powiązać, Matthew – powiedział wreszcie Keith. Zdawałem sobie sprawę, że łamię prawo, kiedy wyjeżdżałem z Boyette'em, bo jasno mi to przedstawiłeś. Wtedy wiedziałem, że postępuję słusznie, i teraz nie będę żałować, o ile znajdą Boyette'a, zanim kogoś skrzywdzi. Ale jeśli go nie znajdą i ktoś zostanie skrzywdzony, będę miał czego żałować, i to jak. Nie mam zamiaru żyć ze świadomością, że popełniłem przestępstwo.

Dana i Keith patrzyli na Matthew.

– Właśnie coś takiego sobie pomyślałem – powiedział.

– Nie uciekam przed tym – ciągnął Keith. – I nie możemy żyć w strachu, że jakiś policjant zapuka do naszych drzwi. Zróbmy z tym porządek.

Matthew pokręcił głową.

– Okej, ale będzie ci potrzebny prawnik.

– A ty? – zapytała Dana.

– Adwokat od obrony w sprawach kryminalnych. A ja? Ja też jestem po drugiej stronie barykady i, szczerze mówiąc, więcej nie mogę pomóc.

– Czy Keithowi grozi więzienie?

– Nie owijasz w bawełnę, co? – powiedział Keith z uśmiechem. Dana się nie uśmiechała. Oczy miała wilgotne.

Matthew rozprostował ramiona nad głową, potem nachylił się i oparł na łokciach.

– Oto mój scenariusz na najgorszy wypadek. Nie przewiduję, że tak będzie, po prostu to najgorsze, co może się zdarzyć. Jeśli przyznasz się, że zabrałeś go do Teksasu, przygotuj się na pewne zainteresowanie mediów. Dalej, jeśli Boyette zgwałci kolejną kobietę, rozpęta się piekło. Już widzę, jak prokurator okręgowy ostro się do ciebie zabiera. Ale jakikolwiek by był ten scenariusz, nie widzę ciebie, jak idziesz do więzienia. Możesz przyznać się do winy, dostać warunek, zapłacić małą grzywnę, chociaż wątpię.

– Mam pójść do sądu, stanąć przed sędzią i przyznać się do winy?

– Tak się zazwyczaj dzieje.

Keith wziął Danę za rękę, którą trzymała na stole.

– Co ty byś zrobił, Matthew? – spytał Keith po długiej chwili milczenia.

– Wynajmij prawnika i módl się, żeby Boyette był martwy albo zbyt chory, żeby kogoś zaatakować.

W południe czterdziestu jeden białych zawodników drużyny futbolowej liceum w Slone spotkało się na parkingu małej szkoły podstawowej na skraju miasta. Szybko wsiedli do wynajętego autobusu i odjechali. Ich sprzęt jechał za autobusem, w wynajętej furgonetce. Godzinę później przybyli do piętnastotysięcznego Mount Pleasant. Stamtąd autobus pojechał za radiowozem na boisko liceum. To było dziwne, rozgrzewka bez reflektorów i bez kibiców. Zabezpieczenia szczelne, policja blokowała wszelkie możliwe trasy dojazdu na boisko. Lobosi z liceum w Longview przybyli na boisko parę minut później. Nie było cheerleaderek, muzyki, hymnu narodowego, modlitwy przed meczem czy prezentera pozdrawiającego publiczność. Kiedy rzucono monetą, trener ze Slone spojrzał przez boisko na Lobosów. Zastanawiał się, co to będzie za rzeź. Tamci mieli osiemdziesięciu zawodników na liście, z czego siedemdziesiąt procent czarnych. Slone nie pobiło Longview od czasów Dontégo Drumma, Wojownicy nie mieli dzisiaj szans.

To co działo się w Slone, odczuwane było w całym wschodnim Teksasie, jeśli nie dalej.

Slone wygrało rzut monetą i rozpoczynało go. To naprawdę nie miało znaczenia, trener Slone obawiał się długiego wykopu odbierającego i szybkich siedmiu punktów. Jego odbierający zajęli stanowiska i Lobosi ustawili się do wykopu. Dziesięciu czarnych dzieciaków i biały wykopujący. Na gwizdek zawodnik znajdujący się najbliżej piłki nagle wystąpił naprzód i ją złapał. Takiego zagrania jeszcze nigdy nie widziano i przez chwilę wszyscy byli zdumieni. Potem dziesięciu czarnych z zespołu wykopu zerwało kaski i położyło je na murawie. Sędziowie gwizdali, trenerzy wrzeszczeli i na kilka sekund zapanował całkowity chaos. Jak na dany znak, inni czarni zawodnicy Longview weszli na boisko, zrzucając po drodze kaski i koszulki. Zawodnicy Slone wycofali się, nie wierząc własnym oczom. Mecz się skończył, zanim się zaczął.

Czarni zawodnicy sformowali ciasny krąg i usiedli pośrodku boiska, współczesna wersja strajku okupacyjnego. Działacze, czterech białych i dwóch czarnych, zrobili krótkie zebranie. Zachowali spokój. Żaden nie próbował wznowić meczu. Trener Longview poszedł na środek boiska i powiedział:

– Co tu się, do diabła, dzieje?

– Mecz skończony, trenerze – odparł numer 71, napastnik i kapitan, sto pięćdziesiąt kilo żywej wagi.

– Nie gramy – dodał numer 2, też kapitan.

– Dlaczego nie?

– To protest – znów numer 71. – Solidaryzujemy się z braćmi w Slone.

Trener kopnął murawę, zastanawiał się, co dalej. Było jasne, że sytuacja się nie zmieni, przynajmniej w najbliższym czasie.

– Hm, znaczy, że rozumiecie, co robicie, znaczy, że rezygnujemy, wychodzimy z rozgrywek i prawdopodobnie dadzą nam jakąś karę. Tego, chłopaki, chcecie?

– Tak! – powiedziało unisono wszystkich sześćdziesięciu. Trener podniósł ręce, zszedł z boiska i usiadł na ławce. Trener Slone zwołał swoich zawodników z boiska. Zielone koszulki i kaski Lobosów rozsiane były po polu. Działacze odeszli na koniec murawy i patrzyli, dla nich dzień się skończył.

Mijały minuty. Wtedy z bocznej linii Longview na boisko wszedł biały obrońca, zdjął kask i koszulkę i usiadł na linii czterdziestego metra, obok czarnych kolegów z drużyny. Za nim poszli jeden po drugim inni zawodnicy, aż wreszcie na linii bocznej zostali sami trenerzy.

Trener Slone był w kropce. Myślał, że może właśnie podarowane mu zostało zwycięstwo i cudem uniknął pewnej porażki. Już miał powiedzieć zawodnikom, żeby zeszli z pola, kiedy numer 88, Denny Weeks, początkujący środkowy, syn policjanta ze Slone, wszedł na boisko, rzucił kask i ściągnął koszulkę. Usiadł na murawie razem z zawodnikami Longview. Któryś z nich wyciągnął rękę i podał mu dłoń. Inni Wojownicy poszli za nim po kolei, aż wszystkich czterdziestu jeden opuściło linię boczną.

O trzeciej po południu urząd gubernatora wydał oświadczenie dla prasy. Szkic napisał Barry Ringfield, poprawił go Wayne Wallcott i gubernator osobiście, a jego ostateczna wersja brzmiała:

„Gubernator Gill Newton jest głęboko zaniepokojony ostatnimi wydarzeniami związanymi ze sprawą Dontégo Drumma. Niepoparte dowodami twierdzenia, że jego urząd otrzymał taśmę wideo z zeznaniem domniemanego zabójcy tuż przed egzekucją, są po prostu nieprawdziwe. Gubernator zobaczył wideo dopiero wczoraj, w piątek, około szesnastu godzin po egzekucji. W sprawie dodatkowych komentarzy gubernator będzie dostępny w poniedziałek".

W sobotnie popołudnie zamknięto wreszcie stację kolejową. Aaron Rey ustawił na podeście dwóch uzbrojonych strażników i kazał im straszyć każdego, kto podszedłby za blisko.

Kancelaria Flaka zebrała się w domu Robbiego na zaimprowizowane przyjęcie. Przyszli wszyscy, z żonami i mężami. DeDe wynajęła dostawcę specjalizującego się w barbecue i nad patio unosił się intensywny zapach pieczonych żeberek. Fred Pryor obsługiwał bar, drinki lały się strugą. Wszyscy się rozsiedli w sali bilardowej, usiłowali się rozluźnić. Longhornsi rozgrywali mecz i telewizor przyciągnął uwagę paru gości. Robbie próbował zabronić jakichkolwiek dyskusji o sprawie Drumma, ale rozmowy i tak zmierzały w tę stronę. Nie mogli na to nic poradzić. Byli wyczerpani, skonani, pokonani, ale zdołali się odprężyć. Alkohol bardzo w tym pomógł.

Mecz z Longview dał powód do toastu, wychylili kolejkę za bojkot.

Fred Pryor zajmował się barem, a jednocześnie śledził policyjne rozmowy w swoim radiu. Ulice Slone były zadziwiająco spokojne, przypisywali to wzruszającemu apelowi Roberty Drumm. Słyszeli też, że Roberta, Marvin, Cedric i Andrea poszli do Washington Park i namawiali ludzi, żeby wracali do domu i zrezygnowali z przemocy.

Chociaż Robbie nakazał wyłączyć komórki, telefon i tak zadzwonił. Odebrał Carlos i przekazał informację, kiedy wszyscy umilkli. Władze w Joplin przyspieszyły badania i przekazały pewną interesującą wiadomość. Na bieliźnie Nicole znaleziono pokaźną ilość nasienia. Na podstawie testów DNA ustalili, że pochodzi od Travisa Boyette'a. Próbka jego DNA znajduje się w banku danych stanu Missouri, bo był już skazany.

Był powód do świętowania i powód do łez. Targani sprzecznymi emocjami postanowili wypić kolejnego drinka.

Rozdział 36

Niedziela. Co było prawdopodobne w czwartek, jeszcze bardziej możliwe w piątek i całkowicie pewne w sobotę, przez noc zmieniło się w przerażającą prawdę i w niedzielny poranek cały kraj obudził się ze wstrząsającą świadomością, że stracono niewinnego. Wielkie dzienniki z „New York Timesem" i „Washington Post" na czele pomstowały i wymyślały, a wszystkie dochodziły do tego samego wniosku – czas skończyć z zabijaniem. W obu gazetach historia trafiła na pierwszą stronę, jak i w dziesiątkach innych od Bostonu po San Francisco. Rozwlekłe artykuły opisywały sprawę, a jej bohaterów rozreklamowano, w tym Robbiego Flaka, któremu poświęcono tyle samo uwagi co Dontému. Napastliwe wstępniaki wzywały do moratorium na egzekucje. Pojawiły się niezliczone teksty zamówione u znawców prawa, adwokatów, przeciwników kary śmierci, profesorów, działaczy, pastorów, nawet paru ludzi z cel śmierci. Wniosek był ten sam: teraz kiedy mamy niezaprzeczalny dowód na bezprawną egzekucję, jedynym sprawiedliwym i sensownym sposobem jest rezygnacja z egzekucji na zawsze, albo gdyby nie dało się tego zrobić, przynajmniej wstrzymanie ich, dopóki maszyneria kary śmierci nie zostanie przejrzana i naprawiona.

W Teksasie „Houston Chronicle", gazeta, która stopniowo coraz bardziej miała dosyć kary śmierci i z trudem powstrzymywała się przed nawoływaniem do jej zniesienia, poświęciła pierwszą stronę na długie podsumowanie sprawy. Była to skondensowana wersja konferencji prasowej, z wielkimi zdjęciami Dontégo, Nicole i Robbiego na pierwszej i kilkunastoma na piątej stronie. Teksty, wszystkie sześć, ostro zaatakowały pomyłki i dobierały się do skóry Drew Kerbera, Paula Koffeego i sędzi Vivian Grale. Tożsamość czarnych charakterów była jasna, wina niezaprzeczalna. Reporter poszedł tropem Teksańskiego Sądu Apelacji Karnych, było oczywiste, że sąd nie da rady się schować. Prezes Milton Prudlowe był nieuchwytny, nie wypowiedział się, tak jak i ośmiu pozostałych sędziów. Urzędnik sądowy, pan Emerson Pugh, odmówił komentarza. Jednak Cicely Avis, adwokat z Grupy Obrońców, która próbowała wejść do biura Pugha o piątej siedem w czwartkowe popołudnie, miała dużo do powiedzenia. Szczegóły wychodziły na jaw i miało ich być coraz więcej.

Inny reporter „Chronicle" tropił gubernatora i jego ekipę, którzy najwyraźniej usiłowali gdzieś się zaszyć.

Reakcje w całym stanie były rozmaite. Gazety znane z umiarkowanej polityki – te z Austin i San Antonio – wzywały do całkowitego zniesienia kary śmierci. Gazeta z Dallas nawoływała publicznie do moratorium. Pisma twardo trzymające się prawej strony były łagodne w artykułach wstępnych, ale nie mogły się powstrzymać przed zamieszczaniem pełnych relacji z wydarzeń w Slone.

Wszystkie stacje telewizyjne w niedzielnych porannych talk show znalazły miejsce dla tego wydarzenia, chociaż głównym tematem nadal pozostawała kampania prezydencka. Od konferencji prasowej Robbiego sprzed doby Donté Drumm stanowił główny materiał w kablówkach i nic nie wskazywało, że spadnie na drugie miejsce. Przynajmniej jeden podtemat został uznany za na tyle ważny, że otrzymał własny tytuł: „Polowanie na Travisa Boyette'a" ukazywało się co pół godziny. W Internecie te zdarzenia były ostatnim krzykiem mody, miały pięć razy więcej wejść niż cokolwiek innego. Blogerzy przeciwni karze śmierci nacierali z niekontrolowaną furią.

Ta sprawa, chociaż tragiczna, okazała się wielkim prezentem dla lewicy. Na prawicy panowała cisza i nie dziwota. Mało kto się spodziewał, że zwolennicy kary śmierci zmienią zdanie, na pewno nie z dnia na dzień, ale ogólnie panowało przekonanie, że to dobra pora, żeby nic nie mówić. Skrajnie prawicowe programy kablówek i stacji radiowych po prostu zignorowały sprawę.

W Slone niedziela jak zwykle była dniem spotkań z Bogiem. W Afrykańskim Metodystycznym Kościele Betel o ósmej rano tłum większy niż zazwyczaj zgromadził się na wezwanie do mszy. Potem szkółka niedzielna, modlitewne śniadanie dla mężczyzn, ćwiczenia chóru, nauka Biblii, kawa i pączki, a wreszcie godzina modlitwy, która trwała o wiele dłużej niż sześćdziesiąt minut. Niektórzy przybyli z nadzieją, że zobaczą któreś z Drummów, najlepiej Robertę, i może złożą ciche kondolencje. Ale rodzina Drummów potrzebowała odpoczynku i została w domu. Niektórzy przybyli, bo chcieli pogadać, posłuchać plotek, dać wsparcie albo je otrzymać.

Bez względu na motyw świątynia była pełna, kiedy wielebny Johnny Canty podszedł do kazalnicy i gorąco powitał zgromadzonych. Szybko przeszedł do sprawy Dontégo Drumma. Łatwo byłoby mu podburzyć swoich braci, dolać benzyny do ognia, ale wielebny Canty nie był do tego skłonny. Mówił o Robercie, o jej pięknej postawie w ciężkich chwilach, o jej bólu, kiedy widziała, jak umiera syn, jej sile, miłości do dzieci. Mówił o pragnieniu zemsty i o tym, jak Jezus nadstawił drugi policzek. Modlił się o cierpliwość, tolerancję i mądrość dobrych ludzi, żeby uporali się z tym, co się stało. Mówił o Martinie Lutherze Kingu i jego odwadze wprowadzania zmian poprzez wyrzeczenie się przemocy. W ludzkiej naturze leży odpowiadać ciosem na cios, ale drugie uderzenie prowadzi do trzeciego i czwartego. Podziękował wiernym za to, że złożyli broń i zeszli z ulic.

Zadziwiające – ta noc w Slone była spokojna. Canty przypomniał swoim braciom, że imię Dontégo Drumma jest teraz sławne, stanowi symbol, który przyniesie zmiany.

– Nie plamcie go jeszcze większą ilością krwi, jeszcze większą przemocą.

Po półgodzinnej rozgrzewce wierni wylegli przed kościół, żeby zająć się zwyczajnymi, niedzielnymi sprawami.

Kilometr dalej wierni Pierwszego Kościoła Baptystycznego zaczęli schodzić się na zupełnie niezwykłe nabożeństwo. Zgliszcza ich świątyni wciąż były odgrodzone żółtą taśmą policyjną; miejsce przestępstwa, gdzie trwało śledztwo. Na parkingu ustawiono wielki biały namiot. Pod nim – rzędy składanych krzeseł i stołów zastawionych jedzeniem. Stroje były codzienne, nastrój optymistyczny. Po krótkim śniadaniu odśpiewali hymny, stare gospel, melodie i słowa znali na pamięć. Przewodniczący diakonów mówił o pożarze i, co ważniejsze, o nowym kościele, który zbudują. Mieli ubezpieczenie, mieli wiarę, jeśli trzeba, zapożyczą się, ale świątynia dźwignie się z popiołów, nowa i piękna, wszystko ku chwale Pana.

Reeva nie przyszła. Nie wychodziła z domu. I po prawdzie nie bardzo za nią tęskniono. Przyjaciele współczuli jej bólowi teraz, kiedy znaleziono córkę, ale ból Reevy nie ustawał od dziewięciu lat. Przyjaciele nie mogli nic poradzić na to, że pamiętają czuwania nad Red River, maraton sesji modlitewnych, niekończące się tyrady w gazetach, entuzjastyczne przyjęcie na siebie roli ofiary, a wszystko po to żeby zemścić się na tym „potworze" Dontém Drummie. Teraz, kiedy stracono nie tego potwora, a Reeva uszczęśliwiona patrzyła, jak chłopak umiera, niewielu jej braci z kościoła chciało się z nią spotkać. Na szczęście i ona nie chciała spotkać się z nimi.

Brat Ronnie był zgnębiony. Patrzył, jak płonie jego kościół, choć nie on ponosił za to winę, ale patrzył też, i to z niemałą satysfakcją, jak umiera Donté. Gdzieś tam był grzech. Brat Ronnie – baptysta, z rasy niezwykle pomysłowej w wynajdowaniu nowych rodzajów grzechu – pragnął przebaczenia. Podzielił się tym ze swoją kongregacją. Obnażył duszę, przyznał, że się mylił, i poprosił, żeby się za niego modlili. Wydawał się naprawdę pokorny i nieszczęśliwy.

Przygotowania do pogrzebu Nicole jeszcze trwały. Brat Ronnie oznajmił, że rozmawiał z Reevą przez telefon – nikogo nie przyjmowała – i na kościelnej stronie interentowej zostanie podana informacja, kiedy rodzina podejmie decyzję. Nicole wciąż była w Missouri, a tamtejsze władze nie powiedziały, kiedy ją wydadzą.

Namiot był pod ścisłą obserwacją. Po drugiej stronie ulicy, na terenie, który nie należał do kościoła, kręciło się kilkudziesięciu reporterów, większość z aparatami fotograficznymi. Gdyby nie obecność paru mocno zirytowanych policjantów, byliby już przy namiocie, zapisywali każde słowo i zaczepiali kogo się da.

Slone nigdy nie było tak podzielone jak w ten niedzielny poranek, ale nawet w tej mrocznej godzinie jakoś się jednoczyło. Liczba reporterów i kamer od czwartku stale rosła i wszyscy w mieście wyczuwali nastrój oblężenia. Ludzie na ulicy przestali rozmawiać z reporterami. Urzędnicy miejscy odpowiadali: „bez komentarza". Ani słowa nie można było wydobyć z gmachu sądu. A w pewnych miejscach policja podwoiła siły i wzmogła czujność. Każdy reporter, który próbowałby się zbliżyć do domu Drummów, zostałby brutalnie przepędzony. Dom pogrzebowy, w którym spoczywał Donté, był niedostępny. Domu Reevy pilnowali kuzyni i przyjaciele, ale policja stała w pobliżu i tylko czekała, aż napatoczy się jakiś błazen z kamerą. Robbie Flak sam potrafił o siebie zadbać i doskonale mu to szło, ale jego dom i kancelaria były patrolowane co godzina. I tak oto w niedzielny poranek pobożni chrześcijanie z Afrykańskiego Metodystycznego Kościoła Betel i Pierwszego Kościoła Baptystycznego mogli chwalić Pana w spokoju. Postarał się o to Wydział Policji miasta Slone.

W Luterańskim Kościele Świętego Marka wielebny Keith Schroeder stanął na kazalnicy i zaskoczył kongregację najbardziej porywającym kazaniem.

– W ostatni czwartek stan Teksas stracił niewinnego człowieka. Jeśli nie znacie tej historii, to nie wiem, gdzie byliście. Większość z was zna fakty, ale nie wiecie, że w ostatnią sobotę prawdziwy zabójca był tutaj. Siedział o, tam. Nazywa się Travis Boyette, jest przestępcą wypuszczonym parę tygodni wcześniej z więzienia w Lansing, skierowanym do zakładu półotwartego na Siedemnastej ulicy w Topeka.

Wydawało się, że cały dwustuosobowy tłum wstrzymał oddech. Ci, którzy mieli zamiar się zdrzemnąć, nagle się ożywili. Keitha rozbawiły skierowane na niego zdziwione spojrzenia. Mówił dalej:

– Nie, ja nie żartuję. I chociaż wołałbym powiedzieć, że pan Boyette przyszedł do naszej świątyni, bo słynie ona ze świetnych kazań, to prawda jest taka, że pan Boyette miał problem. Od razu, w poniedziałek rano pojawił się w moim gabinecie, żeby o tym problemie porozmawiać. Potem pojechał do Teksasu i próbował przeszkodzić egzekucji Dontégo Drumma. Nie udało mu się. Ale jakoś uciekł.

Keith z początku zamierzał opisać swoje przejścia w Teksasie, co byłoby bez wątpienia najbardziej fascynującym kazaniem wszech czasów. Nie bał się prawdy, chciał o niej mówić.

Zakładał, że jego wierni wcześniej czy później się dowiedzą, i postanowił stawić temu czoło. Ale Dana przekonała go, że lepiej poczekać do spotkania z adwokatem. Przyznać się do przestępstwa, i to publicznie, bez porady prawnika, wydawało się ryzykowne. Przekonała go i Keith zdecydował się na co innego.

Jako pastor zdecydowanie rozdzielał politykę i religię. Z kazalnicy nigdy nie poruszał tematów takich, jak prawa homoseksualistów, aborcja i wojna. Wolał nauczać tego, czego nauczał Jezus – miłuj bliźniego, pomagaj tym, którym powodzi się gorzej, przebaczaj, bo tobie przebaczono, i przestrzegaj praw boskich.

Ale po tym, jak był świadkiem egzekucji, stał się innym człowiekiem, a przynajmniej innym kaznodzieją. Nagle sprzeciw wobec niesprawiedliwości społecznej zrobił się o wiele ważniejszy niż coniedzielne poprawianie nastroju wiernym. Miał zamiar zmierzyć się z problemami jako chrześcijanin, nie jako polityk, a jeśli to ludzi rozjątrzy, trudno. Miał już dosyć chodzenia na paluszkach.

– Czy Jezus przyglądałby się egzekucji i nie próbowałby jej przeszkodzić? – pytał. – Czy Jezus zaaprobowałby prawa, które pozwalają nam zabijać tych, którzy zabijali?

Odpowiedź na oba pytania brzmiała: nie. I przez bitą godzinę, podczas swojego najdłuższego kazania, Keith tłumaczył dlaczego nie.

W niedzielne popołudnie zanim zrobiło się ciemno, Roberta Drumm z trójką dzieci, synowymi i zięciem, i pięciorgiem wnucząt, przeszła kilka przecznic do Washington Park. Poprzedniego dnia przebyli tę samą drogę w tym samym celu. Spotkali się ze zgromadzonymi tam młodymi ludźmi i rozmawiali z wieloma z nich o śmierci Dontégo i o tym, co ona znaczy dla nich wszystkich. Rap wyłączono. Tłum uspokoił się, zamilkł z szacunkiem. W pewnym momencie kilkadziesiąt osób zebrało się wokół Roberty i słuchało, jak prosi o spokój.

– Proszę, nie profanujcie pamięci mojego syna dalszym rozlewem krwi – powiedziała mocno i dobitnie. Nie chcę, żeby nazwisko Dontégo Drumma zapamiętano jako przyczynę buntu rasowego tutaj w Slone. To, co robicie na ulicach, nie pomaga naszym braciom. Przemoc rodzi więcej przemocy i w końcu przegrywamy. Proszę, idźcie do domu i obejmijcie wasze matki.

Dla swoich braci Donté Drumm już był legendą. Odwaga jego matki sprawiła, że poszli do domu.

Rozdział 37

W poniedziałek rano liceum w Slone było zamknięte. Chociaż napięcie najwyraźniej opadało, władze szkolne i policja wciąż się bały. Kolejne walki i bomby dymne mogą wybuchnąć w każdej chwili i zerwać kruchy rozejm. Biali uczniowie byli gotowi wrócić do klas, do normalnych zajęć. Byli poruszeni, nawet przerażeni tym, co się stało w weekend. Byli tak samo wstrząśnięci egzekucją Drumma jak ich czarni koledzy, nie mogli się doczekać, żeby wyrzucić to z siebie, przedyskutować i spróbować iść dalej. O przyłączeniu się białych futbolistów do strajku w meczu z Longview nie przestawano gadać w całym mieście; ten prosty gest solidarności potraktowano jako wielki akt przeprosin. To był wielki błąd, ale wina spada na innych. Spotkajmy się, uściśnijmy sobie dłonie, poradzimy z tym sobie. Większość czarnych uczniów nie chciała kolejnej rozróby. Mieli te same zajęcia co ich biali koledzy i też chcieli powrotu do normalności.

Rada szkolna znów się zebrała, razem z burmistrzem i policją. Nastroje w Slone nazywano „beczką prochu". Po obu stronach było dość narwańców, żeby wywołać awanturę. Wciąż odzywały się anonimowe telefony z pogróżkami. Pojawiły się groźby, że jak tylko szkoła zostanie otwarta, znowu wybuchnie przemoc. W końcu postanowiono, że najbezpieczniej poczekać do pogrzebu Dontégo Drumma.

O dziewiątej rano drużyna futbolowa spotkała się z trenerami w szatni przy boisku. Spotkanie było zamknięte.

Obecnych było dwudziestu ośmiu czarnych zawodników i ich biali koledzy, razem czterdziestu jeden. Zebranie zaproponowali Cedric i Marvin Drummowie, obaj grali w Wojownikach, chociaż nie byli tak dobrzy jak ich brat. Stojąc obok siebie, pozdrowili drużynę. Podziękowali białym zawodnikom za odwagę, za to, że dołączyli do protestu zawodników z Longview. Mówili ciepło, z uczuciem, o bracie, powiedzieli, że Donté nie chciałby podziałów. Drużyna futbolowa jest dumą ich miasta i jeśli uda się jej samej pojednać, będzie nadzieja dla wszystkich. Wzywali do jedności.

– Kiedy będziemy chować Dontégo – powiedział Cedric – poproszę, żebyście wszyscy tam byli. To będzie bardzo dużo znaczyć dla naszej rodziny i dla reszty naszej społeczności.

Denny Weeks, syn policjanta ze Slone i pierwszy, który zdjął kask i koszulkę i usiadł razem z zawodnikami z Longview, poprosił o głos. Stanął przed drużyną i zaczął mówić, jaki wstręt wzbudziła w nim egzekucja i to, co stało się potem. Razem z większością białych, których znał, uważał, że Donté jest winny i dostał to, na co zasłużył. Mylił się, strasznie się mylił i zawsze będzie mieć poczucie winy. Przeprosił za to, co myślał, za to, że był za egzekucją. Wzruszył się i usiłując zachować spokój, zakończył, mówiąc, że ma nadzieję, że Cedric i Marvin, reszta rodziny i jego czarni koledzy z drużyny znajdą w sercach to coś, żeby mu przebaczyć. Potem były kolejne wyznania i zebranie zmieniało się w długą, owocną próbę pojednania. Byli drużyną ze wszystkimi swoimi małymi zawiściami i ostrą rywalizacją, ale większość z nich grała razem w futbol od gimnazjum i świetnie się znali. Co im da, jeśli pozwolą, żeby urazy przeważyły?

Działacze stanowi nadal próbowali rozwiązać nierozwiązywalne skutki impasu w Longview. Przyjęto, że obie drużyny przegrały walkowerem, ale sezon piłkarski potoczy się dalej. W rozkładzie został jeden mecz. Trener powiedział: wszystko albo nic – jeśli nie potrafią być drużyną, to i ostatni mecz przegrają walkowerem. Cedric i Marvin stali przed nimi, zawodnicy nie mieli więc wyboru. Nie mogli powiedzieć „nie” braciom Dontégo Drumma. Po dwóch godzinach podali sobie ręce i postanowili spotkać się jeszcze tego popołudnia na długim treningu.

Duch pojednania nie dotarł do kancelarii Robbiego Flaka i pewnie już tam nie dotrze. Naładowany energią po spokojnej niedzieli, mając przed sobą kupę roboty, Robbie rozstawił żołnierzy, żeby przygotowali się do ataku na różnych frontach. Priorytet stanowiły sprawy cywilne. Robbie zdecydował złożyć tego dnia pozwy zarówno w sądzie stanowym, jak i federalnym. Proces stanowy o bezprawne zabójstwo będzie strzałem w miasto Slone, jego Wydział Policji, prokuratorów hrabstwa i okręgu, stan i jego sędziów, urzędników więziennych i sędziów sądu apelacyjnego. Członków władz sądowniczych chroni immunitet od odpowiedzialności cywilnej, ale Robbie i tak chciał ich pozwać. Pozwie gubernatora – z immunitetem absolutnym. Większość pozwów zostanie rozłożona na czynniki pierwsze i w końcu oddalona, ale Robbie miał to gdzieś. Chciał zemsty, rozkoszował się myślą, że odpowiedzialni znajdą się w kłopotliwej sytuacji i będą musieli wynająć adwokatów. Uwielbiał spory sądowe na gołe pięści, zwłaszcza jeśli to on zadawał ciosy, a prasa patrzyła. Jego klienci, Drummowie, byli stanowczo przeciwni dalszej przemocy na ulicach, Robbie też, ale on wiedział, jak stosować przemoc w sądach. Procesy będą się ciągnęły latami i wykończą go, ale na pewno w końcu zwycięży.

Proces w sądzie federalnym odbędzie się z pozwu o prawa obywatelskie, a większość pozwanych to będą ci sami ludzie. Tam nie zamierzał tracić czasu na pozywanie sędziów, sędziów apelacyjnych i gubernatora, ale mocno uderzy w miasto Slone, jego policję i w Paula Koffeego. W świetle tego, co stało się oczywiste, przewidywał lukratywną ugodę, ale nie tak prędko. Miasto i hrabstwo, a co ważniejsze, ich towarzystwa ubezpieczeniowe, nie zaryzykują rozwieszenia swojej brudnej bielizny przed ławą przysięgłych w tak głośnej sprawie. Kiedy już zostaną zdemaskowani, pozwy przeciwko Drew Kerberowi i Paulowi Koffeemu przerażą dobrze płatnych adwokatów ubezpieczycieli. Robbie miał obsesję na punkcie zemsty, ale czuł też zapach pieniędzy.

Inną rozważaną strategią była skarga dyscyplinarna przeciwko Paulowi Koffeemu. Tutaj zwycięstwo oznaczało odebranie uprawnień i jeszcze większe upokorzenie, ale Robbie nie był przesadnie optymistyczny. Zamierzał też złożyć skargę na prezesa sądu Miltona Prudlowe'a w Stanowej Komisji Dyscyplinarnej, to jednak wymagało czasu. Niewiele miał oczywistych faktów do przyszłych pozwów. Ale wyglądało na to, że jeszcze wypłyną. Jakieś reporterskie gniazdo szerszeni już atakowało Teksański Sąd Apelacji Karnych. Robbie z zadowoleniem siedział i patrzył, jak prasa wykurza prawdę.

Kontaktował się z Departamentem Sprawiedliwości w Waszyngtonie. Przyjmował telefony od przeciwników kary śmierci w całym kraju. Rozmawiał z reporterami. W kancelarii panował chaos, a on rozwijał skrzydła.

Kancelaria adwokacka, do której Keith i Dana wkroczyli w poniedziałek rano, wyglądała zupełnie inaczej niż ta, którą Keith ostatnio widział. Kancelaria Flaka była pełna ludzi, napięcia, krzątaniny. Nie to co jednoosobowe biuro Elma Lairda, małe i ciche. Matthew przedstawił sześćdziesięcioletniego Elma jako weterana sądów karnych, który udziela porządnych porad, ale rzadko chodzi do sądu. Był przyjacielem Matthew, a co ważniejsze grywał w golfa z prokuratorem okręgowym.

– Nigdy nie prowadziłem takiej sprawy – przyznał Elmo po kilku minutach rozmowy. Odrobił lekcje i jak każdy, kto lubi czytać poranną gazetę, wiedział to i owo o zamieszaniu wokół Drumma w Teksasie.

– Hm, dla mnie to też coś nowego – powiedział Keith.

– Nie ma jasnych regulacji prawnych w tej kwestii. Udzielił pan pomocy człowiekowi, który i tak postanowił złamać zasady zwolnienia warunkowego i opuścić tę jurysdykcję. Właściwie to nie jest wielkie przestępstwo, ale może pan być oskarżony o utrudnianie pracy wymiarowi sprawiedliwości.

– Czytaliśmy kodeks – stwierdziła Dana. – Matthew przysłał go razem z paroma sprawami z innych stanów. Nic nam to nie dało.

– Nie znalazłem podobnej sprawy w Kansas – powiedział Elmo. – Co nie znaczy, że to nie ma znaczenia. Jeśli prokurator okręgowy zdecyduje się na oskarżanie, to ma całkiem łatwą sprawę. Pan do wszystkiego się przyznaje, prawda?

– Oczywiście – odparł Keith.

– Więc proponuję, żebyśmy zastanowili się nad dobrowolnym poddaniem się karze, im wcześniej, tym lepiej. Boyette jest na wolności. Może znowu zaatakuje, a może nie. Może w tym tygodniu, może nigdy. Korzystne dla pana byłoby zawarcie ugody, dobrej ugody, zanim narobi kolejnych kłopotów. Jeśli kogoś skrzywdzi, pana wina będzie większa i prosta sprawa może się skomplikować.

– Co to jest dobra ugoda? – zapytał Keith.

– Bez aresztu, danie po łapie – Elmo, wzruszył ramionami.

– A co to znaczy?

– Niewiele. Szybka rozprawa, jakaś mała grzywna, na pewno nie więzienie.

– Miałam nadzieję, że pan to powie. – Dana odetchnęła.

– A po jakimś czasie pewnie uzyskam zgodę, żeby wykreślili to z akt – dodał Elmo.

– Ale skazanie będzie odnotowane? – zapytał Keith.

– Tak, i to jest kłopotliwe. Boyette trafił na pierwsze strony, tutaj w Topeka, i podejrzewam, że w nadchodzących dniach będzie o nim więcej. To nasz śladowy związek z tą sensacją. Jeśli jakiś reporter zacznie szperać, może się natknąć na to, że został pan skazany. To całkiem niezła historia, jeśli o tym pomyśleć. Miejscowy pastor pomaga prawdziwemu zabójcy i tak dalej. Gazeta narobi szumu, ale bez większej szkody. Większy artykuł pojawi się, kiedy i o ile popełni kolejną zbrodnię. Wtedy prokurator znajdzie się pod presją i ugoda z nim będzie trudniejsza.

Keith i Dana wymienili niepewne spojrzenia. To była ich pierwsza wspólna wizyta w kancelarii adwokackiej i mieli nadzieję, że ostatnia.

– Proszę posłuchać – powiedział Keith. – Naprawdę nie chcę, żeby to wisiało mi nad głową. Jestem winien tego, co zrobiłem. Skoro popełniłem przestępstwo, przyjmę karę. Nasze pytanie jest proste: co teraz?

– Niech mi pan da kilka godzin, porozmawiam z prokuratorem okręgowym. Jeśli się zgodzi, szybko zawrzemy ugodę i będziemy to mieli za sobą. Trochę szczęścia i prześlizgnie się pan pod radarem.

– Kiedy to będzie?

Kolejne wzruszenie ramion.

– W tym tygodniu.

– I obiecuje pan, że on nie pójdzie do więzienia? – zapytała Dana, niemal prosząco.

– Żadnych obietnic, ale to jest bardzo mało prawdopodobne

Keith i Dana siedzieli w samochodzie przed biurem Lairda i wpatrywali się w ścianę budynku.

– Nie mogę uwierzyć, że tu jesteśmy, że to robimy, że rozmawiamy o przyznaniu się do winy, że boimy się więzienia – powiedziała.

– Czy to nie wspaniale? Uwielbiam to.

– Że co?

– Dana, muszę ci powiedzieć, że nie licząc naszego miesiąca miodowego, ubiegły tydzień był najwspanialszym tygodniem w moim życiu.

– Jesteś chory. Za dużo czasu spędziłeś z Boyette'em.

– Chyba tęsknię za Travisem.

– Jedź, Keith. Zaczynasz świrować.

Oficjalnie gubernator był bardzo zapracowany, walczył z budżetem stanu. Nie miał czasu wypowiadać się na temat przypadku Drumma. Dla niego sprawa została zamknięta.

Nieoficjalnie zaszył się w gabinecie z Wayne'em i Barrym. Wszyscy trzej byli skołowani i skacowani, łykali tabletki na ból głowy i klęli na to, co muszą zrobić. Przed budynkiem koczowali reporterzy – właściwie to sfilmowali gubernatora, kiedy z oddziałkiem ochrony wychodził z rezydencji o siódmej trzydzieści, jak co rano pięć razy w tygodniu. Jakby to była teraz najważniejsza informacja prasowa. Biuro zalały telefony, faksy, mejle, listy, tłumy ludzi, nawet paczki.

– Ta burza gówna robi się coraz gorsza z minuty na minutę – powiedział Barry. – Wczoraj trzydzieści jeden wstępniaków w całym kraju, dzisiaj kolejnych siedemnaście. W tym tempie każda gazeta w Stanach strzeli nam w dupę. Bez przerwy gadka w kablówce, eksperci wyskakują tabunami, każdy z radą, co robić dalej.

– A co robić dalej? – zapytał gubernator.

– Moratoria, moratoria. Dać sobie spokój z karą śmierci, a przynajmniej analizować ją aż do usranej śmierci.

– Badania opinii?

– Badania opinii mówią, że schrzaniliśmy, ale jeszcze za wcześnie się nimi martwić. Odłóż to na parę dni, niech sprawa przyschnie, wtedy wrócimy do gry. Podejrzewam, że stracimy parę punktów, ale myślę, że co najmniej sześćdziesiąt pięć procent nadal popiera igłę. Wayne?

Wayne siedział z nosem w laptopie, ale słyszał wszystko.

– Sześćdziesiąt dziewięć, to wciąż moja ulubiona liczba.

– Wchodzę – oznajmił gubernator. – Sześćdziesiąt siedem. Wszyscy wchodzą?

Barry i Wayne szybko podnieśli kciuki. Grali teraz w standardowe badania opinii – każda po sto dolarów.

Gubernator po raz setny podszedł do ulubionego okna, ale na zewnątrz niczego nie zobaczył.

– Muszę z kimś porozmawiać. Kiedy tu siedzę i ignoruję prasę, wygląda, jakbym się ukrywał.

– Przecież się ukrywasz.

– Załatw mi jakiś wywiad z kimś, komu możemy zaufać.

– Zawsze jest Fox. Dwie godziny temu rozmawiałem z Chuckiem Monahandem, z miłą chęcią by pogawędził. Jest nieszkodliwy i ma wysokie notowania.

– Da nam wcześniej pytania?

– Oczywiście. Zrobi wszystko.

– To mi się podoba. Wayne?

Wayne trzasnął kostkami palców z taką siłą, że mógłby je złamać:

– Nie tak szybko – powiedział. – Po co ten pośpiech? Jasne, że się zamelinowałeś, ale daj sobie trochę czasu. Pomyślmy o tym, co z nami będzie za tydzień.

– Zgaduję, że będziemy dokładnie tutaj – odparł Barry. – Drzwi zamknięte, my wyrywamy sobie włosy z głowy i próbujemy podjąć decyzję, co robić dalej.

– Ale to taka wspaniała chwila – powiedział gubernator. – Nie zrezygnuję z niej.

– Odpuść – doradził Wayne. – Teraz źle wyglądasz, gubernatorze, i nie ma jak tego naprawić. Czas, oto czego nam trzeba, i to mnóstwo czasu. Mówię tak: przyczajamy się, uchylamy się przed kulami, niech prasa przemieli Koffeego, gliniarzy i sąd apelacyjny. Niech minie miesiąc. To nie będzie przyjemne, ale zegar się nie zatrzyma.

– A ja mówię tak: idziemy do Foksa.

– A ja mówię, że nie – odpalił Wayne. – Mówię, że wykombinujemy wyjazd służbowy do Chin i ulotnimy się na dziesięć dni. Badanie rynków zagranicznych, zbyt dla teksańskich produktów, więcej pracy dla naszych.

– Robiłem to trzy miesiące temu – powiedział Newton. – Nie znoszę chińskiego jedzenia.

– Kiepsko wyglądasz – stwierdził Barry. – Ucieczka w samym środku największej zadymy od ostatniego huraganu. Zły pomysł.

– Zgadzam się. Nie jadę.

– To może ja pojadę do Chin? – zaproponował Wayne.

– Nie. Która godzina? – Gubernator nosił zegarek, a w biurze były co najmniej trzy zegary. Kiedy takie pytanie padało późnym popołudniem, znaczyło tylko jedno. Barry podszedł do szafki i wyjął butelkę Knob Creek.

Gubernator usiadł za swoim wielkim biurkiem i upił łyk.

– Kiedy następna egzekucja? – zapytał Wayne'a. Jego prawnik postukał w klawisze, spojrzał w laptop.

– Za szesnaście dni.

– O kurczę – mruknął Barry.

– Kto? – zapytał Newton.

– Drifty Tucker – powiedział Wayne. – Mężczyzna, biały, pięćdziesiąt jeden lat, hrabstwo Panola. Zabił żonę, kiedy przyłapał ją w łóżku z sąsiadem. Do sąsiada też strzelił, osiem razy. Musiał przeładować.

– To przestępstwo? – zdziwił się Barry.

– Nie w moim przekonaniu – odparł Newton. – Nie twierdzi, że jest niewinny?

– Nie. Twierdzi, że miał ograniczoną poczytalność, ale wygląda na to, że przeładowanie trochę mu przesrało.

– Możemy gdzieś znaleźć sąd, żeby orzec wstrzymanie? – zapytał Newton. – Wolałbym się tym nie zajmować.

– Popracuję nad tym.

Gubernator upił jeszcze jeden łyk i pokręcił głową.

– Kolejna egzekucja – krzyknął. – To jest to, czego właśnie teraz potrzebujemy.

Wayne nagle podskoczył, jakby dostał w twarz.

– Ale tego przyszło! Robbie Flak właśnie wniósł pozew do sądu stanowego w hrabstwie Chester. Wymienia całą grupę pozwanych. Jednym z nich jest czcigodny Gill Newton, gubernator. Pięćdziesiąt milionów dolarów odszkodowania za bezprawne pozbawienie życia Dontégo Drumma.

– Nie może tego zrobić – oburzył się gubernator.

– Właśnie zrobił. Wygląda na to, że przemejlował kopie do wszystkich pozwanych i do wszystkich gazet w stanie.

– Mam immunitet.

– Oczywiście, ale i tak zostałeś pozwany.

Barry wyprostował się w krześle i zaczął się drapać po głowie. Gubernator zamknął oczy i zaczął mamrotać do siebie. Wayne gapił się w laptop z szeroko otwartymi ustami. Zły dzień zmienił się w jeszcze gorszy.

Rozdział 38

Keith siedział w kancelarii kościoła, ręce splótł za głową, stopy bez butów oparł o biurko, wzrok wbił w sufit. Po tym wszystkim wciąż miał mętlik w głowie. Raz czy dwa w ciągu kilku ostatnich dni usiłował myśleć o rodzinie i sprawach kościoła, ale tę miłą odmianę ciągle burzyła myśl o Travisie Boyetcie krążącym swobodnie po ulicach. Sto razy przypominał sobie, że nie pomagał Boyette'owi w ucieczce – ten człowiek już i tak łaził po ulicach Topeka, skazaniec, który odsiedział swoje i zgodnie z prawem na nowo włączał się do społeczeństwa. To Boyette podjął decyzję, że opuści Dom Kotwicy i złamie warunek, zanim przekonał Keitha, żeby został jego kierowcą. Ale Keith chodził z zaciśniętym żołądkiem i wciąż zadręczał się, że zrobił coś złego.

Żeby oderwać się od Boyette'a, szybkim ruchem zdjął stopy z biurka i odwrócił się do komputera. Na monitorze była strona Amerykanów Przeciwko Karze Śmierci, oddziału w Kansas. Keith postanowił się do nich zapisać. Zapłacił dwadzieścia pięć dolarów rocznej składki kartą kredytową, został jednym z trzech tysięcy członków i miał teraz prawo do biuletynu online, miesięcznika z najnowszymi i okresowymi aktualizacjami redagowanymi przez zespół. Grupa spotykała się raz do roku, w Wichita, szczegóły wkrótce. Poza kościołem była to pierwsza organizacja, do której wstąpił.

Z ciekawości zajrzał na strony ugrupowań przeciwników kary śmierci w Teksasie. Znalazł ich mnóstwo. Rozpoznał nazwy paru, które widywał w prasie przez ostatnie dwa dni. Abolicjoniści Południa byli najaktywniejsi w sprawie egzekucji Drumma, strona roiła się od wpisów. Straż przeciwko Egzekucji, Studenci przeciwko Karze Śmierci, Teksańskie Moratorium w Sieci, Teksańczycy przeciwko Legalnemu Zabijaniu, Teksańczycy za Alternatywą dla Kary Śmierci. Jedną ze znajomych nazw była Grupa do spraw Kary Śmierci. Keith wszedł na jej stronę. Niesamowite. Członkostwo tylko dziesięć dolarów. Keith wyjął kartę kredytową i się zapisał. Dobrze się bawił, nie myślał o Boyetcie.

Największą i najstarszą grupą w Teksasie była PTE, Powstrzymać Teksańskie Egzekucje. Nie tylko publikowała mnóstwo materiałów, ale także prowadziła kampanie wśród ustawodawców, tworzyła grupy wsparcia dla mężczyzn i kobiet siedzących w celach śmierci, zbierała pieniądze na obronę oskarżonych o przestępstwa zagrożone karą główną, kontaktowała się w sieci z kilkunastoma innymi ugrupowaniami z całego kraju i, co robiło największe wrażenie, przynajmniej na Keicie, zajmowała się rodzinami obu stron – ofiar i skazanych. PTE miała piętnaście tysięcy członków i roczny budżet w wysokości dwóch milionów, oferowała członkostwo każdemu, kto zechciał wpłacić dwadzieścia pięć dolarów. Keith był w dobrym nastroju i po chwili przyłączył się do swojej trzeciej organizacji. Sześćdziesiąt dolarów później poczuł się jak zaprzysiężony abolicjonista.

Ciszę przerwał sygnał intercomu.

– Mam reporterkę na linii – oznajmiła Charlotte Junger. – Myślę, że powinieneś z nią porozmawiać.

– Skąd ona jest?

– Z Houston i nie daje się spławić.

– Dziękuję. – Odebrał telefon. – Tu pastor Keith Schroeder.

– Nazywam się Eliza Keene. Jestem z „Houston Chronicle". – Mówiła cicho, powoli, jej sposób mówienia kojarzył się Keithowi z nosowym akcentem, który słyszał w Slone. – Mam kilka pytań dotyczących Travisa Boyette'a.

Życie przemknęło mu przed oczami. Nagłówki, kontrowersje, kajdanki, więzienie.

Keith zamarł na długo, wystarczająco długo, żeby przekonać pannę Keene, że trafiła na właściwy trop.

– Oczywiście – powiedział. Bo co miał powiedzieć? Nie będzie kłamał i zaprzeczał, że znał Boyette'a. Przez ułamek sekundy pomyślał, żeby odmówić, ale to byłoby podejrzane.

– Pozwoli pan, że nagram naszą rozmowę? – zapytała uprzejmie.

Nie. Tak. Nie miał pojęcia.

– Hm, tak.

– Dobrze. Dzięki temu nic nie przekręcą. Chwileczkę. – Przerwa. – Teraz magnetofon jest włączony.

– W porządku – powiedział Keith, ale tylko dlatego, że chyba trzeba było coś powiedzieć do słuchawki. Postanowił przeciągać rozmowę, próbował zebrać myśli. – No, tak, panno Keene, nie miewam zbyt dużo do czynienia z reporterami. Czy można jakoś sprawdzić, czy pani naprawdę jest reporterką „Houston Chronicle"?

– Ma pan włączony komputer?

– Tak.

– Więc przesyłam panu teraz swoją biografię zawodową i zdjęcie sprzed kancelarii Robbiego Flaka. Zostało zrobione w ostatni czwartek, pan Flak i jego zespół wychodzili. Na zdjęciu jest czworo ludzi, jeden z nich nosi ciemną marynarkę i białą koloratkę. To na pewno pan.

Keith otworzył pocztę, sprawdził załącznik. To był on. Przejrzał jej biografię, choć wiedział, że to niepotrzebne.

– Przystojniak – powiedział.

– Też tak sądzimy. To pan?

– Tak.

– Czy był pan świadkiem egzekucji Dontégo Drumma? – zapytała. Keith poczuł suchość w ustach. Odchrząknął.

– Dlaczego pani sądzi, że byłem świadkiem egzekucji?

– Otrzymaliśmy raporty z więzienia. Został pan wpisany na listę jako świadek po stronie więźnia. Poza tym jeden z mężczyzn stojących za panem podczas egzekucji był reporterem, nie naszym, z innej gazety. Nie znalazł pańskiego nazwiska. Ja znalazłam.

Co doradziłby mu w tej chwili Elmo Laird? Może żeby przerwał rozmowę. Nie wiedział, ale reporterka zrobiła na nim wrażenie. Jeśli miała materiały z więzienia i zdjęcie, to co jeszcze znalazła? Ciekawość zwyciężyła.

– Skoro tak, to chyba byłem świadkiem egzekucji.

– Dlaczego luterański pastor z Topeka stał się świadkiem egzekucji w Teksasie?

To samo pytanie Keith stawiał sobie co najmniej tysiąc razy. Zmusił się do śmiechu.

– To długa historia.

– Przyjaciel Dontégo Drumma?

– Nie.

– Travis Boyette przebywał w zakładzie półotwartym w Topeka, potem pojawił się w Slone, w Teksasie. Wie pan, jak się tam dostał?

– Może.

– Czy jeździ pan rdzawoczerwonym subaru, tablice z Kansas, numer rejestracyjny LLZ787?

– Zakładam, że ma pani kopię mojej rejestracji.

– Mam, a jeden z naszych reporterów zauważył ten samochód w Slone. Niewielu mieszkańców Kansas zatrzymuje się w Slone. Czy przypadkiem Boyette nie zabrał się z panem autostopem?

Znowu śmiech, tym razem nieudawany.

– W porządku, panno Keene, czego pani ode mnie chce?

– Chcę poznać pańską wersję, pastorze, całą.

– To zajęłoby wiele godzin, a ja nie mam zamiaru tracić teraz na to czasu.

– Kiedy pan spotkał Travisa Boyette'a po raz pierwszy?

– Przed tygodniem, w ostatni poniedziałek.

– I wtedy przyznał się do zamordowania Nicole Yarber?

O poufności nie było już mowy. Boyette roztrąbił przyznanie się do winy całemu światu, niewiele pozostało tajemnic. Ale nie wszystko powinno wyjść na jaw. Keith nie musiał odpowiadać na to pytanie ani na żadne inne. Nie bał się prawdy, przeciwnie, postanowił jej nie ukrywać. Skoro tak łatwo było go wytropić, wkrótce zaczną dzwonić inni reporterzy. Dobra, przejdźmy przez to.

– Właśnie to chciałem powiedzieć, panno Keith. Travis Boyette odwiedził nasz kościół w niedzielę, w zeszłym tygodniu. Chciał porozmawiać, więc wrócił następnego dnia. Zwierzył mi się i dlatego pojechaliśmy do Slone, w Teksasie, gdzie przybyliśmy w ostatni czwartek koło południa. Chciał przeszkodzić w egzekucji, bo Donté Drumm był niewinny. Boyette wystąpił w telewizji, przyznał się, że to on jest zabójcą i złożył oświadczenie, które wszyscy widzieliśmy. Pan

Flak poprosił mnie, żebym pojechał z nim do Huntsville. Niechętnie się zgodziłem i za jednym poszło drugie. Spotkałem się z Dontém i, zupełnie się tego nie spodziewając, zostałem świadkiem egzekucji. Następnego dnia rano Boyette doprowadził pana Flaka i innych, w tym mnie, do miejsca w Missouri, gdzie zakopał dziewczynę. Potem Boyette zachorował. Zabrałem go do szpitala w Joplin, a stamtąd udało mu się wyjść. Pojechałem do domu. Od tamtego czasu nie miałem kontaktu z Boyette'em.

Przerwa po drugiej stronie linii, reporterka przyswajała to, co powiedział.

– Mam z tysiąc pytań.

– A ja spóźniam się na trening piłkarski. Do widzenia pani. – Keith odłożył słuchawkę i szybko wyszedł z kancelarii.

„Fordyce – Mocne Uderzenie!" szło jako jednogodzinny segment, w najlepszym czasie oglądalności, w poniedziałek wieczór. Program reklamowano bezwstydnie przez cały weekend, Sean Fordyce przemówił do świata na żywo ze Slone w Teksasie, gdzie nadal ciskał się na wszystkie strony w poszukiwaniu kolejnego pożaru, albo gdyby się poszczęściło, trupa czy wybuchającej bomby. Pierwsze pół godziny zajęło show Reevy, z mnóstwem łez i oczekiwaniem na egzekucję. Pokazano film z Nicole, małą dziewczynką tańczącą na jakimś występie i więcej materiału z cheerleaderką podskakującą na linii bocznej na meczu Wojowników. Był klip z Dontém, jak roznosi przeciwnika na boisku. Mnóstwo ujęć Reevy, z najważniejszym wywiadem po egzekucji. W świetle tego, co stało się oczywiste, wypadła głupio, niemal żałośnie, i było jasne, że Fordyce ją wystawił. Były zbliżenia Reevy, jak wrzeszczy bez opamiętania, a potem milknie, oglądając po raz pierwszy taśmę z Boyette'em. Była wyraźnie wstrząśnięta, kiedy Boyette pokazał pierścionek szkolny Nicole. Po tym już nie było Reevy. W drugiej części Fordyce puścił składankę wideo i wywiadów, ale nie przedstawił niczego nowego. Bajzel bez ładu i składu. Była w tym jakaś ironia, że on, największa szczekaczka za karą śmierci wyemitował materiał na wyłączność o bezprawnej egzekucji, ale Sean Fordyce nie czuł ironii. Nie obchodziło go nic poza oglądalnością.

Keith i Dana oglądali to. Keith, podczas gorączkowych godzin w Slone i szaleńczej wyprawy, żeby się tam dostać, nie miał okazji zobaczyć nikogo z rodziny Nicole. Czytał o Reevie w Internecie, ale jej nie słyszał. Program Fordyce'a przynajmniej się na coś przydał. Keith nie miał do czynienia z Reevą, więc mógł jej łatwo współczuć.

Musiał zadzwonić, odkładał to od kilku godzin. Kiedy Dana kładła chłopców spać, schował się w sypialni i zadzwonił do Elma Lairda. Przeprosił, że przeszkadza mu w domu, ale sprawy uległy gwałtownej zmianie i musiał zadzwonić. Elmo powiedział, że to nie problem. Kiedy Keith szczegółowo zrelacjonował rozmowę z Elizą Keene, Elmo zasugerował, że to chyba jednak jest problem.

– To nie był dobry pomysł – zareagował odruchowo.

– Ale ona już wszystko miała, fakty, dokumentację, zdjęcie. Wiedziała o wszystkim. Głupio by wyszło, gdybym próbował zaprzeczać.

– Nie musi pan rozmawiać z reporterami, wie pan o tym?

– Wiem, ale przed nikim nie uciekam. Zrobiłem, co robiłem. Nic nie ukrywam.

– Doceniam to, ale wynajął mnie pan, żebym panu doradził. Znajdzie się lepszy czas i lepsze miejsce, kiedy będzie pan mógł przedstawić swoją opowieść, ale to my będziemy dyktowali gdzie i kiedy.

– Przepraszam. Nie znam się na prawie. W tej chwili prawo i te niekończące się procedury mnie przerastają.

– Oczywiście, tak jest zazwyczaj z moimi klientami. Dlatego mnie wynajmują.

– Więc schrzaniłem?

– Niekoniecznie. Ale proszę się przygotować, może rozpętać się piekło. Wybacz że tak mówię, pastorze. Czekam na tekst w gazecie. Nie wydaje mi się, żeby ktokolwiek marnował jeszcze papier na sprawę Drumma, ale pańska historia to z pewnością coś nowego.

– Jestem skołowany, panie Laird. Niech mi pan pomoże. Jak artykuł wpłynie na moją sprawę?

– Keith, daj spokój, przecież ty nie masz sprawy. Nie jesteś o nic oskarżony i może nigdy nie będziesz. Dziś po południu rozmawiałem z prokuratorem okręgowym, przyjaźnimy się, i chociaż zainteresował się panem, nie palił się, żeby sklecić oskarżenie. Ale i nie wykluczał tego. I znowu, obawiam się, że najważniejszy jest Boyette. Teraz to chyba najsłynniejszy skazaniec na wolności. Dzisiaj w Missouri został oskarżony o zabójstwo, widział pan...

– Widziałem, kilka godzin temu – odparł Keith.

– Jego twarz jest wszędzie, więc może go złapią. Wątpię, żeby wrócił do Kansas. Niech się nim zajmuje Missouri. Jeśli go zamkną, zanim kogoś skrzywdzi, to myślę, że prokurator okręgowy zakończy sprawę.

– A szum wokół mnie?

– Zobaczy się. Mnóstwo ludzi tutaj będzie pana podziwiać za to, co pan zrobił. Nie sądzę, żeby ktoś chciał pana krytykować za to, że próbował pan uratować Dontégo Drumma, zwłaszcza po tym, co teraz wiemy. Przetrwamy, ale proszę, żadnych wywiadów więcej.

– Obiecuję, panie Laird.

Rozdział 39

Keith to przysypiał, to budził się przez cztery godziny, wreszcie wstał z łóżka i poszedł do kuchni. Sprawdził CNN, nie zobaczył nic nowego, otworzył laptop i prześledził, co piszą w Houston. Na chron.com parę tekstów, Robbie i pozwy na pierwszym miejscu. Zdjęcie Robbiego, jak wymachuje jakimiś papierami na stopniach sądu hrabstwa Chester. Obszerne cytaty z jego wypowiedzi, z łatwymi do przewidzenia deklaracjami o ściganiu po grób odpowiedzialnych za bezprawne uśmiercenie Dontégo Drumma. Żaden z pozwanych, z gubernatorem włącznie, się nie wypowiedział.

Następny artykuł dotyczył reakcji rozmaitych grup przeciwników kary śmierci i Keith był dumny, że pierwsze miejsce zajmuje Powstrzymać Teksańskie Egzekucje. Były żądania podjęcia drastycznych kroków – jak zwykle moratorium na egzekucje, śledztwo w Wydziale Policji miasta Slone, w Teksańskim Sądzie Apelacji Karnych, pytanie, jak gubernator podszedł do prawa łaski, sam proces, Paul Koffee i jego biuro, i tak dalej, i tak dalej. Demonstracje zaplanowano na wtorek w południe pod kapitolem stanowym w Austin, na Uniwersytecie Sama Houstona w Huntsville, Teksańskim Uniwersytecie Południowym i w kilkunastu innych uczelniach.

Najdłużej sprawującym urząd członkiem teksańskiego senatu był zadziorny czarny adwokat z Houston, Rodger Ebbs. Miał wiele do powiedzenia. Żądał, żeby gubernator zwołał nadzwyczajną sesję legislatywy, która zainicjowałaby śledztwo i zbadała wszystkie aspekty kompromitującej sprawy Drumma. Ebbs był wiceprzewodniczącym senackiej komisji finansów i miał spory wpływ na stanowy budżet. Zagroził, że zawiesi działalność rządu stanowego, jeśli nie odbędzie się specjalna sesja. Żadnych komentarzy ze strony gubernatora.

Drifty Tucker, następny w kolejce do egzekucji, nagle znalazł się w wiadomościach. Jego datą był dwudziesty ósmy listopada, trochę ponad dwa tygodnie. Sprawa, która pozostawała w uśpieniu od dziesięciu lat, wzbudziła wielkie zainteresowanie.

Artykuł Elizy Keene miał numer czwarty na liście. Keith kliknął i zobaczył zdjęcie ze sobą, Robbiem, Aaronem i Marthą Handler. Wszyscy bardzo poważni, wychodzą ze stacji kolejowej, żeby wybrać się do Huntsville. Tytuł brzmiał: „Pastor z Kansas świadkiem egzekucji". Dziennikarka podała podstawowe fakty i przypisała Keithowi parę wypowiedzi. Ona też, przed laty, była świadkiem egzekucji i dziwiło ją, jak ktoś mógł zostać zaakceptowany jako świadek w tak krótkim czasie. Nikt z władz więziennych nie chciał tego skomentować. Najwyraźniej skontaktowała się z kancelarią Flaka, zamieniła parę słów, ale nie znalazła nikogo, kto udzieliłby wypowiedzi. Psycholog w Domu Kotwicy powiedział, że pastor Schroeder wstąpił co najmniej dwa razy w poprzednim tygodniu, szukając Boyette'a. Połowa artykułu traktowała o Keicie i Boyetcie i ich szaleńczej jeździe do Teksasu, żeby wstrzymać egzekucję. Było tam mniejsze zdjęcie Boyette'a, kiedy zwracał się do reporterów w ostatni czwartek. Drugą połowę reportażu poświęcono czemuś innemu – potencjalnym problemom z prawem, jakie czekały Keitha. Czy można oskarżyć pastora o świadomą pomoc udzieloną przestępcy w złamaniu zasad zwolnienia warunkowego? Żeby to ustalić, panna Keene poprosiła kilku ekspertów. Zacytowano profesora prawa z uniwersytetu w Houston: „Uczynek szlachetny, ale złamanie prawa oczywiste. Teraz, kiedy Boyette jest na wolności, sądzę, że pastor będzie chciał się skonsultować z adwokatem".

Dzięki, gaduło, powiedział do siebie Keith. A złamanie prawa wcale nie jest oczywiste, według mojego prawnika. Może powinieneś się trochę przygotować, zanim wyskoczysz w prasie.

Adwokat od spraw karnych z Houston powiedział: „Może prawo zostało złamane, ale kiedy patrzę na całość, myślę, że ten facet to bohater. Bardzo chciałbym go bronić przed ławą przysięgłych".

Ława przysięgłych? Elmo Laird miał nadzieję, że będzie szybkie, ciche poddanie się karze i trzepnięcie po łapach. Przynajmniej tak to Keith zapamiętał. I żeby naświetlić rzecz ze wszystkich stron, panna Keene pogadała z byłym teksańskim prokuratorem. Zacytowano go: „Przestępstwo to przestępstwo, bez względu na okoliczności. Ja bym mu nie popuścił. Fakt, że jest pastorem, nie ma znaczenia".

Piąty artykuł to dalszy ciąg zaciekłego dochodzenia, co się działo w urzędzie gubernatora, kiedy mijały godziny przed egzekucją. Jak dotąd zespół dziennikarzy nie zdołał wykurzyć z gubernatorskiego biura nikogo, kto przyznałby, że widział wideo z Boyette'em, który przyznaje się do winy. Mejl został wysłany z kancelarii Flaka o trzeciej jedenaście po południu, a Robbie oczywiście udostępnił zapisy ze swojego serwera.

Urząd gubernatora nie. Nic nie wypływało na wierzch. Bliscy doradcy gubernatora i kilkunastu niezbyt bliskich zwarli szeregi i nic nie powiedzieli. To się pewnie zmieni. Kiedy rozpocznie się śledztwo i zaczną latać wezwania do sądu.

Telefon zadzwonił o szóstej dwie rano. Rozmówca „nieznany". Keith chwycił słuchawkę, zanim dzwonek obudził Danę i chłopców. Mężczyzna z silnym akcentem, prawdopodobnie Francuz, powiedział, że szuka pastora Keitha Schroedera.

– A kim pan jest?

– Antoine Didier z „Le Monde", paryskiej gazety. Chciałbym porozmawiać o sprawie Drumma.

– Przepraszam, nie mam nic do powiedzenia. – Keith odłożył słuchawkę i czekał, aż telefon znowu się odezwie. Odezwał się, Keith chwycił słuchawkę i powiedział szorstko:

– Żadnych komentarzy, proszę pana. – I znów odłożył słuchawkę. W domu były cztery telefony, przebiegł i wcisnął we wszystkich „nie przeszkadzać". W sypialni Dana właśnie się budziła do życia.

– Kto dzwoni? – zapytała, przecierając oczy.

– Francuz.

– Kto?

– Wstawaj. To chyba będzie długi dzień.

Lazarus Flint był pierwszym czarnym strażnikiem leśnym we wschodnim Teksasie. Od ponad trzydziestu lat nadzorował Rush Point nad Red River, a przez ostatnich dziewięć lat razem z dwoma innymi pracownikami cierpliwie troszczył się o świętą ziemię, do której wyprawiała się rodzina i przyjaciele Nicole Yarber, by tam odprawiać czuwania. Obserwował ich od lat. Pokazywali się od czasu do czasu i siadali w miejscu niedaleko prowizorycznego krzyża. Siadali, płakali, zapalali świece, co jakiś czas patrzyli w dal, na rzekę, jakby to rzeka ją zabrała. Jakby z całą pewnością wiedzieli, że to jest miejsce jej ostatniego spoczynku. A raz do roku, w rocznicę jej zniknięcia, matka pielgrzymowała do Rush Point, zawsze w otoczeniu kamer, zawsze z płaczem i całym tym zamieszaniem. Zapalali jeszcze więcej świec, obstawiali krzyż kwiatami, przynosili pamiątki, nieudane malunki i tabliczki z przesłaniami. Zostawali, dopóki nie zrobiło się ciemno, i zawsze przed odejściem modlili się pod krzyżem.

Lazarus był ze Slone i nigdy nie wierzył w winę Dontégo. Jeden z jego kuzynów został zamknięty za włamanie, z którym nie miał nic wspólnego, i Lazarus jak większość czarnych w Slone nie ufał policji. Dopadli nie tego człowieka, powtarzał, obserwując z oddali praktyki rodziny i przyjaciół Nicole.

We wtorek rano, na długo zanim ktokolwiek przybył pod krzyż, Lazarus zaparkował pikapa nieopodal świętego miejsca i powoli, metodycznie zaczął usuwać rupiecie. Wyszarpnął krzyż z ziemi – z biegiem lat zmieniło się kilka krzyży, każdy większy od poprzedniego. Podniósł zalany woskiem blok granitu, na którym stawiali świece. Cztery zdjęcia Nicole, dwa laminowane i dwa oprawione w szkło. Bardzo ładna dziewczyna, pomyślał Lazarus, wrzucając zdjęcia na pikapa. Straszna śmierć, ale i Donté miał straszną śmierć. Zebrał maleńkie porcelanowe figurki cheerleaderek, gliniane tabliczki z przesłaniami, jakieś przedmioty z brązu nieokreślonego przeznaczenia, zdumiewające olejne malowidła na płótnie i bukiety zwiędłych kwiatów.

Kupa śmieci, jeśli o niego chodzi.

Co za marnotrawstwo, mówił do siebie, odjeżdżając. Strata czasu, łez, uczuć, nienawiści, nadziei, modlitw. Dziewczyna była ponad pięć godzin drogi stąd, pochowana na wzgórzach Missouri przez kogoś innego. Nigdy nie było jej w pobliżu Rush Point.

Paul Koffee wszedł do gabinetu sędziego Henry'ego we wtorek kwadrans po dwunastej. Chociaż był czas lunchu, nigdzie w zasięgu wzroku żadnego jedzenia. Sędzia Henry stanął za biurkiem, Koffee usiadł w głębokim skórzanym fotelu, który dobrze znał.

Od piątkowego wieczoru Koffee nie wychodził ze swojego domku. W poniedziałek nie zaszedł do biura i pracownicy nie wiedzieli, gdzie jest. Dwa stawiennictwa przed sądem, przed sędzią Henrym, zostały odłożone. Był wychudzony, zmęczony, blady, miał mocno podkrążone oczy. Gdzieś się ulotniła jego zwykła prokuratorska buta.

– Co tam ostatnio u ciebie, Paul? – zapytał uprzejmie sędzia.

– Bywało lepiej.

– O, na pewno. Czy razem ze swoimi ludźmi pracujesz nad teorią, że Drumm i Boyette byli w zmowie?

– Trochę się tym zajmujemy – powiedział Koffee. Patrzył przez okno, po lewej stronie. Trudno mu było patrzeć na sędziego, sędzia nie miał takich trudności.

– Może ci w tym pomogę, Paul. I ty, i ja, a w tej chwili także cała reszta świata, wiemy doskonale, że taka pożałowania godna teoria to nic innego niż chora, nieudolna, rozpaczliwa próba ratowania twojej dupy. Paul, posłuchaj, twojej dupy nie da się uratować. Nic cię nie może uratować. A jeśli będziesz w kółko powtarzał teorię o dwóch oskarżonych, wyśmieją cię. Gorzej, to tylko powiększy napięcie. Paul, to nie przejdzie. Zostaw to. Nie wnoś niczego, bo jak wniesiesz, natychmiast to oddalę. Zapomnij o tym, Paul. Zapomnij o wszystkim, co się dzieje w twoim biurze, i to natychmiast.

– Mówisz, że mam zrezygnować?

– Tak. Natychmiast. Twoja kariera skończy się kompromitująco, daruj to sobie, Paul. Dopóki nie zrezygnujesz, czarni nie zejdą z ulic.

– Załóżmy, że nie zechcę zrezygnować?

– Nie mogę cię zmusić, ale mogę sprawić, że będziesz żałował. Paul, jestem twoim sędzią, decyduję o każdym wniosku, w każdej sprawie. Przewodniczę w każdym procesie. Dopóki jesteś prokuratorem okręgowym, twój urząd niczego ode mnie nie dostanie. Nawet nie składaj wniosków. Nie proś o proces, bo w tym tygodniu jestem zajęty. Nic, Paul, nic. Ty i twoi ludzie nie będziecie w stanie niczego zrobić.

Koffee oddychał przez usta, marszczył brwi, patrząc na sędziego, próbował przetrawić to, co usłyszał.

– To bezlitosne, sędzio.

– Skoro tego trzeba, żeby przegnać cię z urzędu.

– Mogę złożyć skargę.

Sędzia Henry się roześmiał.

– Mam osiemdziesiąt jeden lat, idę na emeryturę. Jest mi wszystko jedno.

Koffee powoli wstał, podszedł do okna. Mówił, stojąc tyłem do sędziego.

– Szczerze mówiąc, Eliasie, mnie też jest wszystko jedno. Chcę się tylko stąd wydostać, dać sobie chwilę wytchnienia, uciec. Mam dopiero pięćdziesiąt sześć lat, wciąż jestem na tyle młody, żeby robić coś innego. – Długa przerwa, Koffee palcem potarł szybę. – Boże, nie mogę w to uwierzyć. Jak do tego doszło?

– Wszyscy bywamy nieostrożni. Zła praca policji. Kiedy nie ma dowodów, najłatwiej jest rozwiązać zagadkę kryminalną, wyciągając zeznanie.

Koffee odwrócił się i zrobił kilka kroków w stronę biurka. Oczy miał wilgotne, ręce mu drżały.

– Nie potrafię kłamać, sędzio. Czuję się podle.

– Rozumiem. Na pewno też bym się tak czuł w tych okolicznościach.

Koffee długo patrzył na swoje stopy. Wreszcie powiedział:

– Eliasie, składam rezygnację, skoro tak trzeba. Rozumiem, że to oznacza przedterminowe wybory.

– W końcu tak, ale mam propozycję. Kiedy zrezygnujesz, mianuj Grimshawa, to najlepszy z twoich zastępców. Zwołaj wielką ławę przysięgłych i oskarż Boyette'a o tę zbrodnię. Im szybciej, tym lepiej. To cudowny, symboliczny akt – my, system sądownictwa, w końcu przyznajemy się do błędu i teraz próbujemy go naprawić, oskarżając prawdziwego zabójcę. Przyznając się, zrobimy wiele, żeby uspokoić nastroje w Slone.

Koffee pokiwał głową i podał sędziemu rękę.

Przez cały dzień kancelaria Keitha przy kościele Świętego Marka odbierała telefony. Charlotte Junger odpowiadała za każdym razem, że pastor jest niedostępny i nie udzieli komentarza. Późnym popołudniem Keith wreszcie przyszedł. Cały dzień ukrywał się w szpitalu, odwiedzał chorych, z dala od telefonów i wścibskich reporterów.

Na jego prośbę Charlotte zrobiła spis dzwoniących i Keith przejrzał go w swoim gabinecie, za zamkniętymi na klucz drzwiami, z wyłączonym telefonem. Sami reporterzy, od San Diego po Boston, od Miami po Portland. Sześciu z trzydziestu dziewięciu było z gazet europejskich, jedenastu z Teksasu. Jeden powiedział, że jest z Chile, chociaż Charlotte nie była tego pewna ze względu na akcent. Zadzwoniło trzech członków Świętego Marka ze skargami. Nie podobało im się, że ich pastor został oskarżony o złamanie prawa; wyglądało, jakby się do tego przyznał. Dwóch zadzwoniło, żeby wyrazić podziw i powiedzieć, że go popiera. Jednak sprawa nie dotarła jeszcze do porannych gazet w Topeka. Stanie się to dopiero następnego dnia. Keith spodziewał się, że to samo zdjęcie wzbudzi sensację w całym jego rodzinnym mieście.

Luke, sześciolatek, grał w piłkę nożną, a potem, ponieważ to był wtorek, rodzina Schroederów poszła na pizzę do swojej ulubionej restauracji. Chłopcy położyli się spać o wpół do dziewiątej, Keith i Dana o dziesiątej. Zastanawiali się, czy zostawić wyłączone telefony, ale w końcu uzgodnili, że skasują tryb „nie przeszkadzać" i będą mieli nadzieję, że nic złego się nie stanie. Gdyby zadzwonił choćby jeden reporter, wyłączą je. Dwanaście po jedenastej zadzwonił telefon. Keith jeszcze nie spał, odebrał i powiedział:

– Halo.

– Pastorze, pastorze, jak się miewamy? – To był Travis Boyette. Spodziewając się tego nieprawdopodobieństwa, Keith podłączył do swojego telefonu mały magnetofon. Nacisnął „nagrywanie" i odpowiedział:

– Cześć, Travis. – Dana się obudziła. Wygramoliła się z łóżka, włączyła światło, złapała komórkę i zaczęła wystukiwać numer do detektywa Langa, człowieka, z którym dwa razy się spotkali.

– Co ostatnio porabiasz? – zapytał Keith. Po prostu para starych przyjaciół. Lang powiedział mu, żeby jak najdłużej trzymać Boyette'a na linii.

– Kręcę się, nie mogę za długo siedzieć w jednym miejscu. – Język mu się plątał, mówił powoli.

– Wciąż jesteś w Missouri?

– Nie, wyjechałem z Missouri przed tobą, pastorze. Jestem to tu, to tam.

– Zapomniałeś laski, Travis. Została na łóżku. Dlaczego jej nie zabrałeś?

– Nie potrzebuję jej, nigdy nie potrzebowałem. Troszeczkę przesadzałem. Przebacz mi pastorze, proszę. Mam guza, ale już od dawna. Oponiaka nie glejaka. Pierwsze stadium. Łagodne stworzonko. Co jakiś czas się odzywa, ale nie sądzę, żeby mnie zabiło. Laska to była broń, pastorze, czasem używałem jej do obrony. Mieszkasz z bandą oprychów w zakładzie półotwartym i nigdy nie wiesz, kiedy broń będzie potrzebna. – Country w tle dobiegało pewnie z jakiejś speluny.

– Ale kulałeś.

– No, daj spokój, pastorze, kiedy chodzi się z laską, trzeba trochę kuleć, nie sądzisz?

– Nie poznałbym, Travis. Paru ludzi cię szuka.

– Jak zwykle w moim życiu. Nigdy mnie nie znajdą. Tak jak nie znaleźli Nicole. Już ją pochowali, pastorze?

– Nie. Pogrzeb w czwartek. Dontégo jutro.

– Może się podkradnę i popatrzę na pogrzeb Nicole. Co o tym sądzisz, pastorze?

Świetny pomysł. Nie tylko go złapią, ale pewnie i pobiją.

– Myślę, że powinieneś, Travis. To przez ciebie ten pogrzeb. Chyba by pasowało.

– Jak się miewa ta twoja śliczna żonka, pastorze? Ludziska, wy to macie fajnie. Jest taka ładna.

– Zostaw to, Travis. – Utrzymać połączenie. – Dużo myślałeś o Dontém Drummie?

– Wcale nie myślałem. Powinniśmy wiedzieć, że ci z Południa nas nie wysłuchają.

– Wysłuchaliby, Travis, gdybyś się pojawił wcześniej. Gdybyśmy najpierw znaleźli ciało, egzekucji by nie było.

– Ciągle mnie oskarżasz, co?

– A kogo innego, Travis? Domyślam się, że nadal jesteś ofiarą, zgadza się?

– Nie wiem, kim jestem. Ale coś ci powiem, pastorze. Muszę znaleźć kobietę. Wiesz, o co mi chodzi?

– Posłuchaj, Travis. Powiedz, gdzie się podziewasz, a ja pojadę i przywiozę cię z powrotem do Topeka. Już wyjeżdżam. Zrobimy sobie kolejną wyprawę, tylko nas dwóch. Nie obchodzi mnie, gdzie jesteś. Tutaj cię zamkną i wydadzą do Missouri. Travis, chociaż raz zrób to, co powinieneś, i nikomu nic się nie stanie. Chłopie, zróbmy to.

– Nie lubię więzienia, pastorze. Wiem, bo nieraz je widziałem.

– Ale krzywdzenie ludzi zmęczyło cię, Travis. Na pewno. Sam mi powiedziałeś.

– Chyba tak. Muszę iść, pastorze.

– Travis, dzwoń, kiedy chcesz. Nie namierzam tych telefonów. Po prostu chcę z tobą rozmawiać.

Połączenie się urwało.

Godzinę później detektyw Lang u nich w domu słuchał nagrania. Zdołali dojść do właściciela skradzionej komórki w Lincoln, w Nebrasce.

Rozdział 40

Msza za Dontégo Drumma miała się odbyć w świątyni Afrykańskiego Metodystycznego Kościoła Betel, normalnie na dwustu pięćdziesięciu ludzi. Ale jeśli wcisnąć składane krzesła, gdzie się tylko da, zapełnić chór i ustawić starszych i młodszych mężczyzn pod ścianami, w dwóch rzędach, można by zmieścić trzystu pięćdziesięciu. Kiedy we wtorek późnym wieczorem oznajmiono, że szkoła nadal będzie zamknięta, rozdzwoniły się telefony i zmieniano plany. Mszę przeniesiono do sali gimnastycznej liceum na dwa tysiące. Początek o pierwszej. Pogrzeb Dontégo miał się odbyć zaraz po mszy. Na cmentarzu Greenwood. Pochowają go obok ojca.

Do południa w sali gimnastycznej było co najmniej dwa tysiące ludzi, jeszcze więcej czekało cierpliwie, żeby wejść. Trumna Dontégo stanęła przy ścianie, pod podniesioną tablicą wyników i bramką, w wielkim morzu pięknie ułożonych kwiatów. Z ekranu nad trumną tych, którzy przyszli się pożegnać, pozdrawiała jego przystojna, uśmiechnięta twarz. Rodzina siedziała w pierwszym rzędzie na składanych krzesłach. Tłum się przesuwał, oni jakoś się trzymali, pozdrawiali przyjaciół, obejmowali obcych, próbowali się nie rozkleić. Chór kościelny stał przy kwiatach, cicho śpiewał i nucił pocieszające spirituals. Panna Daphne Dellmore, świątobliwa stara panna, która kiedyś próbowała zupełnie bez powodzenia nauczyć Dontégo podstawowych nut, akompaniowała chórowi na starym pianinie. Po prawej stronie trumny była mała scena z podium i mikrofonem, a przed nią na rzędach składanych krzeseł siedzieli razem Wojownicy Slone. Obecni byli wszyscy zawodnicy i trenerzy. Z dumą nosili swoje niebieskie koszulki. Poza zawodnikami było parę rozsianych tu i ówdzie białych twarzy, ale niewiele.

Media zostały ściśnięte, dosłownie. Pod twardym kierownictwem Marvina Drumma reporterów z ich kamerami upchnięto w ciasny tłum z drugiej strony sali, pod przeciwległą tablicą. Zostali odcięci rzędem krzeseł przeplecionych żółtą policyjną taśmą. Potężni czarni w ciemnych garniturach stali wzdłuż taśmy, przyglądając się reporterom, których ostrzeżono, że nie wolno im nawet pisnąć. Jedno słowo i wylecą z sali, i żeby nie przytrafiło im się coś gorszego, na przykład złamanie nogi na parkingu. Rodzina miała reporterów po uszy, jak większość miasta.

Roberta mądrze postanowiła, żeby zamknąć trumnę. Nie chciała, żeby ostatnim wspomnieniem syna był widok trupa. Wiedziała, że przyglądać się będzie mnóstwo ludzi, i wolała uśmiechniętego Dontégo.

Dwadzieścia po pierwszej sala gimnastyczna była zapełniona. Zamknięto drzwi. Chór skończył i na podium wstąpił wielebny Johnny Canty.

– Jesteśmy tutaj, żeby świętować życie – powiedział – nie, żeby opłakiwać śmierć. – Dobrze to zabrzmiało i posypało się „amen", ale wcale nie panował świąteczny nastrój. Atmosfera była ciężka od smutku, choć nie z powodu straty. To był smutek zrodzony z gniewu i niesprawiedliwości.

Pierwszą modlitwę odmówił Wilbur Woods, biały pastor Pierwszego Zjednoczonego Kościoła Metodystycznego. Cedric Drumm zadzwonił do niego z zaproszeniem, które pastor chętnie przyjął. Zmówił piękną modlitwę o miłości, przebaczeniu, a przede wszystkim o sprawiedliwości. Uciśnieni nie będą uciśnionymi. Odpowiedzialni za niesprawiedliwość pewnego dnia będą musieli stanąć wobec sprawiedliwości. Wielebny Woods mówił cichym, ale mocnym głosem, jego słowa koiły tłum. Widok białego pastora stojącego na podium z zamkniętymi oczami, uniesionymi ramionami, duszą obnażoną przed wszystkimi, łagodził mnóstwo zranionych uczuć, choćby na krótko.

Donté nigdy nie rozmawiał o swoim pogrzebie. Dlatego to matka wybrała muzykę, mówców, zadecydowała o przebiegu mszy. Rodzina była bardzo wierząca. Donté twierdził, że zrezygnował z wiary, ale matka nigdy w to nie uwierzyła.

Chór zaśpiewał *Just a closer walk with Thee*, ludzie zaczęli płakać. Po wybuchach rozpaczy następował szloch. Kiedy zapanował spokój, zaczęto mowy pogrzebowe. Pierwszą wygłosił jeden z kolegów Dontégo z drużyny, młody człowiek, teraz lekarz w Dallas. Drugą Robbie Flak. Kiedy Robbie podszedł do podium, tłum wstał, owacje nie miały końca. To była msza, krzywiono się na klaskanie i wiwatowanie, ale na niektóre rzeczy nie ma rady. Robbie stał przez jakiś czas na scenie, kiwał głową do tłumu, ocierał łzy, przyjmował wyrazy uwielbienia i żałował, że musi tu być.

Jak na człowieka, który ostatnich parę dni wściekał się na świat, i pozywał każdego, kto wszedł mu w drogę, jego słowa były nadzwyczaj powściągliwe. Nigdy nie rozumiał zasady „miłuj i przebaczaj", zawsze chciał odwetu. Ale wyczuwał, przynajmniej w takiej chwili, że powinien okiełznać swoje wojownicze instynkty i po prostu spróbować być miłym. Było trudno. Mówił o Dontém w więzieniu, o wielu wizytach, udało mu się nawet skłonić ludzi do śmiechu, kiedy wspominał, co Donté powiedział o jedzeniu w celi śmierci. Przeczytał fragmenty dwóch listów chłopaka i znowu udało mu się ich rozbawić. Na koniec opisał swoje ostatnie chwile z Dontém.

– Ostatnim życzeniem Dontégo było, żeby pewnego dnia, kiedy prawda wyjdzie na jaw, kiedy zabójca Nicole zostanie zidentyfikowany, pewnego dnia, kiedy zarzuty zostaną z niego zdjęte, a jego imię na zawsze będzie oczyszczone, żeby rodzina i przyjaciele spotkali się przy jego grobie, na cmentarzu, urządzili przyjęcie i powiedzieli światu, że Donté Drumm jest niewinny. Donté, organizujemy przyjęcie!

Czternastoletni syn Cedrika, Emmitt, przeczytał list od rodziny, długie wzruszające pożegnanie z Dontém, i zrobił to ze zdumiewającym opanowaniem. Kolejny hymn, a potem wielebny Canty modlił się przez godzinę.

Keith i Dana oglądali pogrzeb na żywo w kablówce, w domu matki Dany w Lawrence w Kansas, mieście jej młodości. Ojciec Dany zmarł, a matka wykładała przed emeryturą księgowość na Uniwersytecie Stanu Kansas. Keith i Dana podrzucili chłopców do szkoły i postanowili zrobić sobie jednodniową wycieczkę, wyjechać z miasta. Reporterzy schodzili się pod kościół. Telefony dzwoniły. Rano na pierwszej stronie gazety z Topeka ukazało się zdjęcie Keitha, Robbiego, Marthy i Aarona. Keith miał dosyć zwracania na siebie uwagi. Poza tym Boyette, fantazjujący o jego żonie, był gdzieś na wolności i Keith chciał, żeby Dana była blisko niego.

Billie, jego teściowa, zaproponowała, że zrobi lunch i oboje chętnie się zgodzili. Kiedy oglądali pogrzeb, Billie powtarzała:

– Keith, nie mogę uwierzyć, że tam byłeś.

– Ja też nie. Ja też nie. – To było tak daleko i tak dawno, ale kiedy Keith zamykał oczy, czuł środek dezynfekcyjny z tymczasowej celi, w której czekał Donté, słyszał westchnienia, kiedy rozsunięto zasłony i rodzina zobaczyła go na łóżku z podłączonymi rurkami.

Kiedy oglądali pogrzeb, oczy mu zwilgotniały na widok gorącego przyjęcia Robbiego, płakał, kiedy bratanek Dontégo wygłaszał pożegnanie. Po raz pierwszy odkąd wyjechał z Teksasu, Keith poczuł, że chętnie by tam wrócił.

Dontégo złożono do grobu na długim pochyłym zboczu wzgórza cmentarza Greenwood, gdzie grzebano większość czarnych ze Slone. Po południu zrobiło się pochmurno i chłodno. Przygnieceni ciężarem żałobnicy nieśli go ostatnich pięćdziesiąt metrów. Przed trumną maszerował oddział doboszów, krok za krokiem, w jednostajnym rytmie niosącym się echem w wilgotnym powietrzu. Rodzina szła za trumną, a kiedy postawiono ją ostrożnie nad grobem, usiadła na okrytych aksamitem krzesłach, tuż obok świeżo wykopanej ziemi. Żałobnicy zbili się w gromadę wokół purpurowego pogrzebowego namiotu. Wielebny Canty powiedział kilka słów, odczytał fragment Pisma, potem wygłosił ostatnie pożegnanie zmarłego brata. Dontégo opuszczono do ziemi obok ojca.

Minęła godzina, tłum się rozszedł. Roberta z rodziną zostali pod namiotem, wpatrywali się w leżącą w ziemi trumnę i w ziemię sypaną na jej wieko. Robbie został z nimi jako jedyny spoza rodziny.

We wtorek o siódmej wieczorem Rada Miasta Slone zgromadziła się na zebraniu, żeby omówić przyszłość detektywa Drew Kerbera, którego zawiadomiono o spotkaniu, ale nie zaproszono. Drzwi zamknięte, obecnych tylko sześciu radnych, burmistrz, adwokat miasta i urzędnik. Jedyny czarny radny, pan Varner, zaczął od żądania natychmiastowego zwolnienia Kerbera z pracy i przyjęcia jednogłośnej uchwały, w której miasto samo siebie potępi za prowadzenie sprawy Dontégo Drumma. Szybko się okazało, że nic nie będzie jednogłośne. Z pewnym trudem rada postanowiła odłożyć, choćby na krótko, głosowanie nad wszelkimi wnioskami. Tak delikatną kwestię trzeba rozpatrywać po kawałku.

Adwokat miasta przestrzegł przed natychmiastowym wyrzuceniem Kerbera. Jak wszyscy wiedzą, pan Flak złożył gigantyczny pozew przeciwko miastu i wyrzucenie Kerbera byłoby równoznaczne z przyznaniem się do odpowiedzialności.

– Możemy mu zaproponować wcześniejszą emeryturę?

– Przepracował tylko szesnaście lat. Nie kwalifikuje się.

– Nie możemy go zatrzymać w policji.

– Możemy go przenieść do zieleni miejskiej na rok czy dwa?

– W ten sposób pomijamy to, co zrobił w sprawie Drumma.

– Owszem. Musi zostać zwolniony.

– A więc zakładam, że my, miasto, zamierzamy zakwestionować pozew. Czy mamy na serio twierdzić, że nie ponosimy odpowiedzialności?

– Taka była wstępna ocena naszego prawnika od ubezpieczeń.

– No to wywalmy go i znajdźmy jakichś prawników z głową na karku.

– Jedyne, co nam pozostało, to przyznać, że nasza policja myliła się, i zawrzeć ugodę. Im wcześniej, tym lepiej.

– A skąd ta pewność, że policja się myliła?

– Nie czytasz gazet? Nie masz telewizora?

– Nie sądzę, żeby to było takie oczywiste.

– Bo ty nigdy nie widzisz oczywistości.

– To mi się nie podoba.

– A niech ci się nie podoba. Jeśli uważasz, że wybronimy miasto przed rodziną Drummów, to jesteś niekompetentny i powinieneś złożyć rezygnację.

– I tak mogę złożyć rezygnację.

– Świetnie, zabierz ze sobą Drew Kerbera.

– Kerber ma niejedno na swoim koncie. Nie trzeba było go zatrudniać i powinno się go zwolnić wiele lat temu. To wina miasta, że wciąż tu jest, i to na pewno wyjdzie w sądzie, zgadza się?

– O tak.

– Sąd? Czy tu jest ktoś, kto chciałby w tej sprawie pójść do sądu? Jeśli tak, to powinien zbadać sobie iloraz inteligencji.

Taka wymiana zdań trwała przez dwie godziny. Czasami cała szóstka mówiła naraz. Były groźby, obelgi, wyzwiska, wzajemne zarzuty i żadnej zgody, chociaż wszyscy czuli, że miasto powinno zrobić wszystko, co możliwe, żeby uniknąć rozprawy.

W końcu zagłosowali – trzech, żeby zwolnić Kerbera, trzech, żeby poczekać i zobaczyć. Burmistrz, jako rozstrzygający, głosował, żeby się go pozbyć. Detektywi Jim Morrissey i Nick Needham brali udział w maratonie przesłuchania, które wydobyło fałszywe zeznanie, ale obaj wyjechali ze Slone i przenieśli się do policji w większych miastach. Szef policji Joe Radford dziewięć lat temu był zastępcą szefa i nie miał dużo wspólnego ze śledztwem w sprawie Yarber. Złożono wniosek, żeby jego też zwolnić, ale przepadł z braku poparcia.

Pan Varner poruszył sprawę użycia gazu w Civitan Park, wieczorem w poprzedni czwartek, i zażądał, żeby miasto to potępiło. Po kolejnej godzinie postanowiono przełożyć dalszą dyskusję.

W późny środowy wieczór ulice były puste i spokojne. Po tygodniu wiecowania, protestów, spotkań, a czasem łamania prawa demonstranci, protestujący, partyzanci, bojownicy – jak się tam sami nazwali – byli zmęczeni. Mogli spalić całe miasto i zakłócić spokój na rok, ale Donté i tak spoczywał w pokoju na cmentarzu Greenwood. Nieliczni spotkali się w Washington Park, żeby pić piwo i słuchać muzyki, ale nawet oni stracili zainteresowanie rzucaniem kamieni i przeklinaniem policji.

O północy wydano rozkazy i Gwardia Narodowa szybko i po cichu wycofała się ze Slone.

Rozdział 41

Wezwanie od biskupa nadeszło mejlem we wczesny czwartkowy poranek. Potwierdziła je krótka rozmowa telefoniczna, podczas której nie padło nic istotnego. O dziewiątej rano

Keith i Dana znowu byli w drodze, tym razem jechali na południowy zachód międzystanową 35 do Wichita. Podczas jazdy Keith przypominał sobie taką samą podróż sprzed tygodnia, ten sam samochód, ta sama stacja radiowa, ale zupełnie inny pasażer. W końcu przekonał Danę, że Boyette jest tak pomylony, że może ją śledzić. Tego człowieka zatrzymywano mnóstwo razy, więc nie był najsprytniejszym z przestępców. Ale dopóki go nie złapią, Keith nie spuści żony z oka.

Keith zaniedbywał kancelarię i kościół. Praca społeczna Dany, jej wypełniony dzienny grafik poszły w odstawkę. W tej chwili liczyła się tylko rodzina. Gdyby mogli sobie na to pozwolić i mieli pieniądze, zabraliby chłopców i wyruszyli w długą podróż. Dana martwiła się o męża. Był świadkiem czegoś przerażającego, tragedii, która zawsze będzie go prześladować, i chociaż nie mógł jej zapobiec i tak go przytłaczała. Parę razy mówił, jak brudny się czuł, gdy egzekucja się skończyła, jak chciał dokądś iść, wziąć prysznic, spłukać z siebie pot, brud, zmęczenie i współudział. Nie spał, nie jadł, przy chłopcach bardzo się starał żartować i bawić się z nimi jak zwykle, ale to było wymuszone. Keith zobojętniał i z upływem dni zaczęła sobie zdawać sprawę, że mąż nie potrafi się z tego wyrwać. Jakby zapomniał o kościele. Nie wspominał o mszy ani o niczym w związku z nadchodzącą niedzielą. Rósł stos wiadomości z telefonów, wszystkie czekały na odpowiedź. Zagonił swojego pomocnika do poprowadzenia środowej kolacji, zwalając to na migrenę. Nigdy nie miewał migreny, nigdy nie udawał, że jest chory, i nigdy nikogo nie prosił, żeby go zastąpił. Kiedy nie czytał o sprawie Drumma i nie szukał materiałów o karze śmierci, oglądał wiadomości z kablówki, w kółko te same. Na coś się zanosiło.

Biskup Simon Priester był wielkim, nalanym, staro wyglądającym mężczyzną, który ożenił się z Kościołem i nie miał absolutnie niczego do roboty poza dyrygowaniem tymi, którzy mu podlegali. Chociaż dopiero przekroczył pięćdziesiątkę, wyglądał i postępował, jakby był znacznie starszy. Nie miał włosów, nie licząc dwóch kępek za uszami, a groteskowy, wystający brzuch zwisał mu obrzydliwie. Nie miał żony, która mogłaby go zrugać za nadwagę, albo upewniła się, czy skarpetki nie są do pary, albo zrobiła coś z tymi plamami na koszuli. Mówił cicho i powoli, dłonie zazwyczaj miał złączone przed sobą, jakby czekał, aż każde słowo spłynie z niebios. Za plecami nazywano go Mnichem, zazwyczaj z sympatią, chociaż nie zawsze. Dwa razy do roku, w drugą niedzielę marca i trzecią niedzielę września, Mnich upierał się, żeby wygłosić kazanie w Świętym Marku w Topeka. Był pogromcą tłumu. Ci nieliczni, którzy przychodzili, żeby go wysłuchać, należeli do najbardziej wytrwałych w parafii, ale nawet ich Keith i Dana musieli nakłaniać pochlebstwami. Ze względu na słabą frekwencję Mnich był aż nazbyt zaniepokojony kondycją Świętego Marka. Gdybyś tylko wiedział, myślał Keith, który nie potrafił wyobrazić sobie większych tłumów w innych kościołach podczas wizyt Mnicha.

Spotkanie nie było pilne, chociaż przysłany na początku mejl zaczynał się od słów: „Mój drogi, jestem głęboko zaniepokojony...". Simon zaproponował lunch – swój ulubiony sposób spędzania czasu – któregoś dnia w następnym tygodniu, ale Keith nie miał nic innego do roboty. Prawdę mówiąc, szybka wyprawa do Wichita dawała mu wymówkę, żeby wyjechać z miasta i pobyć z Daną.

– Na pewno to widziałeś – powiedział Simon, kiedy już zastawiono stolik kawą i lukrowanymi croissantami.

Ten egzemplarz porannego wydania gazety z Topeka Keith przeczytał trzy razy, zanim słońce wzeszło.

– Widziałem – przytaknął. Przy Mnichu zawsze było bezpieczniej używać jak najmniej słów. Genialnie potrafił zbierać nadprogramowe wypowiedzi, łączyć je i zawiązywać człowiekowi na szyi.

Ze złożonymi dłońmi i kawałkiem niedojedzonego croissanta, którego wielki okruch przylepił mu się do dolnej wargi, Mnich powiedział:

– Nie zrozum mnie źle, Keith, jesteśmy z ciebie bardzo dumni. Co za odwaga. Machnąłeś ręką na bezpieczeństwo i pognałeś do strefy wojny, żeby ratować życie człowieka. Właściwie to olśniewające.

– Dziękuję, Simonie, to raczej nie kwestia odwagi. Po prostu odruch.

– Zgoda, zgoda. Ale musiałeś być przerażony. Jak to było, Keith? Przemoc, cela śmierci, przebywanie z Boyette'em? Straszne.

Keith nie miał najmniejszej ochoty o tym opowiadać, ale Mnich patrzył z takim entuzjazmem.

– Daj spokój, Simon, czytałeś gazety – próbował zaprotestować. – Wiesz, co się stało.

– Keith, pokrzep mnie. Co naprawdę się wydarzyło?

Więc Keith zanudzał siebie, pokrzepiając Mnicha, który co piętnaście sekund przerywał mu pełnym zdumienia „niewiarygodne" albo cmokaniem „no, no". Kiedy kręcił głową, okruch odlepił się i wpadł do kawy, ale Mnich tego nie zauważył. Na ostatni rozdział Keith wybrał mrożący krew w żyłach telefon od Boyette'a.

– No, no.

Typowe dla Mnicha, zaczęli od nieprzyjemnego – wstępniaka – potem przeskoczyli na przyjemne – odważną podróż Keitha na południe – i nagle przeszli do prawdziwego celu spotkania. Pierwsze dwa akapity wstępniaka chwaliły Keitha za odwagę, ale to tylko rozgrzewka. Reszta karciła go za świadome złamanie prawa, chociaż redaktorzy, tak jak prawnicy, nie bardzo umieli określić, na czym właściwie polegało.

– Zakładam, że masz adwokata z najwyższej półki – powiedział Mnich. Najwyraźniej palił się, żeby udzielić własnej niezbędnej porady, gdyby Keith o to poprosił.

– Mam dobrego adwokata.

– I?

– Przestań, Simon. Wiesz, czym jest poufność.

Zbyt obciążony kręgosłup Mnicha zdołał zesztywnieć. Przywołany do porządku biskup brnął dalej:

– Oczywiście. Nie chciałem się wtrącać, ale to przyciągnęło naszą uwagę, Keith. Sugeruje się, że może być dochodzenie karne, że możesz, jakby to powiedzieć, wpaść do gorącej wody i tak dalej. Trudno to nazwać prywatną sprawą.

– Czemuś tam jestem winny, Simonie. Po prostu to zrobiłem. Mój prawnik sądzi, że pewnego dnia może będę się musiał przyznać do winy, przy dość mętnym oskarżeniu o utrudnianie pracy wymiarowi sprawiedliwości. Żadnego więzienia. Mała grzywna. Później wymazanie skazania. Wszystko.

Mnich jednym wielkim kęsem dojadł croissanta i przez dłuższą chwilę rzecz przeżuwał. Spłukał ją łykiem kawy. Wytarł usta papierową serwetką i kiedy wszystko było już jasne, powiedział:

– Załóżmy, że się do czegoś przyznasz. Czego się spodziewasz po Kościele?

– Niczego.

– Niczego?

– Miałem wybór, Simonie. Zachować się ostrożnie, zostać w Kansas i mieć nadzieję, że wszystko będzie w najlepszym porządku. Albo mogłem zrobić to, co zrobiłem. Simonie, wyobraź sobie przez chwilę, że postąpiłbym inaczej, gdybym wiedział, kto zamordował dziewczynę, i byłbym zbyt ostrożny, żeby się ruszyć. Zabijają nie tego człowieka, znajdują ciało, a ja przez resztę życia niosę ciężar winy, że nie próbowałem interweniować. Co ty byś zrobił, Simonie?

– Podziwiamy cię, Keith, szczerze – odpowiedział cicho Mnich, kompletnie pomijając pytanie. – Ale martwi nas perspektywa oskarżenia. Jeden z naszych pastorów oskarżony o przestępstwo i to bardzo nagłośnione.

Mnich często mawiał „my", kiedy uświadamiał komuś swój punkt widzenia, jakby wszystkich ważnych przywódców chrześcijańskiego świata interesowało, co tam Mnich ma w rozkładzie dnia.

– A jeśli przyznam się do winy? – zapytał Keith.

– Tego należy unikać za wszelką cenę.

– A jeśli zostanę zmuszony?

Mnich przesunął swoją pokaźną postać, szarpnął za zwisający płatek lewego ucha i znów złożył dłonie, jakby gotów do modlitwy.

– Nasza polityka synodalna wymagałaby wszczęcia procedury dyscyplinarnej. Keith, upoważniają do tego wszelkie wyroki w sprawach kryminalnych. Jestem pewien, że rozumiesz. Nie możemy pozwolić naszym pastorom, żeby chodzili z adwokatami do sądu, stawali przed sędziami, przyznawali się do winy, byli skazywani i potykali się na każdym kroku o dziennikarzy. Zwłaszcza w takiej sprawie. Myśl o Kościele.

– Jak zostałbym ukarany?

– To wszystko przedwczesne, Keith. Będziemy się o to martwić później. Chciałem po prostu przeprowadzić pierwszą rozmowę. Nic więcej.

– Simon, chcę, żeby to było jasne. Mam przed sobą bardzo dużą szansę na postępowanie dyscyplinarne, zawieszenie, przymusowy urlop, może pozbawienie święceń za coś, co uznałeś za godne podziwu, a Kościół jest z tego bardzo dumny. Zgadza się?

– Zgadza się. Ale nie wychodź przed orkiestrę. Gdybyś zdołał uniknąć oskarżenia, zapobiegniesz problemowi.

– I będę żył długo i szczęśliwie.

– Coś w tym guście. Po prostu powiadamiaj nas. Wolimy słyszeć nowiny od ciebie, niż czytać o nich w gazetach.

Keith skinął głową, myślał już o czymś innym.

Lekcje w liceum zaczęły się bez incydentów w czwartek rano. Uczniów witała drużyna futbolowa znów ubrana w swoje koszulki. Trenerzy i cheerleaderki stali przy głównym wejściu, uśmiechali się, podawali ręce, próbowali stworzyć nastrój pojednania. W środku, w korytarzu, Roberta, Cedric, Marvin i Andrea gawędzili z uczniami i nauczycielami.

Nicole Yarber została pochowana w czwartek, o czwartej po południu, prawie dokładnie w tydzień po egzekucji Dontégo Drumma. W pogrzebie uczestniczyli tylko najbliżsi. Nie odprawiono mszy na cmentarzu ani mszy ku jej pamięci, to było po prostu ponad siły Reevy. Dwaj bliscy przyjaciele powiedzieli jej, że na wielką pokazową mszę mało kto by przyszedł, chyba że dopuszczono by reporterów. Poza tym Pierwszy Kościół Baptystyczny nie dysponował świątynią, a myśl, żeby wypożyczyć ją od konkurencyjnej kongregacji, nie była pociągająca.

Pokaźna liczba policjantów trzymała z dala kamery. Reeva miała tych ludzi powyżej uszu. Po raz pierwszy od dziewięciu lat uciekała przed rozgłosem. Razem z Wallisem zaprosili niespełna stu krewnych i przyjaciół, i prawie wszyscy przyszli. Klku znaczących osób brakowało. Ojciec Nicole został wykluczony, bo nie pofatygował się na świadka egzekucji, chociaż, po tym wszystkim, Reeva musiała przyznać sama przed sobą, że też żałuje, że ją widziała. W świecie Reevy sprawy się skomplikowały i to, że nie zaprosiła Cliffa Yarbera, w tym momencie wydawało się całkiem właściwe. Później tego żałowała. Nie żałowała, że wykluczyła Drew Kerbera i Paula Koffeego, dwóch mężczyzn, których teraz nienawidziła. Wyprowadzili ją w pole, zdradzili, zranili tak głęboko, że nigdy nie dojdzie do siebie.

Jako architekci bezprawnego skazania Kerber i Koffee mieli na swoim koncie coraz dłuższą listę ofiar. Teraz doszła Reeva z rodziną.

Brat Ronnie, który Reevy miał równie dosyć jak mediów, przewodził z przygaszoną godnością odpowiednią do okazji. Przemawiał, czytał Pismo i widział zakłopotane i zdumione twarze słuchaczy. Sami biali, wszyscy kiedyś święcie przekonani, że szczątki spoczywające w trumnie z brązu stojącej przed nimi zostały przed laty uniesione z nurtem Red River. Jeśli którekolwiek z nich miało choćby odrobinę współczucia dla Dontégo Drumma i jego rodziny, to ukrywało to przed swoim pastorem. Tak jak i on cieszyli się na myśl o zemście i egzekucji. Brat Ronnie starał się pogodzić z Bogiem i znaleźć przebaczenie. Zastanawiał się, ilu z obecnych robi to samo. Ale nie chciał nikogo obrażać, zwłaszcza Reevy, więc jego przesłanie było w łagodnym tonie. Nie znał Nicole, ale udało mu się odtworzyć jej życie na podstawie opowieści przyjaciół. Zapewnił wszystkich, że Nicole przez wszystkie te lata była u Ojca w niebie. W niebie nie ma smutków, więc była nieświadoma cierpienia ludzi, których kochała i których zostawiła.

Hymn, solówka, kolejne czytanie Pisma. Msza skończyła się w niecałą godzinę. Nicole Yarber została wreszcie pochowana jak należy.

Paul Koffee czekał, aż się ściemni, żeby wślizgnąć się do swojego biura. Napisał lakoniczny list z rezygnacją i przesłał mejlem do sędziego Henry'ego. Trochę dłuższe wyjaśnienie napisał dla swoich pracowników i też przesłał mejlem. Nie zawracał sobie głowy sprawdzaniem literówek. Pospiesznie wsypał zawartość środkowej szuflady do pudła, potem złapał wszystkie cenne rzeczy, które mógł unieść. Godzinę później po raz ostatni wyszedł ze swojego biura.

Samochód miał załadowany i wyruszył na zachód w długą drogę, prawdopodobnie na Alaskę. Nie miał wytyczonej trasy, żadnych prawdziwych planów ani ochoty, żeby w najbliższej przyszłości wracać do Slone. Teoretycznie nigdy by nie wrócił, ale wiedział, że to niemożliwe, bo Flak dyszał mu ogniem w plecy. Ściągną go tu na wszystkie możliwe upokorzenia – żmudne zeznania pod przysięgą, które się będą ciągnęły całymi dniami, prawdopodobną randkę z komisją dyscyplinarną stanowej palestry, może na morderczą próbę z udziałem śledczych federalnych. Przyszłość nie malowała się w różowych barwach. Był całkiem pewien, że więzienie mu nie grozi, ale zdawał sobie sprawę, że nie przetrwa finansowo i zawodowo.

Paul Koffee był bankrutem i dobrze o tym wiedział.

Rozdział 42

Wszystkie sklepy w centrum handlowym zamykano o dziewiątej wieczorem. Do dziewiątej piętnaście Lilly Reed wyłączyła kasy, podbiła kartę zegarową, włączyła alarm i zamknęła oboje drzwi do butiku dla pań, gdzie pracowała jako zastępca kierownika. Wyszła z centrum drzwiami służbowymi i szybko poszła do volkswagena garbusa. Spieszyła się, jej chłopak czekał w barze z telewizyjnymi transmisjami sportowymi. Otwierała drzwi do samochodu, kiedy poczuła, że coś się za nią porusza, i usłyszała kroki. Potem obcy, męski głos powiedział:

– Cześć, Lilly.

W ułamku sekundy zrozumiała, że będą kłopoty. Odwróciła się, spostrzegła czarny pistolet i zobaczyła twarz, której nigdy nie zapomni. Próbowała krzyczeć. Ze zdumiewającą szybkością zacisnął jej dłoń na ustach.

– Wsiadaj do samochodu – rozkazał i wepchnął ją do środka. Zatrzasnął drzwi od strony kierowcy, uderzył ją mocno w twarz i wepchnął jej lufę w lewe ucho. – Ani słowa – syknął. – I opuść głowę. Była tak przerażona, że ledwie się ruszała, zrobiła, co kazał. Włączył silnik.

Enrico Munez uciął sobie przerywaną drzemkę. Od pół godziny czekał na żonę, która kończyła zmianę w rodzinnej restauracji, w części restauracyjnej centrum. Zaparkował między dwoma samochodami, w rzędzie pustych wozów. Wciąż był zaspany, siedział nisko w fotelu, kiedy zobaczył napad. Tamten facet pojawił się znikąd i wiedział, co robi. Pokazał, że ma pistolet, ale nie wymachiwał nim. Obezwładnił dziewczynę, zbyt zaszokowaną, żeby zareagować. Ledwie garbus ruszył z napastnikiem za kierownicą, Enrico odruchowo zareagował. Włączył silnik pikapa, wrzucił wsteczny, cofnął i wyrwał do przodu. Zrównał się z garbusem, kiedy ten zakręcał na końcu parkingu. Wiedział, że nie ma na co czekać – walnął w volkswagena. Udało mu się ominąć drzwi pasażera, za którymi siedziała dziewczyna; wyrżnął w przednią oponę. Enrico natychmiast pomyślał o pistolecie i przypomniał sobie, że zostawił go w domu. Sięgnął pod fotel, chwycił ucięty kij do bejsbolu, który trzymał na wszelki wypadek, i skoczył na dach garbusa. Kiedy tamten wysiadał, Enrico rąbnął go w tył lśniącej, łysej głowy. Potem opowiadał znajomym, że to było tak, jakby zmiażdżył melon.

Mężczyzna runął na asfalt, Enrico uderzył go jeszcze raz, dla pewności. Pistolet to była tylko zabawka, ale wyglądał jak prawdziwy. Lilly wpadła w histerię. Wszystko trwało nie dłużej niż minutę, ale już przygotowywała się na koszmar. Wygramoliła się z samochodu i zaczęła biec. Zamieszanie przyciągnęło ludzi. W kilka minut przybyła ochrona centrum, potem policja i karetka pogotowia. Enrico przekazał jeńca, który nadal leżał na ziemi, i zaczął opowiadać, co się stało.

Napastnik nie miał portfela, dokumentów, tylko w kieszeni dwieście trzydzieści dolarów. Nie podał nazwiska. W szpitalu prześwietlenie ujawniło cienkie jak włos pęknięcie czaszki, robotę Enrica, i guza mózgu wielkości jajka. Rannego opatrzono i umieszczono w strzeżonej sali. Śledczy pobrali odciski palców, detektywi usiłowali go przesłuchać. Był potłuczony i oszołomiony. W sali i przed salą było kilku policjantów i detektywów. Jeden z nich wreszcie załapał.

– To chyba Boyette – szepnął i nagle wszyscy pomyśleli to samo. Dwie godziny później odciski palców potwierdziły tożsamość mężczyzny.

Dziesięć dni później w innej części świata dwa helikoptery Black Hawk zderzyły się nad pustynią w okolicy Faludży, w środkowym Iraku. Zginęło dziewiętnastu żołnierzy z jednostki teksańskiej Gwardii Narodowej. Właśnie takiej tragedii potrzebował gubernator. Nieomal w euforii zgodził się z Wayne'em i Barrym, którzy uznali, że powinien popędzić do Iraku i pokazać, co to jest prawdziwe przywództwo w wojnie z terroryzmem. Ta podróż wypchnie go też na szerszą scenę i zapewni zapasy na przyszłość. A co najważniejsze, weźmie dupę w troki i wyniesie się z Teksasu.

Jego sztab pracował gorączkowo, żeby zmienić terminarz, dostać zgodę od wojska, upewnić się, że prasa została postawiona na nogi jak należy i w pocie czoła ustalić resztę szczegółów. Wcześnie rano w piątek gubernator, Wayne i Barry urządzili sobie spotkanie.

– Wczoraj wieczorem złapali Boyette'a – powiedział Wayne, zaglądając do laptopa. – Napadł na dziewczynę przed centrum handlowym w Overland, w Kansas. Nie było gwałtu. Jest pod nadzorem.

– Był w Kansas? – zapytał gubernator.

– Tak. Bystry chłopak.

Gubernator pokręcił z niedowierzaniem głową.

– Pięćdziesiąt stanów, a on został w Kansas. Głupek. Jakieś nowiny ze Slone?

– Gwardziści się wycofali – poinformował Barry. – Prokurator okręgowy złożył wczoraj wieczorem rezygnację. Ciała pogrzebano. Na ulicach spokój, pożarów nie ma. Szkoła wczoraj wznowiła lekcje bez incydentów, a drużyna futbolowa gra dzisiaj wieczorem na wyjeździe przeciwko Lufkin. Naprzód, Wojownicy.

Gubernator wziął raport. Barry grzał laptop. Wszyscy trzej byli wymizerowani, przygaszeni, z lekka skacowani. Łykali łapczywie kawę, obgryzali paznokcie. Nigdy nawet nie sądzili, że tak ich podekscytuje podróż do Iraku.

– Panowie, za dwanaście dni mamy egzekucję – powiedział gubernator. – Jaki jest plan?

– Wszystko rozpracowałem – oznajmił z dumą Wayne. – Piłem ze starszym urzędnikiem sądowym z sądu apelacyjnego. Najwyraźniej chcą odłożyć egzekucję na dłuższy czas. Powiedziałem mu, że nam też się nie spieszy. Adwokatowi Drifty'ego Tuckera doradzono, żeby coś wniósł, cokolwiek, żeby po prostu wydumał jakiś zwariowany wniosek o odroczenie i złożył go, najlepiej przed piątą po południu. Sąd okaże nadzwyczajne zainteresowanie sprawą pana Tuckera i wyda zalecenie, bez uzasadnienia, ale wstrzyma egzekucję na nieokreślony czas. Zakopią sprawę Tuckera. Pewnego dnia przeczyta pewnie nasze nekrologi.

– Podoba mi się to – powiedział gubernator z uśmiechem. – A następna egzekucja?

– Dopiero w lipcu, za osiem miesięcy.

– Osiem miesięcy. Hura.

– Tak. Mieliśmy fart.

Gubernator spojrzał na Barry'ego.

– Jak tam sprawy dzisiaj rano?

– Tu czy w kraju? – zapytał Barry.

– Tu i tu.

– Tutaj duża sprawa to oczywiście helikoptery w Iraku, ale Drumm nie schodzi z pierwszych stron. Wczoraj pochowali tę dziewczynę, pierwsza strona w kilkunastu gazetach. Więcej wstępniaków, wszyscy chcą moratorium. Przeciwnicy kary śmierci dostali fioła. Można się spodziewać dwudziestu pięciu tysięcy na wiecu, tutaj, w niedzielę.

– Gdzie?

– Przy kapitolu, pod drugiej stronie ulicy. Zapowiada się niezły cyrk.

– A my będziemy szczęśliwie bawić w Faludży.

– Nie mogę się doczekać – powiedział Wayne.

– Na froncie krajowym jest mniej więcej to samo – ciągnął Barry. – Wymyślania na lewicy, niewiele na prawicy. Gubernatorzy Ohio i Pensylwanii otwarcie mówią o moratorium, dopóki kara śmierci nie zostanie dokładniej zbadana.

– To się jakby zgadza – mruknął Newton.

– Mnóstwo hałasu ze strony abolicjonistów, ale to wszystko zaczyna brzmieć tak samo. Tyle tego że wrzaski stają się monotonne.

– A badania opinii publicznej?

Barry wstał, rozprostował nogi.

– Dzisiaj rano rozmawiałem z Wilsonem. W związku z tą sprawą straciliśmy dziesięć punktów, sześćdziesiąt jeden procent zarejestrowanych w Teksasie wyborców nadal wyraża poparcie. Wygląda na to, chłopaki, że wygrałem zakład. Płaćcie. Zaskakujące są wyniki w związku z moratorium. Sześćdziesiąt jeden procent chce kary śmierci, ale prawie pięćdziesiąt procent chce jakiejś przerwy.

– To pójdzie w dół – powiedział autorytatywnie Wayne. – Jak minie szok. Poczekajcie do kolejnego najścia na dom, wymordowania niewinnej rodziny i ludzie zapomną o Drummie. Zapomną o moratorium i przypomną sobie, dlaczego są zwolennikami kary śmierci.

Gubernator wstał i podszedł do ulubionego okna. Na dole, na ulicy, stali demonstranci, trzymali plakaty i chodzili chodnikiem w tę i z powrotem. Wydawało się, że są wszędzie, przed rezydencją gubernatora, na każdym trawniku pod kapitolem. Przed wejściem do sądu apelacyjnego, nieśli plakaty: „Zamykamy o piątej. Idźcie do diabła". Od podstarzałych hippisów po Studentów przeciwko Karze Śmierci łamali wszelkie bariery etniczne i społeczne. Nienawidził ich, nie byli jego ludźmi.

– Panowie, podjąłem decyzję – oznajmił poważnym tonem. – Nie jestem zwolennikiem moratorium i nie zwołam nadzwyczajnej sesji legislatury, żeby się tym zajęła. Wystarczy nam to, z czym mamy do czynienia. Nie potrzebujemy, żeby legislatura urządziła nam kolejne przedstawienie.

– Musimy poinformować media – stwierdził Barry.

– Przygotuj oświadczenie. Opublikuj je, kiedy będziemy odlatywać do Iraku.

W piątek po południu Keith poszedł do kancelarii Elma Lairda na krótkie spotkanie. Dana była zajęta wożeniem dzieci i nie mogła z nim pójść, zresztą nie bardzo chciała. Kiedy Boyette był w areszcie, Keith chętnie zostawił ją w spokoju, a ona chciała parę godzin spędzić z dala od męża.

Ostatnia napaść Boyette'a i jego aresztowanie były szeroko nagłośnione przez media i Keith zebrał trochę krytyki. Zacytowano słowa ojca Lilly: „Trochę winy spoczywa na tym luterańskim pastorze z Topeka", i ten punkt widzenia nadał artykułowi rozpędu. Biorąc pod uwagę kartotekę Boyette'a, rodzinie Lilly Reed ulżyło, że napaść nie miała ciągu dalszego, ale i tak byli źli, że gwałciciel recydywista przebywał na wolności i mógł narazić ich córkę na taki szok. Pierwsze reportaże przedstawiały zdarzenia tendencyjnie, jakby Keith wyrwał Boyette'a z więzienia i uciekł z nim do Teksasu.

Elmo powiedział, że rozmawiał z prokuratorem okręgowym i chociaż nie planowano natychmiast oskarżyć Keitha, to wszystko mogło się w każdej chwili zmienić. Nie podjęto żadnej decyzji. Prokurator okręgowy dostawał telefony od reporterów i czuł na sobie ich presję.

– Co pan radzi? – zapytał Keith.

– Plan jest ten sam, będę rozmawiał z prokuratorem okręgowym i jeśli zrobi krok naprzód, wypracujemy ugodę. Grzywna, ale nie więzienie.

– Jeśli przyznam się do winy, prawdopodobnie czeka mnie jakieś postępowanie dyscyplinarne ze strony Kościoła.

– Coś poważnego?

– Na razie trudno powiedzieć.

Uzgodnili, że spotkają się za kilka dni. Keith pojechał do Świętego Marka i zamknął się w gabinecie. Nie miał pojęcia, jakie kazanie wygłosi w niedzielę, i nie był w nastroju, żeby nad nim popracować. Na biurku leżał stos wiadomości telefonicznych, głównie od reporterów. Godzinę wcześniej dzwonił Mnich i Keith poczuł się zobowiązany, żeby dowiedzieć się, czego chciał. Rozmawiali kilka minut, Keithowi to wystarczyło, żeby zrozumieć. Kościół był zaniepokojony nagłośnieniem sprawy i prawdopodobieństwem, że jeden z jego pastorów zostanie oskarżony. Rozmowa była krótka i skończyła się uzgodnieniem, że Keith pojedzie do Wichita w następny wtorek na kolejne spotkanie z Mnichem.

Później, kiedy Keith uprzątał biurko i przygotowywał się do wyjścia, zadzwoniła sekretarka i powiedziała, że na linii jest człowiek z Powstrzymać Teksańskie Egzekucje. Keith usiadł i podniósł słuchawkę. Nazywał się Terry Mueller, był dyrektorem wykonawczym PTE, i dziękował Keithowi, że wstąpił do organizacji. Byli zachwyceni, że mają go na liście, zwłaszcza w świetle jego zaangażowania w sprawę Drumma.

– Więc był pan tam, kiedy on umarł? – zapytał Mueller, najwyraźniej zainteresowany szczegółami.

Keith ograniczył się do najważniejszych i zmienił temat. Zapytał o PTE i jego obecną działalność. Podczas rozmowy Mueller napomknął, że jest członkiem Luterańskiego Kościoła Jedności w Austin.

– To niezależny kościół, oderwał się od Synodu Missouri dziesięć lat temu – wyjaśnił. – W centrum, niedaleko kapitolu, bardzo aktywny zbór. Pragnęlibyśmy, żeby przyjeżdżał pastor co jakiś czas z kazaniem.

– To bardzo uprzejme – odparł Keith. Myśl, że byłby mile widziany jako mówca, zaskoczyła go.

Kiedy odłożył słuchawkę, wszedł na stronę kościoła i strawił nad nią godzinę. Luterański Kościół Jedności miał ponad czterystu członków, i ta imponująca kaplica z czerwonego teksańskiego granitu, jak gmach kapitolu stanowego. Był aktywny politycznie i społecznie, organizował warsztaty, wykła-

dy obejmujące zagadnienia od walki z bezdomnością w Austin po zwalczanie prześladowania chrześcijan w Indonezji.
Jego starszy pastor przechodził na emeryturę.

Rozdział 43

Schroederowie obchodzili Święto Dziękczynienia u matki Dany, w Lawrence. Następnego dnia wcześnie rano Keith i Dana zostawili chłopców u babci i polecieli z Kansas City do Dallas, tam wynajęli samochód i w trzy godziny byli w Slone. Włóczyli się po mieście, szukali interesujących miejsc – Kościoła Baptystycznego, boiska do futbolu, gdzie budowano nową lożę prasową, osmalonych ruin paru budynków, gmachu sądu i kancelarii Robbiego w starej stacji kolejowej. Slone wydawało się bardzo spokojne, służby miejskie rozwieszały bożonarodzeniowe ozdoby nad Main Street.

Po pierwszej wizycie, przed dwoma tygodniami, Keith niewiele zapamiętał z samego miasta. Opisywał Danie wszechobecny dym i nieustanne zawodzenie syren, ale był wtedy w takim szoku, że wszystko wydawało się jak za mgłą. Odpowiedzialność za Boyette'a, zbliżająca się egzekucja, poszukiwania ciała, wszędzie reporterzy. To był gorączkowy chaos, jego zmysły nie nadążały go rejestrować. Teraz, kiedy jechał zacienionymi ulicami śródmieścia, nie mógł uwierzyć, że Slone niedawno okupowała Gwardia Narodowa.

Przyjęcie zaczęło się około piątej, a ponieważ było prawie dwadzieścia stopni, zgromadzili się wokół basenu, gdzie stały stoły i krzesła wypożyczone przez Robbiego. Zeszła się tu cała jego firma, ze współmałżonkami i partnerami. Sędzia i pani Henry pojawili się wcześnie. Cały klan Drummów, co najmniej dwadzieścioro, z małymi dziećmi, nadciągnęli jedną falą.

Keith siedział obok Roberty. Chociaż byli w tym samym pomieszczeniu dla świadków, kiedy Donté umierał, właściwie się nie spotkali. Słucham? Z początku rozmowa sprawiała kłopot, ale wkrótce zeszli na wnuczki Roberty. Często się uśmiechała, chociaż było jasne, że myślami błądzi gdzie indziej. Dwa tygodnie po stracie Dontégo rodzina wciąż była w żałobie, ale bardzo się starała cieszyć chwilą. Robbie wzniósł toast – przydługi hołd dla przyjaźni i krótkie wspomnienie Dontégo. Podziękował, że dołączyli do nich Keith i Dana z dalekiego Kansas. Parę osób zaczęło klaskać. W rodzinie Drummów szaleńcza wyprawa Keitha na południe, żeby wstrzymać egzekucję, już stała się legendą. Kiedy Robbie wreszcie usiadł, wstał sędzia Henry i zadzwonił w kieliszek do wina. Wzniósł toast za odwagę Roberty i jej rodziny. Zakończył, mówiąc, że z każdej tragedii wynika coś dobrego. Kiedy mowy się skończyły, kelnerzy zaczęli roznosić grube płaty polędwicy w gęstym sosie grzybowym, które ledwie mieściły się na talerzu. Do wieczora dobrze sobie podjedli i chociaż Roberta piła tylko herbatę, inni dorośli raczyli się doskonałym winem od Robbiego.

Keith i Dana spali w pokoju dla gości i wyszli wcześnie rano, następnego dnia, żeby zjeść śniadanie na Main Street, w kawiarni słynącej z wafli orzechowych. Potem znów wsiedli do samochodu. Korzystając ze wskazówek Robbiego, za kościołem, na skraju miasta, znaleźli cmentarz Greenwood. „Grób łatwo znaleźć", powiedział Robbie. „Po prostu idźcie ścieżką, aż zobaczycie świeżą ziemię". Ścieżka była zarośnięta rzadką, zadeptaną trawą. Przed nimi kilkoro pielgrzymów trzymało się za ręce nad grobem i modliło. Keith i Dana udawali, że szukają innych nagrobków, dopóki tamci nie odeszli. Grób Dontégo był starannie usypaną pryzmą ziemi, otoczoną dziesiątkami bukietów. Wielki kamień nagrobny głosił: „Donté Lamar Drumm, urodzony 2 września 1980. Niesprawiedliwie stracony przez stan Teksas 8 listopada 2007. Tu spoczywa NIEWINNY". Pośrodku znajdowało się kolorowe zdjęcie Dontégo w naramiennikach i koszulce sportowej, gotowego do meczu. Keith uklęknął przy nagrobku, zamknął oczy i zmówił długą modlitwę. Dana się przyglądała. W jej sercu mieszał się smutek po tragicznej stracie, współczucie dla męża i niepewność co dalej.

Zanim odeszli, Keith zrobił zdjęcie grobu. Chciał mieć pamiątkę, coś, co mógłby postawić na biurku.

Sala konferencyjna na stacji kolejowej się nie zmieniła. Robbie i Carlos w sobotę rano przekopywali teczki i stosy papierów rozsiane pomiędzy plastikowymi kubkami na kawę i pustymi pudełkami po pizzy. Robbie opowiedział Danie wszystko, razem z patetyczną historią, której Keithowi udało się uniknąć przy pierwszej wizycie.

Pierwszy raz żegnali się głęboko w lesie na Roop's Mountain i wtedy nie byli pewni, czy jeszcze się kiedyś zobaczą. Teraz, po dwóch tygodniach, kiedy się obejmowali, wiedzieli, że nie robią tego po raz ostatni. Robbie jeszcze raz podziękował Keithowi za jego bohaterski czyn. Keith zaprotestował i powiedział, że prawdziwym bohaterem jest Robbie. Obaj zgodzili się, że zrobili za mało, chociaż wiedzieli, że zrobili wszystko, co mogli.

Podróż samochodem do Austin trwała siedem godzin.

W niedzielę Keith przemawiał do zapełnionego po brzegi Kościoła Luterańskiej Jedności. Opowiedział o swojej niewiarygodnej podróży do Slone, a potem do Huntsville, do komory śmierci. Mówił o karze śmierci, atakował ją i miał wrażenie, że wyważa otwarte drzwi.

Ponieważ było to oficjalne kazanie próbne, kościół pokrył wszystkie wydatki za podróż. Po mszy Keith i Dana zjedli lunch z komitetem przygotowującym wybór nowego pastora i wielebnym doktorem Marcusem Collinsem, odchodzącym na emeryturę starszym pastorem i poważanym przywódcą. W czasie lunchu okazało się, że zbór jest zachwycony Schroederami. Później, podczas przedłużających się pożegnań, doktor Collins szepnął do Keitha:

– Znajdziesz tu cudowny dom.

EPILOG

Dwudziestego drugiego grudnia wielka ława przysięgłych hrabstwa Chester zwołana na posiedzenie w sobotę, co było rzadkością, oskarżyła Travisa Boyette'a o porwanie, zgwałcenie i zamordowanie Nicole Yarber. Tymczasowy prokurator okręgowy Mike Grimshaw podjął obowiązki z surowym nakazem ze strony sędziego Eliasa Henry'ego, żeby uznać oskarżenie.

Sędzia Henry starannie wybrał dzień, który zbiegał się z dziewiątą rocznicą aresztowania Dontégo Drumma. O pierwszej po południu w sali sądowej zebrał się tłum, żeby zobaczyć niezwykłą rozprawę. Robbie złożył wniosek o uniewinnienie i oczyszczenie Dontégo z zarzutów, a stan, reprezentowany przez Grimshawa, nie wniósł sprzeciwu. Sędzia Henry chciał, żeby wydarzenie zostało nagłośnione przez media, ale nie znosił samej myśli o aparatach fotograficznych w jego sali sądowej. Było więc paru reporterów, ale żaden nie miał aparatu.

To było kolejne show Robbiego. Przez godzinę przedstawiał fakty, które teraz już znano, wyliczał pomyłki, kłamstwa, ukrywanie dowodów. Wynik rozprawy był pewny, więc nie wałkował punktów wniosku. Kiedy skończył, wstał Mike Grimshaw.

– Wysoki Sądzie, stan Teksas nie ma zastrzeżeń do słów pana Flaka – oświadczył.

Sędzia Henry odczytał wtedy krótkie zarządzenie, które najwyraźniej przygotował na długo przed rozprawą.

– Niniejszym sąd uznaje, na podstawie jasnych i przekonujących dowodów, że oskarżony Donté L. Drumm nie jest winien żadnego z zarzuconych mu czynów, jest całkowicie niewinny i tym samym zostaje w pełni i bez zastrzeżeń oczyszczony. Jego skazanie jest tym samym uchylone, a kartoteka kryminalna unieważniona. W imieniu tego sądu i w imieniu stanu Teksas sąd przekazuje rodzinie Drummów szczere, choć zupełnie nieadekwatne przeprosiny.

Teatralnie podpisał zarządzenie i wręczył je Robbiemu. Zgodnie z wcześniej przygotowanym scenariuszem Robbie podszedł do barierki i podał je siedzącej w pierwszym rzędzie Robercie Drumm.

Teksański Sąd Apelacji Karnych wciąż nie wychodził z bunkra. Ale wnet zaczęto szeptać i kiedy pojawił się przeciek o „sędzim dyżurnym", trafił na pierwsze strony gazet. Chociaż sąd rzeczywiście zamykał podwoje o piątej po południu, nawet w dni egzekucji, prezes Prudlowe wyznaczył jednego z dziewiątki jako sędziego dyżurnego, który naprawdę siedział w gmachu i podobno nadzorował apelacje z ostatniej chwili. Teoretycznie rozgorączkowany adwokat mógł zadzwonić do sędziego dyżurnego i otrzymać jakąś odpowiedź od sądu. Pomysł był racjonalny, nie był niczym niezwykłym jak na sąd decydujący o życiu i śmierci. Ale afera wybuchła, kiedy wyszło na jaw, że w Teksasie adwokaci od spraw zagrożonych karą śmierci nic nie wiedzą o tym, że sąd wprowadził sędziego dyżurnego. To sam sąd ukrył jego istnienie. Więc kiedy Cicely Avis przybyła do Teksańskiego Sądu Apelacji Kryminalnych o piątej siedem, w dzień egzekucji Dontégo, w jednej ręce trzymając pudło z papierami, a drugą waląc w zamknięte drzwi, w gabinecie na piętrze naprawdę siedział sędzia, rzekomo na służbie.

Sąd obwieścił, że przyjmuje elektroniczne składanie wszelkich petycji i wniosków, ale zaprzeczył, że zmiana procedury wiąże się ze sprawą Dontégo.

Skarga na Prudlowe'a została złożona w Stanowej Komisji Sędziowskiej Odpowiedzialności Dyscyplinarnej. Minęły dwa lata, zanim komisja orzekła, że chociaż jego zachowanie było nieprofesjonalne, to nie popełnił poważnego wykroczenia i może zachować stanowisko.

Petycja, której wtedy nie można było wnieść, zawierała zeznanie pod przysięgą podpisane przez Joeya Gamble'a, jedynego domniemanego naocznego świadka na procesie. Specjaliści od prawa roztrząsali znaczenie odwołania zeznań w ostatniej chwili: co sąd powinien z nim zrobić albo co by z nim zrobił.

Joey wyjechał ze Slone, potem z Teksasu. Obwiniał się za to, co stało się z Dontém, i jedyne pocieszenie znajdował w butelce.

Dwudziestego ósmego grudnia, w ostatni piątek 2007 roku, o wpół do piątej Keith i Dana weszli do pustej sali sądowej w Topeka. Przywitał ich Elmo Laird. Matthew Burns pojawił się, żeby udzielić moralnego wsparcia, chociaż Keith go nie potrzebował. Wszedł sędzia, potem zastępca prokuratora. W niecałych dziesięć minut Keith przyznał się do winy z oskarżenia o utrudnianie wymiaru sprawiedliwości. Dostał grzywnę tysiąc dolarów, rok probacji i rok zwolnienia warunkowego bez nadzoru. Elmo Laird był pewien, że w ciągu trzech lat kara zostanie anulowana.

Kiedy sędzia zapytał, czy skazany ma coś do powiedzenia, Keith odparł:

– Tak, Wysoki Sądzie. Zrobiłbym to samo jeszcze raz, gdybym stanął wobec takiego zbiegu okoliczności.

A sędzia na to:

– Niech pana Bóg błogosławi.

Jak można się było spodziewać, Mnich poinformował Keitha, że zostaje urlopowany ze skutkiem natychmiastowym. Keith odparł, żeby się nie fatygował – właśnie składa rezygnację. W niedzielę oznajmił kongregacji przy Świętym Marku, że odchodzi, żeby zostać starszym pastorem w Luterańskim Kościele Jedności w Austin w Teksasie.

Travisa Boyette'a czekało teraz dożywocie w Kansas, śmierć w Missouri i śmierć w Teksasie. Trzy stany przez rok spierały się, często publicznie, co z nim zrobić. Kiedy powiedział sędziemu w Kansas, że udusił Nicole w Missouri, sędzia nakazał przenieść go do hrabstwa Newton. Boyette już tyle razy przyznał się do winy, że nie miał zamiaru się bronić podczas procesu. Szesnaście miesięcy po wyprawie do Slone został skazany na śmierć przez wstrzyknięcie trucizny i przetransportowany do zakładu karnego w Potosi.

Komisja etyki pozbawiła wreszcie Paula Koffeego prawa do wykonywania zawodu. Wyjechał ze Slone i został poręczycielem w Waco. Drew Kerber ogłosił bankructwo, przeprowadził się z rodziną do Texas City, gdzie znalazł pracę na platformie wiertniczej.

Martha Handler wygrała wyścig do drukarni i opublikowała pierwszą z, jak obiecywała, powodzi książek o sprawie Drumma. Książka utrzymywała się na liście bestsellerów prawie rok. Stosunki Marthy z Robbiem i rodziną Drummów popsuły się, kiedy nie zdołali się dogadać co do podziału pieniędzy.

Oskarżenie Travisa Boyette'a i oczyszczenie z zarzutów Dontégo Drumma wywarły jeszcze większą presję na gubernatora Gilla Newtona, żeby zwołać do Austin zgromadzenie ustawodawcze, które zajęłoby się skutkami egzekucji. Gubernator i jego doradcy mieli nadzieję, że wraz z upływem czasu zainteresowanie sprawą zmaleje, ale tak się nie stało. Przeciwnicy kary śmierci wzmagali wysiłki i zaostrzali taktykę. Kibicowała im większość krajowej prasy. Koło Czarnych, pod przywództwem senatora Rodgera Ebbsa z Houston, zachowywało się coraz głośniej. Zapowiedź, że zamkną rząd stanowy, stawała się coraz bardziej prawdopodobna. A wyniki badania opinii publicznej nie zmieniały się na korzyść gubernatora. Wyraźna większość Teksańczyków chciała, żeby stan bliżej się przyjrzał egzekucyjnemu biznesowi. Nadal chcieli kary śmierci – i takich było więcej – ale chcieli też jakiejś gwarancji, że będzie ograniczona tylko do winnych. Idea moratorium była tak szeroko dyskutowana, że zyskiwała poparcie.

Wreszcie badania opinii zwyciężyły i gubernator Newton zwołał trzydziestu jeden senatorów i stu pięćdziesięciu członków izby niższej na kapitol. Jako że to on określał granice dyskusji, porządek dzienny miał być następujący: 1. uchwała w sprawie Drumma, 2. moratorium na egzekucje i 3. powołanie komisji do spraw niewinności, która miała przeanalizować zagadnienie. Przyjęcie uchwały zajęło trzy dni, wreszcie postanowiono uznać Dontégo za oczyszczonego z wszelkich zarzutów i przyznać milion dolarów jego rodzinie. Kiedy wniosek wpłynął – poparli go wszyscy członkowie Koła Czarnych – wzywał do wypłacenia dwudziestu milionów, ale w procesie legislacyjnym zmniejszono sumę do miliona. Gubernator, skąpy budżetowy jastrząb, podczas kampanii wyborczej jak zwykle wyraził niepokój „nadmiernymi wydatkami rządowymi". „Houston Chronicle" opublikowała na pierwszej stronie artykuł, w którym podawała, że gubernator i jego sztab wydali ponad czterysta tysięcy na swoją ostatnią wyprawę przeciwko terrorystom w Faludży.

Ustawa o moratorium wywołała polityczną wojnę. W początkowym brzmieniu zabiegała o wstrzymanie na dwa lata wszelkich egzekucji. W tym czasie kara śmierci zostałaby przeanalizowana z każdej strony przez wszystkie możliwe organizacje i grupy ekspertów. Obrady komitetu transmitowała telewizja. Wśród świadków byli emerytowani sędziowie, radykalni działacze, znani naukowcy, nawet trzech mężczyzn, którzy spędzili lata w celach śmierci, zanim oczyszczono ich z zarzutów. Przed kapitolem codziennie odbywały się burzliwe demonstracje. Parę razy doszło do aktów przemocy, kiedy zwolennicy kary śmierci za bardzo zbliżyli się do jej przeciwników. Do miasta właśnie przyjechał cyrk, którego obawiał się gubernator.

Walka o moratorium rozgrywała się w senacie, izba niższa zaczęła prace nad czymś, co pierwotnie nazwano komisją do spraw niewinności imienia Dontégo Drumma. W założeniu miała to być komisja zwyczajna, z dziewięcioma członkami, którzy przypatrzyliby się przyczynom bezprawnych skazań i popracowaliby nad zlikwidowaniem tego problemu. W tym czasie w Teksasie oczyszczono z zarzutów trzydzieści trzy osoby, w większości przypadków na podstawie dowodów DNA, przy niepokojącej liczbie z hrabstwa Dallas. Przed komisją odbyła się kolejna seria przesłuchań, a entuzjastycznych świadków nie brakowało.

W końcu stycznia, kiedy Keith i Dana się urządzili w nowym domu, często chodzili na kapitol, żeby przyglądać się obradom. Byli wśród demonstrantów podczas kilku wieców i obserwowali, jak legislatura przeżywa męki, zmagając się w pokrętnej procedurze z wielkim problemem. Razem z innymi obserwatorami wkrótce odnieśli wrażenie, że nic się nie zmieni.

Sesja nadzwyczajna się ciągnęła, a w informacjach zaczęło się pojawiać nazwisko Adama Floresa. Po dwudziestu siedmiu latach w celi śmierci Flores miał być stracony pierwszego lipca. W poprzednim życiu był drobnym dilerem narkotyków, który w pewną złą noc zabił innego drobnego dilera narkotyków. Jego apelacje należały do odległej przeszłości. Nie miał adwokata.

Legislatura przerwała obrady w końcu marca i zebrała się znowu w pierwszym tygodniu maja. Po miesiącach zajadłych walk wewnętrznych oczywiste stało się jeszcze bardziej oczywistym. Czas zapomnieć o wojence i wracać do domu. Na ostatnim etapie uchwalania ustawy moratorium przepadło w senacie stosunkiem dwunastu głosów za, dziewiętnastu przeciw. Obowiązywała dyscyplina partyjna. Dwie godziny później izba niższa zagłosowała siedemdziesiąt siedem do siedemdziesięciu trzech przeciwko powołaniu komisji do spraw niewinności.

Pierwszego lipca Adama Floresa przewieziono do Huntsville, gdzie przywitał go naczelnik Ben Jeter. Skazanego umieszczono w celi tymczasowej. Kapelan więzienny udzielił mu duchowej pociechy. Flores zjadł ostatni posiłek – smażonego suma – i zmówił ostatnią modlitwę. Dokładnie o szóstej odbył krótki spacer do komory śmierci, a dwadzieścia minut później uznano go za zmarłego. Nie miał świadków, nie było też świadków ze strony ofiary. Nikt nie upomniał się o ciało, więc Adam Flores został pochowany na cmentarzu więziennym obok dziesiątków innych więźniów cel śmierci, o których nikt się nie upomniał.

Od autora

Serdeczne podziękowania dla Davida Dowa z Texas Defender Service za czas, rady, zrozumienie i gotowość do przebrnięcia przez mój maszynopis i udzielenia wskazówek. David jest wybitnym obrońcą w sprawach zagrożonych karą śmierci, ale także profesorem prawa i uznanym autorem. Bez jego pomocy byłbym zmuszony przeprowadzić badania na własną rękę, a taka perspektywa wciąż mnie przeraża i powinna przerażać moich czytelników.

Starszym naczelnikiem Oddziału Murów w Huntsville jest pan C.T. O'Reilly, barwny Teksańczyk, który pokazał mi więzienie i odpowiedział na wszystkie pytania. Dziękuję jemu i jego zaufanej asystentce Michelle Lyons za gościnność i otwartość.

Dziękuję również Nealowi Kassellowi, Tomowi Lelandowi, Renee, Ty i Gail.

Niektórzy zbyt spostrzegawczy czytelnicy mogą natknąć się na jakiś fakt, który wydaje się błędny. Mogą się zastanawiać, czy nie napisać do mnie listu, żeby wytknąć mi braki. Niech oszczędzą papier. W tej książce są błędy, jak zwykle, a ja, jak długo nie będę cierpiał prowadzenia badań, a zarazem lubił podkolorywać to i owo, obawiam się, że będę popełniał błędy. Mam nadzieję, że są one nieistotne.